해동삼유록

해동삼유록

- 중국 한국문학연구의 대가 위욱승 선생의 한국 견문록 -

웨이쉬성 지음, 김효민·김명숙·곽미라 옮김

국학자료원

헌사

이 책은 시집은 아니다.
그러나 노래와도 같은 그 세월을 담았다.

− 이 책을 한반도의 모든 잊지 못할 좋은 벗들에게 바친다.

지은이

『해동삼유록』 머리말

위욱승韋旭昇 교수님이 일찍이 동쪽으로 한반도에 노닌 지 세 번에, 이를 기록한 책이『해동삼유록海東三游錄』이다. '해동'은 중국 발해渤海의 동쪽 나라로 한국을 가리키는 이름이며, 한국사람 스스로도 자갸의 나라 이름을 이렇게 써 온 역사가 없지 않다. '삼유三游'는 여러 번 놀았다는 뜻이겠는데, 이로써 지은이가 일찍부터 해동에 마음이 많았음을 알겠고, 마음이 많았기에 그분의 삶의 방향이 '해동'과 관계 속에 정해졌을 터이다. 그가 해동학海東學 곧 중국의 조선학 · 한국학을 대성한 뜻이 여기 있었을 터이다. 중국 사람으로 일찍이 북경대학의 동방문학계에서 수학하고 모교의 조선문학 교수로 가르치며, 평양에 유학하고 서울에 여러 번 오가며 해동의 산천에 노닐고 학자들과 사귄 지가 또한 여러 차례에 이르렀다.

'논다[游]'는 말은 물러나 자연과 결합하는 여유, 노닐어 세속과 거리를 유지하는 정신을 나타내는 말이다. 일찍이 신라의 문인 학자로 고운 최치원孤雲崔致遠이 당나라에 놀며 많은 좋은 시문을 남겼고, 고려의 시인 익재 이제현益齋李齊賢은 14세기에 중국 대륙을 가로질러 사천성 아미산四川省蛾眉山과 감숙성甘肅省 도스마朶思麻까지 놀았던 발자취를『서정록西征錄』으로 남겼다. 또한『고려도경高麗圖經』을 남긴 서긍徐兢처럼 해동에 놀았던 중국 문인학자가 적지 않았지만, 위 교수의『해동삼유록』은 현대의 중국 사람의 한국 여행기로는 드문 보기일 뿐 아니라, 벌써 여러 세기 앞서 중국에 거듭 놀았던 조선의 실학자 유득공柳得恭의『연대재유록燕臺再遊錄』을 떠올리게 한다. 그것은 위 교수가 한국에 처음 방문하게 되었을 때 유득공의 이 저작을 화두로 발표한 것으로도 짐작할 수 있는 일이겠다. 유득공의 이 책은 그가 두 번째로 중국에 가서 청나라의 대학자이며 상서尚書인 기윤紀昀과 유구에 사신으로 다녀 온 이정원李鼎元들과 사귄 회우록이다. 그의 이 재유록은 청나라 훈고학의 대가이며『설문해 자정의說文解字正義』30권을 지었다는 진전陳鱣과 함께, 심양서원 제생諸生 13인, 연중 진신 거인 효렴 포의燕中 搢紳 擧人 孝廉 布衣 41인과 유구국琉球國 사신 4명의 이름을 적어 그 교유를 소중히 기념했다. 여기서 '재유再遊'라는 것은 두 번 놀았다는 뜻이겠는데, 그는 실로 연경에 4번이나 놀았던 조선의 북학자北學者였다. 그리고 북학의 대선배로 연행燕行에 선편한 담헌 홍대용湛軒洪大容의 『회우록會友錄』은 연암 박지원燕巖朴趾源과 유득공·이덕무·박제가 등 젊은 북학자들을 충동한 바 컸다. 박연암은 「회우록서」를 써서 "내가 이제야 벗 사귀는 도리를 알게 되었다. 그 벗 삼는 바도 보았고, 그 벗 되는 바도 보았으며, 내가 벗하는 바를 그는 벗하지 않음도 보았다"고 감탄해서 이들이 중국학자들과의 교유를 중시했음을 알 만하다. 이때 북학파 선비들의 교우론은 우도友道가 바로 서야 오륜이 회복될 수 있다는 당대 동아시아 학자들의 사회철학적 지론이며, 실천의 강령이었다.

위교수는 이런 한·중 지식인들의 교유의 역사를 소중히 이어, 스스로 해동에서 사귄 회우록을 '삼유록'으로 이름했을 터이며, 위 교수의 이 삼유록을 읽을 중국의 젊은 후배들에게서 조선의 북학파와 같은 중국의 해동학파海東學派가 벌써 일어나고 있다. 위 교수는 이 책에서 한국에 세 번 노닐며 만난 한국 학자들과의 사귐만을 기록했지만, 이 '삼유三游' 밖에도 그는 여러 번 한국을 방문했고, 또한 중국이나 하와이 등에서 열린 국제 학술회의를 통해서나 그의 호한한 한국연구의 저서를 통해서 그는 아마도 한국·조선 학자들과 가장 많은 교류를 가진 당대의 중국학자일 것이다. 뿐만 아니라 위 교수의 방대한 저작집으로 2000년에 나온『위욱승문집(韋旭昇文集)』(全六卷, 中央編譯出版社)으로 국제적 지음知音을 얻었음에 틀림없다. 이 책은 내가 관여해서 2001년 12월 12일 한국 동국대학교에서 출판기념회를 열었을 때 주한 중국대사관 이빈 대사를 비롯하여 위교수의 직제자인 관화병關華兵 공사公使와 차주환車柱煥·정규복丁奎福·소재영蘇在英 등 원로로부터 젊은 한·중 학자들까지 100여 명이 운집하여 위교수의 교유의 폭을 보여 주었다.

이 자리에서 한국의 문학사가 조동일趙東一 서울대 교수는 위교수의 저작이 "중국학술연구 개시 이후 한국연구의 가장 호한한 개인업적"이며, "일본이나 구라파나 미주의 한국학연구자들과 비교해서도 그 질량에서 위교수에 비길 외국학자는 드물다"고 높이 평가했다. 특히 위교수의 저작 가운데 가장 널리 알려진 제1권『조선문학사』(1986)는 외국어로 씌어진 한국문학사 가운데 가장 내용이 충실하며, 제3권『中國文學在朝鮮』(1990) 또한 한중문학비교연구의 방대한 체계 내용으로, 이런 저작은 상당 기간 나오기 힘든 저작이라고 평가했다(「韋旭昇文集 書評」,『韓國學研究』제2호, 延邊科技大韓國學研究所, 2001). 중국의 문학사학자 왕향원王向遠 북경사범대학 교수도 위 교수의 저작을 중국에서 이룩된 '조선―한국학 연구와 한중 비교문학연구의 최근 20년 최고의 연구업적으로 높이 평가했다(「近年來中國的 中朝·中韓 比較文學述評」, 고려대학교 BK21중·일언어문화교육연구단 국제학술회의, 2006 발표요지집). 그리고 2005년 한글날에는 위 교수가 한글 보급 발전에 끼친 공로로 한국 정부의 문화훈장을 받았고, 이런 일들로 위 교수는 한국에 여러 번 방문했고, 이 책에서 다루지 못한 수많은 교우사를 가진 분이다. 따라서 그의 '海東游錄'은 계속 이어질 터이며, 특히 그의 교류는 남·북한에 걸쳐 있다. 이제 한·중, 조·중 관계는 정치 경제나 문화의 여러 방면에서 세계사의 중심에 놓여 있다. 특히 학문 문화에서 두 나라가 쌓아온 축적은 실로 세계 최고 최대의 교류사를 자랑한다. 이에 더하여 위 교수의 이『三游錄』은 당대 한·중 문화 학술 교류사의 한 이정표로 남을 것이다.

한국과 중국이 아직 새로운 국교를 맺기 3년 전인 1989년에 나는 일본을 거쳐 중국을 방문, 위 교수님을 북경대학에서 처음 만났다. 12월이었는데, 24일 성탄 전야에는 마침 새로 미사가 허락되었다는 남천주당을 함께 방문하는 기쁨을 맛보았다. 중국 개혁 개방의 상징적인 이 남천주당 미사사건에 이곳 성당에 모여든 인파는 무려 2만여 명을 넘었다 하고, 나는 이날 몰려 든 남천주당의 인파 속에서 옛날 담헌이 방문했고 이승훈이 세례를 받았던 이 역사의 공간에 위 교수와 함께 나의 첫 번째 중국 방문의 감격을 누렸다. 그때 위 교수가 조선어 성경을 가지고 오셨던 일은 특히 잊혀지지 않는 인상으로 남아 있다. 이런 과정에서 나는 동국대학교 일본학연구소장이던 고 김사엽金思燁 선생과 함께 위 교수님을 처음으로 한국에 초청하는 기쁨을 가졌다.

이런 인연으로 위 교수께서 이 책의 머리말을 내게 부탁하신 줄 짐작하지만, 어찌 내 서툰 글 솜씨로 이 호한한 회우록의 첫 장을 욕되게 할 수 있을 것인가? 다만 불두착분佛頭着糞으로 서툰 글을 올리며, 개인적으로는 중문학을 전공한 아들 효민曉民 교수가 위 교수님의 훈도를 받고 돌아와 모교의 교단에 섰고, 유학하여 같은 훈도를 받은 제자 조현설(趙顯高, 서울대)·김상일(金相日, 동국대) 교수들이 모두 세교로 이어진 인연을 귀중히 여긴다. 위교수님의 마지막 제자로 한국에 유학한 북경외국어대학의 묘춘매苗春梅 박사 등 중국의 젊은 한국학자들의 교류가 이어질 것을 믿으며, 두서없이 써서 곧 팔질八耋을 맞으시는 노사老師의 강녕을 경축한다.

2007년 새봄
동국대학교 명예교수 긴내 김태준 삼가 씀

서

─『해동삼유록』을 엮으며

한·중 양국은 지난 세기 40년대 말부터 수십 년간 서로 단절 되어 있었다. 나는 일찍이 양국이 국교를 수립하기 2년 전인 1990년 가을 한국에 가서 한달 간 머무를 수 있는 기회를 얻었다. 이런 일이 어떻게 가능했을까.

1985년 봄 내가 베이징대학 동양어문학부東語係 동방문학연구실 부주임으로 있을 때, 국가 교육부 초청으로 베이징대학에 강연 차 온 미국 교수 피터 리(Peter H. Lee, 李鶴洙, 하와이대학 한국문학전공 교수, 미국 국적 한인)의 일정을 맡아 그의 7차례 강연 준비를 전담하게 되었다. 그러면서 그의 소개로 한국에서 나와 같은 연구(임진왜란 문학)를 하는 숭실대학교의 소재영蘇在英 교수와 고려대학교의 정규복丁奎福 교수(『구운몽』전문가)를 알게 되었고, 그들과 오랫동안 서로 서신을 통해 교류하였다.

그러다가 1987년 4월 나는 미국 캘리포니아대학(버클리)에서 열린 '조선 임진왜란 학술대회'에 참가하여, 한국의 허선도(許善道, 국민대), 이재호(李載浩, 부산대) 교수를 알게 되었다.

그 후 1989년 3월 나는 베이징대학 비교문학연구소 웨다이윈樂黛雲 소장과 개인 명의로 정규복, 소재영 두 교수를 베이징대학으로 초청하여 강연을 부탁했고, 또 그 접대와 준비를 맡았다. 같은 해 12월 중하순에는 일본의 '국제 일본문화 연구센터'와 한국 동국대학교가 공동 방문단을 구성해 학술활동 차 중국에 온 가미가이도 겡이찌上垣外憲一, 김태준金泰俊 선생 등의 일정을 도왔다.

이듬해(1990년) 8월12일부터 26일까지, 중국 둔황敦煌 학회의 위탁을 받아 한국돈황학회 일행 20여 명(단장: 김문경金文經 교수)을 초청, 안내하면서 둔황석굴 등 역사유적을 답사하였다.

이러한 일련의 한국학자들과의 학술 활동이 일종의 서막을 이루어, 결국 1990년 10월 처음으로 한반도 남쪽에 가서 꼬박 한달 간 머무르며 활동을 할 수 있게 되었다.

한반도는 중국 발해의 동쪽에 위치하여 예로부터 '해동'이라는 고상한 이름을 지니고 있었다. 1990년 가을 한반도의 남쪽 한국에 간 것은 나의 세 번째 '해동'행이었다. 첫 번째는 1983년 9월부터 이듬해 6월까지 평양에서 임진왜란문학을 연구했을 때이고, 두 번째는 1988년 평양에서 열린 국제학술회의에 참가했을 때였다. 그러나 이 세 번째 방문은 아직 중국과 국교가 수립되지 않고 오랫동안 단절되어 있던 한국행이었던 것이다.

이전까지 중국대륙 학계에는 한국에 가서 비교적 오랜 시간동안 다양한 내용으로 다방면의 학술활동을 했던 사람이 거의 없었다. 그 당시 내가 한 달 동안이나 한국에 가서 학술회의에 참가하고 강연과 답사, 교유 등 다방면에서 활동을 한 것은 당시로서는 정말 드문 일이었다. 그것은 한중 관계가 아직은 조금씩 개선되어가던 상황에서 일어난 보기 드문 특수현상이었다고도 할 수 있을 것이다.

『해동삼유록』이라는 이 회고록을 쓰는 것은, 내가 오래전에 이미 한국 친구들과 약속했던 일이다(그 자리에는 일본, 독일 학계의 인사들도 있었다). 1990년 10월에 내가 한국에서 참가했던 학회는 '18세기 동아시아 문화교류 국제학술회의'였고, 당시 발표한 논문은 「한·중 문인 간의 교류 ―유득공의 『연대재유록燕臺再遊錄』에 관하여」였다. '연대燕臺'란 베이징을 가리키며, 이 책은 조선 실학파 학자 유득공(1748~?)이 두 번째로 베이징에 왔을 때의 기록이다. 거기에는 그가 베이징에 머무르며 청조 문인들과 교류하고 대화했던 내용, 여행 도중, 그리고 리우리창琉璃廠의 서점이나 골동품점 등 베이징 곳곳에서 보고 들은 일들이 자세하게 서술되어 있다. 이 책에는 이 조선 문인이 주목한 중국문화와 정세, 그와 청대 문인학자들과의 교유, 우정 등이 가득 담겨 있어 그 사료적 가치가 상당히 높다. 당시 나는 서울에 와 특수한 상황 가운데서 한국학자들을 마주하여 이 같은 2백 년 전 양국 문인간의 교유에 관해 발표하노라니 감회가 남달랐다. 그래서 발표가 끝나고 나는 회의 참석자들에게 귀국 후 선현의 뜻을 따라『연대재유록』의 뒤를 이어『해동삼유록』을 써서 한국학자들이 양국 문화교류에 갖는 열의와 관심에 보답하겠다는 뜻을 밝혀 많은 참석자들의 뜨거운 성원을 얻었다.

약속을 하는 것은 쉬웠으나, 그것을 지키는 일은 쉬운 일이 아니었다. 귀국한 이후 여러 가지 일들로 바빠 4개월 후인 1991년 3월이 되어서야 나는 비로소 펜을 들 수 있었다. 전 과정의 삼분의 이 정도까지 줄곧 이어서 쓰고는 잠시 펜을 놓았다가, 같은 해 9월 20일에야 다시 이어서 쓰기 시작하였다. 그런데 결말까지 일주일 정도의 과정밖에 안 남았을 때 또 갑자기 중단되었고, 심지어 마지막 한 문장조차 완전하게 쓰지 못했다. 그 후, 거친 초고를 잠시 검토하는 것마저도 할 수가 없었다.

세월은 바삐 흘러 2006년 3월인 지금에 이르러서야 나의『문집』,『韋旭昇文集』을 보완하기 위해 15년이란 오랜 세월 동안 먼지로 뒤덮인 채 아직 마무리하지 못한 초고를 꺼내 급히 읽어보았다. 그토록 긴 세월이 지났음에도 일찌감치 내 기억 속에서 서서히 희미해져 가던 하나하나의 감동적인 일들과 존경스럽고 그리운 얼굴들이 뜻밖에 마치 어제 일처럼 또다시 눈앞에 생생하게 떠올랐다. 그리하여 나는 그 잊지 못할 아름다운 지난날들 속으로 빠져들었고, 불현듯 많은 벗들에 대한 그리움과 감회가 밀려들었다.

문물은 오래되면 될수록 진귀한 법이다. 나의 이 한국행 경험의 가치를 무슨 '문물'에 비견할 수는 없지만, 그 때를 회상하면서 거기에는 그 당시의 특수한 시대적 상황이 담겨 있음을 느끼게 되었다. 곧 한중관계의 전

환기에 존재했던 심리와 동향, 사상, 감정 등이 담겨 있어, 후세 사람들에게 그 시기 역사를 이해 할 수 있는 참고자료로 제공할 수도 있겠다고 여겨졌다. 그래서 나는 계속해서 쓰기로 결심하게 되었다. 다행히 남은 부분은 그렇게 많지 않았다. 비록 이미 십여 년 전의 그때처럼 기억이 선명하고 생생하지는 못했지만, 당시 간단하게 남겼던 메모를 참고해서 기억을 더듬어가며 써보니 계속 써나갈 갈 수 있었다. 그렇게 몇 주 동안 열심히 집필하여 마침내 탈고를 하게 되었다. 이렇게 평범한 책을 16년 만에야 겨우 끝낼 수 있으리라고는 생각지도 못했다. 그래도 한국의 많은 친구들의 바람에 대한 하나의 작은 보답을 하게 된 셈이다.

시간이 흐름에 따라 모든 것이 변하듯, 요즘은 한국을 부르는 방식도 십여 년 전과는 많이 달라졌다. 이 책 가운데 국교수립 이전에 쓴 부분에는 '한성(서울)', '이조(조선왕조)', '조선어(한국어)' 등과 같이 당시 습관적으로 쓰던 표현들이 들어있다. 그런데 끝부분은 최근에 쓴 것이다 보니, 나도 모르는 사이에 요즘의 표현들을 쓰게 되었다. 이밖에 '대학교'(한국식 표현)의 경우에도 때때로 중국식 습관에 따라 '대학'이라고 쓰기도 하는 등 명칭을 통일 시키지 못한 부분이 있다. 요컨대, 이 책의 대부분은 15년 전에 쓴 것이어서 한국에 대해 말한 것이든 중국에 대해 언급한 것이든 모두 90년대 초의 상황이며 현재와는 큰 차이가 있지만 일체 고치지 않았다. 추억을 기록한 책이니 당시의 시대적 흔적을 남겨두는 것도 좋겠다는 생각에서이다.

국교를 수립한 지 14년이 지난 지금, 양국은 문화, 외교, 경제 등 각 방면에서 상호 왕래가 빈번해져, 서로간의 교류는 이미 일상적인 일이 되었다. 그러나 그 근원을 거슬러 올라가 해빙기에서부터 교류의 큰 물결을 이루기까지의 전체 역사적 과정에서 보자면, 16년 전의 이 특수한 경험은 그래도 회고해 볼 만한 가치가 있을 터이다.

   그 후로도 여러 차례 한국을 방문했지만, 이미 일반사람들의 활동과 마찬가지로 역시 '일상사'가 되었다. '서곡'으로서 『해동삼유록』도 이로써 연주를 마치게 되었다.

2006년 4월 11일 웨이쉬성 씀

－『해동삼유록』한국어 번역본 서문

　　수년의 세월이 흘러 김효민 교수가 드디어『해동삼유록』의 번역을 마쳤다. 나는 그의 이러한 끈기와 헌신적인 열정에 탄복하며 이 지면을 빌어 깊은 사의를 표한다.

　　내가 이 책을 쓴 것은 1990년 10월 한국에서의 특별했던 시간들을 기념하고자 함이었다. 그때는 바야흐로 한중관계에 해빙의 징조가 보이기 시작한 미묘한 시점이었다. 이러한 역사적 시기를 맞아 한국 학자들이 보여준 적극적이고 열의에 찬 태도, 그리고 나에 대한 그들의 지극히 우호적이고 친절한 환대 덕분에 나는 한국에 머물던 한 달 내내 행복감을 만끽할 수 있었다. 이후 나는 줄곧 그 고마움을 마음속에 간직해왔다. 그 많은 우정에 보답할 길이 없어 당시의 소감을 기록하여 이 책에서 언급한 수많은 한국의 학자들과 친구들, 그리고 몇몇 일본 학자들에 대한 감사의 뜻을 밝혔다. 또 이후 내가 수차례 한국에 가서 새로이 알게 된 학자들에 대한 그리움도 담았다.

　　역사적으로 한중 문인학자들 간에는 교류가 매우 많았다. 1990년에 내가 처음으로 한국에 가서 발표했던『연대재유록』은 바로 과거 한국의 선조들이 이 같은 교류를 상세하게 기록한 수많은 저작 가운데 하나이다. 이에 비해 지난날 중국에는 이 같은 문헌이 있기는 했지만 매우 드물었다. 내가 이 책을 쓴 것은 이러한 불균형을 조금이라도 바로잡으려는 뜻도 있었다.

　　이 책에 쓴 것은 내 개인의 견문과 느낌이지만, 이 역시 한중문화교류의 한 부분에 속하는 것이다. 이 책이 한중문화교류사 연구자나 이 방면에 관심이 있는 분들에게 부족하나마 자료로 쓰일 수 있기를 바란다. 또 후세의 중국 독자들이 양국 관계의 유구한 역사 가운데 존재했던 수많은 아름다운 시절과 미담들을 영원히 잊지 않고 양국이 길이 우정을 이어가며 평화롭게 공존하는 데 기여할 수 있기를 바란다.

　　꼭 밝혀야 할 것은 역자의 부친 김태준 교수가 이 책이 번역 출판될 수 있도록 무척 애를 쓰셨다는 점이다. 김 교수는 일찌감치 이 책에 머리말을 써주었을 뿐 아니라, 그의 지우 소재영 교수와 함께 이 책의 출판을 위해 귀한 노력을 아끼지 않았다. 우쾌제 교수 역시 벌써 수년 전에 이 책의 원문을 한국에서 출판하기 위해 다방면으로 교섭을 해주었다. 이 기회를 빌어 그들 모두에게 진심으로 감사의 마음을 전한다.

　　이밖에 요즘 내가 연로하고 병이 많아 여러 가지로 어려운 가운데 베이징사범대학교에서 박사과정을 밟고 있는 강동엽 교수의 따님 강귀인 석사가 연락 업무를 많이 도와주었고, 베이징외국어대학교의 먀오춘메이苗春梅 선생도 연락을 주고받는 데 도움을 주어 그들에게도 고마움을 표한다.

　　아울러 출판사 국학자료원과 이 책의 번역 출판에 관심을 기울여준 모든 분들에게도 감사의 마음을 전한다.

　　부지런한 국민들로 가득한 금수강산 한반도에서 더 이상 전쟁이 일어나지 않고 세세토록 길이 평화가 이어지기를 소망한다.

2011년 4월 16일
베이징 톈퉁시웬天通西苑에서 웨이쉬성 씀

목차

『해동삼유록』 머리말 (김태준)

서 -『해동삼유록』을 엮으며 (웨이쉬성)
  -『해동삼유록』 한국어 번역본 서문 (웨이쉬성)

해동삼유록

1991년 3월, 글쓰기를 시작하다

6~7년 전 나는 조선 평양의 김일성대학에서 9개월 간 학술 연구를 진행하였다. 한번은 개성 시내에 있는 자남산子南山에 올라 남쪽을 향해 눈길 닿는 데까지 멀리 바라보았는데, 그저 아득한 운무와 연진煙塵만 보일 뿐이었다. 함께 개성에 왔던 조선인 친구는 구름 한 점 없는 청명한 날씨에는 어렴풋이나마 서울까지 볼 수 있다고 했다. 아쉽게도 그날은 청명하지 않았다. 끝없이 펼쳐진 구름바다가 내 시선을 가로막았다. 나는 아쉬운 마음으로 저 멀리 운무에 가리운 서울을 상상해 보았다.

그 무렵 나는 조선이 일본의 침략에 항거하는 내용을 담은 고전소설 『임진록』을 연구하고 있었다. 당시(16세기)의 수도 서울은 참담한 전쟁의 피해를 입은 곳이자 많은 전쟁 이야기가 남아 있는 지역이었다. 거의 4백년간 서울은 누차 전란을 당해 역사의 풍상을 가득 겪었다. 조선 멸망의 비극, 일본의 조선 병탄 음모, 영웅적인 3·1애국운동 등 수많은 역사 사건이 서울과 관련되어 있다. 오늘날의 서울은 어떤 모습일까? 남반부 전체는 또 어떻게 변했을까? 이미 북반부에서 백일 이상 생활을 한 나에게 이 모든 것은 나의 궁금증과 상상을 자극하는 것들이었다.

언제쯤이나 남한에 가서 조선 마지막 봉건 왕조의 오백년 도읍지를 볼 수 있을지……. 자남산 위에서 바라본 남쪽의 연진은 나에게 답을 줄 수 없었지만, 이러한 바람과 동경은 내 가슴속에 깊이 각인되었다.

꿈이 이루어지다

6년여 후인 1990년, 나에게 드디어 서울에 갈 수 있는 기회가 생겼다. 동국대학교 일본 연구소와 일본 국제일본문화연구센터가 주최하는 '18세기 동아시아 문화교류' 학술회의의 주최자가 내게 초청장을 보내왔던 것이다. 이렇게 된 데는 동국대학교 김태준 교수의 공이 가장 컸다.

출국 수속의 편리를 위해 두 장의 초청장을 보내왔다. 하나는 동국대학교 일본연구소 소장 김사엽金思燁 교수의 서명으로 보낸 것이었고, 다른 하나는 국제일본문화연구센터의 가미가이도 겡이찌上垣外憲一 선생의 협조로 우메하라 다케시梅原猛 선생이 서명한 것이었다. 그밖에도, 고려대학교의 정규복 교수는 내가 국제전화로 부탁한 것을 기꺼이 들어주었다. 그것은 초청자에게 이번 학술회의에서 '두 개의 중국' 또는 '중국과 대만' 문제에 관한 논의는 없을 것이라는 점을 전보를 통해 설명해줄 것을 요구하는 베이징학대 측의 의사를 전해달라는 부탁이었다. 그때 당시 베이징과 한국 간에 직접적으로 연락한다는 것은 쉽지 않은 일이었다. 베이징에 있던 성진공사(星進公司, 삼성)의 사장(미국국적 한인) 이경호李京鎬 선생이 전화로 교섭을 도와주었다. 이렇게 해서 나는 비로소 제때에 회의에 참석할 수 있었고, 해동의 학자들과 만나는 바람을 실현할 수 있게 되었다.

오사카를 경유하여

9월 30일 새벽 아내와 딸과 함께 베이징 공항에 도착해 함께 회의에 참석하는 외국어대학外國語學院 부교수 옌안성嚴安生 선생을 만났다. 이전에는 전화상으로 몇 차례 통화만 해보았을 뿐 실제로 만난 것은 이번이 처음이었다. 옌 선생은 여러 차례 일본에 가본 적이 있는 일본어 학자이다. 우리가 타는 항공편은 일본 오사카를 경유하여 서울로 가는 노선이었다. 그가 동행하니 일본에서의 일정은 걱정이 없었다.

비행기가 상하이를 경유해 오사카에 도착했을 때는 일본 시간으로 오후 1시였다. 이것이 내가 처음으로 일본에 발을 디딘 것이었다. 오사카의 번화함과 정결함은 여행길의 피로감을 말끔히 씻어주었다. 자동차는 고가 고속도로를 빠르게 내달렸다. 차창을 통해 바라보니 고층 빌딩 주위의 비교적 나지막한 가옥 위로 다양한 색의 기와가 얹혀져 있었는데, 그 색조가 풍부하면서도 밝고 경쾌한 느낌을 주었다.

차에서 내려 무거운 짐을 끌고 인파로 가득하고 작은 상점들이 즐비한 번화가를 지나 가미가이도 겡이찌 선생이 우리가 함께 머물 수 있도록 예약해둔 '남해여사南海旅社'를 찾아갔다. 짐을 내려놓자마자 옌 선생은 서둘러 가미가이도 선생과 전화 연락을 했다. 그의 열띠고 고조된 목소리에서 나는 일본의 주최 측에서 우리가 온 것을 매우 기뻐하고 우리를 위해 세심한 준비를 해두었음을 느낄 수 있었다.

이튿날인 10월 1일, 베이징 사람들은 아시안게임이 진행되는 가운데 국경절을 경축하고 있을 터였지만, 우리는 또 다른 흥분된 마음으로 오사카에서 서울로 가는 수속을 밟고 있었다. 오전 9시가 조금 지나서 우리는 대한민국 주오사카 영사관을 찾아갔다. 그곳에 가자 옌 선생의 일본어는 필요가 없어졌다. 나는 처음으로 한국 정부 소속기관의 직원과 접촉을 하게 되었다. 우리를 맞이한 여직원의 태도는 상냥하고 친절했다. 그들의 언행을 보고 갑자기 북한에서 여러 차례 접해보았던 여직원들을 떠올리게 되었다. 남북으로 땅이 갈리고 정권이 판이하게 달라, 북쪽에서는 이런 직원을 '동무'라고 부르는데, 여기서는 그들을 '아가씨'라고 불렀다. 그러나 양쪽의 여성이 손님을 대하는 태도는 완전히 같은 것이었다. 이곳

여직원들의 태도는 나에게 전혀 낯설지가 않았고, 이에 나는 금세 마치 내 집에 돌아온 듯 편안한 느낌이 들었다.

처음에는 수속이 순조롭지 못했다. 영사관에서는 한국으로부터 우리가 학회 참석차 한국에 간다는 연락을 전혀 받지 못했던 것이다. 학회는 바로 다음날 시작이었다. 게다가 그날 저녁에는 회의 주최측에서 특별히 마련한 환영연회에 참석해야 했다. 만약 가지 못하게 된다면 일정에 큰 차질이 생기게 될 상황이었다. 우리는 매우 조급해졌다. 여직원의 친절한 건의로, 우리는 동국대학교 일본연구소에 전화를 걸어 김태준 선생에게 사정을 전해달라고 부탁했다. 다행히 전화통화는 순조롭게 이어졌고, 영사관 직원들 역시 모두 진지하고 예의 있게 전화를 받았다. 그러나 일이 해결되기 위해서는 조금 더 기다려야 했다. 이 때 벌써 점심시간이 다 되어 오전 중에는 해결할 수가 없었다.

나와 옌 선생은 거리로 나와 점심을 먹었다. 남해여사로 돌아와 서울과 오사카 영사관에 계속 전화로 연락을 취했다. 결국은 배수진을 치기로 마음먹고 여관에서 짐을 가지고 나와 택시를 타고 영사관에 갔다. 여직원은 서울에서 이미 연락이 왔지만 수속을 마쳐야 하기 때문에 오후 4시 비행기를 타기는 이미 틀렸으니 표를 바꾸는 것이 좋겠다고 했다. 그리고 영사도 우리와의 면담을 원한다고 알려주었다. 30분쯤 기다리자 여직원이 수속은 모두 끝났고 영사와 만나는 것도 취소하였으니 우리에게 빨리 공항으로 가보라고 했다. 그때는 이미 3시를 넘은 시간이었다. 우리는 서둘러 차를 탔다. 공항에 도착해 시간을 보니 비행기 이륙 예정 시간까지는 아직 30분이 남아 있었다. 우리는 그제서야 한 숨 돌릴 수 있었다.

처음으로 '대한항공'을 타다

이렇게 처음으로 '대한항공' 여객기에 탑승하게 되었다. 기종은 보잉 747이었다. 내 옆자리에는 중년의 한국 여성이 앉았다. 그미는 내가 중국 대륙에서 온 조선어를 공부한 중국인이라는 것을 듣고, 처음에는 조금 놀라며 의아해 하다가 곧 반가움을 보였다. 대화를 나누면서 그녀의 집은 오사카에 있고 서울과 오사카를 자주 오간다는 것을 알게 되었다. 그녀는 대화를 많이 나누기를 원치 않는 듯 기내에서 나누어준 조선어 신문을 흥미진진하게 읽었다.

비행기는 기체에 고장이 있었는지 마침 수리 중이었다. 이때 나는 무심결에 승무원들끼리 조선말로 이 비행기 안에 '중공'에서 온 사람 두 명이 타고 있다며 소곤거리는 것을 들었다. 수리를 마치고 이륙할 때는 시간이 이미 예정 시간보다 한 시간 반이나 늦어진 상태였다. 창밖의 하늘에는 벌써 엷은 황혼이 드리워져 있었다.

비행기는 땅거미가 드리워진 김포공항에 착륙했다. 여권 검사를 받으며 입국 수속을 할 때 평상복 차림의 한 안전요원이 다가와 우리가 한국에 온 목적을 물었다. 내가 분명하게 설명하자 그는 우리를 데리고 공항 입국장 바깥의 마중 나온 인파 가운데로 가서 우리를 맞이하러 나온 사람을 찾았다.

사람들 사이에 있는 김태준 교수를 쉽게 발견 할 수 있었다. 너무나도 기뻤다. 서로의 기쁜 마음을 토로할 겨를도 없이, 김태준 선생은 안전요원에게 우리를 초청한 이유와 학회 일시, 회의 주제 등을 일일이 대답해 주었다. 안전요원은 만족스러운 듯 나를 입국장으로 다시 데리고 가서 친절하고 예의 있게 인사를 한 후 돌아갔다. 그리고 나서 세관의 검사원이 짐을 검사했다. 내 앞에 있던 쉰 살쯤 돼 보이는 아주머니는 트렁크를 검사받다가 문제가 생겨 한쪽 편으로 수속을 밟으러 갔다. 검사원은 내가 중국에서 왔다고 하고 조선어로 말하는 것을 보고는 나에게 가방을 열라고 하며 "교포이십니까?" 하고 물었다. 내가 아니라고 대답하자 다시 "짐 안에 중국약이 있습니까?" 하고 물었다. 내가 없다고 대답하자 내게 트렁크를 닫으라고 했다. 통과가 된 셈이었다.

다시 보니 옌 선생은 일찌감치 수속을 마치고 세관을 통과했고 트렁크 검사도 하지 않았다. 그가 조선말을 못해서 이런 상황에서는 오히려 더 쉽게 통과할 수 있었던 것 같다. 그가 조선말을 전혀 못하니 이곳에 와서 중국 약을 파는 중국 상인일 리가 없었기 때문인 것이다.

옛 벗과의 만남, 그리고 새로운 친구들

김태준 교수와 옌 선생은 서로 포옹을 했다. 그들은 일찍이 일본에서 함께 지낸 적이 있는 오랜 친구이다. 김태준 교수는 우리가 덜 걷도록 하기 위해 택시를 불러 우리에게 차에 오르도록 했다. 그런데 택시를 잡은 곳이 아마도 정차를 해서는 안 되는 곳이었는지, 교통관리요원 한 명이 즉각 다가와 기사에게 문책을 하는 것이었다. 보아하니 우리 때문에 기사가 법규 위반에 대한 약간의 대가를 치른 모양이었다.

차는 김포에서 서울로 빠르게 내달렸다. 차창 밖으로는 즐비하게 늘어선 상점들이 오색찬란하게 휘황한 등불을 밝히고 있었고, 전후좌우로는 온통 질주하는 승용차들뿐이었다. 우리를 위해 친절하게 도로명, 건물명을 소개해주는 김태준 교수의 말을 듣고 있다 보니 문득 7년 전 개성 자남산 위에서의 그 감회가 밀려들었다. '내가 드디어 서울에 왔구나. 마침내 그때의 소망이 실현되었구나!'

그러나 내가 고전문헌 속에서 읽었던 그런 모습들은 이미 찾아볼 수가 없었다. 내가 상상했던 옛 성벽이나 장삼을 입고 유유히 거니는 노인은 없었다. 조선식의 짧은 저고리에 긴 치마를 입은 느릿한 걸음에 나긋나긋한 말씨의 여성도 거의 볼 수 없었으며, 조선식의 기와집도 볼 수 없었다. 북조선의 영화「꽃 파는 처녀」에서 보았던 마을의 좁은 길과 양쪽에 한자로 쓴 간판을 내건 단층의 구식 소점포들을 볼 수 없는 것은 물론이었다. 현대화된 대도시의 풍모와 분주한 발걸음, 질주하는 자동차들, 번화하고 눈부신 네온사인 불빛, 빽빽이 늘어선 고층빌딩 등, 이 모든 것이 내 상상을 초월한 듯했다. 그러나 곰곰이 생각해 보니 또 예견할 수 있었던 일인 듯도 했다. 조선 북반부의 평양도 모란봉이 여전히 우뚝 솟아있는 것을 제외하고는 그 옛날 계월향(桂月香, 조선 중기 평양의 명기名妓) 시대의 마을 골목과 옛날 집들을 찾아보기 어렵지 않았던가? 그때 문득 이런 생각이 들었다. 바로 그 시각 베이징 아시안게임에서 조선반도의 남북 양측의 선수들 역시 모두 필사적으로 아시아 각국의 건아들과 자웅을 겨루고 있을 터였다. 용감한 기상으로 가득 찬 진취정신이 경제건설에서도 드러나고 스포츠 분야에서도 표출되고 있었던 것이다. 모든 것이 다 변화되고 발전하기 마련이듯, 오늘날의 것이 옛것을 대신하는 것 역시 필연적인 추세인 것이다.

만찬과 고전 가무

차는 외관상 다소 고전적인 느낌이 풍기는 '코리아 하우스'라 불리는 호텔 앞에 멈췄다. 음식점으로 들어가니 테이블 주변에 앉아 있던 사람들이 일제히 일어나 만면에 웃음을 띤 채 우리를 맞이했다. 초청기관인 동국대 일본연구소의 연로한 김사엽 소장, 일본 동경에서 온 하가 도오루芳賀徹 선생, 일본에서 온 중국사회과학원 역사연구소의 왕汪 선생 등 세 사람은 초면이었고, 그 외에 다른 사람들은 모두 작년(1989) 12월에 베이징에서 만난 적이 있는 구면이었다. 일본학자이자 이번 회의 주최자 중 한 사람인 가미가이도 겡이찌 선생과 하가 도오루 선생, 요시다 고오헤이 선생, 독일의 일본학 전문가 요리센(E. Jorissen) 선생, 한국학자 최박광崔博光 선생(성균관대 교수), 강동엽姜東燁 선생(강원대 교수)이 그들이었다. 자리는 벌써 배반이 낭자했다. 비행기가 연착하는 바람에 그들은 오랫동안 우리를 기다리던 끝에 먼저 식사를 했던 것이다. 이제 김태준 교수와 나 그리고 옌 선생만 식사를 하면 되었다.

주최측은 오사카에서의 입국허가 과정에서 겪은 어려움에 대해 사의와 위로의 뜻을 표했다. 따뜻한 인사와 대화, 웃음꽃 만발한 이야기가 이어지는 가운데 조선반도 남반부에서의 첫 번째 풍성한 만찬을 마쳤다.

만찬 후에는 호텔 공연장에서 조선 전통가무 특별공연이 있었다. 공연장은 크지 않았고 대략 2~3백 명 정도 수용할 수 있는 규모였다. 관중의 대부분은 우리 일행 십여 명이었고, 그밖에 수십 명이 더 있었는데 아마도 호텔 직원들인 것 같았다.

공연은 완전히 조선의 전통식 고전가무였다.

내가 조선어를 배우기 시작한 지 40여 년의 세월 가운데, 일찍이 베이징에서 조선의 유명한 무용가 최승희의 무용을 본적이 있다. 그 후 옌볜延邊과 평양에서도 조선 가무를 여러 번 보았지만, 이렇게 순수 전통가무를 감상한 것은 처음이었다. 악기, 인물, 의상, 악곡, 가사, 무용 동작, 이야기의 구성과 내용 등 모든 것이 전부 전통 방식 그대로였고, 짙은 민족 정서와 숨결로 가득했다. 그리하여 그 작은 무대가 나를 그 옛날 조선의 궁정, 민간으로 데려다 놓았고, 유유한 가운데 황홀감을 느끼게 했다.

서울에 온 첫날 본 이 공연은 마치 조선 문화를 연구하는 중국인인 나를 위해 의미심장한 서막을 열어주는 것만 같았다. 곧 나의 세 번째 해동 조선반도 방문과 처음 온 남쪽에서의 유람과 학술활동이 풍부하고 다채로우며, 신선하고 흥미로우면서도 깊은 의의를 지니게 될 것을 예시하는 듯했다.

공연이 끝난 후 친절하게도 강동엽 선생이 내게 그날 공연의 프로그램 안내서를 사주었고, 덕분에 나는 각 프로그램의 제목과 내용을 자세히 알 수 있었다.

아카데미하우스에 투숙하다

그날 밤, 우리 일행은 차를 타고 아카데미하우스로 가서 여장을 풀었다. 그곳은 시 중심에서 비교적 멀었다. 서울의 가장자리에 위치하여 산 자락을 끼고 지은 터라 자못 고요했다.

내 방으로 들어가 짐을 정리하고 있을 때, 갑자기 전화벨이 울렸다. 그 것은 내가 한국에 와서 처음으로 받아본 전화였다. 전화를 건 사람은 바로 내가 가장 먼저 알게 된 한국학자인 숭실대학교의 소재영 교수였다.

1985년 5월 나는 학교의 지시에 따라 하와이대학에서 온 한국문학 학자 이학수 교수의 안내를 맡은 적이 있었다. 나는 그가 베이징대학에 근 한 달 간 머무르는 동안 여러 차례 이어진 학술강연을 주관했다. 그는 내가 조선의 역사소설 『임진록』을 연구하는 것을 알게 되었고, 귀국 후 임진전쟁에 관한 연구저서를 낸 바 있는 소재영 교수를 내게 소개시켜 주었다. 그때 당시 소재영 선생은 일본 덴리대학天理大學에서 객원 교수로 있었다. 내 편지를 받은 후 고맙게도 그는 즉시 그의 저서와 함께 답신을 보내왔다. 이때부터 우리는 글로써 우정을 쌓아 친한 친구가 되었다. 1989년 3월, 나와 베이징대학 비교문학연구소 소장 웨다이윈樂黛雲 교수는 개인 명의로 그와 고려대학교 정규복 교수를 베이징으로 초청해 학술강연과 학술답사를 진행했다. 그 이후 내가 이번에 서울에 오기까지 벌써 1년 반이라는 시간이 흘렀다.

전화상으로 소 선생은 무척 기뻐하며 "아, 드디어 오셨군요!"라고 말했다. 그는 1988년에 숭실대학교의 개교기념 학술회의에 참가하도록 나를 초청한 적이 있었다. 그러나 당시의 정세로 인해 그의 다방면에 걸친 노력은 결국 수포로 돌아가고 말았다. 이번에 내가 온 것은 바로 그의 친한 동료 김태준 선생이 노력한 결과였다. 그래서 내가 온 것에 대한 그의 반가움은 남다른 것이었다. 그는 내가 오는 길에 있었던 상황을 세심하게 물어보고는 내가 무사히 올 수 있게 된 것을 가족 모두가 기뻐한다고 전해주었다.

다다음 날(10월 3일)이 바로 추석이었기 때문에 그는 내가 그의 집에 와서 명절을 함께 보내기를 바랐다. 우리 사이는 마치 오랫동안 헤어졌다가 다시 만난 형제나 동창처럼 뜨거우면서도 자연스러운 것이 겉치레라고는 조금도 없었다.

아카데미하우스의 객실은 인테리어에 비교적 신경을 썼고 방도 꽤 컸다. 홀로 자리에 눕고 나니 앞으로 서울에서 보낼 나날들에 대한 신기한 느낌이 가득했다. 해동의 친구들에게 감사하는 마음 가운데 어렴풋이 향수도 찾아들었다.

중앙박물관을 가다

10월 2일 새벽에 일어나 보니 유리창 밖은 초목이 온통 울창한 것이 마음이 탁 트이고 기분이 상쾌했다. 아래로 내려가 천천히 거닐어보니 호텔 앞의 공기가 무척이나 싱그러웠다.

아침식사 후에는 중앙박물관을 참관하기로 했다. 차가 시내를 지나가, 나는 서울 시가의 새벽 모습을 보게 되었다.

중앙박물관은 일제강점기의 '총독부' 건물 안에 자리 잡고 있었다. 일본이 항복한 후 건물은 정부청사로 바뀌었고, 정부가 새 청사로 옮긴 뒤에 이곳은 중앙박물관으로 바뀌었다. 건물 외형은 높고 큰 것이 당시 이 큰 건물을 지은 일본 통치자의 야심을 연상케 했다. 그들은 조선 민중 위에 군림하여 식민통치를 실행했고, 조선민족을 동화시켜 조선을 일본의 일부로 만들고 영원히 한반도를 차지하려고 했다.

박물관의 넓고 높은 로비 가운데, 계단 좌우 양쪽에는 각각 세종대왕과 이순신 장군의 동상이 서있었다. 세종대왕은 15세기에 어명으로 한글을 창제, 반포하였으며, 이순신 장군은 일본이 대거 조선을 침략한 임진왜란 (1592~1598) 때 수군 장수로서 기세등등한 적군을 번번이 물리쳐 조선 백성들을 고무시킨 불멸의 공을 세웠다. 두 역사 인물은 문文과 무武를 대표하며 조선 민족을 진흥시킨 공으로 후인들에게 영원히 기림을 받고 있는 것이다.

박물관에는 많은 역사 문물을 전시하고 있었다. 전시품의 배치와 설명은 모두 평양의 역사박물관과 달랐다. 평양 박물관의 모든 전시관은 하나의 사상, 즉 사회발전사적 사상으로 관철되어 있으며, 근대사를 더 중시하고 정치와 계급투쟁을 강조하고 있다. 또 고구려 고분벽화나 광개토대왕비 등 실물과 같은 모조품들이 전시되어 있다. 임진왜란 중 이순신 장군이 분투하는 해전도와 같은 회화 작품들도 있어 애국사상을 고무시키기에 충분했다. 그러나 이곳 박물관은 문물 자체의 상황에 대한 구체적인 설명에 중점을 두고 자기, 공예, 조소, 회화, 서예 등 문물을 최대한 전시하여 전시품이 매우 많았다. 크고 작은 고대 불상들이 전시되고 있었고, 이조시대에 '시서화 삼절'로 일컬어졌던 신자하(申紫霞, 1769~1847)의 친필 서화도 있었는데 모두 아주 귀중한 것들이었다. 박물관 맨 위층에는 고대에 침몰한 선박에서 건져 올린 중국 자기들이 전시되어 있었다. 갖가지 훌륭한 것들이 매우 많았으며, 중국 고대 자기공예와 고려, 이조 자기의 서로 다른 특색을 볼 수 있었다. 그곳에는 또 원래 크기대로 모방해서 만든 이조시대 선비의 서재도 있었는데, 그 역시 마치 진짜 같아 자못 '풍속화'적인 느낌이 들고 짙은 민족적 특색이 엿보였다.

전시내용으로 볼 때, 북쪽은 노동인민, 생산, 정치투쟁 등을 강조하여 사상교육에 중점을 두는 반면, 남쪽은 불교, 유교의 영향과 문화인 및 문화예술 업적에 주안점을 두고 전시하여 역사지식의 전파를 중시하고 있음을 알 수 있었다.

비교문학회 회장 초청만찬

관람을 마치고 박물관에서 나오는데 누군가 나에게 한국비교문학회 회장 정한모鄭漢模 선생이 나를 오찬에 초대한다고 알려주었다. 그래서 예정된 일정에는 참가할 수 없게 되었다. 김태준 교수가 나와 함께 차에 올랐다.

나에게 중앙박물관 주변 경관을 보여주기 위해서 김 선생은 기사에게 길을 우회하여 가도록 했다. 그는 내게 남대문이며 광화문, 조선일보사 등을 가리키며 알려 주었다. 늠름하게 우뚝 서있는 이순신 장군 동상도 보았다. 나는 그 동상에 대해 진작부터 알고 있었다. 그런데 오늘 직접 보게 되니 임진왜란 관련 소설을 연구한 나로서는 특별히 친근감이 느껴져, 차에서 내려 동상 앞에 경의를 표하고 기념사진을 찍고 싶은 마음이 간절했다. 그러나 시간이 촉박해 그럴 겨를이 없었다. 그 후로는 더욱 바빠져서 내가 서울을 떠날 때까지 그 바람은 줄곧 실현되지 못했다.

오찬은 아카데미하우스 근처의 고급 양식집에서 진행되었다. 음식점은 산 위의 아주 그윽한 곳에 자리하고 있었다. 이틀에 걸친 여정의 고단함과 피로 때문인지 나는 차멀미를 했다. 차에서 내려 식당으로 가기 위해 산을 오르는 도중, 산 속의 작은 길에서 구토를 하고 말았다. 그 후 김태준 선생을 따라 겨우 식당에 도착할 수 있었다. 이때 다른 참석자들은 이미 모두 와 있었다.

정한모 선생은 나를 보자 매우 반가워했다. 나는 정 선생과 그 해 7월 구이양貴陽에서 열린 전국비교문학 학술회의에서 만나 나의 새 저서『한국문학에 끼친 중국문학의 영향中國文學在朝鮮』(화성출판사, 1990년 3월)을 증정한 바 있었다. 같은 달 그는 서울시인대회 의장 자격으로 베이징에 와서 중국의 저명한 시인들과 만나는 일에 관해 내게 전화로 연락을 하기도 했다. 두 달이 지나 이번에는 그의 본국에서 만날 수 있게 되자 유달리 기뻐하며 한참 동안 뜨거움이 넘치는 감사의 말을 하였다. 나는 따뜻함을 느끼면서도 미안한 느낌이 들었다.

오찬에 참석한 사람 중에는 일본 동경대학의 하가 도오루 교수, 서울 성균관대학의 최박광 교수가 있었고, 그 밖에 한국비교문학학회 총무 이용남李龍男, 심명호沈明鎬 두 교수가 있었다.

연석은 음식점의 2층에 차려졌는데, 식사를 하는 다른 손님은 아무도 없었다. 깨끗하고 널찍한 유리창 밖으로는 푸른 산들이 병풍처럼 펼쳐져 있었다. 평온하고 그윽한 것이 속세를 벗어난 듯한 느낌을 가져다주었다. 나는 아주 자연스럽게 북쪽의 묘향산이 생각났다. 나는 그곳에 두 번이나 가서 묵은 적이 있다. 그곳 호텔의 바깥 풍경 역시 이렇게 푸르고 그윽했었다. 묘향산은 명산이니만큼 이곳보다 더 크고 수려하며 정취도 풍부하지만, 이곳 서양식 레스토랑의 인테리어는 나에게 더 많은 신기한 느낌을 주었다.

초대자는 열심히 술과 음식을 권했다. 음식이 하나씩 하나씩 계속 올라왔지만 나는 멀미를 한 데다 양식이 익숙지 않아 많이 먹지 못했다. 심지어 음식 한 접시에서 겨우 한 두 입만 먹고 가져가도록 했다. 풍성한 식탁으로 좋은 대접을 하려던 초대자에게는 아무래도 좀 실례가 아닐 수 없었다. 그러나 어쩔 수가 없었기에 그저 속으로 미안한 마음만 가지고 있을 뿐이었다. 그러나 그때 초대자 역시 또 다른 미안한 마음을 품고 있었다. 식사를 마친 후 음식점을 나와서 산을 내려와 작별을 할 때였다. 정한모 선생은 이번에 제대로 대접을 하지 못했으니 다음번에 다시 한 번 초대를 하겠다고 거듭 말하는 것이었다. 이용남 선생은 멀미는 좀 어떤지 걱정스럽게 물으며 내 숙소까지 데려다 주겠다고 했으나 나는 완곡하게 사양했다. 호텔로 돌아와 아직 침대에 눕기도 전에 이용남 선생이 전화를 걸어 좀 어떤지 안부를 물어왔다. 그러면서 자신의 집이 호텔에서 멀지 않다며 그의 집에 와서 묵지 않겠느냐고 물었다. 그의 집에 머무르면 음식이나 여러 가지로 보살피는 것이 호텔보다 더 세심할 것이니 편안하게 쉬면서 건강을 회복하라는 것이었다. 나는 그의 호의를 받아들일 수는 없었지만, 그 온화하고 친절한 관심에는 무척이나 고마웠다.

저녁에는 문화부장관 이어령李御寧 선생이 코리아하우스에서 환영 만찬을 열기로 되어 있었다. 그러나 또 다시 멀미를 해서 실례가 될까 우려되어 김태준 선생에게 대신 사양과 사과의 뜻을 전해달라고 부탁했다. 다른 회의 참석자들은 모두 환영회 장소로 옮겨갔다.

이국타향에서 추석을 맞다

저녁에 소재영 선생이 전화를 해서 내 건강을 위로하며 다음날 자택으로 와서 함께 추석을 보낼 수 있는지 물어왔다. 정규복 선생도 전화를 해서 내가 한국에 온 것을 진심으로 기뻐했다. 정 선생은 고려대학교의 저명한 교수로 『구운몽 연구』 등의 저서가 있는 분이다. 나는 일찍이 1986년에 『구운몽』을 교주하여 중국에서 출판한 적이 있다. 또 1987년 하버드대학에 갔을 때 대학도서관의 한국학 분야 책임자인 김성하金聖河 선생에게서 정 선생이 그 도서관에서 『구운몽』 자료 몇 권을 복사한 적이 있다고 들었다. 『구운몽』 덕에 나와 정 선생은 펜팔로 시작하여 나중에는 친한 친구가 되었다. 1989년에 그가 소재영 교수와 함께 내 초청을 받고 베이징에 왔을 때 서로 아주 즐겁게 지낸 바 있다. 이번에 서울에 올 때도 교섭 과정에서 그의 도움을 받았다. 그 또한 진작부터 내가 오기를 바라고 있었다. 전화를 통해 전해오는 약간은 연로한 느낌을 주면서도 도탑고 꾸밈없는 그의 음성에서 마음속으로 기뻐하고 있음을 느낄 수 있었다.

10월 3일은 추석이었다. 회의 참가자들은 모두 민속촌을 관람하러 갔다. 민속촌은 내가 가장 가보고 싶던 곳 중의 하나였다. 그러나 학술회의와 더 많은 행사에 참가하려면 건강을 유지해야겠다는 생각에 나는 잠시 가는 것을 포기했다.

오후에 소재영 선생이 집에서 특별히 나를 위해 잣죽을 쒀 가지고 왔다. 죽은 전통식의 둥근 자기 주전자에 담겨 있었는데, 보온을 위해 보자기로 싸가지고 왔다. 가지고 왔을 때 죽은 여전히 따뜻했다. 잣은 분명히 좋은 약이기는 하지만 멀미 뒤의 구토 증상을 치료하지는 못한다는 것을 나는 잘 알고 있었다. 하지만 그의 온 가족의 정성을 차마 거절 할 수 없어서 이 따뜻한 죽으로 내 마음도 따뜻해지길 바라며 먹기 시작했다. 유감스럽게도 속이 불편해 먹은 후 또 다시 구토를 하는 바람에 다 먹을 수가 없었다. 소 선생이 주전자를 챙길 때의 그 안타까워하고 실망하는 모습을 보니 그저 미안할 따름이었다.

우리와 함께 하기 위해 소 선생은 가족들과 함께 단란한 추석을 보내는 일을 포기하고 내 옆방인 김태준 선생 방에 함께 머물렀다. 소 선생과 함께 온 분으로 인천대학교 도서관장 우쾌제禹快濟 교수도 있었다. 우 선생은 나이가 50세 정도로 그해 8월에 둔황敦煌 답사에 참가했었기에 아는 사이였다. 그는 소 선생의 제자이기도 하다.

이어 정규복 선생과 그의 부인, 딸, 외손자 등 온가족이 찾아왔다. 옛 친구를 오랜만에 다시 만난 즐거운 마음에 나는 몸이 아픈 것도 잊어 버렸다.

정 선생의 가족이 돌아가자마자, 이수웅李秀雄 선생이 왔다. 이 선생은 돈황학회의 총무를 맡고 있었다. 나는 일찍이 한국돈황학회 회원들이 중국

답사를 오는 일로 그와 편지를 주고받은 일이 있었다. 그해 여름에 그와 회원 이십여 명이 중국에 와서, 우리는 같이 시안西安, 란저우蘭州, 둔황 등을 둘러보고 답사하며 함께 좋은 시간을 보낸 바 있다. 그는 둔황 문학에 대해 상당히 연구를 많이 하여 『돈황문학』이라는 책을 출간한 바 있다. 둔황에서 베이징으로 돌아온 후 그는 또 돈황학회의 다른 회원 몇 명과 함께 중국 둔황 투루판학회 회장 지셴린季羨林 선생이 연 환영회에 참가했다. 이번에 내가 한국에 오니 그 역시 매우 기뻐했음은 물론이다. 그가 호텔로 나를 찾아온 것은 우선은 나를 만나기 위함이었고, 두 번째로는 그의 책 『주희와 이퇴계 시 비교 연구』의 중국 출판 문제를 상의하기 위해서였다.

이날은 마침 동·서 양국으로 나뉘었던 독일이 통일된 날이기도 하다. 나는 소재영, 김태준 두 선생과 함께 김태준 선생 방(202호)에서 TV에 방영되는 독일의 통일 경축 실황을 지켜보았다.

학회 참가자 가운데는 독일 학자 요리센(E. Jorissen)이 있었는데, 가미가이도 선생은 이 일로 신이 나 특별히 모두를 한 자리에 모이게 해서 요리센에게 독일의 통일을 축하해 주었다. 하가 선생과 세 명의 한국 학자들도 다 참여해 모두들 흥겹게 건배를 하였다. 한국 학자들은 매우 감개무량해 하면서도 부러워하며 자신의 조국도 하루빨리 통일이 되기를 기원했다.

이날은 온 가족이 함께 모이는 추석이었지만 소재영 선생은 집에 돌아가지 않고 김태준 선생 방에서 하룻밤을 보냈다. 나와 함께하기 위함이기도 하고 다른 한편으로는 이튿날 회의에 참가하기 위해서였다.

'18세기 동아시아 문화교류' 국제학술회의

학회는 예정대로 10월 4일에 진행되었다. 회의 장소는 바로 아카데미하우스 1층 회의실에 마련되었다. 회의장은 웅장하면서도 고요함이 가득한 예술적 분위기로 꾸며져 있었다. 단상 위에는 "18세기 동아시아 문화교류 국제학술회의"라고 쓴 짙은 녹색의 대형 플래카드가 걸려 있었다.

학회 안내장에는 동국대학교 일본연구소와 국제일본문화연구센터가 공동으로 주최한다고 명기되어 있었다. 학회에 정식으로 참가하는 11명밖에도 많은 학자들이 참석하였다. 나와 함께 둔황에 갔던 소재영(숭실대), 최강현(홍익대), 윤광봉(대전대), 이수웅(건국대), 우쾌제(인천대) 선생 등이 왔고, 그 밖에 안면이 있는 듯하지만 이름이 잘 생각나지 않는 선생님들도 참석하였다. 또 처음 만나는 분들도 있어 회의장은 빈자리가 거의 없는 듯했으며, 모두 약 30~40명 정도 되었다.

학회는 10시에 시작되었다. 먼저 주최측인 동국대학교 일본연구소 소장 김사엽 교수가 개회사를 하였다. 이어서 정식으로 참가한 학자들에 대한 소개가 있었다. 한 명 한 명 소개될 때마다 관중은 박수로 환영했다.

주제발표는 6부로 나뉘었고, 각 부는 두 개의 발표로 이루어졌으며, 사회는 참가자 일부가 돌아가며 맡았다.

제1부는 김태준 선생이 사회를 맡았고, 발표는 강동엽(강원대) 선생의 「18세기 조선조 소설에 나타난 중국과 일본」과 옌안성(베이징외대) 선생의 「황준헌黃遵憲의 일본론」이었다.

제2부는 강동엽 선생이 사회를 맡았고, 발표는 최박광(성균관대) 선생의 「창화집에 보이는 한·일 간의 시가 교류」와 요시다 코헤이(吉田公平, 일본 히로시마대) 선생님의 「성선론의 사회적 배경」이었다.

오후에 이어진 제3부는 최박광 선생이 사회를 맡았고, 가미가이도 겡이찌(국제일본문화연구센터) 선생이 「도쿠가와德川 시대 일본의 중국문학 번역과 번안」을 발표했다. 제4부는 내가 사회를 맡았다. 하가 도오루(도쿄대) 선생이 「이토 자쿠추伊藤若冲와 조선민화」를 발표하고, 왕샹룽(汪向榮, 중국사회과학원) 선생이 「중일 문화교류 속의 조선」을 발표했다.

제5부는 가미가이도 선생이 사회를 맡았다. 내가 「유득공의 『연대재유

록』에 나타난 중국문사와의 교유」를 발표하고, 김태준 선생이 「18세기 교우론의 전개」를 발표했다. 제6부는 종합토론 시간으로 김태준, 가미가이도 두 선생이 공동으로 좌장을 맡았다.

발표는 대부분 일본어를 사용했고, 한국어를 사용하기도 했다. 왕샹룽 선생은 발표에 임박해 중국어로 발표하기로 결정했다. 당시 그는 단상에 오른 후에야 사회를 맡은 내게 한국어로 통역 및 설명을 해달라고 했다. 사전에 그의 발표 내용에 대해 전혀 알지 못했던 상황이어서 나는 그가 중국어로 발표한 후, 발표내용을 간단하게 소개했다. 종합토론 시간에는 정식 참가자들이 약간의 질의를 하거나 간단하게 의견을 발표했다. 김태준 선생은 하가 선생과 요시다 선생의 발표를 높이 평가했다.

H-1 : '18세기 동아시아 문화교류' 국제학술회의 (10월 4일)

회의 중간 휴식 시간에 뜻밖에도 한국 학술진흥재단 국제교류부 부장 홍사명洪思明 선생이 왔다. 알고 보니 그는 학회를 방청하고 나를 만나려고 일부러 왔던 것이었다. 그는 자리에서 일어나 매우 반갑게 나와 악수하며 말했다.

"저희는 선생님을 초청하지 못했는데, 다른 분들이 이렇게 초청을 해주셨네요!"

내 스스로 오기를 원치 않았던 것이 아니라 당시의 객관적인 원인 때문에 오지 못했던 것이기는 했지만, 나는 그의 말을 듣고 참 미안하면서도 감동을 받았다.

나는 1988년 가을(11월)에 홍 선생을 만난 적이 있었다. 그는 내 옛 제자 펑 츄(馮劍秋, 사회과학원)와 민간문학잡지 편집인인 임 여사와 함께 우리 집에 와서 나를 만났다. 그 전에 미국 하와이 대학의 이학수(Peter H. Lee) 교수가 한국 학술진흥재단에 나의 『임진록과 그 연구』 출판을 위한 지원금을 요청한다는 사실을 전달해준 바 있었다. 『임진록과 그 연구』의 원제는 『조선 임진왜란과 역사소설 『임진록』(朝鮮壬辰衛國戰爭與講史小說『壬辰錄』)』으로 모두 22만자 정도의 분량이었다. 그 책은 1983년 9월부터 1984년 6월까지 평양에서 연구한 성과물이다. 여기에 한글본 『임진록』의 중국어 번역과 한문본 『임진록』의 정리본을 함께 묶어서 『임진록과 그 연구(抗倭演義(壬辰錄)及其硏究)』를 출판했다. 홍 선생은 바로 그 일 때문에 북경의 우리 집을 방문했던 것이다. 1989년에 그는 또 나를 한국에 초청해서 학술활동을 할 수 있도록 적극 추진하였지만, 당시 중국과 한국의 관계가 아직은 민간무역에만 국한되어 있어 실현되지 못했다. 그러다가 이번에 이렇게 만나게 되자, 홍사명 선생은 유달리 기뻐하면서 웃으며 이렇게 말했다.

"이 학회가 끝나고 나서 바로 저희 학술진흥재단에서 모실 테니 한국에서 한 달 간 학술활동을 해주셨으면 합니다."

휴게실에서 사람들은 두서너 명씩 서로 모여 담소를 나누었다. 예전에 만난 적이 있는 듯한 한 학자가 내 앞에 와서 악수를 청했다. 그가 일깨워

주고서야 나는 구이양 회의 때 그를 만난 적이 있다는 것이 생각났다.

오후 4시부터 제5부가 진행되었다. 가미가이도 선생이 사회를 맡았고, 내가 발표를 했다. 나는 한국어로 발표했고, 주제는 유득공의 『연대재유록』에 관한 것이었다. 처음으로 서울에 와서 한국 학자들이 모인 회의장에서 2백여 년 전 조선 문인이 두 번째로 베이징에 와서 중국문사들과 교유했던 이야기를 하자니 자못 감격스러웠다. 그것은 이미 단순히 학술토론을 하는 차분한 심정이 아니라, 새로운 역사적 조건 아래서 유득공이 중국을 방문했던 것에 보답하고 중국문사들에 대한 그의 우정에 보답하는 심정이자, 선인의 뜻을 이어받아 새로운 발걸음을 내딛는 그런 심정이었다. 내 발표의 이론적 수준은 그리 높지 않았지만, 밀려드는 감동은 쉽게 가라앉지 않았다. 결국 발표가 끝나갈 무렵, 나는 나의 그런 생각을 다음과 같이 피력했다.

> "지난날 조선 학자들이 중국에 와서 『연행록』과 같은 견문록을 무수히 남겼다. 이전에 나는 조선민주주의인민공화국에 두 번 갔었고, 이번에는 처음으로 대한민국에 왔다. 한반도 전체로 보자면 이번이 세 번째 방문인 셈이다. 나는 선인들의 발자취를 따라 『해동삼유록』을 쓸 것이다. 내가 한국에서 보고 들은 것들을 기록해서 후세들에게 중국학자의 해동에서의 활동과 우정 어린 교류의 흔적을 남길 것이다."

내가 이런 의사를 표명하자 관중석에서는 박수소리가 터져 나왔고, 모두 얼굴에 웃음꽃이 활짝 피었다. 그것은 내게 큰 위안이 되었고, 또 반드시 약속을 지키겠다는 결심을 굳게 해주었다.

중국음식점에서의 즐거운 자리

학회는 아주 빈틈없이 잘 진행되었다. 오후 6시쯤 모든 회의 일정이 마무리되었다. 저녁에 회의 참가자들과 일부 참석자들이 함께 모여 즐기는 연회가 진행되었다. 학술회의가 성공적으로 끝난 것을 축하하는 성격의 자리였다. 연회는 아카데미하우스에서 그리 멀지않은 한 중국음식점에서 진행되었다. 나는 일찍이 미국 하와이나 샌프란시스코, 버클리에 있을 때 그곳의 중국음식점에 가보았고, 평양에 있을 때는 중국음식점이 있는지 눈여겨보지 못했다. 한국의 중국음식점은 어떨까? 구불구불 굽이진 산비탈을 따라 달리는 승용차 안에 앉아 나는 호기심에 가만히 상상을 해보았다.

그곳은 아주 청결하고 꽤 고급스런 음식점이었다. 2층의 한 홀에 이미 커다란 장방형의 식탁이 차려져 있었다. 양쪽에 각각 여덟 명씩 앉고 양 끝에는 각각 세 명씩 앉을 수 있었다. 손님들이 하나 둘 연이어 모두 도착했다. 자리가 꽉 차니 약 이십여 명이었다. 동국대학 일본연구소 소장 김사엽 선생도 왔다. 그는 이번에도 여전히 주최측의 대표자인 듯했다. 나는 모서리쪽에 앉았고, 그는 내 오른편 탁자 끝에 앉았다.

그는 의례적인 긴 발언 없이 간단하게 두 세 마디 말로 축하와 환영의 말을 했다. 그리고 건배를 하고 식사를 시작했다. 음식은 중국 남방식 요리인 듯 느끼하지 않고 입에 잘 맞았다. 요리가 나올 때마다 종업원이 작은 접시로 음식을 덜어 각 손님 앞에 놓아주었다. 그런 후에 면을 먹었는데, 그것이 나에게는 가장 좋은 음식이었다.

테이블에 앉아 서로 간에 이야기꽃을 피웠다. 하가 선생은 환갑을 넘은 나이로 평소에는 학자다운 근엄함과 차분한 멋이 있어 보였는데, 이날 저녁에는 매우 유쾌하고 활발한 것이 젊은이 같아 보였다. 그는 사람들과 함께 노래도 부르며 이야기로 웃음꽃을 피웠다. 그였는지 아니면 김사엽 선생이었는지, 그것도 아니면 자리에 있던 누구였는지 나에게 노래를 부를 것을 제의했다. 나는 북한과 중국 조선족 노래를 꽤 많이 배웠다. 하지만 그때는 이런 자리와 분위기에 적당한 노래가 갑자기 떠오르지 않았다. 그러다가 따뜻하고 즐거운 분위기에 이끌려, 조선 전역의 민간에서 오랫동안 전해 내려온 '아리랑'을 떠올리고는 곧바로 목청을 돋우어 노래를 불렀다. 좌중에서 누군가가 노래를 따라 불렀다. 노래가 끝나자 자리는 박수소리와 환호, 그리고 뜻밖이라는 놀람과 기쁨의 감정으로 가득 찼다. 나의 어설픈 노래 소리가 이런 효과를 내다니 생각지 못한 결과였다. 어쩌면 그것은 한국인들이 어렸을 때부터 아주 익숙한 민요를 중국인이 부른 것을 처음 들어보았기 때문이었을 지도 모른다. 또 어쩌면 그들이 그 노래가 예술의 정치적 내용을 강조하는 북한과 중국 옌볜延邊에는 전해지지 않았을 것이라고 생각했었기 때문인지도 모르겠다.

내가 아직 생각에 잠겨 있을 때, 다른 사람의 노랫소리가 또 시작되었다. 자리는 온통 웃고 떠드는 소리로 가득했다. 하가 선생이 종종 분위기를 주도했다. 일흔에 가까운 김사엽 선생과 다른 한 노선생이 먼저 자리에서 일어나려는 듯 했다. 자리를 뜨기 전에 그는 내가 선창하여 다시 한 번 아리랑을 부를 것을 제의했다. 내가 먼저 시작하자 모두가 한 목소리로 함께 노래를 불렀다. 노래가 끝나자 박수소리가 이어졌다. 나도 이런 즐거운 분위기 가운데 왕샹룽 선생과 함께 김사엽 선생 등 연세 드신 선생들을 따라 자리에서 일어나 작별을 했다. 하가, 가미가이도, 김태준 선생 등은 계속해서 젊은 사람들과 자리를 즐겼다.

이날 저녁 연회에는 백인 여성 한 명이 있었는데, 한국말을 아는 것 같았다. 나와 몇 마디 주고받으며 자기소개를 했는데, 아쉽게도 그녀의 이름과 신분을 잊어버렸다.

이날 회의 전에 이수웅 선생이 차를 선물했었는데, 또 약과 먹을 것을 잔뜩 주어 그 마음이 참 고마웠다.

문화답사의 여정에 오르다 – 대구 경유

학술회의의 모든 발표와 토론을 마치고 10월 5일부터는 '18세기 동아시아 문화교류 한국연구여행' 일정이 시작되었다. 앞서 10월 1일부터 3일까지 있었던 전통가무 감상, 중앙박물관 관람, 민속촌 관람도 모두 이런 '한국연구' 활동의 일환이었다. 10월 5일에서 6일까지의 일정은 그 연장선상에 있었다.

10월 5일 새벽에 일어나 짐을 정리해서 아카데미하우스에 맡겨 두었다. 간편한 행장으로 여정에 오르기 위함이었다. 하가 선생은 이번 한국연구여행에 참가하지 않고 이날 일본으로 돌아갈 예정이었기에 아직 잠자리에서 일어나지 않아 작별인사를 할 수 없었다. 우리 일행 9명은 이른 아침 대형 버스를 타고 호텔을 빠져나왔다.

이 외지고 고요한 산중에 자리 잡은 호텔에서 나는 4일 밤을 머물렀다. 녹색의 푸르름으로 둘러싸인 그곳에서 매일 동틀 무렵 산중에서만 느낄 수 있는 신선한 공기를 마시고 새벽이슬 맺힌 나뭇잎 아래서 거닐고 체조를 하면서, 짧지만 신기하기만 한 이 의미 깊은 이국 생활을 체험했다. 이제 이곳에 손을 흔들며 작별을 고하려니 아쉬운 석별의 정이 느껴졌다. 그러나 앞으로 더 멋진 볼거리와 일정들이 기다리고 있었다. "다시 만날 기회가 있을 거야 아카데미하우스!"하는 생각이 마음속을 스쳐지나갔다.

우리 일행 아홉 명은 구불구불한 산중 도로를 지나 자동차들이 쉴 새 없이 붐비는 시내로 들어섰다. 가다 서다를 반복하며 서울역에 도착했을 때는 이미 9시 10분으로 기차 시간에 늦고 말았다. 예약한 경주행 기차는 이미 출발한 후였다. 다음 기차로 대구까지 갔다가 다시 차를 타고 경주로 갈 수밖에 없었다.

서울역은 오래된 역으로, 일제강점기에 지어진 것인데 후에 증축을 하였다. 역사는 2층으로 되어 있고 비교적 컸으며 승객들이 아주 많았다. 사람들의 왕래가 빈번하고 번화한 것이 백화점 같았다. 베이징 기차역과 비교하면 서울역은 아주 깨끗했다. 사람들의 옷차림이 비교적 깨끗했고, 역에서도 위생과 청결을 중시하였다. 게다가 승객들은 문화수준이 있어 함부로 쓰레기를 버리지 않았다. 사람들은 많아도 무질서하지 않고, 인파로 붐비면서도 지저분하지 않아 보였다. 역 중앙홀에는 칼라 TV 몇 대가 설치돼 있고 좌석이 줄줄이 놓여있어 승객들이 쉬면서 볼 수 있었다. 좌석에는 적잖은 사람들이 편안하게 TV를 보고 있었지만, 빈자리를 찾는 것은 그리 어렵지 않았다. 베이징역의 대합실과는 사뭇 달랐다. 베이징역에서는 객지 생활에 지쳐 기차를 기다리며 앉아 있는 사람들 외에도 아무렇게나 누워 있는 사람들, 잔뜩 쌓여 있는 트렁크와 짐들로 인해 자리를 찾아 잠시 다리를 쉬고 싶은 승객들이 보기만 해도 숨 막히게 만들곤 한다. 게다가 코를 찌르는 냄새는 사람들로 하여금 원래는 아주 화려하고 넓게 잘 지어진 대합실에서 얼른 떠나고 싶게 한다. 서울역 건물의 단점이라면 천장이 너무 낮아 조금 답답한 느낌을 준다는 것이다.

나는 역내의 화장실에도 가 보았다. 역시나 좀 거북한 냄새가 났지만 중국 기차역의 화장실 안에서 풍기는 냄새에 비교하면 양반이었다.

베이징역의 건축 특징은 서울역에 비해 웅장하고 기품이 있으며, 중앙홀이 높고 넓으며, 화려하고 밝다는 것이다. 대합실과 세면실, 화장실 등은 모두 크고 넓으며 설비도 비교적 잘 갖추어져있다. 그러나 사람들에게 주는 인상은 그다지 훌륭하지 못한데, 아무래도 관리상의 문제인 듯하다. 또 일반 생활수준도 비교적 낮고 옷 입는 것이나 개인위생도 비교적 떨어지며, 공중도덕 관념도 여전히 부족하다. 더욱이 나라는 크고 사람은 많으며 비행기표는 너무 비싸서 기차를 타려는 승객들이 넘쳐나고 기차역의 유동인구가 과다한데, 이런 것들이 복합적인 원인으로 작용하는 것이다.

역내에는 몇 개의 커피숍이 있었다. 빈자리를 찾기는 아주 쉬웠다. 우리 일행은 안으로 들어가 커피를 마시면서 한가롭게 이야기를 나누며 잠시 휴식을 취했다. 20분 정도 만에 벌써 대구행 기차표를 끊었다. 우리는 곧 일렬로 줄지어 검표대를 지나 기차에 올랐다. 기차를 타는 사람들은 아주 많았지만 늦을세라 앞을 다투며 이리저리 밀치는 모습은 전혀 없었다. 또 열차 승객은 많지만 그때그때 표를 사고 바꾸기가 매우 편리해, 정신없이 동분서주하며 힘들일 필요는 없어 보였다.

우리가 탄 칸은 특실이었다. 객차 내 시설은 비행기의 객실 내부와 약간 비슷했다. 좌우 양쪽에 각각 두 개씩 놓인 좌석은 모두 순방향이었지만, 좌석을 돌려 반대방향으로 바꿀 수 있었다. 그러면 앞뒤 네 명이 두 명씩 서로 마주하고 앉아 이야기를 나누거나 포커를 칠 수도 있었다. 좌석의 등받이 각도도 반 정도 눕거나 앉는 자세로 조절할 수 있었다. 앞좌석의 등받이 뒤편에는 신문꽂이가 있고 그 안에 읽을거리가 놓여 있어 마음대로 꺼내 볼 수 있었다. 또 접이식 작은 탁자가 좌석 뒤에 있어 펼치면 음식물이나 다른 물건을 올려놓을 수 있었다. 열차 내에서 음식물도 살 수 있어 편리했다.

창밖을 바라보니 가을날의 들판이 펼쳐져 있었다. 마을이 곳곳에 있었지만 초가집은 하나도 볼 수 없었고, 초라한 구식 검은 기와집도 드물었다. 대부분 양옥으로 알록달록한 것이 일본 오사카 시가에서 보았던 채색 지붕과 아주 비슷했다. 집들은 비교적 새롭고 깨끗해 보였다. 동행한 강 선생님은 이렇게 말했다.

"요즘 농촌은 집집마다 다 각종 가전제품이 있고, 현대식 건물이 갖춰야 할 설비도 다 갖추고 있어요. 대부분은 전화기도 있어서 도시 가정집하고 큰 차이가 없습니다."

그의 말에 의하면 그런 집들은 모두 박정희 대통령 재임 시절 시행한 '새마을 운동' 때 짓기 시작한 것이라고 한다. 그래서 지금 농촌에서는 더 이상 옛날 초가집을 볼 수 없게 된 것이다.

김태준 선생은 내 옆자리에 앉아 있었다. 기차가 대구에 가까워졌을 때

김 선생은 창밖을 가리키며 여기가 바로 소재영 선생의 고향인 선산군善
山郡이라고 알려주었다. 나는 창밖을 응시하며 내가 처음으로 알게 된 한
국 학자의 고향을 자세히 살펴보았다. 김 선생은 또 소 선생이 매년 노부
모의 생신을 축하드리고 조상의 제사와 성묘를 위해 매년 몇 차례 고향에
내려오고, 명절 때도 내려온다고 했다. 김 선생은 그것이 한국의 풍속이
라고 했다. 외지에서 일하는 사람이 부모의 생신인데도 고향에 돌아와 효
도를 다하지 않으면 다른 사람들에게 손가락질을 받는다는 것이었다. 김
선생의 그 말에 나는 깊은 생각에 빠졌다. 부모에게 극진히 효도하는 것
은 단지 대한민국만의 풍속일 뿐 아니라, 조선민주주의인민공화국에도
조상의 묘에 가서 성묘할 수 있도록 청명절淸明節을 휴일로 정하고 있다.
중국의 전통풍속에서도 "모든 선 가운데 효가 으뜸百善孝爲先"이라는 말
처럼 '효'는 아주 중요하게 자리매김 되어 있다. 부모의 생신 때 반드시 고
향에 가는 한국의 이런 풍속은 인정미가 넘친다. 비록 시간이 들고 일에
영향을 줄 지라도, 자식이 부모의 은혜를 잊지 않도록 하고 훌륭한 인격
을 배양하며 전통 미풍양속을 유지하기 위해서는 약간의 시간적 희생을
감수하는 것은 가치 있는 일이다. 특히 현대 공업화가 초래한 물질만능의
분주한 사회 속에서 이러한 미덕은 꼭 필요한 것이다.

　　대구에 도착해 역 앞에서 황급히 주변의 거리 풍경을 둘러보았다. 역시
나 높은 빌딩과 광고들뿐이었다. 곧이어 봉고차에 올라 고속도로를 타고
경주로 향했다.

'동방사현東方四賢' 중 한 사람
이언적李彦迪의 유적

고속도로에서 바라본 경치는 기차에서 본 것보다 훨씬 더 가깝게 느껴졌다. 새삼 차를 타고 지나가며 보는 산수도 '삼천리금수강산'의 일부라는 생각이 들었다.

처음 와보는 곳이지만 울창한 푸른 산과 드넓은 들판은 마치 전에 와본 것만 같은 친근감이 들었다. 도로 옆의 건물들만이 신기한 느낌을 줄 뿐이었다.

차는 넓은 고속도로에서 작은 길로 들어서 산자락의 숲이 우거진 곳을 향해 나아갔다. 차는 한 그윽하고 고요한 곳에 멈추었다. 오래된 가옥과 깊은 정원이 있는 곳이었는데, 알고 보니 그곳은 이언적의 고택이었다.

이언적(1491~1553)은 조선 초기의 대유학자로, 관리로서의 치적도 뛰어났다. 그의 성리학 사상은 조선 최고의 주자학 대가 이퇴계(1501~1570)에게 큰 영향을 미쳐, 이퇴계는 그를 '동방사현'(김굉필金宏弼, 정여창鄭汝昌, 조광조趙光祖, 이언적을 가리킨다)의 한 사람으로 받들었다. 그는 평생 수많은 저술을 남겨, 조선 사회의 정치사상과 철학사상의 기초를 다졌다. 그리하여 '해동 공자海東夫子'라 일컬어지기도 하였다. 그는 만년에 억울한 누명을 쓰고 유배지에서 죽었다. 후에 선조 때 영의정으로 추증되고 종묘에 모셔졌으며, 광해군 2년(1610)부터는 문묘에 배향되었다.

이언적의 고택은 산과 물로 둘러싸여 있었고, 골짜기는 깊고 숲은 그윽했다. 그의 담박하고 고결한 인격과 학문에 전념했던 성품을 그대로 보여주는 환경이었다. 나는 그 대유학자에 대한 존경심을 품고 김태준 선생 등과 함께 안으로 들어가 소박하고 수수한 고택을 둘러보았다. 다시 건물 옆으로 돌아가 보니 졸졸 흐르는 샘물과 성긴 숲이 눈에 들어오면서 세속의 온갖 잡념이 말끔히 씻겨 내리는 것 같았다. 그곳은 그야말로 이상적인 독서와 학문의 공간이었다. 나는 나도 모르게 김태준 선생에게 이렇게 말했다.

"저는 높은 빌딩들이 싫습니다. 차라리 이런 곳에서 여생을 보내고 싶어요."

그냥 무심결에 내 뱉은 말이기는 하지만, 소란스러운 세상을 싫어하고 평온하고 고요함을 갈구하는 마음에서 나온 말이기도 했다.

고택의 방 한 칸에는 서른 살 정도 돼 보이는 부부가 살고 있었다. 듣자니 이 고택을 지키며 관리하는 사람이라고 했다. 하지만 그들이 이언적의 후손인지 아니면 외부에서 청해온 사람인지는 확인하지 못했다.

그 집에는 세탁기, 전화기 등 현대식 물건들이 많이 갖추어져 있었다. 그래서 그 오래되어 허름해 보이는 옛 건물과는 그다지 조화를 이루지 못해 보였다.

고택을 나와 다시 차를 타고 옥산서원玉山書院으로 갔다.

옥산서원은 조선의 선비들이 1572년(선조 5년)에 이언적을 기념하기 위해 황폐한 터에 세운 것이었다. 처음에는 이언적의 위패를 모신 체인묘體仁廟만 있었는데, 그 후 다른 건물들을 증축했다고 한다. 당시 이 서원은 규모면에서 으뜸이었다. 선조로부터 '옥산서원'이라는 편액을 하사 받았는데, 지금 우리가 보는 편액은 1839년己亥에 화재로 소실된 후 다시 지은 것이다. '옥산서원'이라는 고풍스럽고 중후한 큰 글자 아래에는 다음과 같은 세 줄의 작은 글씨가 쓰여 있었다.

"만력 갑술년 사액 후 266년 되는 기해년에 화재로 소실되어 다시 써서 하사함(萬曆甲戌 賜額後 二百六十六年 己亥失火 改書宣賜)."

갑술년은 명明 신종神宗 만력 2년(1574)이고, 기해년은 청淸 도광道光 19년(1839)이다. 여기서 고의로 청나라의 연호를 붙이지 않고 명대의 연호를 쓴 것은 명을 숭상하고 청을 배척하는 조선 역사상의 오랜 경향을 보여주는 것이다. 이러한 경향은 북한에 보존돼 내려오는 고적에서도 흔히 볼 수 있다.

우리는 '역락문亦樂門'과 '체인묘', '구인당求仁堂' 등을 차례로 관람했다. 이 유적을 관리하는 이언적의 후손 한 분이 나와서 우리를 맞아 주었다. 소개를 통해 우리 일행 가운데 중국에서 온 학자가 있다는 사실을 안 그는 뜻밖의 기쁨과 반가움에 우리에게 유적과 관련된 정보들을 소개해 주었다. 또 우리에게 '옥산서원과 양동촌良洞村'이라는 제목의 컬러 화첩을 선사하며 정중하게 배웅해 주었다.

한국에서는 이런 유적들을 종종 유적 원주인의 후손들이 조상의 유산으로 대대손손 계승한다고 한다. 그것은 법률상 침범할 수 없는 사유재산이며, 개인의 힘으로 유지하고 보존한다는 것이었다. 정부에서는 그 역사적 의의와 학술적 가치를 따져 적당한 보조금을 지원한다고 했다. 이러한 방식은 우리 중국과는 달랐다. 한국인들은 족보를 매우 중시하여 조상 대대로 끊임없이 기록한다. 그리하여 어떤 경우에는 수백 년 혹은 더 먼 조상까지 거슬러 올라가기도 한다.

H-2 : '동방사현(東方四賢)' 이언적의 유적 (10월 5일)

이러한 조상을 숭배하는 가문 관념은 선조의 정신과 물질문화 유산을 소중히 여기고 아끼는 데서도 드러나고 있다.

'옥산서원'과 같이 귀중한 문화유산이 이렇게 잘 보존되고 있는 것은 이와 같은 관념과 방식이 긍정적으로 작용한 결과인 것이다. 또 옛 유적을 참관하고 고적이 기념하는 원주인의 후손을 만나 대화할 수 있다는 것은, 관심 있는 관람객에게는 만족감을 더해주는 수확이기도 하다.

옥산서원 건물은 꽤 넓고 그 풍격이 엄숙하고 중후했다. 아마도 보존을 잘한 탓인지 색채도 상당히 광택이 나고 화려한 것이 낡고 나지막하며 소박한 고택과는 선명한 대비를 이루었다. 서원은 산비탈 중턱에 자리 잡고 있어 지세가 탁 트였고 높은 곳에서 아래를 굽어보고 있다. 뒤쪽으로는 산을 의지하고 있어 녹음이 짙푸르고 바람이 쉬익쉬익 하고 불며 샘물이 졸졸 흐른다. 그리하여 풍부한 자연의 소리 가운데 시적인 그윽함이 두드러지며, 청산벽수 가운데 옛 철인 마음속의 천기天機가 감춰져 있는 듯 했다. 이런 아늑한 정경 속에서 동행한 강동엽 교수가 나에게 이언적의 시조「청산곡靑山曲」을 읊어 주었다.

자옥산 깊은 곳에 초려 한 간 지어 두고,	紫玉山谷幽深處,　筑屋一間
반 간은 청풍 주고 반 간은 명월 주니,	半間贈淸風,　半間予明月
청산은 드릴 데 없어 둘러두고 보리라.	靑山無贈者,　留置周圍任我賞

저 멀리 아득한 청산을 바라보며, 그 당시 시인이 가졌던 마음을 상상해 보았다. 세속을 초월한 유유한 조선어 시구는 도연명陶淵明이나 왕유王維의 시와 일맥상통하는 듯 했다.

돌계단을 내려오다 보니 막 왔을 때 보았던 일고여덟 명의 남녀가 여전히 둘러 앉아 식사를 하면서 웃으며 떠들고 있었다. 그런 모습은 주위의 엄숙하고 그윽한 분위기와는 그다지 어울리지 않았지만, 이곳 사람들이 그들 역사상 철인의 유적과 친근하게 지내는 데 익숙함을 엿볼 수 있었다.

옥산서원을 떠날 때, 일본연구소를 이끄는 중임을 맡고 있는 김사엽 선생이 먼저 서울로 돌아가게 되어 우리 일행에게 작별을 고했다. 그 연로하신 분이 초청자로서 수고를 마다하지 않고 먼 길을 함께 해주신 정성에 감사하며, 우리는 그와 서로의 안녕을 기원했다.

신라의 옛 도읍을 탐방하다

차가 경주박물관에 도착했을 때는 이미 해가 서산으로 기울고 있었다. 관광객들도 이미 얼마 남지 않아 박물관 안은 훨씬 더 넓어 보였다. 이곳은 서울 중앙박물관과는 달리 오로지 경주의 문물을 전시하기 위해 지은 것이다. 건축 스타일이 참신한 데다 높고 크고 밝아서 편안하고 쾌적한 느낌을 주었다. 조소품, 자기 등 전시물이 매우 많았고, 전시방법과 그 바탕에 깔린 사고도 중앙박물관과 비슷했다. 내가 가장 흥미를 느꼈던 것은 박물관 밖 광장에 있는 '에밀레종' 즉 성덕대왕신종이었다.

이 종은 높이 3.33m, 지름 2.27m의 거대한 종으로 신라 혜공왕 7년(771)에 만들어졌다. 거대한 크기와 정교한 공예는 전성기 신라왕조의 웅대한 기상을 잘 반영하고 있으며, 이것은 신라 문화유산 가운데 가장 진귀한 공예품이기도 하다. 이 종은 한 민간 전설과 관련이 있어 조선 문학사에서도 종종 언급되곤 한다. 나는 오래전부터 그 명성을 흠모해 왔는데, 이날 이렇게 직접 보게 되니 자못 흥분되었다. 함께 간 몇 사람과 종 앞에서 사진을 찍어 기념으로 남겼다.

우리는 박물관 근처에 있는 한 골동품점도 구경했다. 상점 안에는 아름답고 진귀한 물건들이 가득했는데, 모두 경주 특산품 혹은 출토문물의 모조품이었다. 강동엽 선생은 계속 나에게 기념으로 골동품을 사라고 권했다. 그러나 당시 내 주머니사정이 넉넉지 못해 사지 못했다. 그의 호의를 받아들이지 못해 무척 겸연쩍었다. 그러나 김태준 선생이 출토된 불상의 얼굴 모양이 조각된 작은 이미테이션을 사서 갈색 끈을 달아 우리들에게 선물했다. 나는 관람하는 내내 그것을 목에 걸고 다녔다.

황혼 무렵, 우리는 아담하고 세련된 한 한식집에 가서 식사를 했다. 신발을 벗고 온돌방에 올라 양반다리를 하고 앉았다. 우리가 먹은 것은 한국식 채식이었는데, 깔끔하고 입맛에 잘 맞았다. 종업원들도 점잖고 예의가 밝아 하루의 피로와 허기가 이 한 끼에 말끔히 사라졌다.

저녁에 우리는 온천호텔에 묵었다. 그곳은 경주시 변두리에 위치해 있는 것 같았다. 근처 시가지의 상점들은 대부분 단층 건물이고 높은 빌딩은 하나도 없었는데, 그것이 도리어 내게는 더 친근감을 주었다.

나는 역사 고도인 경주에 남아 있는 옛 모습이 무척 보고 싶었다. 그러나 시간이 촉박하여 그 바람을 이루지 못했다. 나는 조선 고전문학을 공부하는 사람이다 보니 역사적으로 이름 있는 고장을 대할 때면 늘 고전문헌 가운데서 얻은 인상으로 오늘날의 모습을 바라보게 된다. 그러나 세월의 흐름에 따라 상황도 크게 변해, 역사의 옛 자취가 이미 현대화된 시가와 건물들, 즐비하게 늘어선 화려한 상점, 질주하는 자동차들에 완전히 가려지고 대체되었을 줄은 미처 생각지 못했다. 서울에서 지낸 며칠 동안 이미 그런 느낌이 들었었다. 그래서 나는 그보다 더 오래된 이 신라의 고도 경주에서도 똑같은 실망감이 들지는 않을까 걱정스러웠다. 그래, 조금 덜 보는 것도 좋다. 그저 유서 깊고 소박한 '에밀레종'에 대한 인상을 간직해 오랜 시간 흠모해온 고도를 방문한 마음의 기념으로 삼자.

온천호텔 로비는 화려했고, 천연 온천장을 갖추고 있었다. 일행들은 온천욕으로 여독을 풀 것을 권했다. 그러나 피곤하고 움직이기가 귀찮아 그냥 숙소 욕실에서 샤워를 했다. 그리고 나서 옛 도시의 풍모를 담은 고전적 문양이 새겨진 옷장에 옷을 걸어 두고 자리에 누워 휴식을 취했다.

석굴암, 불국사, 첨성대

10월 6일 아침 8시, 1층에 있는 화려한 식당에서 아침식사를 했다. 9시에 출발해 먼저 도착한 곳은 석굴암이었다. 조선의 역사와 미술사에서 석굴암의 불상 사진을 여러 번 본 적이 있지만 별로 특별함을 느끼지는 못했었다. 그런데 이제 직접 와보니 그 귀중함을 제대로 알게 되었다. 비교적 긴 산 언덕을 올라서야 석굴암이 보였다. 그 진귀한 문화재를 보호하기 위해 그 앞면에 전실前室과 통로를 지어 놓았다. 우리는 통로를 따라 들어가서 대형 유리창 안쪽에 모셔진 불상을 보았다. 찬란한 불빛이 부처의 평안하고 자애로우면서도 엄숙한 얼굴을 비추고 있었다. 안쪽에는 가사를 단정하게 입은 한 스님이 경건하게 절을 올리며 경문을 외고 있었다.

같이 간 학자 중 몇 명은 유리창 안의 불상을 향해 조용히 허리 굽혀 절을 올렸다. 나도 신라의 문명과 그 조각예술에 대한 경의를 품고, 또 예로부터 지금까지 이 땅의 시련과 곡절 많은 역사에 대한 깊은 생각에 잠겨, 탄복하는 마음을 절로 들게 하는 불상을 향해 묵묵히 목례를 행했다.

전실을 나와 음수대에 가서 가슴속까지 시원하게 해주는 천연수를 맛보았다. 평평한 곳에 서서 가만히 앞산을 바라보니 그 지세가 대단히 훌륭했다. 석굴암 불상 정면에 멀리 마주보이는 푸른 산들은 마치 석굴암의 병풍과 같았다. 산 중턱에 위치하여 안쪽으로 움푹 들어간 이곳을 중심으로 뭇 산들이 둘러싸고 있는 듯한 형세를 이루고 있었던 것이다. 올라왔던 언덕길을 따라서 내려 갈 때에야 길옆으로 나무들이 우뚝 우뚝 솟아 있고 푸른 잎이 가득하다는 것을 알았다. 마치 여름날 같은 무성한 초목에 드높은 가을 하늘과 맑은 공기가 상쾌하고 쾌적함을 가져다주어, 오랜 세월 명성을 유지해온 이 고적이 더욱 아름답게 느껴졌다. 공예의 수준에 있어서나 자연환경의 선택에 있어서나 모두 매우 탁월한 것이 국보로서 전혀 손색이 없었다.

석굴암 앞을 유리로 막고 전실로 가려야 할지 등의 건축 문제에 대해 이견이 많았다고 한다. 비록 후대에 덧붙여진 구조물로 인해 이 고적의 원모습이 주었던 인상이 손상을 입기는 했지만 말이다. 그러나 이 문화유산이 비바람에 침식되지 않도록 보호하는 것도 꼭 필요한 일이 아니었을까 싶다.

석굴암에서 나와서 차를 타고 오래지 않아 불국사에 도착했다. 이곳은 관광객들이 석굴암보다 더 많았다. 그 옛날의 조용하고 은은하게 울려 퍼지던 경문 외는 소리는 맛볼 수 없었지만, 복잡하고 소란스런 느낌도 없었다. 화보와 달력을 통해서 나는 이 유명한 사찰의 모습을 이미 잘 알고 있었다. 오늘 직접 와보니 아득한 회고의 정이 훨씬 크게 느껴졌다. 문루와 대전, 회랑, 석탑 하나하나에서 나는 이미 1,400여 년의 역사를 지닌 이 신라 유적에 완전히 마음이 사로잡혔다. 김태준 선생과 다른 선생님들은 나의 이런 마음을 잘 아는 듯 내게 다가와 나와 사진을 몇 장을 찍어주었다.

점심은 절 앞에 있는 식당에서 먹었다. 고적 주위에 매점, 식당 등 약간의 현대화된 시설들이 있어 관광객들에게 편의를 제공하는 것도 나쁘지는 않았다. 불국사와 내가 나중에 보게 된 통도사 등 한국 유적들은 모두 이렇게 편의시설들을 갖추고 있다. 그런데 그런 시설이 있으면서도 많지는 않아 복잡하지 않고, 도시처럼 와시글거리거나 들뜬 상업적 분위기가 없어 대체로 고적 본래의 엄숙함과 그윽한 분위기를 유지하고 있었다. 그래서 사람들은 여전히 옛 정취에 깊이 젖어들 수가 있다. 이런 점은 한국이 상당히 적절하게 잘 하고 있었다. 중국은 고적도 많고 관광객도 적지 않으니 관리자들이 이런 점을 잘 고려하고 이웃나라의 성공적인 경험을 배웠으면 하는 바람이다.

차가 출발했을 때, 나는 햇빛을 받아 싱그러운 차창 밖의 녹색 풍경에 빠져 어디로 간다는 것도 듣지 못했다. 차에서 내린 뒤에야 눈에 익은 한 특별한 건축물이 눈앞에 우뚝 서 있는 것을 보게 되었다. 알고 보니 첨성대에 왔던 것이다. 첨성대는 예스럽고 소박하며 단순한 신라시대의 과학과 건축의 유산이자, 고대 신라인의 지혜와 예술의 상징이다. 이곳에서 관복을 입은 고대 천문가들이 하늘의 모습을 무수히 관찰했을 것이며, 또 그것을 통해 국가의 운명을 수없이 예언했을 것이다. 애초에 첨성대를 둘러싸고 어떤 건축물들이 있었는지 나는 알지 못한다. 지금은 첨성대만 쓸쓸하게 너른 풀밭 중간에 우뚝 서있다. 풀밭 주위에는 키 작은 난간이 둘러쳐져 있어 한국 사람들이 이 국보를 한없이 소중하고 귀하게 여기는 마음을 엿볼 수 있었다. 동행한 학자들은 그들이 어렸을 때, 그러니까 대략 반세기 전에는 어린 친구들과 같이 들어가서 오르락내리락 하며 놀았었다고 했다. 계속 그렇게 방치해 두었다면 이 고대 건축물에 악영향을 줄 수밖에 없었을 것이다. 그러니 지금처럼 이런 보호방법을 쓰는 것은 확실히 필요한 조치였던 것이다.

첨성대의 높이는 9m정도로, 전체가 반듯반듯한 돌로 쌓아 만든 것이다. 무수한 비바람과 천둥번개, 전란의 위험, 역사의 격랑을 겪어왔지만, 예전 그대로 아무 탈 없이 온전하게 남아 있었다. 비록 조금 낡아 보이긴 했지만, 여전히 굳세고 의젓하게 우뚝 솟아 있었다. 첨성대는 이 나라의 유구한 역사와 오래된 문화의 상징이자, 이 민족이 역사의 간난신고와 곡절을 겪고도 의연히 분발하여 위업을 이루고, 세계의 수많은 민족들 가운데 우뚝 선 대표적인 이미지이기도 하다.

나는 기쁜 마음으로 첨성대 앞에서 사진을 몇 장 찍었다. 그 가운데 독사진에는 이 금자탑에 대한 내 개인적인 존경의 마음을 담았고, 외국 학자들과 같이 찍은 사진에는 우리가 함께 새로운 시대에 고대 문화연구의 교류관계를 발전시키는 데 힘쓰겠다는 소망을 담았다.

향교 – 공자 앞에 엎드려 절하다

첨성대 공원 앞에는 높이가 7~8m쯤 되는 잔디로 덮인 청록색의 무덤들이 있다. 그것은 신라시대 왕후들의 능이며, 더 크고 더 많이 모여 있는 왕릉은 다른 곳에 있었다. 우리는 천천히 걸어서 한 마을로 갔다. 마을에는 사당 비슷하게 생긴 건물이 하나 있었는데, 그것은 바로 '향교'였다. 향교는 전통시기 향촌의 지식인과 젊은이들이 글공부를 하고 성현을 모시던 곳이다. 옆문으로 들어서니 고즈넉한 정원이 넓고 깨끗했다. 대성전은 1.5m정도 높이의 석대 위에 지어져 있었다. 우리는 섬돌을 올라가 대전의 문지방을 넘어 들어갔다. 대전 안에 진열된 것들을 자세히 살펴보기도 전에 김태준, 강동엽, 최박광 교수 등 세 해동 학자가 벌써 나란히 무릎을 꿇고 중앙의 위패를 향해 공손히 큰절을 올리는 것이었다.

그것은 공자의 위패였고 좌우 양편에는 각각 조선과 중국의 저명한 옛 성현들의 위패가 모셔져 있었다. 조선인으로는 최치원, 이황, 이이 등이 있었고, 중국인으로는 맹자, 순자 등이 있었다.

무릎을 꿇고 절하는 학자 중에는 크리스찬도 있었다. 그럼에도 불구하고 그들은 유학에 대한 존경과 역사상의 성현에 대한 숭경의 마음을 가지고 큰절을 올린 것이다. 유학은 중국에서 시작된 것이다. 그런데 이 양복을 입은 한국학자들이 공자의 위패 앞에 무릎 꿇는 것을 보자, 나는 갑자기 당황스러워 어찌해야 좋을지 몰랐다. 이치대로라면 중국인으로서 당연히 한쪽 옆에서 답례를 하거나 함께 경의를 표해야 했지만, 창졸간에 나는 그런 생각을 할 틈도 없어 그저 숙연하게 감격스런 마음으로 '수수방관'할 수밖에 없었다.

어둡고 엄숙해 보이는 대성전에서, 나는 고대 여러 성현들의 위패 앞으로 다가가 묵묵히 한 분 한 분 주목하며 존경을 표했다. 그곳을 나서면서 나는 감개가 무량했다.

토대와 상부구조의 관점이나 중국 학계에서 유행하는 시각에서 보자면, 이런 고대 학자들은 모두 노예제사회나 봉건사회의 지배자들을 위해 일하면서 자신 역시 지배계급에 속하게 된 사람들이다. 이런 견해가 근거가 없는 것은 아니다. 그러나 유구한 인류문화의 발전과정에서 특정한 문화는 모두 특정한 시대와 사회, 계급의 구체적인 특징과 속성, 형태를 지니고 있다. 이처럼 서로 다른 모습의 문화가 인류의 문화를 형성한 것이며, 이 같은 서로 다른 특징을 지니지 않은, 추상적이고 공통적인 수정 같이 '순수'한 문화도 존재하지 않는다.

서로 다른 시대와 사회의 이런 문화들은 인류문화가 발전하는 데 있어 반드시 거치게 되는 단계이고, 후대의 문화는 모두 그러한 문화들을 소화하고 계승, 발전시킨 것이다. 따라서 우리는 지금 현실에 유익하며 유용한 고대문화를 반드시 계승해야 한다. 공자가 창시하여 장기간 중국에서 성행했던 유교 역시 이런 문화에 속한다. 조선인은 예전부터 교육을 지극히 중시해왔는데, 이것은 그들이 오랫동안 위대한 교육가인 공자를 존숭했던 것과 무관하지 않다.

교육을 중요시한 결과 인재를 양성할 수 있었다. 수많은 인재들은 사회경제와 문화 발전에 중요한 역할을 했다. 한국은 원래 경제발전 수준이 높지 않았고, 한국전쟁 이후에는 더욱 심각한 어려움을 겪었다. 그러나 놀랍게도 그리 길지 않은 시간 내에 눈부신 발전을 이룩하였다. 신속한 경제 발전에는 물론 여러 가지의 원인이 있지만, 교육의 발달과 수많은 인재의 양성이 가장 직접적이고도 중요한 원인이 아닐 수 없다.

한국 학자의 말에 따르면, 한반도에는 원래 총 360개의 이 같은 향교가 농촌에 분포되어 있었다고 한다. 현재 남한에 231개가 있으며, 모두 잘 보존되어 있다고 한다. 그러니 사람들이 교육을 중시하도록 영향을 주고 촉진하는 데 향교가 얼마나 거대하고 지속적인 역할을 했을지 상상할 수 있다.

향교에서 나와 차를 타고 신라 왕들의 능원으로 갔다. 능원에는 반구형의 대형 능묘들로 가득했는데, 능은 높이가 10여 미터에 이르렀다. 봉분은 푸른 잔디로 뒤덮여 있어 주위의 풀밭과 함께 드넓은 녹색의 공간을 조성하며 잘 조화를 이루는 것이 보기가 좋았다. 시간상으로 보면 그 능들은 모두 적어도 천년의 역사를 가지고 있다. 그러나 허물어지거나 파손된 흔적 없이 여전히 완전하게 남아 있어, 대대로 이 왕릉들을 정성껏 보호해 왔음을 알 수 있었다. 중국의 왕릉과는 달리 이들 능묘 앞에는 전당이나 비각 같은 건축물이 없었다.

수많은 왕릉 가운데 단지 하나만 발굴되어 있었다. 왕의 유해는 땅속 깊은 곳에 묻은 것이 아니라 평지에 놓은 뒤 돌로 그 위를 쌓고 다시 흙으로 덮어, 외관상으로는 우리가 보는 것처럼 반구형의 동그란 봉분을 이루게 된 것이다. 그래서 발굴 후에 만든 문으로 들어가 관람할 때 계단이 없다. 아니 계단이 필요하지가 않았던 것이다. 왕릉 안의 유해를 모셔둔 곳은 발굴 당시의 원 모습을 그대로 보존해 놓았으나, 유리 진열창으로 막아놓고 있었다. 그 양옆으로는 발굴한 문물들도 전시되어 있었다.

그윽한 통도사

신라 능원에서 나온 후 부산으로 가는 도중에 양산군 하북면 영취산에 위치한 통도사를 관람하였다. 통도사는 아주 크고 오래된 사원으로 통일신라시대에 세워졌으며, 조선의 유명한 3대사찰(나머지는 해인사, 법광사) 중 하나이다. 이 사찰은 인도와 신라 문화교류의 산물이다. 신라의 고승인 자장율사가 당나라에서 부처의 가사와 사리를 가져와 성덕여왕 15년(646)에 이 절을 창건했다. 이른바 '통도'란 영취산의 기운과 서역의 천축국(인도)이 서로 통한다는 뜻이다. 이 절은 1592년 임진왜란 때 전란으로 불에 탄 뒤 1603년(선조 36년)에 애국 고승 사명당 대사가 중건하였고,

1641년(인조 19년)에 다시 지은 것이다.

이 절 대웅전의 특징은 불상 없이 크고 화려한 계단戒壇만 있고 그 안에 부처의 사리를 모시고 있다는 것이다.

사원 중앙의 '불이문不二門'은 고려 충렬왕 31년(1305, 원 대덕大德 9년)에 지은 것이며, 그 편액은 명태조明太祖가 쓴 것이다. 또 다른 편액에는 '원종제일대가람源宗第一大伽藍'이라고 쓰여 있으며, 글씨가 아주 장중하면서도 빼어났다.

통도사는 역대로 수차례 증축되어 그 규모가 상당히 컸다. 전, 각, 문, 루 등 십여 곳은 불교의 명승이라 할 만하였다. 동아시아 문화교류 학회에 참가한 우리 일행이 여기에 와서 참관하는 것은 참으로 적절하고도 의의가 있는 일이었다.

통도사는 산골짜기에 위치하고 있어 사찰 안은 숙연하고 장엄하며 그윽했고, 사찰 밖으로는 계곡물이 졸졸 흐르고 나무들이 울창했다. 명승고적임에도 소상인들의 방해 없이 고적의 그윽함과 고요함이 유지되고 있어, 차분히 감상하고 사색할 수 있어 매우 만족스러웠다.

해변도시 – 부산 해변에서의 사색

이번 여행의 목적지인 부산에 도착했을 때 이미 석양이 저물어가고 있었다. 우리는 먼저 호텔로 들어갔다. 경주의 온천호텔에 묵을 때처럼 가미가이도 선생과 김태준 선생 두 분은 이번에도 나와 왕상룽 선생에게 방을 하나씩 쓰게 하고 그들은 두 사람이 한 방을 같이 썼다. 나는 김태준 선생에게 전화를 드려 만약 두 분이 화장실을 이용하는 것이 불편하면 내 방으로 오시라고 했다. 그는 정중하게 사의를 표했지만 오지는 않았다.

부산은 임진왜란이 시작된 곳이다. 1592년, 일본의 통치자 도요토미 히

데요시豊臣秀吉의 군대가 바로 이 부산항으로 상륙하여 침입하였다. 임진왜란 문학을 연구하는 학자로서 나는 이곳에 특별한 흥미를 느껴 당시 격전이 남긴 흔적들을 볼 수 있기를 무척 바랐다. 그러나 계속 차를 타고 오면서 단지 익숙한 지명과 인명(가령 '동래', '송상현 사당' 등)만 들었을 뿐 과거의 모습은 볼 수 없었다. 듣자니 동래는 진작 부산의 일부분으로 귀속되어 두 지역이 지금은 이미 하나로 통합되었다고 한다. 눈에 보이는 것은 번화한 상가와 오색찬란한 상점 간판과 광고, 질풍같이 달리는 자동차, 화물, 붐비는 인파와 고층빌딩들뿐이었다. 나는 한국 경제의 고속 성장과 번영에 기쁨을 느끼면서도 옛 도시 유적이 사라진 것에 큰 아쉬움을 느꼈다.

가미가이도 선생이 우리를 데리고 호텔에서 나와 네온사인이 빛나는 거리를 천천히 걷다가 아담하면서도 세련된 한 일식집에 들어갔다. 한 방으로 들어가서 우리는 무릎보다 낮은 긴 테이블에 둘러앉았다. '바닥'은 온돌이었다. 한국인과 일본인은 모두 온돌 위에 양반다리를 하고 앉아 낮은 밥상에서 식사하는 것에 익숙하다. 이 방의 배치나 장식은 내가 텔레비전에서 본 일본의 방들과 똑같았다. 화려하지 않고 소담하며, 단순하고 깨끗했다. 사방의 흰색 벽에는 서화 하나 걸려있지 않았다. 창문은 색칠을 하지 않은 나무색 그대로였다.

낮에 종일 돌아다녔기에 다들 좀 피곤한 기색이었지만, 그래도 여전히 흥미진진하게 이야기꽃을 피웠다. 독일 학자 요리센은 차분하고 말수가 적으며, 말할 때도 부드럽고 예의가 있어 자못 동양인의 성격을 지니고 있었다. 테이블에 놓인 과일 가운데 그는 씨가 없는 과일만 먹을 수 있었다. 예를 들어 바나나는 괜찮지만 귤은 절대 먹을 수 없었다. 그렇지 않으면 과민반응이 나타난다고 했다. 나는 장난스럽게 영어로 "혹시 귤을 먹으면서 그 안에 씨가 전혀 없다고 상상 할 수는 없나요?"하고 물었다. 그가 고개를 저으며 "못 해요."라고 대답하자, 여러 학자들은 한바탕 웃음을 터뜨렸다. 요리센은 일본어를 아주 유창하게 하고 영어도 할 줄 안다. 나는 일본어를 할 줄 몰랐기에 그와는 영어로 대화를 했다.

일본음식은 해산물이 많았다. 뜨거운 음식과 찬 음식이 다 갖춰져 있었고, 먹어보니 입에 꽤 잘 맞는 느낌이었다. 나는 일본 통치하의 고향 난징에서 8년을 살았었지만 일식은 먹어본 적이 없고 이번이 처음이었다. 내가 보기에 일본음식 만드는 법은 한국음식과 가까워, 중국음식처럼 기름지지 않고 비교적 담백하다. 식사 후 부산 경성대학교의 김무조金戊祚 교수가 호텔로 방문하여 함께 1층 로비에 잠시 앉아서 커피를 마시며 서로 소개를 하고 이런저런 인사말을 나누었다. 그분은 겸손하고 손님 대접을 좋아하는 학자였다.

하루 내내 분주하게 움직였지만 여러 선생님들은 여전히 흥이 가시지 않았는지 해변에 나가서 산책을 하고 싶어 했다. 나는 조금 피곤했지만 모처럼 얻은 기회라는 생각에 같이 가겠다고 했다. 왕상룽 선생은 연세가 많아서 호텔에 남아 쉬었다. 9시쯤에 우리는 호텔을 나와 밤거리를 걸었다. 빌딩들이 우뚝우뚝 서 있고 밝은 불빛이 환하게 빛나며 자동차들이 내달리고는 있었지만, 아무래도 해변도시인지라 거리에 이따금씩 부는 바람에는 바닷물의 짠 내음과 강한 바닷바람의 힘이 담겨있었다.

이곳은 바다를 좋아하는 여행객의 명승지이다. 한 선생님이 길 왼쪽에 있는 십여 층 높이의 하얀 빌딩을 가리키며, 그것이 30년 전에 지은 것인데 많은 젊은 신혼부부가 여기에 와서 신혼여행을 보내며 바다 풍경을 즐긴다고 말해주었다. 지금은 많이 낡아서 허물고 새로 지으려고 준비 중이라고 했다.

앞쪽으로 2~3분 정도 걸으니 바다가 나왔다. '아, 밤바다로구나!' 거대한 파도가 출렁거리면서 모래언덕을 향해 포효하며 달려왔다. 끝없이 펼쳐진 바다의 거침없는 바람을 맞으니 이백의 시 「관산월關山月」의 몇 구절이 떠올랐다.

明月出天山　　밝은 달은 천산 위로 솟아
蒼茫雲海間　　아득히 운해 사이에 떠있고,
長風幾萬里　　바람은 수만리를 불어와
吹度玉門關　　옥문관을 타고 넘는구나.

　여기는 높고 험준한 산의 웅장함은 없지만 끝없는 바다의 호탕한 기백이 있었다. 바람이 타고 넘는 것은 서북 변방의 옥문관이 아니라 한반도의 제1항 부산이다. 내가 여기서 연상한 것은 중국 고대 변방의 전쟁이 아니라 4백 년 전 왜인이 부산을 침략한 일이었다.

　별이 빛나는 밤하늘 아래 쏴쏴 하고 거친 파도가 치는 망망대해는 그야말로 그림과 같은 장관이었다. 나는 국내외에서 여러 번 바닷가에 가본 적이 있었다. 북한에 있을 때도 동서 해안에 여러 차례 가보았다. 서해안 남포앞 바다 풍광의 그윽함과 원산에서 금강산 가는 길옆으로 펼쳐진 동해바다의 부드럽고도 아득한 모습이 매우 인상 깊었다. 이날은 부산의 밤하늘 아래 해안에서 바다의 힘찬 물살과 광활함을 느꼈다. 김태준 선생과 강동엽 선생 두 분은 바다의 한쪽 옆을 가리키면서 그곳이 바로 대마도이며 아주 맑은 날 낮에는 어렴풋이 볼 수 있다고 했다.

　대마도는 일본영토이다. 대마도 애기를 꺼내자 나는 임진왜란 이전에 조선이 빈번하게 자국을 소란스럽게 하는 대마도의 왜인들을 정벌했던 일이 떠올랐다. 평화와 정의로 스스로를 지켜왔던 조선인은 이 섬에 아무런 영토적 야심이 없어, 극악무도한 왜인들을 징벌한 후 전군이 자발적으로 철수했다. 세찬 파도 저 멀리 어둠 뒤에 가려진 대마도를 마주하니 선인들의 전쟁 장면이 희미하게 눈앞에 펼쳐졌다.

포장마차 – 해변의 이국적인 분위기

모래사장에는 남녀 몇 명이 맨발로 산책을 하며 밀려오는 바닷물에 발을 맡긴 채 걷고 있었다. 우리들 가운데도 누군가가 신발을 벗고 잠시 장난삼아 파도에 발을 담갔던 사람이 있었던 것 같으나 잘 기억이 나지 않는다. 하지만 해변에 인접한 작은 길 위의 포장마차들은 인상이 깊게 남아있다.

한국 사람들은 이런 야식 노점에 '포장마차'라는 괴상하고 재미난 이름을 지어주었다. 사실 이것은 임시로 만든 작은 간이 주점이다. 작은 집 모양으로 틀을 만들고 그 틀 위에 비닐포장을 씌워 비바람을 막을 수 있게 했다. 안에는 테이블과 걸상, 솥, 술과 음식 등이 있었다.

원래는 마차 위에 설치하여 천막으로 덮어 이동할 수 있는 것이었는데, 지금은 한 곳에 고정되어 있다. 안에서 파는 음식은 모두 해산물이었다. 새우, 생선, 그밖에 이름 모를 각종 작은 해산물들을 산 채로 수족관 안에 넣어 놓아 전등불 아래서 이리저리 움직이는 것이 생동감 있고 재미있었다. 손님이 마음대로 고르면 주인이 즉시 꺼내 요리해서 작은 접시에 담아 주어 술안주로 삼을 수 있었다.

15~20평방미터 정도 면적의 포장마차들이 이 해변의 작은 길 위에 즐비하게 늘어서 있는데, 다닥다닥 붙어 있는 것이 얼핏 보기에도 2·30개는 되었다. 파는 사람들은 한 집안 식구들이거나 고용된 종업원으로 보였는데, 거의가 10대 후반에서 20대 여성들인 듯했다. 주인은 문 앞에서 "와서 드셔 보세요, 들어오세요!", "여기 예쁜 아가씨도 있어요."하고 외치면서 손님들을 끌었다.

시내의 고층빌딩들을 마주하고 출렁이는 바다를 등진 채 열심히 손님을 끄느라 외치는 소리들이 불어오는 바닷바람과 울려오는 파도 소리와 어울려 특별한 이국적 정취를 이루었다.

한국과 일본 선생님들은 다들 신이 나서 그 중 한 포장마차를 골라 안으로 들어갔다. 우리 일행 8명이 들어가 앉으니 그 작은 술집이 꽉 찼다. 나는 옌안성 선생 옆자리에 앉았다. 그들은 우리에게 요리를 고르라고 했지만 우리가 시킬 줄을 몰라 일본, 한국 선생님들이 주문을 했다. 여주인이 해산물을 썰어서 한 접시씩 내놓았다. 나는 배가 고프지 않았지만 모두가 신바람이 난 분위기 속에서 나도 술을 좀 마시고 해산물도 좀 먹었다. 술은 도수가 별로 높지 않아 56도나 되는 베이징의 '얼궈터우二鍋頭'에 비해 훨씬 순했다. 접시에 놓인 해산물은 양념을 많이 하지 않아 먹어보니 심심해서 그다지 입에 맞지 않았다. 나는 지금껏 해산물은 영양이 풍부하다고 생각했고 해산물을 좋아한다고 자부해 왔다. 그런데 이상한 모양의 해산물들의 영양 가치를 의심하지는 않았지만, 이렇게 아무 맛도 없는 것을 맛있게 먹을 수는 없었다. 중국의 연회석에서는 늘 '산해진미'를 좋은 요리로 여기며, 해산물은 풍부한 맛이 나게 요리한다. 나는 그런 재료들을 만약 중국 요리사에게 가져다주면 틀림없이 나의 식욕을 자극하는 요리로 만들 것이라고 생각했다. 나라마다 입맛과 식습관이 다르기 마련인데, 이런 '요리법'이나 맛은 바로 해산물이 풍부한 한국과 일본 두 나라 사람들이 익숙하고 좋아하는 것일 터이다. 그들 역시 중국 요리사가 만든 요리를 좋아하지 않을 가능성이 많다. 이곳에 온 것이 이국적 분위기를 느껴보기 위한 것인 이상, 이런 맛이야말로 외국의 특색에 대한 나의 체험을 더해주고 일종의 특수한 '문화교류'를 경험하게 해주는 것이 아니겠는가? 이런 생각이 들자 나는 좀 더 먹게 되었다.

술을 좀 마시자 주흥이 돌아 모두들 노래를 부르기 시작했다. 누가 시작을 했는지는 기억이 나지 않는다. 하지만 주최측인 한국 학자들이 가장 적극적이었다. 그들의 주도 하에 평소 과묵하고 진중한 요시다 선생과 얼굴에 구레나룻이 가득하면서도 마주대할 때는 어딘가 여성 같은 수줍음을 보이는 요리센도 자기 차례가 돌아왔을 때 맑고 고운 목소리로 노래를 불렀다. 무슨 노래를 할지는 모두가 그때그때 즉흥적으로 정했다. 한국 노래, 일본 노래, 중국 노래, 독일 노래 할 것 없이 다 불렀다. 마지막에 가서는 모두가 잘 아는 '석별(올드 랭 사인Auld Lang Syne)'로 끝을 맺었다. 곡조는 같았지만 모두가 각자 자기 나라 말 가사로 노래를 불렀다.

여주인과 종업원도 얼굴 가득 미소를 지으며 이러한 국제 손님의 단합을 흐뭇하게 감상하는가 싶더니, 나중에는 조금 곤란해 하는 기색을 보이는 듯했다. 우리 중 누군가가 "여기 다른 손님도 받아서 돈 버셔야 되니까 우리 너무 오래 앉아 있으면 안 되겠어요." 하고 말했고, 그제서야 포장마차에서의 즉석 파티는 막을 내리게 되었다. 땅거미가 내려앉은 작은 길을 빠져나와 호텔로 돌아가는 길에 되돌아보니 '마차'의 비닐포장은 여전히 저녁 바람에 펄럭이고 매달린 전등도 흔들거리며 반짝이고 있었다. 이때는 이미 10시 40분이었다.

호텔 방으로 돌아와서 나는 먼저 아내와 딸에게 편지를 썼다. 집을 떠난 지 벌써 1주일이나 지났으니 아무래도 소식을 전해야 했다. 방안에 작고 우아한 창문이 하나 있어 조금 열어두니 바닷바람이 솔솔 불어 들어와 내 머리를 스쳤다.

이것이 내가 부산에서 보낸 첫날밤이다.

해산물, 항구, 그리고 해산물 음식점

부산에서의 둘째 날(10월 7일)은 우리 이번 학회 답사활동의 마지막 날이자 서로 작별하는 날이었다.

아침에 일어나서 우리는 호텔 제일 위층에 있는 음식점에서 조반을 먹었다. 음식점 중앙에는 피아노가 있어서 나는 다른 선생님 몇 분과 피아노에 관한 이야기를 나누었다. 대형 유리창을 통해서 밖을 내다보니 짙푸른 바다가 보였는데, 아쉽게도 앞에 있는 큰 건물에 일부분이 가려지기는 했지만 그래도 해변도시에 와 있다는 느낌을 가질 수 있었다.

식사 후에 한 수산시장에 가서 구경을 했다. 나는 지도를 확인하지 못해 방향을 전혀 분간할 수가 없었다. 김태준 선생은 그곳이 바로 유명한 수산시장이며 부산시 남쪽에 위치해 있다고 알려주었다.

차를 타고 한 번화한 작은 길로 들어가 지은 지 어느 정도 돼 보이는 한 큰 건물 앞에 정차했다. 그곳이 바로 (자갈치)수산시장이었다. 건물 1층으로 들어가자 곳곳이 온통 수산물 판매대와 수족관이었고, 각양각색의 해산물로 가득 차 있었다. 수족관 안은 모두 싱싱하게 살아 있는 해산물들이 쉼 없이 움직이고 있었다. 생선류, 새우류에서 길이나 몸집, 생김새가 제각각인 별의별 해산물이 다 있었다. 이곳에 오니 비로소 나의 한국어 어휘가 빈약함을 알게 되었고, 대부분은 이름조차 알 수 없었다. 사실은 중국어로도 이름이 뭔지 모른다. 변명이라면 내가 이전에 그런 이상하게 생긴 해산물들을 본적이 없었다는 것이다. 순전히 한번 구경이나 하는 것이지 굳이 살 필요는 없었다.

뒤편의 큰 문은 시장 건물의 정문으로 고기잡이배 항구와 마주하고 있었다. 아주 가까워서 대문에서 나와 몇 십 걸음 걸어가니 바로 해변이었다. 해변과 시장 정문 사이에는 작은 길이 하나 나 있었다. 길옆으로는 해산물을 파는 노점들이 있었다. 나는 바다를 보는 데 정신이 팔려 노점에서 파는 물건들은 자세히 볼 겨를이 없었다.

그곳이 바로 부산항 앞바다였던 것이다. 한 줄 한 줄 늘어선 어선들이 정박되어 있었고, 엔진이 달린 한 커다란 어선이 정면에서 다가오고 있었다. 그런데 출항했다가 귀항하는 것인지 출항할 준비를 하는 것인지 알 수 없었다. 파도가 굽이치고 있었고, 멀지 않은 바다 한가운데 산 모양의 섬이 하나 있었다. "저것이 바로 절영도絶影島예요!"라고 한 선생님이 알려주었다. 나는 놀라움과 호기심에 잠시 그 섬을 주시했다. 역사기록이나 소설 가운데 그 섬이 많이 언급되고 있는 까닭이다.

1592년(임진) 4월, 일본 침략군이 대거 부산에 상륙했을 때, 영토 방위의 중임을 맡고 있던 부산 첨사僉使 정발鄭撥은 마침 이곳에서 사냥을 즐기고 있었다. 그러던 중에 여러 무리의 바다 새들이 해수면으로 날아드는 것을 보고서야 수많은 왜선들이 습격해 오는 것을 알게 되었다. 이로 인해 이 '절영도'는 임진왜란사에서 처음으로 언급되는 지명 가운데 하나가 되었다. 당시 이곳은 아직 인적이 드물고 황량한 방목지였다. 그런데 지금은 부산이 발전하면서 공업지역이 되었다.

섬 주변의 울창한 나무숲을 바라보며 나는 머릿속으로 당시 왜군 군함들이 습격해 올 때 정발이 다급히 군영으로 돌아갔다가 나가서 맞서 싸우는 상황을 그려보려고 했다. 하지만 눈앞의 분주한 어선들과 수산시장의 정경이 내 머릿속의 그림을 어지럽혔다. 그래서 나는 할 수 없이 상상하는 것을 그만두고 건물 앞 작은 길가의 해산물 상점 쪽으로 돌아왔다.

다시 건물로 들어가서 일행을 따라 2층으로 올라갔다. 그곳 역시 상점들이 가득해 집집마다 내건 작은 상호들이 촘촘히 늘어서 있었다. 하지만 아래층과 달리 2층은 더 깨끗하면서도 조용하고 파는 물건도 거의 말린 해산물이었다. 미역, 해초, 말린 생선, 말린 조개 …… 그리고 해산물이 아닌 물건들도 더러 섞여 있었다. 나는 내가 가장 좋아하지만 현재 베이징 시장에서는 이미 없어진 지 오래인 조기가 있는지 보고 싶어 한번 눈여겨보았다. 그리고 드디어 발견했다. 분명 굴비였다. 가격을 물어 보니까 비싸지 않다고 했다. 한국인의 수입으로 보면 확실히 그랬다. 하지만 달러로 계산하고 다시 인민폐로 환산해 보니, 우리가 일상적인 음식 재료로 쓸 수 있는 가격은 아니었다.

한 층 더 올라가자 해산물 식당가였다. 3층 전체에 대략 십여 개에서 20개 정도의 식당이 있었다. 식당들은 우리가 국내에서 흔히 보는 식당보다는 더 고급스러웠다. 식당마다 면적은 대략 30평방미터 정도였고, 자리

마다 깨끗하게 닦은 네모난 상이 놓여 있었으며, 술과 음식이 준비되어 있었다. 주인이나 종업원들은 대부분 20대의 젊은 여성들이었고, 서른 정도 되어 보이는 사람도 있었다. 그들은 우리가 들어가자 즉시 몰려들어서 서로 자기 가게에 가서 드시라고 열심히 호객을 했다. 자기 가게가 싸고 맛있고 서비스도 잘 해준다며 재잘거리는 소리에 몹시 시끄러워졌다. 이때가 대략 오전 9시나 10시쯤이라 아직은 아침 시간이어서 손님들이 얼마 되지 않았다. 그래서 우리는 그들에게 둘러싸여 그야말로 집중 공략 대상이 돼버렸다.

나는 잠시 발걸음을 멈추고 이 재미난 광경을 자세히 구경할 겨를도 없이, 한 한국 선생님을 따라 앞만 보고 걸으며 이 친절하면서도 소란스러운 진영을 황급히 지나서 출입구를 나와 나를 놀라게 만든 식당가를 벗어났다. 그 와중에 고개를 돌려 보니 곱게 단장한 얼굴들에는 실망과 원망이 어려 있었다. 나는 서둘러 계단을 내려갔다.

그러다 벌써 점심시간이 되었다. 우리 일행은 가미가이도 선생의 인도 하에 건물 지하의 해산물 음식점으로 갔다. 그곳은 비교적 조용하고 사람도 많지 않았다. 테이블과 의자, 진열품, 식기 등이 모두 대중적인 느낌을 주었다. 음식도 소박한 것이 가정식 같은 맛이었다. 나는 이런 서민 분위기의 작은 음식점을 아주 좋아한다. 여러 선생들과 함께 술과 요리, 밥을 배불리 먹었다.

위풍당당한 태종대

식사 후의 마지막 일정은 '태종대' 관광이었다. 태종대는 절영도 동남단에 위치해 삼면이 바다로 둘러싸인 곳이다. 이곳은 조선 제3대 왕 태종 이방원(재위기간: 1400~1418)이 올랐던 곳으로, 해변의 산허리에 자리하여 산과 물을 끼고 있는 경승이다. 이방원은 일찍이 여기서 망망대해를 바라보며, 공을 세우고 대업을 이루어 조선의 기틀을 길이 다지겠다는 웅지를 세웠다고 한다.

태종대는 확실히 평범하지 않은 곳이었다. 지세가 높고 험하며, 아래로는 해변의 산자락을 굽어볼 수 있으며, 끝없이 펼쳐진 망망한 대해를 바라볼 수 있다. 그 기세가 굉장하여 호탕하고 세찬 바람을 맞노라면 어느덧 위풍당당한 기운을 느끼게 된다. 산위에는 수목이 숲을 이루어 무성하고 울창한 푸른 잎이 바람을 따라 흔들린다. 하늘가를 바라보니 흰 구름이 둥둥 떠다니고 하늘과 바다가 맞닿아 긴 선을 이루어, 표연히 신선이 되어 바람을 타고 날아갈 듯한 느낌을 주었다. 또 꽤 넓은 평지가 바다 한쪽에 면해 있는데, 난간으로 둘러쳐져 있었다. 관광객들도 적지 않았다.

이곳 풍광은 무척 아름답다. 그러다 보니 세속의 혼탁함이 싫어서, 혹은 실연을 겪거나 사업에서 좌절을 겪어서, 심지어는 이곳의 선경과도 같은 아름다움을 흠모하여 모든 것을 버리고 몸을 던져 천 길 낭떠러지를 뛰어내려 여생을 마감하며 인생의 고해에서 벗어나 이 아름다운 풍광과 하나가 되기를 바라는 사람들이 많다고 한다. 그래서 난간에 걸린 팻말에는 눈에 띄게 큰 글씨로 이렇게 쓰여 있었다.

"잠깐만!
생명의 고귀함을 한 번 더 생각하십시오!"

그 아래는 '영도경찰서장', '태종대 유원지 관리사무소 소장'의 연명 서명이 있었다. 그것은 인정미 가득한 '경고문'이었다. 그것을 통해 이곳에 와서 바다에 몸을 던지는 사람이 없지 않다는 것을 알 수 있었다.

그곳의 매력에 빠져 돌아다니며 사진도 좀 찍고 나니, 예정된 계획에 따라 이별의 시간이 되었다. 가미가이도, 요시다, 요리센 및 왕샹룽, 옌안성 선생들은 차를 타고 공항에 가서 일본으로 돌아갔다. 최박광 선생도 선산이 바로 부산 근처에 있어서 여기 온 김에 효도를 하기 위해 바로 서울로 돌아가지 않는다고 했다. 나와 김태준, 강동엽 두 선생만 서울로 올라가게 되었다. 우리 셋은 나머지 선생들과 뜨거운 악수로 작별인사를 하고 그들 6명이 탄 차가 멀리 갈 때까지 바라보았다.

서울로 돌아가는 비행기는 5시쯤에야 출발하기에 우리 세 사람은 아직 시간이 있어 여유롭게 유유자적할 수 있었다. 산길이 오르락내리락 구불구불 했기에 자칫하면 멀미를 할 수 있어서 두 분은 내가 같이 좀 걸었으면 좋겠다는 바람을 들어주었다. 우리는 태종대 아래에 있는 바닷가 커피숍에 가서 잠시 앉아 바다 경치를 감상하며 차를 마셨다. 그리고 나서 천천히 차도를 따라 내려왔다.

도로 한쪽은 푸른 초목으로 뒤덮인 바위산이었고 다른 한쪽은 숲이나 바위가 있기도 하고 간혹 탁 트여 있기도 하여 바다가 보였다 가리웠다 하였다. 도로 위로는 자동차들이 쌩쌩 달렸지만, 아스팔트 노면이 깨끗해서 거의 먼지가 날리지 않았다. 우리 셋은 유유히 걸으면서 이야기를 나누며 즐거움을 누렸다. 나는 이 어렵게 찾아온 반도의 동남단이 소중하게 느껴졌고, 또 이 한 폭의 그림같이 아름다운 풍경이 사랑스러웠다. 더욱이 우정과 학식, 교양으로 가득한 해동의 벗들과 이처럼 아름다운 환경에서 이야기를 나눌 수 있는 기회가 무척 귀중하게 느껴졌다. 그래서 기분은 매우 좋았지만, 조금 미안한 마음이 들었다. 승용차를 타는 데 익숙한 이 두 학자가 지금 나와 함께 천천히 걸어야 했기 때문이다. 그러나 그들은 이 때문에 힘들어 하지 않고 모두 산보가 즐겁고 건강에도 유익하다고 했다. 김태준 선생은 허리에 찬 소형 만보기까지 보여주며, 거기에 매일 자신이 소비한 열량이 자동으로 표시되어 건강에 유의하도록 해준다고 했다.

우리는 새로 세워진 비석들을 지나고 다시 산비탈을 내려와 해수욕장으로 가서 신나게 물놀이를 하는 사람들의 모습을 구경했다. 해수욕장 주위의 모든 것이 활기와 즐거움으로 가득했다.

영도를 거닐며 문화교류를 이야기하다

어쩌다보니 우리들의 대화는 조선의 문화와 역사상의 국제 문화교류 문제를 언급하게 되었다. 아마도 어떤 중국학자 얘기를 하다가 그런 문제까지 거론하게 된 듯하다. 그 학자는 그가 본 불상이나 건축 등 여러 가지 조선의 고적에 대해 그것들이 전부 중국에서 온 것이며 당송대 문화와 비슷하다고 거듭 주장하였다. 나와 김 선생의 대화는 여기서 시작해 조선 고대문화에 대해 어떻게 볼 것인가 하는 문제로 전환되었다.

나는 박학하지는 못하지만 전공분야로 인해 조선의 역사와 문화, 민족의식, 민족심리에 대해 부족하나마 다소 알고 있는 편이다. 한국에 오기 얼마 전 출판한『한국문학에 끼친 중국문학의 영향』에서 나는 양국의 문화교류 관계에 대한 나의 기본적인 태도를 명확히 밝히면서, 조선이 중국문학을 수용하고 이용하면서 지녔던 민족적 목적과 효과에 대해 논한 바 있다. 나는 중국학자의 우월주의적인 '대민족주의'에 대해서는 반대하는 태도를 가지고 있다. 두 선생들과 해변에서 나란히 거닐며 자유롭게 이야기하면서도 나는 같은 생각이었다.

나는 수많은 민족이 모두 타민족과의 교류 가운데 갱신과 발전을 얻는다고 말했다. 돌이켜 보면 고대 중국이 인도의 불교문화를 받아들인 것이나 근현대에 서구 문화를 수용한 것도 다 이런 역할을 했다. 과거 조선이 중국문화에 대해 열정을 가지고 광범위하고 깊게 받아들이고 이용한 것 역시 역사의 전체적인 상황과 흐름에서 볼 때 다름 아닌 자기 민족 문화의 창립과 발전을 위해서였던 것이다. 현실의 상황이 보여주고 있다시피, 조선민족이 오늘날 이룩한 각종 경제, 문화적 성과 또한 외국문화(주로 근현대 유럽문화)를 흡수한 결과이다. 이러한 흡수가 자기 민족의 존재를 결코 말살시키지 않았을 뿐더러, 오히려 자기 민족에게 더 큰 발전과 진보를 가져다주었다. 조선의 고대문화는 비록 중국과 인도 문화의 영향을 받았지만, 결국 그것이 드러낸 것은 자기 민족의 사회상황과 민족정신이었다. 이런 본질적인 면을 홀시하고 그 문화 속의 일부 구체적인 현상만 강조하여 그 본질적인 면을 희석시키는 것은 단편적이고 그릇된 것이다.

대화 과정에서 나는 나와 이 두 해동 학자의 견해가 일치하며 마음 속으로도 서로 공감하고 있음을 깊이 느낄 수 있었다. 그들의 의견과 태도에서 나는 격려를 얻었고 또 감탄하는 마음이 일었다. 그것은 특별한 환경 속에서 진행된 특별한 내용의 유쾌하고도 잊을 수 없는 대화였다. 수개월이 지나서 내가 펜을 들고 이 책을 써나가면서 이때의 대화를 추억할 때도 해변에서 산책하던 즐거움과 학문적 지기를 만난 기쁨을 여전히 느낄 수 있었다.

어느덧 우리는 어느 작은 마을에 이르게 되었다. 이날은 일요일이어서 마을에 있는 놀이동산에는 관광객으로 가득했다. 거리에 다닥다닥 붙은 고층건물들은 보이지 않았지만, 상점의 간판들이 오색찬란하고 행인들이 무척 붐벼 번화한 모습이었다. 두 선생은 나를 데리고 길 뒤편에 있는 무슨 '하우스'라고 하는 호텔로 갔다. 로비에서 음료수를 주문했다. 내가 주문한 것은 생강차인데, 달짝지근한 것이 마시고 나니 뱃속과 온몸이 따뜻해지면서 금세 몸이 가벼워지고 편안한 느낌이 들어 소파에 기댄 채 잠시 눈을 감고 몽롱한 상태로 있었다. 눈을 떠보니 차가 벌써 호텔 밖에서 대기하고 있었고 공항으로 가야 할 시간이었다.

불빛으로 가득한 서울로 돌아오다

비행기가 이륙했을 때 아직 태양이 내리쬐고 있었다. 구름 사이로 아래를 보니 산과 강, 반듯반듯한 논밭, 구불구불한 풀길이 내려다보였다. 삼천리 금수강산의 동남쪽 끝자락이여! 바다 서쪽에서 온 손님을 반갑게 맞아주고 내가 오래도록 갈망해 왔던 신라 등 역대 왕조의 역사유적을 볼 수 있게 해주어 고맙다!

이 지역은 산이 많고 평지는 적어 넓은 평원을 보기가 어려웠다. 농가들은 산봉우리들 사이의 푸른 들판을 장식하고 있었고, 강물은 구불구불 흐르고 있었다. 농민들의 생활은 어떨까? 나는 농가를 가볼 기회가 없었다. 다만 집들을 내려다보며 농민들의 생활이 해마다 좋아지기를 기원했다.

김포공항에서 서울로 출발했을 때, 이미 집집마다 불을 밝히고 있었다.

김태준, 강동엽 선생들은 나를 학술진흥재단에 바래다주겠다고 했다. 자동차로 무역센터 빌딩 부근으로 갔다. 널찍한 인도에서, 그들은 높고 큰 건물 하나를 가리키며 며칠 전에 북한의 협상대표가 왔을 때 그 호텔에서 머물렀다고 했다. 그곳은 상업지구가 아니라 길에 행인들이 붐비지 않고 거리가 잘 정돈되어 있었고, 초목과 꽃도 있어 깨끗하면서도 편안한 느낌을 주었다.

무역센터 빌딩의 넓고 높은 로비는 먼지하나 없이 깨끗하고 사람도 전혀 없었다. 아마도 저녁이라 직원들이 모두 퇴근했기 때문일 것이다. 에스컬레이터를 타고 지하로 내려가 음식점을 골랐다. 그곳은 조명이 매우 밝고 장식도 화려했지만, 손님은 드물었다. 우리는 '중국요리'라고 쓰인 음식점을 선택했다. 안으로 들어가 앉으니, 음식점에는 손님이 우리 세 명밖에 없었다. 나는 여행하느라 피곤하고 배가 고파 중국식 해산물 면을 주문했다. 두 선생도 같은 면을 주문했다. 금세 뜨거운 면 세 그릇이 나왔다. 위에 해산물이 덮여 있었는데 푸짐하고 보기도 좋았으며, 먹으니 온몸이 따뜻해지면서 덕분에 피곤함도 사라졌다. 해산물 재료는 매우 좋았다. 베이징의 보통 음식점에서는 보기 힘든 좋은 해산물이었다. 그러나 너무 싱거운 데다가 음식 맛을 제대로 내지 못한 느낌이었다. 일종의 중국음식의 맛이 나지 않는 '중화요리' 같았다.

밥을 먹은 후, 두 선생은 내게 돈을 내지 못하게 한 것은 물론이고, 두 분이 서로 계산을 하겠다고 했다. 나의 이번 여행에서 비행기표, 음식 등도 모두 김태준 선생 등이 개인적으로 부담한 것이었다. 서울에 있을 때 나는 김 선생에게 이 일을 언급하며 스스로 부담하겠다고 했지만, 그는 청구하여 받을 수 있다고 했다. 그런데 보아하니 결코 그런 것 같지 않았다. 그들은 나를 위해 자기 돈을 썼던 것이다.

강동엽 선생은 부인에게 차를 가져오라고 전화를 했다. 우리가 무역센터 빌딩 앞에서 얼마 기다리지 않아 차가 왔다. 강 선생 부인이 민첩하게 차에서 내리는데, 부인은 내가 상상했던 것보다 젊었고 안경을 썼으며 흰 얼굴에 미소를 머금고 있었다. 강 선생의 소개 하에 부인은 한국 여성 특유의 부드럽고 예의바른 태도로 나를 환영했다. 그러나 유감스럽게도 나는 피곤해진 후에 승용차를 타면 쉽게 차멀미를 하기 때문에 그 차를 탈 수가 없었다. 강 선생은 나에게 작별을 고하고, 부인이 운전하는 차를 타고 떠났다. 김태준 선생이 남아 나를 동숭동으로 데려다 주어 한국학술진흥재단의 '국제회관'에 투숙했다.

그때 나는 처음으로 서울의 지하철을 타보았다. 지하철역의 구조와 지형이 복잡하고 광고가 상당히 많다는 느낌이 들었다. 김 선생은 내 지하철 표를 사주고 표를 어떻게 검표기에 투입하고 반대편에서 다시 뽑는지를 자세히 알려주었다. 베이징 지하철처럼 간편하지 않다고 느껴졌다.

지하철 객실은 널찍하여, 마치 우리나라 기차의 객실 폭과 비슷해 보였다. 객실 좌석 위에는 짐을 올려놓는 선반이 있고, 차창에는 온통 가지각색의 광고가 붙어있었다. 광고들은 전부 눈에 띄기 위해 온갖 노력을 다해서, 오히려 모두 눈을 끌지 못했다. 단지 색채가 번다하고 그림이 번잡하여 도리어 어지럽게 느껴질 뿐이었다. 광고를 좀 더 예술적으로 만들어 우아하고 편안한 느낌을 주면서 일종의 아름다움의 향유와 정신적 휴식을 얻게 할 수는 없을까?

객실 좌석은 가득 찼지만 붐비지는 않았고, 다만 좀 후덥지근했다. 승객들은 비교적 예의가 있어서 앞 다투어 타고 내리지 않았고, 젊은이들은 노인들에게 자리를 양보했다. 빈자리가 나자 김 선생은 계속 나에게 앉으라고 하고 자신은 서서 갔다. 차바퀴 소리가 요란스럽게 울리고 흔들리는 객실에서 나는 그의 얼굴에도 피곤함이 묻어나는걸 보고 마음 속으로 매우 미안했다. 그는 본래 강 선생의 차로 집에 돌아갈 수 있었지만, 나를 데려다 주려고 불편하게도 지하철을 탔다. 그도 예순에 가까운 50대 후반이니 어찌 피곤하지 않았겠는가?

지하철 내에서 한 번 환승을 했다. 역 출구를 나와 사람들로 붐비는 넓은 길로 들어섰다. 나는 김 선생을 따라 걸으며 동숭동이 어딘지를 물었다. 우리는 한 넓은 공터를 지났는데, 그곳에는 무리지은 젊은 남녀들이 즐겁게 노래하고 춤을 추고 있었다. 노랫소리와 웃고 떠드는 소리가 끊이지 않았다. 한 자리에 빙 둘러 앉아 있는 사람들, 주위에 서서 구경하는 사람들로 시끌벅적했다. 나는 특별한 기념일을 함께 모여 즐기거나 무슨 경축의식을 거행한다고 생각했다. 김태준 선생은 마침 일요일이라서 젊은 학생들이 이곳에 모여 즐겁게 노는 것이라고 말해주었다. 매주 그러한데 주말, 특히 토요일 저녁은 더 그렇다고 했다. 하지만 내가 보기에 그것은 그야말로 카니발의 광희와도 같아 매우 신선했다.

국제회관으로 들어가다

자동차가 많이 지나다니는 골목을 지나 우리는 마침내 동숭동의 목적지를 찾았다. '한국학술진흥재단'이라는 글씨가 갑자기 눈앞에 나타났다. 이곳은 나와 수년간 관계를 유지해오면서, 내게 온 편지지와 편지봉투에서 여러 번 보아 이미 익숙해진 곳이었다. 그 건물은 내가 상상했던 것보다는 조금 작았지만, 옛 친구를 다시 만난 듯한 친근감이 솟아났다.

일요일이고 더군다나 야간이었기에, 직원은 아무도 없었다. 김 선생이 이 학술재단이 운영하는 '국제회관'의 경비에게 소개하고 이야기를 하자, 경비는 우리를 곧 3층 315호 방으로 안내했다. 그 방은 바로 내가 앞으로 20여 일 동안 머무를 곳이었다.

방은 약 15평방미터로 깨끗하고 소박했다. 널찍하고 흰 타일이 깔린 화장실과 책상, 전화, 소파, 선풍기 등이 있었다. 침대는 1인용 침대를 두 개를 붙여 넓은 2인용을 만들어놓았다. 담요, 흰 침대보, 베개 등도 모두 구비되어 있었다. 나는 만족했으나 김 선생님은 오히려 너무 누추하다고 여기며 "어떻게 이런 방을 주나?"하고 말했다. 나는 그가 손님을 좋아하고 우호적이고 선량한 바람을 가지고 있다 보니 나에게 더 나은 대우를 해주어야 한다고 느끼게 되었을 것이라 생각했다. 그 마음은 고마웠지만, 나는 확실히 그런 조건에 만족했다.

중국에서 이미 소박한 생활환경에 적응되어 있는 내가 바란 것은 그저 조용하고, 생활하기 편리한 아주 작은 서재정도였다. 내 마음은 고급스럽고 화려한 주거환경에서 학문을 하는 것에 별로 익숙하지 않다. 가령 아카데미하우스나 경주의 온천호텔 같은 방은 편안하기는 하지만, 아무래도 심리적으로 안정을 느끼기는 어려워서 그 안에서 몰두하여 독서하고 사색하며 글 쓰는 데 전념하는 게 별로 가능할 성싶지가 않다. 도연명이 누추한 집에 살면서 지녔던 "새들은 깃들 곳 있음을 기뻐하고, 나 또한 나의 초막을 사랑한다(衆鳥欣有托, 吾亦愛吾廬)"는 마음을 나는 매우 좋아하고 동경한다. 욕심 없는 한적한 마음과 깊은 탐색 의욕은 화려하지 않은 소박한 환경에서만 생겨날 수 있는 것이다. 오색찬란하거나 웅장하고 화려한 환경은 "물질이 정신을 억누르는" 결과를 초래하기 마련인데, 나의 이상적인 경지는 "정신이 물질을 뛰어넘는" 것이다. 물질적 조건이 빈곤할 때가 종종 정신적 역량이 가장 활기를 띨 때이며, 그 반대도 마찬가지이다. 두보의 시 「초가집이 가을바람에 부서지다(茅屋爲秋風所破)」에 드러나는 영감은 화려한 집에서는 절대 떠오를 수 없는 것이다. "글은 역경에 처한 후에야 훌륭해진다(文窮而後工)"는 말에 담긴 함의는 넓고 깊지만, 물질적 조건의 척박함 역시 그 가운데 중요한 내용의 하나가 아닐 수 없다. 내가 김 선생 앞에서 그 방에 대해 만족감을 드러낸 것은 바로 평소에 이러한 관념을 가지고 있어서이지, 자기 억제나 겸양, 예의 같은 것은 아니었다. 물론 나는 한국 초청자의 그런 마음에 대해서만큼은 무척 감사했다.

김 선생은 내게 더 필요한 것은 없느냐고 물었다. 그는 내가 목이 마를까봐 걱정이 되었는지 밖에 나가 따뜻한 물을 구해와 요구르트 병에 담아 마시라고 주었다. 그리고 나를 위해 이곳에서 따뜻한 물이 공급되는 시간을 알아봐주었다. 내가 더 이상 필요한 것이 없게 된 뒤에야 그는 한국인 특유의 자세와 표정으로 정중하게 작별인사를 했다.

하룻밤을 푹 잤고 깨어나니 이미 10월 8일이었다. 아침에 경비가 가르쳐준 대로 국제회관 지하식당에 가서 조반을 먹었다. 식당은 작은 편은 아니어서, 대략 백 명 정도를 수용 할 수 있는 곳이었다. 그러나 아주 고요하고 오는 사람이 없었다. 서너 명의 여종업원이 식기를 정리하면서 조금 이상한 시선으로 나를 보았다. 나는 그미들에게 밥과 콩나물국, 김치, 계란 후라이를 시켰다. 한국 김치는 내가 원래 즐겨먹는 것이었고, 이때 가장 맛있었던 것은 콩나물국이었다. 그것이 내 입맛에 제일 잘 맞아, 다 먹고 한 그릇 더 달라고 했다. 여종원업(한국어로는 '식모'라고 부른다)은 미소를 지었다. 아마도 그미들은 멀건 콩나물국을 이렇게 게걸스럽게 먹는 손님을 이제껏 본 적이 없었기 때문일 터이다. 나는 그미들에게 내가 중국 대륙에서 온 사람이라고 말해 주었다. 그미들은 나에게 교포가 아니냐고 물어, 나는 교포가 아니고 순수한 중국인이라고 말했다. 그미들은 다소 놀라고 신기해하면서 나를 물끄러미 보더니 웃고는 더욱 공손하고 예의바르게 더 필요한 것은 없느냐고 물었다. 나는 왜 이렇게 손님이 없냐고 물었다. 그미들은 회관의 일반 투숙객은 아침식사를 하러 오는 사람이 거의 없는 데다 지금은 시간도 너무 일러서 그렇다고 했다.

밥을 다 먹은 후 돈을 내는데, 계산을 해보니 한국 돈으로 1,500원이었다. 모르긴 해도 한국에서 이 정도면 꽤 실속 있는 가격일 것이다. 돈을 지불한 후 달러로 환산해보니 대략 2달러였다. 우리나라 인민폐로 10여 위안정도에 해당하는 것이다. 와, 만약 베이징이었다면 깜짝 놀랄 만한 가격이 아닐 수 없었다.

315호 방에 돌아와 물건들을 정리하는데 전화벨이 울렸다. 학술교류부 우 선생이란 이의 전화였다. 그는 나에게 허과장님이 나와 만나고 싶어 한다고 전했다.

나는 1층 교류부 사무실에서 허원범 과장과 우 선생을 만났다. 우 선생은 기입해야 할 학력과 학술 업적에 관한 양식을 나에게 주었다. 그 후 허과장은 나와 소파에 앉아 예의바르고 친절하게 이야기를 나눴다. 그는 내게 필요한 사항은 없는지 물었고, 또 스케줄을 메모할 수 있는 표와 종이, 펜 등 문구 용품들도 주었다. 방에 돌아온 지 얼마 지나지 않아, 학술교류부의 홍사명 부장에게서 만나자는 전화가 왔다. 나는 그의 사무실로 갔다. 그는 오랜 친구를 다시 만난 듯 친절하게 나를 맞이했다. 그 후 나를 데리고 이사장 박일재 선생을 만나러 갔다.

박일재 이사장은 1989년 봄에 내가 한국에 와서 한두 달 동안 학술활동을 하도록 초청장을 보낸 바 있었다. 그 때 오지 못하고 이날 서울의 이곳에서 만나니 매우 반가웠다.

발길 가는대로 걸으며 본 거리 풍경

오후에 내가 손목에 차고 있던 대한항공에서 준 전자시계 배터리가 닳아 멈추었다. 나는 배터리를 교환하기 위해 거리로 나왔다. 이것이 내가 처음으로 서울 거리에 혼자 나선 것이었다. 국제회관은 좁은 길 안에 자리해 있었는데, 넓기가 베이징의 좁은 골목길 같은 작은 길이었지만 언제나 차가 다녔다. 게다가 길가에는 승용차들이 줄 지워 세워져있어, 길은 더 좁아보였다. 그래서 길을 걸을 때에는 꼭 앞뒤를 살피며 차를 조심해야 했다. 회관 문을 나와 오른쪽으로 가니 구불구불한 작은 골목길 양쪽에 가게들이 적지 않았다. 대부분 식품이나 일용잡화를 파는 작은 가게들이었고, 또 약이나 도료 등을 파는 가게도 있었다. 큰길로 접어드니 차들이 꼬리에 꼬리를 물고 쉴 새 없이 빠르게 오가고 있었다.

40여 년 전 내가 19살 때 조선어를 공부하기 시작했을 때 문법 교과서의 예문에서 '종로'가 서울의 번화한 큰 거리라는 것을 배웠던 터라, 길을 따라 가며 종로에 어떻게 가는지를 물어보았다. 사람들은 앞쪽으로 한참 더 걸어가면 '동대문'이 나오는데 거기가 바로 종로라고 했다. 나는 옛 꿈을 기억하는 마음으로 앞을 향해 걸었다. 걸어가며 길가의 상점들을 둘러보았다(나는 나중에야 그 길이 대학로와 바로 이어져 있는 길이라는 것을 알았다). 행인들이 많았고 하나 같이 발걸음이 바빴다. 상점에는 상품들이 가득했다. 그러다 그리 크지 않은 피아노 가게 하나를 발견했다. 커다란 유리 창문 안쪽으로 예쁘게 반짝반짝 빛나는 검정색 피아노들이 가득 진열되어 있었다. 중국 대륙에서는 5~6년 전만해도 피아노를 사기가 거의 불가능해서, 당시 내가 있던 난징과 우후無湖에서 베이징까지 팔 수 없는 피아노 '견본품' 한두 대를 제외하고는 아예 물건이 없었던 일이 생각났다. 다만 최근 몇 년 들어 비로소 상황이 좀 나아졌다. 그에 비해 이곳은 피아노 상품 공급원이 충분하여 더 이상 사치품이 아닌 듯 했고, 이는 한국인의 생활수준을 말해주는 것이었다.

나는 작은 가게 하나를 찾아 배터리를 교환했는데, 한국 돈 2천원을 달라고 했다. 인민폐로 환산해 보니 베이징보다 훨씬 비쌌다. 동대문은 아직 한참 더 가야 하는 듯했다. 나는 회관에 누군가 찾아 올 수도 있다는 생각이 들어, 급히 발길을 되돌렸다. 오는 길에 거리 풍경을 다시 자세히 살펴보았다. 노점에서 파는 전자시계, 개인이 운영하는 변호사 사무소, 전문 서점 등이 눈에 띄었다. 거리에는 차들이 많고 속도가 빨라 나는 매우 조심스러웠다.

오후에 건국대학교 중문과의 부교수인 김명호金明壕 선생이 그의 젊은 조교 김형곤金炯坤 선생과 나를 찾아왔다. 나와 김명호 선생은 1988년 가을에 전화 통화로 알게 되었다. 그때 건국대학교에서 '한적漢籍 회의'를 주최하게 되어 나에게 초청장을 보냈었다. 그러나 나는 수속이 잘 처리될 수 있을지 자신이 없었다. 김명호 선생은 당시 그 일의 연락을 담당했다. 그는 서울에서 나에게 직접 전화를 해와 내가 와주기를 열망했으며, 나와 계속 연락을 이어가길 바랐다. 그 후 그는 나의 학술 연구를 위해서도 도움을 제공해 주었다. 그리고 그와의 인연으로 나는 또 그의 동창이자 베이징에서 일을 하던 대한항공의 박승화朴昇和, 박우동朴愚東 두 선생들을 알게 되어, 그들과 함께 한 때 즐거운 시간들을 보냈다.

김명호 선생은 이번에 나와 처음 만나는 것이었다. 그는 내 생각보다 젊었고, 아주 활기차고 열정이 넘쳤다. 그는 내가 묵는 방을 보고는 좀 누추하다면서 자신들이 있는 쪽으로 옮겨가 머물 것을 제안하며 모든 비용을 대겠다고 했다. 나는 완곡하게 사양했다. 그는 나에게 또 어디를 구경하고 싶냐고 물었고, 나는 남해 일대에 가서 옛날 이순신 장군이 전쟁을 했던 사적을 보고 싶다고 했다. 그는 꼭 나와 함께 차로 동행할 것이며 모든 것을 자신이 준비하겠다고 흔쾌히 말했다. 2주 후 여러 가지 일이 너무 많은데다, 그가 과도하게 많은 시간과 정력, 금전을 소모해야 한다는 생각에 나는 그 부탁을 취소했다. 하지만 나는 그의 성의를 마음속에 새겨두었다.

그를 만나는 동안 그의 조교 김형곤은 말을 많이 하지 않았지만, 그의 다정하면서도 정중한 표정과 태도를 지금까지도 기억하고 있다.

한국 친구의 세심한 배려와 두터운 정

4시쯤 김태준 선생이 왔다. 김명호 선생은 다른 손님이 오자 그의 조교와 함께 인사를 하고 돌아갔다. 전날 내가 김태준 선생에게 전기주전자가 필요하지 않다고 사양했음에도, 그는 이날 새 전기주전자를 사왔는데, 그것은 대우전자의 제품이었다. 나는 무척 고마웠지만 한편으로는 마음이 편치 않았다. 그는 나에게 우선 쓰다가 귀국할 때 기념으로 가지고 가라고 했다. 그런데 당시 내가 꼭 필요하지는 않다고 여겼던 이 물건이 이후 서울에 머무른 20여 일 동안 매일 필요로 하고 하루도 떨어지지 않는 동무가 되리라고는 생각지 못했다. 뜨거운 물을 마시거나 차를 우려낼 때, 손님에게 커피를 타 드릴 때, 라면을 끓이거나 계란을 삶을 때 등등 어느 것 하나 그것을 사용하지 않은 적이 없다. 이밖에도 김태준 선생은 세숫비누, 치약, 면도기와 커피 등을 가져왔다. 그는 면도기를 가리키며 그것이 그저 일회용 면도기이지만, 품질이 좋아 여러 번 사용할 수 있다고 말해주었다.

잠시 이야기를 나누는데 허원범 과장이 전화를 걸어와 내려와서 이야기를 하자고 해서, 김태준 선생은 나와 함께 사무실로 갔다. 허원범 선생은 나에게 이곳에서 쓸 돈을 건네주면서 비용 지불 등의 방법을 알려주었다. 김태준 선생이 옆에서 듣고 있다가 나를 위해 허 과장에게 좀 더 충분한 돈을 받게 해주려고 했다. 그러자 허 과장은 완곡히 해명을 하며 재단의 재정 사정이 좋지 않고, 이미 나를 위해 계획보다 많은 지출을 했다고 했다. 이 두 한국인 사이의 대화는, 그들이 나를 위해 이미 충분히 노력했음을 깊이 느끼게 해주었다. 나는 감격하여 그 돈이면 이미 충분하니 더 주지 않아도 된다고 거듭 말했다.

김태준 선생과 내가 방에 돌아온 지 얼마 되지 않아, 이상보, 윤광봉 두 선생이 오셨다. 이 두 분은 한국돈황학회의 회원으로, 8월에 함께 둔황에 가서 알게 되었다. 이상보 선생은 국민대학교 국문학과 교수이고, 윤광봉 선생은 대전대학교 부교수로, 시안에서 만나 함께 둔황을 여행하고 베이징에서 헤어졌었다. 이날 그들의 나라에서 다시 만나니 무척 기뻤다.

이상보 선생은 나보다 1살 위로, 풍채가 좋고 동그란 얼굴에 말하는 것이 차분하여 자못 웃어른다운 분위기를 가진 분이다. 그는 둔황으로 가는 길에 나에게 한국어의 정확한 용법들을 알려주었고, 나를 아끼는 마음으로 내 전공 연구에 깊은 관심과 격려를 보여준 바 있다. 그는 나의 이번 서울 방문을 환영하면서 이곳에서 많은 것을 알고 가기를 바랐다.

윤광봉 선생은 나보다 10살 정도 아래로 성품이 정직하고 무던한 분이다. 쟈위관嘉峪關에서 란저우蘭州의 허시저우랑河西走廊으로 가는 야간 버스 안에서 우리는 어깨를 나란히 하고 앉아 기나긴 밤을 보냈는데, 당시 그는 나를 잘 보살펴 주었다. 오늘 이곳에서 다시 그를 만나니 또한 무척 반가웠다.

김태준 선생이 전기주전자의 포장을 뜯은 뒤 윤광봉 선생과 함께 사용 설명서를 연구하더니, 전압조절 단추를 220V로 맞추어 플러그를 꽂고 나에게 사용법을 알려주었다. 김태준 선생은 세심하게 내 방을 둘러보더니, 또 나에게 필요한 것이 있는지 물어보고는 돌아갔다.

이때는 이미 해질 무렵이어서 이상보, 윤광봉 선생들이 밖으로 나가서 구경이나 좀 하자고 했다. 그래서 우리는 회관을 나와 회관 옆 방송통신대학 캠퍼스를 지나 대로변으로 갔다. 그곳은 바로 전날 밤 김태준 선생과 함께 걸었던 '대학로'라는 큰길이었다. 전날 밤 젊은이들이 모여 놀던 곳에 이르자, 그들은 그곳이 바로 예전에 국립 서울대학교가 있던 자리이고, '대학로'라는 이름도 거기서 비롯된 것이라고 말해주었다.

번화가의 문화 풍경

월요일이었지만 여전히 꽤 많은 젊은이들이 즐겁게 놀고 있었다. 작은 노천무대 위에서 두 청년이 기타를 연주하며 노래를 부르고 있었다. 노래를 부르면서 율동도 하는 일종의 즉흥 공연이었다. 계단식의 노천 좌석에는 관중들이 더러 앉아있었고, 우리도 자리를 찾아 앉았다. 관중들은 수시로 자유롭게 오고 갔다. 두 선생들은 그것이 오락적인 것이며 공연자들이 돈을 받지 않아 관중들이 자유롭게 구경할 수 있다고 말해주었다.

잠시 구경하다가 근처 빌딩에 그림전시회를 보러 갔다. 현대화가의 개인 작품 전시회였는데, 표를 살 필요가 없이 자유롭게 드나들 수 있었다. 관람객은 그리 많지 않았다. 접수대에는 전람회 설명서가 있어 마음대로 가져갈 수 있었다. 이상보 선생이 내게 한 부 가져다주었다.

나는 서양 고전화법을 좋아하고, 형상이 분명하지 않고 의미가 명확하지 않은 현대화파에 대해서는 열심히 감상해보려 한 적은 있지만 이해할 수가 없어서 흥미를 느끼지 못했다. 그래서 나는 관람을 하면서 이상보, 윤광봉 선생들에게 그런 생각을 말해주었다. 그들도 꽤 동감하는 듯했지만, 구체적 의견을 말하지는 않았다. 보아하니 그들이 나를 이곳에 데려온 것은 그저 나에게 서울의 문화활동 모습을 보여주기 위해서인 것 같았다.

빌딩을 나와 우리는 불빛이 화려하고 사람들이 많이 다니는 큰길을 걸었다. 이상보 선생이 맞은편의 2층짜리 음식점 '진아춘進雅春'을 가리키며, 그것이 60여 년의 역사를 가진 오래된 중국음식점이라고 말했다. 상점이 즐비하고 갖가지 물건들이 가득한 큰길을 지나 작은 길로 접어들었다. 그들은 나에게 무슨 음식을 좋아하냐고 물었다. 나의 대답은 언제나 똑같았다. "간단하고 소화가 잘 되는 것"이다. 그들은 나를 데리고 골목 안에 있는 낮고 작은 식당으로 들어갔다. 탁자는 대략 대여섯 개밖에 없었고 손님은 없었다. 여주인이 친절하게 우리에게 앉으라고 했다. 두 선생은 나에게 무엇을 시킬지 물었다. 나는 따뜻한 면을 원한다고 말했다. 이상보 선생은 또 특별히 '막걸리'를 주문했다. 그리고 나에게 말하기를 이것은 시골에서 농민들이 자주 마시는 술이며 한자로는 '탁주'라고 한다고 했다.

이렇게 아주 작은 대중적인 식당의 구석에 앉아서 가장 서민적인 술을 마시며 간단하고 따끈한 칼국수를 먹으니, 서민적인 느낌이 들어 마치 평범한 가정집에 들어가 한국의 풍속과 민심을 체험해보는 듯했다. 이것이야말로 내가 좋아하는 것이다. 외래어 간판을 단 높은 빌딩의 대형 양식당에서는 이러한 맛을 느낄 수 없다. 따스한 대화와 소박하고 편안한 분위기에 따뜻한 가정식 …… 이날 저녁 식사는 매우 만족스러웠다.

식당을 나오니 길가 빌딩의 네온사인에 '아트센터'라는 글자가 빛나는 것이 보였다. 또 한 극장을 지나는데, 윤광봉 선생이 이곳에서는 늘 공연이 열려서 한국의 가무 등을 볼 수 있고 표도 비싸지 않으니 시간 있을 때 와서 구경해 보라고 했다. 이상보 선생은 검표하는 직원에게 내가 중국학자인데 한국의 민간예술을 알고 싶어서 왔다고 말하기만 하면 그들이 무료로 입장시켜줄 것이라고 했다. 나는 그 극장 건물을 한번 눈여겨보면서 언제 저녁 때 한번 와봐야겠다고 생각했다. 그러나 바쁜 일정 때문에 결국 가보지 못했다.

또 우리는 한 커피숍에 들어갔다. 가게 이름은 기억이 나지 않는데, 탁자와 의자가 아주 세련되었고 손님은 많지 않았다. 나는 커피를 좋아하지 않아서 한국 차를 주문했다. 맑고 담백한 것이 특별한 맛이 있었다.

그 후 그들은 또 나를 데리고 어느 빌딩으로 들어가서 개인 사진전을 관람했다. 이곳은 식사를 하기 전에 보았던 현대화 갤러리와는 달리 직사각형의 공간에 천장이 높지 않았다. 하지만 조명이 휘황해서 마치 대낮 같았고, 관람객은 꽤 많았지만 혼잡하지는 않았다. 자세히 살펴보니, 일부 사진들은 자못 예술성이 있었다. 특히 호수 위에 외로이 떠 있는 배를 찍은 사진 등 몇 작품은 고요하고 평온한 경지를 담고 있어 눈이 어지럽도록 화려한 그곳에서 더욱 나의 마음을 끌었다.

이러한 전시회는 전부 자유롭게 전시하고 자유롭게 관람하는 것이었다. 전시하는 사람은 즐거운 마음으로 자기 작품을 세상에 선보여 사람들과 미감을 함께 나누고, 관람객은 마음가는대로 둘러보는 가운데 지식과 미적 체험을 얻으니 역시 하나의 즐거움인 것이다. 노천 무대의 즉흥 공연들 역시 이와 성격이 유사한 것이다. 비록 그 내용은 각양각색이고 분위기도 서로 다르며 관중들도 보는 이에 따라 평가가 제각각이지만, 이처럼 왕성하고 활발하며 어떤 하나의 틀에 구애받지 않는 문화예술 활동 자체는 좋은 것이다. 이것은 아마도 한민족이 오래전부터 이어온 전통과 관련이 있을 것이다.『삼국지』「동이전」에 보이는 한국인의 원시 예술에 대한 다음과 같은 기록은 이러한 문화 발전의 발자취와 실마리를 제공해 준다.

“그 백성들은 가무를 좋아하여 나라 안의 고을마다 밤이면 남녀가 무리지어 모여 서로 노래를 부르며 유희를 즐겼다(其民喜歌舞, 國中邑落, 暮夜男女群聚, 相就歌戲).”

물론 지금의 이러한 문화 활동에는 다른 원인들도 있으며, 전통은 다만 그 가운데 하나일 뿐이다. 그저 대강 훑어보았기 때문에, 그런 공연의 내용이나 모여서 즐기는 적극적인 참가자들의 상황에 대해 나는 잘 알 수가 없었다. 후에 한국 학자들로부터 서로 다른 의견들을 듣게 되었다. 어떤 이는 그것이 젊은 학생들의 좋은 문화오락 활동의 하나라고 생각하지만, 어떤 이는 그런 활동에 자주 참가하는 ‘열성분자’들이 대개 공부는 열심히 하지 않으면서 즐기고 놀기만 하려는 젊은이들이라고 했다. 늘 열심히 공부하고 생각이 깊은 대학 강사 겸 박사과정생 이재석李宰碩 씨는 아예 지금껏 그런 데 참여해본 적이 없다고 했다. 어떤 이는 10대나 20대 초반의 청년들이 처음에는 좀 어리바리하고 놀기를 좋아해서 자주 참여하지만, 나이가 좀 들면 공부를 열심히 하는 것의 중요성을 알고 더 이상 참여하지 않는다고 했다.

나는 건전하고 적절하게 컨트롤되는 문화 활동이라면 그 왕성한 발전이 결국 국민의 심신과 교육에 도움이 된다고 생각한다. 이에 비해 우리나라 청년학생의 자발적인 문화 활동은 비교적 단순하고 덜 활발해 보인다.

발표, 출판, 학술교류의 일정

회관으로 돌아오니 경비실에서 어떤 선생님이 나를 찾아와 휴게실에서 기다리고 있다고 알려주었다. 휴게실을 찾아가니, 소재영 선생이 혼자 소파에 앉아 있었는데, 오랫동안 나를 기다린 듯했다. 그는 과일도 한 바구니 가지고 왔다. 나는 급히 그를 내 방으로 모시고 갔다. 소재영 선생과 이상보, 윤광봉 선생은 모두 8월 둔황 여행을 같이 했던 분들이라 당연히 서로 잘 알았기에, 세 선생과 나는 한동안 이야기를 나누었다. 윤광봉 선생은 서울 교통지도와 한국 명승고적 지도를 나에게 주고 이상보 선생과 먼저 돌아갔다.

소재영 선생은 내가 아카데미하우스에 있을 때 민속촌에 가지 못했던 일을 여전히 마음에 걸려하였다. 그래서 내 대신 일정을 잡아주며 하루 시간을 내서 한국의 문화와 역사, 민정을 이해하는 데 도움이 되는 곳을 함께 구경할 계획이라고 했는데, 물론 민속촌도 그 안에 포함되어 있었다. 그는 또 나와 숭실대학 학회에 참가하는 일에 대해 이야기하며, 내가 그 회의에서 발표할 생각이었던 '한국 고전문학 명작 『옥루몽』에 나타난 음악적 요소와 중국 유가 음악관과의 관계'라는 주제를 정해주었다. 이 주제는 내가 이미 논문을 완성하여 그 해(1990년) 7월 구이양에서 열린

'제3회 중국 비교문학 연례 학술회의'의 분과회의에서 발표했던 것이다. 당시 내가 속한 분과의 성원으로는 정규복, 이병한 선생 같은 한국의 이름 있는 학자가 참석했으나, 다른 사람들은 모두 한국문학을 잘 알지 못했다. 더욱이 내 논문은 매우 긴데(약 6만 자) 발표시간은 겨우 10분 이내로 정해져 있어 충분히 토론을 할 수가 없었다. 이번에 서울에 와서 본래 나는 이 빛나는 문학 걸작을 음악적 요소의 시각에서 탐구한 결과물을 강연 내용으로 삼아 한국 학자들에게 소개할 요량이었는데, 정식으로 학술회의에서 발표하게 되리라고는 생각지 못했다. 갑자기 숭실대 학회에 초청되어 학술회의 요구에 맞는 다른 완전한 논문이 당장 없는 데다가, 나의 이러한 탐구(음악과 문학이라는 두 문화 영역의 비교, 중국 음악이론과 한국문학이라는 양국 문화의 관련 양상)에 대한 한국 학자들의 의견을 들어보고 싶었기에, 소재영 선생의 동의 아래 그렇게 하기로 결정했다.

이어서 내가 출판한 책『한국문학에 끼친 중국문학의 영향』의 한국 내 발행 문제에 대해 이야기를 나눴다. 이 책을 출판하는 화성출판사는 '결손보전'을 위해 나에게 필히 300여 권을 정가에 사도록 했다. 나는 한국에서 이 책에 관심이 있는 사람들이 있을 것이라 생각하고 소재영 선생의 제자인 인천대학 도서관장 우쾌제 교수에게 이 일을 맡아달라고 부탁한 바 있었다. 늘 다른 사람을 기꺼이 돕는 소재영 선생은 이 일에 많은 관심을 가지고 있어 이날도 나와 이 일에 관해 이야기했던 것이다.

내가 소재영 선생과 이야기를 하고 있는데 이수웅 선생이 왔다. 이때는 이미 10시 20분이었는데, 이 학자들이 내 방에 온 것이 매우 기쁘기도 했지만 피곤하기도 했다. 우리 세 사람이 한동안 이야기를 나누다가 소재영 선생은 먼저 돌아갔다. 이수웅 선생은 이번에도 차와 커피를 가져왔다. 그는 내가 차 마시는 습관이 있음을 잘 기억하고 있었다.

이수웅 선생은 나와 그의 역작『주희와 이퇴계 시 비교 연구』에 대해 이야기했다. 이 책의 원고는 그가 둔황에서 베이징으로 돌아온 후 나에게 준 바 있었다. 이 학술저서는 두 성리학자의 시에 관해 논한 것이다. 중국 문인 가운데 시를 지은 사람들이 너무 많고, 또 주희의 철학적 업적과 학술적 명성이 그의 시 방면의 성과를 가렸기 때문인지, 중국에서는 이제껏 그의 시에 주목하여 연구한 사람이 드물다. 이퇴계의 수많은 한시 역시 한국문학사에서 다룬 사람이 비교적 적다. 그러나 그의 국문시인 시조는 작품 수는 많지 않지만 한국문학사를 연구하는 사람이라면 남한에서든 북한에서든 반드시 소개하면서 그 성과와 공헌을 인정한다. 이것은 아마도 그 희소가치 때문일 것이다. 당시 조선 문인들이 쓴 시조는 한시에 비해 아무래도 훨씬 적었던 것이 사실이다. 또 자기 민족의 언어로 창작한 작품을 그 민족이 더 아끼는 것 역시 당연한 일이다.

이수웅 선생이 중국과 한국의 이 두 철학자의 시를 비교 연구한 것은 매우 의미 있는 일이다. 나는 이 책의 출판을 돕는 것이 기뻤고, 또 그의 청을 받아들여 이 책에 서문을 쓰기를 원했다. 그러나 이렇게 학술적인 문제를 심도 있게 논한 저서는 보통 중국에서 판로가 넓지 못하고, 출판사는 7·8천 부 정도를 팔지 못하면 손해를 보기에, 본래 아무 조건 없이 출판해야 마땅할 책이지만 이수웅 선생에게 출판비를 내도록 해야만 성사될 수 있는 상황이었다. 내가 베이징을 떠나기 전에 이미 베이징대학 출판사와 대략 필요한 비용에 대해 이야기를 나눴는데, 비용은 약 2천에서 3천 달러 사이였다. 이에 대해 이수웅 선생은 흔쾌히 동의했다. 우리는 출판 시기와 원고 교부 방법, 책 전달 방법 등에 대해서도 이야기를 나눴다.

이수웅 선생과 중국 둔황투루판학회와 한국 돈황학회 간의 학술교류 및 협력 관계를 수립하는 '의향서' 문제도 이야기했다. 나는 둔황학 연구에 있어서 외국 학계 가운데 한국이 확실히 주관적으로는 가장 좋은 조건을 가지고 있다고 생각해왔다. 중국문화의 영향을 받은 다른 나라들과 비교해서, 한국은 중국 문화에 대한 이해와 수용이 가장 넓고 깊으며 오래되었기 때문이다. 그러나 '둔황학'이 하나의 신흥학문으로 국제무대에서 탄생하고 성장하던 바로 그 시기에, 한국은 도처에 위기가 도사리고 있었고 국난에 직면하게 되었다. 결국 강대한 이웃 국가 일본에 병합되고 말았고, 일제강점기에는 심지어 학교에서 한국어로 말하는 것조차 허락되지 않는 지경에 이르렀다. 일본이 항복한 후에는 남북이 분열되고 3년이나 지속된 심각한 전쟁까지 겪었으니, 이러한 역사적 환경에서 어떻게 둔황학 연구의 발전을 논할 수 있었겠는가. 반면 일본은 크게 달라, 일찌감치 유리한 조건을 이용하기 시작하여 둔황학 연구에 필요한 자료들을 확보하고 연구를 발전시켰다. 그리하여 오늘날 일본은 이 방면의 성과가 여전히 한국보다 높다. 현재 한국 학술계가 둔황학에 주목하고 연구를 해나가기로 결심한 것은 분명 환영하고 지지할 만한 좋은 일이다. 지난 8월, 한국학자 20여 명의 둔황 답사는 그 첫 걸음을 내디딘 것이라고 할 수 있다. 중국의 베이징, 란저우, 둔황의 둔황학자들은 모두 이를 적극 지지해주었다. '의향서' 문제는 양국 학자들이 베이징에서 이미 사전 협의를 한 바 있으며, 내가 베이징을 떠나기 전날 밤에는 또 중국 둔황투르판학회의 위임을 받았다. 이날 내가 한국에 와 있으면서 한국 둔황학회의 총무이사인 이수웅 선생님과 이 일을 상의하는 일은 매우 즐거운 일이었다.

나는 베이징에서 가지고 온 '의향서' 인쇄본을 이수웅 선생님에게 주었고, 이 선생님은 기쁘게 받으며 돌아가서 서둘러 이 일을 처리하겠다고 했다.

11시 반에 이수웅 선생이 돌아가자, 나는 그제서야 피곤함을 느꼈다. 그러나 이날 하루 동안 경험한 일들이 눈에 선한 것이 마치 눈앞에 영화가 펼쳐지고 있는 것 같아 쉽게 잠이 오지 않았다. 그날 밤 나는 잠을 제대로 자지 못했다.

한글날, 홀로 객지에 머문 첫 번째 새벽

10월 9일, 이날은 조선시대에 세종대왕이 '훈민정음'을 반포한 기념일로 '한글날'이라고 불리는 휴일이었다. 아침 7시에 강동엽 선생이 내 숙소로 와서 오늘이 쉬는 날이라며 내게 그날 신문을 가져다주면서 나와 함께 나가서 아침식사를 하자고 했다.

우리는 '국제회관'을 나와서 왼쪽으로 돌아 작은 길을 천천히 걸으며 아침식사 할 곳을 골랐다. 길 오른편의 한 비탈진 좁은 길에서 강동엽 선생은 "아침은 간단하며 소화가 잘 돼야한다"는 나의 요구에 따라 '다미분식'이라는 작은 식당을 찾았다. 식당은 청결하고 손님이 없었으며 주인은 친절했다. 나는 칼국수를 주문했다. 강동엽 선생은 나와 맞춰주느라 같은 것을 시켰다. 한 그릇에 한국돈 2천원이었고, 먹으니 온몸이 훈훈해졌다. 나는 이 식당의 전화번호를 메모하고 다음부터는 이곳에서 아침밥을 먹어야겠다고 생각했다.

식당 옆의 과일 노점을 지나면서 강동엽 선생은 나의 사양에도 불구하고 내가 지금껏 본 적이 없는 큰 배 두 개를 골랐다. 이 배는 누런색으로, 크기가 갓 태어난 아기의 머리만 했다. 근래에 개량 실험에 성공한 품종이라고 했다. 내 경험에 따르면 과일은 큰 것일수록 과육이 거칠고 달지 않은데, 이 품종은 크면서도 달고 과육도 부드러워서 아주 맛있었다.

방으로 돌아와 강동엽 선생과 또 잠시 이야기를 나누었다. 우리는 작년(1989년) 12월 성탄절 무렵에 베이징의 지먼호텔薊門飯店에서 처음 만났다. 그 이후로 그는 나의 학술연구를 돕겠다고 했고, 경인문화사에서 출판한 영인본『연암집』전질을 보내주었다. 나는 베이징에는『옥루몽』자료가 매우 부족하다는 점과『옥루몽』의 작자 및 연구현황 등에 대해 이야기했다. 이번에도 그는 나를 위해 학술자료들을 구해주겠다고 거듭 말했다.

우리는 또 프랑스 원동학원의 천칭하오陳慶浩 선생이 조선의 한문소설

전집을 다시 펴내자고 제안한 일과, 몇 년 전 타이완의 린밍더林明德 교수가 편집, 출판한 소설집에 대한 한국학자의 견해에 관해서도 이야기했다. 그 후 우리는 또 학술회의의 논문발표에 관해서도 이야기했다. 11시 20분이 되자 그는 또 나와 함께 나가서 점심을 먹겠다고 했지만, 내가 완곡히 사양했다. 정이 많은 한국 친구들이 매번 돈을 쓰게 하는 것이 마음속으로 너무 미안했다. 가기 전에 이 선생은 나의 돌아가는 비행기 표를 가지고 가면서, 그의 제자 서정규徐廷圭 씨에게 오사카를 거쳐 베이징으로 가는 수속과 비자 연장 등의 일을 내 대신 처리하도록 하겠다고 했다.

그가 돌아간 후, 나는 그가 가지고 온 그날 신문을 펼쳐보았다. 나는 베이징에 있을 때도 신문사에서 계속 보내주는 『조선일보』를 읽을 수 있었다. 하지만 이날 서울에서 한국 친구가 가지고 온 한국 신문을 처음으로 보니 또 다른 흥미와 친근감이 들었다.

소재영 선생 댁에서의 만찬

학술교류부의 허원범 과장이 아카데미하우스에 사람을 보내 내가 맡겨둔 트렁크와 짐을 가지고 와서 내 수고를 덜어주었다. 오후에 트렁크를 정리하고 자료들을 꺼냈다. 이때 소재영 선생이 보낸 분이 도착했다. 일전에 소재영 선생과 약속한 대로, 이날 저녁은 소재영 선생 댁에 가서 저녁을 먹기로 했다. 나를 데리러 온 사람은 그의 지도를 받은 조규익 박사였다. 조 선생은 대략 30여 세의 나이로, 침착하고 착실하며 진지한 젊은 학자였다. 그는 소재영 선생의 부탁을 받아, 내가 숭실대 학회에서 발표를 할 수 있도록 「『옥루몽』에 나타난 음악적 요소와 중국 유가 음악관과의 관계」의 간단한 제요를 만드는 일을 나와 상의했다. 나는 그와 거듭 의논을 하며 그에게 내 원고의 몇 가지 내용을 설명해주고 일부 중국어 약자의 본자를 알려주었다. 대략 3~40분쯤 이야기를 나눈 뒤, 조 선생의 차를 타고 소재영 선생 댁으로 갔다.

서울은 차가 많고 속도도 매우 빠른 데다 일부 도로는 오르락내리락하며 기복이 심해, 마치 중국의 충칭重慶이나 칭다오青島 같다. 차창 밖으로 보니 상업이 번화하고 오색찬란한 광고가 즐비하여 눈이 어지러웠다. 게다가 간밤의 불면증과 오후의 피곤이 겹쳐 나는 또 멀미를 했다. 가는 도중 상가가 없는 넓은 도로에 차가 잠시 섰을 때, 오른쪽으로 나무들이 있는 넓은 곳이 있기에 나는 조 선생에게 차를 세워달라고 했다. 차에서 내려 나무 아래를 잠시 걸으며 신선한 공기를 마시니 조금 진정이 되고 머리도 약간 맑아졌다. 조규익 박사는 걱정을 하면서도 친절하게 나와 함께 나무 아래를 천천히 걷고 휴식을 취하며 말동무가 되어주었다. 약 10분쯤 뒤 나는 다시 차에 탔다. 이번에는 그가 차를 천천히 운전하면서 수시로 내게 괜찮은지 물었다.

그런데 차가 작은 도로로 접어들자, 또 즐비한 상점과 각양각색의 간판들로 눈이 혼란스럽고 행인들도 매우 많았다. 게다가 또 차가 좌우로 회전을 하자 멀미가 갈수록 심해졌다. 나는 조규익 선생에게 바로 차를 세워 주도록 부탁하고, 차에서 내려 길가에서 온힘을 다해 구토를 참은 뒤 약 50m를 걸어서 소재영 선생 댁에 도착했다. 이때 소재영 선생과 부인, 따님과 아기를 안은 며느리가 모두 문 앞에서 기다리고 있었다. 내가 멀미를 한다는 말을 듣고 소재영 선생 부부는 걱정을 하며 내게 어떤지 물었다. 소재영 선생 댁의 푸근한 분위기와 단란한 가정의 모습에 내 몸의 불편한 느낌이 어느새 사라졌다. 거실 소파에 앉았을 때, 나는 이미 정상으로 돌아와 이야기꽃을 피울 수 있게 되었다.

오랜 친구인 정규복, 김태준 두 선생도 이미 와있었다. 또 김근태라고 하는 젊은 학생도 있었는데, 그는 소재영 선생에게 지도를 받고 있는 박사생이라고 했다. 여기에 조규익 선생과 소재영 선생 부부를 더해 모두 7명이었다.

소재영 선생은 내가 첫 번째로 알게 된 한국학자인데, 소재영 선생 댁이 또 내가 처음으로 방문한 한국인 가정이 되었다. 나는 일찍이 북한에 있을 때, 김일성종합대학의 허락 하에 노교수 신구현申龜鉉 선생 댁의 신년 가족모임에 참석한 적이 있다. 신구현 선생은 내가 평양에서『임진록』을 연구하면서 만나 우정을 쌓았다. 소재영 선생 역시 그의『임진록』연구로 인해 내가 존경하고 알게 된 분이다. 400여 년 전인 '임진왜란' 시기에 한국과 중국은 침략에 반대하는 친밀한 관계와 깊은 우정을 맺은 바 있다. 그런데 공교롭게도 지금 각기 남과 북 양쪽에 사는 내 해동의 벗들이 또 모두『임진록』으로 인해 나와 서로 알게 된 것이다. 6년여 전 신구현 선생 댁에 방문했던 것이나 이날 소재영 선생 댁에 온 것이나 모두 임진항전이라는 한·중 양국의 정의로운 일의 길고 긴 여운이라고 할 수 있을 것이다.

1989년 봄 소재영 선생이 우리 집에 왔을 때, 그의 집에 대해 이야기를 한 적이 있었다. 이날 직접 보니 내가 상상했던 것과는 꽤 달랐다. 소 선생 댁은 어림잡아 적어도 반세기의 역사를 지닌 서양식의 가정집 건물이었다. 정원은 크지 않았지만, 거실은 넓었다. 거실 천장은 상당히 높았고, 면적은 약 70평방미터 정도였다. 사면의 벽에는 서화들로 가득한 것이 주인이 고상한 학자임이 그대로 드러났다.

연석은 서재에 차려졌다. 온돌 위에 한국식의 낮은 장방형의 식탁이 놓여있었다. 여섯 사람이 둘러앉았다. 식탁에는 고기요리와 채소요리가 다 갖춰져 매우 풍성했다. 소재영 선생의 3살짜리 손녀도 자리에 참여했는데, 소재영 선생이 품에 안고 어르니 가정적인 분위기가 훨씬 더해졌다. 소재영 선생과 정규복 선생이 가볍고 유쾌한 어조로 1989년 초봄의 베이징 여행과 우리 집에 모여 식사했을 때의 일을 추억했다.

눈을 들어 사방을 보니 서재는 대략 20평방미터 쯤 되었고, 책상은 다리가 낮아 양반다리를 하고 앉기에 적합했다. 사면의 벽 가운데 두 면에는 서화가 걸려 있었고 나머지 두면에는 책들이 꽂혀 있었다. 내가 베이징대학의 서예가 천위룽陳玉龍 선생에게 부탁해 소재영 선생에게 써준 글씨가 눈에 확 띄었다. 그것은 두 번째 작품으로, 원래 써준 첫 작품은 서울에 가지고 와서 표구를 하던 중 화재를 입었다. 이는 천위룽 선생이 부탁을 받아 다시 써준 것이다. 글씨를 쓴 천 선생 본인의 말에 따르면, 이 글씨를 쓸 때는 마음이 상당히 안정되어 첫 번째 썼던 것보다 더 만족스러웠다고 한다.『임진록』이 나와 소재영 선생의 인연을 맺어준 매개체이고 이 족자에 쓴 것이 이순신의 오언절구「한산도야음閑山島夜吟」이었기에, 이날 그것을 보니 더욱 친근감이 느껴졌다.

水國秋光暮	수국에 가을 빛 저무니,
驚寒雁陣高	추위에 놀란 기러기 떼 높이 나는구나.
憂心輾轉夜	근심에 뒤척이며 잠 못 드는 밤,
殘月照弓刀	새벽달이 활과 칼을 비추네.

　정규복 선생은 공항에 손님을 모시러 가야했기에 먼저 인사를 하고 자리에서 일어났다. 오래 지나지 않아 우리도 자리에서 일어서 인사를 하고, 거실로 가서 소재영 선생 부인께 연거푸 감사를 표했다. 김태준 선생은 웃으며 소재영 선생 부인이 노래를 잘 부르니 손님을 전송하는 노래 한 곡을 청해 듣자고 했다. 나는 정말인줄 알고 부인의 노래를 기다렸는데, 결국은 다들 웃어넘기고 말았다. 고개를 들어 거실의 족자 한 폭을 보니, 글씨가 상당히 힘이 있는 것이 기개가 예사롭지 않았다. 소재영 선생은 그것이 타이완의 한 서예가의 작품이라고 자랑스럽게 소개했다.
　또 차멀미를 하지 않기 위해 전철을 타고 돌아가기로 했다. 소재영 선생과 김태준 선생 등은 나와 먼저 승용차를 타고 전철역까지 가고, 그런 다음 김근태 군이 나를 국제회관까지 데려다 주기로 했다. 차에서 내리자 소재영 선생은 또 나에게 과일을 한 바구니 주고 내 아내와 딸에게 주라며 화장품까지 주었다.

나는 혜화역을 나와서 계속 김근태 군에게 이제 돌아가라고 했다. 하지만 그는 내 몸이 걱정된다며 절대 돌아가려 하지 않고 스승의 말에 따라 기어이 나를 숙소까지 모셔다주겠다고 했다. 이 젊은이는 내 방에 도착해서 내 몸 상태가 어떤지 물은 뒤에야 돌아갔다.

H-3 : 소재영 선생 댁에서의 즐거운 연회 (10월 9일)

담요로 전화벨 소리를 막다

다음날 아침, 그날이 신해혁명(1911년 10월 10일) 기념일인 것이 생각났다. 그러나 한국에 있으니 별다른 느낌이 없었다. 아침식사로는 또 '다미분식'에 가서 칼국수를 먹었다. 나는 식당 주인의 정성이 좋았지만, 어제 차멀미의 영향으로 이날도 여전히 속이 좋지 않아, 면을 먹은 뒤에 계속 구토증이 일었다.

『옥루몽』 관련 논문과 내 영어 약력을 가지고 아래로 내려가 학술진흥
재단의 복사실에 복사를 부탁했다. 직원들은 아주 젊었는데, 그들은 즉시
하던 일을 내려놓고 내게 복사를 해주었다. 2분도 안 되어 복사를 마치고
예의바르게 내게 건네주었다. 부지런히 직분을 다하고 어른을 존경하는
이런 모습은 평양을 연상케 하였다. 그곳 대학교의 도서관 직원도 이런
태도였다. 서로 다른 체제 아래에서 그토록 오랫동안 살아왔음에도 불구
하고, 민족의 성격과 태도는 똑같았다. 다만 이곳 복사기의 성능이 더 좋
고 속도도 훨씬 빨랐다.

연일 계속된 피로와 차멀미로 몸 상태가 좋지 못한 것을 생각하니, 이
후의 바쁜 일정에 차질이 생기지 않기 위해서는 반드시 건강을 지켜야 했
다. 그래서 한국에 와서 쌓인 피로를 씻기 위해 푹 쉬기로 결정하고, 전화
를 걸어 홍사명, 이수웅 두 선생과의 약속을 취소하였다. 베이징에서 가
지고 온 진정제 '서락안정舒樂安定' 한 알을 먹고, 오후에 충분히 잠을 잤
다. 전화벨 소리가 나의 휴식을 방해하지 않도록 큰 담요 두 장을 접어서
전화기를 덮었다. 때때로 담요 아래서 희미하게 울리는 벨소리를 들으면
마치 친구가 부르는 것을 듣고도 대답하지 못하는 것 같아 상당히 미안한
마음이 들었지만, 그런 것을 신경 쓸 상황이 못 되었다. 나중에 한국의 친
구들에게 이 일을 말해 한바탕 큰 웃음을 자아냈다.

한동안 쉬고 나니 과연 기분이 상쾌해졌다. 담요를 들추다가 뜻하지 않
게 대전에서 걸려온 전화를 받았는데, 충남대학교 국문과 교수인 사재동
선생이 걸어온 것이었다.

베이징에 있을 때 나는 그가 서명한 초청장을 받은 적이 있는데, 그것
은 충남대학에서 열리는 학술회의에 참가해달라는 것이었다. 당시 나는
'18세기 동아시아 문화교류연구 학술회의'에 참가하기 위해 수속 중이었
고, 수속이 잘 될지도 확신이 없는 상황이었다. 그래서 나는 그의 초청에
감사하는 회신을 보내며, 만약 이번 회의 참가 수속이 이루어지면, 그 기

회를 빌어 그가 주최하는 회의에 참석할 수 있을 것이라고 말했다. 그런데 이날 전화로 이야기를 하다 그가 내 답신을 받지 못해 아직까지 계속 기다리고 있었다는 것을 알게 되었다. 나는 그의 성의에 이끌려 참가할 수 있다고 말했다. 그리고 나서 그와 논문과 관련된 문제에 대해 잠시 이야기를 나눴다.

이때까지 나는 사재동 선생과 만나본 적이 없었다. 그는 소재영 선생과 친한 친구로, 소재영 선생을 통해 나를 알게 된 것이었다.

조규익 선생은 『옥루몽』의 음악적 요소와 중국 전통 악론에 관한 내 논문의 제요를 벌써 만들어주었다. 원문이 6만 자에 달하는 긴 중국어 논문인데, 조 선생은 놀랍게도 이렇게 빨리 제요를 만들어 주어 그의 노력에 감동하게 되었다. 제요의 초고를 가지고 온 것은 김근태 군으로, 그는 나를 위해 또 한 번 수고를 해주었다.

‘진아춘’의 특별한 고향사랑

점심에는 밥을 먹지 않았다. 저녁 때 이상보, 윤광봉 선생들이 말했던 대학로의 중국음식점 ‘진아춘’이 생각나서 호기심에 천천히 걸어서 그 식당으로 갔다. 나는 ‘짜장면’을 주문했다. 짜장면은 메뉴 가운데 비교적 저렴한 것으로 원화로는 1,400원인데, 인민폐로 환산하면 그래도 10위안이 넘었다. 베이징의 일반적인 식당에서 짜장면은 대개 2위안 정도면 먹을 수 있다. 이곳의 짜장면은 베이징의 맛과 꽤 다르며, 단맛이 좀 많이 난다. 면이 나오기 전에 먼저 작은 접시에 담긴 반찬을 하나 주는데, 맛이 산뜻하고 달짝지근했다.

짜장면은 한국에서 보편적이면서도 유명한 전형적인 중국음식이 되었다. 사실 베이징에서 이 짜장면은 가장 평범하고 저렴한 먹을거리 가운데 하나이다. 주로 평범한 서민 가정이나 날품팔이를 하는 사람들이 종종 이것으로 요기를 한다. 만드는 방법도 매우 간단하다. 면을 삶아 그릇에 담고 짜장을 좀 부으면 된다. 나는 고향에서 20년을 살면서 이렇게 간단하게 만들어 먹는 음식을 본적이 없고, 물론 '짜장면'이라는 이름도 들어본 적이 없었다. 베이징에 온 후에야 짜장면을 알게 되어 자주 그것으로 허기를 달랬다. 그런데 먼 타국의 수도에서 그것을 보게 되고, 게다가 그것이 이렇게 높은 위치에 있을 줄이야 생각지도 못했다. '진아춘' 같은 수준의 베이징 음식점에서 메뉴판에 짜장면이 올라 있는 것은 거의 보기 어려울 것이다. 짜장면의 맛과 지위의 변화 역시 아마도 나라와 나라 사이의 문화교류 가운데 생겨난 '변이' 현상이라 할 수 있을 것이다.

'진아춘' 주인의 성은 싱邢이고 점원이 하나 있었는데, 모두 스물일곱, 여덟쯤 되는 젊은 중국인이었다. 식사를 마친 후 잠시 그들과 대화를 나눴다. 그들의 중국말은 의사를 전달하기에는 충분했지만 그다지 유창하지 못해서 한국인이 배운 중국말처럼 들렸다. 싱 사장의 부친은 원적이 산동으로, 오래전에 한국에 와서 정착해 살다가 이미 돌아가셨다고 했다. 모친은 한국인이지만, 싱 사장은 자신의 원적은 산동이며 뿌리가 중국에 있다고 여겼다. 그는 뿌리를 찾기 위해 산동에 간 적이 있고, 지금까지도 한국 국적을 얻지 못했다고 했다. 그와 같은 상황에 처해 있는 사람들은 일반적으로 모두 중국 국적을 유지하고 있고, 화교로서 한국에 거류하고 있는 것이었다. 그와 같은 화교들 가운데 상당수는 이미 미국이나 캐나다 등지로 갔다고 한다.

'진아춘'의 카운터 벽에는 상장 액자가 하나 걸려있는데, 거기에는 '중화민국상장'이라는 글씨가 쓰여 있고 청천백일기가 새겨져 있었다. 나는 그에게 중국대륙이 앞으로 한국과 수교를 한다면 당신은 어느 쪽을 선택하겠느냐고 물었다. 그는 현재 화교는 모두 주한 타이완대사관의 관리를 받고 있어서 상황을 지켜봐야 한다고 했다. 마침 저녁식사 시간이었기에 싱 사장이 매우 바빠서 더 말을 걸 수 있는 상황이 못돼 인사를 하고 나왔다.

자기 전에 강동엽 선생에게 전화를 걸어 베이징으로 돌아가는 비행기 표에 관해 이야기를 하다가 지난번 부산에서 서울로 돌아오는 비행기표 는 누가 산 것인지 물어보았다. 그는 김태준 선생님이 산 것이라고 했다. 그런 다음 김명호 선생에게 전화를 걸어 한산도 일대에 가서 이순신의 전 투 유적을 둘러보는 등의 일에 대해 이야기를 나눴다. 그는 여전히 넘치 는 열정으로 자신이 다 준비하겠다고 했다. 또 박승화 선생이 현재 홍콩 에 있다고 알려주었다.

10월 11일, 몇몇 대학교의 초청 강연을 위해 나는 되도록 준비를 잘해 야만 했다. 나는 중한사전이 필요해 1층 자료실에 도움을 구했다. 자료실 의 직원은 사전은 일반적으로 대출이 안 되지만 나에게 도움을 주기 위해 관례를 깨고 『중한대사전』을 1주일 간 빌려주겠다고 했다.

복도에서 우연히 한 유럽 여성을 만나 이야기를 나누다가 그미가 310 호에 묵고 있는 체코 학자라는 것을 알게 되었다. 내가 그녀에게 예전에 평양에서 한 체코 여성 학자를 알고 지냈었다고 말해주자 그미는 매우 관 심을 보였지만, 나는 평양에서 알고지낸 그 학자의 이름이 기억나지 않았 다. 그 체코 여성은 자기 나라에서는 최근에야 비로소 서울에 오는 사람 들이 생겨났다고 했다. 그미는 서울이 이렇게 발전한 것을 보고 매우 놀 랐다고 했다.

첫 번째 강연 스케줄

허원범 과장은 내가 한국에서 일정을 짜는 것을 도와주려고 하면서 나 에게 어느 학자들과 만날 계획인지 물었다. 나는 그에게 내가 아는 한국 학자가 꽤 많고 그들의 연락처도 알고 있으며, 그 중 상당수는 이미 접촉을 해서 우리끼리 만나고 활동하는 스케줄을 짤 것이라고 말해주었다. 허 선생은 그 말을 듣고 기뻐하며, 내가 계획을 짜기 편리하도록 빈 일정표를 주었다. 그는 또 나에게 고려대학교의 신승하 선생이 아주 좋은 학자라고 하며 그와 만나볼 것을 제안했다. 나는 그 일을 기록해 두었지만, 그 후 일정이 너무 빠듯해 신 선생과 연락을 할 수가 없었다. 지금 돌이켜 생각해보니 아직도 미안한 마음이 든다.

처음으로 집에 편지 한 통을 특급우편으로 부쳐 아내와 딸에게 한국에서 지내는 상황을 간략히 알려주었다. 오전에는 주로 조 선생이 써준『옥루몽』의 음악적 요소에 관한 논문 제요를 읽고 수정, 보충했다.

점심때는 또 '진아춘'에 가서 계란면을 먹었다. 정가가 2천원인데, 싱 사장이 고집해 반값인 1천원만 받았다. 나는 거듭 그러면 안 된다고 했다. 그러나 그는 내가 베이징에서 왔으니 본래 돈을 받지 않아야 마땅하지만 그렇게 하면 내가 이곳에 오지 않을 것 같아 반값이라도 받는 것이라며 사양하지 말라고 했다. 나는 어쩔 수 없이 반값만 내며 마음 속으로 매우 감동을 받았다. 중국은 아직 한국과 수교가 안됐기 때문에 정부도 이곳의 화교를 돌보지 못했지만, 그들은 오히려 해외에서 고향사람을 만난 듯 이렇게 성심껏 조국에서 온 사람을 대접하고 있는 것이다. 싱 사장의 몸 안에 흐르는 피의 반은 한국인의 것이니, 중국 대륙인을 대하는 그의 다정한 태도에는 중국인에 대한 한국인의 호의도 내포 되어있을 것이다.

오후 3시가 좀 넘어서 최박광 선생이 찾아왔다. 최 선생은 성균관대학교 국문과 교수로, 지난해 12월 하순 그가 가미가이도, 김태준 선생 등과 함께 베이징에 왔을 때 알게 되었다. 우리는 이 해 7월 구이양에서 열린 중국 비교문학 제3회 연례 회의에서 다시 만났다. 그는 키가 크지 않고 사투리가 강했다. 말하는 것이 간결하고 사람됨이 공손하며, 태도가 신중하여 함부로 말하거나 웃지 않았다. 말은 어눌해도 마음은 진실한 분으로, 엄숙하고 진지하게 학문을 하는 학자라는 인상을 주었다. 10월 7일 부산

태종대에서 헤어진 지 겨우 며칠 만에 다시 만나니 아주 친밀감이 들었
다. 그는 내가 이번에 성균관대학교에서 강연을 해주었으면 한다고 제의
했다. 나는 일찍이 개성에 있는 고려시대의 성균관에 가본 일이 있는데,
당시 여러 가지 생각이 계속 떠올라 시 한 수를 써서 『광명일보光明日報』
에 게재하기도 했다. 서울의 성균관은 조선시대의 유적이니 당연히 한 번
가보고 싶었다. 그래서 흔쾌히 그의 제안에 응하기로 했다.

　그는 내가 중국학자로서 왜 한국의 고전문학을 전공으로 선택했는지
를 얘기해주길 바랐다. 또 북한 문학계의 학술 현황과 중국문학이 한국에
끼친 영향에 대한 나의 견해에 대해 강의해 주면 좋겠다고 했다. 나는 그
에게 꼭 가서 강의할 것이지만 강의 내용은 다시 한 번 생각하게 해달라
고 하였다. 그는 내가 진지한 것을 보고는 하고 싶은 대로 이야기하면 되
니 그것 때문에 너무 고민하지 말라고 거듭 말했다. 내가 『중한대사전』의
단어들이 너무 오래되어서 내가 그에게 『중한사전』을 빌려달라고 하자
그는 다음번에 가져오겠다고 대답하고는 곧바로 인사를 하고 돌아갔다.

작은 공고문의 시사

　저녁 8시쯤 한가로이 대학로를 걸었다. 진아춘에는 주인이 또 깎아주
거나 공짜로 줄까봐 미안해서 들어가지 못하고 한 작은 길로 들어섰다.
간판에 '손칼국수'라고 쓰인 작은 대중 식당 앞에서 발걸음을 멈추고 들
어가서 뜨끈뜨끈한 면 한 그릇을 시켰다. 양은 적지 않았지만 싱거워서
맛이 없었다. 카운터 벽에는 공고문이 하나 붙어 있었는데, 아마 요식업
관리기관에서 붙여 놓은 것으로 기억된다. 내용은 점주가 판매하는 음식
의 품질과 위생 등에 주의해야 한다는 것이었다. 그런데 그 가운데 한자
가 적잖이 섞여 있어서 한국어를 모르는 중국인이 읽고도 대강의 뜻은 충

분히 알 수 있을 정도였다. 주의 깊게 보니 그것은 대략 15~20년 전에 붙인 것으로, 종이도 이미 누렇게 바래 있었다.

이 공고문은 나의 흥미를 크게 끌었다. 이전에 사진이나 서울의 거리풍경이 담긴 영화를 보면 상점의 간판은 대부분 한자로 쓰여 있었다. 그러나 오늘날 서울의 상점들에서 한자로 쓴 간판을 발견하기란 매우 어렵다. 나중에 들어보니 이것은 정부의 명령으로 하루아침에 갑자기 변한 것이 아니라 점차적으로 형성된 풍조라고 했다. 이러한 변화는 출판물에서도 볼 수 있다. 예전의 학술저작에는 한자를 많이 섞어 썼었는데, 나중에 출판된 것일수록 한자가 점점 더 적어졌다. 한자 사용량을 줄이는 일은 북한이 일찍부터 시작하고 또 철저하게 실천해왔는데, 최근에는 한국도 이런 방향으로 나아가고 있는 것이다. 이 작은 식당에 붙여져 있는 오래된 작은 공고문 하나가 나에게 과거와 현재를 오가는 많은 생각을 불러일으켰다.

저녁에 산책을 하다가 우연히 내가 묵고 있는 국제회관 로비의 휴게실에 이르렀다. 그저께 소재영 선생이 와서 나를 기다렸던 바로 그곳이다. 그때는 황급해서 자세히 볼 겨를이 없었는데, 이번에는 여유롭게 안에 들어가 잠시 앉아있었다. 실내에는 소파와 TV가 놓여 있고 중앙에는 비교적 큰 장방형 수족관이 세워져 있었는데, 수족관에는 각양각색의 금붕어가 들어 있었고 제일 긴 것은 어림잡아 40cm는 되어보였다. 수족관 안의 공기 조절기에서는 쉴 새 없이 기포가 뿜어져 나오고 있었다. 금붕어가 유유히 이리저리 움직이는 것을 보고 있으니 즐거움에 근심을 잊고 나도 함께 여유롭게 헤엄치는 듯한 마음이 일었다. 이런 시설은 이 휴게실을 아름답게 해주고 있을 뿐 아니라, 긴장된 정신노동에 지친 사람의 신경을 풀어주는 휴식을 가져다주었다. 휴게실 한쪽에는 매점이 하나 있어 사탕이나 과자, 컵라면, 달걀 등을 팔고 있었다.

소파에는 서너 명의 젊은이들이 앉아서 TV를 보고 있었다. 커다란 컬러 TV 두 대가 각각 휴게실 양쪽에 놓여 있어서 마음대로 채널을 골라 볼 수 있었다. 나는 문득 이곳에서 TV를 볼 수 있으니 김태준 선생이 걱정하지 않아도 된다는 것을 알려줘야겠다는 생각이 들었다. 이틀 전 막 이곳에 왔을 때, 나는 원래 방 안에 TV가 있기를 바랐었다. TV가 있으면 언제든지 서울에서 방송하는 프로그램을 시청할 수 있으니, 한국의 사회와 민정, 문화 활동을 이해할 수 있을 뿐 아니라 언어에도 익숙해 질 수 있기 때문이다. 김태준 선생은 한담을 나누다가 나의 이런 생각을 알고 줄곧 걱정을 하며 나를 위해 TV 한 대를 빌려다주고 싶어 하였다. 그런데 이제 내가 여기에 TV가 있다는 것을 알았으니 따로 구해서 방 안에 둘 필요가 없게 된 것이다. 나중 이야기지만 사실 그 후로 나는 TV를 볼 만한 여유 시간이 거의 없었다.

이번에 발견한 휴게실 안에 있는 매점은 나중에 내가 자주 이용하는 곳이 되었다. 거기서 파는 컵라면과 계란은 내 아침식사의 필수품이 되었다.

숭실대 회의장에 들어가다

10월 12일의 주요일정은 숭실대학교에 가서 이 대학의 '개교 93주년 기념 국제학술회의'에 참가하는 것이었다.

숭실대학교는 나와 처음으로 인연을 맺은 한국 대학교로, 소재영 선생을 통해 알게 되었다. 1987년 말부터 나는 베이징에서 편지봉투에 이 학교의 이름을 여러 차례 썼었고, 또 사진으로도 이 학교를 여러 번 보아왔다. 1988년 10월에는 숭실대 개교 91주년 학술회의의 초청에 응하고자 이 대학과 수차례 연락을 주고받았고, 1989년 초봄에는 소재영 선생으로부터 직접 이 기독교대학에 대한 설명을 듣기도 했다. 그래서 이 대학교는 내가 아직 '만나보지는' 못했지만 이미 '잘 아는' 곳이었다. 이날 드디어 나는 이곳에 와서 그를 '만나게' 된 것이다. 내 마음은 호기심과 즐거움, 흥분 등의 감정으로 가득했다.

아침에 김근태 군이 택시를 타고 회관으로 나를 데리러 왔다. 회관에서 숭실대까지는 그리 먼 길은 아닌 듯했지만, 내 느낌에는 차가 쉬지 않고 계속 가고 또 가는 것이 상당히 오랜 시간을 가는 것 같았다. 차는 아직 옛날 모습을 간직하고 있는 중간 너비의 도로를 지나 목적지에 도착했다. 학교 정문으로 들어서서 교내 대로변에 차를 세웠다. 문과대학의 학장실에서 문과대 학장인 소재영 선생을 만났다. 2년 전, 이 자리는 김문경 선생이 맡고 있었고, 소재영 선생은 당시 '인문과학연구소 소장'을 맡고 있었다. 그 후 이 두 분의 직위는 서로 바뀌어, 소장 직은 이제 김문경 선생이 맡고 있었다.

소재영 선생과 김문경 선생은 모두 만면에 웃음을 띠고 있었다. 또 그 자리에는 한 분이 더 계셨는데, 소개를 받고 보니 숭실대의 이재룡李載龍 교수님이었다. 숭실의 학자를 한 분 더 알게 되어 기뻤다.

잠시 쉰 뒤, 소재영, 김문경 두 분 선생이 우리를 데리고 본관으로 총장을 만나러 갔다. 총장실에 들어가니 중간 정도의 체구에 중후한 분위기의 학자 한 분이 얼굴 가득 웃음을 지으며 맞이하였다. 그 분이 바로 숭실대 총장인 조요한趙要翰 선생이었다.

조요한 총장은 반가워하며 우리를 자신의 사무실로 맞아들였다. 그곳에는 소파 몇 개가 사각형 모양으로 놓여 있었고, 실내 장식은 깔끔하고 밝으면서도 다소 엄숙한 분위기를 띠고 있었다. 보아하니 손님을 접대하거나 교내 고위인사들의 회의를 진행하는 곳인 듯했다.

자리에는 또 일본에서 온 아키즈키 노조무秋月望라고 하는 마흔 가량 된 학자 한 분이 있었는데, 그는 한국어를 아주 유창하게 했다. 모두 7~8명쯤이 함께 자리에 앉았다. 서로 소개를 한 다음, 조요한 총장이 내빈들에게 환영인사를 했다. 학교를 대표하는 지도자의 정식 접견 자리였지만, 그의 말하는 태도는 부드럽고 친절해서 마치 오랜 친구를 만난 듯 편안하고 자연스러웠다.

그는 환영사를 하면서 숭실대가 베이징대학과 학자 교류 관계를 맺을
수 있었던 것에 큰 기쁨을 나타내며, 향후 더 많은 학자들이 교류하게 되
길 바랐다. 일본 학자에게도 환영을 표했다. 그런 다음 숭실대학에 대해
간단명료하게 소개를 했다. 2분정도 밖에 되지 않는 환영사였지만, 총장
이 말씀을 아주 재미있게 잘 해서 방 안은 금세 화기애애해졌다. 그의 말
에 이어서 모두들 자유롭게 이야기를 나눴다.

내가 이 대학교는 나와 특별한 인연이 있다고 말하자 모두들 웃었다.
나는 소재영 교수가 내가 처음으로 알게 된 한국 학자이며, 또 얼마 전에
는 소재영, 김문경 두 교수와 함께 둔황에 갔었다고 말했다. 2년 전 숭실
대학의 초청을 받고도 회의에 참석하러 올 수 없었던 것에 대해 송구한
마음을 전하고, 이번 초청에 대해서는 영광으로 느끼며 깊이 감사한다고
밝혔다. 아키즈키 노조무 선생도 몇 마디 이야기를 했다. 그의 한국어 실
력은 뛰어났다. 그는 이번에 처음으로 한국을 방문한 것이 아니라 이전에
고려대학교에서 유학을 했었다고 했다.

학술회의는 학교의 대강당에서 진행되었다. 강당의 크기는 베이징의
극장만 했고, 계단식의 좌석에 대략 4~5백 명의 관중을 수용할 수 있었
다. 단상 역시 작지 않았고, 회의장은 아주 격조 있게 꾸며져 있었다. 연단
위로는 회의 주제 '한국학 연구의 새로운 좌표'가 높이 걸려 있었다. 관중
석에는 줄마다 사람들이 앉아있었다. 다양한 연령층의 교강사들이 와 있
었고 학생들도 적지 않았다. 빈자리가 없는 것은 아니었지만, 매 열마다
참석자들이 앉아 있었다.

회의가 시작되고 조요한 총장이 연단에 올라 개회사를 했다. 회의는 이
학교 인문과학연구소가 주최한 것이어서 김문경 교수가 사회를 봤다.

첫 번째 학술 발표는 이재룡 교수의 '한국 근대사 연구의 동향'이었다.
두 번째는 아키즈키 노조무 선생의 '일본의 한국학 연구 현황'이었고, 세
번째는 나의 『옥루몽』과 중국 전통의 유교음악관'이었다.

H-4: 숭실대학교 회의장에서 (10월 12일)

발표자들의 발표문은 모두 이미 인쇄가 되어 참석자들에게 배포되었다. 회의장의 질서는 훌륭했다. 그렇게 큰 강당임에도 쥐 죽은 듯 고요했고, 참석자들은 모두 조용히 집중하여 발표를 경청하였다. 매번 발표가 끝날 때마다 성의 있는 박수로 화답했다. 관중석에서 나는 강동엽 선생을 만났는데, 그는 특별히 강원대학교에서부터 회의에 참석하기 위해 달려온 것이었다.

회의 에피소드 – 대학박물관

발표가 끝난 뒤 교내 식당에서 점심을 먹었다. 간단한 식사였지만 음식이 나쁘지 않고 맛도 아주 좋았다. 이곳은 교수와 학생이 함께 이용하는 식당으로, 말끔하고 밝은 느낌이었다. 식사를 하고 나서 휴게실에서 잠시 쉰 뒤, 소재영, 강동엽, 김문경 등 선생님들과 함께 학교 박물관을 관람하러 갔다.

박물관 건물은 크고 높았다. 이곳은 예전에는 본관이었는데 유물 전시를 위해 박물관으로 바꾸었다고 한다. 박물관장이 우리를 안내하며 함께 관람했다. 나는 오래전부터 유명한 것이지만 중국에서는 보기 힘든 수많은 문물들을 하나하나 살펴보았다. 그 중 조선 초기의 전국 지도와 청나라 때 조선 학자가 '조천사朝天使'로 중국에 갔던 것과 관련된 자료, 또 숭실대학교의 역사와 관련된 전시품 등은 모두 귀한 것들이었다.

박물관장은 열의를 가지고 우리에게 전시품들과 관련된 내용을 자세히 설명해주었다. 박물관은 아래층과 위층에 많은 대형 전시실이 있어 상당히 웅장하게 느껴졌다. 일반적으로 규모가 그리 크지 않은 대학교 박물관들에 비추어 볼 때, 이곳은 상당히 훌륭한 박물관이었다. 그럼에도 불구하고 관장은 박물관이 작다고 거듭 말했다. 밖으로 나오면서 나는 박물관 한쪽 옆 현장에서 공사를 하고 있는 것을 보았는데, 관장은 규모가 더 크고 내용도 더 풍부하며 제대로 갖춰진 신관을 짓고 있는 것이라고 말해주었다.

이 박물관은 나에게 베이징대학을 떠올리게 했다. 베이징대학은 개교한 지 92년이 되어 진귀한 서적과 고고학적 문물들 외에 교사校史 자료도 적지 않지만, 이러한 규모의 박물관이 없다. 이것은 매우 유감스러운 일이다. 이번에는 일정이 바빠 한 대학교의 박물관만 참관했을 뿐이지만, 내가 국민대와 단국대의 박물관장도 알고 있으니 그들 대학교와 다른 대학교에도 박물관이 있음을 미루어 알 수 있다. 대학교의 박물관은 아주 좋은 역할을 할 수가 있다. 진귀한 문물을 더 잘 보존할 수 있고, 학생과 연구자가 실물자료를 수시로 접촉하는 데 편리하여 학술적 분위기를 강화하고 연구를 고무시킬 수 있으며, 교외 인사들에게 본교의 역사와 성과를 보여줄 수가 있다. 중국의 교육계도 이러한 일을 중시하기 시작한다면, 교풍을 개선하는 데 도움이 될 것이다.

생동감 있고 다채로운 질의

오후에는 대회의 제2부인 종합토론이 있었다. 발표자들이 모두 연단에 앉아 청중의 자유로운 질문에 즉석에서 답변을 하였다. 청중 가운데는 젊은이들이 적지 않았는데, 그들은 비교적 솔직해서 질문도 활발했다. 이재룡 교수와 아키즈키 선생의 발표에 대해 약간의 의견이 제기되었는데, 보충발언을 하기도 하고 다른 견해를 제기하기도 했으며, 발표자에게 좀 더 설명을 요구하는 질문을 하기도 했다. 내 발표에 대해서도 마찬가지였다. 소재영 선생의 제자인 조규익 박사와 『옥루몽』을 전공하는 장효현 선생 (정규복 선생님의 제자)의 질문들이 기억에 남는데, 몇 가지 질의 내용을 적어보면 아래와 같다.

- 발표내용 가운데 「악기樂記」와 「악론樂論」을 여러 번 인용하며 『옥루몽』에 나타난 음악적 요소에 대한 영향을 설명했는데, 그렇다면 중국의 다른 고전 음악이론에 대해서는 어떻게 보는지? 특히 불교음악 역시 매우 발달했는데, 그것은 『옥루몽』에 어떤 영향을 미쳤는지?
- 음악적 요소 중에는 긍정적인 것도 있고 부정적인 것도 있기 마련인데, 어떻게 구분해서 설명할 것인지.
- 『옥루몽』의 예술 기법은 결코 음악적인 일면에 그치지 않는데, 작품 중의 비음악적인 예술 기교에 대해서도 보충 설명을 해 달라.
- 『옥루몽』의 음악적 요소가 『구운몽』으로부터 어떤 영향을 받았는지?
- 발표하는 가운데 『옥루몽』 작자의 한족 이외의 소수민족, 즉 작품에서 말하는 '오랑캐'의 음악에 대한 경시 태도를 언급했는데, 그런 현상의 원인은 무엇인지?
- 『옥루몽』의 작자가 누구인지에 대해 학계에는 서로 다른 견해들이 있다. 발표자는 남영로南永魯가 지은 것이라고 보고 있는데 그 근거는 무엇인지.

나는 연단에 앉아 있고 질의는 관중석에서 하는데, 그 사이가 약 10여 미터가 떨어져 있어서 어떤 말은 정확히 들리지 않았지만, 질문의 주요 내용은 모두 이해했다. 이런 질문들은 몇몇 젊은 사람들의 입에서 나온 것이지만, 질의는 매우 진지했다. 이런 학술적인 문제들에 답변을 하기 위해서는 충분한 시간의 사고가 필요했지만, 당시 나에게는 그런 시간적 여유가 없었다. 그러나 나는 마음속으로 기뻤다. 엄격하게 학문을 하는 사람은 다른 사람이 자신의 발표에 대해 제기하는 다른 견해나 의문을 겁내서는 안 되고, 다만 발표를 한 후에 아무런 반응이 없는 것을 두려워해야 한다. 나는 국내에서 이런 상황을 겪어본 일이 있다. 그것은 청중이 한국문학에 대해 알지 못하여 별로 흥미가 없기 때문이었다. 그러나 이번에 이렇게 많은 질문이 나왔다는 것은 청중이 나의 발표를 진지하게 받아들였다는 것을 말해주는 것이다. 나는 그런 질문들에 답변하는 것을 기쁘게 생각한다. 그래서 나는 답변을 하기 전에 먼저 질문자들에게 감사를 표했다.

1989년에 중국의 북악문예北岳文藝 출판사에서 내가 정리하고 번역한 『옥루몽』을 출판하면서 장편의 「머리말」을 쓴 바 있다. 이 글에서 나는 작가가 살았던 시기의 사회·정치적 상황과 결합하여, 이 고전 명작의 사상적 내용과 예술기법에 대해 전면적으로 논평하고, 이 작품을 '조선 고전문학의 『전쟁과 평화』'라고 칭했다. 앞서 소개한 질문들은 사실상 이 글 가운데 이미 설명이 되어있다. 나는 답변을 하면서 이런 사정을 소개하고, 질문들에 대해 요점만 추려 종합적으로 답변을 했다.

내 답변의 핵심은 이러했다. 『옥루몽』은 중국을 무대로 하고 중국인물을 주인공으로 삼으며 중국 악론의 영향을 받은 내용이 포함되어 있지만, 그것은 조선의 당시 사회, 정치 및 이데올로기의 산물이며, 조선의 민족적 희망과 시대정신을 반영하고 있다. 작품 속의 인물은 사실상 중국옷을 입은 조선인이지 결코 중국인이 아니다. 소위 '오랑캐 음악'에 대한 멸시 태도와 관련해서는 다음과 같은 사정이 반영된 것이다. 곧 임진왜란을 겪은 후의 조선인은 명나라를 멸망시킨 만주족에 대해 극도의 반감을 가졌고, 명나라와의 우의를 그리워했으며, 지금껏 그들에게 익숙하고 오랫동안 영향을 받아온 중원문화인 한문화漢文化를 존숭했던 것이다. 그러나 이 모든 것은 근본적으로 한민족 스스로의 이익과 역사적 바람에서 비롯된 것이다.

유가 이외의 음악관에 대해서는 도가와 묵가의 음악관에 관해 간단히 소개하고, 『옥루몽』에는 이 두 음악관 및 불교음악의 영향은 드러나지 않는다고 명쾌하게 말했다.

내가 질문들에 답변한 후에, 학생으로 보이는 한 젊은이가 일어나서 나에게 소련에 관한 질문을 했다. 또 내가 베이징대학 교수로서 지난해의 6·4 천안문 사태에 대해 어떻게 생각하며 현재 베이징대학의 상황은 어떤지 물었다. 이 젊은이의 질의는 매우 진지했다. 그의 말이 끝나자마자 회의 사회자인 김문경 소장이 입을 열어 이번에 웨이 선생님이 온 것은 학술적인 문제를 논하기 위한 것인데, 이 질문은 학술적인 범위에서 벗어나는 것이므로 여기서 토론하지 않겠다고 말했다. 명확하게 질문을 막은 것이었다. 그 학생은 이 말을 듣고 순순히 자리에 앉았다.

그래서 이 일은 아주 가볍고 자연스럽게 넘어갔다. 나는 한국의 젊은 학생들 가운데는 세계정세에 관심이 많은 친구들이 꽤 있구나 하는 생각이 들었다. 그들은 한국 신문에서 보도되는 내용과 여론에 대해 이미 잘 알고 있었고, 사회주의 제도 하에서 사는 사람들은 어떤 생각을 갖고 있는지 매우 듣고 싶어 하였다. 이 학생도 아마 그런 학생들 중 하나였을 것이다.

학술회의 후의 여운

회의가 끝난 뒤 정규복 선생은 나와 뜨겁게 악수를 했다. 백발이 성성한 이 노학자는 고려대학교에서 강의를 마친 후 특별히 참석하러 온 것이었다. 그런데도 그는 늦게 왔다며 미안해하기까지 했다.

충남대의 사재동 교수도 멀리서 회의에 참석하러 와서 처음으로 만났다. 그는 소재영 선생의 친구로 나이는 나보다 몇 살 적어 보였고, 겸손하고 꾸밈이 없으며 의례적인 언사에 능하지 않고 말과 행동이 점잖았다. 나는 또 한 분의 한국 학자를 알게 되어 기뻤다. 회의 중에 질의를 했던 조규익, 장효현 선생들은 모두 나에게 인사를 하며 앞으로 그 문제들을 더 연구해 보겠다고 했다. 장효현 선생은 심지어 자신이 너무 많은 질문을 한 것을 용서해 달라고 하여 나를 웃음 짓게 했다. 그들은 학술 토론에서는 그토록 엄숙하고 진지하며 용감하고 솔직하면서도, 개인적인 관계, 특히 윗사람을 대함에 있어서는 또 그렇게 예의 바르고 겸손했다. 나는 진지함과 겸손함 이 양자의 결합을 좋아한다. 이런 점은 우리나라의 젊은 연구자들이 배울 만한 점이다.

나중에 '6 · 4' 문제에 관해 질의를 제기한 청년도 나에게 사과를 표했는데, 그는 1부 회의를 듣지 못해서 회의 상황을 이해하지 못했었다고 했다. 그래도 나는 실제적인 것을 추구하는 그의 그런 태도가 마음에 들었다.

회의가 끝나고 모두들 서로 인사를 하고 이야기를 나누는 분주한 상황에서 나는 내 자리의 탁자 위에 사전 두 권을 두고 온 것을 잊어버렸다. 그것은 우쾌제 선생이 내 부탁을 받고 빌려준 것이었다. 밤에 잠들기 전에야 생각이 나서, 내심 무척 미안했다. 나중에 상황을 설명하고 관계자에게 찾아봐 달라고 부탁을 했는데, 사전과 포장한 종이봉투에 이름을 쓰지 않아서 어디로 갔는지 찾기가 어려웠다. 나는 우 선생에게 거듭 사과하며 금액만큼 배상해드리겠다고 했다. 그러나 우 선생은 확신에 차서 틀림없이 찾을 것이라며 걱정하지 말라고 했다. 하지만 지금까지도 나는 찾았는지조차 알지 못하고 있어, 내가 정신없는 가운데 저지른 이 실수 때문에 몇 번이고 자책해야 했다.

회의가 끝난 후 우리는 다시 총장실로 초대되었다. 조요한 총장은 우리에게 감사를 표하며 치하했다. 우리도 숭실대학교에 감사함을 표했다. 그

는 이 대학의 방명록을 꺼내 우리에게 기념으로 간단한 글을 남겨달라고
했다. 나는 잠시 생각을 하고나서 펜을 들어 몇 마디 적었다.

아키즈키 선생도 글을 썼다. 조 총장은 나에게 녹음테이프를 한 세트를
주면서 그것이 숭실대 학생들이 부른 노래와 연주 음악인데 수준은 높지
않지만 기념으로 드린다고 겸손하게 말했다. 안에는 녹음테이프가 모두
세 개 들어 있었는데, 32절지 책 크기의 상자에 담겨 있었다. 앞면에는 합
창자와 연주자의 단체 사진이 있고 뒷면에는 노래와 음악의 제목이 적혀
있었다. 테이프 두 개는 기독교 찬송가였고 다른 하나는 만돌린으로 연주
한 세계 명곡이었는데, 무척 마음에 드는 좋은 기념품이 되었다.

귀국 후 수개월 동안, 나는 이 테이프를 여러 번 꺼내 귀 기울여 감상하
며 숭실대에서 보낸 이날의 일들과 느낌을 회상했다.

조 총장은 매우 정직하고 인품이 고상한 학자로, 정부 당국은 그를 좋
아하지 않지만 학내에서 신망이 높아 교수회에서 총장으로 선출되었다고
한다. 한국에서 대학 총장은 교수회가 선출하기 때문에, 사람들의 신망을
받지 못하는 사람은 당선되기 어렵다고 한다.

우리는 승용차를 타고 만찬 장소로 갔다. 가는 길에 나는 아키즈키 노
조무秋月望 선생과 한국어로 이야기를 나눴다. 나는 그의 이름이 시적 정
취가 풍부하며, 바로 얼마 전 추석을 지냈으니 지금 이 계절에 아주 잘 맞
는다고 말했다. 그러자 그는 웃으면서 내 이름 '욱승旭昇'은 아침 해가 막
떠오르는 것을 가리키니 역시 아주 좋다고 하여 모두들 웃었다.

그는 또 내게 중국 외교부는 한국 파트 직원으로 조선족은 임용하지 않
는다고 들었는데 정말 그런지 물었다. 나는 일본 정부의 외교기관에서 대
중국이나 대한국 업무에 일본 국적의 중국인이나 한국인을 쓰느냐고 반
문했다. 그러자 그는 없다고 대답했다. 내가 또 차에 같이 탄 다른 한국 학
자에게 한국 외교기관에서 대중국 관련 직원 가운데 한국 국적의 중국인
이 있는지 묻자, 그 역시 없다고 말했다. 이어서 내가 그럼 다 똑같은 것

아니냐고 말하자 모두들 한바탕 웃었다.

차는 반포회관 앞에 섰다. 이곳은 호화로운 음식점으로 장식이 휘황찬란하고 테이블과 좌석도 아름다워 학교 측이 이번 만찬을 중요하게 생각했음을 알 수 있었다. 연회는 김문경 소장이 주재하고 소재영, 이재룡, 사재동 선생 등의 한국 학자가 참석했으며, 아키즈키 선생과 나만 외국 손님이었다. 인원은 모두 8명쯤이었다. 음식은 풍성했고 한국 음식의 특색이 아주 잘 드러났다. 불고기가 매우 훌륭했고, 김치 맛은 정말 보기 드물 정도로 일품이었다.

연회가 끝난 뒤에도 모두들 여흥이 남아 차를 타고 가까운 곳에 가서 커피라도 마시고 싶어 했지만, 나는 일찍 돌아가고 싶었다. 내가 차멀미를 하지 않도록 김태준 선생이 나와 함께 지하철을 탔다. 우리는 지하철역 입구를 찾으며 밤길을 천천히 걸었다. 그 일대는 상업지역이 아니어서 거리에는 행인이 별로 많지 않고 도로는 넓었는데, 김 선생은 이곳이 종점이라고 했다. 저녁 바람이 솔솔 불어 몸은 시원하고 마음은 유쾌했다. 김 선생과 그의 대학교(동국대)에서 강연하는 일에 대해 다시 한 번 논의했다. 그는 『옥루몽』의 사상적 내용 문제에 관해 강연하는 것에 동의했다. 그런데 이번 강연은 대학원생들이 준비하는 행사로, 학생이 주가 되어 어쩌면 교외의 노천에서 진행될 수도 있다고 했다. 그것은 매우 신선한 방법이지만, 나는 그런 자리가 심리적으로 나에게 그다지 적합하지 않을 수도 있겠다는 염려가 들었다.

대만에서 걸려온 전화

김 선생은 세심하게 나를 배려해주느라 상점들을 지나면서 여행용 신발이나 세숫비누 등의 일용품이 필요하지 않은지 몇 번이고 내게 물었다.

그는 나에게 사주고 싶었던 것이다. 하지만 나는 끝까지 필요하지 않다고 했다(하지만 나중에 그가 내 숙소에 왔을 때, 역시나 내게 치약과 세숫비누, 면도기를 가져다주었다). 그는 나와 함께 지하철 환승역까지 가서 다시 플랫폼까지 데려다 주었다. 나는 그에게 먼저 가시라고 재삼 권했지만, 그는 내가 차에 타고 출발하는 것을 보고나서야 떠났다.

방에 돌아온 지 얼마 되지 않아 한양대학교 최용철 교수의 전화를 받았다. 그는 나에게 프랑스 국적의 중국계 학자인 천칭하오陳慶浩 선생이 현재 대만에 있는데 나에게 전화를 하려고 한다고 알려주었다. 나는 최용철 선생과는 알지 못하는데, 이번에 이 일을 전해주는 호의를 입게 되었다. 나는 원래 천 선생이 서울에 왔을 때 그에게 다시 연락하겠다고 했지만, 너무 바빠서 결국 시간을 내지 못했다.

10시 반에 과연 천칭하오 선생이 대만에서 전화를 걸어왔다. 이는 내가 타이완에서 걸려온 전화를 받은 처음 경험이었다. 타이완도 중국의 일부이므로 마음 속으로 문득 일종의 친근감이 들었다. 천칭하오 선생은 프랑스 원동학원과 제7대학의 교수를 겸하고 있으며, 일찍이 베트남의 한문소설집을 펴낸 바 있다. 4년 전 그는 나에게 함께 조선의 역대 한문소설집을 엮자고 제의했다. 그는 이 일을 위해 동분서주하였고, 한국에서 김동욱 선생님의 도움을 받기도 했지만, 이때까지 아직 착수를 하지 못하고 있었다. 이번에 그는 내게 전화를 걸어 내가 이 일에 힘써 주기를 바랐다. 그는 김동욱 선생이 이미 돌아가신 것을 모르고 있었기에, 내가 통화 하면서 그 사실을 말해주자 크게 놀랐다. 그는 또 12월 1일에 서울에 와서 그가 열의를 가진 이 일을 위해 계속 노력할 것이라고 말했다.

전화를 끊고 나서 나는 곧바로 정규복 선생에게 전화를 하여, 천 선생이 온다는 소식과 그가 도움을 바라고 있다는 것을 알려주었다. 정규복 선생은 1년 전에 이미 천 선생과 만난 일이 있어 이 일에 대해 알고 있었다.

지하철의 대형 역 – 서울역

볼일이 좀 있어 나는 지하철을 타고 서울역을 지나게 되었다. 그 김에 승객들로 가득한 이 서울 지하철의 대형 역을 구경하게 되었다. 10월 13일의 일이다.

서울역의 지하철역을 바삐 한 번 둘러보았다. 아주 큰 지하철역이었다. 서울의 일부 지하철역은 상가와 연결되어, 커다란 지하상가를 이루고 있다. 이 대형 역도 마찬가지로 지하상가와 이어져 있었는데, 상점들이 즐비하고 행인과 손님이 매우 많았다. 행인들은 대부분 바쁜 모습으로 서둘러 열차를 타러 가거나 역을 빠져나갔다.

서울에서는 자동차만 빨리 달리는 것이 아니라 사람들의 걸음걸이도 매우 빨랐다. 특히 이 지하철역에서는 수많은 사람들이 모두 무척이나 바삐 걷는다고 느껴졌다. 이는 그들의 생활리듬이 빠르고 일이 바쁘며 효율을 중시한다는 것을 말해주는 것이다.

'만물상점'이라 불리는 한 작은 점포에서 나는 마음에 드는 접이식 손수레를 보고 가격을 물어보니 한국 돈으로 2만원을 달라고 했다. 계산해보니 대략 중국 돈 150위안에 해당하는 것이어서 놀라움을 금할 수 없었다. 베이징에서는 30여 위안정도면 좋은 것을 살 수 있기 때문이었다. 그 손수레의 품질은 확실히 나쁘지 않았고 구조도 매우 실용적이었지만, 내가 보기에는 가격이 너무 높은 것 같았다.

지하철의 지상 입구에는 노점 하나가 차려져 있었는데, 각양각색의 전자시계가 어지럽게 쌓여있고 주인은 "한 개에 만원"이라고 외치고 있었다. 이곳에서는 그것이 가장 대중적이고 저렴한 것일 테지만, 인민폐로 환산해보니 베이징에서라면 그만큼 높은 값을 치를 필요가 없었다.

지하철역은 통로가 넓어서 행인이 많아도 복잡해 보이지 않았다. 천장 아래로는 전등 자막이 설치되어 있었다. 자막은 쉬지 않고 돌아가며 각종 표어를 나타내면서 공중도덕을 선전하고 광고도 하였다.

갑자기 대여섯 명의 헌병이 나타났는데, 반듯하게 정렬을 하고 어깨에는 총을 메고 위풍당당하게 큰 걸음으로 신속하게 지나갔다. 그 때 나는 비로소 한국이 아직도 남북으로 나뉘어 군사적 대치 국면에 있음을 새삼 떠올리게 되었다.

이것은 당시 서울에 머무는 기간 동안 번화하고 평화롭기만 한 서울에서 내가 본 것 가운데 가장 군사적 긴장감을 느끼게 하는 광경이었다.

이웃 나라의 국민으로서 나는 전쟁의 재난이 다시는 이 평화를 사랑하는 사람들에게 닥치지 않고, 번영과 발전을 향해 이미 큰 걸음을 내디딘 한반도에 발생하지 않기를 진심으로 바란다.

서울의 '고궁'

오후에는 약속대로 이수웅 선생이 찾아왔다. 그는 일전에 이날(10월 13일) 나를 데리고 시장에 가서 물건을 사고 그의 집에 가서 밥을 먹자고 했었다. 나는 서양식의 고층빌딩이나 떠들썩한 시장에 대해서는 별 흥미가 없어, 대신 서울의 '고궁'에 가자고 했고 이수웅 선생은 흔쾌히 동의했다.

이 '고궁'은 창덕궁으로, 국제회관에서 멀지 않았다. 나는 차를 타고 싶지 않아 걸어가는 것을 택했다. 이 선생과 나는 번화한 대학로를 지나 국립 서울대학교 부속병원 문으로 들어갔다. 병원을 지나 정문으로 나와서 창덕궁으로 가려는 것이었다.

병원 안의 언덕을 오르다가 우연히 홍사명 선생을 만났다. 그는 매우 예의를 차리면서도 반가워하며 나의 건강과 행선지를 물었다. 또 나중에 다시 약속해서 만나자고 하여 나는 감사를 표했다. 그러고 나서 각자 바빠 갈 길을 갔다.

걸으면서 나는 이 선생에게 홍 선생이 외국의 한국학 연구를 돕고 지원하는 데 매우 열심이라는 것을 말해주었다. 이수웅 선생은 길을 가며 나에게 이 병원의 상황에 대해 소개해주었다. 이곳은 매우 수준이 높고 규모도 크며 역사가 깊은 병원이었다. 병원 건물은 웅장했고, 병원 안 주차장에는 수많은 차들이 주차돼 있었으며, 길에는 오가는 차들이 꼬리에 꼬리를 물었다. 보아하니 매일 이곳에 와서 치료를 받는 환자가 상당히 많은 듯 했다.

병원은 높낮이의 기복이 비교적 큰 언덕 위에 위치해 있었다. 비탈길을 내려가니 정문이 나왔고, 얼마 걷지 않아 창덕궁에 도착했다. 우리는 먼저 명정전明政殿을 보고 그런 다음 다른 전각들을 관람하였다. 처마, 두공, 붉은 기둥, 창살 등 궁 안의 고전 건축 양식은 모두 내게 익숙한 것으로, 내가 북한에서 본 것들과 유사했다. 그러나 명정전과 같은 왕궁대전은 내가 한반도에서 처음 보는 것이었다. 고궁 안의 공간은 여유로워 융단처럼 푸른 풀이 깔린 넓은 공터들이 있었으며, 중간 중간 고목들이 종횡으로 심어져 있었다. 길도 가지런하고 깨끗했다. 관람객이 많지 않아서 조용하여 쾌적하고 편안하게 느껴졌다. 이곳에서 이수웅 선생은 내게 기념사진을 많이 찍어주었다.

우리는 종묘를 향해 걸으며 담장의 벽돌과 벽돌 사이를 모두 시멘트로 발라놓은 것을 보았다. 멀리서 보니 그 또한 색다른 맛이 있었다. 이 선생은 그것이 고적을 보호하기 위해서 시공한 것이라고 말했다. 오래되어 벽돌이 헐어지는 것을 방지하기 위한 것인데, 그렇게 하는 것이 담장의 원래 모습을 훼손한다고 여겨 그런 방법에 반대하는 사람들도 있다고 했다.

시간이 이미 늦어져서 우리는 종묘에 들어가 구경을 할 수는 없었다. 『임진록』에는 왜군이 서울을 점령한 뒤 종묘를 침범했는데 밤에 종묘에 왕조의 선조 혼령이 나타나 왜군을 호되게 야단쳤다는 이야기가 나온다. 나는 그것이 바로 이 종묘라는 생각에 무척 보고 싶었지만, 뒷날을 기약할 수밖에 없었다.

내가 차멀미를 하지 않도록 이 선생은 나와 걸어서 서울대병원 정문까지 되돌아가 한 약국에서 귀밑에 붙이는 멀미약을 산 후, 함께 국제회관으로 돌아와 이 선생의 차를 타고 그의 집으로 갔다. 마침 퇴근시간이라 가는 길에는 차들의 흐름이 마치 파도처럼 끝없이 이어졌다. 이 선생의 집에 도착했을 때는 벌써 해질 무렵이었다.

중국문학 교수의 집에서

부근에는 높은 건물들이 즐비했지만 건물과 건물 사이에는 정원이 우아하고 아름답게 꾸며져 있어서, 빌딩숲 안에 있다는 압박감이나 혼잡한 느낌이 들지는 않았다. 이 선생의 집은 바로 이곳 아파트 건물에 있었다. 문을 들어서 신발을 벗고 집안으로 들어가자 밝고 깨끗한 방이 눈에 들어왔다. 방은 크지 않았지만 사방에 책장이 늘어서 있고 책들이 가지런히 꽂혀있는 것이 이 선생의 서재 겸 응접실이 분명해 보였다. 이 선생의 부인과 인사한 후에 보니 벌써 손님 세 명이 자리하고 있었다. 소개를 받고 보니 한 분은 임성조林性照라는 분이고 한 분은 김경일金經一이란 분이었다. 또 한 사람은 내가 아는 돈황학회의 간사 이재석 선생이었다.

임성조 선생은 쉰 살 가까이 돼 보였고, 연세대학교에서 교편을 잡고 있는 꽤 유명한 시인으로 열정이 넘치고 말을 아주 잘했다. 김경일 선생은 젊은 분으로 약 27~8세 정도 되어보였다. 대만에서 유학을 했고 지금은 갑골문과 인류학의 관계를 연구하고 있다고 했으며, 젊지만 어른스럽고 겸허하며 신중했다. 이재석 선생은 나와 둔황에 같이 갔었기에 이미 잘 아는 사이였다.

깨끗하게 닦여 빛이 나는 장방형의 식탁에 전형적인 한국 음식들이 차려졌고, 모두들 둘러앉아 이야기를 나누었다. 임 선생은 말솜씨가 대단하여 한국의 상황에 대해 많은 이야기를 했는데, 그는 중국의 한국 연구에 대해 관심이 많았다. 이수웅 선생은 또 임 선생의 시 창작 성과와 그의 교육에 대해 소개해주었다. 김경일 선생은 나에게 그의 전공 연구 상황에 대해 말해주었다. 이수웅 선생의 부인은 음식을 나르고 손님을 대접하느라 바빴다.

대화를 나누다가 나는 이 선생 부인이 아마추어 서예가라는 것을 알게 되었다. 그미가 쓴 글씨가 문 입구의 벽에 걸려 있었는데, 글씨가 아름다우면서도 힘이 있어 놀랍고도 감탄스러웠다. 이 선생은 그미가 지금도 "배우고 있다"고 겸손하게 말했다. 나는 그제서야 불현듯 이 선생이 중국에 있을 때 계속 나에게 서예가에게 글씨를 좀 받아달라고 부탁했던 것이 생각났다. 알고 보니 그의 부인이 서예에 뛰어났기 때문이었다. 그때 나는 너무 바빠서 이 선생의 부탁을 들어주지 못했는데, 이제 이런 상황을 알고 나니 오히려 이 선생이 다음에 중국에 올 때 부인의 서예작품을 가지고 왔으면 하는 갈망이 생겼다. 식사가 끝나갈 무렵 이 선생 부인은 식탁 옆의 책상 위에 이미 지필연묵을 준비해놓고 나에게 글씨를 써달라고 했다. 내 글씨는 본래 좋지 못한 데다, 최근 무리를 해서 술을 마시고 나니 손이 떨려 정말이지 붓을 잡을 엄두가 나지 않아 완곡한 말로 극구 사양했다. 돌이켜 생각하니, 그때 만약 이 선생 부부에게 그 자리에서 각자 한 구절씩 써달라고 해서 가지고 왔다면 얼마가 좋았을까? 하지만 이 또한 그저 훗날을 기약할 수밖에 없었다.

이 선생에게는 아들과 딸이 하나씩 있다. 딸은 문학 공부에 뜻이 있다고 했다. 이 선생은 나중에 딸이 베이징대학에 들어가 공부하기를 바라며 나에게 도와줄 수 있느냐고 물었다. 나는 그러한 교류가 양국의 문화발전에 도움이 되리라고 여기고 진심으로 바라며 나중에 힘껏 돕겠다고 했다. 그들 부부는 또 방들을 구경시켜주었는데, 하나같이 모두 훌륭하면서도 실용적이었다. 피아노 한 대가 있었는데, 그것은 딸이 배우는 것이라고 했다. 이 선생의 가정은 동서양이 결합된 문화적 소양이 높은 학자 집안이었다.

이수웅 선생은 내가 잘 수 있도록 준비해 놓은 방을 가리키며 자기 집에서 묵으라고 누차 만류하였다. 또 그 부근이 바로 1988년에 올림픽이 열린 곳이니 다음날 아침 그곳을 구경시켜줄 수 있으며, 그런 다음 차로 나를 국제회관까지 데려다 주겠다고 했다. 나는 그의 정성에 감동했지만 이날 오후와 저녁 내내 그에게 폐를 너무 많이 끼쳐 무척 미안하고, 또 남의 집에 머물게 되면 여러 가지 불편함이 있음을 생각하고는 거듭 완곡히 사절하며 다음에 서울에 오면 또 신세를 지겠다고 했다. 그렇게 그의 집을 나오는데, 부인과 아이들까지 온 식구가 함께 나를 집밖까지 배웅해 주었다.

이 선생과 임 선생, 김 선생, 이재석 선생은 나와 함께 천천히 걸어서 잠실 지하철역까지 갔다. 김경일 선생은 나와 중국어로 대화를 시작했는데, 그는 발음이 좋았고 말도 의사를 표현하는 데 부족함이 없었다. 나는 중국 고문자 연구를 인류학 연구와 결합시키는 그의 방식에 큰 관심을 표했다. 그는 기회가 있다면 중국 대륙에 가고 싶다고 했다. 나는 그의 생각을 지지하며 앞으로 그가 새로운 세대의 학자로서 선배들을 뛰어넘는 공헌을 하기를 바랐다. 이수웅 선생은 또 나에게 그의 저작『주희와 이퇴계 시 비교연구』의 중국 출판 문제를 이야기하며 재삼 부탁했다. 또 그들이 엮고 있는『둔황기행』에 글 한 두 편을 써주길 바란다고 하여 나는 기꺼이 승낙했다. 그는 내가 한국둔황학회에 참여해주기를 바란다고 했고, 나는 감사를 표했다.

지하철역에 들어가자 임성조 선생이 먼저 매표소로 가더니 여러 번 사용할 수 있는 지하철 표를 내게 가져다 주며 사용법을 알려 주었다. 그것은 가장 실제적인 관심과 배려였다. 나는 깊은 감사의 마음으로 모두에게 작별을 했다. 이재석 선생 혼자 나와 함께 지하철을 타고 국제회관까지 동행해 주었다.

잠실에서 국제회관까지 가려면 중간에 지하철을 바꿔 타야 했다. 서울의 지형에 기복이 있어서, 이 구간의 전철은 이따금 지하에서 나와 지상에서 운행하다가 다시 지하로 들어가기도 하였다. 1988년 봄 내가 평양에 가서 조선민주주의인민공화국 사회과학원에서 거행한 제1회 조선학국제학술회의 참가한 기간에, 모란봉에 올라서서 대동강을 바라본 일이 있다. 당시 누군가 말하기를 머지않아 평양도 동서 양쪽이 지하철로 연결되는데 대동강을 지날 때는 지하에서 나와 강 위에 놓은 다리를 건너게 될 것이라고 했다. 이제 이미 2년 반이 지났으니 지상과 지하가 연결된 그 지하철은 벌써 완공이 되었을 지도 모른다. 베이징은 지세가 평탄해서 그렇게 만들 필요가 없다. 또 그래서 이처럼 멋지고 변화가 많은 지하철 노선은 있을 수가 없다.

이재석 선생은 나를 회관까지 데려다 주고서야 마음을 놓았다. 그는 방에 20분쯤 앉아서 그가 베이징대학에 가서 공부하는 일에 대해 이야기했다. 그는 매우 성실하게 공부하는 청년이었다. 8월에 둔황에 갔다가 베이징으로 돌아와 잠시 머무르던 하루 이틀 동안, 그는 만리장성과 명십삼릉 관광을 포기하면서까지 유리창 등의 서점을 샅샅이 뒤져 많은 책을 샀다. 우리가 혜화역을 나와 청년들이 모여 즐기는 대학로를 지날 때, 그는 그런 행락에는 전혀 흥미가 없다고 했다. 젊고 공부에 뜻을 둔 그는 학문적으로 전도가 유망한 청년이었다. 그는 당시 성균관대학의 박사과정에서 공부하고 있었는데, 베이징대학 중문과의 명성을 오랫동안 흠모하여 좋은 박사논문을 쓰기 위해 조만간 베이징대로 가서 훈고학을 공부하고 싶어 했다. 이러한 바람에 대해 물론 나 역시 적극 지지했다. 그러나 염려스러운 것은 중국과 한국이 아직 정식 수교가 되지 않아, 그의 바람이 실현되려면 좀 더 노력과 기다림이 필요하다는 점이었다. 이에 대해 나는 몇 가지 방법을 제시하며 나에게 그의 이력서를 달라고 했다.

11시 20분에 잠자리에 들었다. 비록 피곤했지만, 이날 하루도 의미 있게 보냈음을 깊이 느꼈다.

강연준비 – 소설의 '소나타식' 구조

10월 14일 오전, 충남대학교 학술회의에 참가하려고 준비한 「『옥루몽』의 구조와 서양 음악의 '소나타형식'」을 수정했다. 이것은 사실 나의 긴 논문 「『옥루몽』의 음악요소와 중국 유교의 전통 음악관」 중의 일부이다. 이 부분은 본래『옥루몽』에서 음악적 요소의 중요성과 작자의 음악적 소양을 설명하기 위한 것이고 중국 유교의 음악관과는 관계가 없었다. 그래서 한 편의 단편논문을 이룰 수 있었고 숭실대 학회에서도 이 부분을 언급하지 않았기에, 충남대 학회에서 쓰려고 준비한 것이다.

내가 서양음악을 좋아한 것은 오래되었으나, 깊이 있고 체계적인 서양음악 이론 지식은 없었다.『옥루몽』이라는 이 19세기 조선 소설에는 다른 장편소설 명작(음악가가 주인공인 작품 외에) 가운데는 보기 드문 특징이 있다. 곧 음악의 영향이 폭넓고 깊으며, 구조적으로 소나타 형식과 놀랄 만큼 유사성이 있다는 점이다. 이런 현상의 원인을 어떻게 구체적으로 분석하고 설명할 것인지는 아직 더 많은 연구가 필요하지만, 이런 현상은 예상 밖의 것인 데다 아직 어떤 학자도 주목하지 못한 것이다. 나는 이러한 현상을 지적하고 문제를 제기하는 것 자체는 탐구의 첫걸음에 불과하다고 생각한다. 연구자들로 가득한 한국문학 학계에서 어쩌면 어떤 고명한 학자가 이 문제에 충분한 답변을 해줄 수도 있을 것이다. 이것은 내가 엄숙한 학술회의에서 이 문제를 진지하게 제기하기로 결심한 까닭이기도 하다.

타이핑한 원고를 수정하는 작업에는 중국어 약자를 본자로 바꾸는 문제가 포함되어 있었다. 그것은 이곳 인쇄소에서 편집, 인쇄를 하기 편하게 하기 위한 것이었다. 그 과정에서 나는 약자의 출현 빈도가 많음을 다시 한 번 느꼈고, 한문을 많이 아는 한국학자라 해도 대륙의 글을 읽는 데 어려움을 느끼는 원인을 깨닫게 되었다.

산보 겸 휴식 삼아 나는 또 '진이춘'에 가서 밥을 먹었다. 이번 점심으로 나는 1,800원짜리 볶음밥을 먹었다. 다 먹고 계산할 때, 싱 사장은 이미 퇴근했지만 여종업원이 1,000원만 받는다고 했다. 또 싱 사장이 앞으로 내가 식사하러 오면 일률적으로 1,000원만 받으라고 분부했다고 말해 주었다. 보아하니 그미는 한국인이었고, 그것은 그미가 사장의 지시를 수행하는 것이므로 내가 사양해도 소용없는 일이었다. 별 수 없이 내라는 만큼만 지불하고 가게 문을 나오는데 마음이 편치 않았다.

오후에는 「『옥루몽』의 구조와 서양 음악의 ‘소나타형식’」의 요약문을 쓰는 데 몰두했다.

정한모 선생의 두 번째 초대와 서울대 동문들

저녁에는 정한모 선생이 다시 나를 위한 만찬을 열었다. 장소는 국제회관 부근의 ‘모란식당’이었다. 이용남李龍男 선생이 국제회관으로 나를 데리러 왔고, 가는 길에 심명호沈明鎬 선생도 만났다. 모란식당은 한민족의 특색으로 가득한 음식점으로, 골목가의 높은 언덕 위에 자리 잡고 있었다. 문을 들어서니 신발을 벗어야 했다. 문밖에는 한국식의 관상식물들이 심어져 있었고, 문의 건축 양식은 소박하면서 운치가 있었다. 여종업원은 손님을 보면 바로 허리를 숙여 맞이하며 공손히 안내했다.

소담하고 조용한 내실로 들어가니 정한모 선생이 우리를 기다리고 있었다. 그밖에도 자리에는 한국비교문학학회 부회장인 문상득文祥得 선생과, 국립서울대학교 교수 이병한李炳漢 선생이 있었다. 정한모, 문상득, 심명호, 이병한, 이용남 선생들 그리고 나까지 총 6명이 장방형의 식탁에 책상다리를 하고 둘러앉았다.

식당의 여주인(또는 지배인)이 손님들에게 인사를 하러 왔다. 그미의 나이는 대략 27~8세로, 공손하고 예의가 있었다. 정 선생이 소개를 하자 그미는 몸을 굽혀 인사를 했는데, 상냥하고 온순해 보였다. 정 선생은 그미와 잘 아는 것으로 보아 이 음식점의 단골인 듯 했고, 이날 만찬이 더욱 풍성하리라 짐작할 수 있었다.

음식은 풍성했고, 초대자와 손님들은 이야기꽃을 피웠다. 정 선생은 지난번 대접할 때는 양식으로 해서 손님이 제대로 드시지 못했는데 오늘은 한식이니 틀림없이 마음에 들 것이라고 했다. 나는 아주 만족하고 감사하다고 하면서 동양인으로서 아무래도 동양 음식이 좋다고 말했다.

정 선생은 또 자리에 있는 한국학자 네 사람이 모두 국립 서울대학교 출신으로 서울대에서 자신에게 배운 제자들이라고 했고, 서울대의 전신에 대해서도 소개해 주었다. 함께 자리한 학자들 가운데 정 선생이 제일 연장자이고 경력도 가장 많았으며 일찍이 장관까지 지낸 바 있다. 그는 아주 오래전에 서울대를 졸업하여 자리에 있는 분들이 모두 그의 후배이자 제자였던 것이다. 베이징대학 얘기가 나오자 나는 웃으면서 “베이징대는 베이징의 서울대이고, 서울대는 서울의 베이징대입니다.”하고 말했다. 그러자 심 선생은 웃으며 “그 말씀은 외교적 색채가 다분한데요.”라고 했다. 사실 이것은 순수한 외교적 언사는 아니었다. 서울이라는 단어는 원래 한국어에서 ‘수도’, ‘경성’의 뜻인데, 중국어로는 ‘한성’으로 번역되어 마치 하나의 지명이자 고유명사처럼 돼 버린다. 마찬가지로 베이징의 ‘경’ 역시 ‘경도京都’라는 뜻이다. 그래서 방금 얘기한 그런 말이 나올 수 있었던 것이다. 당시에는 모두들 그냥 웃어넘기고 말았고, 나 역시 따로 설명을 하지 않았다. 한국학자들이 본국에서의 지위가 유사한 두 대학이 이후 학술교류를 강화하기를 바라는 것은 분명했고 나 자신도 마찬가지였다. 문화가 서로 가깝고 지리적으로도 인접한 데다 역사적 연원도 깊으니, 향후 장벽을 허물고 문화관계를 발전시키는 것은 모두의 공통된 바람이었던 것이다.

자리를 같이 한 사람들은 모두 한국비교문학학회의 핵심 멤버들로, 학

회활동에 관한 말이 나오자 그들은 10월 며칠에 서울에서 동방문학비교
연구회의 정기 학회가 열린다고 했다. 아쉽게도 나는 이미 대전 충남대학
의 초청을 받아들였기에 참가할 수가 없었다. 정기적으로 자주 학술활동
을 벌이는 것은 그들의 큰 장점이었다. 학술성과에 대한 이야기가 나오자
이용남 선생은 내가 전문 저서는 많이 냈지만 학술지에 실은 논문은 적다
고 했다. 그의 말은 맞는 말이었지만, 그가 알지 못하는 부분이 있었다. 중
국에서는 외국문학 학계에서 한국문학이 차지하는 위치가 한국의 외국문
학 학계에서 중국문학이 차지하는 비중에 크게 미치지 못한다. 그 차이는
가히 천양지차라고 할 수 있다. 중국에서 일반 학술지에 한국문학 연구논
문을 발표하는 것은 매우 어려운 일로, 질질 끌고 미루며 방치하는 등, 겪
는 어려움이 한 두 가지가 아니다. 몇 권의 저서를 출판하는 과정 역시 지
난한 것이었다. 출판사가 기업화되고 물질적 수익을 중시하게 되면서 자
금지원 없이 한국문학 연구서를 출판하는 것은 갈수록 어려워지고 있다.
하지만 이 선생의 말은 같은 연구자에 대한 일종의 관심이므로, 그 마음
이 고마웠다.

　　문상득 선생은 60세 전후의 부드러운 분으로, 친근하고 상냥한 느낌을
주어 이번 만찬을 통해 그와 알 수 있게 되어 기뻤다.

　　이병한 선생은 일찍이 1980년대 초에 중국비교문학학회에『대동시선
大東詩選』,『시화총림詩話叢林』등의 책을 기증한 바 있어, 그 존함을 잘
알고 있었다. 또 3개월 전인 7월에는 구이양 회의에서 서로 만나 알게 되
는 기쁨을 누렸는데, 그가 바로 내 옆자리에 앉아 더욱 즐겁게 이야기를
나눌 수 있었다.

네온사인 가득한 번화가

식사를 마치고 나서 각자 돌아가고 이병한 선생만 나와 함께 큰길가의 야시장을 구경하겠다고 했다. 우리는 발길 닿는 대로 작은 길을 걸어 대학로로 나와서 다시 오른쪽으로 돌아 육교를 건너 대학로와 나란한 한 작은 길까지 갔다. 그곳도 화려한 등불이 빛나고 네온사인이 번쩍였으며, 행인들로 북적였다. 이 선생은 이곳이 대학생들이 방과 후 자주 와서 모여 쉬는 곳이라고 소개했다. 이날은 일요일이라 사람들이 더 많았다. 우리는 작은 커피숍에 들어갔는데, 안은 이미 손님으로 가득했다. 손님은 주로 젊은 남녀들이었다. 가게도 작고 테이블도 작았으며, 어두운 불빛 가운데 사람들이 두세 명씩 모여앉아 있었다. 그들은 소곤소곤 대화를 나누며 간식을 먹기도 하고, 말없이 서로 마주하고 함께 있는 기쁨을 즐기고 있었다. 이 선생님이 두 자리를 찾아 맥주와 안주(명태였는지 잘 모르겠다)를 주문해서 마시며 이야기를 나눴다. 이 선생은 옛날 서울대학교가 이곳에 있을 때는 학생들이 이곳에 많이 와서 만났다고 했다. 연애를 하거나 일을 상의하거나 휴식을 취하는 데 아주 그만이었다고 한다. 지금은 서울대학교가 이미 다른 곳으로 옮겨갔지만, 대학로 일대에 젊은 학생들이 자주 모여들기에, 이 작은 길에도 여전히 매일 저녁 대학생들이 자주 온다고 했다.

커피숍을 나와 우리는 작은 길을 천천히 걸었다. 나는 한 네온사인을 가리키며 그에게 저 "뮤직 하우스"가 뭐냐고 물었다. 이 선생님은 영어 'Music House'의 음역이라고 대답했다. 나는 그제야 원래 그런 뜻이었구나 하고 깨달았다. 나는 또 왜 이미 있는 '음악'이라는 두 글자를 사용하지 않고 굳이 영어 음역을 쓰는지 물었다. 그는 "그러게요. 그런데 여기는 대부분 그래요."라고 말했다.

번화한 거리에 이르자 이 선생은 나에게 "사모님과 따님이 뭐가 필요하신가요? 제가 뭘 사드려야 좋을지 모르겠네요."하고 말했다. 나는 사양했다. 나는 한국에서 이미 과분한 관심과 보살핌을 받아서, 더 이상 그들에게 폐를 끼쳤다가는 내가 불편해져서 안 되겠다는 생각이 들었다.

이 선생은 또 자신도 충남대 학회에 가니 그 김에 나와 함께 전주대학도 둘러볼 수 있다면서, 금·토·일 3일 간 시간이 비어있다고 말했다. 나는 감사를 표하며 한번 생각해보겠다고 했다. 나는 이 선생에게 중국비교문학학회 회장인 웨다이윈 선생이 『제3차 중국비교문학대회 논문집(中國比較文學學會第三屆年會議文集)』에 수록할 수 있게 그가 구이양 회의에서 발표한 논문인 「한국 고전 시론의 민족문학론적 성격」을 정리해서 내편에 보내도록 부탁했다는 말을 전했다. 그는 그러기로 동의했다. 9시 30분쯤 되어 그는 돌아갔다.

방으로 돌아와서 나는 바로 정규복 선생에게 전화를 걸어 웨다이윈 선생의 의견을 알려주고, 역시 같은 논문집에 실을 수 있도록 구이양 회의에서 발표한 그의 논문을 다듬어서 내가 베이징에 가지고 갈 수 있게 해달라고 부탁했다. 그 역시 동의했다.

낙산가든의 점심식사

나는 최박광 선생에게 『중한사전』을 빌리는 문제를 말한 적이 있었다. 이날(10월 15일) 새벽, 최 선생이 출근 전에 사전을 가지고 왔다. 이 분은 매사에 열심인 분이다. 그와 그의 대학교인 성균관대에 가서 강연하기로 한 일을 다시 상의하고 약속을 정했다. 그는 너무 많이 준비할 필요 없이 한국문학 방면의 내 연구 상황에 대해 설명을 좀 해주면 되고, 부담 없이 자유롭게 이야기하는 방식을 써도 된다고 거듭 말했다.

오전에 국제회관 1층의 홍사명 선생 사무실에 가서, 내가 베이징에서 가지고 온 초서체 족자를 그에게 선물했다. 그것은 내가 베이징대학 미학 전공 주임인 양신楊辛 선생에게 써달라고 부탁한 것이었다. 양 선생은 서 예가이며, 족자의 내용은 다음과 같은 이백의 시였다.

誰家玉笛暗飛聲　뉘 집에서 몰래 나오는 옥피리 소리인지
散入春風滿洛城　봄바람에 스며들어 낙양성 가득 퍼지네
此夜曲中聞折柳　오늘 밤 곡조 가운데 절양류곡 들리나니
何人不起故園情　누군들 고향 생각 일어나지 않을 손가

홍 선생은 아주 소중히 여기며 내게 한국어로 해석해 주길 원해서, 나는 펜을 들어 한국어로 번역해 건네주었다. 또 다른 족자 두 폭을 박일재 이사장에게 대신 전해 주도록 그에게 부탁했다. 홍 선생은 혼쾌히 응낙했다. 나는 학술진흥재단이 내가 학술연구를 할 수 있도록 여러 차례 도움을 주었으니, 나 역시 이런 순수한 선물로라도 경의와 감사를 표하지 않을 수 없다고 생각했다.

이미 약속한 대로 나는 이날 홍 선생과 함께 점심을 먹었다. 홍 선생과 나는 회관을 나와 작은 길에서 우연히 사재동 선생과 마주쳤다. 그는 나와 충남대 학회 일을 상의하기 위해 일부러 대전에서 온 것이었다. 내가 소개하자 홍 선생은 선뜻 사재동 선생에게 함께 점심식사를 하자고 청했다. 마침 점심시간이어서 사 선생도 기꺼이 같이 가기로 했다. 홍 선생은 우리를 데리고 멀지 않은 곳에 있는 '낙산가든'이라는 세련된 음식점으로 갔다. 나중에야 알았지만, 우리는 뒷문으로 들어간 것이었다. 뒷문으로 들어가니 바로 정원이었는데, 거기에는 테이블들이 놓여 있고 손님들이 식사를 하고 있었다. 우리는 꽃 울타리 아래에 있는 자리를 골라 앉았다. 홍 선생이 내게 뭘 좋아하냐고 물어 나는 따뜻한 면을 먹겠다고 했다. 그들도 마찬가지로 소화가 잘 되는 같은 음식을 주문했다.

가을 햇살은 아직 제법 무더운 날씨의 열기가 남아있었지만, 꽃 울타리가 내리쬐는 햇빛을 막아주어, 시원하고 멋스럽게 느껴졌다. 옆의 연못 안에는 큼직한 금붕어들이 유유히 자맥질을 하고 있어 흥취를 더해주었다. 음식이 입에 맞은 것은 물론이거니와 장소도 아름다웠으며, 자리를 마련한 홍 선생의 진솔하고 열정적인 입담에 더욱 편안하고 자유로운 느낌이 들었다. 사재동 선생은 홍 선생과 묻고 대답하며, 충남대와 학술활동에 관해 이야기했다. 그의 진실됨과 겸손함에 나는 오랜 친구를 다시 만난 듯한 느낌을 받았다.

식사를 마치고 근처 모퉁이에 있는 멋진 커피숍으로 가서 커피를 마셨는데, 이번에는 사재동 선생이 계산을 했다. 그런 다음 함께 회관으로 돌아와서 홍 선생은 사무실로 돌아가고 사 선생은 내 방으로 왔다. 나는 내가 정리한 「『옥루몽』의 구조와 서양 음악의 '소나타형식' 수정고를 사 선생에게 건네고 글에 대해 약간의 설명을 해드렸다. 우리는 또 내가 대전에 가는 방법과 기타 일들을 상의했다. 이제 학회날까지 10여 일밖에 남지 않아 내 글이 학회 전에 인쇄가 돼야 하는데, 인쇄소가 기간에 맞춰 해낼 수 있을지 의문이었다. 중국 인쇄소의 속도로 미루어 볼 때 시간이 좀 부족할 것 같아 염려되었다. 그러나 사 선생은 문제없다고 했다. 사 선생은 또 당일로 대전으로 돌아가야 해서, 얼마 되지 않아 곧 떠났다. 그가 바삐 다녀간 것이 다 내 졸고 때문이었다는 것을 생각하니 너무 고마웠다.

이날 홍사명 선생이 나와 나눴던 대화는 매우 진솔했다. 그는 옳고 그름이 분명하여, 진심으로 학문을 하는 사람은 열의를 가지고 돕고, 학문을 내세우면서 다른 의도를 가진 사람은 경멸한다고 했다. 후자에 대해서는 심지어 직접 실명까지 들어가며 혐오감을 나타냈다. 그는 중국 한족 가운데 한국학 연구자에 대해 특히 관심을 가지고 있었으며, 내가 이후 이 재단에 젊은 학자들을 추천해 주기를 바랐다.

돈황학회 회원과의 만남

이수웅 선생과의 사전 약속에 따라 이날 5시쯤에 한국돈황학회 지인들과의 만남이 있었다. 내가 회관 지하 식당에 들어갔을 때, 뜻밖에 너무 많은 사람들이 와있어서 속으로 은근히 놀랐다. 테이블 몇 개를 붙여 정방형의 큰 식탁을 만들고 그 사방에 최소 스무 명의 남녀 선생들이 앉아 있었다. 그 중 대부분은 8월에 함께 시안, 란저우, 둔황에 갔던 한국돈황학회 회원들이었다. 입구와 마주한 상석에는 명망 높은 원로학자인 한국돈황학회 회장 차주환 선생이 앉아 계셨다. 그분의 왼쪽에는 나를 위해 한자리를 비워두고 있었다. 낯익은 얼굴은 저마다 친근하고 따뜻한 미소를 띠고 있었다. 나는 기쁨과 감격에 잠시 어찌할 바를 몰라, 그들 뜻에 따라 차주환 선생 왼쪽 빈자리에 앉을 수밖에 없었다.

다시 눈여겨보니 둔황에 가지 않았던 정규복 선생과 김태준 선생도 와있었다. 다들 자리에 앉은 후, 차주환 선생의 인사말씀이 있었다. 이번 만찬 자리를 가진 목적은 내가 한국돈황학회 회원들이 둔황 답사를 잘 마칠 수 있도록 도와준 데 감사하기 위함이며, 앞으로 한중 양국이 둔황연구 방면에서 더 많은 교류를 할 수 있기를 바란다는 내용이었다. 차 선생의 어조는 편안하고 권위가 있으면서도 열정이 가득했다. 말을 마친 후 기념으로 나에게 선물을 하나 주셨다. 이런 성대한 자리에서 나는 한국 학자들의 두터운 정에 깊은 감동을 받았다.

이런 상황이 있으리라고 예상치 못했기에 답사를 할 준비가 전혀 되어있지 않았지만, 나는 답사를 해야 했다. 나는 이렇게 말했다.

"저는 조선 고전문학을 공부하는 사람이자 연구자로서 양국 학자의 학술연구 교류 사업을 촉진하기 위해 노력해야겠다고 생각하고 있습니다. 하지만 저는 스스로 지금까지 이를 위해 한 일이 너무 미

미하다고 생각하는데, 뜻밖에 이렇게 성대한 예우를 받게 되어 무척
송구스럽습니다. 저는 한국학자들이 둔황학에 대해 이렇게 큰 관심
을 가지고 계신 것을 알게 되어 대단히 기쁩니다. 한국학자들은 문화
적 소양이 높아서 둔황연구를 발전시키기에 좋은 조건을 갖고 있습
니다. 저는 이 부분에 대해서 개인적으로 마땅히 더 많이 노력하여
이런 교류를 촉진시키고자 합니다. 앞으로 여기 계신 여러 선생님들
이 둔황연구 방면에서 더 큰 성과를 이룩하시기 바랍니다."

자리에 있던 학자들은 미소를 띠고 나의 답사에 뜨거운 박수로 화답해
주었다. 이어 차 선생이 모두를 향해 "다들 둔황연구 방면에서 더 큰 성과
이루시기를 바랍니다." 하고 말했다.

이어서 식사가 시작되었다. 다른 분들은 다 양식을 먹는데, 나에게는 특
별히 한국음식을 준비해 주었다. 나를 위한 그들의 배려가 정말 세심했다.

이번 모임의 참석자로는 차주환 회장 밖에, 부회장 김문경, 총무 이수
웅, 정규복, 소재영, 김봉완, 윤광봉, 이상보, 이종상, 육완정, 박성실, 임기
중 선생들이 있었다.

식사 자리에서 나는 여러 선생님들과 시안과 둔황 여행에서 보고 들은
재미있는 이야기들을 추억하였다. 둔황에서 비행기를 기다리느라 고생했
던 기억, 분주하게 당일 밤으로 소형 비행기를 타고 쟈위관嘉峪關으로 간
일, 큰 버스로 갈아타고 허시저우랑河西走廊을 따라 지우취안酒泉, 장예張
掖, 우웨이武威를 거쳐 곧장 란저우蘭州까지 가면서 흔들리는 차 안에서
괴로움에 시달렸던 '야행생활' 등에 대해 이야기했다. 밤새 겪은 고생 덕
에 더욱 좋은 추억이 되었는지, 이야기를 나누다보니 더욱 흥미진진했다.
중국 역사에 정통한 김문경 선생은 허시저우랑 전체를 직접 지나가볼 수
있었던 것은 정말 행복한 일이고, 고생 끝에 복을 얻은 셈이라며 깊은 감
회를 털어놓았다.

마침 이번 만찬에 참석한 김태준 선생이 하이난海南 대학교 문학원장

저우웨이민周偉民 교수의 편지를 전해주었다. 그 안에는 그분과 나 두 사람의 명의로 작성된 1991년에 열리는 "해외에서의『삼국지연의』" 국제 학술회의 통지문이 들어있었다. 국외 학자들의 참가를 환영한다는 통지문이었다.『삼국지연의』는 모든 중국 고전소설 가운데 한국에서 영향이 가장 큰 소설이다. 한국은 예로부터 다른 어느 나라보다도『삼국지연의』를 중시했다고 할 수 있다. 따라서 한국 학자들을 많이 초청하는 것은 매우 적절하고도 꼭 필요한 일이었다. 나는 이수웅 선생에게 부탁해 그 자리에서 이 일을 공지하여 모두의 관심을 불러일으켰다.

식사 후, 김태준 선생이 동국대 임기중 선생과 함께 방으로 와서, 동국대에서 나를 초청하여 강연하는 일에 관해 이야기했다. 그 즈음 나는 이미 여러 대학의 초청을 받았고, 동국대도 그 안에 포함되어 있었다. 이번에 임기중 선생도 초청을 원했지만, 나는 같은 학교의 김태준 선생과 이미 선약이 되어 있었고, 강연 약속이 많아지면 감당하기 어려울 것 같아 임기중 선생의 초청을 즉시 수락할 수가 없었다. 임 선생은 자못 간절한 태도로 거듭 설명을 했지만, 김태준 선생은 옆에서 묵묵히 아무 말이 없었다. 나는 또 임 선생에게 벌써 김 선생의 초청을 받아들였다고 말하기가 어려워 재삼 사양하다가, 결국은 임 선생의 요구에 못 이겨 다시 고려해 보겠다고 했다. 며칠이 지난 후에야 비로소 나는 임 선생과 김 선생 두 분이 말한 것이 같은 강연이라는 것을 알게 되었다. 김 선생은 개인적으로 초청의 뜻을 밝힌 것이었고, 임 선생은 동국대학교 문과대학 학장의 자격으로 정식 초청을 한 것이었다. 나는 그 두 일이 사실은 한 가지 일이었는지를 모르고 공연히 재삼 사양했던 것이다. 나중에 사실을 분명히 알게 되고 동국대에 가서 강연도 했지만, 당시 임 선생이 난감해 하던 모습을 떠올리면 죄송한 마음을 금할 길이 없다.

대략 10시가 조금 넘었을 때 타이완의 왕츙링王瓊玲 여사에게서 전화가 왔다. 그미는 둥우東吳 대학교 중국문학과 학과장 린중양林炯陽 교수의 지도학생이다. 그미는 린 선생님을 통해『옥루몽』에 관해 내가 쓴 머리말「『옥루몽』－조선 고전문학의『전쟁과 평화』(『玉樓夢』－朝鮮古典文學中的『戰爭與和平』)」를 보고, 내게 편지를 써서『옥루몽』을 연구하여 박사학위논문을 쓰고 싶다면서 자신의 저서『『야수폭언』연구(『『野叟曝言』研究』)』를 서신과 함께 보내온 바 있었다. 이번에는 아마도 천칭하오 선생의 도움을 얻어 내게 연락을 취한 듯하다. 전화상으로 그미는 자신의『옥루몽』연구 계획에 대한 생각을 이야기 했고, 또 나에게 이번에 타이완에 와서 학술교류를 할 의향이 있는지 물었다. 나는 그미의 호의에 감사했지만, 현재 타이완 당국이 아직은 대륙 학자가 가는 것을 허락하지 않을 수도 있을 것 같다고 말했다. 그밖에 그미를 격려하는 말들을 해주었다.

찾아뵙거나 만나야 할 학자들이 많고, 강연을 하러 가야 할 곳도 여럿인 데다, 한국에서 고전문학과 밀접한 관련이 있는 명승고적도 많이 보고 연구자료들도 수집하고 싶었기에, 나는 재삼 고민하며 두 시간을 들여 남은 보름 동안의 활동 일정을 다시 짰다. 그러면서 각 대학교에 가서 강연할 서로 다른 내용에 대해 생각했다.

생각을 너무 많이 해서 잠을 이루기가 어려웠다. 거기다가 밤에 모기가 날아다니며 쉬지 않고 웽웽 울어서 2시까지 뒤척거리다가 비로소 잠들었다.

쾌적하고 편리한 휴게실

10월 16일에 소재영 선생에게 전화를 걸었다. 그는 '해외에서의『삼국지연의』' 학술회에 참가할 한국학자들을 대신 조직해주기로 동의했다. 그는 한국 고소설 연구회의 회장이었기에 이 일을 하기에 알맞은 분이었다.

점심 때 창덕궁에 갔다. 이 '고궁'을 다시 한 번 자세히 보고 싶었기 때문이다. 그런데 화요일은 쉬는 날이라서 실망을 안고 되돌아 올 수밖에 없었다. 돌아오는 길에 진아춘에 들러 점심을 먹었다. 사장이 또 굳이 1천 원만 받겠다고 해서 그 마음은 고마웠지만, 나는 앞으로 다시는 이곳에 오지 않겠다고 결심했다.

오후에 허원범 과장의 요청에 응해 교류과로 가서 최근에 내가 학계 인사들과 접촉한 상황에 대해 이야기해주었다. 나의 남은 반달 동안의 계획과 일정에 대해서도 알려주고 그의 의견을 구했다. 그는 활짝 웃으면서 지금껏 이 회관에 왔던 외국학자 중에서 단기간 내에 이렇게 많은 학자들을 만나고 이렇게 많은 활동을 계획한 사람을 본 적이 없다고 말했다. 나의 계획과 일정에 대해서 그는 아무런 이견이 없었고, 겸허하게 이렇게 말했다. "저는 그저 상황을 좀 알아보고 선생님을 도와 선생님이 만나고 싶어 하시는 분과 연락을 해드리고 싶었을 뿐인데, 지금 선생님께서 스스로 연락하고 일정도 잡으실 수 있으니 더 잘됐습니다."라며 기뻐했다. 전적으로 따뜻하게 관심을 가져주고 기꺼이 도와주려는 태도였다.

오후에는 성균관대에 가서 강연을 하기 위해 준비를 하며 "『한국문학사』 서술 과정에서의 몇 가지 문제(『朝鮮文學史』 寫作中提出的幾個問題)"라는 제목의 제요를 썼다.

1층 휴게실 옆의 매점에서는 라면을 팔았다. 300원 짜리와 200원 짜리 두 종류였다. 300원 짜리는 플라스틱 용기에 담겨 있어 뜨거운 물을 부으면 바로 먹을 수 있는 것이었고, 200원 짜리는 용기가 없어 끓여야 먹을 수 있는 것이었다. 계란은 하나에 90원이었다. 여기서는 이런 것들이 매우 저렴한 식품이었고, 내 입맛에도 맞았다. 나는 라면과 계란을 사서 김태준 선생이 갖다 준 전기주전자로 라면을 끓여서 저녁밥으로 먹었다. 아주 맛있고 밖에 나가서 먹을 필요도 없어서 시간도 좀 절약할 수 있었다.

식사 후 휴게실에서 잠시 TV를 봤다. 아주 재미있는 연속극이었다.

이경희한테 전화를 걸었다. 이경희는 당시 베이징에 있던 젊은 친구 이경호의 둘째 여동생이다. 이경호는 미국 국적의 한국인인데, 집은 미국에 있고 베이징대학에서 유학을 하고 있었다. 내가 이번에 베이징을 떠나기 전에 그는 이 여동생의 주소와 전화번호를 알려 주며 서울에서 한번 만나 보기를 바랐다. 나는 그미와 전화로 그미의 남편이 출장 갔다 온 다음에 다시 시간을 정해 만나자고 약속을 했다.

허원범 과장은 일전에 내 비자를 대신 연장해줄 수 있다고 알려준 적이 있다. 이날 나는 서정규 선생에게 전화를 했다. 나는 본래 그에게 내 대신 비자 연장 수속을 해줄 것과 내가 오사카에 도착하는 당일 바로 베이징으로 돌아가는 비행기 좌석을 어떻게든 마련해 줄 것을 부탁하기로 약속했었다. 그런데 이 두 가지 일이 다 그를 번거롭게 하고 그에게 불편을 초래할 것 같아 마음이 불편했다. 그래서 전화를 통해 비자 연장 일은 그를 너무 번거롭게 하지 않도록 다른 사람에게 대신 해달라고 부탁할 수 있다고 말했다. 그는 그 말을 듣고 언짢아하며 맡기겠다고 이미 약속해놓고 왜 또 취소하느냐고 했다. 그의 말을 듣고 나는 그가 이토록 열심이고 조금도 귀찮아하지 않는구나 하는 생각이 들고 핑계를 대며 거절하고 싶지도 않아, 바로 생각을 바꿔 이 일을 그에게 맡기기로 동의했다. 그는 그제서야 기분이 좋아졌다. 이 일을 통해 이 한국 사람이 얼마나 열심히 일을 하는지와 적극적으로 도우려는 마음을 알 수 있었다. 그야말로 인정 많고 정의감이 강한 사람이라 할 만하다.

여행사 사장의 따뜻한 도움

10월 17일 오전에 연락을 받고 숙박비를 내러 갔다. 한 달(10월 7일에서 11월 6일까지) 방값으로 총 25만원을 냈다. 인민폐로 계산하면 대략 하루에 60위안 정도였다. 베이징에서 이 같이 꽤 큰 욕실이 있는 2인실도 거의 이정도 가격이다. 중국의 물가 기준으로 보면, 한국의 각종 물가 가운데서 이것이 가장 싼 항목 중 하나였다. 여기서 가장 싸면서도 실속 있는 것이라 할 수 있는 한 봉지에 200원 하는 라면도 인민폐 1.4위안 정도에 해당하여, 하나에 0.55위안 하는 베이징의 라면보다 2배 이상 비싸다. 계란은 하나에 90원이니 중국돈 0.65위안에 해당하는데, 하나에 약 0.30위안 하는 중국 계란보다 역시 두 배 이상 비싸다. 유독 방세만 저렴해서 베이징과 비슷한 것이다. 이것은 투숙하는 외국 학자들에 대한 국제회관의 배려가 아닐까? 나는 틀림없이 그럴 것이라고 생각했다.

오전에 한국비교문학학회의 총무 이용남 선생이 이 학회의 학술지『비교문학』일곱 권을 갖다 주었다. 이 선생은 원래 이 학술지 전체를 세트로 주려고 했는데, 내 짐이 너무 무거워질까봐 일곱 권만 골라왔다. 또 그것은 사전에 나의 의견을 구하고 나와 상의한 것이었다. 이 일곱 권의 책에는 양국의 비교문학연구 교류사업 발전에 대한 그들의 기대가 담겨 있었고, 그것은 한국문학을 연구하는 나에 대한 그들의 관심의 표명이기도 했다. 또 아주 세심하게 배려해주어 나는 매우 고마웠다. 언제 우리는 중국 스스로 출간한 비교문학 서적들을 그들에게 증정할 수 있을까? 한국문학과 관련된 비교문학 연구는 현재 중국에서 아직은 이처럼 어려운 시기에 처해 있다.

나는 '해외에서의『삼국지연의』' 학술회의 개최에 관한 통지문을 이용남 선생에게 주면서 많은 한국학자들이 참석할 수 있기를 바랐다.

'『한국문학사』 서술에서의 몇 가지 문제'를 계속 정리했다. 성균관대에서 강연을 잘 할 수 있기를 바랐다.

점심에 컵라면 2개를 끓여 먹었다. 전기주전자를 쓸 때마다 김태준 선생이 생각났다. 그 주전자 덕분에 따뜻한 물을 마실 수 있고, 따뜻한 라면과 계란을 먹을 수 있었으며, 나의 시간과 노력, 비용을 절감할 수 있었다.

오후 2시에 서정규 선생이 그의 직원 황군을 데리고 와서 나와 함께 외무부에 가서 비자를 3일 연장하는 수속을 밟았다. 사실 나는 11월 6일까지 있을 수 있었는데, 중국에 6일 연장 신청을 했다가 번거로운 일들이 생길 수 있음을 생각하고 그냥 정해진 기간에 따라 11월 2일에 떠나기로 결정했다. 여정 시간은 해외체류 예정기간에 포함시키지 않을 수 있었기 때문에 귀국 후에도 성가신 일을 당할 리는 없었다. 한국에는 아직 중국의 영사기구가 없어서 중국에 겨우 3~4일의 기간 연장을 신청하기 위해서도 일이 너무 번거로워, 이렇게 할 수 밖에 없었다. 그러나 앞으로 언젠가 다시 서울에 올 기회가 있을 것이라 생각하고 위안으로 삼았다.

수속을 처리하는 외무부는 경복궁 근처에 있었다. 독립문과도 거리가 멀지 않다고 했다. 두 사람의 시간도 소중하고 바쁠 것을 생각하니 폐를 끼치고 싶지 않아, 그곳에 가보자고 부탁할 수가 없었다.

그 후 결국 서울을 떠날 때까지 나는 의미 깊은 그 두 곳을 가볼 시간이 없었다.

외무부 직원은 일을 아주 열심히 하고 업무효율도 상당히 높아보였다. 서 선생과 황군이 내 대신 일을 처리해주어서 나는 별로 힘을 들이지 않았다. 수수료 1만원도 그들이 내주었다. 내가 꼭 내겠다고 했지만 서 선생은 절대 그러지 못하게 했다. 오후 3시 15분에 수속을 마치고 회관으로 돌아왔다. 이 일을 만약 내가 혼자 가서 처리했더라면 시간도 많이 걸리고 번거로웠을 것이다. 서 선생의 적극적인 도움과 황군의 성실한 일처리로 아주 편하게 일을 마칠 수가 있었다.

돌아오는 중에 차가 산비탈에 자리 잡은 많은 건물들을 지날 때, 서 선생은 그 건물들에 사는 사람들이 대부분 경제적으로 가난한 사람들이라고 말해 주었다. 그들은 아직까지 여러 집이 화장실 하나를 같이 쓰고, 사는 집도 크지 않다고 했다. 경제가 많이 발전했지만 빈부격차가 여전히 적지 않으며, 가난한 사람들은 수입은 적고 일이 힘들어서 불만이 많다고 했다.

그의 말에 나는 깊은 생각에 잠겼다. 이곳의 한 중년 여성 청소원이 나에게 어려움을 이야기했던 일이 떠올랐다. 남편이 세상을 떠나 자기 혼자 가족을 먹여 살리기 위해 밖에서 일하는데, 아이들까지 공부시켜야 한다고 했다. 지치고 수심으로 찌푸린 그녀의 얼굴에서 나는 경제성장의 뒤안에 여전히 존재하는 문제를 엿볼 수 있었다. 나는 고락과 빈부가 불균등한 현상은 어느 나라에나 존재한다고 생각한다. 하지만 사회와 경제가 전체적으로 발전하면서 각 계층의 경제적 상황도 결국 점차 개선될 수 있지 않을까. 한국이 이 방면에서 성공적인 경험과 훌륭한 결과를 얻을 수 있기를 바랄 뿐이다. 세상의 가난한 사람들이 모두 활짝 편 얼굴로 살 수 있는 날이 빨리 올 수 있기를 소망한다.

강동엽 선생 댁을 방문하다

　오후 5시에 강동엽 선생이 약속시간에 맞추어 회관으로 왔다. 그의 집에 저녁식사를 하러 가기 위해 우리는 지하철을 탔다. 역에 도착해서 내린 뒤 지상으로 올라 가보니 아주 넓은 대로변이었다. 그곳은 상업지역은 아니지만 상점과 문화회관, 클럽 등의 건물들이 있었다. 앞쪽을 보니 아직 개발하지 않은 산들이 보였다. 보아하니 이곳은 서울의 근교이고, 대학로보다 훨씬 넓은 이 아스팔트길도 원래 농지 위에 새로 닦아 만든 것이었다. 화려한 등불이 번쩍이고 자동차들이 꼬리를 물고 달렸으나 행인은 붐비지 않았다. 강 선생은 지하철에서 이미 집에 전화를 해서 부인에게 차를 몰고 지하철 역 쪽으로 오라고 했다.
　10분 정도 기다리니 차가 왔는데, 최박광 선생이 운전을 하고 온 것이었다. 강 선생 부인이 저녁을 준비하느라 바빠서 최 선생이 대신 온 모양이었다.
　차는 조용하고 인적이 드문 주택가로 들어가 한 건물 앞에 멈춰 섰다. 아파트식 건물의 계단을 올라가 강 선생 댁으로 들어갔다. 중국에서 아파트형 주택은 집 크기가 크지 않고 방들이 다닥다닥 붙어 있으며, 방 안에 또 계단이 있거나 층이 나뉘거나 하는 일이 없다. 하지만 이곳은 달랐다. 문을 열고 들어가자마자 대략 30~40평방미터 정도의 넓은 거실이 보였다. 거실에는 소파가 장방형으로 둘러져 있고, 거실 옆으로는 길이 약 5~6미터, 폭 2미터 정도의 베란다가 있었다. 커다란 미닫이 유리문을 열어보니 베란다 밖의 신선한 공기가 불어 들어와 시원하고 쾌적했다. 거실의 다른 한쪽으로는 폭 4~5미터 정도의 통로를 두어 주방과 연결되게 하였다. 베란다 맞은편은 침실이었다. 침실 문 정면에는 다락방으로 통하는 계단이 있었다. 이런 구조로 인해 나는 아파트형 주택 안에 있다는 사실을 잊고 독립된 양옥 같다는 느낌을 받았다.

H-5: 강동엽 선생 댁에서 (10월 17일)

내가 집의 구조와 실내 장식을 자세히 살펴보기도 전에 안경을 낀 활짝 웃는 얼굴의 강 선생 부인이 내 앞으로 다가왔고, 동시에 최박광 선생의 부인도 만날 수 있었다. 모두들 즐겁게 인사를 나누고 막 소파에 앉으니, 초등학생으로 보이는 강 선생의 두 자녀가 나와서 예의 바르게 인사를 했다. 얼마 되지 않아 김태준 선생도 들어와 거실의 분위기가 더 활기차졌다. 김 선생이 소재영 선생도 오실 거라고 해서 우리는 이야기를 나누며 그를 기다렸다. 하지만 한참을 기다렸는데도 그는 오지 않았다. 아마도 일 때문에 오지 못하게 된 듯하여 더 기다리지 않고 식사를 시작했다.

긴 식탁 위에 음식이 가득 차려져 있었다. 찬 음식과 더운 음식, 산해진미가 다 갖춰진 아주 풍성한 만찬이었다. 안주인이 최박광 선생 부인의 도움을 받아 많은 시간을 들여 만찬을 준비한 것 같았다.

식사 후 이야기를 나누다가 1년 반 후인 1992년에 임진왜란 400주년이 된다는 말이 나왔다. 나는 한국 학자들이 기념행사를 벌여 이 분야의 학술연구 성과도 교류하고, 역사를 거울삼아 전쟁을 방지하고 동아시아의 평화를 유지하자는 염원을 드러낼 수 있기를 바란다고 말했다. 나의 이 제안에 모두가 찬성하였다.

강 선생의 거실 장식에서 그가 그림을 좋아한다는 것을 알 수 있었다. 그는 우리에게 중국에서 수집한 민간 그림들을 소개해 주었다. 모두가 요청하여 강 선생은 손님들을 데리고 그의 서재를 구경시켜 주었다. 서재는 다락방에 있었다. 짙은 갈색의 목조 계단은 칸칸마다 얼굴이 비칠 만큼 반들반들하게 닦여 있어 미끄러져 넘어지지 않기 위해 조심해야만 할 것 같았다. 다락은 천장이 그리 높지 않아 조금 좁은 느낌이었다. 그러나 먼지 하나 없이 깨끗하고 책으로 가득했다. 한국어, 중국어, 일본어로 된 문학, 역사, 철학 관련 서적이 대부분이었다. 글씨도 한 폭 있었는데, 강 선생 말에 따르면 조상 대대로 전해 내려오는 어느 조선시대 명인의 친필로 아주 귀한 것이라고 했다. 아쉽게도 시간이 촉박해서 나는 쓰여진 내용과 쓴 사람의 이름을 메모하지 못했다.

2시간 남짓한 모임은 모두에게 아주 즐거운 시간이었다. 강 선생 댁을 나설 때 아이들이 또 나와서 인사를 했다. 최박광 선생 부부는 차를 몰고 갔고, 나와 김태준 선생은 강 선생 부인이 운전하는 차를 탔다. 물론 강 선생도 함께 탔다. 강 선생 부인은 운전이 상당히 능숙했다. 우리가 탄 차가 가을 저녁 바람을 맞으며 곳곳에 등불이 켜져 있고 차들이 기다란 용처럼 줄지은 도로 위를 질주하니 기분이 무척 즐거웠다.

이 즐거움은 날씨가 좋고 차가 시원스럽게 달려서 뿐 아니라, 양국 학자들의 우정으로 피어난 봄날 같은 분위기 때문이기도 했다. 김태준 선생은 중간에 내려서 지하철을 타고 집으로 돌아갔다. 강 선생 부부는 나를 국제회관 문 앞까지 태워 주었다. 우리는 미소를 지으며 손을 흔들어 작별을 했다.

민첩함, 부지런함, 소양, 규율

10월 18일, 오전에 동화은행에 가서 볼일을 봤다. 은행 직원들은 아주 예의가 발랐다. 여직원들은 손님이 와서 뭘 물으면 일어나서 얼굴에 미소를 지으며 상냥하게 대답했고, 행동이 민첩하여 일처리가 매우 빨랐다. 말은 빨랐지만 어조는 완곡하고 부드러웠으며, 아주 매끄럽고 기분 좋게 일을 마치고 나서는 예의 있게 "안녕히 가세요"라고 말했다.

은행 근처의 한 도장집에 들러 작은 도장 하나를 팠다. 새기는 속도가 빨라 앉아서 20분 정도 기다리자 벌써 다 만들어졌다. 은행을 나와 종로 거리에서 일꾼들이 상점 입구에서 짐을 나르는 광경을 보았다. 그들 등에 짊어진 지게 위에는 포목들이 높이 쌓아올려져 있었지만, 하나 같이 동작이 빨랐고 분초를 다투듯 바삐 일하고 있었다. 이런 모습은 중국에서는 거의 볼 수가 없다. 경쟁을 강조하는 이런 사회에서 살아남고 부유해 지려면 이렇게 있는 힘을 다해 노력하고, 긴장을 유지한 채 부지런하고 성실하게 일해야 한다. 사회는 바로 이런 열성과 노력에 의해서만 발전할 수 있는 것이다. 눈앞의 이런 사람들의 수입과 생활수준, 그들의 고락이 어떠한지 나는 알 수 없었다. 만약 내게 충분한 시간이 있다면, 그들에 대

해 알아보고 싶었다. 나는 그런 것에서 최근 20여 년간 한국의 빠른 경제
발전의 원인을 구체적으로 이해하고 한국 일반 국민의 생활을 깊이 이해
할 수 있을지도 모른다는 생각이 들었다.

지하철역은 동대문 근처에 있었다. 나는 거리에 멈춰 서서 잠시 이 고
적을 바라보며 조선시대 서울의 모습과 이 대문이 겪어온 역사적 풍상을
상상해 보았다.

동대문의 높이는 내가 올라가 보았던 개성의 남대문과 비슷하지만 좀
더 정교하였다. 동대문은 고적을 보존하기 위해 관광객들이 올라가는 것
을 금지한 것 같았다. 그렇지 않았다면 나는 꼭 올라가서 현대문명의 망
망대해에 포위되어 있는 이 옛 건축물 위에 섰을 때 어떤 마음이 들지 느
껴보고 싶었다.

돈의 일부는 교류부 직원인 우 선생에게 맡겼다. 봉투에 넣어 금액을
명기했고, 영수증은 없었다. 나는 떠나기 하루 전날 맡긴 금액 그대로 되
찾았는데, 아무 증빙물도 없이 오로지 신용에만 의지했다. 이런 상업적인
사회에서 고도로 엄격한 규율과 양호한 업무 질서, 신뢰할 만한 직원들의
소양 없이는 이렇게 하기가 쉽지 않을 것이다. 하지만 이 학술진흥재단
사무실은 그것을 해내고 있었다.

온화하고 정중한 박물관장과
꾸밈없고 과묵한 기자

점심 때 단국대학교 박물관장 박성실朴聖實 여사가 예용해芮庸海 선생
과 같이 나를 찾아와 1층 안내실에서 나를 기다렸다. 미리 약속한 대로 그
들은 나에게 식사초대를 하였다.

나는 그들과 함께 대학로를 지나 좁은 골목길로 들어가 평범한 가정집

같은 한 식당으로 들어갔다. 이 식당은 크지 않았고 옛날 전통양식을 간직하고 있는 깊숙한 골목에 자리 잡고 있었는데, 한국의 민간 특징을 지닌 뜰이 있어 색다른 정취가 있었다. 우리는 신발을 벗고 온돌에 올라가 장방형의 밥상에 양반다리를 하고 앉았다. 주위를 둘러보니 오른쪽에는 청년들이 장방형으로 붙인 밥상에 둘러앉아 즐겁게 이야기를 나누며 식사를 하고 있었다. 왼쪽 방 안에는 밥상이 두어 개 놓여 있고 사람들이 식사를 하고 있었다. 지붕과 마당을 보니 완전히 옛날식 기와집 건물이어서, 마치 우리가 조선시대 중류층 가정집에 앉아 식사를 기다리고 있는 느낌이었다.

두 사람은 예의를 차리며 내게 음식을 고르라고 했지만, 나는 한국음식의 종류를 잘 알지 못하여 그냥 내 기호대로 칼국수를 시켰다. 그들은 너무 적다며 만두와 생선구이, 소고기, 그리고 다른 요리 두 가지를 추가로 주문했다. 얼마 지나지 않아 주문한 음식이 속속 상에 올랐는데 매우 풍성했다. 두 사람은 계속 내게 술과 음식을 권했다.

식사 중에 우리는 한국의 풍속습관에 대해 이야기하고, 둔황 여행에서 보고 듣고 겪은 것에 대해서도 이야기를 했다. 대화를 나누면서 박 여사는 나에게 화집 한 권을 선물했는데, 그것은 박물관의 전시품 소개책자로 한국 고전복식 등에 관한 내용이 들어 있었다. 식사를 마친 뒤, 두 사람은 서로 계산을 하겠다고 하다가 결국 박 여사가 계산을 했다. 식당을 나와 골목길을 걷다가 나는 연구소라는 간판이 걸려 있는 단층집을 보았다. 이 깊숙한 골목의 이런 집 담에 이 같은 간판이 달려 있어 이상하게 느껴졌다. 나중에야 이것이 개인이 만든 연구소로 관련 활동에 종사하고 연구하는 곳이라는 것을 알게 되었다. 중국에서는 이런 곳이 드문 편이다.

골목길을 나와 사람들로 북적한 대학로로 접어들었을 때, 나는 그들과 인사하고 헤어질 생각이었지만 그들은 아직 여흥이 남아 내게 선물을 사주려고 했다. 박 여사는 재빨리 서점에 들어가 나한테 잡지 한 권을 사주었다. 예용해 선생은 그 잡지 안에 자신이 둔황에 관해 쓴 글이 실려 있다

고 말했다. 그는 겸손하게 "보잘 것 없는 글이라 읽을 가치도 없으니, 짐
되지 않게 보시고 나서 버리세요."하고 말했다.

　박 여사는 중년여성으로 안경을 썼고 전형적인 지식층 인사의 이미지
를 지니고 있으면서, 동시에 한국여성 특유의 태도와 성격을 농후하게 지
닌 분이었다. 말수가 많지 않고 부드러우면서도 약간의 수줍음을 띤 공손
함과 예의를 보였다. 나는 시안, 란저우, 둔황 여행에서 그미와 이야기를
나눴었는지 기억이 나지 않았지만, 그미는 깊은 감사의 마음을 가지고 일
부러 이렇게 예의를 차렸던 것이다.

　예용해 선생도 나와 대화를 많이 나눠보지는 않았었다. 둔황에 도착한
후 둔황호텔 앞에서 차를 기다릴 때 겨우 몇 마디를 나누었을 뿐이다. 그
는 키가 크지 않은 백발노인으로, 과묵하고 언행이 꾸밈없고 겸손한 분이
다. 당시 그는 자신이 교수나 학자가 아니라 신문에 평론을 쓰는 사람이
라고 자기 소개를 했었다. 사실 중국에서는 이런 직업의 지위가 결코 낮
지 않아 고급 정신노동자에 속하며 지위가 교수와 비슷하거나 대등한데,
그는 스스로 그에 미치지 못한다고 여기는 듯 겸양했다.

　이번에 그는 박 여사와 특별히 사전에 약속하여 나를 점심식사에 초대
한 것이었다. 둔황 여행 때 나는 한국학자들이 많아서 일일이 깊은 교류
를 할 수가 없었기에 그들과 많은 이야기를 나누지 못했고 관심도 많이
가져주지 못했다. 하지만 그들은 마음 속에 나를 분명하게 기억하고 있었
다. 3일 전(15일)에 20여 명의 돈황학회 회원들이 풍성한 만찬자리에 초
대하여 나는 이미 그로써 족하다고 느꼈다. 이 두 분 역시 그 모임에 참석
해 나에게 감사를 표했음에도 불구하고, 여전히 미진하다고 생각했는지
꼭 내게 식사대접을 하지 않으면 안 되겠다고 했던 것이다. 나는 그 정성
어린 후의가 고마웠다.

　내가 오후에는 또 성균관대에 가서 강연을 해야 했기에, 박성실 여사는
대학로에서 내게 인사를 하고 돌아갔다. 예용해 선생은 나와 동행하여 회

관으로 돌아왔다. 내 방에서 그는 손목에 차고 있던 검은색의 다기능 카시오 손목시계를 풀어 내게 건네면서, 좋은 것은 아니고 시시한 물건이지만 그저 기념으로 간직해 달라고 말했다. 나는 잠시 어쩔 줄을 몰라 하며 사양했지만, 그는 꼭 받아달라고 했다. 거절하자니 예의가 아닌 것 같고 받기도 쑥스러워서, 나는 서랍에서 베이징대학 기념 뱃지와 베이징대학이라는 글씨가 찍힌 티셔츠 하나를 꺼내 답례하였다. 하지만 그는 내가 가져온 것이 많지 않은데 다른 분에게도 드려야 해서 모자랄지 모르니 남겨두라면서 기념 뱃지 하나만 받고 티셔츠는 굳이 사양하였다. 떠날 때 그는 다소 노약한 듯하면서도 정다운 어조로 이렇게 말했다. "우리의 이번 만남은 여기까지이군요. 부디 건강하시기 바랍니다." 하고는 서둘러 돌아갔다.

나중에 같이 둔황에 갔던 한 한국 학자가 말하는 것을 들어보니, 당시 같이 여행했던 사람들 가운데 다른 사람은 모두 자연스럽게 접촉하고 이야기를 나눌 수 있었지만, 유독 예용해 선생만은 과묵해서 속마음을 알 수 없어 대화를 나누기가 어려웠다고 했다. 이 말을 이날 그가 보여준 깊은 정과 관련지어 보니, 이 분은 정이 두텁고 생각이 깊은 충후한 어른이며, 겉모습은 지나치게 조심스럽고 근엄해도 그 마음은 매우 사려 깊다는 것을 깊이 느끼게 되었다. "강직하고 굳세며, 순박하고 어눌한 것이 '인仁'에 가깝다(剛毅木訥近乎仁)"는 공자의 말이 이 노인에게 딱 들어맞는 말이 아닐까 생각되었다.

또 생각해 보니, 박성실 여사는 또 왜 식사초대를 하면서 예용해 선생을 불러 함께 자리를 만들었을까 궁금했다. 이 역시 잠시 생각해보니 곧 이해할 수 있었다. 박 여사는 여자이기에 아마도 혼자 나를 초대해 식사하면 좀 불편한 점이 있을지도 모른다고 생각했을 것이다. 생각이 깊은 분인 것이다.

식사 자리에서 박 여사는 상하이의 복식 전문가 두 사람을 서울에 초청해 회의를 열려고 한다면서 나에게 어떻게 수속을 진행하면 되는지 물었다. 나는 그분에게 내가 수속을 했던 과정과 경험을 소개해주고, 그미의 일이 잘 되기를 바랐다.

공자와 유교를 존숭하는 성균관

오후 3시에 최박광 선생이 차를 몰고 와서 나를 데리고 강연 장소인 성균관대로 갔다. 성균관대는 회관에서 멀지 않았다. 번화한 대학로를 지나서 한 작은 상점가로 접어들어 오래지 않아 곧 도착했다.

이곳은 유교를 건학이념으로 삼은 대학교이다. 나는 중국에서 어린 시절부터 전통시기에 공맹孔孟의 도를 공부하던 '사숙私塾'이 남아있는 것을 본 것 외로는 기독교가 세운 초등학교와 중고등학교, 대학교밖에 보지 못했다. 나 자신도 이런 초등학교와 중고등학교를 다닌 바 있지만, 다른 종교의 교리를 지도사상으로 삼아 설립한 학교는 들어본 일이 없다. 그런데 한국에서는 유교, 불교, 기독교 세 종교가 각각 설립한 대학교들이 있다. 얼마 전에 다녀온 숭실대는 교내에 교회당이 있는 기독교 대학이며, "18세기 동아시아문화교류 학술회의"를 개최한 동국대학교는 교내에 사찰이 있는 불교대학이다. 그리고 이날 갔던 성균관대는 유교대학이었다. 엄격히 말하자면 유교는 본래 종교가 아니지만, 역사가 유구하고 체계적인 이론적 기초가 있으며, 영향이 심원한 사상유파로서 불교, 기독교와 나란히 어깨를 견줄 수 있어, '신앙'적 성격과 모종의 종교적 색채를 띠게 되었다. 이렇게 해서 유교 역시 한국에서 자체적으로 현대적 교육기관을 건립하게 되었는데, 성균관대가 바로 그 대표적인 학교인 것이다.

성균관대에는 유도협회儒道協會가 설치되어 있었는데, 그것은 학술기구이자 교육 및 학교운영의 사상지도기구이기도 했다. 최박광 선생은 차에서 내리자마자 나를 유도협회로 데리고 가서 그곳에서 나를 접대했다.

그곳은 대략 1백 평방미터 정도 되는 사무실에 위치하고 있었다. 그곳의 성원은 대부분 나이든 분들로, 행동이 침착하고 감정은 안으로 감추고 밖으로 드러내지 않았다. 최 선생의 소개로 나는 그들과 인사를 나누었다. 잠시 쉬었다가 최 선생은 스물 예닐곱 살쯤 되는 관리원에게 부탁해 나를 데리고 성균관을 돌아보도록 했다.

한국은 일찍이 고려시대에 성균관을 설치했는데, 당시의 수도인 개성에 설치하여 지금까지 보존되고 있다. 나는 북한에 있을 때 그곳에 가본 일이 있다. 조선 왕조는 서울을 수도로 삼았기에 성균관을 서울에 설치하였다. 성균관은 조선시대 교육의 중추로, 유교사상으로 학생들을 교육하고 나라를 다스릴 인재를 배양하고 유학을 제창하는 중요한 임무를 맡았으니, 당시 의식형태를 관장하고 '정신건설'을 담당했던 중요기관이었다고 할 수 있다. 성균관대학은 바로 성균관 일대를 그 터로 삼아 현대사회 환경에 맞게 건립한 현대적 대학교이다. 그리하여 성균관은 이 교정에서 가장 신성한 곳이 되었다.

성균관 전당 건축물의 성스러움과 안전을 유지·보호하기 위해서, 교내외 일반인들이 마음대로 안으로 들어가지 못하게 대문에는 자물쇠가 걸려 있었다. 나와 최 선생을 데리고 간 그 관리원은 열쇠를 가지고 있었다. 그는 자물쇠를 열고, 우리를 데리고 안으로 들어갔다.

뜨락은 오래된 측백나무들로 빽빽하고 전당은 고요했으며, 우뚝 솟은 사당과 궁전식 전통건축물에 하늘 높이 솟은 수목들이 더해져 장엄하고 엄숙한 분위기를 이루고 있었다. 평소 유학 사상의 훈도를 받은 관리원은 나에게 대성전 뜰에 잠시 서 있도록 했는데, 그곳은 섬돌에서 7, 8미터쯤 떨어진 곳으로 중앙 섬돌에서 약간 옆으로 비껴나 있는 위치였다. 이것은 예절과 관계된 것으로, 대전 중간 섬돌의 정면에 서서는 안 되기 때문인 듯했다. 자리를 잡고 선 다음에는 공자를 위시한 역대 유교 종사들에게 예를 올리고 경의를 표할 차례였다. 나는 말없이 경건하게 서서 마음속으로 고대의 위대한 교육자에 대한 경의를 품고 관리원의 안내에 따라 예를 올렸다. 허리를 굽혀 네 번 절을 하였는데, 관리원은 정해진 예법에 따라 엄숙하고 침착하게 노래하는 듯한 어조로 연거푸 세 번을 외쳤고(구체적으로 뭐라고 했는지 잘 듣지 못했다) 나도 그 소리에 따라 의례대로 예를 올렸다.

예를 올린 후, 관리원은 나를 데리고 대성전에 모신 성현들의 위패를 참배하게 했다. 그는 엄숙하게 나를 전각 왼편(위패를 기준으로 해서) 섬돌로 안내해 계단을 오르도록 했다. 그가 내게 시범을 보인 방식에 따라 왼손바닥을 배위에 올려놓고 오른손은 왼손등 위를 덮고 한걸음씩 올랐다. 계단을 하나씩 오를 때마다 왼발을 먼저 올리고 나서 오른발을 따라 올리며, 두 발을 한 계단 위에 올린 다음 다시 왼발을 먼저 올리고 또 오른발을 따라 올려야 했다. 이렇게 느린 걸음으로 계단을 다 오른 다음, 천천히 전의 왼편에서 문을 향해 걸었다. 활짝 열린 대문의 왼편에서 안쪽을 향해 참배했고 안으로는 들어갈 수 없었다. 그런 다음 우측 섬돌로 걸어가 손등을 방금 전과 같이 하였다. 다만 오른손을 아래로 하고 왼손이 위에 오도록 했으며, 오른발을 먼저 내리고 왼발이 뒤따르도록 했다. 이렇게 법도에 따라 침착하게 움직여 지면으로 내려와서야 원래의 자연스런 자세로 되돌아올 수 있었다.

대성전 안을 참배할 때 보니 공자의 위패가 정중앙에 가장 크고 눈에 띄게 세워져있고, 좌우 양편으로는 중국의 맹자, 순자 등 여러 현인들과 신라의 최치원, 조선의 이황, 이이 등 명유名儒의 위패가 모셔져 있었다. 나는 부산 여행 도중에 보았던 '향교'가 떠올랐다. 그곳의 위패 배열은 성균관과 똑같았다. '향교'는 곧 지방의 작은 '성균관'이라고 할 수 있는 것이다.

대성전을 참관하고 참배하는 과정 내내 관리원은 극히 엄숙했다. 설명을 할 때도 웃는 모습을 보이지 않고, 작은 소리로 간결하게 설명을 하였다. 후에 몇몇 한국학자들은 그들이 중국 취푸曲阜의 공묘孔廟에 갔을 때 관람객들이 태연하게 웃고 떠드는 것을 보며 전혀 이해가 안 되더라면서,

성인 앞에서 어떻게 그렇게 멋대로 굴 수 있냐고 내게 말한 적이 있다. 성균관 대성전을 참관하면서 보았던 관리원의 표정과 행동, 태도를 지금 회상해보니, 한국 학자들이 얼마나 공자를 존경하는지 비로소 알 것 같다.

최박광 선생이 이곳에서는 해마다 공자께 제사를 올린다고 말해 주었다. 그 의식이 매우 성대하고 악대는 전통 복장을 하며 의식은 일체 옛 제도에 따르는데, 전국의 유학자들이 와서 제사에 참여한다고 했다. 제사 때는 참가자들이 모두 무릎을 꿇고 절을 한다고 하는데, 이 때 그들은 나에게 무릎 꿇고 절하도록 하지는 않았다. 그것은 아무래도 내가 외국에서 온 손님이기 때문이었을 것이다. 귀국 후 나는 국내의 유명한 선배 노학자에게 이 일을 이야기했는데, 그는 나도 당연히 절을 했어야 했다고 말했다. 나는 그의 말이 일리가 있다고 생각했다. 중국 출신의 세계적으로 위대한 교육가 앞인데, 그를 우리의 조상으로 보더라도 전통 관습에 따라 예를 올리는 것이 해서는 안 될 일은 아니지 않는가?

한국인이 이렇게 공자를 존경하는 것을 보며 나는 또 이런 생각이 들었다. 곧 모든 민족, 국가, 사회는 반드시 기댈 수 있는 정신적 지주가 있어야만 통일된 도덕기준과 견고한 응집력을 지니고 질서를 유지하며 단결과 발전을 담보할 수 있다는 것이다. 공자의 철학관과 정치관, 교육관 전체를 결국 어떻게 평가할지는 아직 더 논의가 필요하다. 그러나 그 사상과 학설이 2천 년간 전통사회의 질서를 유지하고, 민족 전체에 영향을 미친 이런 역사적 인물을 1970년대에 국내에서 벌어졌던 '비림비공'(批林批孔. 린뺘오林彪와 공자 비판 운동) 운동식으로 철저하게 매도하고 부정해서는 안 된다. 소위 '모든 전통 관념과의 결렬'이라는 주장이 만약 그처럼 거칠고 단순하며 실용적으로 실행되었다면, 헤겔철학도 일찌감치 마르크스에 의해 버려졌을 것이며, 그리하여 마르크스 스스로 건립한 이론과 학설도 지금과 같은 수준과 체계를 이룰 수 없었을 것이다.

한국인이 사람을 대하고 일을 처리할 때 보이는 언행과 태도에서 나는 종종 유학사상의 그림자를 보게 되는 것 같다. 그들의 점잖음과 예절바름, 겸손함과 자제력, 장유유서, 부모에 대한 효도와 장례 및 제사에 대한 중시, 조상에 대한 존경, 일에 대한 열성, 공부에 대한 숭상 등등에 모두 오랜 역사 속에서 뛰어난 사상가와 유학자들을 배출한 한국 유학사상의 영향이 스며있는 것이다. 공업과 경제, 과학기술이 발달한 현대화된 사회임에도 불구하고, 2천여 년 전 창시된 고대 학설과 철인에 대한 존숭이 그들의 발전을 전혀 가로막지 않고 오히려 교육 발전의 촉진 요소로서 인재를 배출하고 사회경제 발전에 긍정적인 작용을 한 듯하다.

대성전 앞뜰 같은 그윽한 장소는 중국에서는 때때로 연인과 만나 사랑을 속삭이는 장소로 이용되곤 하는데, 나는 이곳에서 연인들을 전혀 보지 못했다. 관리가 엄격하여 절대 허락되지 않아서일 뿐 아니라, 어쩌면 그들이 그런 애정표현을 이런 엄숙한 장소와 옛 성현들에 대한 일종의 모독이라고 생각하기 때문일지도 모른다.

이어서 관리원과 최박광 선생은 또 명륜당과 장경각을 구경시켜 주었다. 관리원은 자랑스럽게 나에게 '명륜당'이라는 세 글자를 가리켜보였다. 당내 대들보에는 편액들이 가득 걸려있었는데, 모두 조선시대 명인들의 친필이었으며, 그 내용은 대부분 유가경전에서 나온 것이거나 유가적 교훈이었다. 관리원이 내게 가리켜 보이며 소개할 때의 진지한 태도와 자랑스러운 표정에서 그들이 이러한 문화적 유산과 유교정신을 얼마나 소중히 여기는지 알 수 있었다.

최박광 선생은 장경각에 있던 수많은 진귀한 고문헌들은 모두 도서관으로 옮겨 잘 보존하고 있으며, 현재는 빈 건물만 관람하게 하고 있다고 말해주었다. 최 선생은 또 당시 유생들이 생활하고 공부하던 건물과 당시의 식당 등을 구경시켜 주었다. 모두 소박하고 수수하며, 구조가 치밀하고 면적이 좁은 낮은 기와집이었다. 나무로 된 창문과 기둥은 색칠하지 않은 나무의 원래 빛깔 그대로여서 전당과 선명한 대비를 이루어 당시 유생들의 안회顔回식 고학 정신을 엿볼 수 있었다.

참관을 마치고 최 선생은 관리원 선생에게 겸손하게 감사를 표했다. 나역시 고맙다고 인사를 했다. 그런 다음 최 선생을 따라 그의 연구실로 가서 휴식을 취했다. 내가 한국 대학 교수의 연구실에 들어가 본 것은 이번이 처음이었다. 면적은 20평방미터쯤 되고 사방이 높은 책장으로 가득 차있었다. 책상과 전화도 갖추어져 있었고, 손님을 맞을 수 있는 소파도 몇개 놓여있었다. 막 자리에 앉았을 때, 이 대학 인문과학연구소 소장 이재호李在浩 선생이 왔다. 최 선생의 소개로 잠시 인사를 나누다보니 강연할시간이 되었다.

성균관대에서의 강연 -『한국문학사』

연구실을 나와 건물 로비에서 내 강연에 관한 안내문이 벽에 붙어 있는것을 보았다. 안내문에는 강연자가 "베이징대학 위욱승 교수"라고 쓰여있고, 강연주제는 "한국문학과 나"라고 되어 있었다. 이 제목은 내가 강연할 내용과 부합하기는 했지만, 이렇게 제목을 정한 것은 최 선생이 내가 편안하고 자연스럽게 이야기하기를 바라서였는지 아니면 청중의 관심을 끌기 위한 것이었는지 알 수 없었다.

강연 장소는 정방형에 가까운 회의실(혹은 강의실)이었다. 좌석은 정방형으로 배열되어 있었는데, 내 자리는 창문과 마주한 곳이었고 뒤에는 칠판이 있었다. 학생들이 속속 도착했고 예닐곱 명의 중노년 교수들도 왔다. 청중은 모두 약 열 예닐곱 명 정도였다. 4시 반에 최박광 교수의 사회로 강연이 시작되었다. 그가 청중들에게 나에 대해 간략히 소개한 후에나는 강연을 시작했다. 안내문에 공지된 주제와 일치하도록 나는 먼저 내가 한국문학사를 가르치고 연구해온 과정을 개략적으로 이야기했다. 이어서 1956년에 출판한『한국문학사』(베이징대학출판사 출판)의 저술 상황 및 참고서목에 대해 간단히 설명했으며, 이 책의 시기구분과 책의 체계 및 서술방법 문제에 대해서도 이야기했다. 그런 다음 이번 강연의 중심 내용, 즉 "『한국문학사』 서술의 몇 가지 문제"로 넘어갔다.

이 중심 내용 부분에서 나는 한국문학 발전사 중의 다음과 같은 몇 가지 우수한 전통에 대한 나의 관점을 소개하였다.

(1) 애국주의
(2) 인도주의
(3) 향토적 색채
(4) 개성해방적 성격을 지닌 진실한 애정표현
(5) 억압자를 폭로하는 민주사상
(6) 효제孝悌와 스승 존경 등의 고상한 개인 정조情操

마지막으로 나는 한국문학 발전과정 중의 한문문학과 한글문학의 특징 비교 및 중국 외국문학 연구에서 한국문학 연구의 지위에 대해 이야기했다.

강연을 하면서 나는 문학작품과 작가의 실례를 결부시키려 노력했으나, 시간이 불과 한 시간 남짓으로 제한되어 있어 상세한 설명을 할 수가 없었다. 또 청중들이 중국인이 조선어로 하는 강연을 처음 듣는 것이어서, 사용하는 용어가 달라 명확하게 전달되지 못하는 부분이 있을 것 같아 나는 청중들에게 알아듣지 못한 부분이 있는지 거듭 물었다.

청중들은 모두 내가 하는 말을 알아듣는다고 했다. 강연장의 질서는 매우 좋았다. 청중들은 집중해서 조용히 강연을 들었다. 강연 후 질의응답 시간에는 분위기가 활발해져 여학생 두 명과 중년의 교수 한 분이 질문을 했다. 그들이 제기한 질문의 주요 내용은 다음과 같다.

1. 중국에서 출판한 『한국문학사』는 어떤 사상을 근거로 삼았는가?

2. 만약 모두 동일한 사상을 근거로 삼는다면, 천편일률이 되는 것은 아
   닌지? 아니면 그래도 각종 서로 다른 유형의 문학사 저작이 나올 수
   있는 것인지?
3. 이후 만약 한반도가 통일된다면, 현재 남북 양쪽에서 출판된 문학사
   의 다른 관점을 앞으로 어떻게 통일시켜야 한다고 생각하는가?

그들이 이렇게 진지하게 질문을 제기해주어 나는 무척 기뻤다. 그것이
나의 강연에 그들이 흥미를 가졌음을 보여주는 것이라고 느꼈기 때문이다.
또 앞의 두 질문은 대답하기 어렵지 않았다. 나는 다양한 사상들의 만개와
그 공존을 의미하는 '백화제방百花齊放, 백가쟁명百家爭鳴'식의 사고를 이
용하여 몇몇 현상을 설명했다. 곧 모두가 다 준수해야 할 어떤 사상적 규범
이 있다고 하더라도, 개개의 학자는 고대의 구체적인 문학작품을 평가할
때, 이런 통일된 사상규범에 대해 서로 다른 이해와 응용방법을 가질 수 있
으며, 서로 다른 각도에서 그 작품을 평가할 수 있다는 것이다. 『구운몽』에
대한 각종 문학사의 평가가 크게 다른 것 또한 이 점을 잘 말해준다.
 세 번째 질문에 대한 나의 대답은 이러했다. 학술에는 '최종판결'을 하
는 법정이 없고, 학술이라는 것은 서로 다른 의견들의 논쟁을 통해 발전
하는 것이며, 또 충분한 학술토론을 통해서만 옳고 그름을 구분할 수 있
는 것이다. 때문에 나는 각각의 고대 문학작품과 작가에 대한 분석과 평
론에 있어서 모두가 따라야 하는 통일된 결론을 낼 필요도, 낼 수도 없다
고 생각한다.
 내가 보니 질문을 한 사람들은 지지하는 태도로 나의 대답을 주의 깊게
들었다. 이러한 제약 없는 문답식 토론을 통해 나는 나 또한 깊은 계발을
받는 것을 느꼈다. 그들이 던진 질문으로 나는 한 층 더 깊게 사고할 수 있
었다. 나는 그들이 나의 강연을 들으러 온 것에 감사했고, 질의를 해준 것
에도 감사했다.

성균관대의 일부 건물들은 상당히 가파른 언덕에 위치하고 있었다. 시간에 쫓겨서 나는 건물 사이를 이동하는 시간을 이용해 건물들을 살펴볼 수밖에 없었다. 언덕 위에 있는 흰색 소상塑像은 교정에 생기를 더해주고 있었다. 각 건물들의 외형은 평범했지만, 내부구조는 매우 실용적이었다. 언덕 위아래로 트럭이 쉬지 않고 다니는 것으로 보아 학교는 아직도 증축 중인 듯했다.

강연이 끝난 후 성균관대 인문과학연구소의 초대로 차를 타고 대학로 뒤편의 작은 길에 있는 음식점에 가서 저녁을 먹었다. 손님 접대를 좋아하는 초대자는 특별히 중국음식을 하는 '함춘원含春園'이라는 음식점을 예약해두었는데, 간판에는 '중화요리'라고 쓰여있었다('요리'는 음식이라는 뜻으로, 이런 한자 용법은 일본에서 유래한 것이다). 우리는 반지하의 한 방으로 들어갔다. 성균관대 교수 일곱 분과 나를 합해 모두 여덟 명이 큰 원탁에 둘러앉았다. 이런 형태의 실내 배치로 나는 고국에 와있는 듯 친근한 느낌을 받았다. 그러나 음식 접시를 놓는 방식은 중국과 달라 한 사람 당 한 접시씩 주어졌다. 종업원이 같은 요리를 8개의 작은 접시에 나누어 담아 각 사람 앞에 가져다 주었다. 그런데 나에게 주는 몫은 언제나 다른 사람보다 눈에 띄게 양이 많았다. 이것은 분명 내가 초대 받은 사람이고 또 중국인이기 때문에 이렇게 특별히 대접한 것이다. 초대자의 정성과 세심한 배려가 느껴지는 대목이었다.

음식의 맛은 베이징과 달라서 싱거우면서도 때로는 단맛을 띠었다. 재료는 좋았고 해산물이 많았지만, 아쉽게도 강연으로 피곤해서 식욕이 없는 데다가 나는 또 약간 짠 음식을 좋아하고 단 음식을 거의 먹지 않아서 많이 먹지 못했다. 한국 교수들은 나에게 많이 먹으라고 계속 권했지만, 앞에 놓인 음식은 결국 많이 남고 말았다. 초대자는 반 농담 삼아 "초대한 사람을 존중하는 방법은 바로 음식을 남김없이 드시는 겁니다!" 하고 말했다. 내가 더 이상은 못 먹겠다고 하면서 웃으며 "식당에서 중국 사람이 중국음식을 먹으러 왔다고 너무 많이 줬습니다!"라고 하자 모두 껄껄대며 웃었다.

함께 자리한 교수들로는 이재호 소장을 비롯해 최박광 선생 등이 있었다. 식사를 하며 이야기꽃을 피웠는데, 대화 내용은 모두 한중 양국의 풍속이나 날씨 등의 이야기였고, 간혹 학계 상황에 대한 이야기도 나왔지만 그저 지나가는 이야기로 끝나 홀가분하고 편안해서 나는 봄바람에 올라앉은 듯 기분이 즐거웠다. 모두들 취기가 약간 오른 가운데 저녁식사를 마쳤다. 밖으로 나와 헤어지면서 그들은 나에게 "다음에 꼭 다시 오세요!"라고 했고, 나는 "베이징으로 놀러오세요!"라고 말했다.

전통민속의 보고 – 민속촌

10월 19일, 윤광봉, 이수웅, 김태준 선생 등이 연이어 전화를 걸어와 내 건강과 강연 등의 근황에 대해 물으며 깊은 관심을 보였다. 윤광봉 선생은 나에게 더 필요한 것이 없냐고 물었다. 내가 민속촌에 꼭 가보고 싶은데 지금까지 갈 수가 없었다고 했더니, 친절하게도 그는 다음날(토요일) 바로 민속촌에 안내하겠다면서 교통편도 제공하겠다고 했다.

이날은 하루 종일 아무 데도 가지 않고 방에 틀어박혀 학술강연 준비만 했다. 내용은 『옥루몽』의 사상에 관한 것으로, 임기중, 김태준 두 선생과 약속한 10월 21일에 동국대학교에서 있을 강연 내용이었다.

10월 20일 토요일 오전 9시 반쯤에 이상보 선생이 내 방으로 찾아와 윤광봉, 최강현 두 선생이 와서 아래층에서 기다리고 있다고 말해 주었다. 이 세 분 선생님이 모두 나와 함께 민속촌에 가 준다니 그 두터운 정이 참 고마웠다. 더 기뻤던 것은 우리 네 사람이 아주 유쾌한 나들이 모임을 하게 된 점이었다. 최강현 선생은 홍익대학교의 교수로 백발이 성성하고 가

느다란 테의 안경을 썼는데, 얼굴의 주름에서 오랜 세월 학문을 연구해온 노고가 드러났고, 평온한 어투에서 그의 순후하고 질박한 성품이 묻어났다. 그 역시 지난번 둔황 답사에 함께 갔던 한국돈황학회의 회원이다. 그때는 그와 이야기를 많이 나누지 못했었는데, 이번에 서울에서 차를 같이 타고 민속촌 관광을 하면서 그와의 관계가 진전될 수 있는 기회가 되었다.

나는 민속촌이 그렇게 멀리 있는 줄은 미처 몰랐다. 차편은 윤광봉 선생이 제공한 것이었다. 그가 차를 몰고 이상보 선생이 그의 오른쪽에 앉았고, 최강현 선생은 뒷자리에 앉았다. 차로 대략 한 시간 남짓 달리는 동안 우리는 차 안에서 많은 이야기를 나누었다. 그들은 나에게 박정희 전 대통령이 재임시절 대대적으로 추진했던 '새마을 운동'에 대해 이야기 해 주었다. 농촌의 빠른 현대화는 필연적으로 한국 고유의 전통적인 농촌의 모습을 훼손하게 되었다고 한다. 그래서 민족의 전통과 유구한 역사의 옛 농촌의 면모가 전부 사라지지 않도록 따로 땅을 개발하여 관람을 위한 박물관 성격의 민속촌을 건립했다고 한다. 민속촌은 하나뿐이 아니라 기업가 개인이 지은 것도 있는데, 이는 그것을 이용해 여행자나 관람객에게서 돈을 벌 수 있기 때문이라고 했다. 우리가 가는 곳은 제일 큰 민속촌이었다.

민속촌에 도착하니 이미 10시 40분이었다. 세 분의 한국학자 중 어느 분이 표를 샀는지는 모르겠다. 정문으로 들어가니 옛날 마을 어귀마다 세워져 있던 장승이 서있었고, 조금 더 들어가자 길옆으로 채색한 커다란 조선 전통식 단층 건물들이 늘어서 있었다. 자세히 보니 장사를 하는 음식점들이었다. 많은 관람객들이 끊임없이 들어왔지만, 붐비는 정도는 아니어서 여유롭게 관람할 수 있었다. 관람객 중에는 백인들이 자주 보였다. 대부분 미국인이었고, 그 중 두세 사람은 아주 열심히 자세하게 살펴보면서 영어로 이곳의 전통 생활풍습을 이야기하였다. 그들은 전문적으로 한국문화 혹은 역사를 연구하는 학자들인 것 같았다.

나는 세 선생들에게 이렇게 말했다. "이 곳이 제가 가장 흥미를 느끼는 곳입니다. 서울 시내의 큰 거리에서 제가 볼 수 있는 것은 대부분 현대화된 고층빌딩이고, 조선 민족 특유의 건물은 너무 적습니다. 여기에 와서 비로소 진정으로 조선의 풍속을 접하는 느낌이 듭니다. 저는 한국문학을 연구하는 중국인으로서 더욱 친근감과 즐거움을 느낍니다.”

나는 촌민들의 주택 하나하나의 모습을 눈여겨 살펴보았다. 경제적으로 중간 수준의 농민 주택도 있고, 부농과 지주의 주택도 있었으며, 가난한 농민의 주택도 있었다. 건물의 크기와 많고 적음, 택지의 넓이 등으로 경제 상황이 서로 다른 농민들의 다양한 생활수준을 알아볼 수 있었다. 세 선생들은 구경을 하면서 나에게 재미있게 설명해 주었다. 예를 들어 농가 마당에 심어져있는 나무들에 대해 이렇게 말했다. “딸이 태어나면 이 나무를 심습니다. 딸아이가 시집갈 때쯤에는 나무가 이미 크고 무성하게 자라 나무의 열매를 따서 혼례식장을 장식하는 데 씁니다.” 그토록 생각이 크고 깊었으니, 얼마나 낭만적이고 인정미 넘치는가.

모든 건물과 진열품, 장식, 환경이 다 아주 실감나게 꾸며져 있어서 실제 마을의 모습과 완전히 똑같았다. 건물 안팎의 채마밭과 논에는 채소가 자라고 있거나 수확을 기다리는 벼가 심어져 있었다. 그 수확량도 적지 않아 민속촌의 또 다른 실제 수입원이 된다고 한다. 가축과 가금도 모두 알맞은 곳에 자리 잡고 있었다. 여자 방 안의 화장대, 노인 방 안의 곰방대, 외양간의 여물, 부엌 안의 솥이며 그릇들과 바깥쪽의 장작, 처마 밑에 걸린 마른 고추 등 무엇 하나 실물이 아닌 것이 없어, 정말 실제 상황에 있는 듯한 실감을 느끼고 그것들이 박물관의 전시품임을 잊게 만들었다.

농가뿐 아니라 제지, 야금, 도자기 제조 등 농촌의 부업 역시 실제 사람과 실물로 재현하고 있었다. 면적이 꽤 넓은 한 도예 공방에서는 제작, 채색, 굽기 등 모든 공정을 전시하고 있었다. 가마 옆으로는 장작이 건물 한 층 높이만큼 쌓여있었고, 가마는 비록 연기를 내뿜으며 불을 때고 있지는 않았지만, 역시 완전히 실제와 같은 느낌을 주었다. 제지 공방 역시 넓었고, 원료와 반죽 만들기, 종이 제작의 전 과정이 전시되고 있었다. 나는 오래전부터 이미 고려 종이의 명성이 중국에도 자자했음을 알고 있었는데, 이날에야 그 제작 기술을 보게 되었다. 그러면서 서예와 그림에 쓰는 우리나라 화선지의 생산과정도 상상해 보았다. 서거정徐居正(1420~1488)은 일찍이 동정심과 경의를 가득 품고 먹 생산의 지난한 과정을 묘사한 바 있는데, 그 역시 이날 눈으로 직접 볼 수 있었다.

종이 생산과정 역시 마찬가지로 힘들어 보였다. 우리 같은 문인(지식인)들이 종이와 먹을 만드는 노동자들의 고생을 알면, 그들에 대한 존경심도 생기고 문구를 아끼는 좋은 습관도 기를 수가 있다.

방직과 자수 노동 전시관에는 조선의 여성 복장(짧은 저고리에 긴 치마)을 입은 여공이 있었다. 대장간에서는 방금 꺼진 화로 옆에서 대장장이가 쉬고 있었고, 또 이미 다 만들어진, 현대의 공예 수준으로 보면 비교적 조잡한 가정용 철제 집게나 칼 등을 팔고 있었다.

우리는 색칠하지 않은 나무색 그대로의 소박한 장방형 원두막을 지났다. 면적은 6~7평방미터정도 되었다. 이상보 선생은 옛날 농촌 마을 어귀마다 이런 것이 있어서 사람들이 쉬고 더위도 식히며, 한담도 하고 장기도 두고 아이들이 놀 수 있는 공간이 되었으며, 특히 노인들이 여기서 모이거나 낮잠을 자는 것을 좋아했다고 말해 주었다.

주위에 회랑이 있는 한 광장에 이르니 마침 농악대가 그 한가운데서 공연을 하고 있었다. 대원들은 모두 청년 남성들로, 흰 저고리에 긴 바지를 입고 머리에는 검은색의 상모를 썼으며, 북을 치고 징을 울리며 덩실덩실 춤을 추고 있었다. 이런 농악무는 나에게 낯익은 것으로, 무대나 영화, 화보에서 여러 번 본적이 있었다. 그러나 순 조선식의 옛 농촌 같은 환경에서 이런 신나는 공연을 보는 것은 이번이 처음이었다.

춤을 추는 사람들은 힘을 다해 열심히 공연을 하여, 서늘한 가을이었지만 햇빛에 비친 그들 얼굴 위로 땀이 홍건한 것을 볼 수 있었다. 그런데 이상보, 윤광봉 두 선생은 나에게 이렇게 말하는 것이었다. "참 잘하네요. 옛날 풍속하고 완전히 똑같아요. 단지 표정이 좀 딱딱하고 풍수를 축하하는 흥겹고 즐거운 느낌이 없어요." 그 까닭은 그들이 이런 춤 공연으로 돈을 버는 직업 연기자들이어서, 매일 그렇게 공연을 하다 보니 자연히 원래 농민들이 풍년의 기쁨을 표현하고 실컷 즐기는 느낌을 가질 수가 없기 때문이었다. 안 그렇겠는가. 내가 주의 깊게 살펴보니 그들은 벌써 꽤 피곤한 기색이었다. 생각해보니 이런 직업 역시 고생스러울 것 같았다.

잠시 후 "농자천하지본(農者天下之本)"이라 쓰인 큰 깃발이 높이 들려나오자 광장 주위의 관중들은 일제히 박수를 쳤다. 그것은 그들의 노고에 대한 보답이자, 한국 농촌의 이런 좋은 가무 전통과 문화생활에 대한 찬사와 기쁨의 표현이었다.

관아문, 가련한 춘향이, 악대

이어서 우리는 관아를 보러 갔다. 성벽처럼 쌓은 담장이 네모 반듯한 널따란 뜰을 둘러싸고 있었다. 사또가 사건을 심리하고 공사를 처리하던 공당이 바로 이 뜰 안에 있었다. 대문 위의 작은 문루에는 편액이 높이 걸려 있었다. 공당의 좌석에는 사또가 앉아 있고 그밖에 아전들과 바닥에 무릎 꿇고 있는 원고와 죄인 등의 모형들도 있었다. 그 크기가 실제 사람과 같고 표정 역시 상당히 사실적이어서, 공당까지도 엄숙한 분위기로 가득하게 만들었다.

다음으로 우리는 관람객들을 따라 감옥에 가보았다. 감옥은 뜰의 다른 한쪽 구석에 붙어있었다. 쪽문을 나가니 바로 감옥의 작은 뜰이었다. 옥사는 전부 나무로 지은 것이었다. 중국 성어 중에 '철창풍미(鐵窓風味: 감옥에서의 수감생활을 가리킴)'라는 말이 있는데, 이곳에서는 '목책풍미'라고 바꿔 말해야 할 것 같았다. 지름이 약 30cm쯤 되는 나무 기둥으로 지면부터 천장까지 닿는 목책을 만들어 놓았는데, 죄인은 그 안에 갇혀 있었다. 감방은 한 줄에 약 너덧 칸이 있었고, 안에는 각기 다른 옷을 입은 서로 다른 연령의 수인 모형이 있었는데, 하나같이 근심스러운 표정을 하고 있었다. 또 다른 칸에는 포악한 세력을 두려워하지 않고 정절을 굳게 지킨 춘향이가 갇혀 있었다. 그미는 마치 참혹하게 꺾인 한 송이 꽃처럼 사람들의 주의를 끌었다. 춘향의 이야기를 잘 아는 관람객들은 저마다 그곳에 멈춰서서 동정과 불쌍해하는 눈빛을 보내며 차마 서둘러 자리를 뜨지 못했다.

외줄타기 묘기는 조선의 민간 예인들이 잘 하는 대표적인 항목이다. 관아에서 나와 아무런 장식과 건물도 없는 잔디 광장에 이르니 이 외줄타기 공연이 열리고 있었다. 중국과 다른 점은 줄 타는 사람이 쉬지 않고 이야기하고 노래를 한다는 것이다. 예인은 흰옷을 입고 챙이 큰 작은 흑립을 썼으며, 손으로는 부채를 흔들며 의기양양하게 줄 위를 왔다 갔다 하면서 중얼중얼 거렸다. 때로는 앉았다가 또 때로는 3미터 정도 높이의 외줄 위에 한쪽 다리로 서있기도 했다. 자유자재로 움직이면서 태연한 표정으로 농담을 던지며 마음대로 가뿐하게 노는 모습이었다. 주변의 관중들은 넓은 풀밭 위에 앉거나 서서 구경하였다. 서로 기대고 있는 젊은 연인들, 부축을 받고 있는 노인, 손에 양산을 받쳐 든 아주머니, 아이 손을 붙잡고 있는 중년의 관객 등 모두가 점차 사라져가는 민간의 전통 놀이 가운데 보존되어 오는 공연을 흥미진진하게 지켜보면서 이따금 멋진 장면에 박수로 화답했다.

마을에는 꽤 고급스러운 공연 장소도 있었는데, 그것은 연극 무대였다. 무성한 화초와 연못이 어우러진 곳에 위치한 알록달록하게 장식된 무대였다. 주로 부유한 사람들이 공연을 즐기던 장소였다고 한다. 경사스러운 일이 있을 때는 마을 주민들도 이곳에 와서 눈요기를 할 수 있었을 것이다.

나는 오래전부터 조선의 고전 명작 『옥루몽』의 음악적 요소에 관심을 가져왔다. 그래서 작자 남영로南永魯가 살았던 시대의 음악은 어땠을까 하는 궁금증을 가지고 꼭 한번 들어보고 싶었다. 이날 민속촌에서 접했던 음악은 어쩌면 그 당시 음악과 비슷한 것이었는지도 모른다. 우리는 커다란 정자 옆으로 갔다. 그곳에서는 전통악대가 막 연주를 마치고 쉬고 있었다. 대략 스무 명쯤 되는 연주자들과 현악기, 관악기들이 있었는데, 악기는 모두 한민족의 전통 악기였다. 연주자들은 붉은색의 전통 복장을 입고 자리에 앉아 있었다. 대부분 남성이었고 서너 명의 여성이 끼어있었다. 악대의 복장과 악기, 우아한 풍모, 침착한 태도, 대열 형태로 봐서는 궁중악대와 비슷해 보였다. 사람 수나 악기 구성이 왕궁악대 수준에는 미치지 못했지만, 역시 귀족 악대이지 거칠고 활발하게 움직이는 민간 악대는 아니었다.

잠시 기다리자 그들은 단장의 지휘에 맞추어 다시 유유히 연주하기 시작했다. 연주자들은 직업 음악가 특유의 엄숙하고 진지한 태도를 보였다. 음악 소리는 섬세하고 부드러웠다. 하지만 공간이 탁 트여있고 소리를 모아 줄 장치도 없는 데다 주위의 사람들 소리 때문에 별로 조용하지 않아서인지 소리가 작게 들려 감명을 주지는 못했고, 선율도 낮고 묵직하고 맑지 않아『옥루몽』에서 자주 묘사되는 감동적인 음악 같지는 않았다. 내가 정자 옆에 한참 서서 조용히 듣고 있자니 세 분 선생님이 앞으로 더 구경할 것이 많다며 길을 재촉해서 악대를 향해 작별의 눈빛을 보내며 발걸음을 옮겼다.

민간의 술 – '동동주'

점심 시간이 되어 우리는 걸어서 식당이 모여 있는 곳으로 갔다. 그곳에는 식당과 주점 몇 집이 있었는데, 책상다리를 하고 앉아 먹는 낮고 둥

근 상도 있었고, 의자가 달려 있는 장방형의 탁자도 있었다. 모두 반 노천 형태로 파라솔이나 천막이 쳐 있어 그늘 아래에서 식사 할 수 있도록 되어 있었다. 그리고 주인이 같은 천막에서 술과 식사를 제공하고 있어서 편하게 골라서 사 먹을 수 있었다. 세 분 선생들은 내게 무엇을 좋아하는지 물었고, 이상보 선생은 내게 탁주를 권했다. 나 역시 이런 시골 분위기가 나는 주점에서 한국 전통의 맛이 나는 술을 음미해 보고 싶어, 동동주를 주문하는 것에 찬성했다. 동동주는 탁주의 일종으로, 밥알이 술에 동동 떠다닌다고 해서 그런 이름이 붙여졌다고 한다. 예전에 이런 주막은 시장의 소상인들이나 친척집을 방문하는 노인들, 일을 마치고 돌아오는 농부들, 친정집으로 돌아가는 며느리 등 먼 길을 여행하는 사람들이 들러 쉬기도 하고 이야기도 하며 허기진 배를 채우기도 했던 곳으로, 많은 돈을 내지 않아도 배부르게 먹고 피로를 풀 수 있었던 곳이다. 이날 관람을 하면서 나도 피로가 많이 쌓였는데 연로하신 최강현 선생도 비슷한 듯 했다. 천막 아래 앉아 이렇게 옛날 시골 음식의 맛을 보는 것도 커다란 즐거움이었다. 이, 윤, 최 선생들은 당시 농촌에서 가장 즐겨먹던 국밥을 한번 먹어보자고 했다.

동동주는 약간 단맛이 있었고 도수는 높지 않았지만 술 맛은 꽤 진했다. 마치 농촌의 순후한 민속이 그대로 담긴 듯한 느낌이었다. 서로들 권하는 바람에 나 역시 큰 사발을 들고 연이어 몇 모금을 마셨더니 어느 새 약간 취기가 돌았다.

식후, 우리는 발걸음을 근처 시장에 멈추고 구경했다. 이런 시장도 옛날 재래시장을 완전히 재현해 놓은 것이었다. 작은 점포도 있었고, 노점들도 있었다. 진열해 놓은 물건들은 대부분 민속공예품이었다. 앉은뱅이 책상, 바구니, 복주머니, 부채, 작은 화장대, 취사도구 등 대부분 일용잡화들이었다. 물건마다 향토색과 민속적인 정취를 담고 있었다. 윤광봉 선생이 민속촌 화보집 한 권을 사서 내게 기념으로 선물해 주었다.

시장으로부터 시작해 다른 쪽 길로 되돌아 나왔다. 그곳에서 본 것은 제주도 일대의 농가와 북방의 농촌 가옥이었다. 기후와 경제적 조건의 차이에 따라 각 지역의 가옥도 서로 다른 구조를 보이고 있었다. 상대적으로 더운 남부 지역의 가옥은 비교적 넓고 확 트인 삼면에 창문을 내지 않은 정자식 목조건물로 더위를 식히기에 적합하게 지어졌다. 비교적 추운 북부 지방의 가옥은 방한보온 설비가 비교적 잘 갖추어져 있었다.

삼천리 강산의 북쪽에서부터 남쪽까지 농가들의 모습이 민속촌 안에 하나하나 재현되어 있었다.

귀공자와 규수들의 '가정학당'

앞으로 좀 더 가니 농촌의 양반, 토호, 대지주 등 상류층이 사는 주택이 나왔다. 집은 아름답고 정교하게 건축되어 있었다. 벽돌과 기와 창문이 정교하였고, 뜰의 화단은 잘 가꾸어져 있었으며 내부는 화려하고 아름답게 꾸며져 있었다. 이 집들의 공통점은 쟁기, 호미 같은 농기구와 부업생산에 사용하는 도구나 가축우리 등이 없다는 것이었다. 그러나 방바닥이 깨끗하고 반들반들하게 빛나는 넓고 탁 트인 생활공간과 손님을 맞이하는 대청이 있었고, 또 대부분 서재나 공부방이 있었다. 어떤 공부방은 땅에서 2미터 정도 떨어진 대 위에 지어놓았다. 대 위로 올라갈 수 있는 나무 계단이 있었고, 대 아래 기둥 사이에는 충분한 공간이 있어 물건을 놔 두거나 자리를 깔고 쉴 수도 있었다. 이곳은 도령들이 두문불출하며 성현들의 책을 열심히 읽고 공명을 얻어 가문의 영광을 빛내기 위한 곳이었다고 한다. 어떤 집은 후원이나 주택 옆에 사당을 세워 조상의 위패를 모시고 있어 조상을 공경하고 숭배하는 한국인의 전통풍습을 엿볼 수 있었다.

한국인은 족보를 매우 중시한다. 어떤 가문들은 수백 년에서 심지어 천

여 년 동안이나 족보를 이어오고 있다. 사당을 세우는 것 역시 이런 정신
을 보여주는 것 가운데 하나이다.

물론 이것도 부유하고 여유 있는 사람들이나 할 수 있는 것이었다. 온
종일 힘들게 일하며 겨우겨우 생활을 이어가는 가난한 농민들이 이러한
여건을 갖는다는 것은 매우 어려운 일이었다.

가장 인상 깊었던 것은 학당식 건축물들이었다. 학당은 화려하고 웅장한
한 부자집에 딸린 건물이었다. 학당 안에는 실제 사람 크기의 훈장과 학동
들의 인형이 있었다. 대문에서 가까운 곳은 남자 아이들이 수업을 받는 곳
이었고, 내실에서 가까운 곳은 여자 아이들이 수업을 받는 곳인 듯 했다. 모
두 조선시대의 복장을 입고 있었다. 훈장은 진지하게 훈계하거나 본문을
설명하거나 학동이 경전을 암송하는 것을 듣고 있는 등의 모습이었다. 그
런 모습에서 그들이 공맹의 도와 학문 지식을 매우 중시했음을 알 수 있었
다. 중국의 역사에도 재능 있는 여성들이 있었지만 이렇게 부유층 집안의
여성이 교육을 받는 모습을 재현해 놓은 곳은 본 적이 없다. 조선이 역사적
으로 교육의 전통을 중시했음을 여기에서 다시 한 번 느낄 수 있었다.

H-6: 민속촌에서 (10월 20일)

학당 앞에는 관리원이 있었는데, 흰 바지저고리에 녹색 조끼를 입은 것이 완전히 옛날 복식 그대로여서 그 역시 살아있는 표본이라는 생각이 들었다. 이상보 선생이 그에게 내가 중국 대륙의 베이징 대학에서 온 손님이라고 소개하자, 그는 매우 놀라고 기뻐하며 "교포십니까?"라고 물었다. 나는 아니라고 대답하고, 그에게 내 전공을 알려주었다. 그러자 그는 "베이징대학에서도 한국의 역사문화를 연구합니까? 우리는 아주 어려서부터 중국책을 많이 읽었습니다!"라고 했다.

그는 점점 더 신나했다. 본래 그는 그곳을 지키는 관리원이었기에, 우리 일행을 따라 뜰 안으로 들어와 각 방의 용도와 인물 모형이 재현하는 장면과 신분을 정성껏 설명해 주었다. 내가 사진 한 장 같이 찍을 수 있냐고 하자 그는 기분 좋게 수락해 주었다. 사진은 이미 오래전에 현상했지만 안타깝게도 그의 이름을 잊어버려서 지금까지도 전해주지 못하고 있다.

시골 다방의 '쌍화탕'

옛날 중국과 조선 사이의 주요 운송 수단은 선박이었고, 상선들이 양국 사이를 빈번하게 왕래했다. 민속촌에서도 물가에 정박되어 있는 이러한 큰 선박을 볼 수 있었다. 나는 개성에 있을 때 예성강변에 가본 적이 있는데, 그곳은 고려와 송나라가 왕래하고 사신들이 드나들던 주요 통로였다. 눈 앞의 그 거대한 배를 보니 마치 내가 예성강에서 선박들이 중국과 조선을 쉴 새 없이 오가던 광경을 보는 듯한 느낌이 들었다.

다시 걷다 보니 길가에 찻집 하나가 나타났다. 그러나 그곳에서는 차를 팔지 않고 탕약을 팔고 있었다. 허름한 초가집 아래 기름칠도 하지 않은 오래된 나무탁자 두어 개와 의자 몇 개가 놓여 있었다. 가게 안에는 가마

솥이 있었는데, 그 안에서는 탕약이 끓고 있었다. 간판에는 '쌍화탕'이라는 세 글자가 쓰여 있었다.

더 걷기에도 지치고 피곤하고 목도 마르던 터라 찻집 중년 여주인과 젊은 여종업원의 열정적인 권유에 이, 최, 윤 세 분 선생이 앉아서 쉬어 가자고 했고, 나는 더더욱 그러길 원했다. 가게 벽에는 "숙지황, 백작약, 당귀, 천궁, 감초, 황기, 계피"라고 '쌍화탕'의 성분이 적혀 있었다. 아래에는 "식욕부진, 피로감기, 만병통치, 보재"라는 주요 효능이 적혀 있었다.

'보재'란 보약이라는 말이다. 이렇게 보면 '쌍화탕'은 영단묘약인 셈이다. 내가 그것에 자못 관심을 보여서였는지, 세 분 선생들도 한번 맛보기로 했다. 잠시 후 흑갈색의 탕약이 투박한 그릇에 가득 담겨 우리들 앞에 놓여졌다. 나는 호기심과 갈증이라는 두 가지 동기를 가지고 꿀떡꿀떡 마셨다. 쌉쌀하면서도 조금 단 맛이 났다. 속으로 '조선은 과연 동양의약의 경전인 『동의보감』(16~17세기 허준 작)이 탄생한 국가답구나, 이런 깊은 시골에서도 중국의 약과 같은 탕약을 마실 수 있었으니' 하고 생각했다. 이런 곳이 일종의 가장 원시적인 '시골 커피숍'이었다고 말할 수 있지 않을까? 당시 무더위와 혹한, 배고픔과 피로에 지친 여행자들에게 제공되던 찻(약)집은 많은 사람들에게 베풀어진 하나의 호사였을 것이다. 비록 '만병통치'는 아닐지라도 사람의 몸에 좋은 효과를 보인다면 그 약용가치는 커피보다 훨씬 훌륭하지 않았을까!

가게주인, 점원과 이야기를 나누는데, 그들은 이런 장사는 이익이 많지 않다고 했다. 본전과 세금, 민속촌 장소 임대료를 제하고 나면 하루에 버는 돈이 1만원(인민폐 72위안 정도)밖에 안 된다고 했다. 한 사람이 하루에 쓰는 식비가 대략 그 5~6분의 일 정도일 것이다. 이것은 초등학교 선생님보다 못한 것으로 시골 초등학교 선생님의 월급이 하루에 평균 2만원(인민폐 144위안 정도) 정도로 그미들보다 배는 많다고 했다. 하지만 이 장사도 충분히 등 따시고 배부르게 생활하게 해 주고, 또 한 두 식구 더 먹여 살릴 수 있으니 계속 할 만하다고 했다. 주인은 점원을 가리키며 "저 아이는 젊고 지식도 있고 학력도 있고 책임질 식구도 없으니 수입이 더 나을 거예요."라고 말했다.

'찻집'을 나서면서 타이완 사람 몇 명을 보았다. 윤광봉 선생이 특별히 내게 가리켜보였다. 그 시간 그곳에서 중국인을 만나게 되니 더욱 친밀감이 느껴져 나는 그들에게 다가가 인사를 나누었다. 그들과 인사를 나누면서 그들이 한 가족이며 각지를 여행하고 있다는 것을 알게 되었다.

전통식 혼례

조선의 전통 혼례도 볼만했다. 오후 4시까지 기다리니 드디어 '혼례'가 시작되었다. 그리 크지 않은 마당에서 진행되었는데, 우리가 들어갔을 때는 이미 사람들로 가득차서 부득이 처마 밑에 앉아서 볼 수밖에 없었다. 우리가 앉은 곳은 위치가 높아서 혼례과정을 환히 볼 수 있었다. 예식에 꼭 필요한 탁자, 무릎 깔개 …… 등이 모두 준비되어 있었는데, 차림이 상당히 성대했다. 얼마 지나지 않아 전통 혼례복을 입은 신랑 신부가 사람들의 부축을 받으며 걸어 나왔다. 한 중노년의 남성이 주례를 맡아 축복 기원문을 읽었다. 이어서 주례의 외침에 따라 신랑 신부는 향로를 향해 무릎을 꿇어 절한 후 서로 맞절을 했다. 이렇게 혼례가 끝나고 신부가 부축을 받으며 들어갔다. 혼례의식이 끝나고 우리도 사방으로 흩어지는 사람들을 따라 밖으로 나오자 잘생긴 준마 한 필이 기다리고 있는 것이 보였다. 신랑이 탈 말이었다. 하지만 시간이 늦어서 우리는 느긋느긋 나오는 신혼부부가 어떻게 집으로 돌아가는지 보지 못하고 민속촌 출구를 향해 걸었다.

민속촌을 떠날 때 이미 4시 20분이었다. 오전 10시 40분부터 거의 6시간이나 걸려 구경했고, 이날 얻은 것이 참 많다고 느껴졌다.

  민속촌에 이렇게 풍부하고 다양한 볼거리가 있다는 것은 뜻밖이었다. 이곳의 면적은 아주 넓고 우리들이 본 것은 일부분에 지나지 않으며 아직 보지 못한 것이 많다고 했다. 이날 6시간 동안 주마간산 격으로 본 것을 열거해 보자면, 농업생산, 농민 의식주 생활, 향촌 부업, 문구 생산, 의류 및 가구 제조, 문화오락, 민간 서비스업, 교육사업, 수상교통, 상업무역, 지방행정 사법기관, 길가 찻집, 혼례풍속, 각 계층별 생활상, 동서남북의 지역별 생활상 등이다. 이로써 참관 내용이 얼마나 풍부한지 알 수 있다.

  나는 최강현 선생과 다른 선생님들에게 "서울 거리에선 현대화 된 도로와 차들, 고층 빌딩만 보았는데, 그런 것은 어느 나라나 모두 비슷합니다. 그런데 이곳에 와서 진정한 민족적 특색이 가득 담겨있는 전통적인 조선의 농촌을 보게 되었습니다. 이런 것들이 제가 정말 보고 싶은 것들이었습니다."라고 말했다. 그들은 내 말을 듣고 모두 같은 생각을 하는 것 같았다. 그들은 내가 편향적이라고 생각하지 않았을까? 현대화 된 도시는 민족적인 것을 포함하고 있지 않다는 말인가? 현대화가 구시대보다 못하다는 말인가? 하고 말이다. 나는 그들이 그렇게 생각하지 않았을 것이라 믿는다. 조선의 전통 문화인 고전문학을 연구하는 사람으로서 내가 관심 있어 하는 것은 당연히 옛것으로 민족적 특색이 선명하고 강렬하게 드러나는 유산이다. 중국인으로서 나는 중국과 다른 것은 무엇인지 또 중국과 같으면서도 다른 것은 없는지 더 많이 알고 싶었다. 중국과 조선은 근대 이전 몇 천 년 동안 모두 나라는 백성을 근본으로 여기고 백성은 양식을 하늘로 여기던 농업기반 사회였으나, 그러면서도 또 각기 다른 풍속들을 가지고 있다. 넓고 끝없이 펼쳐진 향촌과 많은 농민들이야말로 이러한 풍속을 보존하는 천연 '창고'이다. 이날 6시간 동안 조선의 향토 기운을 마음껏 들이마시면서 그동안 책안에서만 보았던 수많은 조선과 관계된 자료와 정보, 그림들을 직접 느껴보았다. 이 6시간의 관람은 세 분 선생님이 나에게 준 소중한 선물이었다. 이 여행이 헛되지 않게 해준 그분들에게 깊은 감사를 드리고, 문화교류를 위해 뜻 있는 배려를 해주신 것에도 감사드린다.

4시 20분, 민속촌을 떠나 숙소로 돌아가는 길에 넓고 평탄한 고속도로를 지났다. 도로 가운데는 시멘트덩이 같은 것으로 상·하행 차선이 나뉘어져 있었다. 그들은 이 도로가 전쟁이 일어났을 때 비행기 활주로로 사용하기 위해 만들어진 것이라고 말했다. 남북 분단의 현실적인 상황으로 아직 전쟁의 가능성을 완전히 배제 할 수 없다는 것이 이 고속도로에서도 드러나고 있었다.

차안에서 길 옆에 늘어선 논밭과 농가들의 풍경을 구경했다. 푸른 산 맑은 물과 숲과 논밭, 농가와 기와집의 다양한 자태가 어우러져 한 폭의 훌륭한 가을 풍경이 되었다. 민속촌에서 본 초라한 옛날 초가와 흙집들은 찾아보기 어려웠다. 나는 이러한 평화로운 풍경이 오래도록 지속되고 전쟁이 다시는 일어나지 않기를 바랐다.

서울 한복판의 원조 농민가무

5시 50분, 국립극장을 지나는데 세 분 선생님이 잠시 구경하고 가자고 했다. 국립극장건물은 산자락에 웅장하게 우뚝 서 있었다. 크고 웅장한 서양 건축양식의 극장이었다. 이곳은 번잡한 시내와는 조금 거리가 떨어져 있었다. 주위는 산과 나무들로 우거져있어 교외 산 속에 있는 듯한 정취를 많이 느끼게 했다. 극장 건물 한편에는 노천극장이 있었는데, 마침 농악무를 공연하고 있었다. 이상보, 윤광봉 선생이 마침 지금 전국 농악 경연이 벌어지고 있다고 말해주었다.

1년에 한 번 가을추수 때 각지의 농민들이 이런 농악무를 춘다고 했다.

각 지역에서 선발된 대표들이 서울에 올라와서 농악무 경연대회에 참가한다고 했다. 우리가 관중석에서 자리를 찾아 앉았을 때, 무대에서는 경상남도 농민들의 공연이 벌어지고 있었다. 전문 연기자들과는 달리 그들은 직접 밭을 갈고 추수를 하는 순수한 농민들로, 그들 각 사람의 얼굴은 마음에서 흘러나오는 기쁨으로 가득했고, 흥겨운 놀이로 수확의 기쁨을 한껏 누리고 있었다. 이런 뜨거운 분위기는 진짜 흙냄새와 벼의 향기를 담고 있는 듯하여 깊고 강렬하게 나를 감동시켰다. 나는 농악무 공연을 많이 봐왔다. 어떤 연기자들은 미소를 띠고 힘을 다해 기쁜 감정을 춤으로 표현하면서도 결국 직업연기자 티를 벗어나지 못했다. 하지만 눈앞의 그 농부들, 농촌 아낙들과 시골처녀들은 모두 천진난만하여 생동감 있고 즐거우며 꾸밈없이 한마음으로 어우러져 춤을 추고 있었다. 나는 그 가무를 보면서 그것이 예술적으로 즐기고 감상하는 것이 아니라, 일종의 삶의 즐거움이자 풍성한 수확의 기쁨을 함께 누리는 것처럼 느껴졌다.

이렇게 한 지역의 농악 공연이 끝나면 다른 지역의 공연이 계속되었다. 악대의 복장과 깃발의 색깔은 서로 달랐다. 풍격과 춤사위에도 차이가 있었다. 그러나 수확의 기쁨과 즐거움만큼은 모두 같았다. 나는 어느 지역의 농악무에서 검은 머리에 도포를 입은 한 노인에게 관심이 끌렸다. 그는 머리에는 양반의 갓을 쓰고 손에는 지팡이를 든 채 가무하는 사람들 옆에서 이리저리 왔다 갔다 하며 움직이고 있었다. 공연을 감상하는 사람 같기도 하고, 인도하는 사람 같기도 했다. 사람들이 말하길 이것은 마을의 양반까지 나와서 농민들과 함께 풍년의 즐거움을 축하는 것을 의미하는 것이라고 했다. 이런 인물의 설정은 이전에 내가 보았던 농악무 중에서는 한 번도 본 적이 없었다.

이상보 선생은 이런 공연이 해마다 열린다고 했다. 모두 무료 공연이었고, 순서지도 아름답게 인쇄해서 무료로 나눠주었다. 이런 집단적인 아마추어 문화오락 활동은 정신생활에 활기를 더하고 민족문화를 발전시키

며, 노동생산성을 고무시키고 도농 간의 교류를 촉진하는 데 이르기까지
두루 유익한 일이다.

중국은 농업 대국이고 농촌의 인구도 그렇게 많은데, 왜 도시에서는 이
와 같이 농민들이 자발적으로 진행하는 흙냄새 가득한 공연활동이 없을
까? 적어도 우리가 베이징에서 생활한 반세기 동안은 본적이 없다.

노천극장을 떠나며 나는 산언덕에 웅장하고 거대하게 서있는 국립극
장 건물을 다시 한 번 자세히 올려다보았다. 그 외형으로 미루어 볼 때 극
장의 내부 구조와 설비 역시 상당히 정교하고 아름다울 것 같았다. 나는
평양에 있는 만수대 예술극장과 2·8극장에서 공연을 본적이 있다. 전자
는 화려하고 찬란했고, 후자는 광활하고 호탕한 것이 모두 내게 깊은 인
상을 주었었다. 가무를 좋아하는 것은 예로부터 조선 민족의 특징 가운데
하나였으니, 현대의 가무는 당연히 수천 수백 년 전보다 더 많이 발전했
을 것이다. 이번에 서울에서 한 달을 머물렀다고는 하지만, 너무 바빠서
국립극장과 같이 크고 현대화된 극장에서 공연을 볼 수 없었던 것은 옥에
티였다고 할 수 있다. 나중에 언젠가 기회가 있기를 소망해 본다.

롯데 빌딩과 실속 있는 패스트푸드

차가 극장을 떠나 시내에 도착하니 이미 집집마다 등불이 밝혀진 시간
이었다. 모두 함께 저녁식사를 하기 원하자 윤 선생은 롯데호텔로 차를
몰았다. 이 호텔은 제일 번화한 상업 지역인 명동에 있었다. 마침 주말이
라 사람들이 더 붐볐고, 롯데 호텔 앞의 주차장은 이미 가득차서 주차할
곳을 찾기가 힘들었다. 들어갔다 나왔다를 몇 차례 하다가 어렵게 빈 공
간을 찾아 주차했다.

롯데 호텔은 아주 높이 솟아 있었다. 불빛을 받아 마치 하얀 옷을 걸친

거대한 여신상처럼 아름다운 자태를 뽐내며 번화가에 우뚝 서있었고, 그 옆으로 별관의 화려한 식당과 서로 잇대어 있었다. 우리는 건물로 들어가 아름다운 물건들로 가득한 쇼윈도와 진열대를 둘러보았다. 의식주 등에 필요한 모든 것들이 다 진열되어 있었다. 에스컬레이터에 서서 천천히 위로 올라갈 때 나는 불현듯 미국의 샌프란시스코에 있는 어느 백화점의 정경이 떠올랐다. 그때는 1987이었는데, 이 때 보고 느낀 것이 당시 미국에서의 그것과 너무나 비슷했다. 다른 것이 있다면 언어로, 이곳에서는 영어를 쓰지 않고 한국어를 사용한다는 것뿐이었다. 이 번창한 백화점이 근 2, 30년간 한국의 경제성장을 잘 말해주고 있었다. 이 건물은 대기업주가 그의 딸을 위해 세운 호텔이라고 했다. '롯데'는 그의 사랑하는 딸의 이름이다.

나의 화려한 세계에 대한 관심은 민속촌에 대한 관심에 크게 미치지 못하지만, 건물의 어느 층엔가 장식된 거대한 인공 폭포는 나의 흥미를 끌었다. 번잡한 도심의 건물에서 마치 진짜와 같은 인공 자연경관을 볼 수 있다는 것이 참 신선했고 설계자가 상당히 창의적이라고 느껴졌다. 또 그것을 통해 이 건물의 거대함을 연상할 수 있었다.

우리는 식당들이 오밀조밀 모여 있는 층에 도착했다. 이, 최, 윤 선생님은 내게 무엇을 좋아하냐고 다시 물었다. 나는 여전히 칼국수를 먹자고 했다. 이 음식은 소화가 잘 될 뿐 아니라 경제적이기도 했다. 그래서 우리는 칼국수 전문점으로 들어갔다. 4명이서 한 그릇씩 주문했다. 식당의 화려한 장식에 비교하면 우리가 주문한 음식은 초라하기 그지없었다. 하지만 종업원은 전혀 이러한 내색 없이, 기분 좋게 우리에게 칼국수 4그릇을 가져다 주었다.

사실 나는 다른 것은 더 먹고 싶지 않았다. 세 분 선생님의 생각도 마찬가지였다. 뜨거운 국수 한 그릇이 배부르고 따뜻하게 해주어 너무 만족스러웠다. 식사 후 내가 지닌 한국 돈이 식사비를 내기에 충분한지 헤아려 보는 동안, 선생님 한 분이(아마 최 선생인 듯하다) 이미 한 발 앞서 계산대로 뛰어가 돈을 내버렸다. 이로써 이날 하루 내내 교통비, 관람비, 식사비를 모두 그분들에게 대접받은 꼴이 되었다. 비록 내가 한국에 온 이국 손님이라고 하지만 마음 한편이 편치 않았다.

풀밭에서 『옥루몽』을 이야기하다

10월 21일은 동국대학교의 선생님들과 학생들에게 강연을 하는 날이었다. 전날 관광하면서 생긴 피로로 이날 아침까지 깊은 잠에 빠져있는데, 임기중 선생이 벌써 찾아왔다.

이날은 일요일이었고, 강연 장소는 정릉 안에 있는 공원이었다. 임 선생과 함께 차를 타고 정릉으로 향했다. 크고 작은 길을 지나고 굽이굽이 경사진 골목길을 지나 정릉에 도착했다. 김태준 선생은 벌써 문 앞에서 나를 기다리고 있었고, 조교나 강사 혹은 대학원생으로 보이는 젊은 청년들도 있었다.

정릉은 조선 시대의 유적으로 지금은 공원이 되었다. 초목이 무성하고 한적한 곳이었다. 학술발표는 이곳에서 진행되었는데, 대학원 학생회에서 직접 주관하는 것이라고 했다. 회의에서 몇몇 대학원생들이 자신의 논문을 발표했다. 나의 학술 강연도 학술활동의 하나로 그들의 발표 사이에 배정되어 있었다. 이 학술행사의 주제는 ‘동국대학교 대학원 국어국문학과 추계발표회’였다. 여기서 ‘대학원’이란 중국 대학의 연구생원에 해당된다. ‘과’는 ‘계系’에 해당하고, ‘발표’는 학술논문 발표나 학술보고, 강연 등을 가리킨다.

회의가 시작되기를 기다리는 동안 임기중, 김태준 선생이 나를 데리고 정릉을 구경시켜 주었다. 이곳은 서울의 북쪽 외곽에 위치해 있고, 능에는 조선 태조의 왕비인 신덕왕후가 잠들어 있다. 정릉의 외형은 하나의 큰 흙더미로, 푸른 잔디가 깔끔하게 그 위를 덮고 있었다. 비석 외에 다른 건축물은 없어서 다소 황량하고 단조로운 느낌마저 들었다. 김, 이 두 분 선생님과 나는 능 앞을 좀 거닐다가 옆에 있는 작은 숲으로 걸어 들어갔다. 그곳에는 이미 많은 학자들과 대학원생들이 와있었다. 나는 신근재 선생 등과 인사를 나누었다. 모두 바닥에 자리를 잡고 반원 모양으로 둘러앉았다. 회의 진행자와 발표자들은 반원의 중심에 서서 발표했다. 대학원생 등이 논문 두 편을 발표한 후에 내 차례가 되었다.

내가 강연한 내용은 '『옥루몽』의 사상적 내용'으로, 주로 내가 중국에서 『옥루몽』을 출판 할 때 썼던 논문인 「『옥루몽』 - 조선 고전문학의 『전쟁과 평화』」에 근거한 것이었다. 대체로 민족의식, 모명오청慕明惡淸, 충간지별忠奸之別, 당쟁여계黨爭餘悸, 실학사상 등 다섯 가지 측면에서 이 책의 사상을 설명했다.

이런 사상내용은 모두 내가 시대적 배경과 결합하여 『옥루몽』 전체의 이야기 구성과 인물의 언행을 분석한 결과물이다. 강연을 하면서 나는 먼저 조선의 많은 고전소설 가운데 『옥루몽』은 하나의 거작으로 시대를 폭넓고 깊게 반영했다는 점에서 톨스토이의 『전쟁과 평화』에 비견 할 만하다고 말했다. 앞서 말한 다섯 가지 측면은 당시 조선에 성행하던 외교적 태도, 즉 국제관계상의 문제를 포함하고 있을 뿐 아니라, 당시 조선 내정의 각종 갈등 및 보수와 개혁의 사상적 관계도 포함하고 있다.

나는 내가 강의할 수 있는 것들이 아주 많다고 생각했는데, 강연을 하면서 나는 생각처럼 잘 되지 않고 있다는 것을 느꼈다. 이것은 두 가지 이유 때문이었는데 하나는 내가 쓴 논문은 문어체로 된 것이라 그 안의 몇몇 문학 용어들이 강연에 부적합했기 때문이고, 다른 하나는 노천에서 풀밭에 둘러앉아 강의하는 방식에 잘 적응하지 못했기 때문이었다. 이것은 내 평생 처음으로 강대도, 교실도 없이 청중들이 산만하게 앉아있는 환경에서 강연한 것이었다. 이 두 가지 이유로 어색함을 느껴서 강연이 순조

룹지 않았고, 말이 반복되었으며 설명이 적절하지 않았다. 숭실대나 성균관대 등에서 편안하고 명쾌하게 강연했던 것과는 크게 달랐다.

하지만 강연은 여전히 청중들의 흥미를 끌었고, 질의응답 시간에 두 명의 젊은 학자와 한분의 연장자가(아마 신근재 선생님이었던 듯하다) 질문을 해왔다. 그들의 질문 내용은 대략 이러했다.

1. 조선의 민족의식은 유일하게 임진왜란에서만 드러난 것인가? 이외에 또 어느 전쟁에서 드러났는가?
2. 『임진록』외에 또 어떤 애국 소설들이 있는가? 그것들도 청나라를 적대시하고 명나라를 존숭하는 사상을 반영하고 있지 않는가?
3. 명나라 원군의 역할과 조선군의 역할에는 어떤 관계가 있는가?

당연히 이 세 가지 질문은 일반적으로 문학사를 전공하는 한국의 대학생들과 학자들은 잘 알고 있는 것이었다. 내 생각에 그들이 질문을 한 주된 이유는 중국학자는 이런 문제들을 어떻게 생각하는지 알고 싶어서이고, 지식을 얻으려는 것보다는 호기심이 더 많은 것 같았다.

사전준비가 전혀 안된 상황에서 즉석에서 대답하려면 어떤 때는 좀 힘들게 느껴지기도 한다. 하지만 나는 본디 이 문제에 대해 일찍부터 분명한 생각을 가지고 있었기 때문에 즐겁게 질문에 답할 수 있었다. 또 사전에 준비한 원고에 구속받지 않고 생각을 해가면서 대답을 하니 더욱 논리적이고 적절한 대답을 할 수 있었다.

첫 번째 질문에 대해 나는 먼저 조선이 역사적으로 항상 침략을 당해왔고 침략자가 된 적은 없으며, 유구한 반침략의 전통과 반침략전쟁의 경력을 지니고 있음을 지적하였다. 이를 위해 나는 몇 가지 예를 들어서 구체적인 설명을 했다.

두 번째 질문에 대해서는 18, 19세기에 대량으로 출현한 '군담소설'을 예로 들어 설명했다. 곧 군담소설은 임진왜란 및 병자호란과 밀접하게 관련되어 있고 애국사상으로 가득 찬 작품들이며, 중국의 한족 정권에 대해서는 친밀감을 나타내고 이민족에 대해서는 혐오하는 전쟁이야기를 빌어 모명오청(慕明惡淸: 명을 사모하고 청을 혐오함) 사상을 드러냈다는 것이다.

세 번째 질문에 대해서는 임진왜란 중 조선군의 반일투쟁의 역할을 강조했고, 예로 이순신과 의병장 곽재우 등 애국자들의 이름을 열거하며 그들의 영웅적인 투쟁의 업적을 충분히 인정했다. 그러나 역사적으로 확실한 다량의 기록에 근거해서 조선의 요청에 의해 조선에 온 중국 명나라 원군의 역할에 대해서도 긍정할 부분은 긍정하였다. 명나라 원군이 비록 어느 정도 단점이 있었다고 할지라도 궁극적으로 그들은 전쟁에서 긍정적인 역할을 했다고 생각한다고 대답했다.

이 밖에 그들은 내가 종사하고 있는 조선어문학 교육 상황에 대해서도 물었다. 나는 있는 대로 대답했다. 처음에 나는 언어를 가르치는 것을 위주로 하다가 후에 문학을 연구하게 되었는데, 문화대혁명 때 문학을 포기했다가 후에 상황이 좋아져 고전문학 연구에 전력을 다하게 되었다고 했다. 나는 또 내가 왜 현대문학을 포기하고 고전문학만 연구하게 되었는지에 대해서도 이야기 했다.

나는 다른 학자들과 함께 풀밭에 책상다리를 하고 앉아 질문자와 청중들과 얼굴을 마주대하고 이러한 질문들에 대해 대답했다. 조금 전처럼 고독하게 원 중앙에 서서 발표하는 것에 비하면 훨씬 편하고 자연스럽게 느껴졌다.

회의를 마치고 모두 함께 언덕 아래 풀밭에서 기념사진을 찍었다. 그 후 동국대학교 인문과학연구소에서 마련한 연회에 참석했다. 장소는 정릉부근의 작은 거리에 위치한 '능옥'이라는 음식점이었다. 대략 6평정도 되는 방에서 우리는 교자상 주위에 둘러 앉아 식사를 하며 이야기를 나누었다. 식사에는 신근재, 임기중, 김태준 선생과 대학원생, 그리고 나까지 대여섯 사람이 참석했다. 이야기는 한국문학을 연구하는 중국의 현황까지 나아가게 되었다.

그러다 김태준 선생께 오늘 강연 장소의 문제와 내 언어 표현의 부족함에 대해 이야기 했다. 김 선생이 깊이 유감의 뜻을 나타내서 내가 오히려 더 미안해졌다.

H-7: 잔디밭 위에서의 강연 (10월 21일)

별장에서의 한국 옛 그림 전시회

식사를 마치고, 임기중, 김태준 선생과 함께 차를 타고 회관으로 돌아왔다. 한낮이 되자 가을 햇빛이 짙게 드리워졌다. 그들은 중간에 차를 세우고, 나를 데리고 조선 고화 전시를 보러갔다. 간송 전형필 씨의 아들인 보성고등학교의 전영우 선생 개인이 개최한 소형 전시회로, 그림들은 모두 그가 소장하고 있는 진귀한 것들이었다. 전람회는 개인 별장에 마련되었는데, 별장은 2층으로 된 작은 양옥으로 아래층 응접실에는 아름다운 그림들이 사면의 벽과 홀 중간의 유리 전시장 안에 진열되어 있었다. 전시회는 비록 크지 않았으나 배치가 매우 아름다웠고, 구성 또한 완벽했다. 응접실 입구에는 관리원이 있었고, 방명록과 전시물의 복제품을 파는 곳이 마련되어 있었다.

전시품 중 몇몇 산수화들은 단아하고 우아하며 깊은 경지에 이른 것들이어서 번화한 도시 가운데 있는 내게 그윽한 즐거움과 또 고인을 만나는 듯한 느낌을 갖게 했다. 한국에 와서 동북아 양대 고국古國간의 문화가 근원적으로 깊은 관계가 있음을 느끼게 되었다. 관람하는 중에 김태준 선생의 친구를 우연히 만났다. 외교업무에 종사하는 예술애호가라고 김 선생이 우리에게 소개 해주었다. 잠시 인사를 나누고 곧 헤어졌는데 이름은 기억이 나지 않는다. 복제품을 파는 곳 앞에서 임기중 선생이 나에게 마음에 드는 것을 하나 고르라고 했다. 성의를 거절하기 어려워 그림 한 폭을 골랐다. 임 선생은 바로 사서 내게 선물 해 주었다.

관람을 마치고 우리는 건물 뒤편으로 산책을 했다. 언덕이 진 그곳에는 수목이 무성하고, 화초가 잘 가꾸어져 있었다. 구불구불하게 위로 나 있는 길은 마치 고요한 공원 같았다. 그들은 뒤편에 주인의 주택과 별장이 또 있다고 말하면서 내게 구경하기를 원하는지 물었다. 나는 누가 될지도 모른다는 생각이 들어 그만두고 차를 타고 회관으로 돌아왔다. 임 선생은 작별을 고하고 가기 전에 포장이 된 옷과 책을 선물해주었다.

김태준 선생은 나와 함께 방으로 올라와 잠시 이야기를 나누었다. 그는 또 나의 생활 근황에 대해 관심을 갖고 물었다. 나는 그에게 전기주전자가 내게 주는 편리함을 크게 칭찬하고, 베이징대 마크가 인쇄된 물주전자와 기념도장, 티셔츠를 선물했다. 그러나 그는 한사코 한 가지만 갖겠다고 하고 나머지는 남겨두었다가 다른 사람에게 선물 하라고 했다. 그는 아주 작은 일조차도 세심하게 배려해 주었다.

저녁 시간 조금 전에 뜻밖에 설의웅薛義雄 선생의 전화가 왔다. 설의웅 선생은 90년 가을에 베이징에 와서 국제호텔에서 머물 때 나와 만난 적이 있었다. 그와 소재영 선생은 같은 교회 교우며 가까운 사이로, 소재영 선생으로부터 내가 서울에 왔다는 소식을 전해 듣고, 일부러 내게 전화를 해 저녁식사를 하자고 약속 했다.

시원시원하고 유머감각이 있는 부부

설 선생은 쉰이 좀 넘은 나이로, 성격이 활달하고 시원시원하며, 목소리도 맑고 깨끗하다. 그는 농담을 좋아하고 큰 소리로 웃는 재미있고 유쾌한 분이다. 이번에 나와 약속을 잡으면서도 그의 성격을 엿볼 수 있었다. 전화로 내게 오늘 저녁 약속이 있는가를 묻고, 없다는 소리를 듣자마자 단도직입적으로 저녁식사를 함께 할 것을 청하고, 얼마 지나지 않아 곧 차를 몰고 달려왔다.

차 안에는 그의 부인과 30세가량 되어 보이는 성격이 시원시원하고 소탈해 보이는 품위 있는 여자분도 계셨다. 용모가 훤칠하고 성격은 차분하고 예의 있어 보였다. 설 선생이 소개하기를 이분은 목사님으로 성은 김씨라고 했다. 내가 이름을 어떻게 불러야 하는지 묻자 그미는 이름을 가르쳐 주었다. 나는 정중하게 그의 이름을 반복했다. 그러자 설 선생은 크게 웃으며 "이분은 아직 미혼이시니, 이름을 아는 것으로 족하시고, 마음에 두시면 안 됩니다."라고 말했다. 설 선생의 부인도 큰 소리로 웃고, 김 목사님 역시 웃음 지었다. 아주 자연스런 분위기로, 나를 난처하게 하려는 의도는 아니어서 불쾌해하지는 않았다. 우리는 잠깐 인사를 나누고 그미의 교회 일 등에 대해 이야기를 나누었다. 설 선생의 부인은 남편과 성격이 너무나 똑같아서 얼굴에서 웃음이 떠나지 않았고 화기애애하게 웃고 이야기하는 것을 좋아했다. 전혀 어색하지 않게 나와 함께 식사를 하게 되어 너무 기쁘다고 했다.

우리가 간 곳은 낙산가든으로 일전에 홍사명, 사재동 선생과 함께 가서 식사했던 곳이다. 그때는 점심시간이었고 후문으로 들어가 뜨락의 꽃 울타리 아래서 식사를 했는데, 이번에는 정문으로 들어가 위층으로 올라갔다. 그곳에는 손님이 적잖게 있었고 시끌벅적했다. 설 선생은 좀 구석진 곳을 찾아 겉옷을 벗고 책상다리를 하고 앉았다.

자리에서는 이야기꽃이 피었다. 한국의 보통 여성들은 남편이 손님과 함께 앉아 이야기할 때에는 일반적으로 조용하게 앉아있고 말을 많이 하지 않는 편인데, 설 선생의 부인은 자연스럽게 담소를 함께 나누는 모습이 남편에 뒤지지 않았다. 김 목사님은 말수가 적었고 조용히 한쪽에 앉아 이따금 한마디씩 하고 설 선생 부인의 훌륭한 말솜씨에 고개를 끄덕이며 미소 지었다.

설 선생은 시원시원한 특유의 성격대로 젓가락을 놓자마자 재빠르게 일어나 계산을 했다. 화려한 네온사인 아래 행인들로 북적대는 대학로에서 설 선생과 김 목사님은 앞서 걸어가면서 유쾌하게 이야기를 나누었고 가끔씩 웃음소리가 터져 나왔다. 설 선생 부인과 나는 뒤따라가면서 그의 남편과 김 목사님이 그렇게 말하고 웃는 것을 보았다. 설 선생 부인은 웃으면서 "보세요. 저 분은(김목사를 이름) 아직 결혼도 안했고, 나이가 오십인데 아직도 저렇게 멋있답니다!"라고 내게 말했다.

흥이 남았는지 설 선생이 또 우리를 데리고 길 건너편의 지하 커피숍으로 갔다. 넓지 않고 조금 경사진 골목 같은 계단을 지나 모퉁이를 돌자 가게가 있었다. 예닐곱 개의 탁자가 놓여 있었고, 손님은 대여섯 명 앉아 있었다. 실내는 구석지고 불빛이 희미해 더욱 조용하고 평안한 느낌을 갖게 하는 듯 했다. 이곳은 물론 교자상이 놓인 온돌 위에 책상다리를 하고 앉는 곳은 아니었다. 네 명이 탁자 주변의 의자에 둘러 앉아 커피를 마시며 이야기 했다. 우리는 한국과 중국의 역사상 유사점에 대한 이야기들을 했다. 양국이 과거 경제적으로 낙후했던 상황에 대한 이야기며, 아시안게임에서 중국의 역할과 당시 한국의 경제발전 상황에 대한 이야기도 했다. 설 선생은 솔직담백하게 이렇게 말했다. "중국은 풍부한 자원과 인구가 있어 충분한 발전 조건이 있음에도 제 생각에 중국인은 꿈이 없고, 환상과 그것을 통해 생기는 열정과 동력이 없는 것 같습니다. 제가 중국에 있을 때, 사람들의 일하는 모습에서 활기가 없고 생기가 없는 것을 보았는데, 이것은 꿈이 부족하기 때문이라는 느낌을 깊이 받았습니다."

이야기를 할 때 즉흥적으로 의견을 말하면 논리적이거나 온전한 분석이 되지 못하는 경우가 많다. 하지만 나는 그의 이러한 솔직담백한 표현방식과 태도를 좋아한다. 중국인으로서 나는 우리가 다른 사람들의 의견을 주의 깊게 들어야 할 필요성을 절실히 느낀다. 집사광익(集思廣益: 여러 사람의 지혜를 모아 더욱 큰 효과를 거두다)이라는 말이나 세 사람이 길을 가면 그 중에 반드시 나의 스승이 있다는 말도 있듯이, 다른 사람의 의견을 깊이 생각하고 분석하여 참고하면 어쨌든 좋은 점이 있기 마련이다. 설 선생의 이러한 견해는 가장 솔직한 것이라 할 수 있다.

내가 한국에 와서 학술활동을 할 수 있도록 도와준 학술진흥재단에 대해 이야기 할 때, 설 선생이 그 재단의 이사장으로 있는 박일재 선생에 대해 잘 알고 있다고 했다. 그는 임기가 다 됐고 다시 연임하지는 않을 것이라고 했다. 설 선생은 문화부의 출판과장으로 있어 문화계 내부사정에 대해 잘 알고 있었다.

나는 김 목사님에게 한국의 교회 상황에 대해서 좀 물었다. 그미는 대략적으로만 답하고 길게 말을 하지는 않았는데 꽤 조심스러워 하는 눈치였다. 설 선생의 부인이 그미를 대신해서 시원시원한 목소리로 편안한 이야기들을 했다. 대략 30~40분쯤 앉아 있다가 우리는 자리에서 일어났다. 김 목사님이 먼저 일어나 서둘러 가서 계산을 했다. 이 작은 카페에서는 그미의 대접을 받았는데, 길거리에서 급히 헤어지게 되어 그만 고마움을 표시하는 것도 잊고 말았다.

설 선생이 차로 나를 숙소까지 데려다 주었다. 설 선생의 부인과 김 목 사님이 같이 내려서 악수를 하며 작별인사를 했다. 설 선생의 부인이 또 만나고 싶다며 그들의 집에 방문해 달라고 했다. 나는 아마 시간이 부족 해 가지 못할 것 같다고 말하고, 그들에게 깊은 감사를 표했다.

사전 약속 없이 갑작스레 짬을 내어 가진 만남이었지만, 덕분에 이번 일요일 저녁은 참 즐겁고 유쾌하게 보낼 수 있었다. 설 선생 부부의 시원 시원한 성격과 많은 웃음, 김 목사님의 조용하고 우아한 성격은 모두 내 게 깊은 인상을 남겨주었다.

행주산성의 영웅을 참배하다 – 권율

10월 22일, 예정된 계획에 따라 허홍식許興植 교수와 나는 함께 행주산 성으로 향했다. 허 선생은 경북대학의 역사학과 교수이다. 2년 전 그가 미 국 주립 대학(로스앤젤레스)에 있을 때 이학수 교수의 소개로 편지를 주고 받은 적이 있었다. 당시 그는 유물 탐사와 자료 수집을 위해 베이징에 올 준비를 하고 있었고, 내가 그를 영접해주기를 바랐다. 내가 그를 돕기를 원한다는 답장을 보냈지만, 그에게 일이 생겨 서울로 돌아가야 했었다. 그 후 또 한두 통의 서신왕래가 있었다. 베이징에서 공부하는 미국 국적의 한 국인 윤영인尹榮寅 군이 허 선생과 아는 사이여서, 1990년 윤군이 서울에 갈 적에 내 안부 편지를 가지고 갔다. 베이징으로 돌아올 때는 허 선생이 나에게 보낸『고려불교사』및『한영사전』을 내게 가져다주었다.

　허 선생이 살고 있던 곳은 서울로 매 주말 대구에서 집으로 돌아왔다. 이번에 내가 서울에 온 후 전화로 연락해서 만날 시간을 약속했다. 나는 『임진록』에 대해 연구하면서 권율이 지휘한 행주산성 방어전에 깊은 감명을 받았다. 조선민족이 외적의 침입에 용감하게 항거한 것으로 역사적인 의의가 매우 크다. 일찍부터 이 눈부신 전적의 유적을 직접 와서 보고 싶었었다. 허 선생은 학술성과가 높은 역사학자로서 그와 함께 동행하는 것은 더욱 의미 있는 일이었다. 며칠 전 전화로 이런 생각을 이야기 했더니 그는 흔쾌히 동의해 주었다. 마침 월요일인 이날 그의 시간이 비어서 함께 행주산성으로 가게 되었다.

　오전 8시 반쯤 허 선생이 숙소에 도착해 내 방에 올라와 간단하게 인사를 나누었다. 그와 직접 만난 것은 이번이 처음이었다. 그는 보통 체격으로 조금 마른 편이었다. 약간 검은 얼굴에 반짝이는 맑은 눈에서 총명하고 정력이 왕성하며 부지런히 학문을 연구하는 학자임이 느껴졌다. 대략 47~48세 정도 되어 보였다. 그의 목소리는 또렷하고 열정으로 가득했다. 잠시 미국에서 내게 편지를 보낸 것과 이학수 교수의 일에 대해 추억하다가 우리는 회관을 나왔다. 그가 타고 온 차에서 34~35세쯤 되어 보이는 중년 부인이 걸어 나왔는데, 그는 허 선생의 부인이었다. 이때 나는 그가 운전해서 온 것임을 알았다. 허 선생의 부인은 아름다운 옷을 입고 얼굴 가득 웃음을 머금고 있었으며, 매우 예의 있는 분이었다. 허 선생이 그녀는 서울의 의료계에서 일하고 있고 운전을 잘 한다고 했다. 오늘은 그녀가 운전을 하고 간다고 해서 나는 감사를 표하고 그들의 자녀에 대해 물어보았다. 그들은 몇 마디 말로 대강 얼버무렸다. 나는 그제서야 윤영인 군이 그들은 아직 자녀가 없다고 했던 말이 생각났다.

　날씨가 정말 좋았다. 정말 황금빛 가을 하늘이었다. 차는 크고 작은 도로를 수 없이 지났지만 아직 서울 시내를 벗어나지 못했다. 몇 번 주저하다 물어본 후에 길을 잘 못 든 것을 알았다. 한참을 돌아서 겨우 도착해 행주산성 공원 정문에 차를 세웠다.

관람객은 많지 않았고 주위에는 상점도 인가도 없어 산야는 고요했다. 때문에 나는 장렬한 역사적 사건을 깊이 생각할 수 있었고 임진년을 회고하는 감정에 더 몰입할 수 있었다. 공원입구의 편액에 '행주산성'이라는 네 글자가 한글로 써 있었다. 이것은 내가 한국 고전건축물 편액에서 처음으로 본 한글이었다. 일반적으로 편액은 한자를 상용했다. 공원 입구에 들어서자 넓고 평탄하게 닦은 산비탈 길이 이어져 있었는데 일부 구간은 경사가 비교적 심했다.

우리는 먼저 권율 장군의 사당에 참배를 드렸다. 이곳은 채색된 사원풍의 고전 건축물로 일본이 투항한 후 만들어진 것이었다. 사당 안에는 권율 장군의 소상이 모셔져 있었다.

1592년 4월 일본침략군은 갑자기 대규모의 조선 침략전을 감행했다. 부산에 상륙한 일본군은 짧은 시간 안에 이곳까지 밀고 올라왔고, 당시 성을 지키는 중임을 맡고 있던 권율權慄 장군은 성 내의 군민을 총동원하여 용감하게 항전했다. 그때 성을 에워싼 적군은 삼만 명이 넘었고, 행주산성의 군사는 만여 명밖에 되지 않았다. 전투는 매우 격렬했다. 행주산성의 부녀자들도 이 전투에 참가해 원수에 대한 적개심을 불태우며 치마로 돌을 날라 산 아래에서 공격해 올라오는 적들에게 집어던졌다. 전투는 성을 지킨 군민의 승리로 끝났고, 임진왜란 '삼대대첩'의 하나로 남게 되었다. 이 전투는 나라를 사랑하는 백성들의 불굴의 용기를 보여주었고, 결연히 분투하여 적을 물리친 영웅정신은 전국의 군민을 고무시켰다.

적의 간담을 서늘하게 한 이 전투는 당시 정부 관군의 장군이었던 권율이 통솔하여 지휘한 것이었다. 그때 그의 나이는 이미 56세였지만 고생을 마다않고 희생을 두려워하지 않았으며, 선봉에 서서 전투를 지휘하여 강적을 물리쳤다. 그의 소상을 마주하니 역사서의 관련기록들이 생각나 경건한 마음으로 소상을 향해 몸을 굽혀 깊은 경의를 표했다.

임진왜란에서 조선군과 함께 피 흘리며 분투한 중국(명나라)인의 자손
으로서, 나는 권율 장군에게 이방인의 존경과 탄복의 마음을 올려드렸다.

참배를 마친 후 우리는 산 중턱에 있는 전시관으로 갔다. 그곳에는 비
석의 탁본과 무기모형, 전투 그림과 권율 장군의 사적에 대한 설명이 있
었다. 초등학생 혹은 중학생 한 무리가 교사의 인솔 아래 그곳에 와서 참
관하며 교육을 받고 있었다. 그들의 참관은 이 전시관에 활기를 더해 주
었다. 그들이 떠난 뒤 조용한 분위기에서 편안한 마음으로 전시물과 문자
설명을 참관하였다. 원래 이곳에서는 사진 찍는 것이 허락되지 않았지만,
역사학자인 허홍식 선생이 임진왜란 문학을 연구하러 이국에 온 이방인
의 심정을 헤아려 몰래 한두 장의 사진을 찍을 수 있게 해주었다.

나는 자세히 전시품을 보고 전시관 밖으로 나와 다시 고개를 돌려 이
백색의 우아한 작은 건물을 응시했다. 그것이 상징하고 있는 조선민족의
순결한 애국정신과 그 안에 전시된 영웅적인 업적에 조용히 나의 경의를
표했다.

옛 산성은 지금 어디에?

우리는 계속 올라가 마침내 제일 높은 곳에 있는 기념탑에 도착했다.
백색 탑이 높게 우뚝 서있었고, 위에 '행주대첩비'라는 글씨가 크게 적혀
있었다. 탑의 기단과 층층이 쌓아 올린 돌계단은 탑신을 더욱더 위엄 있
고 웅장하게 드러내 높은 기개와 강인한 불굴의 정신을 나타내고 있었다.

내가 원래 상상했던 산성은 사방에서 굴뚝 연기가 솟아오르고 도로가
종횡으로 나 있으며 주위는 성벽으로 가려진 작은 성이었다. 나는 이곳을
향해 오는 도중에도 서울의 현대화가 서울의 옛 시가 모습을 삼켜버린 것
같은 그런 운명이 이 행주산성에도 미치지는 않았을까 매우 걱정했었다.

오색찬란하고 즐비하게 서있는 광고간판들로 산성의 영웅적 본모습이 퇴색되지는 않았을까 하고 말이다. 그러나 뜻밖에도 이곳의 가장 높은 곳까지 줄곧 올라오는 동안 민가나 성벽을 전혀 보지 못했다. 나는 허홍식 선생에게 옛날 그렇게 처절하고 비장한 전투가 있었던 그 성벽은 지금 어디 있는지 물었다. 허 선생은 나를 가파른 절벽으로 데리고 가서 "이곳이 바로 선생님이 보고 싶어 하는 곳입니다."라고 말했다.

앞을 바라보니 한강이 적막한 들판 사이를 띠처럼 흐르고 있고, 유유히 흐르는 구름 아래로는 멀리 굽이치는 산줄기가 펼쳐져 있었다. 아래를 내려다보니 깎아지른 듯 서 있는 절벽 아래로 초목이 가벼이 흔들리고 있었다. 허 선생은 아래쪽을 가리키며 "적들은 저 아래에서 위를 향해 공격해 올라왔고, 우리 군사와 백성들은 이 위쪽에서 화살, 돌, 나무, 분뇨 등을 아래로 내던지며 적을 막아냈습니다." 하고 말했다. 내가 "성은요?"라고 묻자 그는 이렇게 대답해주었다. "성벽이라고 하는 것이 당시에는 그리 높지 않았고 산의 지형에 따라 끊어졌다 이어졌다 하면서 쌓은 토성에 불과했습니다. 이곳에 살던 원주민들은 물이 부족하고 생활도 불편해지자 점점 평지나 생활 조건이 비교적 좋은 마을로 이주해 가게 되었습니다. 세월이 오래 흘러 본래 있던 집들도 모두 흔적 없이 사라졌고 토성도 대부분 무너져 내려 본래의 형태를 찾아보기 어렵게 되었습니다."

손꼽아 헤아려보니 임진왜란으로부터 지금까지 근 사백 년이란 세월이 흘렀다. 상전벽해라고 긴 세월의 흐름에 따라 환경도 바뀌기 마련이다. 어려운 것보다는 쉬운 것을 가난한 것 보다는 부를 추구해 나가는 것도 당연한 일이니, 오늘날 이러한 변화도 이상히 여길 것은 아니었다. 나는 허 선생의 설명을 전적으로 신뢰하며 당시 악전고투했던 영웅의 산을 흡족한 마음으로 다시 둘러보고는 허 선생에게 기념사진을 찍자고 했다. 비탈길을 내려오면서 나는 이곳의 산세와 지형을 살펴보면서 이런 생각이 들었다. 당시 이곳에 살았던 백성들은 분명히 경작할 만한 비옥한 밭도 없고 다른 곳으로 갈 곳도 없는 극히 가난한 백성들이었을 것이다. 이런 빈궁한 처지와 질고의 세월이 그들의 의지를 단련시켰을 것이고, 더 큰 미련도 없던 현실에서 그들이 자기희생 정신으로 애국전쟁의 가장 선두에 섰을 것이라는 것도 충분히 이해될 수 있는 것이 아닐까.

우리는 전시관 건물 옆의 충의정忠義亭으로 다시 돌아왔다. 그곳에는 깨끗한 탁자와 의자가 놓여 있었고, 사람도 없어 아주 조용했다. 한 곳을 찾아 앉자 허 선생님 부인이 따뜻한 마음으로 준비한 과일과 캔 음료 등을 꺼내놓았다. 쉬기도 하고 음식도 먹으니 한결 편안해졌다. 다만 이렇게 무거운 물건을 들고 산을 오르내리느라고 그미가 많이 힘들었을 것 같았다.

음식을 먹으며 한담을 나누다가 나의 눈길을 끄는 매우 큰 족자 하나를 발견했다. 필체는 자연스럽고 생동감 있으며 기백이 충만했다. 자세히 보니 이상보 선생의 친필이었다. 나는 잠시 이상보 선생의 성격과 모습을 떠올려 보았다. 글자는 그 사람과 같다더니 좋은 풍채와 호탕한 성격이 이 서체와 딱 들어맞았다. 나는 허 선생 부인에게 내가 이 선생과 둔황 여행을 함께 했었다고 말했다. 허 선생은 그분이 저명한 학자로 서예, 문장, 학술에 모두 뛰어난 분이라고 말해 주었다.

휴식을 마치고 산을 내려왔다. 언덕 아래에 거대한 권율 장군의 동상이 보였다. 나는 한번 우러러보고 기념사진을 찍었다.

돌아오는 길은 매우 순조로웠다. 차창 밖을 보니 논밭, 도로, 공장, 공사 현장들 그리고 시내에 가까워질수록 많아지는 고층건물들이 끊임없이 눈앞을 스쳐 지나갔다. 이러한 모습 속에서 나는 어렴풋이나마 활력 같은 것이 느껴졌다. 그것은 세계 선진공업국을 본받아 목숨 걸고 전진하는 힘찬 심장 박동 같은 것이었다. 이곳은 이미 16세기 말 임진년에 외적들이 제멋대로 유린하던 때의 그 조선과 서울이 아니었다.

교보문고의 도서

차는 시내로 들어왔다. 허 선생은 나에게 교보문고를 구경하러 가자고
했다. 이곳이 도서판매 기업으로 유명한 큰 서점이라는 것은 중국에 있을
때부터 이미 그 명성을 들어 알고 있었다. 한국 친구가 내게 보내준 책 중
에 어떤 것들은 이곳에서 산 것이었다. 서울에 온 후 나도 벌써부터 이 서
점을 구경하고 싶었었기에, 허 선생의 이러한 생각은 나의 바람이기도 했
다. 허 선생이 나에게 먼저 물어 보았는지 내가 허 선생에게 가고 싶다고
말했는지 기억은 확실치 않다. 아무튼, 보아하니 허 선생도 책에 파묻혀
있기를 좋아하는 분이고 서점을 자주 찾는 책 애호가로, 함께 서점에 가
는 것을 기뻐했다. 남편에게 순종적이고 자상한 허 선생의 부인 역시 아
무런 이견이 없었다.

먼저 점심을 먹었다. 허 선생 부부는 내 습관을 고려해서 중국 식당을
가자고 제안했다. 차를 몰고 번화한 작은 길로 들어서서 차에서 내려 외
부 장식이 고객을 끄는 중국음식점으로 들어가 안쪽에 있는 탁자를 골라
앉았다. 점심시간이었지만 이곳은 비교적 조용했다. 약간의 손님이 있었
지만 아주 많지는 않았다. 중국의 복잡한 식당처럼 손님들로 북적이거나
사람들 소리로 시끌벅적한 그런 곳은 아니었다. 이런 환경은 사람이 육체
적으로 쉴 수 있고 정신적인 편안함도 얻을 수 있게 해주었다.

허 선생 부부는 내 의견을 물었고, 나는 삼선 볶음밥을 주문했다. 얼마
지나지 않아 음식이 올라왔다. 허 선생이 음식(해산물)을 적잖게 시켜서,
풍성한 점심 식사를 했다. 이 중국 식당의 역사를 물으니, 이곳은 본래 중
국인이 개업한 곳이었지만 지금은 한국인이 경영하고 있다고 했다. 종업
원도 중국말을 조금 알아듣는 것 같았다.

허 선생과 나는 걸어서 교보문고로 가고, 허 선생 부인은 근처의 주차
장에 가서 기다리기로 했다. 그 작은 길은 보아하니 이미 오랜 역사가 있

는 듯했고, 확장한 것은 아닌 듯 했다. 하지만 상점들은 이미 광고 간판에서 상품에 이르기까지 모두 현대화 되어 있었다. 길옆으로는 고층 건물들이 우뚝 솟아 있었다. 나는 이렇게 비좁고 복잡한 거리에서 일종의 압박감 같은 것을 느꼈다.

교보문고는 서적이 매우 풍부하고, 형형색색의 진귀한 책들이 서가를 가득 채우고 있었다. 고객과 독자들이 비교적 많았는데 마음대로 진열된 책들을 펼쳐 보고 있었다. 나의 전공 연구에 도움이 되는 책들이 적지 않았지만, 너무 많아 다 볼 수가 없었기 때문에 많은 책들을 구입해 가고 싶었다. 그중에서 오랫동안 선망해 왔고 길이가 너무 길어 아직 출판되지 않았다고 생각한 18세기 장편소설『완월회맹연玩月會盟宴』이 뜻밖에도 눈앞에 진열되어 있었다. 나는『한국문학에 끼친 중국문학의 영향』에서 이런 오륙백만 자에 이르는 대하소설에 대해 이런 말을 한 적이 있었다. "안타까운 것은 이런 소설은 너무 길어서 …… 어떤 것들은 다만 필사본의 형식으로 일부 도서관에 보관되어 있고, 아직 많은 독자들과 만나지 못하고 있다."(책의 303쪽) 당시 나의 생각에는 이러한 작품들 가운데『완월회맹연』도 포함되어 있었는데, 이제 이 말은 이미 사실이 아니게 되었다. 이것은 정말 반가운 일이었다.

허흥식 선생은 내게 어떤 책이 필요하냐고 거듭 물었고, 내게 사줄 수 있다고 했다. 하지만 나는 그에게 지나치게 많은 돈을 쓰게 할 수 없어 망설이며 결정을 내리지 못했다. 그의 재촉에 나는 몇 권의 책을 가리켰다. 그것은『한국 고전소설 연구』(김기동 저)와『한국사 연보』(이만연 저)였다. 이 외에 나는 또『국어 소사전』이 사고 싶었는데, 허 선생이 얼른 사주었다. 이것은 이미 졸업한 석사생 관화빙關華兵을 위한 것으로, 그가 일할 때 이런 사전을 매우 필요로 해서 한 권 사다주기로 했었다.

교보문고의 면적과 규모는 작지 않았지만 천장이 너무 낮아 통풍이 잘 되지 않았다. 독자와 고객들이 비교적 많아 답답하게 느껴졌고, 몸에서는 땀이 났다. 문고를 나오니 곧 상쾌한 느낌이 들었다. 허 선생 부인이 차를 운전해 숙소까지 데려다 주었다. 나는 그들을 방으로 청해 잠시 쉬어가게 했다. 허 선생에게는 족자 한 폭을, 허 선생 부인에게는 실크 스카프를 선물했다. 사소한 물건이라 답례는 못되고 기념품 정도로 기억해달라고 이야기 했다. 그들을 숙소 문 앞까지 배웅하며 "감사합니다"라고 인사한 후 운전해 가는 그들을 오랫동안 서서 지켜보았다.

정규복 선생 댁에서의 '군영회群英會'

잠깐 휴식을 취하고 있는데, 약속시간에 맞춰 정규복 선생이 그의 집에 가서 저녁 식사를 하기 위해 나를 데리러 왔다. 정 선생의 기사는 대략 60세 정도 되는 남성으로, 큰 키에 성실하고 친절해 보이는 외모를 가지고 있었는데, 정 선생의 차를 몇 년째 운전하고 있다고 했다. 차는 단국대학교로 가서 차주환 선생을 태웠다. 차 선생님이 차에 탄 후 내가 멀미를 하는 것을 보고는 간단히 몇 마디만 물었다. 차가 출발한 지 얼마 되지 않아 차 선생은 기사 분에게 감기 기운이 좀 있는 것 같으니 약방 근처에 세워 달라고 했다. 기사가 차를 세우자 그가 내렸다. 잠시 후 다시 차에 올라탔을 때는 손에 작은 약병 하나를 들고 있었는데 그것을 내 손에 쥐어 주었다. 보니 액체 멀미약이었다. 몸집이 커서 움직이기도 불편한 분이 말없이 어려움에 처한 사람을 도와주니 깊이 감동되었다.

이후 한 달이 좀 지난 11월에 그가 난징대학에서 열린 '당시唐詩 학술회의'에 참석한 후 베이징에 왔었다. 그때 중국 둔황투루판학회의 지셴린 회장과 함께 식사를 마친 후 나와 같이 우리 집에 가서 잠깐 이야기를 나누었다. 그때 내가 전에 있었던 이 일에 대해 다시 감사의 뜻을 표하자, 그는 빙긋이 웃기만 했다.

차 안에서 차주환 선생이 나에게 11월에 중국에서 열리는 두 학술회의에 참가할 것이라고 했다. 하나는 타이완에서 열리는 중국시가의 외국어 번역 학술회의이고, 다른 하나는 중국 난징에서 열리는 것으로, 난징대 중문과 모리펑莫礪鋒 선생 등이 11월 21일에 개최하는 '당시 학술회의'라고 했다. 5일간 회의 참석 후 베이징에 와서 5일 동안 머물 예정이라고 했다. 나는 반가워하며 베이징에 오면 꼭 내게 연락을 해달라고 했다(후에 우리는 베이징에서 만났고, 즐거운 시간을 보냈다).

정규복 선생의 집은 매우 훌륭했다. 넓은 정원의 끝머리에 이층 양옥집이 있었다. 아래층 거실 위쪽으로는 복도가 둘러져 있었고 2층은 아마도 내실인 것 같았다. 정 선생의 부인, 딸, 손자를 모두 만났다. 거실에는 소재영, 우쾌제, 이병한 선생 외에 두 분의 남성 학자와 한 분의 여성 학자가 더 와 있었다. 나머지 분들은 연세대학교의 전인초 선생 등이었는데, 여자 분은 이화여자대학교 교수님이었던 것으로 기억하지만 성함이 확실히 기억나지 않는다. 나와 차주환 선생까지 손님은 모두 8명으로 거실 소파에 가득 들어앉았다. 어떤 분은 구면이었고 또 어떤 분은 초면이었지만, 서로 이야기꽃을 피우니 정말 즐거웠다. 현모양처형의 정 선생 부인과 온화하고 예의 바른 따님, 그리고 활발하고 귀여운 손자까지 함께 하자 한층 더 화기애애해졌다.

모두들 한참동안 이야기를 나누었다. 전인초 선생 등 세 분은 나와는 초면으로, 내가 조선 고전문학을 전공한 중국인이라는 것을 알고 특별한 열의와 호기심을 갖고 중국의 조선문학 교육과 연구 상황에 대해 물었다. 나는 간단하면서도 객관적으로 대답을 했다. 조금 후 음식이 다 준비 되어 우리는 주인을 따라 거실 한쪽의 식당으로 들어갔다. 그곳은 10평 남짓한 공간이었는데, 교자상 위에 요리들이 가득 차려져 있었다. 모두들 양반다리를 하고 바닥에 앉았다. 주인인 정규복 선생이 한쪽 끝에 앉고 나는 그 옆쪽에 앉았으며, 내 왼편에는 전인초 선생이 앉았다.

음식은 아주 풍성했고 만드는 법이 독특한 해산물 요리도 있었다. 주인은 거듭 술을 권했고, 이야기는 점점 더 무르익어갔다. 이야기는 양국의 학교 상황들에 관한 것이었다. 전 선생은 내 옆에 와 앉아 그의 이력에 대해 이야기하기 시작했다. 그는 대만에서 유학해서 중국어를 잘했지만 우리는 주로 한국어로 이야기했다. 자리에 있던 선생님 중 한 분이 내가 쓴 『한국문학사』에 대해 이야기하기 시작했다. 전 선생이 "그 책도 북한의 책들과 비슷한 것이겠지요?"라고 하자 정규복 선생이 바로 이어서 이렇게 말했다. "아니에요. 웨이 선생님은 자신의 체계를 가지고 계셔서 같지 않습니다!" 그러다 누군지는 모르겠으나 어떤 선생님이 내게 중국어로 이야기해달라고 요청해 중국어로 몇 마디 했다. 그분은 성격이 쾌활하고 친절한 남자 분이었는데, 자기도 모르게 즉흥적으로 "알고 보니 중국어도 그렇게 잘하셨군요!"라고 말해 한바탕 웃음을 자아냈다.

어떤 분이 또 내게 북한에 갔던 일에 대해서 물었다. 나는 83년 9월에 처음으로 평양에 갔던 일을 이야기했다. 아울러 그들에게 평양에서 9개월 간 연구하는 동안 모든 숙식을 북한에서 무료로 제공해 주었다고 말해 주었다. 나중에는 또 북한과 중국 간의 학생교환, 학자교환에 관한 상황을 이야기하게 되었는데, 어떤 분이 중국에서 북한으로 가는 학생과 학자가 많은지 물었다. 나는 거의 매년 있지만 북한에서 중국으로 오는 사람에 비해 중국에서 북한으로 가는 사람이 적다고 말했다.

처음으로 베이징에 직통 전화를 걸다

식사 후 거실로 자리를 옮겼다. 주인과 손님들이 아주 친절하게 나에게 긴 소파의 중앙에 앉으라고 했다. 나는 조금 안절부절 했지만 주인과 손님들의 따뜻하고 즐거운 분위기로 이러한 느낌은 곧 없어졌다. 정규복 선생이 벽 위에 걸려 있는 족자를 가리키며 나에게 보라고 했다. 내가 보니 그것은 1989년 봄, 정규복 선생이 베이징에 왔을 때 내가 우리 학교의 베트남 역사학 교수 천위룽陳玉龍 선생께 부탁해서 쓴 것이었다. 모두의 이목이 그 족자에 집중되었고, 다들 그 글씨를 칭찬했다.

정규복 선생은 갑자기 뭔가 생각났는지 나한테 한국에 온 뒤에 집으로 전화 했었느냐고 물어보았다. 내가 아직 못했다고 하자 곧 거실 전화로 집에 전화를 해보라고 했다. 나는 정 선생이 비용을 부담하게 하고 싶지 않았지만, 주인의 지극한 호의를 거절할 수 없어 수화기를 들고 전화를 걸었다. 그 전화는 베이징으로 직접 연결이 가능했지만, 내가 살고 있는 베이징대 중관위안中關園의 교환원과 연결하기가 어려웠다. 정 선생이 수화기를 받아서 전화국을 통해 교환원에게 베이징대 중관위안의 전화번호로 연결해 달라고 하자 바로 연결이 되었다. 전화를 받은 사람은 아내 류펑전劉鳳珍이었는데, 좀 의외라고 느끼는 듯 했다. 나는 간단하게 한국에서의 모든 일들이 평안하고 순조롭다고 알려주었고, 지금 정규복 선생 댁에서 전화하는 것이라고 했다. 몇몇 중국어를 아는 분들이 이 말을 듣고 모두 웃었다.

통화가 끝난 후에 다들 박수를 치며 농담조로 전화통화 성공을 축하해 주었다. 정 선생의 기분이 매우 좋아 보였다. 나는 다시 소파에 가 앉고 정 선생에게 이번 통화료가 얼마 정도 나오는지 물었다. 다들 계산하더니 약 3,900원에 세금을 추가하면 약 4,500원 정도 나올 것 같다고 했고, 달러로 환전하면 약 6달러 정도로 나중에 정 선생 댁 전화요금에 합산되어 나올 것이라고 했다.

이어서 또 책 출판에 대해서 자유롭게 이야기했다. 나는 중국의 원고료 계산 방법을 있는 대로 그들에게 알려주었다. 그들은 내게 한국은 저자가 책 정가의 10%를 받고 저작권이 저자에게 있으며, 타이완에서도 그렇게 한다고 했다.

정 선생의 따님은 피아노 공부를 한다고 했다. 얼굴이 동그랗고 아름다우며 한국여성 특유의 부드러움과 예의를 갖추고 있는 아가씨였다. 피아노 음악을 사랑하는 사람으로서 나는 그미의 연주를 듣고 싶었지만, 화제가 곧 다른 것으로 바뀌어 무리하게 부탁하기가 어려웠다.

거의 9시가 되어 나와 다른 손님들이 같이 일어나 작별인사를 했다. 정 선생의 온가족이 문 밖까지 따라 나와 우리가 탄 차가 멀어질 때까지 손을 흔들어 배웅해주었다. 정 선생은 나를 다시 국제회관 앞까지 데려다주었다.

나는 감사하는 마음으로 정 선생이 다시 차에 오르는 모습을 보고 인사를 했다. 소박하고 연세가 있는 기사에게 나의 고마움을 선물로 표해야 했지만 준비가 되지 않아 선물을 줄 수 없어 좀 미안했다. 정규복 선생이 그 기사는 오랫동안 자기를 위해 운전을 해왔다고 말했었다. 저명한 교수와 운전기사 사이에 신분과 사회적 지위의 차이는 있지만, 따뜻하고 온화한 학자인 정규복 선생과 그 사이에 평등함이 묻어나 정규복 선생의 인품과 교양을 알 수 있었다.

의도하지 않은 생일축하 파티

나는 외국에서 딱 한 번 생일을 보낸 적이 있었는데 바로 평양에서였다. 나는 1983년 9월 평양에 가서 다음해 6월까지 그곳에서 9개월 동안 머물렀다. 그 9개월 간 『임진록』 연구를 진행하였고, 그러면서 『임진록』을 완역했다. 1989년에 출판한 『임진록과 그 연구』는 바로 그 기간 동안 북한에서 연구한 결과물이다. 평양에 온 지 한 달쯤 되었을 때 나의 55번째(10월 23일) 생일을 맞이했다. 당시 나를 초대한 기관은 김일성종합대학이었다. 그날 밤, 학교 외사처 처장 장관봉張官鳳 선생이 손수 나의 생일파티를 열어 주었다. 생각지도 못했던 터라 나는 유달리 더 기뻤었다.

뜻하지 않게 7년 후 나의 62번째 생일을 같은 한반도에서 맞이하게 되었는데, 이번은 서울에서였다.

한국의 학자들은 나의 생일을 미처 신경 쓰지 못했다. 나는 혼자서 조용히 이날을 맞이했고, 오후 내내 혼자 방에서 건국대, 고려대에서 있을 강연 제요를 쓰며 준비하는 데 시간을 보냈다. 하지만 점심과 저녁 두 번이나 식사초대를 받아 아무도 모르고 나 혼자만 아는 생일을 지냈다. 점심식사에 초대한 분은 여행사의 서정규 선생이었고, 저녁식사 초대는 인천대학교 총장 박재규 선생이었다. 초대한 사람은 별 뜻 없이 초대했겠지만 내게는 의미가 있었다. 나는 이것에 의미를 부여해 내가 이국타향에서 생일을 즐겁게 보내는 방법으로 삼았다.

서정규 선생은 아주 겸손하고 예의가 바른 분으로 강원대학교 강동엽 선생의 제자다. 강 선생의 소개로 나와 알게 되었고, 9월 아시안 게임 때 그는 60여 명의 관광객을 인솔하고 베이징에 왔었다. 그때 그는 내게 국제호텔에서 과거 중국과 한반도의 경제문화교류사에 대해 강연해줄 것을 부탁했었다. 약 한 달이 지난 후 그때 나와의 우정을 잊지 않고 10월 23일 날 함께 점심식사를 하자고 찾아왔던 것이다.

먼 길을 오가는 수고를 피하기 위해 그는 나를 근처에 있는 모란집으로 데리고 가서 식사를 했다. 이곳은 정한모 선생이 나를 초대해 연회를 베풀었던 곳이다.

점심시간이어서인지 이곳은 더 조용하게 느껴졌다. 우리는 방으로 들어가 교자상 앞에 마주 보고 앉았다. 서 선생은 사람이 적으니 음식을 적게 시키라는 나의 의견도 개의치 않고 많은 음식을 시켜 음식이 한 상 가득 차려졌다. 우리는 식사를 하면서 이야기를 나누었다. 그는 그와 강동엽 선생의 관계에 대해 이야기했고, 한중 관광사업을 발전시키고자 하는 자신의 바람도 이야기했다. 그러면서 내게 약간의 편의와 도움을 제공해

줄 수 있기를 희망했다. 나는 도울 수 있는 능력에 한계가 있었지만 힘닿는 데 까지 돕겠다고 했다.

서 선생은 아주 겸손하고 실제적인 사람이다. 그는 중국인에 대한 한국인의 태도에 대해 이야기하면서 내게 한국인에 대한 인상이 어떤지, 발견한 어떤 문제점들은 없는지 물었다. 나는 인상이 아주 좋고, 한국 학자들은 겸손하고 열정이 많으며 남 도와주기를 즐거워한다고 대답하고, 다른 인상은 없다고 말했다. 서 선생은 요즘 어떤 사람들은 한국이 중국보다 부유하다고 생각해 중국을 무시하는데 이것은 옳지 않다고 했다. 중국은 그들이 갖고 있는 잠재력이 있어 빠르게 발전하게 될 것이라고 했다.

서 선생은 말하는 것이 상당히 현실적이었다. 그의 말을 들으니 내가 9월에 국제호텔에서 한국 여행자들에게 강연을 마친 후 한 언론계 인사가 내게 이력서나 원고 자료를 달라고 하면서 한국에 나를 소개하는 글을 쓰겠다고 했던 일이 생각났다. 서 선생은 그때 급히 내게 지금은 한중수교가 되지 않아서 관계가 비교적 복잡한데, 만약 그런 것들을 제공해서 언론에 보도되면 성가신 일들이 생길 수 있다고 알려주었었다. 그가 내게 이런 주의를 준 것은 선의에 의한 것이었고 매우 현실적인 처사였다.

이번 식사는 4~5인이 충분히 먹을 수 있을 정도의 풍성한 음식이었다. 식사 후 3만 8천원을 계산했는데, 위안화로 대략 2백 70원이 넘었다. 그의 후한 대접에 식사 중간과 식사 후 몇 번이나 그에게 이국타향에서 맞는 생일에 이런 환대를 받게 되어 매우 기쁘고 즐겁다고 이야기하고 싶었다. 하지만 그가 알면 선물까지 준비해 축하를 해주며 더 많은 돈을 쓰게 될 것 같아 꾹 참고 끝내 말하지 않았다.

식사 후에 나는 그에게 베이징에서 가지고 온 중국차 한 통을 선물했다. 그러자 그는 다시 한 번 고마움을 표했고, 나와 함께 천천히 걸어서 국제회관에 도착한 후 인사를 하고 돌아갔다.

인천대학교 도서관장 우쾌제 선생이 내게 인천대 총장 박재규 선생이 만나고 싶어 한다고 하여 약속을 정한 것이 바로 10월 23일 저녁이었다. 오후 5시 30분, 우 선생이 왔다. 내가 차멀미로 고생하지 않게 하려고 먼저 전철을 탄 후 그의 차로 갈아타고 '파리궁(Paris Palace)'에 도착했다. 박재규 선생은 먼저 와서 아래층에서 나를 기다리고 계셨다. 이분은 중간체격의 후덕하고 소박한 노학자였다. 나는 우쾌재 선생의 소개로 그와 반갑게 인사를 나눴다. 그리고 승강기를 타고 위로 올라가 음식점으로 들어갔다.

아주 화려하고 고상한 넓은 홀에는 번쩍거리는 굵은 기둥들이 늘어서 있었다. 직원들이 공손하게 서서 손님들에게 인사를 하며 맞이했다. 이곳은 내가 한국에 온 이후 가본 가장 귀족적인 음식점일 것이다. 이곳은 프랑스나 러시아의 소설에 묘사된 귀족들이 연회와 무도회를 여는 곳을 연상케 했다. 고상하고 아름다운 안나 카레리나가 수많은 귀빈들 사이를 돌아다니며 이야기하고 함께 춤을 추는 것 같은 느낌을 갖게 하는 곳이었다.

우리는 3명이었지만, 4인용 원형 식탁에 자리를 잡았다. 박 총장은 70세 전후로 다년간 교육행정 직무를 맡아 일을 했었고, 평생 인재양성에 종사해온 노교육자였다. 은퇴 후에 인천대학교에 초빙되어 직책을 맡고 있었다. 교육계 노선배의 얼굴은 비록 연세가 들어 보이긴 했지만 정신은 아주 맑으셨다. 그의 얼굴에 패인 주름살 하나하나는 한국을 건설해 나갈 수많은 인재를 교육하고 양성하는 과정 중에 남겨진 흔적처럼 느껴졌다.

박 총장에 관해서는 대부분 우 선생이 소개해 주었다. 본인 스스로도 약간 언급하기는 했지만 말수가 적었고, 중후한 풍모를 유지하면서 내가 하는 일과 연구 그리고 베이징대의 상황 등에 대해 약간 물어볼 뿐이었다.

이곳은 뷔페식당이었다. 종업원이 공손하게 음료를 가져다 준 뒤 우리는 음식을 가지러 갔다. 이 노학자에게 예의를 표하는 의미로 나는 그분의 뒤를 따라갔고, 그분이 하는 대로 접시를 가져다 음식을 담았다. 음식이 아주 풍성했는데, 양식도 있었지만 한식이 주를 이뤘다. 요리법은 중국과 서양의 조리기술을 참고한 듯 했다.

음식을 가지고 온 후 식사하기 전에 박재규 선생이 머리를 숙이고 기도를 시작했다. 그분은 기독교신자였고 우 선생도 기독교신자였다. 로마에 가면 로마법을 따르듯, 나도 그들과 같이 조용히 머리를 숙였고, 기도가 끝난 후 식사를 시작했다.

식사 중에 두 나라의 교육과 문화교류에 대해서 이야기하기 시작했다. 박 총장은 중국의 교육에 관심이 많아 중국에 가서 답사를 하고 싶어 했다. 그는 특히 베이징대를 가고 싶다고 했다. 나는 돌아가면 최대한 노력해서 빨리 일이 이루어지도록 하겠다고 했다. 이 일에 대해 확실한 자신은 없었지만 얼마간 가능성도 있다고 생각했다. 이 무렵 중한관계는 미묘한 과도기적인 성격을 갖고 있는 단계였다. 국교가 수립되지 않았지만 양국 간의 무역이 이미 확대되고 있었고, 문화교육 쪽에서도 민간형식을 빌어 교류를 진행할 수 있었다. 이 노학자가 중국에 오게 되면 중국도 한국의 인재양성 경험에 대해 알 수 있으니 쌍방 간에 경험을 교류하는 데 이로움이 있을 수 있었다.

식사를 마치고 우리는 아래층으로 내려가 식당 앞에서 헤어졌다. 우리는 서로 앞으로 더 많은 교류가 있기를 기원했다. 박 총장이 차를 타고 떠난 후, 우쾌제 선생도 자신의 차를 건물 앞으로 몰고 와 나를 데리고 그의 집으로 갔다.

한 교수의 아파트

우 선생은 나의 일정이 너무 빡빡해서 본래 약속했던 인천대학교 방문 일정조차도 잡을 수가 없었다고 했다. 그의 집에 가서 함께 식사하는 일정을 잡기도 너무 어려웠다며 미안한 마음과 아쉬움을 표했다. 이번에 그의 집에 나를 잠깐 초대하는 것으로 아쉬움을 대신한다고 했다.

　우 선생의 집은 아파트였다. 그 아파트는 외관상 베이징의 아파트보다 조금 더 정교해보일 뿐이었다. 그러나 안으로 들어가 보니 내부는 베이징 대학교 교직원 아파트와는 완전히 다르다는 인상을 받았다. 집은 넓었고, 나를 접대한 거실만 해도 20평은 족히 되어 보였고 거실 한편의 서재도 아주 커 보였다. 나는 마치 단층집 주택에 들어와 있는 듯한 인상을 받았다. 우 선생의 나이가 50정도였으니 대학교수 중에서도 소득이 아주 높은 편은 아닐 텐데 사는 집은 이렇게 좋아서 나는 좀 뜻밖이라고 생각되었다.

　거실의 책장에는 한국 고전소설 한 질이 꽂혀 있었다. 이것은 우 선생이 수집해서 출판한 것이었다. 그분이 책 한 권을 가져다 내게 보여주었다. 고서 영인 상태와 인쇄, 품질 모두 상당히 좋았다. 나는 중국에는 고전소설 원본이 너무 많아 다 손을 댈 수가 없고 경제적인 여건도 되지 않아서 아직 이처럼 고전소설을 영인집으로 출판해 낸 것이 없다는 생각을 했다.

　나는 그분의 이름 중에 있는 '쾌'자에 대해서 이야기를 하면서, 중국의 작가 루쉰魯迅 선생의 '쉰'자도 '쾌'의 뜻이라고 말해 주었다. 하지만 중국에서 '쾌'자는 이름에 잘 쓰지 않고, 한국에서도 많이 볼 수 없다고 말했다. 우 선생은 본래 '쾌재'의 의미인데 한국어에서 '재'와 '제'는 발음이 서로 비슷해 '쾌제'로 바꾼 것이라고 말해주었다.

　우 선생은 지난번 둔황에 다녀온 여행 비디오를 보자고 했다. 2달 전 둔황 여행에서 20여 명의 한국 학자 중 한 명만이 비디오카메라를 들고 가는 곳마다 열심히 촬영했던 것이 기억났다. 바로 그분이 우쾌제 선생이었다. 나도 그 여행의 모든 과정에 참여했었기 때문에 당연히 관심이 갔고 그가 어떻게 촬영을 했는지 보고 싶어 흔쾌히 동의했다.

　TV화면에 영상이 하나하나 나올 때마다 나는 마치 다시 8월의 즐거웠던 여행으로 돌아간 듯 했다. 시안호텔 로비에서 나와 많은 학자들이 처음 만났었다. 화칭츠華淸池의 옛날 건축물이나 다옌타大雁塔 아래에서의 흥미진진한 관람, 양관陽關으로 가던 도중의 사막 등 …… 하나하나가 다시 눈앞에 나타났다. 우 선생은 도서관관장이라는 직책에 걸맞게 이런 자료 방면의 일을 중시했다. 이 비디오는 한국돈황학회 회원들이 처음으로 실크로드 고적을 탐방했던 모습을 잘 담고 있어서 앞으로 양국 문화교류 역사에 유용한 자료로 남게 될 것이다.

영상이 너무 길어서 다 보지는 못했지만 아주 즐거웠다. 우 선생 부인과 작별인사를 하고 나는 우 선생과 현관을 나섰다. 우 선생이 차로 동작역까지 데려다 주었다. 이때 나는 혼자 지하철을 타고 국제회관으로 돌아가려고 했지만, 우 선생이 끝까지 나와 함께 지하철을 타겠다고 해 혜화역까지 왔다. 혜화역에서 내가 나가는 것을 본 후에야 안심하고는 지하철을 타고 왔던 길로 되돌아갔다.

회관에 돌아와 침대에 누워서 잊을 수 없을 이 하루를 생각했다. 지금까지 해동에 세 번 와서 두 번이나 생일을 맞으면서 매번 남북 양측 인사들의 풍성한 대접을 받았다. 한 번은 의도적인 것으로 정부차원의 공식적인 성격을 띤 것이었고, 또 한 번은 의도하지 않은 개인적인 우정의 교류와 사교의 자리였다. 하지만 모로 가도 서울만 가면 된다고 내게 준 즐거움은 서로 비슷했고, 일이 이렇게 신기하게 이루어졌다.

나쁘지 않은 '해적판'

10월 24일 수요일은 내가 한국에 머물던 기간 중에 제일 바쁜 날이었던 것 같다. 나는 두 대학교에 가서 서로 다른 주제로 강연을 해야 했는데, 하나는 건국대학교이고 하나는 고려대학교였다.

아침에 건국대학교 중문과 강사 이재석 선생이 예정된 시간보다 45분 일찍 와서 나를 데리고 학교로 향했다. 차멀미를 피하기 위해 나의 부탁대로 지하철을 타고 갔다. 건대역에 도착한 후 지하철에서 내려 걸어서 건국대학교에 도착했다. 그곳은 번화한 상업지역은 아니어서 마치 교외와 근접한 지역처럼 조용한 느낌이 들어 아주 좋았다. 교문에 들어서자 마음도 확 트이는 것 같았다. 학교 안의 길은 넓었고 건물도 듬성듬성 있었다. 곳곳에 나무그늘이 있고 호수에는 작은 물결이 일렁이고 있었다. 이재석 선생은 이 캠퍼스가 서울에 있는 대학 중에서 상당히 훌륭한 축에 속한다고 알려주었다. 나도 그렇게 느껴졌다. 내가 이제까지 가본 몇몇 대학 캠퍼스보다 넓고 경관이 뛰어나며 운치 있는 곳이었다.

내가 학교 호숫가의 정자를 채 감상하기도 전에 중문과가 있는 건물 앞에 도착했다. 넓고 긴 복도를 지나 '이수웅'이라고 쓰인 팻말이 걸려있는 개인 연구실로 찾아갔다. 이 선생은 벌써부터 나를 기다리고 있었고, 서로 만나게 되니 매우 기뻤다.

이 선생의 연구실은 정방형이었고, 내가 지금까지 보았던 연구실들보다 넓고 밝았다. 안으로 들어서자 소파가 있었고, 창 쪽으로 책상이 놓여 있었다. 벽은 모두 책장으로 둘러 싸여 있었고, 진귀한 책들로 가득했다. 앉자마자 중문과 성원경成元慶 교수, 임동석林東錫 교수들이 같이 왔다. 이 선생이 한 분씩 내게 소개해 주었다. 한국문학을 공부하는 중국인과 중국문학을 공부하는 한국인을 만나니 더욱 좋았다. 그분들은 나의『한국문학사』가 한국에서 전파되고 있는 상황을 이야기하면서 내게 한국에서 인쇄된 이 책의 해적판을 보여주었다. 나는 이 책이 이미 한국에서 발행되었다는 소식을 진작 알고 있었지만, 이때 처음으로 보게 되었다. 그것은 원서보다 조금 더 크고 여백도 넓었으며 종이 질도 중국 것보다 좋았다. 그래서 좀 두꺼워 보였다. 표지에는 원서에 있는 그림을 인쇄해 넣지 않고 '한국문학사' 다섯 글자를 표지 중앙에 새겨 놓았는데, 연녹색 바탕에 흰색 글씨였다. 나는 누가 어떻게 영인한 것인지와 발행범위, 그리고 어떻게 판매가 되고 있는지 등에 대해 다시 묻고 싶었으나, 몰래 해적판으로 영인한 것에 불만을 가지고 추궁하는 것처럼 여겨질 것 같아 더 이상 묻지 않았다.

사실 당시 우리는 저작권에 대한 관념이 박약했고, 나는 저자로서 한국 사람들이 이 책을 읽고 사용하는 것이 기뻤기 때문에 영인한 것에 대해서도 무슨 나쁜 감정은 없었다. 또 이곳에서 이미 한국 분들의 많은 보살핌을 받았기에 이 책의 영인에 대한 경제적 보상 문제에 대해서도 언급하고 싶지 않았고, 오히려 이런 판본을 기념으로 갖고 싶었다. 하지만 좀 염려되는 바가 있어 말을 꺼내지 않았다.

건국대 교수, 학생들을 위한 강연

베이징대와 건국대의 한국어와 중국어 학습 상황에 대해 이야기를 나누고 있는데 젊은 청년 하나가 들어왔다. 이수웅 선생이 그가 학생회장이라고 알려주었다. 아마 중국 대학교의 학생회 주석 정도 되는 것 같았다. 이번 강연회가 학생회에서 주최하는 것이어서 그가 인사를 온 것이었다. 한국 학생들은 어른 앞에서 매우 공손하고 말을 많이 하지 않기 때문에 나와도 많은 말을 하지 않았다.

강연 장소는 강의실이어서 나는 여러 선생님들과 학생회장을 따라 강의실로 들어갔다. 그곳은 아주 소박한 교실로 교탁과 칠판 그리고 책걸상 등이 중국의 일반 대학교나 중고등학교의 것과 별반 차이가 없었다. 우리가 들어갔을 때 교실에는 이미 학생들로 가득 차 있었고 남녀를 합해 대략 사십여 명 정도 되었다. 맨 앞자리는 중문과 교수님들을 위해 비워두었다.

강연회는 학생회장이 진행을 맡았다. 그가 간단하게 개회사를 한 후 이수웅 선생이 나와 나의 연구 분야 및 업적 등에 대해 소개했다. 학생들은 유쾌하면서도 호의적이며 호기심 가득한 표정들을 띠고 있었다. 이어 내가 강연을 시작했다. 강연 제목은 「중국을 배경으로 한 한국 고전문학」이었다.

이 제목은 나의 『한국문학에 끼친 중국문학의 영향』에서 다룬 문제 중 하나로, 책의 제2장 9절 「배경의 차용과 의탁」에 해당하는 내용이었다. 그러나 나는 강연을 위해 다시 제요를 만들어, 중국에 관해 묘사한 한국 작품을 개괄적으로 소개하는 것으로 시작하여 이러한 문학현상의 원인을 분석하는 것으로 마무리를 지었다.

나는 중국을 배경으로 한(혹은 중국을 제재로 한) 한국 고전문학 작품을 다음과 같은 세 가지 유형으로 분류하여 열거했다.

첫 번째는 기실류記實類로, 최치원崔致遠이 배를 타고 대주산大珠山 아래에 이르러 쓴 시 10수, 이색李穡의 「독한사讀漢史」, 시조 「주문왕周文王」, 가사 「표해가漂海歌」 등의 운문과 박지원朴趾源의 『열하일기熱河日記』 등의 산문이 여기에 포함된다.

두 번째는 허구류로, 이 유형은 작품 수가 비교적 많다. 「선녀홍대仙女紅袋」, 「공방전孔方傳」과 성허成虛의 『금화사몽유록金華寺夢游錄』, 임제林悌의 『화사花史』, 김만중金萬重의 『구운몽九雲夢』 등이 여기에 해당한다. 또 수많은 '군담소설'과 '가문소설'도 이 유형에 속하는데, 이들은 작품의 편폭이 가장 길다.

세 번째는 평론류로, 이인로李仁老의 『파한집破閑集』, 최자崔滋의 『보한집補閑集』 등의 시화집이 여기에 속하며, 그 가운데는 중국문학에 대한 평론이 적잖게 실려 있다.

세계문학사상 다른 나라를 제재로 쓴 문학작품의 수량이 가장 많은 나라를 꼽는다면 아마도 한국이 될 것이다. 이것은 세계 각국의 문화교류사에 있어서 매우 특수한 현상이다. 나는 이러한 현상이 나타나게 된 원인에 대해 다음과 같이 설명했다.

1. 한국 문인 중 유학이나 벼슬, 사행使行을 위해 중국에 온 사람들이 아주 많았다.

2. 소설 작가들이 자국에 대해 써서 일어날 수 있는 정치적 위험을 피하기 위해 중국에 가탁함으로써 안전을 도모했다.

3. 중국은 국토가 광활하고 왕조가 빈번하게 교체되었으며 전쟁도 많았다. 또 복잡한 역사적 사건이나 역사적인 인물도 많았다. 이러한 것들은 소설가들에게 상상의 나래를 펼칠 수 있는 여지를 주었고, 시문을 쓰는 사람들에게는 묘사와 서술, 서정의 재료와 대상을 제공해주었다.

4. 중국의 역대 문학작품들은 한국 문인들에게 계발과 영감, 제재, 기법 등을 제공해주었다. 장문성張文成의 「유선굴游仙窟」이 「선녀홍대」에, 『삼국지연의』가 『임진록』에 영향을 준 것이나, 이백의 시가 이규보李奎報의 「독이백시讀李白詩」 및 『파한집』 중의 시 평론에 영향을 준 것 등을 예로 들 수 있다.

5. 정치형세가 한국문인들에게 자극을 주었다. 가령 고려에 대한 원元의 억압은 이색의 「독한사」와 같은 시 창작을 자극했고, 조선에 대한 만주족의 능멸은 군담소설의 생성과 김석주金錫冑의 「성경감회盛京感懷」, 장유張維의 「문심양불수聞沈陽不守」 등의 글쓰기를 촉진시켰다.

결론에서 내가 주로 강조한 내용은 이러했다. 곧 이러한 작품들이 중국을 제재로 삼기는 했지만, 그것은 한국의 정치·문화적 필요에 의한 것이었으며, 그것들이 표현한 것은 한민족 자신의 사고와 감정, 시대정신이었다는 것이다.

나는 한국어로 강연하면서 수시로 청중들의 표정을 살폈는데, 그들이 내가 말하는 내용을 충분히 이해하고 있다고 느껴졌다. 다양한 역사적, 지리적 원인으로 인해 한민족은 매우 강한 자존심을 지니고 있다. 중국학자로서 내가 강연한 이런 주제 및 그 관련 내용은 그들에게 아주 민감한 것이었으므로, 나는 문제를 제기하는 방식과 관점을 설명하는 방식에 각별한 주의를 기울였다. 교실의 분위기에서 나는 청중과 강연자가 혼연일치 되어 감정적으로 서로 조화를 이루며 소통하고 있다는 느낌을 받았다. 강의를 마치자 청중들은 뜨거운 박수로 감사를 표했다.

이어서 이수웅 선생이 학생들에게 질의 시간을 주었다. 모두들 몇 마디 보충설명으로 충분히 답변할 수 있는 가벼운 문제들을 질문했다. 성원경 교수는 자신의 견해를 제시하면서 이렇게 말했다. "분석하신 원인들에 한 가지 내용이 더 추가되어야 한다고 생각합니다. 즉 한국 문인들이 오랜 세월 동안 한문을 사용한 것 역시 그들이 중국 제재를 즐겨 쓴 이유라는 것입니다." 나는 그러한 원인에 대해서는 언급하지 못했었는데, 그의 의견을 듣고 잠시 생각해 보고 나서 곧 흔쾌히 동의하며 받아들였다. 그러자 성 교수도 빙그레 웃음을 지어 보였다.

강연이 끝나고 학생들은 모두 돌아갔다. 몇 분의 교수님들과 나는 건물 앞에서 사진 몇 장을 찍었다. 그 후 차를 타고 회식장소로 갔다.

우아하고 고요한 '명월관'

차는 구불구불하고 기복이 심한 길을 달렸다. 차창 밖으로는 숲이 우거진 언덕들이 이어져 있어 산 사이로 낸 길임을 알 수 있었다. 그곳은 서울 주변의 외곽 지역인 듯 했다. 그런 길로 약 10여 분을 가서 산 중턱의 한 공터에 이르러 정차하였다. 내려서 보니 알록달록한 한국 전통식 건물이 있는데, 대문 편액에 '명월관'이라는 세 글자가 적혀 있었다. 대문을 들어서니 무척이나 청아한 곳이었다.

정원을 지나서 7~8개의 식탁이 놓여 있는 기다란 방으로 들어갔다. 식탁은 대부분 비어 있었고 우리는 창문 가까이에 있는 식탁에 가서 앉았다. 창밖을 내다보니 저 멀리 아래쪽으로 들판과 도로, 작은 강줄기가 보였다. 그런 풍경을 보면서 새삼 우리가 산위의 높은 곳에 있음을 느낄 수 있었다. 청명한 가을 날씨에 이런 곳에 오니 더욱 상쾌한 기분이 들었다. 도로 위를 달리는 수많은 자동차들을 내려다보노라니 마치 이 이웃나라의 경제가 발전해 나아가는 맥박 소리가 들리는 듯했다.

나와 함께 이곳에 온 분들은 이수웅, 성원경, 임동석, 이재석 선생님, 그리고 학생회장이었다. 우리는 불고기 등의 한식을 먹었다. 주최측은 성심껏 손님을 즐겁게 해주었고, 또 서로 편안하고 자유롭게 이야기를 나누었다. 우리는 거듭 건배를 하며 서로에 대한 감사의 뜻을 나타냈다.

식사를 마친 후에 이수웅, 이재석 두 선생이 나를 차에 태우고 명월관을 출발했다. 차가 도로로 들어서자 그다지 번화하지는 않지만 작은 상점들이 즐비하게 늘어서 있고 고층건물들은 많지 않은 곳이 나타났다. 거리와 상점들의 계단으로 보아, 이곳은 경제발전 이전의 옛 모습을 그대로 가지고 있는 것 같았다. 이수웅 선생이 중간에 내리게 되었다. 인사를 하려고 차에서 내릴 때 부주의로 그만 아래쪽으로 느슨하게 풀려있던 안전벨트에 걸려 넘어지고 말았다. 다행히 다치지는 않았지만 괜히 그들을 놀래게 했다.

고려대에서 허심탄회하게 교류를 이야기하다

이재석 선생과 같이 국제회관 앞까지 왔는데, 뜻밖에 정규복 선생이 벌써 와서 나를 기다리고 있었다. 이재석 선생을 보내고 서둘러 방에 올라가 세수와 양치질을 했다. 쉴 시간도 없이 바로 문 앞에 세워 둔 차에 올라타 정규복 선생과 함께 고려대학교로 향했다. 오후 고려대학교에서의 강연은 정규복 선생의 소개로 이루어진 것이었다.

고려대학교는 내게 건국대와는 전혀 다른 인상을 주었다. 이곳의 교정에는 건물들이 즐비하게 늘어서 있고 넓고 탁 트인 곳이 없었다. 지형도 기복이 있었고, 건물과 건물 사이의 간격도 비교적 조밀했다. 건축양식과 새 건물과 옛 건물의 차이 정도로 보아 이 학교가 오랜 역사를 가지고 있음을 알 수 있었다. 적어도 역사가 60~70년은 될 것 같았다. 건축물의 풍격과 양식은 오랜 역사를 지닌 이 대학이 학문적 토대가 깊고 인재 양성에도 탁월한 성과가 있는 곳임을 암시해주고 있는 듯 했다.

정규복 선생은 나를 데리고 자신의 연구실로 갔다. 연구실은 장방형이었고 좀 어두웠으며 건국대학교에서 본 것보다 좀 작았다. 그러나 방은 책들로 가득 차 있어 학자의 분위기가 물씬 느껴졌다. 연구실에는 정 선생의 대학원생 몇 명이 있었는데, 정 선생이 한 사람 한 사람 소개해 주어 반갑게 인사를 했다.

내 관심을 끈 것은 소재영 선생의 아드님이었다. 그가 정규복 선생의 지도학생이었던 것이다. 그는 보통 체격에 안경을 썼고 얼굴은 아버지와 아주 닮아 마치 젊은 시절의 소재영 선생을 보는 듯 했다. 내가 그의 상황에 대해 자세히 묻자 그는 미소를 지으며 대답했다. 말수는 적었지만 차분하고 점잖아 호감이 느껴졌다.

정규복 선생은 『구운몽』 전문가이고, 소재영 선생은 『임진록』 전문가로 모두 나의 연구와 관계가 있는 분들이다. 그래서 1989년 봄에 내가 처음으로 베이징대에 초청했던 한국학자 두 분이 바로 이분들이었다. 나와 이 두 분이 개인적으로 인연이 있고, 여기에 그 두 분이 공동으로 학문 후속세대를 양성하는 인연이 더해졌으니, 인연이 아주 깊다고 할 수 있다. 이 또한 내가 이 연구실에서 매우 즐거웠던 이유 중 하나였다.

정 선생은 내게 『옥루몽』을 연구하는 또 다른 제자 장효현 선생에 대해서도 이야기했다. 그리고 한국에서 유학한 타이완 학생의 논문도 가져다 내게 보여주었다. 이 작은 방에서의 즐거운 만남과 대화는 오전 건국대학

교에서의 강연과 오찬 후의 피로감, 또 다른 강연을 앞둔 부담감과 긴장
감을 사라지게 해주었다. 여자 대학원생이 가져다 준 따뜻한 커피를 마신
후 연구실을 나와 강연 장소로 향했다.

정 선생은 나를 데리고 민족문화연구소로 갔다. 가는 도중에 정 선생은
고풍스런 서양식 건물들을 가리키며 각각의 용도를 설명해 주었다. 역시
비슷한 모양의 오래된 건물로 들어가 위층에 있는 연구소로 올라갔다.

연구소에서는 소장 정재호鄭在皓 선생이 기다리고 있었다. 이 분은 아
주 침착하고 온화한 분이었고 말도 아주 간결하게 하는 학자였다. 연령은
나와 비슷해 보였다. 우리는 소장 사무실 소파에 앉아서 서로 인사를 나
눴다. 그는 전에 베이징의 조선족 교사 조복순趙福順과 그 남편 이귀배(李
貴培, 베이징대 교수) 선생이 이곳에 와서『중한사전』편찬에 참여한 적
이 있다고 이야기해 주었다. 그의 말에 나는 조 선생이 이곳에 와서 사전
작업에 참여하게 된 연유를 떠올렸다.

조 선생은 1986년에 서울에 있는 친척들을 방문했었다. 그때 나는 그
녀에게 나의『임진록』연구 원고를 가지고 가서 소재영 선생께 전해드리
도록 부탁을 하면서 그미를 소재영 선생께 소개해 주었다. 당시 나와 소
선생은 아직 만나 보지는 못했고, 다만 서신을 통해 왕래한 것이 전부였
다. 하지만 소 선생은 아주 따뜻한 분으로 조 선생이 수입이 없다는 것을
알고 그녀를 고려대학교에 소개해『중한사전』편찬 작업에 참여하도록
해주었다. 그래서 조 선생은 비교적 오래 서울에 머물게 되었고, 그미의
남편도 서울에 와서 함께 편찬 작업에 참여하게 되었다.

나는 정 소장에게 전에 이 연구소의 이동향李東鄕, 이재훈李再薰 두 선
생을 만난 적이 있고, 이동향 선생이 선물한 사전을 받은 적이 있다고 말
했다.

강연은 근처에 있는 다른 건물의 큰 강의실에서 진행되었다. 대략 400
~500㎡ 정도의 장방형 강의실로 높은 곳에 있었으며 밝고 깨끗했다. 정

규복, 정재호 선생이 나를 데리고 들어갔을 때, 청중들은 벌써 자리에 단정하게 앉아있었다. 좌석은 거의 가득 찼고, 청중은 대략 70여 명 정도 되었다. 대부분 남녀 학생들이었고 앞쪽에는 선생님들도 몇 분 앉아 있었다.

학술회의에서의 발표를 제외하고, 이곳은 내가 서울에서 강연한 곳 중에서 가장 큰 강의실이었다. 그러나 정규복 선생 같은 오랜 친구가 함께해 주어서 마음은 아주 가벼웠다. 그의 침착하고 듬직하며 도타운 태도는 나의 모든 것이 순조롭게 진행될 것이라는 것을 예감하게 했다.

주최측은 나를 강단 앞자리에 앉게 했는데 강단에는 마이크가 놓여 있었다. 보아하니 녹음을 하려는 것 같았다. 소장인 정재호 교수가 나를 소개하고 몇 마디 개회사를 했다. 이어서 정규복 선생이 나에 관해서 소개를 했다. 그는 그와 내가 어떻게 알게 되었는지를 이야기했고, 나와 서신을 주고받았던 일을 언급하면서 구어보다 서면어가 훨씬 훌륭하다고 했다. 그는 내가 중국에서 한국문학사를 가르치고 연구하고 있으며, 이것은 한국 학계에서 주목할 만한 일이라고 했다. 또 내가 쓴『한국문학사』,『임진록연구』,『한국문학에 끼친 중국문학의 영향』등의 저서를 소개했다. 정 선생의 평소 나에 대한 깊은 관심이 그대로 묻어나는 이런 소개에 나는 금세 집에 돌아온 듯한 편안한 느낌이 들었다. 그 가운데 일부 칭찬하는 말은 부끄러움을 느끼게 하면서도 큰 격려가 되었다.

내 강연 제목은 「중국문학이 한국문학에 끼친 영향」이었고, 크게 다음과 같은 세 부분으로 나누어 이야기를 했다.

1. 문화교류에 대한 견해
2. 한국의 중국문학에 대한 흡수
3. 한국문학 발전에 있어서 중국문학의 공과

첫 번째 부분에서 나는 각국 문화교류의 불가피성과 그것이 각 민족문화의 발전을 촉진하는 데 중요한 구실을 한다는 점을 이야기했다. 나는 주로 중국이 두 개의 '서양' 문화를 받아들인 것을 예로 들어 외래문화가 중국문화 발전에 끼친 영향에 대해 설명했다. 두 개의 '서양' 가운데 하나는 고대에 말하던 '서양' 곧 인도로, 인도의 불교가 위진魏晉 시대 이후에 거대한 영향을 끼쳤다는 것이다. 다른 하나는 오늘날 말하는 '서양', 곧 구미를 가리키며, 구미의 문화가 명말明末 이후, 특히 19, 20세기부터 지금까지 중국문화에 지대한 영향을 미쳤다는 것이다. 이러한 예를 통해서 한국이 중국문화를 흡수한 것은 일종의 필연적이고 합리적인 역사발전의 과정이었고, 이는 한민족이 자국문화 발전을 위해 지대한 노력을 기울였음을 증명하는 것임을 설명했다.

내가 강연의 본 내용에 들어가기 전에 15분이라는 적잖은 시간을 써서 주제와 상관없어 보일 수 있는 문제를 이야기한 것은 내가 처한 구체적 상황 때문이었다. 중국학자인 내가 다른 나라에서 그 나라 청중들에게 중국문화가 그 나라 문화에 끼친 영향을 이야기하면 자국문화를 자랑한다는 의심을 받을 수 있지 않을까? 또 그런 내용 자체에 대국주의적인 의식이 자리 잡고 있는 것은 아닐까? 또 그런 이유로 청중들의 반감을 사게 되지는 않을까? 바로 이러한 걱정들 때문이었던 것이다. 한국은 지리적, 역사적인 여러 가지 원인들, 특히 근대역사상 장기간 일본의 통치를 받은 것으로 인해 매우 강하고 민감한 민족 자존심을 가지고 있다(이것은 일종의 합리적인 자존심이다). 그래서 나는 상술한 문제들의 발생 가능성에 대해 특별한 주의를 기울여야 한다고 생각했던 것이다. 3년 전 프랑스 국적의 한 중국인 학자가 내게 한국에 끼친 중국문학의 영향 문제를 거론하지 말 것을 권한 적이 있었는데, 그 역시 이러한 상황에 대한 우려 때문이었다. 그러나 나는 수많은 한국 학술논저를 통해 이곳의 학자들이 중국문화의 영향 문제에 대해 전혀 회피하지 않는다는 것을 알게 되었는데, 왜냐하면 그러한 영향관계는 사실이었기 때문이다. 그들은 항상 이러한 문제를 자신의 논저에 사실대로 반영해왔다. 이는 그들이 대단히 실사구시적인 태도와 역사를 존중하는 과학적 정신을 가지고 있다는 것을 증명할 뿐 아니라, 그들이 충분한 민족 자존심과 자신감을 갖고 있다는 것을 말해주는 것이기도 하다. 왜냐하면 그들은 중국문화 흡수의 근본 목적이 자민족 문화의 발전을 위한 것이지, 자민족 문화를 이웃나라의 문화에 녹아들게 하기 위함이 아니라는 점을 명확히 알고 있었기 때문이다. 이러한 민족자존과 자신감이 바로 과학적 용기의 원천이다. 그래서 나는 당연히 이러한 용기를 존중하면서 중국 문화발전의 역사적 과정과 비교하는 가운데 이러한 민족자존심을 동정하고 높이 평가했다. 또 그 때문에 나는 중국문화의 영향뿐 아니라 중국의 외국문화 흡수에 대해서도 이야기할 필요성을 느꼈던 것이다. 나는 이러한 생각을 가지고 한국의 이 유명한 일류대학 강단에서 한국에 대한 중국문화의 영향을 구체적으로 논하기 전에 그 같은 이야기를 하게 된 것이었다.

본격적으로 '영향'에 대해 말하다

두 번째 부분이 바로 강연의 본론이었다. 사실 이런 문제를 제대로 논하자면 하루 종일 이야기해도 모자를 것이다. 나는 이 문제를 아래와 같이 세 가지 측면으로 정리하여 이야기했다.

(1) 중국문학은 한국문학에 표현의 도구를 제공했다. 즉 한문, 한자, 5·7언시 및 산문 등의 문학형식을 한국 문인들이 전반적으로 수용하고 이용하였다.

(2) 한국 고전문학 작품은 중국문학의 표현기법을 이용하고 흡수했다. 이 방면에서 내가 중점적으로 지적한 것은 시조와 5·7언 절구와의

관계, 영물시, 가전체, 소설 삽입시, 시문의 문채文彩, 시로 시를 논하는 방식 등이다.

(3) 중국문학의 기본사상 중 한국문학에 영향을 준 것은 유가의 충군사상 및 민본주의 등과 도가의 은둔사상, 인도에서 들어와 중국화된 불교사상 등이다.

세 번째 부분에서 논한 것은 한국 고전문학 발전에 있어서 중국 고전문학의 '공과'에 관한 문제였다. 대략적으로 말해서 '공'은 한국문학이 일찍 무르익도록 촉진하여 신속히 발전하고 많은 성과를 내게 한 점이다. '과'는 한국의 자국어문학의 발전을 제약했다는 점이다. 나는 중국문학의 이러한 '공'을 조선 역대문인들의 애국사상에 돌리고, '과'는 조선 역사상 오랫동안 존재했던 과거제도가 만들어낸 한문정통주의 사상으로 돌렸다.

마지막 결론에서 내가 강조한 내용은 이러했다. 양국의 고전문학 단계에서 양국의 문학관계는 일종의 수직관계, 곧 주로 주고받는 관계였다. 그러나 근대에 들어서 수평관계로 바뀌었다는 것이다. 수직관계에서는 조선이 자국문학을 세워나가기 위해 타국문학의 애국적인 열정이나 용기, 지혜를 흡수하는 모습을 보여주었다면, 수평관계에서는 양국이 문화적으로 서로 학습하는 양상으로 바뀌게 되었다. 이와 관련하여 경제발전을 예로 들어 중국이 마땅히 한국의 성공적인 경험을 주의 깊게 공부해야 한다는 점을 역설했다.

강연이 끝난 후 정규복 선생님이 내가 강의한 주요 내용을 간단명료하게 다시 요약해 주었다. 그러면서 내가 첫 번째 부분에서 이야기한 문화교류의 필요성에 대해 공감을 표하고, '수직'과 '수평'의 두 가지 관계에 대한 견해에 대해서도 전적으로 동의했다. 이어서 그는 청중들에게 질의 시간을 주었다.

열띠고 솔직하며 흥미로운 학술 대화

뒤쪽에 앉은 여학생이 이런 질문을 했다. 중국 고전문학이 조선 문인문학에 영향을 준 것은 사실이지만, 판소리 문학에도 영향이 있었는가라는 질문이었다. 나는 그렇다고 대답했다. 나는 『춘향전』에 인용된 다량의 중국 시와 전고를 예로 들어 이 점을 설명했다. 물론 나는 『춘향전』이 민간적, 민족적 색채가 농후한 작품이라는 것도 인정하였다.

또 다른 질문자는 내가 중국인으로서 한국 문인들이 쓴 한문과 중국 문인의 한문에 어떤 차이가 있다고 느끼는지 물었다. 이 질문에 대한 나의 대답은 부정적이었다. 나는 조선 문인들의 한문 글쓰기 능력이 매우 뛰어났다고 높이 평가했다. 그들이 쓴 한시나 산문을 중국 문인의 작품과 섞어 놓으면 외국인이 쓴 것임을 알아낼 수가 없다. 하지만 김만중이 쓰고 김춘택金春澤이 한문으로 옮긴 『사씨남정기』 같은 일부 소설은 문채가 풍부하고 문장도 아름답고 감동적이어서 그 수준이 당시 일반적인 중국의 작가들도 미치기 어려울 정도였지만, ‘의矣’, ‘야耶’, ‘호乎’ 등 일부 허사虛辭 용법에 있어서는 적절치 못한 부분이 있었던 것도 사실이다. 그렇다 하더라도 이것은 이상히 여길 것이 못 된다. 한 나라의 언어 가운데 허사는 종종 외국인들이 가장 습득하기 어려운 것이기 때문이다. 이는 우리 중국인이 한국어의 토씨를 흠잡을 데 없이 사용하기 어려운 것과 마찬가지이다. 소설은 삶의 숨결들로 가득하고 갖가지 복잡한 삶의 현상들을 다루며, 각종 인물의 섬세한 감정을 표현해 내기에 그 언어의 난도가 매우 높다. 김춘택의 한문이 그러한 수준에 이를 수 있었던 것은 지극히 탄복할 만한 일이다.

하지만 나는 한국 고전 한문소설의 언어 변화에 대해서도 언급하며, ‘한문현토’본 『옥루몽』의 한문은 『사씨남정기』보다 부자연스러운 부분이 더 많아 중국인이 이해하기 어렵거나 어색한 한국식 한문으로 느끼는 부분도 있다고 말했다. 이러한 조선식 한문의 용법은 현대 한국의 한자어에서도 간혹 보게 되는데, 이것은 언어가 발전해 나가는 데 있어 나타나는 하나의 현상이라고 할 수 있다.

김흥규金興圭 선생으로 기억되는 교수님 한 분이 내가 시조의 기승전결 구조와 5·7언 절구와의 구조적 관계를 언급했던 것과 관련하여 일반 문장의 기승전결 작법에 대해 이야기했다. 나는 그의 생각에 동의를 표하면서도 이렇게 말했다. 평생 수많은 5·7언 한시를 읽고 5·7언 절구를 가장 중요한 글쓰기 형식으로 삼았던 고대 한국인이 국문 시의 새로운 형식을 탐색하면서 무의식적으로 5·7언 절구의 영향을 받게 된 것은 아주 자연스러운 일이자 피할 수 없는 일이었다는 것이다.

이야기를 나누면서 시조의 특징에 대해 언급할 때 나는 시조와 중국의 '사詞'가 문학사적으로 지위가 유사하다는 점을 보충설명 하였다. 그리고 시조가 사와 마찬가지로 한시(주로 5·7언 시를 가리킴)에서 많이 보이는 민본주의 사상이 부족하다는 점을 지적하였다. 이에 대해 정재호 선생은 동의하지 않는다고 하면서, 민본주의 사상이 담긴 시조도 있다고 했다. 나는 그의 의견이 매우 중시할 가치가 있다고 여겼다. 왜냐하면 중국에 있는 사람으로서 내가 시조 자료를 충분히 섭렵하지 못해 아직 그런 작품을 접하지 못한 것이지 그런 작품이 전혀 없는 것이 아닐 수 있으며, 내가 이 문제에 대해 계속 연구해야만 하기 때문이었다. 그러나 어찌되었든 나는 조선시대에 민본주의 5·7언 시가 여러 차례 대량으로 출현했었다는 것은 매우 특이한 현상이라고 생각한다. 시조 가운데 간혹 이러한 류의 작품들이 있다 할지라도 그 성과와 수량은 5·7언시와 어깨를 나란히 하기는 어렵다.

조선시대의 과거제도는 한문을 글쓰기의 유일한 수단으로 삼았다. 한국어는 여기에 발을 들어놓을 여지가 없었다. 나는 이것이 조선 문인들이 장기간 한문을 정통 글쓰기 수단으로 여기게 된 주된 이유라고 생각한다.

토론 과정에서 어떤 학자가 이에 대해 큰 공감을 표했다.

질문과 토론은 상당히 열띠게 진행되었고, 그러면서 나 역시 큰 흥미가 일었다. 하지만 시간관계상 정규복 선생이 이번 행사를 여기서 마칠 것을 제안했다. 그는 나의 답변에 대해 만족을 표하면서 가령 판소리 문학에 중국의 영향이 있었는가 하는 문제에 관해서는 자신이 대답을 한다 해도 그렇게 답변할 수밖에 없었을 것이라고 했다.

그가 강연이 끝났음을 선포하자 청중석에서 박수소리가 울려 퍼졌다. 나는 박수소리를 들으면서 "정말 일류대학답게 질문들이 다 매우 수준이 높았다"고 말했다. 이것은 예의상 한 말이 아니라 내 마음속의 솔직한 느낌을 담은 말이었다. 나는 학술토론에 있어 이곳의 진지한 태도와 분위기가 참 좋았다.

회의 후의 우정과 마음의 대화

강연이 끝났을 때 뜻밖에 이동향 선생이 들어오는 것이 보였다. 그는 나와 뜨겁게 악수했다. 우리는 1년 전 겨울 베이징 올림픽호텔에서 만난 적이 있었다. 이후 그는 또 내게 『중한사전』 한 권을 보내왔다. 그는 이번에 나의 일정이 너무 빡빡한 데다 곧 귀국을 하게 되어 나를 초대해서 허심탄회하게 이야기를 나눌 시간이 없어 무척 아쉽다고 했다. 나 역시 같은 생각이라며 그에게 깊은 감사를 표했다.

강연이 끝난 후 마땅히 주최측 학자들과 같이 식사를 해야 했지만, 내게 다른 약속이 있어 부득이 여기서 마쳐야 했다. 고려대학교 학자들과 함께 더 시간을 가질 수 없는 것이 나도 조금 아쉬웠다.

회관으로 돌아가는 차 안에서 나와 정규복 선생은 허심탄회하게 이야기를 나눴다. 나는 그에게 중국인인 내가 한국에 와서 중국문화가 조선에 끼친 영향을 강연한 것이 부적합한 것은 아닌지 물었다. 정 선생은 단호하게 "그것은 아무런 관계가 없고 역사적 사실에 근거하여 강연하는 것이니 당연히 그렇게 말해야 한다"고 말했다.

이 노학자의 대답은 내게 큰 위로와 격려를 주었다. 학술적인 성실성은 바로 실사구시이다. 나는 지금껏 중국문화의 대외 영향을 과장하고자 하는 의도를 가져본 적이 없다. 오히려 항상 상대 민족 스스로의 적극적인 요소들이 그 문화발전에 기여한 역할을 많이 발굴할 수 있기를 더 바랐다. 내가 부득이 중국문화의 영향 문제를 다룰 때는 늘 이러한 문화적 영향을 받아들인 주체의 민족적 목적 및 그들 자신의 노력과 성과를 잊지 않았다. 이는 내가 반드시 갖춰야 한다고 여기는 엄격한 학술적 태도이다. 이것이 어쩌면 나의 강연이 청중들을 불쾌하게 하지 않은 원인 중 하나일 것이다.

기업가 겸 아마추어 돈황학자의 저택

막 회관 숙소에 돌아와 쉬고 있을 때 학자들 몇 분이 왔다. 그들은 소재영, 김문경, 이수웅 선생들이었다. 이날 저녁은 김봉완金鳳完 선생의 초대에 함께 가기로 약속이 되어 있었다. 김봉완 선생은 아주 재능이 많은 분으로, 유능한 사업가이지만 학술연구에도 깊은 관심과 흥미를 가지고 있는 분이다. 그는 지난 8월의 둔황 답사에 참가했었다. 그는 여러 나라들을 다녔고 영어가 아주 유창했다. 우리는 둔황에서 양관으로 향하는 사막의 옛길을 가면서 반은 영어로, 반은 한국어로 이야기를 나누며 함께 즐거운 시간을 보냈었다. 이번에 그가 우리를 초대하는 것도 둔황여행에서의 우정을 되새기기 위해서였을 것이다. 둔황 답사단에서 김문경 선생이 단장이었고, 이수웅 선생은 돈황학회의 총무였으며, 소 선생은 나의 친한 벗이어서 우리 몇 사람을 초대했던 것이다.

차가 김 선생 집을 향해 가던 도중 우리는 도로의 기복이 큰 주택가를 지나 꽤 번화한 길가에 멈췄다. 이수웅 선생이 차에서 내려 물건들을 좀 샀는데, 아마도 김 선생 댁에 드릴 일종의 선물인 것 같았다. 나는 선물을 준비하지 못한 것을 후회했다. 이것도 최근 각종 강연과 교제 활동으로 너무 바빠 신경 쓸 겨를이 없었던 때문이다. 출발하기 전에 너무 바빠 한 푼도 가져오지 못해서 선물을 사는 데 나도 조금 보태겠다고 말하기도 어려웠다. 먼 곳에서 온 '특별한 손님'으로서 이번 한 번만 실례를 할 수밖에 없었다. 지금 김 선생 댁에서의 정성스러운 접대를 추억하면서도 여전히 미안한 아쉬움을 느낀다.

김봉완 선생 댁은 비교적 외진 골목에 있었다. 대문을 들어서 고풍스러운 자갈길을 지나니 정원이 나왔다. 정원은 집의 전면도 후면도 아닌 집 옆에 있었다. 네모난 형태로 대략 수십 평은 되어 보였다. 정원 옆으로는 작은 산이 있고 산 위로는 나무들이 있었는데, 가지들이 들쑥날쑥하고 옛 스런 정취가 풍기면서 그윽하고 멋진 공간을 이루고 있었다. 그곳은 작은 면적의 땅에 산이 둘러있고 물이 감돌아 흐르는 정취를 표현해 낸 중국 쑤저우의 원림園林을 생각나게 했다. 이곳은 쑤저우의 원림처럼 장식이 많지는 않았지만, 오히려 우뚝우뚝하고 무성한 가지와 잎들이 속세의 때 를 씻어내는 듯한 느낌을 주었다.

정원에는 돌로 된 작은 탁자와 의자가 있어 손님들은 정원에서 앉아있 기도 하고 서 있기도 하고, 돌아다니기도 하면서 주인이 이 집을 사게 된 과정을 소개하는 것을 들었다. 나는 그들의 이야기를 주의해서 듣지는 못 했지만, 그곳이 이미 상당히 오래된 정원이라고 느껴졌다. 김 선생이 이 집을 사게 된 것은 그의 사업이 성공한 결과였을 것이다. 얼마 지나지 않 아 여사 한 분이 왔는데 육완정陸完貞 교수였다. 그미가 오자 분위기는 더 욱 활기가 넘치게 되었다.

김 선생 댁의 식당은 집 뒤편에 있었다. 식당은 온돌이 아니었고, 전통식 교자상도 없었다. 그곳에는 긴 식탁과 의자가 놓여져 있었다. 완전히 서양식으로 배치한 식당이었다. 모두들 긴 식탁의 양쪽에 앉고 나는 식탁의 중간 자리에 배정되어 앉았다. 김 선생 부인이 딸의 도움을 받아 만든 먹음직스럽고 보기 좋은 음식들을 한 접시 한 접시씩 가져왔다. 양식도 있었고 한식도 있었다. 식당과 식탁의 장식, 가지런하고 깨끗하며 다양한 식기를 보면서 이 집이 경제적으로 부요하고 생활이 윤택하다는 것을 알 수 있었다. 모두들 즐겁고 재미있게 이야기를 나누며 술과 안주를 서로 권했다. 김 선생 부인이 주방에서 나와 식당에 들어올 때마다 모두들 그미의 솜씨를 칭찬했다. 그미의 딸도 이런 진심어린 칭찬을 함께 받았다.

식사를 마치고 모두들 함께 거실로 갔다. 거실은 대략 15평정도 되어 보였고, 주위에 많은 장식품들이 진열되어 있었다. 모두 미술품, 공예품들로 주인의 관심과 취미를 잘 말해주고 있었다.

모두들 시원한 음료를 마시며 편안하게 이야기를 나누었다. 둔황여행에서 재미있었던 일들이 먼저 화제가 되었다. 둔황에서 비행기를 기다리며 고생했던 일과 밤비행기로 쟈위관에 갔던 일, 그리고 정해진 일정 외에 밤차로 허시저우랑을 달렸던 일들을 추억했다. 김문경 선생은 중국사 전문가로 허시저우랑에 대해 잘 알고 있었고 또 많은 관심이 있었다. 당시 예기치 않은 어려움을 만났지만, 그로 인해 오히려 허시저우랑을 직접 지나갈 수 있는 기회가 만들어졌다. 지나간 고생이 이제 와서는 도리어 지난 일을 추억하는 데 도움이 되는 미담이 되었던 것이다.

둔황에 대한 이야기부터 시작해 고적탐방과 유람에 대한 이야기로 이어졌다. 김봉완 선생은 중국 서부지역 및 그 서쪽 인접 국가들에 대한 관심이 아주 높았다. 그 지역은 역사적으로 종교, 상업, 정치, 외교 활동이 활발했던 지역으로, 다양한 민족과 풍토인정의 차이 및 이 각종 신화전설 등으로 인해 고적탐방 마니아들에게 아주 매력 있는 곳이다. 함께 자리한 학자들은 모두 중국의 역사와 문화에 대해 알고 있었고, 김봉완 선생도 관심이 많아 아주 신이 나서 이야기를 했다. 그는 내후년에 인도와 미얀마, 윈난雲南, 티벳 일대를 여행할 계획이라고 했고, 또 소련에서 신쟝新疆으로 들어와 다시 위먼관玉門關, 둔황 일대까지 답사하고 싶다고 했다. 그는 또 지도책과 외국 역사책을 가져와 이 일대에서 일어났던 전쟁 등에 대해 이야기했다. 전쟁 이야기가 나오자 소재영 선생이 우스갯소리로 "여기 계신 웨이 선생님이 임진왜란과 군사에 대해 연구를 많이 하신 분이니 공자님 앞에서 문자 쓰지 마세요."라고 말해 모두를 웃게 했다.

김 선생 부인과 딸도 식탁과 주방을 정리한 후 거실로 왔다. 김봉완 선생은 그의 딸을 가리키며 이렇게 말했다. "저희 딸과 웨이 선생님의 따님이 왕래했으면 좋겠습니다. 선생님의 따님이 서울에 오게 되면 우리 집에 와서 머무셔도 됩니다. 두 사람이 영어로 이야기하면 되니까요." 나는 미소를 지으며 김 선생의 딸을 칭찬하고 감사를 표했다.

이야기를 나누다가 '해외에서의 『삼국지연의』' 학술회의 문제에 대해서도 언급하게 되었다. 김 선생은 이 회의에 꼭 참석하겠다고 했고, 현재 논문을 준비하고 있다고 말했다.

이 회의는 1년이 지나도록 아직 일정을 잡지 못하고 있었다. 이 일은 나와 하이난 대학 문학원 원장 저우웨이민 교수가 공동으로 제안하여 중국 비교문학연구회 회장 웨다이윈 선생의 지지를 얻었고, 회의 통지문도 『비교문학통신』에 실렸으나 후에 여러 가지 이유로 무산되고 말았다.

최고 학부 국립서울대학교에서

10월 25일은 내가 서울대학교에서 강연하는 날이었다. 오전에 이 학교의 대학원생 최일의 씨가 와서 함께 지하철을 타고 갔다. 이번 강연은 서울대학교 이병한 교수의 요청으로 이루어진 것이다. 그는 중국문학사를 가르치고 중국어를 잘 할 수 있었지만 우리는 한국어로 이야기를 나누었다. 그는 내게 이번 강연의 대상이 중문과 선생들과 학생들이니 중국어로 강의해 주기를 바랐다. 그러면 학생들에게도 중국인으로부터 직접 중국어 강의를 들을 수 있는 좋은 기회가 될 수 있다는 것이었다. 내가 서울에서 한국어로 여러 번 강연과 학술회의 발표를 해오다가 처음으로 유일하게 나의 모국어를 사용할 수 있게 된 것이어서 나는 흔쾌히 승낙했다. 강연할 내용은 이병한 선생이 지정해 준 것으로, 내가 출판한『한국문학에 끼친 중국문학의 영향』의 기본 내용을 소개하는 것이었다.

물론 이것은 내게 아주 익숙하여 훤히 꿰뚫고 있는 내용이었다. 그래서 이번 강연에 대해서는 특히 편안한 마음이 들었다. 국내에서 우리 학교 학생들에게 학술적인 내용을 자유롭게 말하는 것이나 마찬가지였기 때문이다. 유일한 어려움은 20만 자가 넘는 저서의 내용을 어떻게 한두 시간 안에 다 이야기할 수 있는가였다. 그래서 매 항목의 구체적인 설명에 필요한 시간을 철저히 관리해 시간에 쫓겨 전체 내용을 다 설명하지 못하는 일이 없도록 준비를 좀 해서 제요를 만들었다.

국립서울대는 원래 대학로에 있었다고 한다. 그런데 당시 시국이 불안하고 학생운동이 거세져 시위가 끊이지 않아 시내 질서유지에 영향을 주게 되자 학교를 시 중심에서 떨어진 지금의 외진 위치로 옮기게 되었다고 한다. 지금의 서울대는 산자락에 위치하여 시내의 소란함도 없고 환경도 조용하며 공기도 신선해 오히려 차분한 마음으로 공부하고 연구할 수 있는 곳이 되었다.

전국 최고의 국립대학인 이곳의 환경과 교정의 건물들을 자세히 감상할 겨를도 없이 이병한 선생을 따라 중문과로 갔다. 그 시간에 이미 여러 명의 교수님들이 와서 기다리고 있었다. 비록 대부분 초면이었지만 모두 반갑게 맞이해 주어 마치 오래된 벗을 만나는 듯 했다. 지금 생각해 보면 가장 인상적이었던 분은 비교적 잘 알려져 있는 중문과 학장 김학주 교수이다. 그는 나를 그의 연구실로 초대했다. 그는 한국에서 한국어로 출판된 『중국문학사』의 저자로, 중국에서 중국어로 출판된 『한국문학사』의 저자인 나와 일종의 분야를 뛰어넘는 동업자로서 서로 말이 잘 통했다. 그는 이미 나의 『한국문학사』를 읽었다고 하면서 책에 대해 긍정적인 평가를 해주었다. 나는 그의 대작을 아직 읽지 못해서 내 견해를 말할 수가 없었다.

강연은 오후 1시 반에 잡혀있어서 충분한 점심시간이 있었다. 나는 여러 교수들과 함께 구내식당으로 들어가 간단하게 식사를 했다. 나는 그런 일상적이고 간단한 것이 좋았다. 그런 자리에서는 연회석상에서와 같은 예의를 차릴 필요 없이 마음 편하게 식사도 하고 이야기도 할 수 있어서 편안함과 자유로움을 느낄 수 있었다. 또 그런 기회를 통해 대학 구내식당의 급식 상황도 알 수 있었다.

강연은 강의실에서 진행되었다. 학생들이 내 중국어 강의를 충분히 이해할 수 있도록 말의 속도에 신경을 썼고, 때로는 책 이름이나 사람 이름을 칠판에 또박또박 써 주었다. 청중들은 주로 중문과 학생들이었고, 선생님들은 본교 분들 외에 지방 대학에서 온 분들도 있었다. 선생님들은 모두 앞자리에 앉았다. 모두 중문과 사람들로 중국문학사에 대해 어느 정도 알고 있거나 상당히 잘 알고 있어 이해도 비교적 빨랐다. 강의실은 이해와 흥미로 가득 차 서로 혼연일체가 된 듯한 분위기가 느껴졌다. 강연이 끝난 후에는 관례에 따라 청중들이 자유롭게 질문을 하거나 자신의 느낌을 이야기하면서 서로 편안하게 이야기를 나누는 자리가 되었다.

강연이 끝난 후 외부에서 온 선생님 가운데 경기대학교 중문과 학과장 이영자李玲子 선생과 순천향대학교 중문과 학과장 박현규朴現圭 선생이 그들의 대학에 와서 꼭 강연을 해달라고 부탁했다. 하지만 귀국 날짜도 다가오고 너무 지쳐서 완곡하게 사양했다.

이미 오후 서너 시가 되었다. 김학주, 이병한 선생들이 나를 데리고 교정 구경을 시켜주면서 마치 산골짜기에 있는 것 같은 교정의 각종 건물들을 거의 다 소개 시켜주었다. 수업을 마치고 삼삼오오 무리를 지어 있는 젊은 학생들이 내가 대학교에 와있다는 느낌을 더해주었다. 아까와 마찬가지로 최일의 선생이 나를 숙소까지 데려다 주었다. 교문을 나오면서 나는 즐거운 마음으로 교정 안을 다시 한 번 둘러보았다. 마치 오래된 벗과 작별을 하는 듯한 기분이 들었다.

H-8: 국립서울대학교에서 (10월 25일)

돈 보다 문화가 더 중요한 노출판인

이날 저녁 나는 이창세李昌世 선생과 함께 저녁 식사를 하기로 약속이 되어 있었다. 이창세 선생은 서울에서 고서출판으로 유명한 출판사 아시아 문화사의 이사장이다. 소재영 선생의 소개로 그는 나의 『임진록과 그

연구』를 영인해 양장본 형식으로 서울에서 출판하였다. 이것은 내가 이번에 서울에 오기 5개월 전(1990년 5월)의 일이다. 소재영 선생은 내가 서울에 온 김에 그와 만나보도록 권했고, 마침 그도 나와 만나기를 원했다.

우리는 한식집에서 만났다. 한국고전 연구서적 출판 일로 한국인과 한식집에서 만나 이야기를 나누게 된 것은 매우 의의가 있는 일이었다. 우리 세 사람은 교자상에 둘러 앉아 무척 즐겁게 이야기를 나눴다.

이창세 선생은 그의 사업에 대해 이야기했다. 그는 사업가이지만 결코 단순히 영리만을 목적으로 하지 않는다고 했다. 연대가 오래된 고대 한국 문헌은 독자층도 두텁지 않고 판매량도 많지 않아 늘 밑지거나 겨우 원가만 남는다고 했다. 그럼에도 그는 이것이 민족의 정신유산을 널리 보급하는 데 매우 유익하다고 생각해 자원해서 이것을 출판사의 전문 사업으로 삼았다고 했다. 그는 판로가 넓고 이익이 크더라도 그 내용이 사회문화 발전에 이롭지 않은 잡지나 속물서적들은 출판하지 않는다고 했다. 소재영 선생은 이 선생이 나의『임진록과 그 연구』를 영인해 출판한 것도 바로 이런 관점에 입각한 것이라고 말했다. 그 책의 내용이 수백 년 전의 사건을 다루고 있고 내용도 비교적 깊은 데다 간체자로 쓰여서 독자층이 넓지 않아 손해를 입을 것이 뻔했다. 그럼에도 이 선생은 아무 망설임 없이 이 책을 발행해 주었던 것이다.

이창세 선생의 이러한 노력과 출판사업에 대한 그의 훌륭한 생각에 나는 경의를 표했다. 손해를 감수하면서 내 책을 내준 것에 대해서도 고마움을 표했다. 그런데도 이 선생은 그가 이 책에 대해 내게 지불한 원고료가 너무 적었다고 말했다. 그것은 나를 더 미안하게 했다. 나는 이 책의 한국출판으로 원고료를 받을 생각이 전혀 없었기 때문이다. 중국에서 이 책을 출판할 때 원고료가 없었던 것은 물론이고, 출판사에서 나에게 직접 나서서 출판경비를 '탁발'하도록 했던 일이 떠올랐다. 중국의 출판업계도 자신들의 사정이 있다고는 하지만, 두 나라의 상황을 비교해 보면 아무래도 그렇게까지 떳떳해 할 수 있는 일은 아닌 것 같았다.

우리는 또 『한국문학에 끼친 중국문학의 영향』을 한국어로 번역해 출판하는 일에 대한 의견을 나눴다. 이창세 선생은 흔쾌히 허락하며 선뜻 받아들였다. (이 책은 후에 옌볜대학의 이해산李海山 선생이 한국어로 번역하여 아시아문화사에서 1994년 1월에 출판했다) 이 선생은 또 열정 어린 말로 이번에 한국 고전을 연구하는 중국학자와 만나 허심탄회하게 이야기를 나눌 수 있어서 매우 기쁘다고 말하고, 감탄과 칭찬의 말들도 덧붙였다. 하지만 이것은 내게 수천 수백 년 동안 중국의 전적과 인물들을 공부하고 소개하고 연구하고 논술해온 한국의 성과들이 어마어마하게 많다는 사실을 떠올리게 했다. 그에 비해 한국에 대한 중국의 연구는 이제 겨우 약간의 발전을 이루기 시작했을 뿐인데 이렇게 환영해주고 높이 평가해주는구나 하는 생각이 들었다. 이 선생의 이러한 태도는 내가 다른 한국인들과 교제를 하면서도 보아왔던 것으로, 결코 그 개인만의 생각이 아닌 대표성을 띠는 것이다. 이것은 우리가 가까운 이웃나라 문화에 대한 관심과 연구를 더욱 확대시켜 나가야 한다는 점을 촉구하고 일깨워주는 것이다.

그 외에도 우리 세 사람은 양국의 풍토인정 등에 관해 이야기했고, 정감 가득한 분위기 속에서 이번의 즐거운 만남을 마무리 했다. 소재영 선생과 나는 천천히 걸어서 국제회관으로 돌아왔다. 최근 들어 활동이 잦아서인지 피곤함이 밀려왔다. 서울대학에서 강연이 막 끝나갈 무렵 머리에서 술 취했을 때와 같은 몽롱한 멀미증세가 잠깐 느껴졌었다. 이것도 하나의 경고라고 여기고 숙소에 돌아와 일찍 잠을 청했다.

함께 대전에 가다

다음날(10월 26일) 아침 동화은행에 가서 일을 좀 보고 돌아오는 길에 창경궁과 종묘의 정전, 영녕전永寧殿을 둘러보았다. 점심에 돌아오니 혈

압이 좀 올라간 것 같아 잠깐 쉬고 있는데 우쾌제 선생이 찾아왔다. 약속
대로 학술회의를 위해 같이 서울역에 가서 기차를 타고 대전에 있는 충남
대학교로 향했다. 한국에서 국립대학은 전체 대학 중 일부만을 차지하고
대부분의 대학은 사립대학교이다. 그러나 각 '도'(행정구역상 중국의 '성'
에 해당됨)마다 국립대학교가 있다. 충청남도의 대학교는 충남대학이라
고 하며 대전시에 있다.

　이번 학술회의는 충남대학교 국어국문학과에서 오랫동안 봉직하신 조
종업趙鍾業 선생이 회갑을 맞아 이를 축하하고 그가 다년간 이룬 업적을
표창하는 행사의 일환으로 개최되는 것이었다. 교내외 관련 학자들을 두
루 초청해 학술성과를 교류하는 자리였다. 마침 내가 한국에 있어 이 회
의에 초청을 받고 참석하게 된 것이다. 일전에 이 학교의 사재동 교수님
이 특별히 대전에서 서울까지 나를 찾아온 것은 바로 이 일 때문이었다.
나는 흔쾌히 허락했고 이를 위해 학술발표 자료를 준비했다.

　서울역에서 우리는 소재영 선생과 박용식朴涌植 선생(건국대 교수) 그
리고 그의 일본인 여제자 한 명과 만나 함께 기차를 타고 대전으로 출발
했다. 황혼 무렵 우리는 대전에 도착했다.

　대전역 근처에서 '기아미아 보호소'라고 쓰여진 간판 하나를 봤는데,
그것이 무슨 뜻인지 나는 이해할 수가 없었다. 소재영 선생이 내게 '棄兒
迷兒保護所'라고 한자로 알려준 후에야 이해가 되었다. 소 선생은 이런
표현은 논리적으로 말이 안 되는 대표적인 예라고 말했다.

　대전은 인구밀도나 시의 번화 정도, 건축물의 규모에 있어 모두 서울에
미치지 못하여 도시가 많이 작아 보였으나 조용한 곳이었다. 내가 투숙한
곳은 '경하호텔'로 외진 곳에 위치한 듯 주변이 텅 비고 넓은 것이 다소
시골 같은 분위기를 풍기고 있었다. 사실 나는 대도시의 호화로운 건물보
다 오히려 이렇게 평온한 느낌이 드는 곳이 더 좋다.

　투숙한 곳은 온돌방이이어서 모두들 방바닥에 앉았다. 얼마 지나지 않

아 조종업 선생이 찾아와서 따뜻하게 환영해 주었다. 타이완사범대학의 둥董 교수와 선沈 교수, 그리고 홍콩 중문대학에서 이번 학술회의에 참가하러 온 황黃 교수도 만났다. 같은 중국인으로서 이국에서 만나게 되니 더욱 반가운 느낌이 들었다.

저녁식사 시간이 되어 주최측의 안내에 따라 음식점에 가서 식사를 하게 되었는데, 그곳에서 또 김태준, 강동엽 선생 등 반가운 친구들을 만날 수 있었다.

소재영, 박용식, 우쾌제 세 분 선생들은 함께 같은 방에 묵었고, 내게는 특별히 방 하나를 따로 주어 혼자 온돌방에서 하룻밤을 보냈다.

국립 충남대에서 보고 느낀 것

다음 날(10월 27일) 학술회의는 교내에서 진행되었다. 교정은 서울대학 못지않게 아름다웠지만, 학생이 좀 적은 듯하여 더 조용하고 운치 있게 느껴졌다.

회의장은 대략 70~80명을 수용할 수 있는 장방형의 교실로, 자리는 거의 다 차 있었다. 회의 참석자 중에는 충남대학교 선생들과 학생들이 적지 않았다. 회의명은 '제1회 어문국제학술회의'였고 총장도 친히 참석하였다.

회의장에서 조종업 선생의 회갑기념 논문집을 나누어 주었는데, 내 글도 거기에 수록되어 있었다. 발표와 토론 시간은 비교적 철저하게 지켜졌다. 타이완 학자는 중국어로 발표했다.

오후에 내가 발표할 차례가 되었을 때 소재영 선생이 사회를 맡았다. 그는 회의 참석자들에게 간단히 내 소개를 했고 이어 나의 발표가 시작되었다.

H-9: 국립 충남대에서 (10월 27일)

나의 발표 제목은 「『옥루몽』의 구조와 서양음악의 소나타 형식」이었다. 이는 내가 한국에 온 이후 학술회와 강연 등을 통해 세 번째로 『옥루몽』에 대해 이야기하는 것이었다. 그러나 구체적인 내용과 강조점은 매번 모두 달랐다.

내가 이 명저를 이토록 즐겨 이야기하는 것은 그것이 사상적 내용과 예술적 기교로 볼 때 그보다 더 유명한 판소리 소설 『춘향전』에 비해 훨씬 뛰어나기 때문이다.

그러나 후자가 오히려 문학사에서 더 높은 평가를 받고 더 자세하게 소개되고 있으며 관련 연구저서도 더 많아, 훨씬 많은 독자들이 이를 더 중시한다. 내가 『옥루몽』에 관해 많이 이야기하는 것은 어느 정도 숨겨진 보석을 발굴해내려는 변론적인 성격을 지닌다.

발표를 하면서 나는 먼저 『옥루몽』의 문학적 지위와 가치에 대한 나의 기본 견해를 간략히 이야기하고, 그런 다음 이 고전 명저 내용 중의 음악적 요소에 대해 언급했다. 그리고 본론으로 들어가 이 작품의 전체적인 이야기 구성과 소나타와의 유사성에 대해 이야기했다.

작품의 도입, 발단, 전개와 반복, 그리고 결말의 구성, 그리고 그 안에 나타나는 사랑과 정치적 생애라는 두 주제가 번갈아가며 나타나거나 서로 뒤얽히고 교차되는 각 부분들이 모두 소나타의 각 부분들과 대응된다는 내용이었다.

끝으로 나 자신도 아직 충분히 명확하게 해석하지 못한 문제, 곧 이처럼 유사한 현상이 나타난 이유가 과연 무엇인가 하는 문제를 제기하면서 학계에서 지속적으로 탐색해 나가길 간절히 바랐다.

이전에는 아무도 『옥루몽』 구조의 이러한 현상에 주의를 기울이거나 다루지 않았기 때문에, 자리에 있던 학자들도 이에 대해 골똘히 생각하거나 몇 마디 하고 말 뿐 어떤 명확한 견해를 보여주지는 못했다.

우쾌제 선생은 소나타 형식과의 비교와 그 원인에 대한 문제제기에 대해 긍정하면서 높이 평가하는 태도를 보였다. 토론시간에 제한이 있어서 더 이상 토론을 전개해 나갈 수가 없었다. 사회자의 사인을 받고서야 내가 이미 제한시간을 초과했음을 알고 미안한 마음을 금할 수 없었다.

그 뒤로도 다른 학술발표와 토론들이 이어졌고, 회의는 활기차고, 생동감 있게 진행되었다.

노교수의 회갑연

회의가 끝난 후 만찬 자리에서 조종업 교수의 회갑 축하 행사가 진행되었다.

먼저 총장의 표창과 경축사가 있었다. 그 다음 조종업 선생과 부인이 나란히 단상에 섰다. 조 선생이 기쁨의 미소와 겸허하고 감격스런 태도로 몇 마디 말을 하자 모두들 큰 박수로 화답했다. 그 밖에 동료 교수와 제자들의 간단한 축사가 이어졌다.

한국에서는 일반적으로 교수의 회갑이나 정년퇴임 때 관례에 따라 이런 행사를 한다고 한다. 어떤 사람은 자신의 명의로 교정에 식수를 하여 교육과 인재육성 및 학술연구 등에서 장기간 학교에 세운 공로를 기념하기도 하고, 기념 학술논문집을 출간하기도 한다고 한다.

나도 학교에 오랫동안 몸담고 있었지만, 교수들 가운데 아주 특별한 인물 외에는 이렇게 하는 것을 본적이 없다.

H-10: 노 교수의 회갑연 (10월 27일)

한국 학계와 교육계의 이러한 관례에 나는 깊은 감동을 받았다. 이것은 그들이 교육을 중시하고 학술을 중시한다는 것을 보여주는 하나의 구체적인 표현인 것이다. 축하를 받는 교수 본인이 큰 기쁨을 얻는 것은 말할 나위도 없다. 그러나 더 중요한 것은 그것이 교육과 학술의 발전을 장려하고, 사람들에게 사표가 되고 학술연구에 힘쓰도록 책임감을 더해주며,

학생들에게는 스승을 존경하고 도리를 중시하는 의미를 깨닫도록 교육하고 그들의 성장을 북돋워 준다는 점이다.

중국도 앞으로 교수가 점점 더 많아지게 될 텐데, 모두에게 이렇게 세심한 예의를 갖춘다면 시간이 지나면서 싫증도 나고 무척 번거로워질 수도 있을 것이다. 그러나 한국의 방식을 참고해서 실질적이고도 유익한 방법들을 취할 수도 있지 않을까 싶다. 넉넉지 못한 환경에서 인재를 육성하고 연구에 매진하느라 일생을 바치고 때가 되어 조용하고 쓸쓸하게 떠나는 것이 꼭 가장 훌륭한 것이라고만은 할 수 없을 것이다.

소소한 느낌들을 덧붙이자면 부인이 함께 단상에 올라가 축하를 받는 것은 합리적일 뿐 아니라 인정미 넘치는 것이기도 하다. 왜냐하면 모든 성공한 남자의 뒤에는 언제나 한 여인의 헌신이 있기 때문이다. 이것은 지엽적인 일이긴 해도 아주 도리에 맞는 것이라는 느낌을 주었다.

한국의 옛 친구들이나 새로 만나게 되는 친구들과 교류하다보니 한국 학자들은 같은 분야, 또는 비슷한 분야에서 일하는 사람들끼리 거의 서로 알고 있는 것 같았다. 이야기를 나누다 보면 모두 상대방을 알고 있었다.

내가 아는 학자 중에는 국문학 전공자도 있고, 중문학 전공자도 있으며, 사학, 언어학 등을 하는 분들도 있는데, 그런데도 그들은 서로 다 잘 알고 있는 듯했다. 같은 도시에 있는 사람들끼리는 물론이고, 서로 다른 지역에 있는 사람들도 이름만 대면 상대방에 대해 어느 정도는 알고 있었다.

이런 현상이 생기게 된 것은 아마도 그들이 서로 접촉할 기회가 많기 때문인 것 같았다. 학술회의가 자주 열리고, 생신이나 자녀 혼사 등 행사에서도 서로 축하하는 모임을 갖는 까닭인 것이다.

충남대 조종업 선생의 회갑연과 그와 관련된 학술회의가 바로 그 좋은 예가 된다.

장소는 대전이었지만 서울에 있는 학자도 참석했고, 대구 같은 다른 지역에서 온 사람들도 있었다. 한자리에 모여 자유롭게 학술 토론을 하고,

편안하게 안부를 묻고 기쁨을 나누는 것이 모두들 친구 같았다. 한 사람에게 성과가 있으면 모두가 알고 유익한 교류를 나누었다. (일정한 학술교류나 사교적 성격을 띤)행사들이 비교적 많아 어떤 학자는 자주 집에 돌아가 저녁식사를 하지 못한다. 낮에는 일하고 밤늦게야 귀가하며 바쁘고도 활기차게 살아가니 적막할 일이 없어 보였다.

내가 보기에는 이런 교류가 참 좋기는 하지만, 당사자들은 빈번한 외부 활동으로 차분한 연구나 가정생활에 지장을 받거나 피로감이 생기지는 않을까 하는 생각이 들었다. 그것은 당사자들만이 알 것이다.

하지만 어찌 되었든, 중국에서는 행사가 많지 않아서 같은 분야의 학자들 사이에도 왕래가 많지 않다. 그래서 서로 알지 못하거나 학식이 얕고 견문이 부족한 경우가 많다. 한국학계의 이러한 모습은 우리가 참고할 만한 가치가 있는 것은 아닐까 생각한다.

회의 중 쉬는 시간에 이병한 교수의 소개로 전주에서 온 국립전북대학교 교수 위행복 선생을 알게 되었다. 약 40세 전후의 중문과 교수였는데, 그는 내게 그의 대학교에 '교환교수'로 와서 중국어 수업을 맡아 줄 것을 적극적으로 요청했다. 나는 그에게 감사했지만 이 일의 구체적인 절차를 실행에 옮기지는 못했다.

조 교수의 회갑 축하연은 아주 성대하고 시간도 길어 연회는 늦은 시간에야 끝이 났다. 10시가 되어 정규복, 우쾌제, 박용식 선생들과 함께 기차를 타고 서울로 돌아왔다.

교회당, 왕궁, 그리고 돈화문

10월 28일은 일요일이었다. 약속대로 김태준 선생이 국제회관으로 와 나를 데리고 함께 교회에 갔다. 이 교회는 초동에 있었고 골목 안에 자리 잡고 있었다. 김태준, 소재영 선생이 함께 다니는 교회였다. 이 두 분은 모두 경건한 크리스찬이었다.

일본이 남경을 점령하고 있었을 때 나는 소학교 4~5학년과 중학교 1학년 1학기까지 기독교 학교에 다니면서 '성경' 과목을 공부한 적이 있다. 또 학교에서 여러 차례 예배에 참석한 적도 있어 기독교에 대해 어느 정도 알게 되었다. 기독교가 제창하는 사랑과 기꺼이 이웃을 돕는 것, 진실한 사람됨과 열심히 일하는 것, 부모님에 대한 효도 등의 도리는 나의 소년 시절 인품과 덕성 수양의 원천 가운데 하나였다.

나는 예배시간에 찬송가 부르는 것도 좋아했고, 소년시절에 산 성경은 아직도 내 책꽂이에 소중하게 모셔져 있다. 이번에 한국에 와보니 학자 친구들 중에 적지 않은 사람이 기독교인이었다. 그래서 한국 교회당은 어떻게 예배를 드리는지 한 번 보고 싶기도 하여 그들과 함께 가보기로 했던 것이다.

초동교회는 건물 위층에 있었다. 승강기에서 내리자 비교적 좁은 복도가 나왔다. 그러나 문을 열고 들어서자 예배당은 아주 넓고 높고 밝았다. 소재영 선생 부인은 이미 와있었다. 내가 소 선생 댁에 초대받아 갔을 때 사모님의 대접을 받은 적이 있어 한눈에 알아볼 수 있었다. 사모님도 반갑고 즐겁게 다가와 나와 인사를 나누었다.

찬송가를 부르고 기도하고 목사님이 설교하는 등의 모든 순서가 중국에서와 같았다. 예배에 참석한 사람들이 아주 많아 큰 예배당의 좌석이 다 찼다. 어린아이들을 데리고 온 엄마들은 아이들의 시끄러운 소리에 방해가 되지 않도록 아이들과 함께 예배당 뒤편의 유리창이 달린 유아실에 같이 앉아 있었다. 그래서 사람이 많음에도 불구하고 예배당은 아주 조용했고, 모두들 조용히 설교를 들었다.

한국에서 기독교인들은 대부분 한 교회를 정해놓고 예배를 드려 교회에 대해 아주 잘 알고 있었다. 아마 김 선생에게 나에 대한 이야기를 들었는지 목사님은 설교가 끝난 후 나를 만나 환영과 감사의 뜻을 표했다.

11시 반쯤 김태준 선생이 나를 데리고 근처의 찻집으로 가 백발이 성성한 시인('바닷가 시인 학교'의 교장 황금찬) 한 분과 성서출판사의 김영진 사장을 소개시켜주어 함께 커피를 마시며 이야기를 나눴다. 그리고 함께 식당으로 가서 스테이크와 밥을 먹었는데 아주 푸짐하고 맛있었다. 김영진 선생은 내게 한국어판 신구약전서 양장본을 선물로 주었다.

김태준 선생은 나와 함께 왕궁과 비원, 돈화문敦化門을 참관하기를 원했다. 소설『임진록』에 돈화문에 대한 언급이 있어 한 번 가보고 싶었지만 너무 바빠서 아직 가보지 못한 곳이었다. 그래서 흔쾌히 함께 갔다.

우리는 인정전仁政殿을 보았는데, 바닥에는 나무판이 깔려 있었고 아주 넓었다. 또 옛날 왕궁 도서관이었던 낙선재樂善齋의 옛터를 보았고, 궁 안에 있는 농가도 보았다. 나는 역사자료에서 조선 숙종이 임진왜란 때 조선에 원군을 파병한 명나라 황제 신종(神宗)을 기념해 바로 이 창덕궁 후원 안에 대보단大報壇을 세웠다는(숙종 30년, 1704) 내용을 본 적이 있었다. 이날 이곳에 와보니 한중 우의를 상징하는 이 유적을 보고 싶은 마음이 간절했다. 김태준 선생도 매우 보고 싶어 하며 몇 번이나 물어보았지만, 이미 훼손되어 남아있는 것은 비석밖에 없다고 했다. 게다가 뒤편으로 한참을 더 걸어가야 했고 이미 피곤하기도 해서 그만두기로 했다.

그런데 김태준 선생은 열정이 가득해 아직 성이 안 찼는지 또 가장 유명한 경복궁을 구경하고 그리고 나서 쇼핑을 하러 가자고 했다. 이때 나는 마음은 굴뚝같았지만 그럴 힘이 없었고, 게다가 김 선생이 거의 하루 종일 나와 함께 다녀 더 이상 폐를 끼칠 수가 없었다. 그래서 완곡하게 거절하고 길옆 찻집에서 벌꿀차를 한 잔씩 사서 마신 후 헤어졌다.

가는 길에 서울역을 지나다가 '만물'이라는 작은 상점에서 꽤 정교하고 튼튼하게 만들어진 소형 짐수레를 발견해 만 오천 원에 샀다. 전에 보았던 3만 원짜리의 절반 가격이었다. 나는 이때부터 돌아갈 짐을 꾸리기 시작하기로 했다.

짐을 꾸릴 때였는지 김태준 선생이 내 숙소에 왔을 때였는지 기억은 잘 나지 않지만, 나는 기념이자 감사의 뜻으로 유득공의 『연대재유록』에 관한 내 자필 원고를 그에게 주었다. 그가 이 원고를 받으면서 "이것은 저자의 친필수고로 매우 귀중한 것입니다."라고 했던 말이 아직도 생생하게 기억난다. 이 원고는 서울에서 개최한 '18세기 동아시아 문화교류 학술회의'의 발표문이었고, 김 선생은 또 내가 이 회의에 참석할 수 있도록 기회를 만들어주어 한국에 와서 "해동삼유"를 할 수 있게 해준 주요 당사자였다. 그런 분에게 이 자필원고를 드리는 것은 가장 적절한 것이었다. 다만 그가 내게 보여준 열정과 노력에 비하면 답례의 선물로는 빈약하기 그지없었다. 그러나 우리의 현실적인 경제상황이 그랬으니 그들이 후하다고 느끼게 할 만한 또 어떤 선물을 할 수 있었겠는가?

저녁에 베이징대의 젊은 선생의 부인이 전화를 걸어와 내가 묵는 회관 241호에 묵고 있다고 했다. 그래서 휴게실에서 그미와 만나 한국에서 지내는 것에 관해 50분정도 이야기를 나눴다.

전화로 이경호 씨의 여동생 이경희 씨와 31일 저녁 낙산가든에서 만나기로 약속했고, 또 국민대학교 사학과 교수 허선도 선생과 다다음 날(10월 30일) 오후 6시에 만나기로 했다. 떠날 날이 점점 가까워져 진작부터 만나려고 했던 한국 친구들조차도 시간을 짜내야만 만날 수 있어 일정을 빠듯하게 잡을 수밖에 없었다.

이튿날 아침(10월 29일) 이상보 선생이 전화를 해 다음날(30일) 오전에 다시 만나 이야기를 나누고 싶다고 했다. 그 열성이 고마웠지만 시간을 내기가 어려울 것 같아 깊은 감사를 표하면서 나중에 다시 시간을 만들어보자고 했다.

평온하고 쾌적한 하루 – 남한산성에서

정규복 선생과의 약속대로 이날(10월 29일) 남한산성에 갔다. 이 일을 내가 주도적으로 제의한 것인지 아니면 정규복 선생이 나를 위해 적극 제안하여 계획한 것인지 기억은 정확하지 않다. 그러나 이곳은 내가 오래전부터 역사자료를 통해 알고 있는 곳이었고, 마침 내가 매우 가보고 싶어했던 곳이기도 했다. 오후에 정 선생이 왔는데, 송별 선물이라며 여성복과 화장품, 도자기, 서적 등을 가지고 왔다. 방 안에서 잠시 휴식을 취한 후 함께 차를 타고 남한산성으로 향했다.

남한산성은 경기도 광주군 중부면에 위치하고 있고, 옛날 백제의 수도가 있었던 곳이다. 산성은 조선왕조 선조 28년(1956년)에 세워진 것이다. 만주족이 침입했던 병자호란(인조14년, 1636년) 때 국왕 인조가 이곳에 45일 간이나 피난을 와 있었다. 그러나 결국 패국을 만회할 수 없어 굴복했고, 그로 인해 이 산성은 항전을 하다가 끝내 치욕을 당한 곳으로 역사에 남게 되었다. 그만큼 이곳은 일종의 비장한 분위기가 느껴지는 곳이다.

지금의 산성은 인가는 보이지 않고 단지 기념이 되는 옛 건축물만 남아 있는 외진 곳이 되었다. 마침 단풍이 한창이고 가을바람이 소슬한 가운데 산성은 여전히 굳건하게 서 있었지만, 치열했던 당시의 인물들은 그저 전해 내려오는 이야기로만 남아있을 뿐이었다. 조용히 옛일을 생각하노라니 추모의 탄식이 흘러나왔다. 정 선생은 내게 산성과 건축물의 의미에 대해 자세히 설명해 주었다. 주위는 아주 고요했다. 친한 벗과 이곳에 와서 편안한 마음으로 고금을 이야기하노라니 교제와 회의, 강연 등으로 연일 분주했던 피로가 사라지면서 속세의 모든 번거로움을 씻어낸 듯한 평온한 마음이 들었다.

정규복 선생은 1989년 3월 베이징에 초청되어 오기 1년 전인 1988년에 나의 책에 대한 서평을 써준 일이 있다. 「한국문화가 중국문화의 아류

이자 하위문화라는 설에 대한 반증」이란 제목으로 『한국문학사』에 대해 열정적으로 평가해주었다(『민족신문』 1988년 7월 5일자). 대면하여 알게 된 이후로 우리는 줄곧 좋은 관계를 유지해오고 있다. 우리의 공동관심사인 고전소설 『구운몽』에 대해서는 전혀 다른 관점을 갖고 있지만, 개인적으로는 절친하게 지내고 있다. 그는 아주 점잖고 후덕하며 수수한 분이다. 가까이 가기가 편하고 나이도 나보다 좀 위인 데다 진실하고 순후한 분이어서 내겐 형님과 같은 느낌을 주는 분이다.

H-11: 남한산성에서 (10월 29일)

이날 고요하면서도 의미심장한 남한산성 답사는 아주 깊고 아름다운 인상을 남겨주었다. 이날은 한국에 온 후 몸과 마음이 가장 편안한 하루였다. 정 선생이 기사에게 우리를 국제회관 근처의 낙산가든에 데려다 달라고 하여 그곳에서 냉면과 불고기를 먹었다.

정규복 선생은 중국에 보존되어 있는 한국 전적에 큰 관심을 갖고 있었다. 나는 그에게 베이징대학 도서관에 『동문선東文選』 두 종이 있고, 국가 도서관에는 『사씨남정기謝氏南征記』의 필사본 이본이 있으며, 베이징대학 동방어문학부 도서실에도 이문異文이 많은 『남정기南征記』라는 제목의 인쇄본이 소장되어 있다고 알려 주었다. 어떤 사람은 그것이 아직 밝혀지지 않은 중국 고소설이라고 오해하기도 했다.

저녁에 책들을 정리하면서 당분간 보지 않을 책들은 떠날 때 가지고 가기 편리하게 한쪽에 모아두었다. 정리를 하면서 걸려오는 전화를 많이 받았다. 우정 어린 전화였지만 이제 시간이 얼마 남지 않아 만나서 이야기할 수는 없을 것 같았다.

일전에 소재영 선생님이 내게 숙소에서 멀지 않은 곳에 있는 문예진흥원과 관계를 터두도록 건의하면서 사전에 내 대신 교섭을 해놓았었다. 10월 30일 오전에 틈을 내어 그곳에 가서 원장 여석기呂石基 선생과 25분정도 이야기를 나눴다. 그는 한국 현대문학 번역에는 관심을 보였으나, 이론적인 학술연구는 그들의 관심 분야가 아니었다.

회관에 돌아와 대략 10시 45분쯤 되었을 때 한국에 와있는 소련 학자 루친 선생이 찾아왔다. 그는 한국에 3개월 정도 머물며 연구와 교류를 할 계획이라고 했다. 평양에 머무는 동안(1983~1984, 9개월) 나는 북한에 와서 공부하고 연구하는 젊은 소련 학자를 만난 적이 있었다. 이름은 제니야였는데, 서로 이야기를 나눈 적은 있지만 전공분야가 서로 달라 이야기는 많이 나누지 못했었다. 이 루친 선생은 내가 개인적으로 접촉해본 두 번째 소련 학자였는데, 역시 나와는 연구분야가 달랐다. 나는 점심 때 또 약속이 잡혀 있어서 그와도 깊은 이야기를 나누지는 못했다.

이날(10월 30일) 점심때는 최일의 선생과 함께 근처에 있는 방송통신대학교에 가서 이 학교 중문어문학과 학과장 박성주朴星柱 교수를 만났다. 박 선생은 아주 열정적인 분이었다. 각자의 본국에서 상대방 나라의 어문을 가르친다는 점에서 서로 '유사 동업자'였기에 말이 아주 잘 통했다. 점심은 그가 내기로 하여 '박석고개'에 가서 국수와 김치, 녹두전을 먹었다.

빠른 세월, 아쉬운 이별

얼마 전 학술진흥재단의 허원범 선생이 떠나기 전에 이곳에 머물면서 느낀 소감문 같은 것을 써달라고 부탁했었다. 그것은 그들이 이번에 나의 학술교류를 지원하고 접대한 일에 대한 결과보고 자료로 남겨두기 위한 것이었다.

10월 30일 오후에 이 작업을 했다. 그들의 지원을 받아 체류했던 근 한 달 동안 해왔던 여러 가지 활동들을 진지하게 회고해 보았다. 학술회의 참가와 대학 강연, 참관, 한국학자들과의 교류 등을 일일이 써내려갔다. 타자기가 없어서 전부 손으로 써 글씨가 깔끔하지 못했으나 내용은 충실하게 썼다. 허원범 선생은 만족해했다. 그로부터 오랜 시간이 흘렀는데 그 기록이 학술진흥재단의 보존자료로 아직까지 남아 있을지는 모르겠다.

소감문을 다 쓰고 나니 허선도 교수님이 약속시간에 맞추어 왔다. 그는 국민대학교 사학과 교수로 나보다 두세 살쯤 많다. 그와는 미국 캘리포니아 주립대학(버클리) 동아시아연구소에서 개최한 '임진왜란 학술회의'에서 알게 되었다. 이 회의는 1987년 4월 캘리포니아 버클리에서 열려 미국 학자 존 제이미슨(John C. Jamieson)과 개리 레드야드(Gari K. Ledyard) 외에도 한국학자로 그와 이재호(부산대, 정신문화연구원) 교수가 참석했었다. 나는 이 회의에 참석한 유일한 중국인이었다. 허 교수의 전공은 역사학이었다. 초면이었지만 우리는 서로 말이 잘 통했었다. 이번 한국 방문은 그 회의가 있은 지 3년 후였지만, 그와 연락이 되어 국제회관에서 다시 만남을 갖게 되었다.

허선도 선생은 성격이 밝고 열정적이며 말씀을 아주 잘 하는 분이었다. 그는 나를 데리고 저녁을 먹으러 거리로 나갔다. 한 일식집을 찾아 들어가서 그가 음식을 주문했다. 한 사람에 한 그릇씩 생선탕과 달콤한 맛이 나는 기다란 생선 , 김치가 나와 맥주와 함께 배부르게 먹고 마셨다. 모두

21,000원이 나왔다. 식후 그와 함께 천천히 거리를 걸으며 임진왜란 연구 현황과 양측 대학교에 관한 상황 및 내가 한국에서 느낀 것들에 대해 이야기를 나누었다.

허 선생은 역사학 전공인데, 일찍이 서울에 있는 대학에서 중국에서 한국어 전공으로 학부를 마치고 한국에 와서 역사학을 전공하던 중국인 유학생과 같이 공부한 적이 있었다고 한다. 그것은 한국전쟁이 일어나기 이전의 일이었다. 그 사람은 한국에서 몇 학기 더 공부한 후 중국대륙으로 돌아가 어느 대학에 부임했는데, 그가 얼마 전 서울에 와서 허 선생과 만났다고 했다. 옛 동창생을 만나는 것은 늘 즐거운 일이지만, 이 옛 동무가 한국어를 잘 못해 의사소통이 제대로 되지 않아 마음껏 대화를 나눌 수 없어 많이 아쉬웠었다고 한다. 그는 언변이 참 좋았다. 나는 그에게 나중에 언제 베이징대에 한번 구경 오라고 말했다.

허 선생은 이야기를 더 나누고 싶어 했지만, 숙소에 이미 약속한 사람이 와서 기다리고 있을 것 같아 서로 건강히 지내라는 말과 함께 악수로 이별을 대신할 수밖에 없었다. 아니나 다를까, 이상보, 이수웅, 박성실 세 분이 이미 와 있었는데, 모두들 이별의 아쉬움을 나타냈다. 체구가 크고 어른다운 풍모를 지닌 이상보 선생이 내게 책 몇 권을 선물해주었다. 그는 나보다 단지 한 살 더 많았지만, 나의 한국학 연구에 항상 깊은 관심을 보이며 많은 책들을 선사해 주어 내 마음을 훈훈하게 해주었다.

박성실 여사는 여성 특유의 부드러움과 예의, 세심한 마음을 가진 분이었다. 특별히 스물두 살 된 내 딸에게 주라고 옷을 선물하면서 내 딸을 사진으로라도 보고 싶다며 그 옷을 입고 찍은 사진을 보내달라고 내게 신신당부 했다. 나도 답례로 그녀에게 베이징대학 마크가 인쇄된 티셔츠를 선물했다.

이수웅 선생은 송별 외에도 해야 할 일이 더 있었다. 하나는 나에게 그가 총무를 맡고 있는 한국돈황학회의 가입 신청서를 작성하게 하는 일이었다. 신청서를 작성하면 곧바로 회원이 된다고 했다. 나는 둔황학에 대한 연구 성과가 없었지만, 거절하는 것은 예의가 아니고 받아들이면 서로의 우의와 문화교류에 도움이 될 것 같아 흔쾌히 펜을 들고 작성하여 건네주었다.

다른 하나는 베이징에서 이수웅 선생의 학술저서를 출판하기 위해 교섭하는 일이었다. 이 일은 내가 이미 베이징대학 출판사와 교섭을 하여 필요한 조건을 문의하고 승낙도 받은 상태였다. 이번에 이 선생이 온 것은 구체적인 진행을 위해서였다.『주희와 이퇴계 시 비교연구』라는 제목이 말해주듯 문화교류와 관계된 내용이고 비교문학의 범주에 속하는 것이니 아주 좋은 일이었다. 이 선생은 그의 책에 사용할 사진과 필요한 경비를 내게 주며 전해달라고 부탁했다. 나는 그것을 잘 보관한 후에 자발적으로 영수증을 그에게 써주면서 위탁받은 일을 틀림없이 처리하고 빨리 성사될 수 있도록 노력하겠다고 했다.

10월 31일 고려대학교의 이동향 교수가 약속대로 오전 8시 30분에 왔다. 그는 내게 인삼정을 한 병 선물하며 이별의 아쉬움을 전했다. 그는 내가 고려대 민족문화연구소에서 『중한사전』한 권을 증정 받을 수 있도록 교섭해주었었다. 그 사전은 지금까지도 내 책상위에 없어서는 안 될 참고서이다. 우리는 작별 인사를 나누면서 중국인 교수를 한국에 객좌교수로 초빙하는 일 등에 대해서도 의견을 나눴다.

이동향 교수가 돌아가자마자 성균관대의 최박광 교수가 왔다. 나는 그에게『한국문학에 끼친 중국문학의 영향』과 베이징대 마크가 새겨진 티셔츠 한 장을 선물했다. 그가 나를 위해 수고한 것에 비하면 아주 보잘 것 없지만 약소하나마 감사의 마음을 전하고 싶었다.

이사장의 송별연

학술진흥재단 이사장 박일재 선생이 나를 위해 송별연을 베풀어주기로 했다. 허원범 과장이 나와 함께 이사장 사무실로 들어갔다. 박일재 선생은 내가 한국에 오기 전에 이미 미국 하와이대학의 이학수 교수를 통해 『임진록과 그 연구』를 출판할 수 있도록 재정 지원을 해주었고, 이후 내게 정식으로 초청장을 보내 한국에 와서 일정 기간 동안 학술활동을 해줄 것을 요청했었다. 그러나 나는 무척 오고 싶었음에도 불구하고 당시 객관적인 상황의 제약으로 수속을 성사시킬 수가 없었다. 그는 이 일을 이해할 수 없어하며 "선생님을 초청하기가 이렇게 어려운 것인가요?"라고까지 말하기도 했다. 내가 이번에 한일 공동으로 개최한 학술회의에 참가하러 한국에 온 기회를 빌어 체류기간을 연장하여 재단의 초청을 받아들이게 되자 그는 매우 기뻐하며 흡족해 했다. 그는 아랫사람의 보고를 통해 내가 이 기간 동안 풍성하고 다양한 활동을 했음을 이미 알고 있었다. 이번에 나를 초대한 것도 그가 일찌감치 계획을 해놓은 것 같았다. 그와 사무실에서 대화를 나누며 나는 한국에서 한 일과 느낀 점들에 대해 이야기하고 재단에 감사의 뜻을 전했다. 그는 나의 한국학 연구 상황에 대해서 물으며 더 많은 후학들을 배출해 주기를 바랐다. 10여 분정도 이야기를 나눈 후 함께 차를 타고 음식점으로 향했다.

차에서 내가 또 약간 멀미를 하자, 허 선생이 조금 당황해 하는 표정이 보였다. 우리가 간 음식점은 박일재 선생이 자주 가는 곳인 것 같았다. 종업원들은 박 선생과 잘 아는 듯 반갑게 인사를 하며 우리를 예약한 방으로 안내해 주었다. 방바닥에는 교자상이 놓여져 있었다. 음식은 아주 풍성하고 정갈했다. 이것은 친구나 학자들과 개인적으로 함께 하는 식사와는 다른 공식적인 예를 갖춘 만찬이었다. 나는 차멀미 때문에 다 먹을 수는 없었지만, 언행과 예절에 있어서는 바른 자세를 유지했다. 그러나 식욕이 없어 초대자들보다 훨씬 적게 먹었다. 이때 나는 또 허 과장의 얼굴빛이 약간 긴장되는 것을 보았다. 자세히 보니 그는 이마에 약간 땀을 흘리고 있었다. 한국에서 하급자는 상급자 앞에서 아주 공손하고 신중한 태도를 갖는다. 허 과장에게 있어 이 만찬에 참석하는 것은 일종의 업무의 연장인 셈이었다. 나를 접대하는 모든 일들은 전부 그가 구체적인 준비를 맡아왔었다. 그런데 이 때 나의 불편한 기색이 그의 상급자에게 접대가 소홀한 것으로 보여 실직을 하게 되지는 않을까 걱정되었다. 그래서 나는 의식적으로 이번 기간에 받았던 많은 세심한 배려와 관심에 대해 많이 이야기 했다. 특히 재단 사무실 직원들의 업무태도와 그들의 열성에 칭찬을 아끼지 않았다.

식후에 나는 거리 구경도 할 겸 산책을 하면서 회관에 돌아가고 싶다고 했다. 그러자 허원범 선생이 흔쾌히 나와 함께 산책을 하겠다고 했다. 나는 박 이사장께 감사와 작별의 인사를 하고 허 선생과 함께 걸어서 돌아왔다. 돌아오는 도중에 내가 처음 왔을 때 손목시계 약을 갈았던 작은 길을 지나왔다. 처음 이곳에 도착했을 때 여러 가지 상황들이 떠올라 문득 이별의 아쉬움이 밀려왔다. 허 선생은 내게 아직도 멀미기가 있는지에 온통 신경을 쓰고 있어 나는 이제 불편하지 않다고 말해주었다. 그를 안심시키고 사무실에 돌아가서 이사장께도 그렇게 전해달라고 부탁했다.

도서관장의 친절과 도움

『한국문학사』(베이징대학 출판사, 1986)가 한국에서 해적판으로 나돌고 있다는 것은 이미 내가 중국에 있을 때 들은 이야기였다. 건국대 이수웅 선생의 연구실에서는 어떤 분이 가져와 내게 보여주기도 했었다. 영인본이었고 책의 모든 페이지는 원본과 완전히 같았지만, 종이의 질은 더욱 좋았고 판형도 원본에 비해 눈에 띄게 컸다. 나는 그것을 보고도 전혀 불쾌하지 않았다. 오히려 이 또한 일종의 문화교류라고 느꼈고, 또 유익한 일이라고 생각되어 따질 마음도 없었다. 그러나 한국학자들은 이 부분에 있어 태도가 비교적 분명해서 이것은 불법이고 저작권을 침해하는 행위라고 여겼다. 우쾌제 선생은 인천대학교 도서관장을 겸임하고 있었다. 그래서 그에게 이처럼 판형도 크고 종이 질도 좋은 한국판『한국문학사』를 한 두 권정도 구해달라고 부탁해 기념으로 삼고 싶었다. 모든 일에 열심인 우 선생은 곧바로 해적판을 출판한 발행자를 찾아내고 나를 도와 그에게 책임을 추궁하려고 했다. 그러나 나는 지난 몇 년간 직접적인 경험을 통해 한국에 대해 큰 호감과 우정을 갖게 되었고, 이 책의 해적판에 대해서도 이미 방금 말한 것과 같은 태도를 갖고 있어서 더 이상 따지고 싶지 않았다. 우쾌제 선생과 상의한 결과 양쪽이 모두 만족할 만한 방법을 생각해 냈다. 그 출판 발행자에게 내 대신 한국에서 나의 저서『한국문학에 끼친 중국문학의 영향』(화성출판사, 1990)을 판매하게 하는 것이었다. 왜냐하면 이 책을 출판한 출판사가 저자에게 대량의 서적을 사게 해서 출판사의 손실을 메우는 조건을 걸어 나에게 2~3백 권 정도의 책을 구매하도록 했었기 때문이다. 나는 서적 매매를 해본 적이 없어 그토록 많은 책을 처리해야 하는 일로 크게 난처한 상황이었다. 우 선생은 나의 이러한 상황을 알고 서로에게 도움이 되는 해결 방법을 제시했던 것이다. 그것은 좋은 일이었고, 양국 문화 관계의 관점에서 보아도 일종의 문화교류인 셈이었다. 그래서 나는 동의했고, 이번에 한국에 오기 전 8월, 곧 한국돈황학회의 중국 답사활동 이후 이 일이 성사되어 배편으로 책들을 한국에 보내왔었다.

우 선생은 그 즈음에 해적판『한국문학사』의 발행자와 대금을 결산하여 내가 막 한국을 떠나기 직전인 10월 31일에 책값을 가져왔다. 이날 오후 내가 박 이사장과 식사를 마치고 돌아오자 우 선생이 내 숙소로 왔던 것이다. 이 일이 모두 마무리된 것을 보면서 그가 일처리에 아주 노련하고 책임감이 매우 강한 분임을 알 수 있었다.

며칠 전 대전에 갈 때 왕복 기차표 값을 모두 우 선생이 지불했었기에 나는 표 값을 액수대로 그에게 주었다. 또 내가 그에게 빌렸다가 숭실대에서 잃어버린 사전도 찾았다는 말을 듣지 못해 그에게 배상금을 주었으나 그는 한사코 받지 않았다.

미국국적 한인 여동생의 참된 정

31일 저녁식사는 이경희 씨와 함께 하기로 약속되어 있었기에 나는 낙산가든에서 그녀와 만났다. 이경희 씨의 오빠 이경호 선생은 미국 국적이며, 1986년 미국 캘리포니아대학의 학생으로 그 학교의 다른 미국 학생들과 함께 베이징대학에 유학을 왔었다. 이경호 선생은 미국 국적이지만 한국에서 태어나 부모와 함께 로스앤젤레스에 가서 살아 생활습관이나 언어, 사유방식이 여전히 한국식이어서 국적만 빼면 완전히 한국인이라는 느낌을 주었다. 80년대 당시 한국인은 베이징대학에서 유학할 수 없었기에, 그는 베이징대학에 유학 온 최초의 한국인이기도 했다. 다만 미국 여권을 소지하고 있었을 따름이다.

나의 전공이 한국어문학인 관계로 캘리포니아대학의 베이징대학 사무실 주임이었던 제이미슨 교수의 소개로 그와 알게 되었다. 그는 자주 우리 집에 놀러왔다. 나는 그가 베이징에서 유일하게 한국어로 이야기할 수 있는 중국인이었기에, 그는 각별한 친근함을 보였다. 나도 그를 학생이자 조카뻘로 여겨 이국에 와 있는 이 진실한 청년을 따뜻하게 대해주었다. 내 딸도 아내도 모두 그가 우리 집에 오는 것을 좋아했다. 당시 한국서적이 부족했던 상황에서 그는 방법을 찾아 대사전과 영문으로 된『한국역사』 등 한국의 서적들을 내게 구해 주면서 자료와 참고서적 방면에서 성의껏 내 연구를 도와주었다.

1987년 4월 미국 캘리포니아대학(버클리)의 초청을 받아 '임진왜란 학술회의'에 참가한 후 그의 가정의 초대로 로스앤젤레스에 갔었다. 그때 그의 부친은 중동에 출장을 가 계셨고 집에는 그의 어머니와 여동생 세 명이 있었는데, 이경희 씨가 바로 그 중 한명이다. 그들 가족의 따뜻하고 세심한 대접을 받으며 3일을 묵었고, 그녀들을 따라 함께 디즈니랜드도 구경하였다. 이경희 씨는 내가 로스앤젤레스 공항에 도착했을 때와 공항을 떠날 때 모두 차를 몰고 마중과 배웅을 해주었었다. 그녀는 후에 한국인 정 선생과 결혼하여 서울에 거주하게 되었다.

이경호 선생은 내가 이번에 베이징을 떠나기 전에 그녀의 주소와 전화번호를 가르쳐주며 서울에서 그녀를 만나보기를 원했다. 내가 왔다는 소식을 듣고 그녀도 나를 무척 보고 싶어 했다. 이때 그녀는 임신한 지 몇 개월이 되어서 움직이기가 불편한 상황이었다. 그럼에도 그녀는 한사코 나에게 식사 초대를 하겠다고 했고, 그렇게 해서 약속한 것이 바로 이날이었다.

우리는 내가 몇 번 와본 적이 있는 낙산가든에서 만나 즐겁게 이야기를 나누었다. 나는 그녀가 행복한 가정을 이룬 것을 보니 아주 기뻤다. 그녀는 한국여성 특유의 부드럽고 예의바르며 조용한 태도로 내게 그녀의 오빠 경호 씨에 대한 관심에 감사를 표했다. 그리고 만약 몸이 불편하지 않았으면 나를 더 많이 대접하고, 나와 함께 서울 이곳저곳을 구경시켜줄 수 있었을 텐데 그러지 못해 미안하다고 거듭 말했다. 나는 곧 태어나게 될 아이를 위해서 갓난아기 옷을 한 벌 선물했고, 그녀는 내게 인삼차를 선물했다. 그리고 서로 다정하게 작별 인사를 했다.

경희 씨를 배웅하고 나는 천천히 걸어 돌아오면서 진아춘에 들렀다. 한국말을 중국말보다 더 유창하게 하는 반은 한국인인 화교 사장에게 작별 인사를 하기 위해서였다. 나는 그의 특별대우를 많이 받기가 미안해서 이미 여러 날 동안 이곳에 오지 않았었다. 그는 나를 보자 무척 반가워했다. 서로 근황을 묻고 작별과 축원의 말을 주고받은 후 나는 국제회관으로 돌아왔다.

예를 중시하고 이별을 아쉬워하는 한국의 벗들

이날 회관에 찾아와서 석별의 정을 보인 친구들이 많았다. 그 중에 윤광봉, 최강현 선생도 있었다. 본래 윤광봉 선생과는 오전에 만나기로 약속이 되어있었는데, 복잡한 일들이 많아서 깜빡 잊어버려 두 분 선생님을 헛걸음하게 하고 말았다. 그런데 두 분이 저녁 때 다시 찾아와서 나는 얼른 사과를 했다. 최 선생이 계신 홍익대학교는 미술 분야로 유명한 곳인데, 그는 자신의 학교가 중국의 미술계 인사들과 교류하고 싶어 한다는 뜻을 전했다.

소재영 선생은 또 막 서울에 도착한 권철權哲 선생(옌볜대 교수이자 내가 옌볜대에서 공부할 때의 동창생)을 데리고 와 만나게 해주었다. 권철 선생은 조선족으로, 내 아래층의 211호에 묵게 되었다고 했다. 옛 친구를 타국에서 만나니 특별히 더 반가웠다.

그 외에도 이재석, 이충양 선생이 연이어 찾아왔다. 이충양 선생은 내가 서울에 와 있는 기간 동안 서울 학계에 한바탕 회오리바람이 불어 모두들 나에 대해 이야기 한다고 했다. 이재석 선생과 나는 그가 베이징 대학에 가서 공부하는 일에 대해 이야기 했다. 나는 그 일에 대한 결정권은 없지만 힘껏 돕겠다고 약속했다.

최박광 선생이 오후에 왔었지만 나를 만나지 못했고, 커피 두 병을 송별 선물로 남기고 갔다. 한국인은 예의를 중시해서 송별을 위해 찾아온 분들과 나는 대부분 서로 선물을 주고받았다. 내가 선물한 것은 대부분 베이징대학 마크가 새겨진 티셔츠였고, 그런 것밖에는 선물할 것이 내게 없었다.

3주 전에 나를 국제회관에 처음 데려다주었던 김태준 선생도 왔다. 그는 아마도 내가 한국에 메고 와 사용하던 검은 색 가방이 별로 좋지 않다고 생각했는지 특별히 비교적 세련되고 용량도 큰 가죽 가방을 사다주었다. 그는 이제부터는 꼭 그것을 사용하기를 바랐다. 오는 정이 있으면 가는 정이 있어야 하듯 나도 다른 사람들이 내게 선물해준 고급 화장품과 공예품들을 그에게 선물했다. 그는 끝까지 완곡하게 사양하다가 내가 여행 짐의 부담을 덜어달라고 간곡히 부탁하자 그제서야 받아주었고, 그러고 나서야 나도 무거운 부담에서 벗어난 느낌이 들었다.

베이징에 돌아온 후 아내가 이 완전히 다른 새 가방을 보더니 나를 놀렸다. 아내는 진작부터 내 가방이 너무 궁상맞다며 괜찮은 가방을 하나 사서 출국하라고 했었는데 내가 말을 듣지 않아 결국 김 선생이 좋은 가방을 사주게 만들었다고 했다. 하지만 나는 오히려 이로써 오랜 친구인 김 선생의 진심어린 마음을 다시 한 번 느낄 수 있었다.

김 선생은 또 내게 300달러를 주면서 내게 중국에 있는 교회에 전달해 가난한 사람들을 구제하는 데 쓰게 해달라고 했다. 나는 귀국 후 그의 뜻대로 일을 처리했고, 나중에는 김 선생에게 영수증도 전해주었다.

이날(11월 1일) 김명호 선생도 내 방에 송별을 하러 왔었다. 김명호 선생은 내게 여성용 스웨터를 선물해주었고, 나도 베이징대학 티셔츠를 답례품으로 주었다.

그 후 차주환, 김문경, 허홍식, 이상보, 임기중, 김봉완, 예용해, 소재영, 정규복, 이용남, 정한모, 최박광, 윤광봉, 육완정, 설의웅 등 한국의 벗들에게 전화를 걸어 작별을 고하고 서로 간에 건강을 기원하며 앞으로도 자주 연락할 것을 약속했다.

다시 올 날을 기약하며

11월 12일, 서울을 떠나는 날이 밝았다. 낮 12시 20분 대한항공편으로 귀국하는 것이어서 오전에 시간이 좀 있었다. 이병한 선생이 서둘러 와 배웅해주면서 베이징대학 비교문학연구소 소장 웨다이윈 교수에게 선물을 전해달라고 부탁했다. 그리고 내게 공예품 젓가락 두 쌍을 선물로 주며 "여기 사람들이 모두 선생님이 좋다고 말합니다. 참 영광스러우시겠어요" 하고 말했다. 나는 한국 친구들에게 감사를 표했다.

나는 허원범 과장의 안내를 받아 재단 이사장 사무실에 가서 박일재 이사장께 작별인사를 드렸다. 그러고 나서 허 과장에게 기념품들을 주었다. 강동엽, 이재석, 최일의 세 분 선생님도 서둘러 배웅하러 와주었다. 강, 이 두 선생님은 허 과장과 함께 차에 올라 김포공항까지 배웅해 주었다.

차가 한강대교를 지날 때 유유히 흘러가는 한강을 바라보니 한 달 동안 한국에서 있었던 여러 가지 감회가 마음속에서 솟아올랐다. 나도 모르게 조선의 애국시인 김상헌(金尙憲, 1570~1652)의 시조가 떠올랐다. 나는 시조의 앞 구절을 낮게 읊조렸다.

"가노라 삼각산아, 다시 보자 한강수야"

김상헌은 명을 숭배하고 청을 배척한 사람으로, 명나라를 공격하고 조선을 정벌하려는 만주족에 굴복하기를 반대하다가 붙잡혀 심양沈陽으로 압송되었다. 이 시조는 그가 조국 조선을 떠나갈 때의 느낌을 쓴 것으로 슬프고 처량하다. 그러나 수백 년의 시련의 역사를 거치면서 세상도 복잡하게 변화해왔다. 이날 내가 서울을 떠나는 것도 옛 사람이 처했던 환경과는 판연히 다른 것이었다. 이제 나는 우정을 안고 즐거운 마음으로 이 타국의 도성과 작별을 고하고 조국으로 돌아가고 있는 것이다. 사무치는 느낌과 이별의 아쉬움도 있지만, 양국 관계의 밝은 앞날을 기대하는 기쁜 마음이 더 컸다.

300여 년 전 이 조선 문인의 시구는 이렇게 회고와 석별과 전망이 교차하는 마음 가운데서 자연스럽게 흘러나온 것이었다.

우리 네 사람이 공항 대합실에서 커피를 마시며 편안하게 한 시간 정도 이야기를 나누다보니 탑승 시간이 되었다. 나는 세 분 선생님들과 인사를 하고 대한항공 여객기에 올랐다. 비행기는 제시간에 이륙하였다. 활기가 넘쳐흐르는 한반도의 대지가 점점 저 아래로 눈에서 멀어져갔다. 나는 양국 간의 평화롭고 우정 가득한 관계가 발전되고 길이 지속되기를 마음속으로 빌었다. 일본 오사카에서 중국 항공기로 갈아타고 베이징 공항에 도착했을 때는 이미 집집마다 등불이 밝혀져 있을 때였다.

아내 펑전과 딸 샤오룽이 마중을 나와 있었다. 마치 오랜 이별 후에 다시 만난 듯 무척이나 반가웠다. 두 모녀는 집에서 한국친구나 재미한국인을 여러 차례 대접한 적이 있어서 나의 한국인 친구 중 몇몇 학자는 그들도 잘 알고 있었다. 내가 이런 벗들의 정을 가지고 돌아온 것이었으니, 그들도 당연히 특별한 친근감을 느꼈을 것이다. 공항에서 사진을 찍고 중관위안에 있는 집에 도착했을 때는 이미 9시가 넘어 있었다.

몇 마디를 덧붙이자면, 공항에서 짐을 찾을 때 쉰 살 남짓한 부인이 나의 검은색 트렁크를 자기 것으로 잘못 알고 가지고 갔다. 다행히 내가 그것을 발견해서 잃어버리지 않을 수 있었다. 내가 한국에서 한 달 동안 경험한 일들의 메모가 바로 그 가방 안에 들어있었다. 만일 내가 빨리 발견하여 즉시 찾아내지 못했더라면, 아마도 이『해동삼유록』에 많은 내용들을 담아내지 못했을 것이다.

(1991년 3월 5일부터 쓰기 시작해서 중단했다가 같은 해 9월 20일부터 이어서 써내려갔다. 재차 중단한 지 15년이 지난 2006년 4월 2일에서야 다시 쓰기를 시작해 결국 집필을 마쳤다. 같은 해 5월에 다시 정리했다.)

후기

　이 책을 탈고한 후 한국 인천대학교 우쾌제·소재영 교수의 적극적인 협조와 교섭을 통해 한국의 국학자료원에서 출판을 해주기로 하였다. 이 점에 대해 깊은 감사의 뜻을 표한다.

　아울러 이 책에 언급된 한국의 모든 좋은 벗들과 이후 몇 차례 한국에 가서 새로이 알게 되었지만 책에서는 미처 다루지 못한 한국 친구들에게도 진심어린 그리움을 전한다.

　중한 양국의 우의와 문화교류가 더욱더 발전해 나가기를 기원한다.

2006년 11월 3일 웨이쉬성

(A-1)

웨이쉬성(위욱승, 韋旭昇)

베이징대학교 외국어학원 동방어문학부東語系 교수. 1928년 10월 난징에서 출생. 1947년 고등학교 졸업. 국립동방언어전문학교國立東方語言專科學校 학국어과 입학. 1949년 학교 병합으로 베이징대학 동양어문학부 조선어전공으로 전입. 1953년 졸업 후 학교에 남아 교편을 잡음. 동방어문학부 동방문학연구실 부주임, 베이징대학 중문과 비교문학·비교문화연구소 겸임교수, 중국조선문학연구회 부회장, 중한문화관계연구회 회장 등 역임. 정부 특수 보조금 수혜자. 초기에 언어교육을 위주로 하여 문학교육을 겸하다가 개혁개방 이후 문학을 주 전공으로 삼음. 논저로 『한국어 실용어법』(공저), 『한국문학사』, 『임진록과 그 연구』, 『한국문학에 끼친 중국문학의 영향』(중국어판, 한국어판, 일본어판으로 출판됨) 등의 저서와 다수의 논문이 있음. 여러 차례 해외 국제학술회의 참가. 2000년에 『위욱승문집』(6책본, 中央編譯出版社)을 출판하고, 이듬해 한국의 초청으로 서울의 학계에서 마련한 '『위욱승문집』 출판기념회' 참석. 2005년 10월 9일 한국의 초청을 받아 한국 대통령으로부터 '보관문화훈장'을 수여받음.

사진 설명: 저자의 모습(1983년 10월 6일 촬영)

(A-2)
대한민국 노무현 대통령으로
부터 '보관문화훈장'을 수여
받다

(A-3)
대한민국 대통령이 수여한
'보관문화훈장' 증서

海东三游彔
– 中国 韦旭升 作

献　辞

这不是诗，
但写下了那段如歌的岁月。

－用以献给半岛上
那一切难忘的好心朋友。

作　者

≪海东三游彔≫序

东国大学校 名誉教授 长渊 金泰俊作
金晓民译

　　韦旭升先生曾经东游韩国，记录其第三次身临海东经历的，即此≪海东三游彔≫。"海东"指渤海以东的韩国。韩国人也不无将自己的国家称之为"海东"的历史。"三游"无疑是意味着多次游历。以此可知著者早就关注"海东"，并为此而安身立命于与"海东"的关系中。他在海东学(即中国的韩国学-朝鲜学)上之所以大有成就其原因盖由于此。作为中国人，他曾在北京大学学习，毕业后留校任教，教朝鲜文学。亦曾在平壤作过古典文学研究，多次到过首尔，历览海东山川，广交韩国学者。

　　所谓"游"，即是退而亲近自然，以从容之态逍遥游历而与世俗保持距离的精神。新罗文人学者孤云崔致远曾游学唐朝，写出多篇诗文传之于后世。高丽诗人李齐贤于14世纪横穿中国大陆，游历至四川峨眉山与甘肃朵思麻，并将其经历写入≪西征彔≫。此外也有不少中国文人学者曾经游历海东，其中之徐兢著有≪高丽图经≫一书。但是作为现当代中国人写的韩国游记，韦先生的≪海东三游彔≫则实属罕见，从而令人忆及早在几百年前曾多次游历中国的朝鲜实学家柳得恭所著的≪燕台再游彔≫。韦先生首次访韩时以柳得恭的此一著作为大会发言之主题，可以料想，≪海东三游彔≫一书之产生，实源于柳得恭之≪燕台再游彔≫。柳得恭之书记叙了他第二次到中国结交清朝大学者尚书纪昀和曾任赴琉球使臣的李鼎元等人之事，是为其会友彔。柳得恭珍视此次交游，还在该书上　记录下了清朝训诂大师——≪说文解字正义≫的作者陈鱣和沈阳书院诸生十一人，燕中缙绅、举人、孝廉、布衣四十一人，以及琉球国使臣四人的名字，以示留念。此处所谓"再游"无疑是游历了两次之

意。其实他是游燕京多达四次的朝鲜北学家。而作为北学的大前辈
——开辟燕京之行道路的湛轩洪 大容所著的≪会友录≫则大大鼓
舞激励了燕岩朴趾源和柳得恭、李德懋、朴齐家等年轻的北学家。
朴燕岩在≪会友录序≫中感叹道：

　　"吾乃今得友之道矣。观其所友，观其所为友，亦观其所不友
吾之所以友也。"

　　由此可知他们异常重视和中国学者的交游。当时北学派的交友
论认为：欲恢夏五伦，必先端正交友之道。此实为当时东亚学者社
会哲学之至论和实践纲领。

　　或许韦先生珍视并且愿継承中韩知识分子的这一交游的历史，
因而将其海东交游之会友录命名为"三游录"。韦先生≪海东三游
录≫的中国年轻晚辈读者之中，今后或将会涌现出类似朝鲜北学派
的中国海东学派。虽然韦先生在此书中只记录了他第三次旅韩时与
学者的交游，但除此"三游"以外，他还多次访问过韩国。从他参
加中国和夏威夷等地召开的国际学术会议的经历，以及其浩瀚的韩
国学论著来看，他可谓是一位和韩国与朝鲜的学者交流最多的当代
中国学者。不仅如此，出版于2000年的庞大的≪韦旭升文集≫(全
六卷，中央编译出版社)无疑又使他结交了不少海外知音。

　　2001年12月12日 在韩国东国大学举办该文集的出版纪念会，我曾
参与其事。以中国驻韩国 使馆大使李滨为首，韦先生的弟子关华兵公
使、韩国元老学者车柱环、丁奎福、苏在英等先生，以及中韩两国的
年轻学者等，共约100余人云集此会，说明了韦先生结交面之广。

在此会议上，首尔大学教授 —— 韩国文学史家赵东一对韦先生的著作作了高度评价，称之为"中国的学术研究开始以来，在韩国研究方面的最庞大的个人成就。""在日本和欧美的韩国学研究中，在研究的质和量上，能与韦先生媲美者很少。"他还特别强调，在韦先生的著作中，最著名的《朝鲜文学史》(1 986) 是在用韩国语以外的语言所写成的韩国文学史中，内容最为丰富的。第三卷中的《中国文学在朝鲜》(1990) 则是中韩比较文学中体系与内容庞大的专著，这样的著作在今后很长的时间内不可能再次出现。(《韦旭升文集 书评》，《韩国学研究》第2号，延边科技大学研究所，2001)。中国的文学史学家——北京师范大学王向远教授也对韦先生的著作作了高度评价，称之为近20年来中国的朝鲜-韩国学研究和中韩比较文学研究中的最高成就(《近年来中国的中朝 - 中韩比较文学述评》，高丽大学BK21中日语言文化教育研究团 国际学术会议发表要旨集，2006年)。

由于韦先生对韩语普及的贡献，韩国政府于2005年的韩国文字节向他授予了文化勋章。韦先生曾为此类事情多次访韩，因此他实际还具有此一《海东三游彔》尚未能涉及到的许多交游历史。相信他的《海东三游彔》以后仍将継续写下去。值得一提的是，他的交游不分南北韩。如今中韩和中朝的关系在政治、经济和文化各个方面正处于世界史的中心，尤其是两国在学问文化上的积淀可谓是全世界最高、最大的交流史。而韦先生的《海东三游彔》也将会成为当代中韩文化学术交流史上的一座里程碑。

　　早在建交前三年的1989年，我经过日本访问中国，在北京大学初次见到了韦先生，那是在12月24日的平安夜 —— 圣诞节前夜。我和他一起访问了刚被允许举行弥撒的天主教南堂，与他共享喜悦。南堂首次举行弥撒一事可谓是中国改革开放的一个象征，据说当时聚集在这天主教堂内外的人数多达两万余。我那天在人山人海中，置身于久远以前湛轩曾访问过的、李承薰曾接受过洗礼的这一历史空间里，和韦先生 一起享受我首次访问中国的激动欣喜。迄今我犹然难忘当时韦先生携带圣经而往的事。此后不久，我荣幸地和东国大学日本学研究所所长金思烨先生一起，共同邀请韦先生首次来韩国。

　　我估计，正是因为有此种缘分，韦先生请我为此书写序言。然而我何敢以笨拙之文才而有辱此长篇会友彖之卷首？只不过是"佛头着粪"，敬献此拙文而已。就我个人而言，攻读中国文学的儿子金晓民曾于北京受韦先生的熏陶，回国后在母校教书，加之曾在北京留学同样受过熏陶的弟子赵显卨（首尔大学）、金相日（东国大学）教授皆珍视此一世交相継的缘分。我相信，韦先生的末班弟子 —— 北京外国语大学留学韩国的苗春梅博士等 中国年轻的韩国学研究者，今后定将把交流事业不断継续下去。谨以此思绪纷杂的序言敬祝即将年满八旬的老师康宁。

2007年孟春

东国大学校　名誉教授　长渊　金泰俊谨识（金晓民译）

序

——为《海東三游泵》作

　　中韩两国自从上世纪40年代末起，就彼此隔绝了好几十年。早在两国建交两年前的1990年秋，我却得到一个机会赴韩国，逗留了一个月。这是怎么形成的呢？

　　1985年春，我任北大东语系东方文学研究室副主任时，奉命接待应国家教育部特邀来北京大学讲学的美国教授 Peter H. Lee (李鹤洙、夏威夷大学韩国文学教授、美籍韩人)，全面负责组织他的七次讲学，经他介绍，结识了在韩国作和我同类研究(壬辰战争文学)的崇实大学苏在英教授和高丽大学丁奎福教授(《九云梦》研究)，彼此书信来往，颇有时日。

　　接着，1987年4月我赴美国加州大学(伯克利)参加"朝鲜壬辰战争学术研讨会"，与韩国教授许善道(国民大学)、李载浩(釜山大学)见面相识。

　　之后，1989年3月我与北大比较文学研究所乐黛云所长以个人名义联名邀请丁奎福、苏在英两教授来北大讲学，并负责接待与组织工作。同年12月中下旬，我接待了由日本的机构"国际日本文化研究中心"和韩国东国大学共同组团来华进行学术活动的上垣外宪一、金泰俊等等学者。

　　次年(1990年)8月12日－26日，受中国敦煌学会委托，邀请并接待韩国敦煌学会一行20余人(团长金文经教授)参观考察敦煌石窟等历史遗迹。

　　以上这一系列和韩人学者接触的学术性活动，成为了一种前奏曲，导致我1990年10月的首次半岛南半部之行，和整整一个月的逗留与活动。

朝鲜半岛地处我国渤海之东，古有"海东"的雅称。1990年秋我赴半岛南部韩国，是我第三次踏入"海东"。第一次是在1983年9月至次年6月，是到平壤做壬辰战争文学的专题研究；第二次是在1988年，是在平壤参加国际学术会议；而这第三次的进入半岛，却是到尚未与我国建交的、隔绝已久的韩国。

在此以前，我国大陆学界还很少有人赴韩并在韩作为时较长、内容较多、方面较广的学术活动。此次我去韩国参加学术会议，从事讲学、参观考察、交游等多方面的活动，时间长达一整个月，在当时是少有的，也可以说是双方关系尚处于稍稍有解冻倾向时的一种稀罕的特殊现象吧？

写出这回顾之作——《海东三游彔》，是我早就向韩国朋友们（还有日本、德国学界的人士在场）许了愿的。1990年10月我在韩国参加的是"18世纪东亚文化交流国际学术会议"，我提交会议的论文是《中韩文士之间的交流——关于柳得恭的<燕台再游彔>》。"燕台"指北京，此书是朝鲜实学派文士柳得恭（1748－？）第二次来北京时的记录，其中具体叙述了他在北京和清朝文人之间的往来、言谈以及他在途中，在北京各处——诸如琉璃厂书肆、文物店等处的所闻所见，全书充满这位朝鲜文人对中国文化、局势的关注和他与中国清代文人学者的交往、友谊，有较高的史料价值。我当时身在汉城，处此特殊形势，面对韩国学者，讲此种两百年前的两国文人交游，特有感触，从而在报告结束时，向众与会者表示了回国后要追随先贤，继《燕台再游录》之后，写出《海东三游录》以报答韩国学者对两国文化交流的热意和关心，得到了众与会者的热烈欢迎。

许愿容易，还愿则非易事。回国以后，诸事纷繁，四个月后的1991年3月，我才能开始提笔，陆续写了全过程中的三分之二就停笔了，到同年9月20日才开始续写，直写到离结尾只剩下一星期左右的历程之时，又戛然而止，甚至末一句话都还没有写完整。其后，连稍稍翻阅一下潦草的初稿，都没做到。

岁月匆匆，直到如今——2006年3月，为了《文集》的补遗，才开始找出已尘封15年之久、尚未杀青的初稿，匆匆一阅。未想到，经过了如此漫长岁月的洗礼，竟发现早已在我记忆中逐渐悄悄淡出的一件件动人事情和可敬可怀的人物形象，又生动地浮现在眼前，竟有"旧梦重温"之感，把我推入以往的那段难忘的、如歌如画的日子，陡地引起了我对许多朋友的思念和感怀之情。

文物越古越珍贵，我的这段经历其价值远远比不上什么"文物"，但抚今追昔，也感到它包含着那个特殊时期——中韩关系的转折期所具有的心态、动态和思想、感情，或可供后来者作为了解这段历史的参考资料，于是决心续写。好在所剩部分已不很多了，印象虽已不像十多年前那样的鲜明生动了，却有当时留下的几笔简单记录作为参照，边写边回忆，倒也能写得下去。奋笔数周，终于杀青。未想到一篇这样平凡的东西，却历时16年才得有个交待。也算是对众多韩国朋友厚意的一个微小的报答吧。

时过境迁，如今对韩国的一些提法已比十多年前有了些改变。

这篇东西中，写于建交以前的、含有些当时习惯性提法的，如"汉城"(首尔)、"李朝"(朝鲜王朝)、"朝语"(韩语)等等之类，后边一小部份写于现在的，则于"不知不觉"间，用了些如今的提法；此外"大学校"(韩国的叫法)这里有时也按中国的习惯称之为"大学"，也不加以统一了。总之，文章的绝大部分写于15年前，不论是讲韩国的，还是触及中国的，都是90年代初的情况，和现在有很大的不同了，但都不改了。回忆录嘛，保留一点时代痕迹也好。

从建交14年之后的现在两国文化、外交、经贸关系等等来看，双方往来已十分频繁，彼此交往也已是平常事了。但追本溯源，从解冻到形成暖流洪波的历史全过程来看，16年前的这次特殊经历，却似乎是值得作一回顾的。

其后，也多次去韩国，但也和一般人的活动一样，也已成为"平常事"了。作为"序曲"的《海东三游录》，也就到此为止了。

（韦旭升 于2006年4月11日）

≪海东三游泉≫韩文译本序言

历经数年岁月，金晓民 教授终于完成了≪海东三游泉≫的翻译。这种坚持不懈、热情奉献的精神使我钦佩，谨在此表示深深的谢意。

写这本书是为了纪念那段不平凡的岁月。事情发生在1990年10月，正是中韩关系开始出现解冻征兆的微妙时刻。韩国学者面临这一历史时期所采取的积极、热情的态度，和他们对我的极端友好亲切的接待，使我这一个月备感温暖，一直萦怀心际。诸多情谊，无以为报，记录下这段感受，以表达我对此书所言及的众多韩国学者、友人，以及个别日本学者的感谢之意，也借此表露我对后来多次赴韩结识的其他学者的怀念。

历史上中韩文人学者之间的交流很多，1990年这一首次的韩国之行中我所谈到的≪燕台再游泉≫，就是以往韩国人士详细记载此种交流的众多著作之一。返顾中国以往，此种文献虽有，却甚稀。我写此书也有于此略作弥补之意。

此书写的虽然是我个人的见闻、经历和感受，但这也属于中韩文化交流整体中的一个角落。希望以此为中韩文化交流史的研究者或关心者提供一星半点资料。愿后代中国读者永远不要忘记两国关系的历史长河中频频出现的许多美好时光和佳话，促使两国长期友好，亲切相处。

必须一提的是译者的慈父金泰俊 教授对此书翻译工作的热诚推动。他不仅早已为此书写了序，还和他的挚友苏在英教授在出版问题上做了可贵的努力。此外，禹快济教授也早在几年前，就为此书的原中文稿在韩国的出版，做了不少交涉。我特在此对他们表示真诚的感谢。

另外，由于我如今年迈多病，诸多不便，姜东烨教授的爱女姜贵仁硕士利用她在北京师范大学就读博士学位的方便，协助我做了不少联络工作；北京外国语大学的苗春梅　老师也在通讯问题上帮助了我，我也感谢她们。

同时，对本书的出版者国学资料院和一切关心此书翻译出版的各位人士，表示感谢。

愿江山锦绣、人民勤劳的朝鲜半岛(韩半岛)上不再发生战争，世世代代永葆和平。

韦旭升 写于北京天通西苑 2011年4月16日

目　录

海东三游泉

1991年3月开始写作

六、七年前，我在朝鲜平壤金日成大学进行了九个月的学术研究工作。某次参观开城，登上市内的子男山，面向南边，极目远眺，只见茫茫云雾烟尘。同到开城的朝鲜朋友告诉我，如果是万里无云的晴朗天气，可以隐约看到汉城。可惜这一天并不晴朗。茫茫云海挡住了视线。我带着惋惜的心情，想象那云锁雾罩中的汉城。

我那时正研究反映朝鲜抗击日本入侵的古典小说《壬辰录》。当时(16世纪)的首都汉城，是遭受战灾极惨的地区，也是留下了不少战争故事的地方。将近四百年来，那里迭逢战乱，饱经历史沧桑。李朝覆亡的悲剧，日本吞并朝鲜的阴谋，英勇的"三•一"爱国起义……种种历史事件都和汉城有关。如今的汉城是什么样子？整个的南半部，又怎样了？对于已经在北半部生活了百天以上的我，这都是引我遐思冥想的问题。

什么时候能到南半部，到朝鲜最后一个封建王朝的五百年古都去看看呢？子男山上所见的南方烟尘没能给我一个答案，但这一愿望和憧憬，却深深地印在我心上。

梦想成真

六年多之后的1990年，我终于得到了去汉城的机会。东国大学校日本研究所和日本国际日本学研究中心举办的"18世纪东亚文化交流"学术会议的主持人，发了邀请信给我。这主要是东国大学校的金泰俊教授促成的。

为了我办理出国手续上的方便，总共给我发了两封邀请信，一封由东国大学校日本研究所所长金思烨教授署名发出，一封由日本学国际研究中心的上垣外宪一先生协助促成，由梅原猛先生署名发出。此外，高丽大学校的丁奎福教授，还应我在国际电话中提出的请求，向邀请者转达了北大校方的意思，请他们用电传向北京大学说明该会没有"两个中国"或"一中一台"的问题。那时在北京和韩国直接联系很不容易，在北京的星进公司(三星公司)的经理(美籍韩人)李京镐先生用电话为我进行了交涉。就这样，我才得以按期赴会，实现了与海东诸学者相聚会的愿望。

绕道大阪

9月30日清晨，在妻子与女儿的陪同下，我到达北京机场，与同去开会的外国语学院副教授严安生见了面。这是初次见面，以前只通过电话。严先生是多次去过日本的日本语学者，我们的航线是经由日本大阪，转道去汉城。有他作伴，我在日本的活动是不发愁的了。

飞机经由上海到达大阪的时候，是日本时间中午一时。这是我初次到日本。大阪的繁华与整洁，扫除了我旅途的疲倦之感。汽车奔驰在架空的高速公路上。从车窗望出去，高楼大厦周围比较低矮的房屋上，铺着五颜六色的瓦。色调丰富而又明朗轻快。

下了汽车，我拖着沉重的行李，通过人群熙攘、摊铺林立的闹区市街找到了上垣外宪一先生为我们预定的合住处 —— 南海旅社。一放下行李，严先生就忙着和上垣外宪一先生电话联系。从他的热烈而高亢的语调中，我感到了日本主人对我们到来的兴奋和为我们安排的周到。

第二天，10月1日，北京人这一天正在欢庆亚运会进行之中的节日，而我们却怀着另一种兴奋的心情，在大阪办理转道汉城的手续。上午9时多，我们找到大韩民国驻大阪领事馆。到了这里，严先生的日语用不上了。这是我第一次和韩国政府所属机关的人员打交道。接待我们的女职员态度温和亲切，她们的言谈举止，一下子使我想起了在朝鲜北半部我多次接触过的女性工作人员。地分南北，政权迥异，在北方，把这类职员叫Dong Mu同志），这里，叫她们为A-ga-xi小姐）。但两处的女性完全是同一种待人接物的态度，一种我毫不陌生的性格的表现，这顿时使我产生了"宾至如归"的感觉。

手续一开始办得不大顺利。领事馆并没有从汉城方面收到的关于我们赴韩与会的通知。会议在明天就要开始了，而今晚还要参加会议举办者所特设的欢迎宴会。如走不了，将耽误日程。这使我们很着急。在女职员的友好建议下，我们给东国大学校日本研究所打了电话，并委托他们转告金泰俊先生。电话打得很顺利，接电话的领事馆人员也都认真而有礼貌。但事情还需要等待。已到午饭时间了，上午是办不成了。

我和严先生到街上吃了饭。回到南海旅社去，継续给汉城和大阪领事馆打电话联系。最后决定"背水一战"，由旅社取出行李，乘出租车去领事馆。女职员告诉我们汉城已来通知，但要办完手续，赶下午四时的飞机已来不及了，希望我们退票，而且说领事还要与我们面谈一下。我们等了半个小时左右，女职员说手续已办好，取消了与领事的见面，希望我们赶快去机场。此时已是过三点钟。我们赶紧上了车，到机场一看钟，飞机离预定起飞还有三十分钟。我们这才松了口气。

首次乘坐"大韩航空"

这是我第一次乘"大韩航空"的飞机。机型是波音747。我座旁是位中年韩国妇女。听说我是由中国大陆来的，是学朝文的中国人，她开始有点惊讶，继而感到高兴。交谈之下，知道她家在大阪，时常往来与汉城大阪之间。她似乎不愿多谈话，而津津有味地读飞机上发的朝鲜文报纸。

飞机机器似乎出了点故障，正在修理。这时我无意地听到飞机工作人员在用朝鲜语悄悄议论：这趟飞机上有两位"中共方面"来的人。飞机修好，起飞的时候，已比原定时间晚了一个半小时。机窗外的天空已蒙上了薄薄的一层暮色了。

飞机在夜幕中降落在金浦机场。在交验护照办理入境手续的时候，一位便服的安全人员迎上来，问我们来到韩国的目的。在我讲清楚以后，他就陪我们去机场大厅外的迎接人群中去寻找预定来迎接我们的人。

很容易地在人群中发现了金泰俊教授。高兴极了。来不及倾吐彼此的欣喜之情，金泰俊先生就向安全人员一一回答了来邀请我们的理由、开会时间、会议主题等等。安全人员满意地把我领回机场大厅，亲切有礼貌地打了声招呼就走开了。之后海关检验员检查行李。我前面的一位约莫五十岁的妇女，在打开箱子受检验后，未通过，到一旁去办手续去了。听到我是来自中国，说的是朝鲜语，他叫我打开箱子，问我："是侨胞吗？(교포입니까?)"我告诉他不是，又问我，"行李中有中药吗？"我回答："没有"，于是让我关了箱子，算是通过了。

再一看，严先生早已办完手续，通过了海关，而且箱子也未打开。看来，他不会讲朝鲜语，在这种情况下，倒是更容易通过些。

原因是他根本不会朝鲜语——不可能是到这里来贩卖中药的懂朝语的中国商贩。

旧友相逢和新交相识

金泰俊先生和严先生相互拥抱，他们曾经在日本相处过，是老朋友了。为了使我们少走些路，金泰俊先生叫一个出租汽车在似乎是不宜停车的地方停了车，让我们上车。一位交通管理人员随即上来质问司机，看来，为了我们，司机似乎付出了一些违章的代价了。

汽车由金浦向汉城飞速行驶。车窗外一排排的鳞次栉比的商店，五彩缤纷，灯火辉煌，左右前后，都是奔驰着的小汽车。听着金泰俊先生向我们亲切介绍的路名、大厦名，七年前开城与男山上的那感想蓦地涌上心头。—— 我终于来到了汉城，终于实现了那时的愿望！

但此时我的眼睛已搜寻不到我在古典文献中读到的那些情形了。没有我想象中的古城墙和身穿长衫悠悠漫步的老汉，也很少看到身穿朝鲜式短衫长裙缓步轻语的妇女，也看不见朝鲜式的瓦屋人家了。朝鲜电影《卖花姑娘》小镇上的那种狭窄街路和两旁挂着汉字招牌的平房旧式小店铺，当然是见不着的。现代化大城市的风貌，匆忙的步伐，飞速的汽车，繁华耀眼的霓虹灯光，林立的高楼大厦，这是一切似乎出乎我的想象，但仔细一想，又似乎应当在意料之中。朝鲜北半部的平壤，除了牡丹峰依然矗立如故以外，不也是难寻昔日桂月香时代的里巷老屋了吗？我想起，此时此刻，北京亚运会上，朝鲜半岛北南两方的选手们也都在努力拼搏，要和亚洲各国健儿争一短长。雄心勃勃的进取精神既反映在经济建设上也表现在体育上。一切都在发展变化着，现时代事物取代旧时代的也是必然的趋势。

晚宴和古典歌舞

车停在一个外观上有点古典风味的似乎叫"Korea House"的宾馆楼前。走进餐厅，坐在餐桌旁的主客一齐站起来，笑容可掬地迎接我们。东道主——东国大学日本研究所的年迈的金思烨所长、由日本东京来的芳贺彻先生、来自日本的中国社科院历史所的汪先生，这三位是初次见面，除此而外，都是去年(1989)12月在北京的老相识了，他们是：日本学者——此次会议的举办者之一的上垣外宪一先生、芳贺彻先生、吉田公平先生、德国的日本学专家E. Jorissen先生，韩国学者崔博光先生(成均馆大学教授)、姜东烨先生(江原大学教授)。已经是杯盘狼藉了。由于飞机误点，他们久等之余，已先我们而用完酒饭了。现在只有金泰俊和我与严先生就餐了。

主人对于大阪签证中的困难表示了歉意和慰问。热烈的寒暄与交谈，欢笑与话语，伴着我们用完了在朝鲜半岛南半部的第一顿丰盛的晚餐。

晚餐后是朝鲜古典歌舞的专场演出，地点就在同一宾馆的演出厅中。演出厅不大，大约可容纳二、三百人。观众主要就是我们这十余名与会者，另外还有约数十人，可能是宾馆的工作人员。

这纯粹是朝鲜传统式的古典歌舞。

我开始学习朝鲜语后的四十余年岁月中，曾经在北京看过朝鲜著名舞蹈家崔承喜的舞蹈。之后在延边、在平壤都看过不少朝鲜歌舞，但欣赏这样一种纯古典的歌舞，还是第一次。乐器、人物、服饰、乐曲、歌词、舞蹈动作、故事情节和内容……一切的一切，全都是古色古香、充满浓郁的民族情调与气息。这小小的舞台，把我带到了昔日朝鲜的宫廷、社会与民间，使我悠然神往。

来到汉城的第一天所看到的这场演出，似乎为我这个以古代朝鲜文化为研究对象的中国人，揭开了一个意味深长的序幕，兆示我这第三次身临海东朝鲜半岛，第一次来到南部的游历与学术活动，将有一个丰富多彩、新鲜有趣而又具有深刻意义的内容。

散场以后，姜东烨先生热心地为我买了一份有关今晚演出的节目单，使我对这些节目的名称、内容能有一个较详细的了解。

住进学术大厦

当晚，我们一行乘车到学术大厦(Academy House)下榻。这里离市中心较远，地处汉城边沿，依山建成，颇为安静。

我进入自己的房间，正整理行李，忽然电话铃响了。这是我到韩国来接到的第一个电话。打电话来的，正是我最早认识的第一个韩国学者——崇实大学校的苏在英教授。

1985年5月我曾应校方之命负责接待过一位来自夏威夷大学的朝鲜文学学者李鹤洙(Peter H. Lee)教授。我主持了他在北京大学的将近一个月的连续多次的讲学活动。他得知了我对朝鲜讲史小说《壬辰录》的研究情况，回国后，把著有壬辰战争研究专著的苏在英教授介绍给了我。那时苏先生正在日本天理大学任客座教授。接到我的信后，他立即热情地复了我一信，并寄来了他的著作。从此，以文会友，我们成了相知。1989年3月，我和北京大学比较文学研究所所长乐黛云教授以个人名义邀请他和高丽大学校的丁奎福教授同访北京，进行一些学术演讲和学术考察。从那以后，到我此次来汉城，已过去了一年半时间。

苏先生在电话中满心喜悦地说："啊，你终于来到了。"1988年他曾经邀请我参加崇实大学校的校庆学术会议，但因当时的形势，他的多方努力终归落空。这次我的来到，正是他的好友金泰俊先生努力的结果。因此，他为我来到而高兴，是双重的。他关心地问到我的途中的状况，告诉我，他全家因为我能来到而愉快。由于后天(10月3日)就是中秋节，他希望我到他家去过节。我们之间就像是兄弟或老同学的久别重逢，热烈而自然，毫不带有外交式的客套。

Academy House的房间陈设较考究，房间也很大。独自躺下后，我对即将在汉城度过的一段日子，充满了新奇感。在对海东友人的感谢心中，也夹杂着淡淡的乡愁。

这里是中央博物馆

10月2日黎明起床，大玻璃窗外，是一片郁郁葱葱，令我心旷神怡。漫步楼下，宾馆前的空气清新极了。

早饭后，是参观中央博物馆。车子开过街市，我看到了汉城市街清晨景象。

中央博物馆坐落在日本统治时期的"总督府"大楼内。日本投降后，大楼改为政府办公大楼，政府另迁新楼之后，此处遂给了中央博物馆。建筑外形巍峨，使人联想到当年建造此大楼的日本统治者的野心，他们君临朝鲜人民，实行殖民统治，企图同化朝鲜民族，把朝鲜永远作为日本的一部分，永远霸占半岛。

博物馆宽阔高敞的前厅中，楼梯左右两边各立有世宗大王和李舜臣将军的塑像，前者于15世纪下令创制、颁布并推朝鲜语的文字，后者在日本大举侵略朝鲜的壬辰战争(1592－1598)中，作为海军将领，屡屡打败气势汹汹的敌人，鼓舞了全朝鲜人民，功高盖世。两位历史人物，一文一武，功在朝鲜民族的振兴，永远为后人所纪念。

博物馆所展出不少历史文物。它的展品的安排与说明都和平壤的历史博物馆不同。平壤的博物馆的整个展厅中贯彻一种思想，即社会发展史的思想，对近代史比较注重，强调政治和阶级斗争，有十分逼真的仿造品，如高丽古坟壁画、广开土王碑等，还有些绘画，如壬辰战争中李舜臣将军奋战的海战图，很能鼓舞爱国思想。这里的博物馆，则着重于文物本身情况的具体说明，尽量展出实物，磁器、工艺、雕塑、绘画、书法等等，展品很多。有大大小小的古代佛像雕塑，还有李朝时期号称为"诗书画三绝"的申紫霞(1769－1847)的亲笔字画，都很宝贵。由古代沉船中打捞上来中国古磁器，放在博物馆的顶层展出，琳琅满目，可以看出我国古代磁器工艺和高丽李朝磁器的不同特色。这里还有照原样大小仿制李朝时代士人的书斋，也很逼真，颇有"风俗画"的味道，富有民族特色。

从展出内容上看，北边的强调劳动人民、生产、政治斗争，重在思想教育；南边的注重展示佛教、儒家的影响和文化人、文化艺术成就，重在历史知识的传播。

比较文学会长的西餐宴请

参观完走出大楼时，有人通知我，韩国比较文学学会会长郑汉模先生设午宴邀请我。于是原定的日程无法参加了。金泰俊教授陪我乘大轿车去。

为了让我看到中央博物馆附近的一些景观，金先生让司机绕道而行，指给我，哪里是南大门、光华门、朝鲜日报社。我还看到了巍然矗立的李舜臣铜像。对此铜像我早有所知，今日见到，对于研究过壬辰战争小说的我，特感亲切，很想下去在铜像前致敬，拍照留念，但时间仓促，来不及了。以后更忙了，到我离开汉城时，这一愿望一直未实现。

宴会是在 Academy House 附近的一个高级西餐馆中进行的，餐馆在山上一个十分幽静的地方。由于两天旅途的颠簸，疲劳，我晕车了。在下车上山赴餐馆途中，在山间小道上呕吐了。之后勉强随金泰俊到了餐馆。这时其他赴宴者都已到齐了。

郑先生一见我，非常高兴。我与郑先生在今年七月在贵阳的全国比较文学学术会上见过面，向他赠送了过我的近著《中国文学在朝鲜》，同月他到北京，与我电话联系过他以汉城诗人大会主席的身份和中国著名诗人见面的事。事隔两个月，这次能在他的本乡本土和我见面，分外高兴，谈了好些热情洋溢的感谢话语，我感到温暖而又不安。

赴宴者中有日本东京大学的芳贺彻教授、汉城成均馆大学的崔博光教授，此外还有韩国比较文学学会的"总务"(即秘书长)李龙男、沈明镐两位教授。

宴席设在餐厅的楼上，别无其他客人用餐。清澈宽敞的玻璃窗外，是群山的青枝绿叶。宁静，幽雅，使人有超尘脱俗之感。我很自然地联想到北部的妙香山。我两度去过那里，并在那里过夜。那宾馆的外面也是如此一片青翠幽静。作为名山，妙香山比这里更宽广、秀丽和意境浑远，但这里纯西式餐厅的陈设却给我更多的新奇感。

主人热情劝杯，劝食。菜一道道地端了上来。但我既晕车，又个习惯于西餐，所食并不多。甚至于整盘只吃一两口就端了下去。对于盛宴待客的好客的主人来说，这未免是一种失礼。但也无可奈何，只好是心存歉意罢。然而此时的主人却怀着另一种歉意。用餐后，出餐厅下山，告别时，郑汉模先生一再说，这次未让我吃好，以后再宴请。李龙男先生担心地问我晕车感觉怎样了，还要陪我回住处。我婉言谢绝了他。回到宾馆还未躺下，李龙男先生就打电话来问候病情，还告诉我他家离此不远，问我要不要住到他家去，在他家，饮食照料，比宾馆更周到细致些，便于休息、恢复健康。我虽然没有接受他的这番好意，但很感谢这种平易、亲切的关心。

晚餐由文化部长官(部长)李御宁先生在 Korea House 举行欢迎宴。但因担心再度晕车失礼，我委托金泰俊先生代为告罪谢绝了。其他与会者都去了。

异国他乡迎中秋

晚上，苏在英先生来电话慰问，问我明日中秋节能否去他家欢度节日。丁奎福先生也打电话来，满心为我的来到而高兴。丁先生是高丽大学的著名教授，著有《九云梦研究》等书。我曾于1986年将《九云梦》加以校注，在中国出版，并在87年去哈佛大学时，听大学图书馆韩国学部分的负责人金圣河先生告诉我，丁先生曾去该馆影印过几本《九云梦》的材料。由于《九云梦》，我与丁先生，初而为笔友，后来成挚友。1989年他和苏在英先生一起应我的邀请而来北京时，相处甚欢。此次来汉城，交涉过程中也得到过他的帮助。他也是早就盼望我来了。电话里中传出的这位先生的带有些苍老而敦厚朴质的话声，透露出他内心的喜悦。

10月3日是中秋节。与会者都去参观民俗村。这是我最想看的一个地方，但是考虑到要保持健康以便参加这里的学术会议和更多的活动，我宁可暂时放弃。

下午，苏在英先生送来了他家特地为我熬的柏子粥。粥放在一个旧式的圆柱形的大磁壶中，外面盖了布以便保暖。送到时粥还是热的。我明知柏子虽是好药，并不能治我晕车后的呕吐，但不忍拂他全家的好意，喝了下去，希望用这暖粥来暖我的心。遗憾的是胃不舒服，服后又吐，未能喝完。看见苏先生取回磁壶，着急而失望的样子，心中很是歉然。

为了陪我们一起，苏先生放弃了中秋节与家人团圆的机会，住在我隔墙金泰俊先生的屋子里。和苏先生同来的还有仁川大学图书馆长禹快济教授。禹先生年在50左右，曾于今夏8月参加赴敦煌的考察，因此相识。他是苏先生的学生。

接着，丁奎福先生和他全家——他的夫人、女儿、外孙子来了。旧友重逢，愉快的心情使我忘记了身体的一切不适。

丁先生一家刚走，李秀雄先生来了。李先生是敦煌学会的"总务"(即秘书长)。我们曾经为韩国敦煌学会会员来华参观的事通过信。今夏他和一批会员二十余名来华后，我们一同参观游览和考察了西安、兰州、敦煌，相互处得很好。他对敦煌文学颇有研究，出版过一部《敦煌的文学》(朝鲜文)。由敦煌回到北京后，他还和该会其他几位成员一起参加了中国敦煌吐鲁番学会会长季羡林先生举行的欢迎宴。这次我来韩，他当然也是很高兴的。他来宾馆一是来看我，二是谈到他的书稿《朱熹和李退溪诗比较研究》在华出版的问题。

这天，正巧是东西两国德国统一的日子。我和苏在英、金泰俊两先生一起在我隔壁的金泰俊房间(202号)观看电视播出的德国庆祝统一的场面。

在与会者中有位德国学者E. Jorissen，上垣外宪一特为此兴致勃勃把大家聚在一起，向Jorissen祝贺德国的统一。芳贺彻和三位韩国学者也都参加了，大家兴高采烈地干了杯。韩国学者深怀感慨和羡慕之情，希望自己的祖国也早日实现统一。

尽管今天是中秋节家人团圆之日，苏在英先生却未回家，而是在金泰俊先生房间过夜。既为了陪我，也为了参加明天的会议。

"18世纪东亚文化交流"国际学术会议

按原订日程，会议在10月4日举行。会场就设在 Academy House 楼下的会议室内。

会场布置得庄严而又充满宁静的艺术气氛。主席台上高悬着深绿色的大横幅：

"18世纪东亚文化交流国际学术会议"

会议程序单（"案内状"）写明：东国大学校日本研究所与国际日本文化研究中心共同举办。

除正式与会者11人以外，还有不少莅临会议的学者，曾和我同去敦煌的学者有苏在英(崇实大学校)、崔康贤(弘益大学校)、尹光凤(大田大学校)、李秀雄(建国大学校)、禹快济(江川大学校)等先生参加。此外还有一些先生，似曾相识，一时记不起名字，还有些首次见面的先生、女士，会场的全部座位似乎坐满了，总共约有三、四十人。

会议10时开始，首先由东道主之一东国大学校日本研究所所长金思烨教授致开幕词。接着介绍正式与会的学者。每介绍一人，听众皆报以欢迎的掌声。

学术报告("主题发表")分六个小段，每一小段有有两项报告，主持人由部分与会者轮流担任。

第一段由金泰俊先生主持，报告项目为姜东烨(江原大学)的≪18世纪朝鲜朝小说中出现的中国和日本≫、严安生(北京外语学院)的≪黄遵宪论日本≫。

第二段由姜东烨先生主持，报告项目为崔博光(成均馆大学)的≪唱和集中有关韩日间的诗歌交流≫，吉田公平(日本广岛大学)的≪性善论的社会背景≫。

下午接着进行第三段，由崔博光先生主持，报告项目为上垣外宪(国际日本文化研究中心)的≪德川日本时期的中国文学的翻译和翻案(改编)≫。

第四段由我主持，报告项目为芳贺彻(东京大学)的≪伊藤若冲和朝鲜民画≫，汪向荣(中国社科院)的"中日文化交流中的朝鲜"。

第五段由上垣外宪一主持。报告项目为我的≪柳得恭<燕台再游录>中与中国文士的交游≫，金泰俊的≪交友论在18世纪的展开≫。

第六段为综合讨论，由金泰俊与上垣宪一两位先生共同主持。

各个报告项目大多用日语，或用朝鲜语。汪向荣先生临时决定用中文发表。当时他上了台之后，才通知我这个负责主持会议的人用朝语翻译、解释。在事前对他发言内容毫无所知的情况下，我在他的中文发言后，对他发表内容作了点简单的介绍。在综合讨论时，正式的到会者提出了一些问题和简单地发表了点意见。金泰俊先生赞扬了芳贺彻和吉田公平两先生的报告。

在会议的中间休息时，韩国学术振兴财团国际交流部部长洪思明先生突然出现在面前，原来他是特地来旁听会议并与我见面的。他从座位上站起来，十分热情地和我握手，说："我们请不到你，别人把你请到了。"听他这一说，我很不好意思，也很感动。——虽然不是我自己不愿来，而是来不了，是当时客观原因所造成的。

我在1988年秋(11月)见过洪先生。他由我以前的学生冯剑秋(社科院)及一位姓林的女士——民间文学杂志编辑陪同到我家来见我的。美国夏威夷大学的李鹤洙教授(Peter H. Lee)曾向韩国学术振兴财团转达过我为出版≪壬辰录研究≫而请求经济支援的事。≪壬辰录研究≫，原名≪朝鲜壬辰卫国战争与讲史小说<壬辰录>≫，共22万字左右。是于1983年9月至1984年6月在平壤从事研究的成果。加上朝文本≪壬辰录≫的汉译文和汉文本≪壬辰录≫的整理本，合在一起出版，书名为≪抗倭演义(壬辰录)及其研究≫。洪先生就是为此而来我家的。1989年他又努力促进邀请我到韩国从事学术活动，但因为当时我国与韩国双边的关系还只限于民间贸易，未能实现。此次见面，洪思明先生分外高兴，笑吟吟地通知我：这个学术结束后，立即由学术振兴财团负责接待我，希望我在韩国从事一个月的学术活动。

休息厅里，人们三三两两地交谈。有位似曾相识的学者走上前来和我握手，经他提醒，我才想起，我和他在贵阳会议时见过面。

下午四时进行第五段，由上垣外宪一先生主持会议、我进行学术报告。我用朝鲜语发言，谈的主题是柳得恭的≪燕台再游录≫。

韩国学者云集此会场，我首次来到汉城，谈两百年前朝鲜文人两度到北京与中国文士的交游，心中颇有感触。——已不仅是单纯探讨学术的平静心情，而是一种在新的历史条件下，回报柳得恭到我国访问，回报他对中国文士友谊的心情，是継续前人事业而迈出新的步伐的心情。我这个报告的理论水平并不高，但我的感情是起伏不宁的。终于在发言临近终了时，我提出了我的思想：昔日朝鲜学者到中国，写下了无数见闻记录，如≪燕行录≫等。我前两次是去朝鲜民主主义人民共和国，这次是首次来大韩民国，对整个朝鲜半岛来说，这是三度游历。我将継续前人的足迹，回去写出我的《海东三游彔》，以记彔我在韩国的种种见闻，为后人留下中国学人在海东的活动及一些友谊交往的痕迹。

听了我这个表态，听众席上爆发出了一阵掌声，个个笑逐颜开。这给我了一个很大的安慰，也加强了我必定实现诺言的决心。

中国餐馆里的联欢

会议开得很紧凑。下午六时左右，结束了全部的议程。晚上，与会者加上部分列席者进行联欢式的宴会，带有庆祝会议成功之意。这是在离Academy House不远的一个中国菜餐厅进行的。我曾在美国夏威夷和旧金山、伯克利去过那里的中国餐馆，在平壤时没有注意有否中国餐馆，这里的中国餐馆是怎样的呢？坐在沿着山坡曲折起伏迂回奔驶的小汽车中，我好奇地揣摩着。

这是一个相当清洁、较为豪华的餐馆。楼上的一个厅中，已放好了一张宽阔的长方形餐桌。两边各坐八人，两头各坐三人。客人陆续到齐。满座，约二十余人。东国大学日本所所长金思烨先生也来了，这次他似乎仍然代表东道主。我坐在拐角，他在我右手的桌头。

没有仪式性的长篇发言，他只是略略说了两三句庆贺和欢迎的话。然后举杯，进餐。菜似乎是中国南方式的，不油腻，可口，由侍者用小碟子一道道送到每个客人的面前。然后是吃面条。这对于我是最好饮食的了。

餐桌上宾主谈笑风生。芳贺彻先生年过花甲，平素看来有一种学者式的庄重与沉静的风度，今晚却显得特别愉快，活泼，像个年轻人。他和大家一齐唱歌说笑。也不知是他，还是金思烨先生，还是座中的谁，提议我唱歌。我学过不少朝鲜和中国朝鲜族的歌曲，但此时仓促间我想不出更适合于此种场合与气氛的歌。我被周围的这种友好愉快的情绪包围住了，想起了全朝鲜久久流行于民间的"阿里郎"，随即引吭高歌，座中有人附和着唱，歌声一停，掌声、欢笑、意外和欣喜之情立即弥漫开来。我这粗糙的歌声引出这样的效果，这是我未想到的。也许，是因为韩国人首次听见中国人唱出一支他们从童年时起就十分熟悉的民歌？也许，是由于他们设想，这支歌不曾流传在强调艺术的政治内容的朝鲜北半部和中国延边？

还未等我想过来，别人的歌声又开始了。笑语满座。往往是芳贺彻先生带头。年近七十的金思烨先生和另一位老先生拟先退席。退席前，他提议，要我带头再唱一遍阿里郎。我起了个头，大家齐声和唱，唱完鼓掌。我也就在这欢乐的气氛中，和汪向荣先生一起，随金思烨等年长先生一起离席告辞了。芳贺彻、上垣外，金泰俊等先生则继续和年轻人作乐。

今晚的宴席上，还有位白人，女性，似乎懂朝鲜语，和我寒暄数句，作了自我介绍，可惜我忘了她的姓名和身份。

今天会前，李秀雄先生送茶叶来，又送了好些药物和食品，心意可感。

踏上文化考察路程 —— 经过大邱

会议的学术报告及讨论结束了，从10月5日起，继续进行"18世纪东亚文化交流韩国研究旅行"的活动。在此以前的10月1日至10月3日的古典歌舞鉴赏、中央博物馆的参观、民俗村的实地考察，都是上述"韩国研究"活动的一部分。10月5日到10月6日的活动，是其継续。

10月5日晨起收拾行装，寄存于 Academy House。以便轻装上路。芳贺彻先生不参加此次韩国研究旅行，预定今日回日本，他还未起床，无法告别。我们一行九人一大早上了大轿车，离开宾馆。

这个地处僻静山间的宾馆，我住了四个晚上。一片绿色环绕，每日清晨，我呼吸着山间特有清新空气，在犹带晨露的树叶下徘徊作操，体会这意味深长的短暂而新奇的异国生活。如今向它挥手告别，竟有点惜别之情，但前面还有更引人入胜的情景和活动。一个感想闪过心头：后会有期，Acadamy House!

我们一行九人，经过了高低曲折的山间道路，驰入车辆纷纷的拥挤的市街，走走停停，到达汉城火车站，已经是九点十分了，误点了，预定赴庆州车已经开出，只再等下班车去大邱。然后乘汽车由大邱到庆州。

汉城车站是老站，还是日本统治时期建造的，之后加以扩建。车站建筑分两层，比较大，乘客很多。熙来攘往，有如百货商场。比起我国的车站来，汉城站是很干净的。这不仅是因为人们的穿着比较干净，而且也因为车站注重卫生清洁，加上乘客文明不乱扔菓皮纸屑，看起来，人群多而不乱，挤而不脏。车站大厅里有几架彩色电视机，一排排的座位，供候车客人休息和观看。座位上不少人在安详地看电视，但也不难找到空位。不像北京站的候车大厅那样，除了坐着些风尘仆仆的候车人以外，还横七竖八地躺着一些人，堆放着箱子、行李，使得想找个座位歇歇腿的乘客望而生畏，再加上一股股刺鼻的气味，使人恨不得快些离开这个原本在建筑上是很富丽的宽敞的候车厅。汉城站建筑的缺点是天花板太低了些，使人有些闷迫感。

我还踱到车站厕所去看看，也还是有股不舒服的气味，但比起我们一些车站厕所中的那股熏人的气味来说，要好多了。

北京站的建筑风格比汉城站宏伟，气派，主厅高敞，壮丽，明亮，各候车厅乃至盥洗室，卫生间等等都很宽敞、设备也较齐全。但给人的印象并不佳，看来还是管理问题。另外，一般生活人水平还比较低，穿戴和个人卫生都较较差，文明习惯尚不理想，再加上国大人多，飞机票太贵，火车乘客过多，车站流量太大，也都是一些原因。

车站内有一些咖啡馆。很容易找到些空桌、空位。我们一行进入喝喝咖啡，休息闲聊了一阵子。也就二十多分钟左右，去大邱的票已买好。我们就排队鱼贯而入检票口上车了。上车人数很多，但并无争先恐后，你推我挤的现象，而且看来，火车乘客虽多，临时买票或换票却很方便，不须要那么样焦急奔波，费九牛二虎之力。

我们乘的是软座车厢。车厢内设备和飞机客舱内的有些类似。左右边各两个座位的座椅都朝着前进的方向，但可以将座椅改变成相反的方向，这样一来，前后排四人可以两两相对，谈话或打扑克。座椅靠背的角度可以调整，或半躺，或坐。在前排靠背后面设有报刊袋，内放读物，可以任意取看，还有活动的小桌面，后排坐席可以放下，放饮食杂物。车上饮食供应也很方便。

沿途一眼看去是秋日的田野。村庄处处，但看不到一间草屋，也很少有寒碜的旧式黑瓦屋，多为洋房，五颜六色，很像在大阪市街所见的彩色屋顶。房屋看上去较新而整洁。同行的姜先生告诉我：现在农村家家户户都已有了种种电器用品，有了现代建筑中所应有的设备，一般都能装上电话，和城市住家差别不大。据说，这都是朴正熙当政时实行新村运动(새마을 운동)时开始建设的。如今的农村中，再也看不到昔日的茅屋了。

金泰俊先生与我并肩同坐。车离大邱不远时，金先生指着窗外，告诉我这是就是善山郡了，是苏在英先生的家乡。我凝视窗外，仔细地观看我所认识的第一位韩国学者的家乡。金先生还告诉我每年苏先生都要回家几次，庆贺他老父母的生辰，给祖先祭祀上坟，每逢节日也得回来。金先生说，这是韩国的习俗。在外地工作的人，逢父母生日而不回家乡尽孝道，就会被人议论、指责。金先生此语，令我深思。对父母尽孝，这不仅是大韩民国的习俗，在朝鲜民主主义人民共和国，也有清明放假，使人能有去祖先坟上扫墓的机会。中国的传统习俗，"孝"字也是放在很重要的位置上的，"百善孝为先"，韩国的这种"父母生辰必归乡"的做法，很富有人情味。虽然费点时间，影响点工作，但为了培养人子不忘旧恩，培养优良品德，保持传统良好风尚，这点时间上的牺牲是值得的。特别是在现代工业化造成的生活紧张和金钱至上的社会里，这点是很必要的。

到大邱，在车站前匆匆地看了看附近的街景，总是高楼和广告。随即乘上"面包车"，由公路向庆州进发。

"东方四贤"之一——李彦迪的遗迹

在高速公路上看景物，比之于在火车上，更有一种身临其境的感觉。这里的山山水水，是整个"三千里锦绣江山"的一部分。

虽是首次来临，但青山郁郁，田野悠悠，有似曾相识的亲切感。使我感到新奇的，主要是道旁的建筑。

汽车由宽阔的高速公路拐进一条较为狭窄的路上，向着多林木葱郁、靠近山边的地方进发。车停在一个幽静处，古老的房屋，深深的院落，原来这里是李彦迪故居。

李彦迪(1491－1553)是朝鲜王朝初期的儒学一代宗师。他为官政绩斐然。他的性理学思想对朝鲜最著名的朱子学大家李退溪(1501－1570)有很大影响，被李退溪尊奉为"东方四贤"(指金宏弼、郑汝昌、赵光祖、李彦迪)之一。他一生著述甚富，为朝鲜封建社会奠定了政治思想与哲学思想的基础，因而有"海东夫子"之称。他晚年蒙冤死于谪所。后于宣祖时被追赠为领议政。配享于庙廷。光海君二年(1610年)起，从祀于文庙。

李彦迪故居山环水绕，谷深林幽。反映出这位学者的淡泊清高人格和潜心治学的品德。我怀着对这一代硕儒的崇敬之心，和金泰俊等先生一起登堂入室，瞻仰这朴实无华的古老建筑。又绕道屋旁，只见泉水淙淙，林木稀疏，令人荡尽尘世俗累。这真是一个理想的读书治学境界。我情不自禁地对金泰俊先生说："我不喜欢那高楼大厦，宁愿在此度过我的余生。"这虽为戏言，却也是我厌恶喧嚣世界，渴求宁静致远的一种心情。

故居的一间屋里，住着一家人家，大约是三十岁左右的夫妇，据说是看守和保护这故居的，他们是李氏的后代，还是另外请来的人？没有弄清楚。

这家住家的陈设，很有些现代化的东西，洗衣机、电视机……看上去和这座古老而显得些破旧的中古时代建筑不大调和。

出了故居，乘车到玉山书院。

玉山书院是朝鲜士人于1572年(宣祖五年)为纪念李彦迪而在遗墟上建造的。初为体仁庙，供奉李的牌位，之后增造其他建筑。在当时来说，此书院的规模是首屈一指的。由宣祖颁赐匾额"玉山书院"，如今我们见到的此匾额是1839年(已亥)毁于火灾后重造的。"玉山书院"四个古朴厚重，大字下面，写着三行小字：

"万历甲戌 赐额后二百六十六年 已亥失火，改书宣赐"

甲戌是明神宗万历二年(1574)，已亥是清道光十九年(1839)。这里故意不提清的年号，而宁愿只提明代年号，是朝鲜历史上由来已久的思明恶清倾向的一种反映。这种情形，朝鲜北部所保存下来的古迹中，也屡见不鲜。

我们依次参观了"亦乐门"、"体仁庙""求仁堂"等建筑。一位看守此古迹的李彦迪后代出来迎接我们。经介绍，他知道了我们一行中有来自中国的学者，感到一种意外的欣喜和欢迎之意，向我们介绍了有关的一些情况，并且将一本题为"玉山书院与良洞村"的彩色画册送给我我们，恭恭敬敬地送别我们。

韩国学者告诉我们，在韩国，这些古迹往往是由古迹原主人的后代子孙作为祖产代代继承，法律上作为不可侵犯的私人财产，个人出力维护保存。政府可视其历史意义与学术价值，酌给补助。这种方式和我国的不一样。韩国人非常重视族谱，代代祖先，记录不断，有的可以上溯到数百年或年代更久远的祖先。

这种敬祖、家族观念，也反映在对祖先精神及物质文化遗产的珍视、爱护上。

像"玉山书院"这样宝贵文化遗产保存得这样好，上述观念和做法起了积极的作用。同时，参观古迹而能和古迹所纪念的原主的后代子孙见面交谈，对有心的参观者来说，也是一种满足和收获。

"玉山书院"建筑开间较大，风格凝重，浑厚，也许是维护得较好，色彩也较有光泽，比较富丽，与故居的破落低矮素朴形成鲜明对比。它坐落在半山坡上，地势开阔，居高临下，背依山峦，绿叶青翠，风鸣萧萧，泉水潺潺，于丰富的天籁中更衬托出诗意的幽静，青山碧水中似乎蕴藏着古哲人胸中的天机。此情此景之中，同行的姜东烨教授为我背诵了李彦迪的一首时调《青山曲》：

紫玉山谷幽深处，筑茅屋一间；

半间赠清风，半间予明月；

青山无赠者，留置周围任我赏。(译文)

远眺对面隐隐青山，想象诗人当时的心情。这悠然出尘的朝鲜语诗句，和陶渊明、王维诗歌似乎一脉相通。

走下石台阶，刚来时看到的七、八个男女，还在围坐进餐笑谑。虽然这似乎与周围的肃穆深远的环境不大调和，倒也看出这里的人民习惯于和他们的历史哲人遗迹相亲近。

离开"玉山书院"时，身负领导日本研究所重任的金思烨先生要另途返汉城了，他向我们一行告辞。感谢这位年迈的东道主不辞辛苦，殷勤远路陪同，我们和他互道珍重。

新罗故都访古

汽车开到庆州博物馆的时候，已经是日斜西山的时候了。游人已稀疏下来，更显得馆厅空阔。和汉城的中央博物馆不同，这完全是特为展览庆州文物而建造的，式样新颖，高大明朗，给人以轻松舒适之感。所展文物甚多，雕塑、磁器……展览方法与主导思想与汉城中央馆类似。最使我感兴趣的是馆外广场上的"爱弥尔莱钟"(에밀레종)，亦称圣德王神钟。

这是一座高3.33米，直径2.27米的巨钟，建造于新罗惠恭王七年(公元771年)，巨大的身躯，精美的工艺，反映出全盛期的新罗王朝的宏伟气象，是新罗文化遗产中最宝贵的一项工艺品。由于它和一个民间传说相关联，朝鲜文学史常提到它。我久慕其名，今日得见，颇为兴奋，与同行的数人在钟前拍照留念。

我们还参观了博物馆附近的一个文物商店。里面琳琅满目，尽是庆州特产或出土文物的仿制品。姜东烨先生一再劝我买点文物作纪念，我却因当时经济颇不宽裕，未买，拂了他一片好意，颇觉歉然。但金泰俊先生买了些出土佛面雕塑的小小的仿制品，串以棕色绳子，给了我们一些人，参观途中，我一直把它挂在胸前。

黄昏时分，我们找到了一家小巧精致的朝鲜馆子吃饭。脱鞋上炕，盘腿而坐。吃的是纯朝鲜式的菜食，爽适可口。侍者彬彬有礼，一天的疲劳饥饿，至此顿释。

晚上，住在温泉宾馆。这里似乎地处在庆州市边缘。附近市街商店多为平房，没有什么大厦高楼，反而更给我一种亲切感。

我很想看看庆州这座历史旧都的保存下的原有的古代风貌。时间仓促，不能如愿以偿。我这个学习朝鲜古典文学的人，总是用我从古典文献中得出的印象去看待一些历史名城的现状。殊不知早已时过境迁，历史陈迹已为现代化的市街建筑、林立的繁华商店和来往飞驰的汽车所掩盖、代替了。在汉城的数日中我已有此印象，在庆州这个更古老的新罗故都，我担心也会产生同样的失望情绪。好吧，少看一些为好，就让自己带着"埃弥尔莱钟"的古老浑朴的印象，作为到此慕名已久的故都的精神纪念吧。

温泉宾馆大厅华丽，设有天然温泉浴室。主人们劝我一洗以消除旅途风尘。我因疲劳，懒得走动，就在室内卫生间洗了个澡，把衣物放在反映这故都风格的古典雕纹装饰的衣柜中，躺下休息了。

石窟庵 —— 佛国寺 —— 瞻星台

　　10月6日晨八时在一楼华丽的餐厅吃了早饭。九时出发，先到石窟庵。在朝鲜历史及美术史中，多次看到石窟庵中的佛家图片，并未因以为奇。现在身临其境，真正体会了它的可贵。爬上一段较长的山坡，才看到它。为了保护这个文化珍品，在它迎面造起了门厅、走廊。我们进入走廊，看到了隔在大玻璃窗门后面的佛像。辉煌的灯光照射在菩萨的安详、慈祥、静穆的面颜上，有位身穿整齐袈裟的僧人在里面虔诚地跪拜，诵经。

　　同行中有几位学者隔着玻璃默默地向佛像鞠躬致敬。我也怀着对新罗文明及其雕塑艺术的敬意，和对这片土地上古往今来风风雨雨和曲折历史的沉思回忆，向这令人肃然起敬的神像，默默地行注目礼。

　　步出门厅，去饮水台尝了尝清凉的沁人心脾的自然泉水。伫立平台，远眺前山，好一派地势！与石窟佛像正面相对的遥远处的绵绵青山，就像是石窟庵的屏障，使得地处半山，向里凹进的这一所在，有一种居中而众山环拱之的气派。沿着原坡下山时，才注意到路旁林木亭亭，绿叶如盖，有夏日草木繁茂之景，又有秋天的天高气清，令人气爽神怡之境，越感到这一久负盛名的古迹的可爱。在工艺的造诣和自然环境的选择上，都是卓越的，不愧为国宝。

　　据说：石窟庵前要不要罩以玻璃，遮以门厅、建筑的问题上，颇有不同看法，虽然说这后代的附加建筑有损这古迹昔日的原貌给人的印象。但保护这一文化遗产使它不受风蚀雨侵，也是很好的一件事吧？

　　从石窟庵到佛国寺，坐汽车用不着多少时间就到了。此处游人比石窟庵稍多一些，虽尝不到昔日的静谧与袅袅诵经之声，但也没有乱杂喧嚣之感。在画报和挂历上，我早已熟悉这个大刹名寺的外观形象，今日置身其间，倍增怀古的悠情。门楼、大殿、回廊、石塔，件件使我对这一已具有一千四百多年历史的新罗遗留建筑，产生了流连忘返之意。金泰俊以及其他先生似乎很理解我这个心意，主动和我拍了几张照片。

午饭是在寺前的饭馆中吃的。古迹附近略有些现代化的设施，如商亭、饭馆之类，方便游人，也未尝不好。佛国寺以及我后来看到的一些韩国古迹，如通度寺等等，都是这样的，方便设施，有而不多，不杂，没有城市中喧闹、浮燥的商业环境，基本保持了古迹原有的静穆和幽深的气氛，使人们仍可"发思古之幽情"。这一点韩国做得较为适宜。我国古迹众多，游人亦不少，很希望管理者能考虑到这一点，并且向邻国的成功经验学习。

汽车开动时，我沉浸在车窗外阳光下一片明快的绿色风景中，没有注意要到哪里，乃至下了车，才发现眼前矗立着一个似乎十分眼熟的特殊建筑。啊，原来是瞻星台。那古朴、单纯的新罗时代的科学和建筑的遗留物！那古代新罗人的智慧和艺术的象征！在这里，身穿官服的古代的天文学家们多少次观察过天空景象，又多少次地根据这种观察来预告国家的命运。我不知道当初环绕在它周围的是什么建筑。如今它却孤零零地矗立一片草坪的中间。草坪旁围以低矮的栏杆，表示出现代韩国人对这一国宝无限珍惜和爱护的心情。同行的学者告诉我，他们少儿时代 —— 推算起来大约是半个世纪以前吧——就曾经和一伙小同伴们钻进去，爬上去嬉戏玩耍。长此以往，对这个古代建筑是不利的。如今采用这种保护法，确实是必要的。

整个瞻星台约九米高，全部用整齐的岩石堆成。它经受了无数次风霜雨雪的侵袭，电闪雷鸣的轰击，无情战火的威慑，历史浪潮的冲激，却依旧安然无恙，虽稍见苍老，却依然苍劲挺拔，昂然屹立。它是这个国家悠久历史古老文化的象征，也是这个民族历经历史艰辛曲折而依然奋发有为，屹立于世界民族之林的代表形象。

我愉快地在它面前拍了几张照片，有单身的，表示我个人对这个丰碑的敬爱之意，也有和外国学者合拍的，表示我们在新的时代里力求共同发展古代文化研究交流关系的心愿。

乡校 —— 对孔子的跪拜

面对着瞻星台公园的，是一座座茅草覆盖、高约七、八米的青绿色"土馒头"。据说这是新罗王侯之墓。更大的、更集中王陵要到另一处去看。我们漫步到一个村落中去。村里有一个略似庙宇般的建筑，这就是"乡校"，是封建王朝乡村知识分子和青年读书及礼拜圣贤的地方。进入旁门，庭院静谧，宽敞整齐。大成殿坐落在高约1.5米高的石台上。我们步上台阶，跨过大殿门槛。还没有来得仔细看看殿内陈设，就见几位海东学者 —— 金泰俊、姜东烨、崔博光三位教授，早已经动作整齐地双膝跪下，恭恭敬敬地朝着殿中央的牌位磕起头来。

这是孔子牌位，左右两面，分别供奉着朝鲜和中国古代著名圣贤的牌位。朝鲜的有崔致远、李滉、李珥等等，中国的有孟轲、荀况等等。

下跪磕头的学者中有基督教徒，尽管如此，他们还是怀着对儒学的尊敬，怀着对历史圣贤的崇敬，行了大礼。儒学源泉自中国。看到这些身着西服的韩国学者跪在孔子牌位前，我一时措手不及，不知如何是好。照理，作为中国人，是应该在一旁答礼的，或者是一同致敬的，然而仓猝之间，我来不及转过念头来，也就只能怀着肃然的感激之心作"壁上观"了。

在阴暗而显得肃穆的殿中，我走到古代诸圣贤牌位前，默默地巡回注目，以示尊敬。走出殿来，无限感慨在心中翻腾。

按照经济基础和上层建筑的提法，按照我国学界流行的观点来看，这些古代学者，都分别为奴隶社会、封建社会中的统治者服务，从而自身也属于统治阶级之列。这种 说法虽不是没有根据，但悠久漫长的人类文化的发展过程中，一定的文化都是具有一定的时代、社会、和阶级的具体的特征、属性和形态的。这些不同情形的文化，组成了人类的文化，同时，也没有不具有上述不同特征的、抽象的、共同的、像水晶般"纯粹"的文化。不同时代、不同社会的这些文化，是人类文化发展的必经阶段，后来的文化都是它们的消化、继承和发展。因此，我们也完全应该继承过去有益于、有用于当今现实的古代文化。以孔子为创始人的、长期盛行于中国的儒教，也属于这种文化。朝鲜人从来就极其重视教育，这和他们长期尊崇伟大的教育家孔子不无有关。

重视教育的结果，就会培养出人才。大量人才对发展社会经济、文化起了重要的作用。韩国原本经济发展水平并不高，朝鲜战争以后，更是困难重重，捉襟见肘。然而在不太长的时间内，却取得了耀眼的进步。经济发展迅速固然有多种因素。然而，教育的发达与人才的大量培养，不能不是一个最为直接、重要的原因。

据韩国学者告诉我，全朝鲜半岛原本总共有360个这样的乡校分布在农村。目前在南半部的有231个，皆保存完好。可以想象，它们在影响和推动人民重视教育上所起的作用是多么深远持久。

由乡校出来，上车去看新罗诸王的陵园。陵园中满是一个个半球似的大陵墓，高达十余米，坟上长满青草，和周围草坪形成一片绿色，很为调和、悦目。从时间上看，这些坟至少也都有一千年的历史了。然而不见倾塌破落的痕迹，完整如新，可以看出历代对这些王陵的精心保护。和中国王陵不同，这些陵墓前面没有殿堂、碑阁一类的建筑。

众多的王陵中，只发掘了一个。王的遗体并不是埋在地下深处，而是搁在平地上，然后以块石垒在上头，再覆以泥土，外观上形成我们见到的这个半球式的、圆圆的坟堆。因此，从发掘后才建造的门中走入墓中参观，没有也不必要台阶。墓中遗体安放处保留着发掘时的原状，但用大玻璃橱窗隔开。两旁还展出了发掘出的文物。

幽深的通度寺

走出新罗陵园之后，在向釜山进发途中，参观了位于梁山郡下北面灵鹫山的通度寺。这是一个很大很古老的寺院，建于统一新罗时期，是朝鲜著名的三大寺刹之一(余为海印寺、法广寺)。它是印度与新罗文化交流的产物。新罗的高僧慈藏律师从唐朝带回了佛陀的袈裟与舍利，于圣德女王十五年(公元646年)创建此寺，所谓"通度"，即灵鹫山的气运与西域天竺(印度)相通之意。此寺于1592年壬辰战争期间焚于兵火，后于1603年(宣祖三十六年)由爱国高僧泗溟堂大师重建。1641年(仁祖十九年)再建。

此寺大雄殿的特点是没有佛像，只有高大而华丽的戒坛，其中供奉着佛陀的舍利。

寺院中央的"不二门"是于高丽忠烈王三十一年(1305，元朝大德九年)所建，其横匾是明太祖所书。"不二门"三个字的另一横匾上书："源宗第一大伽蓝"，字体庄秀并具。

通度寺经历代增建扩建，规模甚大，有殿、阁、门、楼等十多处，堪称是佛教胜地。我们参加东亚文化交流会议的一行，到此处来参观，适得其所，很有意义。

通度寺地处山谷，寺内肃穆庄严幽深，寺外流水潺潺、绿树亭亭。如此旅游胜地，而无商贩成群的干扰，保持住了古迹所在地的深沉、幽静，使人得以从容鉴赏、沉思，是很令人满意的。

滨海城市 —— 釜山海边的遐思

到达此行的目的地 —— 釜山的时候，已是夕阳西下了。我们住进了宾馆。和在庆州温泉宾馆一样，上垣外宪一和金泰俊两先生这次又让我和汪向荣先生分别单独享有自己的一间房间，而他们自己则二人同住一间。我打电话告诉金泰俊先生，如果两人用洗脸间不方便，请到我房间来。他客气地道了谢，但没有来。

釜山是壬辰战争开始的地方。1592年，日本统治者丰臣秀吉的军队就是由此港登陆入侵的。作为壬辰战争文学的研究者，我对此处感到一种特殊的兴趣，深望能见到当年鏖战的残留遗痕。但从车上一路开过来，只听到一些熟悉的地名和人名(如"东莱"、"宋象贤祠堂"等等)，却不见昔日模样。据说东莱已划为釜山的一部份了，两处如今已连成一片。眼前所见，是繁华的商业市街，五颜六色的商店招牌、广告、风驰电掣的汽车、货物、拥挤的人群和高楼大厦。我为韩国经济的高速发展与繁荣而高兴，却也为昔日古城遗迹的消失而感到憾然可惜。

上垣外宪一先生把我们带出宾馆，在霓虹灯闪烁的街头稍作漫步，就进入了一家小巧精致的日本餐馆。进入一个里间，大家围绕在一张低矮的高不过膝盖的长条饭桌席地坐下。"地"也者炕面也。朝鲜人、日本人，都习惯于盘坐炕上就食于矮桌前。这房间的布置陈设，一如我在画面上所见到的那些日本房间。素淡无华，清洁简单。四壁白墙，无一字一画。窗门木头本色，不加色漆。

周游了一整个白天，大家略有倦意，却仍然兴致勃勃，说笑风生。德国学者Jorrisen文静寡言，出语柔和有礼，颇具有东方人的性格。桌上的瓜果中，他只能吃不带籽的，如香蕉可以，枯子就绝不能吃，否则产生过敏反应。我开玩笑地用英语问他："你就不能在吃枯子同时，迫使自己设想它体内根本无籽吗？"他摇摇头说："做不到"，惹得几位先生一场笑。Jorrisen日文讲得很流利，也能讲英文。我不能说日文，故尔用英文与他交谈。

日本饮食，海产较多。冷热俱备，吃来颇觉可口。我曾经在日本统治下的故乡 —— 南京生活了八年，但未吃过日本饮食，而这是第一回。依我看，它的做法近乎朝鲜饮食，较素淡，不象中国菜的油腻。饭后，釜山庆星大学的金戊祚教授来宾馆访问，同在楼下客厅小坐，饮咖啡，彼此介绍，寒暄。这是一位作风谦虚好客的学者。

虽经一天奔波活动，而诸先生兴致不减，想去海滩散步。我虽稍疲困，但感机会难得，也愿随同前往。汪向荣先生年迈休息。九时许，我们下楼出宾馆，走过了夜的市街。毕竟是滨海城市，尽管大厦矗立，明灯闪烁，汽车奔驰，街上也是长风阵阵，带有些海水的咸味和海风的强劲势头。

这里是喜爱海的旅游者的胜地。一位先生指着道左的一幢十余层高的乳白色楼大厦说，那是30年前建造的，不少年轻新婚夫妇总爱到这个大厦来，欢度蜜月，欣赏海景。如今已显得破旧了，准备拆去重建新馆。

稍稍往前走两三分钟，就是海了。啊，夜幕下的大海！翻腾着巨大的浪花，咆哮着奔向沙岸。沐浴在万里雄风中，想起了李白的诗《关山月》中的几句：

"明月出天山，苍茫云海间；
　长风几万里，吹度玉门关。"

这里没有崇山峻岭的雄伟，却有无垠大海的浩荡气魄！长风吹度的不是西北边疆的玉门关，而是半岛名港釜山。我在此联想到的不是中国古代边疆的战斗，而是四百年前倭人对釜山的侵犯。

夜空星斗下浪激波啸的茫茫大海，一幅壮观的海景图！我在国内外曾经多次到过海边。在朝鲜北半部时，东西海岸，我也数度身临。西海岸的南浦海景的深邃，东海岸元山-金刚山途中海的柔和悠远，印象极深。今天在这釜山夜空下的海岸，我感到了海的汹涌和壮阔。金泰俊、姜东烨两先生指着海前侧方告诉我：那边就是对马岛，晴空万里的白天，有时可以隐约望到它。

对马岛，日本领土。提起它，使我想壬辰战争以前，朝鲜对于频繁骚扰朝鲜的对马岛倭人的征伐。以和平、正义自守的朝鲜人，对于这片岛屿并无领土野心，在给予了无法无天的倭人以惩罚之后，全军主动撤回。面对着遥隔汹涌海浪、遮掩在夜色后的对马岛，前人的战斗场面隐约耀动飘浮在眼前。

布帐马车 —— 海滨的异国情调

沙滩上，有数名男女在散步，赤脚行走，任海浪冲刷。似乎我们之中的谁也脱下鞋子与海浪嬉戏了一会儿，记不清了。但是临海岸边小街上的夜食摊，却引起了我的注意。

朝鲜人给这些夜食摊起了一个古怪而滑稽的名称，叫"布帐马车"(포장마차)。这其实是个临时性的简易的小酒店。设有房屋，支架上盖以尼龙布，以遮风雨。内有桌、凳、锅、酒食等等。

原来是放在马车上，覆盖布篷的，可以移动的，现在固定在一个位置上。里面的饮食均为海货。虾、鱼、各种不知名称的海生小动物，活生生地放在玻璃柜中，在电灯光下来回游动，生动可喜。顾客可以随意选点，卖主随即取出加工，放在小碟中供应，作为佐酒之肴。

每个"布帐马车"大约占地15至20平方米左右，这条滨海小街上，鳞次栉比，一个挨一个，一眼看过去，总有二、三十个。卖主或为一个家庭的诸成员，也可能是雇佣的招待员，大多是十多二十岁的女子。卖主在门口招徕顾客，呼喊着："来尝尝，进来吧！""여기 예쁜 아가씨도 있다(这儿还有漂亮的小姐)！"

面对市内高楼大厦，背向着滔滔大海，这些热情招揽客人的呼喊声在海风吹拂下，配合着海浪的轰鸣，具有一种特殊的异国情调。

韩国、日本的先生们都兴致勃勃，选中了一个"布帐马车"，走进了帐篷。我们一行八人坐成一排，正好把这个小酒店的座位占满。我和严安生先生靠近。他们让我们选菜，我们不会选，就由日本、韩国的先生们点菜了。女店主切好海鲜后，一盘盘端上来。我并不饿，但在大家都兴高采烈的气氛中，也喝点酒，吃了点海鲜。酒并不烈，比起65度的北京"二锅头"来，柔和多了。盘中的海鲜加工不多，吃起来，清淡，不大可口。我一向认为海产富于营养，以喜爱"海味"自命，眼前的这些奇形怪状的海水动物，其营养价值我不怀疑，但如此乏味，却不能令我喜爱。中国宴席上，常以"山珍海味"为美食佳肴，海鲜做得味道丰美。我想，这些材料如果拿到中国厨师手里，也一定会烹调成为我贪食的对象了。各国人口味习俗不同，目前这种"料理法"(烹调)和滋味，也许正是富于海产的日本、朝鲜两国人民所习惯和喜爱的吧。他们也很可能不欣赏我国厨师手下的烹调产物呢！既然到这里来是要领略异国情调的，那么这种滋味，不正是会增加我的海外风味之感，并且可以体验出一种特殊的"文化交流"吗？想到这里，我又多尝了几口。

酒喝下去，兴致上来，于是大家唱起歌来，是谁带的头，忘了。但东道主是积极积分子。在他们的带动下，连沉默憨厚的吉田公平先生和满面连鬓胡须、面对面时却有些女性式的羞涩的Jorrissen也在轮到自己时，嘹亮地唱起了歌。唱什么歌，由大家即兴提议。朝鲜的、日本的、中国的、德国的都唱了，最后，以众皆熟悉的"友谊万岁"歌结束。一个调子，各用各的语言，各唱各的词。

女店主和招待员，满面微笑，欣赏这批国际客人的结合，继而又似乎有点为难的脸色了。我们之中有人提醒说，"酒店还要接待别的客人，增加营业收入，我们不能久坐这里."于是结束了这场"马车"中的即兴联欢。踏着夜幕笼罩下的小街路走出归途，回头一看，"马车"的尼龙帐蓬还在晚风中飘扑，悬挂着的电灯也在摇晃闪动着。已是10点40分了。

回到宾馆房间，我第一件事就是给妻子女儿写信，已离家一星期了，总得通个音讯。房间有个雅致的小窗，打开一条缝，海风轻轻地吹进来，拂过我的头。—— 这就是我首次的釜山之夜。

海货 —— 海港 —— 海产餐厅

釜山的第二天(10月7日)就是我们这个会议会外活动的最后一天，也是相互分别的一天了。

早晨，我们在宾馆顶层的餐厅中吃早饭。餐厅中有架钢琴，我与几位先生聊起了钢琴的事。从餐厅大玻璃窗往外望去，见到蔚蓝色的大海，可惜被前面的大楼挡住了一部分，但也仍然使人有置身滨海城市之感。

饭后到一个海产市场去参观。我没有对照地图，已完全辨别不清方向了。金泰俊先生告诉我"这就是有名的海产品市场，位于釜山市南边。"

汽车开到了一个繁华的小街，停在一个不新不旧的大楼前。这就是海产大楼了。步入大楼一层大厅，只见处处是货物摊架和缸池，密密麻麻地有各种各样的海鲜，缸池中的都是活生生的"湿货"，游动不停的海生动物：鱼类、虾类……长短肥细、奇形怪状。到这里，才知道我掌握的朝鲜语词汇的贫乏，大多数叫不出名称。其实用汉语我也叫不出 —— 可以自我辩解的是，我以前就没有见到过这种怪模怪样的海生动物。纯粹是观赏一番，没有购买的必要与可能。

背面的大门，是市场大楼的正门，正对着捕鱼船港。很近，出了大门走数十几步，就到海边。在海边与大楼正门之间，是一条小街。街路的旁边地是海产物的露天商贩。我也来不及仔细看这些商贩的货物了，只顾向大海看去。

这就是釜山港的海面了。一排排渔船停靠着，有一艘高大的机轮渔船正在迎面开来，不知是出海归来，还是做出海准备：海波起伏，海中不远处有一座山状岛屿。"这就是绝影岛！" —— 一位先生告诉我。我略带惊奇地注视了一会儿。历史记载和小说的描述，都提到它。

1592年(壬辰)四月，日本侵略军大举登陆于釜山时，身负守土重任的釜山佥使郑拨，正在这里行猎取乐。及至见到群群海岛飞集海面，才发现大量倭船袭来。这"绝影岛"，由此而成了壬辰战史中首批提及的朝鲜地名之一。那时，这里还是个荒凉少人的放牧地。如今已随着釜山的发展，成为了工业地区了。

我望着岛山周边的成荫绿树，脑中试图勾画出当年倭军舰只袭来时郑拨急忙回身返镇迎战的状况。但是，眼前的繁忙的渔船和海产市场情景，打乱了我的脑中的图画。我也只好停止遐思，回到了楼前小街口的海产商贩旁的货摊旁。

返入大楼，随大家上了二楼。这里也是摊柜林立，一家家的小商号鳞次栉比。和下面不同的是，这里更干净的而安静些，物品多为干货。海带、海藻、鱼干、干贝……还多少杂有点非海产品。我注意了一下，想看看我最爱吃的，而目前北京市场暌违已久的大黄花鱼有没有。发现了，分明是黄花鱼干。一问价格，说是不贵。按韩国人收入来看，确实如此，但折合美元再折合人民币一算，也不是我们能用作为日常菜肴材料的价格。

再上一层楼，是海货的吃食摊。整个一个大厅中，大概十多二十个吃食摊。它比我们在国内见到的吃食摊高级些，每个摊子大约占地30平方米左右，席子上摆上一个个擦得干干净净的方形炕桌(朝鲜人习惯用的饭桌)，酒菜俱备。摊主人或招待员，大多是二十余岁的年轻女子，也有三十左右的。一见我们出去，立即一个个蜂拥而上，殷勤招呼，要客人到自己的摊上去就食。叽叽喳喳，宣传着自己摊子吃食便宜，味道好，服务周到，一片喧嚷声。这时大约是九、十点钟，还算是早晨，客人还没有多少。我们就成为了"众矢之的"，包围和招徕的对象。

　　我随着一位韩国先生向前走去，也顾不上停下脚步来仔细观察这一奇观，就匆匆穿过这个雀噪燕唤的热情而又纷扰的阵营，走出厅门，摆脱了这个令我意外的吃食摊群。掉头一看，还见到一张张失望而又含怨意的脂粉面颜。我急忙下了楼梯。

　　已到了午饭时间，我们一行，在上垣外宪一先生的率领下，走到了大楼地下室的海产餐厅。这里较安静，人不多。桌椅陈设、食器，都带有大众化的色彩。饮食也是很朴素的、是家常风味。我很爱这种富于民间情调的小餐馆。和大家一起，把酒、菜、饭吃了个饱。

雄风豪情太宗台

　　饭后的最后一个节目就是参观"太宗台"。它地处绝影岛东南端，三面环海，是李朝第三代王太宗大王李芳远(1400－1418在位)登临过的地方，在海边，半山腰间，依山傍水。据说他曾在此处遥望大海，立下了建功立业、永固朝鲜的雄心壮志。

　　这里确是一个不平凡的所在。地势高险，俯瞰海边山脚，展望无垠的浩淼大海，气势磅礴，面迎浩荡雄风，令人豪情顿生。山上树木成林，绿叶茂密，郁郁葱葱，随风摇曳。凝目天际，悠悠白云，海天衔接，成一长线，使人有飘然若仙，"我欲乘风归去"之感。一片平台，临海一边，已用栏杆围起。游人倒也不少。

　　这里的风景奇美，常有人，或厌弃尘世的污浊，或失恋于情场，或受挫折于事业，甚或是艳羡此处的仙境之美，从而不顾一切，纵身一跃而下，万丈悬崖，了此余生，希冀摆脱人生苦恼，与此美景化而为一。因此，栏杆悬挂的牌子上，写下几个醒目的大字：

"잠깐만!

생명의 고귀함을 한 번 더 생각하십시오!"

(且慢!

生命是高贵的，请再仔细想想！)

下面是"影岛警察署长"、"太宗台游园地管理事业所所长"的联合署名。这是张富有人情味的"告示"，由此可见来此处纵身海浪的游人并非没有。

在这里徘徊流连，拍了些照片，然后按预定的计划，就是分别的时间了。上垣外宪一、吉田公平、Jorrisen以及汪向荣、严安生两先生乘车赴机场回日本。崔博光先生祖坟就在釜山附近，要趁此行去一尽孝道，也就暂时不回汉城了。只有我与金、姜回汉城。我们三人与他们热情握手告别，目送他们六人的汽车远驶而去。

赴汉城的飞机要到五时许才起飞，我们三人还有时间，可以从容优游。由于山路起伏迂回，极易晕车，金、姜就迁就我共同步行一段的要求。我们到太宗台下面临海的茶座(咖啡厅)坐了一会儿，赏赏海景，喝点茶水。然后漫步沿公路而下。

公路一边是青翠草木覆盖的山岩，另一边间或有树林或山岩，间或空旷，因此海面也时隐时现。公路上常有汽车飞驶而过，但沥青路面清洁，很少有尘土飞起。三人悠悠漫步，边走边聊，自得其乐。我珍惜这个难得来临的半岛东南端，又爱这如画美景，更珍贵我能与满怀友情和学识素养的海东友人在这种优美环境中的漫谈的机会。心情是很好的。只是感到一点歉意。坐惯了小汽车的这两位学者，如今却要与我同步慢行了。但他们并不以此为苦，都说散步好，有益健康。金泰俊先生还出示了他腰间的一个小型身体状况显示表，告诉我上面会自动显示出每日身体消耗的热量多寡，以促使人们注意保健。

我们经过一些新立的碑石，又走下山坡到一个海水浴场去观看活泼戏水的男女老少人群。浴场周围的一切，充满了活力与欢快。

影岛漫步话交流

不知怎地，我们的谈话涉及了朝鲜的文化与历史上的国际文化交流问题，好像是因为提到了一位中国学者才涉及此问题的。这位学者对于他所见的种种朝鲜古迹如佛像、建筑等等，都一再说它们来自中国，和唐宋文化类似等等。我与金先生的谈话由此而转入了对朝鲜古代文化的看法。

我虽不博学，但由于所攻专业的缘故，对朝鲜历史、文化和民族意识、心理，多少也有些一知半解。在我此前不久出版的≪中国文学在朝鲜≫中就明确表示出我对两国文化交流关系的基本态度，谈到了朝鲜对中国文学的吸收、利用所持的民族目的和效果。我对于那种自尊自大的"大民族的思想"，是持有反对态度的。在与金、姜两先生的这次海边并肩缓步的漫谈中，我所持的也是这种态度。

我谈到许多民族，都是在与他民族的交流中，获得更新和发展的。以往，古代的中国对印度佛教文化的吸收，近现代对欧美文化的接受，都起到了这种作用。以往朝鲜对中国文化的热诚的广泛深刻的吸收与利用，从历史的总的形势与全过程看也正是为了创立和发展本民族的文化。现实的情况说明，朝鲜民族今天取得的各项经济与文化的成就，也正是它对外国文化(主要指近现代对欧洲文化)吸收的结果。这种吸收并未抹煞了其本民族的存在，而恰恰是使本民族更有所发展与进步。朝鲜古代文化虽受中国及印度文化影响，但表现的是它本民族的社会状况、民族意识的精神，忽视这些本质的方面，而只强调它文化中的某些具体现象，并以此来淡化其本质的方面，是片面的，不对的。

在交谈过程中，我深深感到，我和这两位海东学者意见是相同的，内心也是共鸣的。他们的意见和态度，使我受到鼓舞，引起了我的赞赏。这是一次难忘的，在特定的环境下进行的具有特定内容的愉快的谈话。时隔数月，当我提笔疾书，回忆这一影岛漫话时，仍感到一种海边漫步的欢快和"学有知己"的欣悦。

不觉到了一个小镇上。今天是星期日，镇上的游乐场，满是游人，街上虽看不到一个个紧挨着的高楼大厦，但商店招牌五彩缤纷，行人摩肩接踵，倒也是繁荣景象。金、姜两先生领我走进了街后面的一个宾馆，叫什么"House"。在大厅中要了饮料。我要的是热姜茶，甜丝丝的，喝下去，胃中和周身都暖洋的，顿时觉得轻松舒服，靠在沙发上闭眼蒙眬了一会儿。等到睁开双眼，已是车停宾馆外，该奔赴机场的时候了。

万家灯火回汉城

飞机起飞时还是白日高照。云端中俯视脚下：山山水水，农田块块，草径曲折。三千里锦绣江山的东南一角啊！感谢你热情地接纳了我这个海西来客，让我看到了久已向往的新罗等王朝历史遗迹。

这里山多，平原少，难以看到大块的平原。一个个的农家，点缀在座座山峰之间的绿色田野之中，水流曲曲弯弯。农民的生活怎样呢？我没有机会去农家看看。惟有俯瞰着它们，祝他们生活年年向上。

从金浦机场向汉城进发时，已是万家灯火了。

金、姜两先生要把我送到韩国学术振兴财团。汽车开到了贸易中心大楼附近。在宽敞的人行道上，他们指着一个高大的建筑说，前些日子北方的谈判代表来时，就住在这个宾馆中。这里不是商业区，路上行人不拥挤，街道整齐，有些草木花枝，令人有清新轻松之感。

贸易中心大楼广阔高敞的大厅洁净无尘，没有什么人，也许是晚间办事人员都下了班的缘故吧？乘自动扶梯下到地下室选择餐馆。这里灯火辉煌，餐馆装饰华丽，但顾客稀疏。我们选择了一个标示着"中国料理"的馆子，到里间坐下，餐馆中也只有我们三个顾客。我旅途困顿且饥饿，点了中国海鲜面条。金、姜两位也点了同样的面条。不一会儿热腾腾三大碗面端了上来。海鲜覆盖在面上，很丰富，很好看，吃下肚去，周身暖和，困意也为之一消。海鲜材料很好，在北京一般餐馆难以见到这样好的。然而似乎太淡些，而且也没有烹调出滋味来。似乎是一种不具有中国饮食味道的"中华料理"。

吃完后，金、姜当然是不让我付款的，他们两位争着付款，我这一路的飞机票、饮食，都由金泰俊先生他们个人支付了。在汉城期间，我向金提起过此事，要自己负担，但他说是可以报销的，看来，并非如此。他们为我掏了自己的钱。

姜东烨先生打电话给他妻子要车。我们在贸易中心大厦前面等不多久，汽车就开来了。姜太太灵巧地走下车来，她比我想象的年轻，戴一副眼镜，白晰的脸上含着微笑，在姜先生的介绍下，她以朝鲜妇女特有的温柔多礼的态度表示了对我的欢迎。但遗憾的是，由于我疲劳后乘小汽车易于晕车，未能乘她的车，姜问我告辞，乘她妻子开的车走了。留下了金泰俊先生陪送我去东升洞，到韩国学振兴财团的"国际会馆"去住。

这是我第一次乘汉城的地铁。只觉车站构造地形夏杂，广告颇多。金先生为我买了地铁票，并且详细告诉我如何将票投放于票箱一口，并于另一口取出，只觉得不象北京地铁那样简便。

地铁车厢较宽，似乎和我国的铁路火车车厢宽度相似。车厢坐席上有行李架，车窗上尽是五颜六色的广告。每个广告都做得力求醒目，因此也就都不醒目了，只觉色彩繁多，图形纷杂，反而有缭乱之感。能不能把广告也绘制得艺术些，使人有一种淡雅宜人之感，得到一种美的享受和精神上的休息呢？

车厢中满座，但不拥挤，只觉闷热。乘客较有礼貌，不抢上抢下，年轻人给老人让坐。出现了个空位，金先生坚持让我坐下，自己站着。在车轮轰鸣，在摇晃的车厢中，我看他也面有倦意，心中很过意不去。他本可坐姜先生的小汽车回家的，却陪着我挤电车。他也是50多岁靠近60的人了，怎么不疲倦呢？

在地铁站里转了一次车。走出站口，来到了一个人群拥挤的宽阔的街上。我随着金先生走，沿路打听东升洞的所在。我们经过了一个场地，这里有聚集着一群群青年男女，欢歌跳舞，乐声频频，笑语阵阵。有席地围坐者，有伫立围观者，热闹喧天。我以为是一个特殊的节日联欢，或是举行什么庆典。金泰俊先生却告诉我：今天是星期日，青年学生都在此欢聚游乐，每星期如此，周末 —— 星期六晚上尤其如是。可对我来说，这简直就是节日狂欢，是很新鲜的。

住进国际会馆

穿过汽车来往频繁的胡同，我们终于找到了东升洞："韩国学术振兴财团"几个字，赫然出现在眼前。这就是和我保持了数年关系，我在信纸信封上多次看到早已熟知的地方！虽然这建筑比我想象中的要矮小一些，但一种旧友重逢的亲熟之感，涌上心头。

由于是星期日，又值晚间，工作人员都不在。金先生向这个学术财团所办的"国际会馆"传达室人员作了介绍与交涉，我们就被领进到了三层楼315房间。这就是我要生活于其中二十多天的地方了！

房间大约有15平方米大，整洁而朴素，有宽敞的白磁铺垫的洗澡间，以及书桌、电话、沙发、风扇等等，两张单人床拼在一起，成为了一个很宽的双人床。毯子、白被单、枕头……也都具备。我很满意，金先生却认为太简陋了，说"怎么是这样的房间？"我想，也许是他的一种十分好客的、特别炽热的心情和极端友好善良的愿望，促使他感到应该对我给予一个更好的待遇。其心情可感，但我确实也是很满意于这种条件的。

在国内，早已适应于简朴生活条件的我，所希望的只是一个安静的、生活方便的斗室书斋而已。我从心底上不怎么习惯于在富丽的、华彩的居住环境中做学问，就像 Acadcmy House 及庆州温泉宾馆那样房间，舒服则舒服些，但总难以使我安神定心，不大能在其中潜心专志读书思索和写作。陶渊明身居陋室中的那种"众鸟欣有托，吾亦爱吾庐"的心情，我是非常喜爱和向往的。一种恬淡、闲适的心情，和沉思冥想的探索意欲，只能产生于朴实无华的环境中。五彩缤纷或富丽堂皇的条件，所造成的效果是"物质压到精神"，而"精神超逸于物质"，则是我的理想境界。在物质条件困难时，往往是精神力量最活跃时，反之亦然。杜甫的《茅屋为秋风所破》一诗中的灵感，是不可能从一个华屋中涌现出来的。"文穷而后工"一语涵义广而且深，但物质条件上的贫瘠，也未尝不是其中的内容之一。我在金先生的面前表示的对这一房间的满足感，正因为平素就有这种观念，而不是一种自我克制或客气和礼貌。——当然，对韩国主人的这种心情，我是感激的。

金先生问我还需要什么。他担心我太渴，到外面去弄了点热水来，盛在本是用以装酸奶的小塑料瓶中给我喝，又为我打听了此处供热水1的时间。直至我别无所需时，他才用韩国人那种特有的姿式与表情，彬彬有礼地告别。

我睡了一夜好觉，醒来已是10月8日了，早晨按照门卫的提示，我到国际会馆地下室餐厅去用早饭。餐厅不算小，大约可容纳百把人坐下来就餐。但静悄悄的，没有什么人来。三、四位女服务人员在收拾饭筷，用带有点奇异的眼光看我。我向她们要了一些米饭和黄豆芽汤及泡菜、煎蛋。朝鲜泡菜我本来就爱吃，而这次最美的是黄豆芽汤，觉得它最符合我的口味，吃完了再要一碗。女服务人员(韩国语叫"식모"[食母])微笑着，大概她们从未见过对平淡的豆芽汤如此嘴馋的顾客吧？我告诉她们我是中国大陆来的。她们问我是否侨胞，我说不是，我是纯中国人。她们带有点惊奇地看了看我，笑了，更加恭逊而有礼貌地问我还需要什么。我问她们为什么顾客这么少。她们说，会馆的一般住客很少来用早餐，而且现在时间也还太早。

吃完了以后，付钱，一算帐，要韩币1500元。在这里，大概这是很经济的价钱，付完后我把它用美元一折合，大约两美元。相当于我国人民币十余元。乖乖，这要是在北京，就令人吓一跳了。

回到315房间，我正在整理东西，电话铃响了。学术交流部的于先生来电话，他通知我，许课长要与我见面。

我在一楼交流部的办公室中，见到了许元范课长和于先生。于先生把要填的有关学历、学术成就的表格给了我。然后许元范课长客气而又亲切地与我坐在沙发上进行了交谈，问我有什么要求，还给了我一些便于我安排日程的表格及纸、笔等文具用品。回屋不久，学术交流部洪思明部长来电话，约我会面。我到了他的办公室。他以旧友重逢的热情接待了我。然后又陪我去见理事长朴日在先生。

朴日在先生曾经在1989年春发过邀请信，要我到韩国来进行一至两个月的学术活动。当时未能成行，今天相见于汉城此处，是很为高兴的。

信步街头观览街景

下午，我手上带的大韩航空公司所赠的电子手表因电池耗尽而停了。我上街去更换电池。这是我第一次独自走上汉城街头。国际会馆地处于一条窄街内。即便是这条宽度与北京胡同类似的小街内，也是常常有汽车来往。加上街边一排停了好些小汽车，路就显得较窄了。因此走在街上不得不瞻前顾后，留神汽车。出会馆门往右走，曲曲折折的小街旁，两旁店铺街也不少，大多是卖粮食、日用杂品一类的小店铺，也有卖药品、涂料一类的店铺。转到大街上，只见汽车飞驰如穿梭，首尾相接，来往不停。

40余年前我自19岁开始学朝鲜文起，就在语法教科书的例句中知道"钟路"是汉城一条繁华大街，沿途就问钟路怎么走法。人们告诉我，再向前走一阵子，就是"东大门"了，那就在钟路上。我带着追寻昔日梦境般的心情向前走去。同时环顾这条街(后来我才知道，它是大学路的延长，与它直通)边的商店。行人不少，个个步履匆匆。商店货品充足。发现了一家门面不很大的钢琴商店。大玻璃推窗后面，摆满了一架架酱色的光可鉴人的钢琴。这使我想起，中国大陆前五、六年，几乎很难买到钢琴，我从南京，芜湖到北京，除去一两架不能出售的钢琴"样品"以外，根本无货。只是最近两年，才好转一些。而这里钢琴货源充足，似乎已不作为奢侈品了，这反映了他们的生活水平。

我找到了一家小铺子，换了电池，要价2000元韩币。折合人民币，比北京贵得多。东大门似乎还要走一阵子，我想会馆中可能有人来找我，就赶紧回来了。一路上又仔细地看看街景：放在摊上出卖的电子表，个人开业的律师事务所，专业书店……等等。街上汽车速度之快，车辆之多，使我不得不小心翼翼。

下午建国大学校中文系的副教授金明壕先生带着他的一位年轻的助手金炯坤先生来到我房间找我。我和金明壕先生是1988年秋季通过打电话认识的。那时建国大学校负责举办该届"汉籍会议"，会议给我发了邀请信。但是否会办妥手续，我没有把握。金明壕先生当时负责联系此事，他从汉城直接打电话给我，很为热情地盼望我去，并愿和我保持联系。之后，他为我的学术研究提供过一些帮助。由于他的缘故，我还认识了他的同学，在北京工作的大韩航空公司朴升和、朴愚东两位先生，和他们共同度过一些愉快的时光。

金明壕这次是与我首次会面。他比我想象中的年轻，精力充沛，热情洋溢。看到我的住房，他表示不够理想，提出搬到他们那里去住，他们将负责一切费用。我婉言辞谢。他问我还准备去那些地方参观，我告诉他我愿意去南海一带，去参观昔日李舜臣将军战斗的史迹。他慨然表示，一定陪我乘车同往，一切由他负责筹办。两周以后，由于活动太多和顾虑要消耗他过多的时间、精力和金钱，我取消了这个要求，但他的心意，我铭记在心。

此次，他的助手金炯坤插话不多，但我至今仍记得他的友善和恭谨的表情与态度。

韩国朋友的细致关切和盛情

四点钟左右金泰俊先生来了。金明壕见另有客人在来，也就带着他的助手一同告辞走了。

尽管我昨天谢绝了金泰俊先生，说我并不要热水器，但他今天还是新买了一个电热水壶来，这是大宇电气制造公司的产品。我感意外而又不安。他说：你就用它，走时带走作个纪念。没想到，这个我当时认为不一定非有不可的东西，后来在我此后住在汉城的二十多天之中，竟成了我每日必需、日日不离的友伴。喝开水，沏茶，为客人冲咖啡，煮方便面，煮鸡蛋……无一不用得着它。此外，金先生还送来了香皂、牙膏、刮胡刀和咖啡等，他告诉我这只是一次性使用的刮胡刀，但质量好，可用多次。

聊了一会儿，许元范课长来电话请我下楼一谈，金先生就陪同我一起到了办公室。许先生把供我在这里花费的钱交给了我，并告诉我付费等办法。金先生在一旁听着，他为我向许课长争取更充裕一些的钱。许委婉地做了解释，说财团的经济困难和已经为我做了额外增加的支出。这两位韩国人之间的交谈，使我深深地感到他们为我已做了充分的努力。我满怀谢意地一再说明，这钱已足够，不必再增加了。

金先生和我回到房间不久，李相宝、尹光凤两位先生来了。这两位是韩国敦煌学会会员，是在8月份同时去敦煌时见面相识的。李相宝先生是国民大学校韩国文学教授、尹光凤先生是大田大学的副教授，相逢于西安，同游于敦煌，相别于北京，今日相见于他们的国度，能不兴奋？

李相宝先生比我年长一岁，丰满的身材，圆圆的脸，说话慢条斯理，颇有长者之风，他曾在赴敦煌道上，告诉我一些朝鲜语词的准确用法，对我带有一种爱护之心，对我的专业研究，流露出某种关切鼓励之情。他欢迎我此次来汉城，总希望我能在此多了解些东西。

尹光凤先生比我年轻近十岁，生性憨厚，在由嘉峪关赴兰州的河西走廊夜行道上的大客车中，我们并肩坐于一席，度过漫漫长夜，对我颇为照顾。今天在这里见到他，我也是十分高兴的。

金泰俊打开电热壶的包装之后，便和尹先生一起研究说明书上的用法，帮我把电压钮调整到220V上，插好插头，告诉我怎样使用。金泰俊先生又关心地察看了一下我的房间，还问我需要什么。然后就告辞了。

这时已是黄昏时分，李、尹两先生提议出去走走。于是我们走出会馆，从馆侧经过广播电视大学(韩文叫"放送大学")的院子，到了一条大路边 —— 这就是昨晚金泰俊先生带我走过的大街，叫"大学路"。走到昨晚青年男女欢聚的地方，他们告诉我：这就是以前国立汉城大学的原址，"大学路"的名称也来源于此。

闹市文化景观

虽然是星期一，但此时也仍然有些青年在游乐。小小的露天舞台上，两个青年在演奏吉他和唱歌，边唱边动作，是一种即兴表演。台阶式的露天坐席上，坐了一些观众，我们找了座位坐下。只见观众随时走动，有来有走。他们告诉我，这是娱乐性，演出者不收费，观众自由观看。

看了一会儿就到附近一个文化大楼观看画展。这是一个展示现代画派的个人作品展览，不要买票，自由出入。观众三三两两，并不多。接待人员小桌上有展览说明，可随意取阅。李相宝先生为我取了一份。

我喜欢西方古典画法，对于形象不清、意义不明的现代画派，我虽曾力求欣赏它，但实在理解不了，没有兴趣。我一边看，一边向李、尹两位先生发表这种见解。他们两位似乎也颇有同感，但没有发表具体意见。看来，他们带我来此，只是为了让我看看汉城的文化活动情况。

出了大楼，我们走上灯火辉煌、人群熙攘的大街。李相宝先生指着对面两层楼的餐馆"进雅春"说，这是有六十余年历史的老牌中国餐馆。穿过商店林立、百货纷呈的大街转入小街。他们问我爱吃什么。我的回答始终一贯是："简单些，好消化的。"他们终于带领我进入了一个胡同中的低矮的小馆子中。饭桌大概也就有五、六张，没有什么客人。女老板殷勤招呼我们坐下。李、尹两先生问我点什么。我说要热面条。李相宝还特地要了"浊酒"(탁주)。告诉我，这是村中农民常饮用的一种酒，汉字是"浊酒"两字。

坐在这种十足大众化的小馆子的偏僻的一角，饮这种最民间化的酒，吃这种热乎乎的简易的刀削面(칼국수)，有一种世俗感，好像进入一个平常百姓家，体尝到韩国的风俗民情。这正是我所喜欢的。高楼大厦的外来语招牌下的洋式大餐馆中，就品尝不出这种风味。温暖的话语，平易轻松的气氛，暖和的家常饮食，这顿晚餐吃得很满意。

走出这家小餐馆，看到路面大楼上霓虹灯闪烁出"아트 센타"(艺术中心)几个字。又经过一个剧场，尹光凤先生说这里常有演出，你可以在里面看到韩国的歌舞等等，有空时来看看，票价不贵。李相宝先生说：你只要告诉检票口的人，你是中国学者，要了解韩国民间艺术，他们会免费欢迎你进去的。我注意了一下这个剧场的建筑，想找个晚上来看看。但，匆忙的日程安排，使我一直没能实现两位先生的建议。

　　接着我们又进入了一家咖啡馆。馆名我忘了，桌椅考究，客人不很多。我不爱咖啡，要了杯韩国式的茶。清淡淡的，有一种特殊的味道。

　　然后，他们又带我进入了一个大楼，去参观个人摄影展。此处和饭前看到的那个现代画展大厅不同，房间呈长方形，天花板不高，然而灯光辉煌，有如白昼，参观者较多，但不拥挤。仔细看看，有些照片颇具匠心，尤其是几幅湖上孤舟之类的画面，有一种宁静安谧的境界，在这眼花缭乱的花花世界中，更令我为之神往。

　　所有这类展览，都是自由展出，自由观看的。展出者，乐于向社会发表，与人们共享美感；观看者则于随意浏览中得到些知识和美的感受，也是一种乐趣。那些露天舞台即兴的演出，也与此性质类似。其内容虽各色各样，情调高低不一，观众见仁见智，各有不同评价，但这种蓬勃活跃、不拘一格的文化艺术活动本身，是好的。这也许和朝鲜民族自古以来的传统有关。《三国志·东夷传》中对朝鲜人民原始性艺术有这种记载，提供了这种文化发展的轨迹和线索：

　　　　"其民喜歌舞，国中邑落，暮夜男女群聚，相就歌戏。"

　　当然，目前的这些文化活动还有别的因素，传统只是其中之一而已。由于是走马看花般地匆匆一见，我对于这些演出的内容和欢聚的积极参加者的状况，还不很了解。后来从韩国学者那里听到一些互不相同的意见。有的认为这是青年学生一种很好的文化娱乐活动。有的则说，经常来参加此类活动的"积极分子"，往往是学习不用功，贪图享受玩乐的青年。有位孜孜不倦、好学深思的兼任大学讲师的博士生(李宰硕)干脆说他从来不涉足于此。有的说，十多、二十岁的青年，最初比较糊涂，好玩乐，常来，但年龄一大，懂得勤奋学习的重要性了，也就不来了。

我想文化活动只要是健康的，掌握得当的，它的蓬勃开展，总是一种有益于国民身心和有助于教育的活动。相比之下，我国青年学生自发性的文化活动，就显得比较简单、不够活泼。

报告、出版、学术交流的安排

回到会馆，传达室告诉我，有位先生来找我，在休息室中等我。我找到了明亮舒适的休息室，只见苏在英先生一个人坐在沙发上，看来他已等候我多时了。他还带来了一篮子水果。我赶紧把他请到我房间。苏和李、尹两位都是八月敦煌之行中的同伴，自然熟悉，三位先生和我聊了一阵。尹先生把汉城交通图和韩国名胜古迹图留给了我，就与李相宝先生走了。

苏先生还在一心惦念着我在 Acadcmy House 时未能去民俗村的事，他给我排了个日程，准备找一整天时间陪我参观一些有助于我了解韩国文化与历史民情的地方，民俗村当然也是包括在内的。他又和我谈了出席崇实大学学术会议的事，安排了我拟在此会议上做的学术报告："关于朝鲜古典文学名著《玉楼梦》中的音乐要素及其与中国儒家音乐观的关系"。这一题目，我已写成论文，曾于今年(1990年)七月在贵阳的"中国比较文学第三届学术年会"的小组会上发表过。该小组成员有丁奎福、李炳汉这样的韩国知名学者参加，但其他人都不大了解朝鲜文学，加之我此文甚长(约六万字)，报告时间仅限制在十分钟之内，因此未能充分展开讨论。此次来汉城，我本拟作为可能进行的讲学的内容，向韩国学者介绍这一种从音乐要素角度对此一煌煌文学巨著所作的探索，没有想到要正式提供给学术会议。临时被崇实大学学术会议邀请，一时没有其他完整论文可以满足学术会议要求，再加上我很想就这种探索(两种文化领域——音乐与文学的比较，两国文化的关联——中国乐论与朝鲜文学)听取一下韩国学者的意见，也就在苏先生的同意下，决定这样做了。

接着还和苏先生谈到了我出版的《中国文学在朝鲜》一书在韩国的发行问题。出版这本书的花城出版社为了"弥补亏损"，规定我必须按定价买下三百多本来。我想，在韩国会有一批人关心此书的，就委托苏先生的学生、仁川大学校图书馆长禹快济教授承办此事。一向乐于助人的苏先生对此很关心，今天也和我谈到了此事。

苏先生还在和我聊着，李秀雄先生来了。这时已是10时20分，这些学者来到我这里，使我很兴奋，也很疲倦。我们三人聊了一会儿，苏告辞走了。李秀雄先生又给我带来了茶叶和一盒咖啡，他牢记着我是习惯于喝茶的。

李先生与我谈了他的大著《朱熹与李退溪诗比较研究》。这一书稿他从敦煌回到北京后就交给了我。这部学术著作探讨了两位性理学家——哲学家的诗歌。也许是因为中国文人作诗者太多了，也许是朱熹的哲学成就和学术名望掩盖了他的诗歌成就，中国历来很少有人注意研究他的诗歌。李退溪的大量汉文诗，在朝鲜文学史上也较少有人提及，但他的朝文诗——时调，虽为数不多，研究朝鲜文学史的人，无论是南方还是北方，都必然对之加以介绍，肯定其成就与贡献。这可能是"物以稀为贵"吧，当时朝鲜文人写的时调毕竟比汉文诗少得多。另外，以本民族语创作的作品，为本民族更加珍爱，也是必然的。

李秀雄先生对中朝的这两位哲学家诗的比较研究，是很有意义的。我乐于助成其事，也愿意应他之请为此书作序。然而，由于这种深入探讨学术的专著在中国往往销路不宽广，出版社出不到七、八千本，就得赔钱，本应该无条件出版的，只好向李先生要出版费才能办到了。我离北京前已与北京大学出版社大致谈了所要的费用，大约在两千至三千美圆之间。对此，李先生是慨然同意的。我们此次还谈了出版时间、交稿办法、交书办法等事。

和李先生还谈了中国敦煌吐鲁番学会与韩国敦煌学会之间建立学术交流与合作的"意向书"问题。我一直认为，在外国学术界中，在从事敦煌学研究上，韩国应当是最具有主观上的良好条件的。比之于受过中国文化影响的其他国家，朝鲜对中国文化的了解、吸收是最广、最深、最悠久的。但是，恰恰在"敦煌学"作为一门新兴学科在国际上诞生和成长的时候，朝鲜危机四伏，国难当头，终至于被强邻日本吞并，在日帝统治时期，甚至发展到了学校中都不准讲朝鲜语的地步，日本投降后，南北处于分裂状态，还爆发了为时三载多的，战灾深重的战争，这种历史环境中，怎么谈的上开展敦煌学研究？日本就大不相同了，它早就开始利用它有利的条件，取得敦煌学研究中必要的某些资料，并开展了研究。因此至今日本在此方面的成就仍高于韩国。今天，韩国学术界注意到了敦煌学并下决心开展研究，确是一件值得欢迎、应给予支持的好事。8月，20余位韩国学者的敦煌考察，为此开了一个头。中国的敦煌学者——在北京的、兰州的、敦煌的，都给予了热情支持。"意向书"的事在双方在北京已有所酝酿，我临离开北京前夕，也受到了中国敦煌吐鲁番学会的委托。今天在此，与作为韩国敦煌学会的秘书长(韩国叫"总务")李先生商谈此事，是很乐意的。

我把由北京带来的"意向书"打印件，交给了李先生，李先生欣然接受，表示回去加紧办此事。

11时半，李秀雄先生走了，我这才感到了疲倦。但一天经历的事情，历历在目，有如电影映在眼前，难以入睡 —— 我失眠了。

文字节 —— 单身旅居的第一个清晨

10月9日，是朝鲜王朝时期世宗大王颁布"训民正音"的纪念日，叫做"한글날"（"韩文节"），是一个节假日。清晨七时，姜东烨先生赶到我的住处来，告诉我，他们今天放假，他给我带来了当天的报纸，要陪我出去吃早饭。

我们出了"国际会馆"，向左拐，漫步在小街上，选择吃早餐的地方。在路右边上高坡的一条小街上，姜先生按照我的"早餐宜简单易消化"的要求找到了一个叫"多味粉食"的小餐馆。餐馆清洁，没什么顾客，老板热情。我要了刀削面。姜迁就我，与我同样。每碗2000元韩币，吃得混身温暖。我记下了这家小餐馆的电话号码"766－1446"，心想，以后就在这里吃早饭。

路过小餐馆边上的水菓摊，姜先生不顾我的推让，挑了两个我从未见过的大梨子。这种梨子暗黄色，大小有如一个初生婴儿的脑袋。据说是近若干年来改良实验成功的品种。按照我们的体会，水菓越大者肉越粗而不甜。可是这个品种是大而香甜，大而肉细，很为可口。

回到屋里，姜东烨先生又陪我说了一会儿话。我们是在去年(1989年)12月圣诞节前后相识于北京蓟门饭店的。从那以后，他表示要支持我的学术研究工作，给我寄来了景仁文化社出版的影印的全套《燕岩集》。我谈及北京极端缺乏《玉楼梦》资料和《玉楼梦》的作者及研究状况等事。这次，他又一再表示了要给我寻求一批学术资料。

我们还谈到了法国远东学院陈庆浩倡议重编一部朝鲜的汉文小说全集的事，还谈到了韩国学者对于前些年台湾林明德教授编辑出版的小说集的看法。之后，我们又谈到了有关学术会议的论文报告。到11时20分，他还要陪我同出去用午饭，被我婉言谢绝了。屡次使热情的韩国主人破费，心中很过意不去。临走，他取走了我的返程机票，要让他的学生徐廷圭为我办理在大阪转飞机返北京的手续和延长签证日期等事。

他走后，我打开他送来的当天报纸。我在北京时可以读到报社连续赠给我的《朝鲜日报》，但今天，在汉城我第一次在韩国读友人送来的韩国报纸，另有一种趣味与亲切感。

欢快的苏宅之宴

学术交流部许元范课长派人去 Acameny House 把我寄存的箱子、行李取来了，省了我的事，免得我往返劳累了。下午，整理箱子，取出资料。这时，苏在英先生派来接我的人到了。按原先和苏先生商定的，今晚赴苏府吃晚饭。来人是他所指导过的博士曹圭益。这是一位大约30多岁，性格沉稳，踏实认真的年轻学者。他接受苏先生的委托，和我商量将我的论文《＜玉楼梦＞中的音乐要素及其与中国传统音乐观的关系》一文做成简短的提纲，以便我在崇实大学的学术讨论会上进行报告。我和他反复磋商，向他解释了原稿的几点内容和指出一些简化字的原繁体。大约谈了三、四十分钟，就坐曹先生所开来的车赴苏府。

汉城的汽车多而速度极快，加上一部分街道地势高低起伏，有如我国的重庆、青岛。车窗外商业繁华，广告林立，五颜六色，令人眼花缭乱。加上我昨夜的失眠、下午的疲困，我又晕车了。车开到途中，在街路宽阔的非商业区停下，在一个右侧有些林木的空旷地方，我要求曹先生停车，下车在树下小走，呼吸新鲜空气，稍作镇静与克制，头脑清爽了些。曹博士担忧地而又关切地陪我在树下漫步休息，与我聊天，大约十分钟后，我又乘上了他的车，这次他开得慢些，随时关切地问我感觉如何。

车转入一些小街，又是商铺林立，招牌多彩，满眼杂乱，行人众多的地方，然后又是左拐右转。晕车之感越来越强了。我请曹立即停车，下车在路边用全力忍住了呕吐，然后步行了约50米，到了苏宅。这时苏先生、苏太太和他的女儿、媳妇抱着小孩都已在大门口等候着了。一听说我晕车，苏先生夫妇立即担心着急地问我怎样。苏家府第中的这一片友好的气氛和家庭结构，扫除了我的身体的不适之感。等到坐在客厅沙发上时，我已能谈笑风生，应付自如了。

丁奎福、金泰俊两位老友已来到了。另外还有位年轻学生，叫金槿泰，是正在受业于苏先生的博士生。再加上曹先生和苏先生夫妇，一共七人。

苏在英先生是我认识的第一位韩国学者，而苏府又是我来到的第一个韩国人的家庭。我在朝鲜时，在得到金日成综合大学允许的情况下，曾经到老先生申龟铉教授府上去参加过新年家宴。申先生是因我在平壤从事《壬辰录》研究而与我接触，建立友谊的。苏在英先生也是因他在《壬辰录》上的成就，而受到我的仰慕而相识的。400年前"壬辰战争"中，朝鲜与中国结下了反对侵略的亲密关系和深厚友谊。如今，我的各自住在北、南两处的海东友人，又都因《壬辰录》而得以和我彼此相识。六年多前赴申府，今天来此苏宅，可以说都是中朝壬辰抗战正义事业漫长的悠悠余韵吧。

1989年春，苏在英来我家时，曾说起过他的宅第情形。今日亲见，和我想象中的不大一样。这是一座大约至少有半个世纪历史的西方式家宅建筑。院落不大，而客厅宽敞。客厅天花板甚高，面积约70平米左右。墙壁四周，诗画对联，琳琅满目，充份表明主人是好学不倦的高雅的学者。

宴席摆在书斋中。炕上搁着朝鲜式的矮长方形饭桌。六个人围坐。桌上荤素俱备，甚为丰富。苏的三岁孙女儿也参与其中，由苏先生怀抱着，哄着，更增加了家庭气氛。苏、丁两先生以轻松愉快的语调，回忆了1989年初春的北京之行和在我家聚餐时的情形。

举目四望，这书斋大约20平方米左右，书桌矮腿，适合于盘腿而坐。四壁上，两壁字画，两壁书籍。我拜托北大书法家陈玉龙先生书赠给苏先生的字，赫然在目。这是第二张，原来的第一张带回汉城后在裱画中遭了回禄之灾。这是陈先生应请再写的。据书写者本人说，写此一张心情较定，因而较第一张尤为满意。由于≪壬辰录≫为我与苏两人结缘之引线，这副挂轴上写的是李舜臣的五绝≪闲山岛夜吟≫一诗，如今看来，尤感亲切：

水国秋光暮，惊寒雁阵高；

忧心辗转夜，残月照弓刀。

丁奎福先生要赶到机场接客人，先告辞了。不久，我们也起身告别，回到客厅向苏太太连声致谢。金泰俊先生笑着说苏太太擅长唱歌，不妨请她以一曲送客。我信以为真，等待她一展歌喉。结果都以一笑了之。仰看客厅横轴一幅，字体颇有魄力，气度不凡。苏引以自豪的介绍，这是台湾某书法家的作品。

为了避免再度晕车，决定坐电车回去。苏、金等和我先坐小汽车到地铁站口，然后由金槿泰君陪我回会馆。下了小汽车，苏先生又送了我一篮子水果，还为我妻女送了一批化妆品。

我出了惠化站口后，数度请金君返回。他执意不肯，说不放心我的身体，一定要尊师命送到住处。到了我的房间，问了问我的身体感觉之后，这个年轻人就走了。

用毛毯遮住电话铃声

次日晨，想起来今天是辛亥革命(1911年10月10日)纪念日。在这里没有什么感觉。早晨又去"多味粉食"去吃刀削面。我很喜欢店主的殷勤，但由于昨日晕车影响，今天仍胃纳不佳，吃面条后，仍有作呕欲吐之感。

把有关《玉楼梦》的论文和我的英文简历拿到楼下，请这个学术振兴财团的复印室给复印。工作人员很年轻，他们立即放下手中正在干的活儿，为我复印，不到两分钟，全印好，很礼貌地送到我手中。这种勤于职守、尊敬长者的态度，使我联想到平壤。那里大学的图书馆中的职员，也是这般态度，尽管生活在不同的制度下这么久，却是同一个民族的性格与作风。只是，这里的复印机机械性能更好些，速度更快些。

考虑到连日疲劳和晕车造成的身体不适，为了不耽搁今后的紧张活动，我必须保住健康。于是决定好好休息，以便一扫来韩的积劳，打电话取消了与洪思明、李秀雄两先生的约会。服了片由北京带来的镇静药"舒乐安定"，下午足足地睡了一觉。为了不让电话铃干扰我的休息，我将两条大毛毯子折起来，蒙住了电话。有时隐隐听到毛毯下的铃声，仿佛听到友人的召唤而又不能回答应接一样，心中颇感歉意，但顾不上了。后来给韩国朋友们说起此事，引起了一阵哈哈大笑。

休息了一阵子，果然神清气爽。掀起毛毯，意外地接到了一个来自大田的电话，是忠南大学校国语国文学教授史在东先生打来的。

在北京的时候，我曾收到过他署名的一份邀请信，请我参加忠南大学举办的学术会议。我当时正在办理参加"18世纪东亚文化交流研究学术会议"的手续，能否办成没有多大把握。我回信感谢他的邀请，并告诉他如果我办成上述会议手续，也就能顺便参加他主持的这个会议了。然而今天电话中一谈，才知道他未收到我的夏信，还在一直等待。他的盛意可感，我说我能参加。然后与他谈了一点有关论文的问题。

迄今为止我还未与史在东先生见过面。他与苏在英先生是好友，是通过苏先生才了解我的。

曹圭益已把我关于《玉楼梦》中的音乐问题与中国传统乐论的论文做成提纲。原文为长达六万字的汉文文章，曹先生居然这么快做好提纲，他的努力很使我感动。送来这份提纲草稿的是金槿泰君，他又为我跑了一次。

"进雅春"中的特殊乡情

中午未吃饭。晚上，想起了李相宝和尹光凤两先生讲的大学路上的中国饭馆"进雅春"，就怀着好奇心，散步到了这个馆子。我选择了"炸酱面"，这是菜谱中比较便宜的了，韩币1400元，折合人民币也得十元多。在北京一般饭馆，这碗面条，大概有两元多也就可以了。这里的炸酱面和北京的味道不大一样，带有较多的甜味。上面条以前，先给一小碟子小菜，清淡微甜。

炸酱面，在韩国成了一种很普及的著名的中国典型饮食。其实，这在北京它是最普通的低廉的一种吃法。寻常百姓家庭，以及打小工的，都常吃它以充饥。做法也很简单，面条煮好，盛在碗中，浇一点炸酱就行了。我在故乡的20年中，从未见过这种简单的吃法，当然也未听过"炸酱面"这个名称。到了北京才知道它，常用以充饥。没想到，远在他国京城，却见到它，而且有这么高的地位。在北京像"进雅春"这样级别的餐馆中，大概很少见到它名列菜单的。炸酱面味道和地位变化，大概也算作一种国与国之间文化交流中的一种"变异"现象吧？

"进雅春"的老板姓邢，和他的一名伙计，都是中国人，很年轻，大约二十七、八岁。吃完后，和他们交谈了一下。他们的中国话足以达意，但不太流畅地道，听起来似乎像是朝鲜人学的中国话。邢老板父亲原籍山东，多年前到朝鲜定居，已去世。母亲为朝鲜人。邢认为自己的祖籍是山东，根在中国。他曾去山东寻根，如今还没有取得韩国国籍。像他这种情况的，一般都维持着中国国籍。作为华侨居留于韩国。他这一类的华侨，有不少已经到美国、加拿大等地去了。

"进雅春"柜台墙上挂着一奖状镜框，在上面写着"中华民国奖状"的字样，并有青天白日旗。我问他："中国大陆今后如与韩国建交，你选择哪一方？"他说："这要看情况，现在的华侨，都是属台湾驻韩使馆管的。"时值晚饭时间，邢老板很忙，我也不便多说，便告辞了。

睡觉前，打电话给姜东烨先生，谈回北京的飞机票事，问他我由釜山回汉城的飞机票是谁买的。他告诉我，金泰俊先生出钱买的。之后打电话给金明壕先生，谈去闲山岛一带看李舜臣战斗遗迹等事。他仍热情洋溢地说：一切可由他安排。他还告诉我，朴升和先生目前在香港。

10月11日，为了应邀去一些大学校讲学，我必须尽可能做好准备。我需要一部中朝词典，就求助于一楼的资料室。资料室的先生告诉我，词典一般不能外借，但为了照顾我的需要，破例借了一本《汉韩大词典》给我，可供我使一个星期。

在楼道上偶然遇到一位欧洲女士，交谈之下，知道她是位捷克学者，住在310号。我告诉她我曾在平壤认识一位捷克女学者。她很感兴趣，但我忘记了平壤认识的那位学者的姓名了。这位捷克女子告诉我，她的国家最近才有人来汉城。她说她很惊讶，汉城是这样地发达。

首次讲学的安排

许元范课长要为我安排我在这里的活动日程，还问我准备和那些学者接触。我告诉他：我认识的韩国学者较多，也知道他们的电话号码，有好些已和我接触了，我们会安排见面与活动时间的。许先生听了很高兴，给了我一些空白的日程表，以便于我用它来安排我的活动。他还告诉我：高丽大学校的辛胜夏先生是位很好的学者，建议我与他接触。我记录了下来。可是，后来，由于日程很紧，我竟未能抽空与辛先生联系。今日思之，犹觉歉然。

寄出了第一封家信，用特快专递(EXPRSS)寄出。向妻子女儿报告我在这里的简况。上午的主要时间用来读曹先生为《玉楼梦》音乐要素一文所写成的提纲。作了些修改与补充。

中午又去"进雅春"吃鸡蛋面。原价2000元，邢老板坚持只收半价——1000元。我一再表示不能这样，他说：你来自北京，本该不收你的钱，但这一来，你可能不来我这里了，因此半价，"不必客气"。我也只得付了半价。心里很感动。由于我国还未与韩国建交，政府也一直未能照顾这里的华侨，可是他们却这样热诚对待祖国的来人——"海外得逢故乡人"。邢老板的身体里一半的血液是韩国人的，他对中国大陆人的友善态度中，还会含着韩国人对中国的情谊。

下午三点多钟，崔博光先生来访。崔先生是成均馆大学校国语国文学教授，去年12月下旬他和上垣外宪一、金泰俊等先生一起到北京时，我才与他相识。在今年7月的中国比较文学第三届年会上，我们又相逢于贵阳。他身材不高，有着很重的乡音。说话简练，为人谦恭，作风谨慎而不苟言笑，讷于言词而心地实在，给我的印象是一位治学严肃认真的学者。10月7日在釜山太宗台一别仅数日，再度相逢，很感亲热。他提出希望我此次能到成均馆大学校去讲学。我曾经去过开城的高丽时期的成均馆，当时浮想联翩，写过一首诗发表在《光明日报》上，汉城的成均馆则是李朝时期的遗迹，当然很想一见。于是欣然应命。

他的意见是讲一讲：作为一个中国学者，我为什么选择了朝鲜古典文学为自己的专业。还希望我同时也讲一讲朝鲜北半部文学界的学术状况，以及我自己对于中国文学在朝鲜之影响的看法。我告诉他，我一定去讲，但内容还得让我再思考一下。他见我认真，一再说明：你随意谈谈，不要为此太伤脑筋。由于《汉韩大词典》词太旧，我向他借《中韩词典》，他答应以后带来。随即告辞。

小告示的启发

晚上八点多钟，漫步大学路，不大好意思去进雅春了，怕老板再降价或免费，就转入小街，在一家招牌上写着"手赶面"的大众化的小饭馆前停下，进去要了碗热腾腾的面条，量给得不少，但淡而无味。看到柜台墙上贴了一张告示，记得似乎是饮食管理机构贴的，内容是店主应注意售出的饮食质量、卫生等等，其中夹进了不少汉字，以至于足以使一个不懂朝文的中国人读懂告示的大意。我注意了一下，这大概是15至20年前所贴的，纸都已经发黄了。

　　这张告示却引起了我很大兴趣。以前看画片，看具有汉城街景的电影，商店标牌大多是汉字写成的。但如今的汉城商店，极少能发现汉字写的标牌。后来听说，这并非政府的命令在一朝一夕突然改变的，而是逐渐形成的风气。这一点从出版物上也可以看出来。早先的学术著作，夹有许多汉字，但越是后来出版的，汉字越少。在减少汉字出现量上，朝鲜开始得很早，也做得很彻底，近来，韩国也朝着这个方向前进了。这个小餐馆中的一张旧日遗留下的小告示，引起了我的抚今思昔的心情。

　　晚上偶然散步到我住的国际会馆楼下休憩室，这就是前天苏在英先生来等候我的地方。当时仓促未及细看。此次从容地在里面坐了一会儿。室内设备有沙发、电视机，中央立着一个较大的长方形玻璃缸，里面有各色大金鱼，最长的估摸约40公分。缸内有空气调节器不停放气泡。看着金鱼悠然游动，也兴起了一种乐而忘忧、悠然与之浮沉的心情。这种设备，既美化了这个厅室，也使倦于紧张脑力劳动的人，得到一种松弛神经的休息。厅室的尽头处有一小卖部，糖果饼干乃至方便面与鸡蛋都供应。

　　沙发上坐着三、五个年轻人在看电视。两个大彩色电视机分别放在两边，可任意选看。我忽然想起，我该告诉金泰俊先生，这里可以看到电视，不必让他们费心了。前两天刚来时，我本希望房间里有个电视机，这样可以随时收看汉城广播的节目，既可了解韩国的社会、民情和文化活动，也可熟悉语言。在闲谈中金泰俊先生知道了我的这个想法，就一直挂在心上，想为我借一个来。现在我在这里发现了电视机，就不必要弄一个放在房间里了。其实，后来的情况表明：我根本没有多少空余时间看电视。

　　这次所发现的这个休憩室中的小卖部，后来成了我经常光顾的地方。其中的方便面和鸡蛋，成了我早餐的必需品。

进入崇实大学会场

10月12日主要活动，是去崇实大学校参加该大学校的"建校93周年纪念国际学术会议"

崇实大学校是与我发生关系的第一个韩国大学，是通过苏在英先生了解到的。从1987年末起我在北京有多少次在信封上写上这个大学校的校名，有多少次在图片上看到过它。1988年10月为了接受它的建校91周年学术会议的邀请，我数次与它联系，1989年初春，我听苏在英先生亲口谈起过这个基督教大学……这是一个我虽未"见面"，却已"熟悉"的地方，今天我要到这里来和它"见面"了。好奇、欣喜、兴奋……等情绪洋溢在我心头。

早晨，金槿泰君租了个出租汽车来到"会馆"来接我。由会馆到崇实大学似乎是不很远的一条路，但我的感觉，却是"行行重行行"，似乎走了很长时间的路。最后，车开过一个中等宽度的，还保留着一些昔日风格的街道，就到达了目的地。进入学校大门，在校内大路边停了车。在文科大楼的学长(院长)办公室内，见到了文科大学学长(文学院院长)苏在英先生。两年前，这个职位是由金文经先生担任的，苏先生当时任"人文科学研究所所长"。之后他们两人的职位来了个对调，所长的职位现在是由金先生担任了。

苏先生、金先生都满面春风。另外还有一位先生在座，经介绍，是该校教授李载龙先生。很高兴又认识了一位崇实的学者。

稍事休息，然后苏、金两位领我们去主楼见校长。进入校长室，只见一位中等身材、作风敦厚稳重的学者模样的人，满面笑容地迎上来，这就是本校的校长赵要翰先生。

赵校长热情地将我们迎入他的办公室，这里陈放着几张沙发，围成一个四方圈，室内布置得整洁明朗而又略带庄严的气氛，看来是一个常用以接待客人或进行校内的高级人员会议的地方。

在座的还有来自日本的一位约莫四十岁上下的中年学者名叫秋月望，他说得一口流利的朝鲜语。总共在座的约有七、八人。在互相介绍了之后，赵校长讲话，表示了对来宾的欢迎。虽是代表校领导的一种正式会见，他讲话的态度却是平易近人，就好像是旧友重逢，轻松自然。

他在讲话中对崇实大学能与北京大学建立学者来往的关系表示很为高兴，希望今后能有更多的学者来相互交流。对于日本学者，也表示了欢迎。然后简明扼要地把崇实大学作了点介绍。他娓娓而谈，总共也不过讲了两分来钟，有如一阵春风吹入，使得室内充满了和煦温暖的气氛。大家接着他的话漫谈。

当我谈起我和这个大学校有特殊缘分的时候，大家都笑了。我说苏在英教授是我认识的第一位韩国学者。不久前，我与苏、金两教授还同去过敦煌。对于前年接到崇实大学邀请而未能来与会，我流露了歉疚之意，对此次的邀请，感到荣幸并深怀谢意。秋月望先生也谈了一些。他的韩国话说得很好。这不是他第一次来韩国，他曾经在高丽大学留过学。

学术会议是在学校的大礼堂中进行的。礼堂大小有如北京的一个剧场，阶梯式的坐席，大约可容纳四、五百观众。舞台也不小。会场布置得隆重、庄严。讲台上，高高地悬挂着会议的主题："韩国学研究的新座标"。观众席每排都坐了人，有各种年龄层的教师，也有不少学生。虽不是座无虚席，但每排上都坐有与会者。

会议开始，由赵校长上台致开幕词。会议是由该校人文科学研究所主办，由金文经教授主持。

第一个学术报告为李载龙先生的"韩国近代史研究的动向"。第二个为秋月望先生的"日本的韩国学研究现况"，第三个为我的"≪玉楼梦≫和中国传统的儒教音乐观"。

每个人的报告提纲都已打印好，分发到了与会者手中。会场上的秩序很好，偌大的一个讲堂，雅雀无声，与会者全都凝神静气地聆听报告。在每个报告结束时，都报以礼节性的掌声。在观众席上，我见到了姜东烨先生，他是特地由江原大学校赶来参加会议的。

会议插曲 —— 大学博物馆

报告结束后在学校饭厅中吃午饭。这是一顿便饭，但质量不低，很为可口。我感到，这好像是师生共用的饭厅，整洁、明亮。饭后，在休息厅休息了一会儿，就去校办的博物馆参观。同去参观的有苏在英、姜东烨、金文经等先生。

博物馆的大楼巍峨，据说以前这里曾经是办公大楼，为了展出的需要，改为博物馆。博物馆长带领我们参观。我一一看了许多久已闻名，在中国却难得一见的文物，其中早期朝鲜全国地图，清代时期朝鲜李朝学者作为"朝天使"到中国的有关资料，以及与崇实大学校史有关的展品等等，都很宝贵。

馆长先生很热心，为我们仔细地介绍展品情形。全馆有楼上楼下好几个大厅，颇有气魄。作为一个规模并不很大的大学的博物馆来说，这是一个相当好的博物馆。即使如此，博物馆长也一再说明：馆很小。走出馆外，我看到此馆外一侧工地上正在施工，馆长告诉我要建成一个规模更大、内容更丰富完整的新馆。

这个博物馆使我联想到北京大学。北大建校92年，除珍本书籍及考古文物等等以外，校史资料也有不少，但是没有这样一种规模的博物馆。这是很遗憾的。此次我在韩仓促，虽然只参观过一个大学校博物馆，但我认识国民大学校、檀国大学校的博物馆长，可见他们及其他大学校也不乏博物馆。一个大学校的博物馆可以起到很好的作用：更妥善地保存珍贵文物，便于学生与研究人员随时接触直观的材料，加强学术气氛，鼓励研究工作，向校外人士展示本校校史与成就等等。我想，如果我国教育界把这个工作重视起来，将有助于校风的改善。

生动多姿的会议提问

下午是大会的第二个议程：讨论。所有的报告人这时都到台上就座，然后由听众随意提问，报告人即席回答。听众中，有不少年轻人，他们比较直率，因此提问也很活泼。对于李载龙和秋月望两位先生的报告，提出一些意见，或为补充，或为不同看法，或为提出问题要求报告人作进一步的阐明。对于我的报告，同样如此，在我的印象中，苏在英的学生曹圭益博士、专攻《玉楼梦》的张孝铉(丁奎福的研究生)提出了这样一些问题，如：报告中多次引用《乐记》、《乐论》以说明《玉楼梦》中的音乐要素的影响，那么，对中国的其他古老音乐理论怎样看法？特别是佛教音乐，也很发达，它对《玉楼梦》的影响怎样。

又如：音乐的要素中，应该既有积极性的，也有消极性的，怎样区分说明？

又如：《玉楼梦》的艺术手法，远不止音乐一方面，对其中的非音乐性的艺术技巧，请加以说明。

又如：《玉楼梦》中的音乐因素受《九云梦》的哪些影响？

又如：报告中提及《玉楼梦》作者对汉族以外的少数民族，即

≪玉楼梦≫中称之为"蛮人"的音乐时的轻视的态度，原因是什么？

又如：≪玉楼梦≫的作者为何人，学术界有不同意见。报告人认为它是南永鲁所作，有何根据等等。

我坐在舞台上，提问在观众席上，一上一下相距约有十多米之远，有少量的话虽听不大清楚，但问题的主要意思，我都理解了。这些问题出自一些年纪较轻的人之口，而问题又提得如此认真。尽管答复这些学术性问题是需要充分时间思考的，而我现在又没有这种时间条件，但我心中是很高兴的。一个人严于治学的人应当不怕别人对自己的报告提出不同看法与疑问，而只怕报告以后没有引起任何反应。我在国内曾碰到过这种现象，那是因为听众对朝鲜文学不了解，兴趣不大。而这次有这么多问题，表现出听众认真对待我的报告。我是乐于回答这些问题的。因此我回答以前，首先对提问者表示了感谢。

1989年，我在中国的北岳文艺出版社出版了我所整理、翻译的≪玉楼梦≫，为此我写过一篇长达万字的≪序言≫，结合朝鲜作者生存时期的社会、政治情况，全面评价和论述了这部古典名著的思想内容和艺术手法，把这部书称之为"朝鲜古典文学中的≪战争与和平≫"。上述的一些提问，事实上在那篇文章中已经有了说明。在我的回答中，我介绍了这一情况，并扼要对这些问题作了综合性的回答与说明。作为我的这一回答的中心思想是：≪玉楼梦≫虽然是以中国为舞台，以中国人物为其主人公的，而且包含中国乐论的影响，但它却是朝鲜当时社会与政治及意识形态的产物，反映出的完全是朝鲜自己的民族愿望和时代精神。书中的人物实际上是穿上了中国衣服的朝鲜人，而并非中国人。关于对所谓"蛮乐"的卑视态度，实际上反映出：经过壬辰战乱之后的朝鲜人，对于推翻明朝的满人怀有极度反感情绪，他们怀念和明朝的友谊，尊崇他们一向熟悉并长期从中得到熏陶的中原文化——汉文化。而所有这些，从根本上看，都是从朝鲜本民族的利益和历史愿望出发的。

儒家以外的音乐观上，我简单地介绍了道家与墨家的音乐观，并直截了当地说明，《玉楼梦》中不含有这两家音乐观的以及佛教音乐的影响。

在我答复了这些问题以后，有位年轻人——可能是位学生，站起来向我问起了关于苏联的问题，还说："您作为北京大学的教授，对于去年的"六、四"事件怎么看法，北大目前的情况如何？"这位年轻人问题提得很认真。他的话音一落，会议主持人金文经所长就讲了话，说这次韦先生来是谈学术问题，此一问题不属于此一范围，不在此讨论。很明确地把问题挡住了。这位学生一听，很顺从地坐了来。

这件事很轻易、自然地过去了。过后我想：韩国青年学生中有些人是很关心世界政治形势的。他们对韩国报纸和舆论讲的，已经熟悉了，很想听听生活在社会主义制度下的人是怎样想的。这位学生大概就是其中的一个。

学术会后的余韵

散会后，丁奎福先生和我热情握手。这位白发苍苍老学者，是特地在结束了他的课程后，由高丽大学赶来参加的。他还抱歉地说他迟来了。

忠南大学校的史在东教授也赶来参加会议，并与我首次见面。他是苏在英先生的好友，年龄约莫比我小几岁，为人谦逊朴实，不善于外交言辞，言谈举止稳重。我很高兴又认识了一位韩国学者。

会下，提问题的曹、张两位先生都向我致意，表示以后要再研究这问题。张甚至说，请原谅他提了那么多的问题，我笑了。他们在学术探讨上是那么地严肃、认真、勇敢、坦率，而在个人关系上，特别是在对待长辈上，又是那样地礼貌、谦虚。我很喜欢这两者的结合——认真和谦虚的结合。在这方面，是很值得我国青年学生的学习的。

后来，那位提"六·四"问题的青年，也向我表示了谦意，他说前半段会议未听，不了解会议情形。我也喜欢他这种求实的态度。

散会时，在大家彼此招呼和交谈的仓促而兴奋的情况下，我忘了我本来搁置在我坐席枱子上的两部辞典——这是禹快济先生应我的要求带来借给我使用的。直到晚上我睡前才想起，心中十分抱歉。后来说明情况，委托有关人寻找，由于辞典及包装纸袋上没有名字，很难找到下落。我多次向禹先生道歉，表示要如数赔偿。禹先生满怀信心，要我别着急，说一定会找到的。直到现在，我还不知道找到了没有，为我忙乱中的这次失误，我好几次地自责。

会议结束后，我们又被请到了校长室。赵要翰校长向我们致谢致贺。我们也对崇实大学表示了感谢。他拿出了该大学的题词留念簿，请我们题词。我思索了一下，提笔写了一些。

秋月望先生也题了词。赵校长赠我一盒子录音带，谦虚地说这是本校学生唱的歌曲和演奏的音乐，水平不高，谨赠送作为记念。这里一共是三盘录音带，装在做成大32开书本的盒子中，"封面"上为合唱与演奏者的合影，"封底"上附以歌曲乐曲名称。两盘为基督教颂歌，一盘为曼陀铃演奏的世界名曲，十分合我心意，是非常好的纪念品。

归国后数月内，我数次取出聆听欣赏，回想着在崇实的这一天经过与感受。

听说赵校长是位很正直的、品德高尚的学者，政府当局并不欣赏他，但他在学校中威望甚高，被教授会选为校长。韩国的大学校长，是由教授会选举的。因此，不孚众望的人，是难以当选的。

接着小汽车把我们拉去赴晚宴。一路上，我与秋月望先生用朝鲜语闲谈。我说，你这个名字很富诗意，前不久刚过中秋节，很适合当前的季节。他笑了，说你这名字"旭升"是指朝阳初升，也很好，大家都笑了。

他又问道："听说中国的外交部对朝部门工作的人员中，没有任用朝鲜族。是不是？"我反问到："日本政府外交机构中，对华、对韩工作中，有用日籍华人和日籍韩人的吗？"他说没有。我又问车中的另一位韩国学者，韩国外交机构对华工作人员中有无韩籍华人，他也说没有。我接着说："那不是都一样吗？"大家一笑了之。

车停在盘浦会馆前。这是一个豪华的餐厅，珠光宝气，锦绣桌席，反映出校方对于这次宴会的重视。宴会由金文经所长支持，参宴者有苏在英、李载龙、史在东等韩国学者，只有秋月望和我是外国客人。总共约是八人。菜馔丰富，充份具有韩国饮食的特色。烤牛肉一项，很考究，其泡菜口味之佳，实为少见。

宴会完了，大家余兴未尽，仍想乘车去近处喝点咖啡，我则愿早些回去。为了不使我晕车，金泰俊先生陪伴我乘地铁。在寻找地铁入口处的夜街上，我们漫步而行。看来这一带不是商业区，街上行人不太多，道路宽阔，金说这是一个终点站。晚风习习，身上凉爽，心中愉快。和金先生再一次讨论了去他的大学(东国大学校)讲学的事。他同意讲有关《玉楼梦》的思想内容问题。说这是一次由研究生会举办的活动，以学生为主、可能在郊外露天举行。这倒是很新鲜的做法，但我顾虑这种场合可能在心理上对我不大适应。

这电话来自台湾

金先生为我想得很细致，经过一些商店门口，他几次三番地问我，要不要一双旅游鞋，洗脸皂等等日用品。他想买给我。我坚持不必。(但后来，他来我处时，还是给我带来了牙膏、香皂和刮胡刀。)他陪我到了地铁的转车处，又领我到站台，我一再请他自己先走，他一直看我上了车开车之后，才离去。

回到房间不久，接到了汉阳大学校崔溶澈先生的电话，他告诉我法国籍的华裔学者陈庆浩先生正在台湾，要打电话给我。崔溶澈先生我并不相识，这次承蒙他的好意，转告此事。我本答应陈先生到汉城时再与他联系，但因太匆忙，竟未找出时间。

十时半，陈庆浩先生果然由台湾打来了电话。这是我第一次收到来自台湾的电话，台湾是中国的一部分，心中顿时兴起一种亲切感。陈庆浩是法国远东学院兼第七大学的教授，他曾编辑了越南的汉文小说集。四年前，就曾约我一起编朝鲜历代的汉文小说。为此，他多番奔走，在韩国还曾受到过金东旭先生的支持，但目前还未着手。此次他来电话，希望我于此做些努力。他不知金东旭先生已过世，当我在电话中告诉他此事时，他为之惊愕。他还告诉我他准备在12月1日来汉城来継续为他热心的事业做些努力。

放下电话，我随即打电话给丁奎福先生，告诉他陈先生要来的消息和他希望得到支持。丁奎福先生前一年曾与陈接触过，是知道此事的。

地铁中的一个大站 —— 汉城火车站

因为要办点事，我乘地铁经过汉城火车站，顺便参观了一下地铁中的这个乘客极多的大站，这是在10月13日。

在汉城火车站的地铁站中，匆匆地转了一圈。这是一个很大的地下铁道车站。汉城有些地铁站和商场相连，形成一个个地下的商业网。这个大站也是如此，和地下商业区相通，商店林立，行人、顾客都很多。行人大多行色匆匆，忙着赶车或出站办事。

在汉城，不仅汽车开得很快，而且人们走路也总是很快的。在这个地铁站中，我尤其感到众多的人都走得那么急急忙忙。这表明他们生活节奏快，工作紧张，注重效率。

在一个叫"万物商店"的小店铺中，我看到了一个我很中意的折叠式行李手拉车，问了问，要价两万韩元。一算，大约相当于人民币150元左右，不禁吐舌。在北京，用30几元人民币，可以买一个很好的。这个手拉车质量确实不坏，构造也十分实用，但依我看来，价格似乎也太高了些。

离地铁的地面入口处，摆着小摊子，上面杂乱地堆放着各式各样的电子表，摊主叫"一万元一个"。在这里，这算是最大众化的便宜货了，但折算成人民币，在北京不需要这么高的价钱。

地铁站走廊宽阔，因此行人虽多而不显得拥挤。天花板下安装了灯光字幕，字幕不停地游走循环，显现出各种标语，宣传一些公共道德，还做些广告。

意外地，突然看到一队约五、六人的巡逻兵，排列整齐，肩背枪支，神情严肃，威武地、雄赳赳地大踏步迅速走过。——这才使我猛地想起，朝鲜仍处于南北分裂，军事对峙局面。

这是我此次在汉城期间，在一片繁华的和平景象中，看到的最具有一些战争色调的景观。

作为邻国人民，我衷心希望战争的灾难不再落在这些爱好和平的人民头上，不再降临在这片已经大踏步走向繁荣发展的半岛土地上。

汉城的"故宫"

下午，李秀雄先生按约会来到。他曾提出今天(10月13日)要陪我去逛闹市场，购物，然后去他家吃饭。我对洋式的高楼大厦与喧闹的市场兴趣不大，要求改去看汉城的"故宫"，李先生欣然同意。

这"故宫"就是昌德宫，它离"国际会馆"不远。我不愿坐汽车，而宁愿走去。李先生和我穿过繁华的大学路，进入国立汉城大学校附属医院大门，我们的意图是穿过医院，由正门出去，到昌德宫。

在医院内上坡时，和洪思明先生正碰个对面。他非常客气而且热情地问我身体状况和愿意何往，并说以后再约会一起聚一聚，我表示了谢意，各自就匆匆走了。

边走，我边向李先生说明洪先生在帮助和支援国外韩国学研究方面的认真和热情。李秀雄先生则沿途向我介绍这个医院的情形。这是一个水平很高，规模很大，历史悠久的医院。医院大楼宏伟，院内停车场停了一大片汽车群，路上汽车如织。看来，每天来这里接受治疗的病人是相当多的。

整个医院是处在高低起伏较大的丘陵地上。下了斜坡，是出正门，走不久，就到了昌德宫。我们首先看到了明政殿，之后又看了其他殿阁。宫内这些古典建筑的样式——它的屋檐、斗拱、红柱、窗格……等等都是我熟悉的，和我在朝鲜北半部看到的风格类似。但是，像明政殿这样的王宫大殿，我在朝鲜半岛还是第一次见到。

疏阔，有大片的空地，绿草如茵，间有古树纵横。道路也整齐、洁净。游人不多，因此显得很宁静，使人舒适安详。李秀雄先生在这里为我照了不少相，以作他日纪念。

我们向着宗庙走去，看到一些墙壁的砖与砖之间都用水泥敷描上，远远看去，也很别有风味。李先生告诉我，这是为了保护古迹而加的工，防止它年深日久砖石剥落，也有人不赞成这种做法，认为这样会破坏墙壁的原来面貌。

由于时间已晚，我们未能进入宗庙参观。《壬辰彔》上说，倭军占领汉城后，侵犯宗庙，夜间宗庙中王朝祖先显灵，痛斥倭军。我想就是这个宗庙吧，很想看看，但也只好留待他日了。

为了避免我可能晕车，李先生和我走回到汉城大学医院正门，在门侧的一家小药铺中为我买了防晕膏药(贴在耳边)后，同回国际会馆，乘他所开的汽车去他家。正值下班时间，一路看见车流如潮。抵他家时，已是黄昏时分。

在中国文学教授家里

附近高楼林立，然而楼与楼间的庭园布置清丽雅致，使人感觉不到身在楼群中的紧压和拥挤感。他的家就在这一座公寓大楼之中。进得门去，脱鞋上炕，只见窗明几净，房间面积虽不大，但四周书橱罗列，书籍整齐，分明是李先生的书斋接待室。见过了李太太，然后看到已经有三名客人在座了，经介绍：一位是林性照，另一位是金经一。还有一名我认识，是敦煌学会的干事李宰硕。

林性照先生约莫近五十岁，在延世大学校任校，是一位颇有名气的诗人，热情洋溢，善于言辞。金经一先生年轻，估计约二十七、八岁，曾去台湾留过学，目前正从事甲骨文与人类学关系的研究，少年老成，谦虚谨慎。李宰硕先生与我同去过敦煌，已是熟人了。

纯韩国式的菜饭摆在擦得干净发亮的长方形餐桌上，大家围坐闲谈。林先生谈锋甚健，谈了不少韩国的情形，他很关心中国对韩国的研究。李秀雄先生还介绍了林先生在诗歌创作上的成就和他的教学工作。金经一向我叙述他的专业工作情形。李秀雄先生的贤内助则忙于递送饮食，照料客人。

谈话中，我才知道，李太太是位业余的书法家，她写的字挂在一进门的墙壁上，字体娟秀而又遒劲，令我惊讶，佩服。李先生谦逊地说她正在"学习"写字，我这才蓦地想起，李先生在中国时一再央求我为他求些书法家写点字，原来她太太精于此道。那时我因太匆忙未能满足李先生的这个要求，如今一见此情景，倒生出一个渴望，希望在李先生下次访华时，将其太太的书法作品带一些来。酒饭将结束，李太太在饭桌边的书桌上，已备好笔墨纸砚，请我写字。我字体既无足取，又值近日辛劳，酒后手颤，实在不敢动笔，婉言固辞。今日思之，当时如果请李先生夫妇两人当场各书一联交我带回，岂非雅事？此一事也惟有俟之于来日了。

李先生有儿子、女儿各一。女儿有志于学习文学，李先生希望他日后能进入北大学习，问我可否帮忙。我感到这种交流有益于两国文化发展，满心愿意，表示日后当尽力协助。他们夫妇还让我参观了他们的大小房间，个个都精致实用。有一架钢琴，是他们的女儿学习用的。这是一家东西结合的、文化素养很高的书香门第。

李秀雄先生多次挽留我住在他家，指给我看，他准备给我过夜的房间，并且告诉我这附近就是1988年举办奥运会的场所，明晨可以陪我参观该处，并保证用汽车把我送回会馆。我为他的热情所感动，但考虑今天整个下午和晚上对他叨扰甚多，委实不安，留住于他家，诸多不便，就一再婉言辞谢，答应日后再度来汉城，再叨扰。就这样离开他住宅，他们和夫人小孩，全家一起送我到住宅外面。

李先生、林、金及李宰硕一起陪我散步到蚕室地下铁站口。金经一君开始用中国话与我交谈，他发音不错，语言也足以达意。我对他将中国古老文字的研究结合于人类学研究的做法，表示出了很大的兴趣。他表示如有机会，愿去中国大陆。我支持他的想法，并希望他今后作为新一代的学者，做出更超越前辈的贡献。李秀雄先生和我又谈到了他在中国出版其大作《朱熹与李退溪诗比较研究》一事，托付再三。又希望我为他们正在编辑中的《敦煌记行》写一两篇文章，我也欣然应命。他表示希望我参加韩国敦煌学会。我表示了感谢。

进入地铁入口，林性照先生抢先几步走到售票口，然后给我带回了一张多次性使用的地铁票，并告诉我此票的用法。这是一种最实际的关心与照顾。我满怀谢意地向众人告辞，由李宰硕一人陪送我乘地铁回会馆。

由蚕室到会馆，途中要转车。由于汉城的地形起伏，这段地铁，时而走出地下，在地面上行驶，有时又钻入地下。记得1988年春我去平壤参加朝鲜民主主义人民共和国社会科学院举行的首次朝鲜学国际学术会议期间，站在牡丹峰上，面向大同江，有人告诉我，不久平壤东西两部分也将有地铁相联，而过大同江，则是由地面下钻出，从水上架的桥过去。如今已两年半了，也许这条地上地下相连的地铁已建成了吧？北京地势平坦，没有必要这样做。因此也不会有这种壮观多变的地铁线路。

李宰硕一定要把我送到会馆才放心。他在房间坐了约20分钟，专门谈他到北京大学学习的事。这是一位笃实于学习的青年。8月份去敦煌回北京短暂停留的一两天内，他去书店搜寻书籍，宁愿放弃去长城、十三陵游览的活动，从琉璃厂等处书店买了大批书籍。在我们由惠化站经过大学路的青年联欢处时，他说他对此种游乐从不感兴趣。年轻而志于学，这是一位学术前途有望的青年人。他目前正在攻读成均馆大学的博士课程，久慕北京大学中文系之名，愿意在近期到北大攻读训诂学一类课程，以便提高其博士论文的质量。对这一愿望，我当然也极支持，所顾虑的是中韩尚未正式建交，他的愿望能否实现，尚需努力和等待。对此我在方法上给他提出了一些建议，请他给我一份简历。

11时20分睡觉，虽疲倦，但深感这一天过得有意义。

讲学准备 —— 小说的"奏鸣曲式"结构

10月14日上午，修改≪＜玉楼梦＞的结构与西洋音乐的"奏鸣曲式"≫一文。这是准备用以参加忠南大学校学术会议的文章。这实际上是我的长文≪＜玉楼梦＞中的音乐要素和中国儒教传统音乐观≫中的一小部分。本来它是用以说明≪玉楼梦≫中的音乐要素的强烈程度和该小说作者音乐素养的，与中国儒教的音乐观没有关系，因此可以独立成一短篇论文，我在崇实大学校会议上没有提及它，而准备将它用于忠南大学校的学术会议上。

我对西洋音乐的喜爱是由来已久的，但并没有深入而系统的西洋音乐理论知识。≪玉楼梦≫这部十九世纪的朝鲜小说中，有一种其他长篇小说(除以音乐家为主人公的作品以外)名著中罕见的情形，即音乐作用之广泛而且深入，结构上与奏鸣曲式有的惊人相似点。怎样具体分析与说明这种现象的原因，虽还有待于更多的研究，但这种现象则是出人意外而又尚未被任何学者所注意到的。我想，指出这种现象和提出问题，它本身不过是探索的第一步。在研究者成群的朝鲜文学研究大本管中，或许有高明的学术能人可以圆满解答这一问题 —— 这也就是为什么我决心在一个庄严的学术会议上认真提出这一问题的原因。

在对原打字稿的修改中，包括着将简化字改为繁体的问题，为的是便于这里的印刷厂排印。这过程中，我再一次感到简化字出现的频度之大，体会到即便汉文知识丰富的韩国学者，阅读大陆文章也感到困难的原因。

结合着散步休息，我又到"进雅春"去吃饭了，这顿午餐我吃了个标价1800元的炒饭。吃完付钱时，邢老板已下班了，收钱的女掌握说，只收1000元，而且讲明，邢老板吩咐，以后我来吃饭，一律只收1000元。看来她是位韩国人，这是她执行老板指令，我客气也没有用，只好照付，走出店门，心中颇为不安。

下午埋头写≪＜玉楼梦＞与西洋音乐"奏鸣式"≫的提纲。

郑汉模再次宴请与汉城大学校友们

晚上，郑汉模先生再度为我举行晚宴。地点就在会馆附近的"牡丹之家(牡丹餐厅)"。由李龙男先生来会馆陪我前往，途中见沈明镐先生也来了。这是一家充满朝鲜民族风味的餐馆，坐落在胡同边的高坡之上，进门脱鞋。门外种了些朝鲜式的观览植物，门的建筑风格素淡，清雅，女招待员一见来客就躬身迎接，恭敬接待。

进入一素淡僻静的里间，看到郑汉模先生正在等候我们。此外在座的还有韩国比较文学学会副会长文祥得先生，国立汉城大学教授李炳汉先生，郑、文、沈、二李，连我总共六人，围绕着一个长方形饭桌盘腿坐下。

餐馆女主人(或经理)来见众客人。她年纪约莫二十七、八，恭谨有礼，经郑先生介绍之后，她躬身施礼，娇柔温顺。郑先生与她很熟悉，看来，他是此餐馆的常客。可以想象，今日之宴将更为丰盛。

莱馔丰富，主客谈笑风生。郑先生说，前次接待，用了西餐，未让客人吃好，今日韩国饮食，想必称意。我表示很满意而且感谢，再一次说了我作为东方人仍然有兴趣于东方饮食。

郑先生还说，在座的四位韩国学者，都是国立汉城大学校的出身，是曾在国立汉城大学受教于他的弟子，又把汉城大学校的前身介绍了一下。在座诸学者中，以郑先生年最长，资历也最深，曾经任过"长官"(部长)。他很早毕业于该大学，在座的多为他的后辈或弟子。提起北京大学，我笑着说，"北大有如北京的汉城大学，汉城大学有如汉城的北京大学。"沈先生笑着说："这话富于外交色彩"。其实，这并非纯粹的外交辞令。汉城(서울，Seoul)一词，在朝语中原是"首都"、"京城"之意，汉语中被译为"汉城"，似乎纯属于一个地名，一个专有名词了。同样，北京的"京"也是京都之意。因此而有上述的说法。当时大家一笑了之，我也未加解释了。韩国学者希望两个在其本国的地位相似的大学今后能加强学术交流，是明显的，我个人亦如是，文化相近，地处邻近，历史渊源至深，今后消除隔阂，发展文化关系，是大家共同的心愿。

在座的都是韩国比较文学学会的骨干，谈起了学会活动，他们说，在10月某日要在汉城举行东方比较文学的年会。可惜我已接受去大田忠南大学的邀请，无法参加了。他们学术活动的正规化、经常化，是一大长处。谈起学术成就，李龙男先生说，韦先生专著出了好些，但杂志刊登的论文不多。他这话是对的，但他不了解，在中国，朝鲜文学在外国文学研究界中，是远不如中国文学在韩国的外国文学研究界中受重视的，其差别之大，可以说"不啻天壤"。在国内一般学术杂志上发表研究朝鲜文学的论文是很困难的，拖、推、压…种种遭遇不一而足。就是几本专著的出版过程，也是满含辛酸的，而且随着出版社的"企业化"，"重物质收益"，没有资助而想出朝鲜文学研究的著作，越来越困难了。不过李先生的话是一种对同行的关心，其精神可感。

文祥得先生年约60左右，很随和，给人一种亲切平易之感，我很高兴能通过这次宴与他相识。

李炳汉先生早在八十年代初期就因曾经给中国比较文学学会赠过《大东诗选》、《诗话丛林》等书而其大名为我所熟知，在三个月前的7月份贵阳会议上又欣然与我见面相识，他坐在紧靠我的席位上，更是怡然交谈。

霓虹灯下的闹市

饭后各自回去，唯李炳汉先生愿陪我观赏大街的夜市。我们信步走出胡同与小街，走到大学路，往右从立交桥上过街，走到与大学路平行的一小街。这里也是华灯高照，霓虹灯光闪烁，行人熙熙攘攘。李先生边走边向我介绍：这是大学生课后常来聚会休息之处。今天是星期日，人更多一些。我们走入一个小咖啡馆，只见其中已坐满了客人——主要是青年男女。房间小，桌子小，灯光暗，三三两两。或喁喁而语，边谈边吃零食，或默默相对，享受这片时的相聚之欢。李先生找到了两个座位，要了啤酒和零食(是否为明太鱼干？)边喝边聊。李先生告诉我：以往，汉城大学在此处时，学生多来此相会。谈恋爱，商议事情、休息身心，颇为方便自在。如今汉城大学虽已他迁，但由于大学路一带经常有青年学生云集，这条小街，也就仍然是每晚大学生常到之处。

走出咖啡馆，我们在小街上漫步。我指着一个霓虹灯问他，这"뮤직 하우스"是什么。他回答说：是英文"Music House"的音译，我这才恍然大悟，原来如此。接着我问他，为什么有现成的"음악"(音乐)两个字不用，却偏偏要用英文的译音。他说："是啊，可是这里大多这样。"

走到繁华的街上，他问我，"你夫人小姐需要什么？我不知买什么好。"我坚辞。我深深地感到，在这里我已受到人们的太多的关心照顾，不能再麻烦他们以使我不安、为难了。

李先生又告诉我，他也去忠南大学校开会，可以和我一同顺便到全州大学参观一下，他星期五、六、日三天都有空余时间。我谢了他，表示要想一想。我告诉他：中国比较文学学会会长乐黛云先生托我转告他：把他在贵阳会议上发表的论文≪韩国古典诗论的民族文学论性格≫整理好，让我带回去，以便收集在≪中国比较文学学会第三届年会议文集≫中去。他同意。大约在9时30分，他告辞。

回到房间，我随即打电话给丁奎福先生，通知他乐黛云先生的意见，请他将他在贵阳会议上的论文整理好，也让我带回北京以便收入上述文集中。他同意。

落山花园中的午餐

我曾经向崔博光先生提起借≪中韩词典≫的事。今天(10月15日)清晨，崔先生赶在上班以前，把词典送来了。这是一位事事认真的人。和他又谈定了去他的大学成均馆大学校讲学的事。他一再给我说：不必要太多准备，可就自己在韩国文学方面的研究情况做些说明即可。可用漫谈方式，轻松一些。

上午，到国际会馆楼下洪思明先生的办公室去，向他赠送我由北京带来的草书体条幅，这是我委托北京大学美学教研究主任杨辛先生写的。杨先生是位书法家，条幅内容是李白的诗：

"谁家玉笛暗飞声，散入春风满洛城。
此夜曲中闻折柳，何人不起故园情？"

洪先生很珍视，希望我用朝语解释一下，我将它笔译成朝语抄赠了他。另外，拜托他将另外两张条幅代为赠给朴日在理事长。洪先生欣然允诺。我想，这个学术振兴财团数次助我开展学术研究，我也只能用这种纯精神性的艺术品，表示一点敬意与谢意了。

按既定的约会，我与洪先生今天共进午餐。洪先生和我一去走出会馆，在小街上，碰到了史在东先生，他是由大田专程来汉城找我商谈忠南大学校的学术会议的。经我介绍，洪思明欣然邀请史先生同进午餐。正值午饭时间，史先生乐于同往。在洪先生的带领下，我们走到了不远处的一个精致的餐厅叫"落山花园"(락산가든)。后来我才知道，我们是从后门进去的。一进后门就是一个院落，里面放了一些桌子，有些顾客在用餐。我们在花棚架下，选了定席位。洪先生问我喜欢什么，我要了热面条。他们两位同样要了这种便于消化的饮食。

秋季的阳光还颇带有暑天的余炽，但是花棚遮住了阳光的直射，显得凉爽而且潇洒、幽雅。旁边的池水中，硕大的金鱼悠然沉浮，更助兴致。饮食固然合口味，场地亦佳，而主人洪先生的率真、热情的健谈，更使我感到轻松自在。史在东先生和洪先生一问一答，说了些关于忠南大学校和学术活动的事情。他的诚恳与谦逊，也使我有老友重逢之感。

饭后，步行到附近拐角处的一个比较考究的咖啡馆，喝了点咖啡，这次是史在东先生付款。然后，同回会馆，洪先生去办自己的公事去了。史先生到我屋中，我把自己整理的《<玉楼梦>的结构与西洋音乐的"奏鸣曲式"》一文的修改稿，交给了他，并对此文作了些解释。我们又商量了我赴大田的办法及其他事情。现在离会期只有十余日了，我的文章在会前就要铅印好，印刷厂是否情。做到？　根据国内印刷厂的速度推想，担心有些来不及了。但史先生说，没有问题。史先生当天还要赶回大田生付久就离去了。他匆匆来去，皆为拙文之故，思之甚感。

洪思明先生今天与我谈话很为坦诚。他的是非分明，对于真心搞学术的人他热情支持，对于以此为名而别有企图的人，则嗤之以鼻，还直率痛快地点名道姓，表示厌恶。对于中国汉族中的朝鲜学研究者，他尤其感兴趣,希望我今后能向这个基金会推荐一些年轻的学者。

和敦煌学会会员的欢聚

按照李秀雄先生事前和我约好的，今天五点左右与韩国敦煌学会的熟人见面。当我走入会馆的地下室餐厅时，我暗暗吃了一惊，竟然来了这么多人！　几张桌子拼成了一个正方形的大餐桌，四周围坐着至少有20位先生和女士 —— 大都是8月份一同赴西安、兰州、敦煌的韩国敦煌学会会员。在面向厅门的正席上，坐着韩国敦煌学

会会长 —— 威望极高的老学者车柱环先生，他左边为我空着一个席位。一张张熟悉的脸上，带着友爱、亲切与和善的微笑，我又高兴又感奋，一时不知所措，只得听任他们把我安排在车柱环老先生的左侧空位上。

再定晴一看，未去过敦煌的丁奎福先生、金泰俊先生也都来了。

坐定后，车柱环先生致词，内容是：举行此宴会的目的，是感谢我协助韩国敦煌学会会员完成了对敦煌的考察，希望韩中两国在敦煌学研究方面进行更多的交流。车先生的语调平稳、庄重而又满含热情。讲完话后，向我赠送一件礼品作为纪念。在这样一个庄严而又隆重的场合，我深深为韩国学者们的这种情谊所感动了。

我必须致答词 —— 虽然我因为没有料到有这样一个场合而毫无致答词的准备。我说："作为一个朝鲜古典文学的学习与研究者，我感到应该为促进两国学者的学术研究交流事业而努力。我感到自己过去为此所做的工作太微少了，可是竟然得到了这样一种隆重的礼遇，颇感不安。我非常高兴看到韩国学者对于敦煌学有这么大的兴趣，韩国学者凭着自己的文化素养有着很好的条件发展敦煌研究，我个人应为此做出更多的努力以促进这一交流，希望今后在座诸位能在敦煌学研究方面做出更多的成就。"

在座的诸学者眼含微笑地听我讲，接着之后报以热烈的掌声。车先生接着对大家说了一句："希望大家在敦煌学研究上做出更大成就。"

接着是进餐。他们都吃西餐，却特地为我准备了韩国饮食，他们为我想的真周到。

这次聚会的参与者除会长车柱环外，有副会长金文经、总务(秘书长)李秀雄、丁奎福、苏在英、金凤完、尹光凤、李相宝、李钟祥、陆完贞、朴圣实、林基中等等先生。

席间，我与诸位先生、女士回忆了西安、敦煌之行所见所闻的趣事。谈起因等不到飞机而受困于敦煌的狼狈相，和仓仓促促连夜乘小型飞机飞到嘉峪关，转乘大轿车沿着河西走廊经酒泉、张掖、武威直奔兰州的颠簸、困苦的夜行生活等等。"一夜遭罪，更值回味。"谈起来尤其津津有味。精通中国历史的金文经先生深感整个河西走廊得以亲身经历一番，实为幸事，可谓"因受挫得福。"

恰巧在此次宴会时，金泰俊先生转来了海南大学文学院长周伟民教授的来信，其中有以他与我两人名义发出的1991年召开"≪三国演义≫在国外"国际学术会议的通知。通知欢迎国外学者参加。≪三国演义≫是所有中国古典小说中对朝鲜影响最为广泛的，比之于其他国家，朝鲜历来对≪三国演义≫的重视可以说是名列前茅的。因此邀请多一些的韩国学者参加，是最合适和必要的。我请李秀雄先生在宴会上宣布了这件事，引起了大家的注意。

饭后，金泰俊先生陪同东国大学校林基中先生来房间，谈东国大学校邀请我讲学的事。最近我已接受数所大学校的邀请，东国大学校也包括在其中。这次林基中先生来邀请，我因与他学校的金泰俊先生已有约在先，恐怕讲学约多了，力不胜任，一时不敢答应林基中先生的邀请。林意颇诚恳，一再说明，金泰俊先生在旁却默不作声。我又不好向林先生明说已受金之邀请，遂一再推辞，最后在林先生的要求下，我只得表示再作考虑。——几天以后我才知道，原来林、金两位所讲的是一回事。金先以个人身分透露此意，而林先生则以东国大学校国语国文学院学长(院长)身份，来表示正式邀请。我不知二者实为一事，空然婉谢再三。后来虽然弄清了事实，并去东国大学校讲了学，但想起林先生当时的尴尬和窘态，不禁深感歉然。

约在10点多钟前后，台湾王琼玲女士来电话。她是东吴大学中国文学系主任林炯阳教授的研究生，由于林炯阳先生和我认识，她

从林先生那里看到了我写的关于《玉楼梦》一书的序言(《玉楼梦》
—— 朝鲜古典文学中的《战争与和平》)，便写信给我表示要以《玉
楼梦》研究为自己的博士学位论文，并随信寄给我她的专著《<野叟
曝言>研究》。此次来电话大概是从陈庆浩先生那里打听到我电话号
码的。在电话中，她谈起了打算从事《玉楼梦》研究的想法，并问
我此次是否愿意去台湾做些学术交流。我很感谢她好意，但告诉
她，恐怕台湾当局目前还未必能允许大陆学者去。此外，还说了些
勉励的话。

应当拜访或会见的学者较多，要去讲学的地方也有好几个，加
上还想在韩国多看几个与古典文学关系密切的名胜古迹和搜集一些
研究资料，我考虑再三，花了两个小时重新排定了我下半个月的活
动日程，同时思考各去大学校讲学的不同内容。

因思考过度，难以成眠。加上夜里蚊虫飞舞，嗡嗡之声不断，
折腾到两点才入睡。

舒适方便的休息厅

10月16日打电话给苏在英先生，他同意代为组织韩国学者参加
"《三国演义》在国外"的学术会议。他是韩国古小说研究会会长，
做这事较方便。

中午去昌德宫，想再仔细看看这个"故宫"，但星期二是他们的
闭门休息日子，失望而回。途经"进雅春"，吃午饭，老板又执意只
收1000元，心意可感，但我决心以后再也不来这里了。

下午应许元范课长的要求，去交流课向他谈了我最近与学术界
人士接触的情况，告诉他我下半个月的计划与安排，并征求他的意

思。他笑逐颜开，十分愉快地对我说：他还没有见到过来到这会馆的外国学者在短期内会见了这么多学者，和安排这么多活动的。对我的计划和安排，他没有任何意见，谦虚地说："我只是了解一下，想帮助你联系一下你所想会见的人，现在你能自己联系安排，就更好了。"完全是一种热情关心和乐于协助的态度。

下午为去成均馆大学校讲学而作准备，写成了提纲"＜朝鲜文学史＞写作中提出的几个问题"。

楼下的休息厅旁的小商店中，有方便面卖。大体分300元、200元两种。前者放在一软塑料碗中，开水一冲即可食用，后者不带碗盒，要煮沸以后才能吃。鸡蛋一枚90元。在这里，这些都是很经济的食品，它适合我的口味。我买了些，用金泰俊先生带给我的电壶煮方便面作为晚饭，甚为可口，而且不必跑到外面吃去了，这样一来还可以节约我一点时间。

吃饭后，在休息厅看了一会儿电视，是一个很风趣的电视剧。

打电话给李京姬。京姬是我在北京的一位年轻朋友 —— 李京镐的二妹。京镐是美国籍的韩人，原住美国，在北京大学留学。在我此次离北京前，他将他这位二妹的住址电话号码告诉了我，希望我在汉城见见她。我和她在电话中约好，等她丈夫出差回来后，再约定时间见面。

许元范课长曾通知过我，可为我代办延续在韩签证的事。今天我给徐廷圭打了电话。我本来与他约好，请他帮助我延续在韩的签证日期，并托他设法为我争取到达大阪的当天就可弄到回北京的飞机席位。因深感这两件事都麻烦他，将造成他的不便，于心不安，就在电话中告诉他，关于延续签证的事可以另请别人代办了，以免过多麻烦他。他听后不悦，说已约好了要代办，为什么又取消了呢？听了他这话，我深感他是这样热心，毫不怕麻烦，更不愿推托，就立即改变了主意，同意将此事委托给他。他才愉快。可见这位韩国人办事认真的程度和主动协助的精神，真可谓古道热肠。

旅行社社长的热意帮助

10月17日，上午接到通知，去交房租，一个月(10月7日至11月6日)共交25万元。按人民币计算，大约相当于每天60元左右。在北京，像这样的带有较为宽敞洗澡间的双人房间，也差不多是这个价钱。按中国的物价标准来看，韩国的各种消费中，这是最便宜于的一种。即便是在这里算是最经济实惠的每包200元的方便面，也相当于1.40元左右的人民币，比北京每包0.55元的方便面，也贵了一倍多。鸡蛋90元一个，相当于人民币0.65元，比每个约0.30元的鸡蛋，也贵了一倍多。惟独房租便宜，和北京相近。这是不是"国际会馆"对投宿的国外学者的照顾呢？我想，肯定是的。

上午，韩国比较文学学会的秘书员(总务)李龙男先生送来该会的会刊《比较文学》杂志共七本。李先生说，本拟将该刊的全套送一套给我，但考虑到我的行李负担可能过重，就只选择了这些，这也是事前征求我的意见，和我商量的。这七本书中寄托着他们对两国发展比较文学研究交流事业的期待，也表现出他们对我从事朝鲜文学研究的关怀，而且想得也很周到，我很感激。什么时候我们能将中国自己出的一套比较文学书籍赠给他们呢？涉及朝鲜文学的比较文学研究，在中国，目前还处在这样一个艰难的时期。

我将关于召开"《三国演义》在外国"学术会议的通知交给了李龙男先生，希望能有多一些韩国学者参加。

继续整理"《朝鲜文学史》写作中的几个问题"。很希望能在成均馆大学讲得好些。

中午煮了两盒方便面，每次使用电热壶时，就想起金泰俊先生。这电热壶使我有热水喝，有热面、热鸡蛋吃，节省我的时间精力和消费。

下午两点，徐廷圭先生带着他的助手黄君，开车来陪我同去外务部门办理延长3天的手续。其实我是可以住到11月6日的，但考虑到向国内申请延长到6日，可能会碰到些麻烦，就决定还是按期于11月2日走。由于旅程时间可以不计入预定在国外逗留的期限，在回国后也不会碰到什么麻烦。这里还没有我国的外事机构，仅仅为三、四天的延长向国内申请，太费事了，因此也就只好这么办了。好在后会有期，今后总会有机会再来汉城的。

办理手续的外务部门在景福宫附近，据说距"独立门"也不远。考虑到徐、黄两先生的时间很宝贵，很忙，不愿多麻烦他们，就未要求去看看。

后来，直到离开汉城，也一直未有时间去看看这两大富有纪念意义的史迹。

外务部门的工作人员很认真，办事效率也较高。徐、黄两位为我交涉办理，我自己未花多大气力。一万元手续费，也是他们为我交的，我执意自己出，徐先生坚决不许。到下午3点15分，就办完手续回到了会馆。这事如果我自己去办，就费时费事了。徐先生的热意相助，黄君的办事认真，给我带来了很大方便。

归途中当汽车经过一条面临着高坡的建筑群时，徐先生向我说，这些建筑中住着的大多是经济上还比较不富裕的人。他们还是好几家共用一个卫生间，住房也不宽敞。尽管经济大有发展，贫富的差别还是不小的。较贫困的人，收入不高，工作很累，是颇有怨气的。

他的话使我陷入沉思。我想起这里的一位清洁女工(中年妇女)向我谈起的困难。丈夫去世，自己单身一人为养家活口而在外劳动，孩子还要上学。从她劳累而又愁眉不展的脸上，我看到这繁荣的经济后面还存在着的问题。我想，任何一个国家都会存在着苦乐不均、贫富不等的现象。随着整个社会经济的发展，各阶层的经济状况，总会逐步得到改善的吧？但愿韩国在这方面取得成功的经验和良好的效果，"大庇天下寒士尽欢颜"的情况，能早日实现。

在姜府作客

下午5时，姜东烨先生按既定的约会，来到会馆，陪我去他家吃晚饭。我们乘地铁，到站下车，走到地面上一看，是在一条十分宽阔的大街上。这里不是商业区，然而有商店，有些文化会馆、俱乐部之类的建筑。朝前看去，还有未开辟的山丘峰峦，看来，这里地近汉城郊区，这条比大学路宽阔好多的柏油路，也只能是在原有的农地上新开辟而成的。华灯闪烁，汽车如织，然而行人并不拥挤。姜先生在地铁站中已经给家中打了电话，请他夫人开车来此地铁站附近接我们。

等了约莫有十多分钟，小车开来了，却是崔博光先生开来的车。可能是姜太太忙于厨房工作，准备晚餐，而请崔先生代劳。

车子开到了一个宁静而人烟较为稀少的住宅地区，在一座楼前停下。公寓式的住房，上了楼梯，进入姜宅。在我们这里，公寓式的住宅房屋面积不大，房间结构紧凑，房间内部不再有阶梯层楼。但这里不同，一进宅门，见到的是一个宽敞的大厅，大约有三、四十平方米，厅内沙发围成一个长方形，厅侧有长约五、六米，宽约近两米的阳台。横推的大玻璃门一打开，室外阳台上的新鲜空气就吹进来，凉爽而舒适。厅另一侧，留出了宽约四、五米的走道，与厨房相连。阳台一侧的对面，是卧室。面对卧室门的是一个楼梯，通向阁楼。这种结构，使我忘记了是在一个公寓式的住宅内，而感觉它仿佛是一座独立的洋楼。

还未等我仔细地看看建筑的结构和屋内陈设，迎面走来了戴着眼镜的笑容可掬的姜太太，同时也见到了崔博光的太太。大家一阵热闹，刚坐在沙发上，姜先生的两位小学生模样的孩子出来了，他们有礼貌地招呼寒暄。不一会儿，金泰俊先生也进入了客厅，更增加了客厅内的活跃气氛。据金先生说，苏在英先生可能来。大家边聊边等待他。等了一阵，不见他来。估计他有事缠身，不能来了，就不再等他，开始进餐。

长长的饭桌上摆满了菜饭，冷热俱备，海陆并陈，是一顿很丰富的晚餐，估计女主人在崔太太的协助下，花费了不少时间来准备这一晚宴。

饭后闲聊中，谈起了一年半之后，即1992年，将是壬辰战争四百周年。我希望这里的学者能发起一次纪念性的活动，既用以交流这方面的学术研究成果，也用以表示"以史为鉴"防止战争和维持东亚和平的愿望，这个建议得到了大家的赞同。

从姜先生的客厅布置，可以看出他对绘画艺术的喜爱，他向大家介绍了他在中国收集民间图画的情形。在大家的要求下，姜先生带领客人们参观了他的书斋。这书斋在阁楼上。深褐色的木造楼梯，每一块阶面都擦得光可鉴人，甚至使人们感到必须小心翼翼，以防止滑倒。楼阁顶蓬不大高，有点局促之感。但净洁无尘，满堆书籍。包含着韩文、中文、日文的文、史、哲等等书籍。还有一幅字，据姜先生讲，是祖传下来的一位朝鲜名人的手笔，十分宝贵。

可惜时间仓促，我没有将所写的内容和书写者姓名记录下来。

两个多小时的聚会，主客尽欢。将离开姜宅时，他的孩子又走出室外来送别。崔博光夫妇自己开车走了，我和金泰俊先生，乘坐姜太太所开的车，姜先生同坐。姜太太开车颇为熟练，我们所乘的车，迎着秋季的晚风，奔驰在灯火处处、汽车首尾衔接犹如长龙的街上，感到特别愉悦。

这愉悦，不仅是由于天气好和汽车的流畅行驶，也是由于两国同行学者的友谊所带来的春天气息。

金泰俊先生途中下车，自乘地铁返家。姜先生夫妇一直送我到国际会馆门口。我们在微笑中挥手告别。

敏捷、勤劳、素质、纪律

10月18日，上午去到同和银行办理一些手续。银行职员十分有礼貌。女职员见顾客来问问题，都站起来，和气、耐心面带微笑地回答，动作敏捷，手续办得很快。她们说话较快，语调十分婉转柔软，十分顺利愉快地办完了手续，礼貌地说了声"再见"。

在银行附近的一个小图章店刻了一个小图章。刻得很快，坐等了大约20分钟就刻成了。出了银行，钟路街上看到一些工人在商店门口搬运货物，好高的一批布匹堆在他们背上的支架上，然而一个个都是动作快捷，分秒必争地紧张工作着。这种情形在国内几乎看不着。在这种提倡竞争的社会里，要生存，要富裕，就得这样努力拼搏、紧张不懈、兢兢业业地干。社会就是靠着这种干劲和努力才得以发展的。眼前这些人的收入情况、生活水平怎样，他的苦乐忧喜究竟如何，我不得而知。如果我能有足够的时间，我倒是很想了解他们一下的。我想，我也许会从中具体地了解到韩国近二十年来经济发展迅速的原因，了解到韩国普通老百姓深层的生活。

地铁站口在东大门附近。我伫立街头，向这个古迹凝视了一会儿，想象着李王朝时期的汉城面貌和这个大门历经的历史沧桑。

这个东大门的高度，与我登过的开城南大门相似，但要精致些。看来为了保存古迹，东大门是禁止游人攀登的。不然的话，我一定要上去看看，体验一下，站在这个被包围在现代文明的汪洋大海中的古建筑上，是一种什么心情。

将一部分钱存于交流部工作人员于先生处。封好信封，注明钱数，并无收据。直到我走的前一天如数取出，没有任何证据，全凭信用。在这商业社会中，能做到这一点，没有一种高度严格的纪律和良好的工作秩序与职员的可靠素质，是不易办到的。而这里，这个学术基金会的办公室办到了。

温和多礼的馆长和木讷寡言的记者

中午，檀国大学校的博物馆长朴圣实女士来找我，在楼下传达室等我，她与芮庸海先生同来，在楼下传达室等我。芮先生上楼进到我房间来。按事前的约会，他们两位请我外出吃饭。

我和他们一起穿过大学路，走到一个较为狭隘的巷子中，进入了一个寻常百姓家似的餐馆。这餐馆不大，坐落在一个保持昔日古旧样式的深巷中，有一个颇具韩国民间风格的院落，别有情趣。我们脱鞋上炕，选择了一张方型饭桌，盘腿坐下。环视周围，右边是一群青年，围坐在拼成长方形的桌边，正在欢饮畅谈。左边的屋中，饭桌二、三，有人在进餐。举目屋顶与庭院，完全是旧式瓦房建筑，感到我们像是坐在一家李朝时代的小康人家中，等待用餐。

芮、朴两位很客气，请我点菜饭，我对韩国饮食种类还不大熟悉，只按我的喜好，随意点了刀削面，他们认为太少，又增点了饺子和煎鱼、牛肉及其他两盘菜。隔不多久，一切齐备，先后端了上来，甚为丰富。他们两位频频劝饮，劝食。

我们谈到了韩国的风俗习惯，也涉及了敦煌之行的见闻与经历。谈话过程中，朴女士还赠送了我一本画册，是博物馆的展品介绍，其中有韩国古典服饰等等。饭后，两位争相付款，最终由朴女士付。

餐毕，我们步行在深巷中时，我看到一个挂着研究所标牌的平房院落。在这深巷中，在这种房屋墙上挂着这样的招牌，很使我有奇异之感。后来得知，这是私人办的研究所，从事与研究有关的活动。在我国这种事却是较稀罕的。

步出胡同，折入人群纷扰的大学路大街，本想与他们告别，他们却犹有余兴，要购物赠送我。朴圣实女士抢先一步，走到书店中，买了本杂志给我，芮庸海先生告诉我，这里有他的关于敦煌见闻的文章。他很谦逊地说："小文章，不值一读，看过后扔掉算了。以免形成负担。"

朴女士是位中年妇女，戴眼镜，完全是知识阶层人士的风度，同时具有很浓厚的固有的朝鲜女性作风与性格，话不多，柔和中有一种略带羞涩的谦恭和礼貌。我不记得在西安——兰州——敦煌之行中和她讲过话没有，她却深怀谢意，要主动尽这份礼节。

芮庸海先生，原先和我讲话也不多，只是到了敦煌后，在敦煌宾馆前候车时，才交谈过几句话。一位身材不高的白发老者，一种沉默寡言，朴实谦逊的举止言谈。那时，他自我介绍说："我不是教授学者，我是为报纸写评论的。"其实这一工作在中国，地位是很不低的，是高级脑力劳动者，处于和教授相近或同等的地位，但他似乎自以为不如。

此次他和朴女士特地按事前约定邀我共午餐。敦煌之行中，我因为韩国学者较多，未能一一深入接触，和他们谈话不多，没有对之多加照顾。但他们却对我铭记在心。前三天(15日)20余位敦煌学会会员的盛宴招待，已使我感到"于此足矣"。而他们两位尽管也参与了此会对我表示了谢意，却依然"意犹未足"，定要请我吃一次饭方休。拳拳厚意可感。

由于我下午还要赴成均馆大学讲学，朴圣实女士在大学路向我告辞走了。芮庸海先生则陪我同行，回到会馆。在我房间中，他脱下了他手腕上的一只黑色CASIO牌多功能手表递给了我，说："区区之物，并非佳品，仅仅留作纪念。"我一时不知所措，加以辞谢，但他要我一定收下。却之不恭，受之有愧，我从抽屉中取出了北大纪念章和一件印有北京大学字样的汗衫回赠。他收了一件(纪念章)，却坚决辞谢汗衫，说："你带来的不多，还要赠送别人，可能不够，自己留着，我有一纪念品已足。"他坚持再三，我也只好作罢。临走，他用略显苍老的声调深情地说："我们此次在这里的相会，就到此为止了。愿你郑重。"就此匆匆而去。

后来我听一位同去敦煌的韩国学者说："同行者中，别人我都能随便交谈接接触，惟芮庸海先生，沉默寡语，不知他心里想的，难以交谈。"对比今日他的深情厚谊，我深深地感到：这是位情重思深的忠厚长者，外表拘谨严肃，而内心思虑更多，"刚毅木讷近乎仁"——孔子此语，此老或当之无愧乎？

再想想，朴圣实女士请客，而又为什么拉着要和芮先生"共同举办"呢？一想，也就明白了。作为女子，她可能想到单独约我去餐馆，恐怕有所不便吧？用心可谓深矣。

　　朴女士于席间曾表示她要邀请上海的两位服装专家赴汉城开会，问我如何办手续。我向她介绍了我办手续的过程和经验，希望她能成功。

尊孔倡儒的成均馆

　　下午三时崔博光先生开车来，接我去成均馆大学讲学。该大学离会馆不远，开过繁华的大学路，转入一条商业小街，不久便到了。

　　这是一座以儒教立校的大学校。在中国，从我小时起，除见过旧时代读孔孟之道的"私塾"的残余以外，只见过基督教创办的小学、中学、大学，我本人也曾上过这种小学与中学，但没有听说以其他教派主旨为指导思想而开设的学校。在韩国，却分别有儒、佛、基督三教创立的大学。前不久去过的崇实大学校是校园内设有教堂的基督教大学，发起召开"18世纪东亚文化交流学术会议"的东国大学校则是校内有寺庙的佛教大学。而今天来到的成均馆大学，则为儒教大学。严格地说儒教本非一种宗教，但它作为一种源远流长，有系统理论基础的、影响深远的强大的思想流派，得以和佛教、基督教并立争雄，带上了"信仰"的性质和某些宗教的色彩。就这样，它在韩国，也建立了自己的现代化教育机关。成均馆大学校就是其代表。

　　成均馆大学设有儒道协会，它既是学术机构，也是教育和办校的思想指导机构。崔博光先生一下车，就陪我到儒道协会去，在这里接待我。它位于一个大约有一百平方米左右的办公室内。人员多为年长者，动作沉稳，情感内藏而不外露，经崔先生介绍，他们和我寒暄。稍事休息，崔先生就邀请了一位年约二十六七上下的管理员陪我下楼去参观成均馆了。

韩国早在高丽时期就设有成均馆，设在当时的首都开城，保存迄今，我在朝鲜北半部时曾经去参观过。朝鲜王朝以汉城为首都，成均馆就设在汉城。成均馆是朝鲜封建时期的教育中心，它负有以儒家思想教育学生、培养治国人才和倡导儒学的重要任务，可以说是当时专管意识形态、从事"精神建设"的一个重要机关。成均馆大学就是以成均馆一带地方为基地，在现代社会条件下建立的一所现代大学。成均馆成为了这个校园的最神圣的一部分。

为了保持成均馆殿堂建筑圣洁和保护它的安全，校内外人员一般是不能随便入内的，大门上了锁。陪同我与崔先生的这位管理人员掌握钥匙。他开了锁，领我们进入。

古柏森森，殿堂寂寂，巍峨的庙堂、宫殿式的古典建筑，加上参天的树木，构成一种庄严肃穆的气氛。素受儒学思想薰陶的管理员让我伫立于大成殿院落中，离石阶约有七、八米远处，稍偏于正台阶，看来这是由于礼貌上的关系，不能站立在正对大殿中间台阶的对面。站稳之后，便是向以孔子为首的历代儒教宗师 行礼致敬的时候了。我默默肃立，心怀对一代教育伟人的敬意，按照管理员的安排行礼。共四鞠躬，管理员按照既定规矩，严肃沉着地用带有唱歌似的语调连呼三次(我未听清楚具体呼的是什么)，我也跟着这呼声，行礼如仪。

行礼后，管理员带领我瞻仰大成殿中的诸圣的牌位。他严肃地领我由殿左侧(以牌位为标准)的台阶登台阶，接照他给我示范的方式，即左手掌夏于肚上，右手夏于左手背上，逐步登阶，即每级台阶都必须左脚先上，然后右脚跟上，左右脚并立于此级阶上，然后再上左脚，再跟右脚……如此缓步而上，直至上完台阶，缓步由殿左侧走向殿门。从敞开的大门左侧向里瞻仰，不得入内。然后，走向右侧台阶，手背如前，但改成右手在下，左手在上，右脚先下，左脚跟上，如此，循规蹈矩，慢条斯理，直至下到地面，才恢夏原有的自然姿式。

在向大成殿内瞻仰时，我见到孔子牌位立在正中央，最大、最醒目，左右两侧依次配享的是中国的孟、荀……诸子和新罗的崔致远、朝鲜朝的李滉、李珥……诸名儒。这使我想起了在釜山的途中所见的"乡校"。其牌位排列和成均馆一致。可以说，"乡校"就是地方性的、小型的"成均馆"。

在大成殿的整个参观、瞻仰过程中，管理员极为严肃，在介绍情况时也不露笑容，轻声地、简练地作些说明。后来，韩国一些学者告诉我，他在中国去曲阜孔庙时，见到参观者谈笑自若，他极不理解，说在圣人前怎么能如此放肆？如今回想成均馆大成殿参观过程中管理员的表情和行动态度，我才了解韩国学者对孔子崇敬的程度。

崔博光先生告诉我,这里年年祭孔,仪式隆重盛大,乐队身穿古服,一切仪式皆依古制,全国的一些儒学者，全都来此参加祭祀。那时，大概参加者都是要下跪磕头的。这次他们未要求我下跪磕头，大概因为我总还是"外宾"的缘故吧。归国后，我向一位国内知名的年长的老学者提起此事，他说"你也应该磕头的"。我想：他有道理。在这位出身于中国的、世界的伟大教育家面前，即使将他作为我们的祖先，我按旧习惯行礼，也不是不该的吧？

韩国人的如此尊崇孔子，再一次使我想起，一个民族、国家、社会、总必须有一个可靠的精神支柱，才能有一个统一的道德标准，有坚实的凝聚力，以维护其秩序和保证其团结与发展。对孔子的全部哲学观、政治观与教育观究竟怎样评价，还有待讨论，但对于其思想学说维系了两千年封建社会秩序的、影响到全民族的这样一位历史人物，总不能以七十年代国内的那种"批林批孔"方式，一棍子打倒，全盘否定，一味攻击吧？所谓"和一切传统观念决裂"的提法，如果被执行得那样粗暴、简单和实用主义化，那么，黑格尔哲学，也早就该被马克思全然抛在一边了，如此一来，马克思自己所建立的理论与学说，也不可能是现在的这样一种水平和体系了。

在韩国人的待人处世的言谈举止和态度中，我经常仿佛看到儒学思想的影子。他们的彬彬有礼，他们的谦恭自抑，他们的长幼有序，他们的孝顺父母和慎终追远，尊敬祖先，他们办事的认真、崇尚学习……等等，都隐含着源远流长、哲人硕儒辈出的韩国儒学思想的影响。这是一个工业经济与科技较发达的现代化社会，对两千多年前创始的古老学说与哲人的尊崇，似乎并没有怎么束缚了他们前进的步伐，反而作为促进教育发展的因素，使得人才辈出，对社会经济发展起了很积极的作用。

像大成殿前院中古木参天的这样幽静的环境，在我国有时被用以作为约见情人，谈情说爱的场所，但我在这里并未看到任何一对情人。不仅是因为管理严格，绝不允许，也可能是他们把这种情爱的表现，看成为对这种庄严场所和古圣贤的一种亵渎吧？

接着，管理员和崔博光先生又陪我参观了明伦堂、藏经阁。管理员自豪地指给我看"明伦堂"三个大字。堂内梁上挂满了匾额，都是李朝时期名人手笔，其所书写的内容多出自儒家经典，或为儒家训示。管理员指给我看并向我介绍时的认真态度和自豪表情，说明他们是多么珍视这些文化遗产和儒家精神。

崔博光先生告诉我，藏经阁中的许多珍贵古文献，都已移至图书馆妥善保存，现在只是空余建筑供人参观了。崔先生又带我浏览了一下当时儒生的生活起居和读书的房屋，还有当时的伙食房等等，都是朴实无华、结构紧凑、面积较窄的低矮瓦屋，木造窗柱，木头本色，没有油漆色绘，与殿堂形成鲜明对比，可以看出当时读书人的颜回式的苦学精神。

参观完毕，崔先生向管理员先生谦恭致谢。我也表示了谢意，然后随崔先生到他的研究室休息。这是我所进入的第一个韩国大学的教授研究室。面积约为二十平方米，四周满是高层书架，有书桌，电话齐备，还有几张沙发，用以接待宾客。刚坐下，该大学校的人文科学研究所所长李在浩先生就进来了。崔为我介绍，稍作寒暄，就到了应当讲学的时间了。

儒门大学一席谈 ——《朝鲜文学史》

走出研究室，在大楼门厅上看到了一张关于我讲学的通知贴在墙上，上面写：主讲人北京大学教授韦旭升，讲题是"韩国文学与我"。这个题目和我所拟讲的内容相符，但题目这样的拟定法，是崔先生希望我讲得轻松自然些呢？还是为了吸引听众呢？

讲学的地点是在一个近于方形的会议室(或教室)内。坐椅围列成方形，我的席位在面对窗子的地方，背后有黑板。学生陆陆续续到了，还来了大约有七、八名中老年教师，听众总共约有十六、七人。四时半，讲学在崔博光先生主持下开始。他向着听众对我略加介绍之后，我开始讲。为了和通知上所公布的题目吻合，我先大致地讲了一下我从事朝鲜文学史教学和研究的过程。接着又对我于1956年出版的《朝鲜文学史》(北京大学出版社出版)的写作情况及主要参考书目作了简单说明，又讲了该书的时期界定和全书体系与写作方法问题。然后，进入此次讲学的中心部分，亦即："《朝鲜文学史》写作中的几个问题"。

在这中心部分中，我分析了我对朝鲜文学发展史中的几个优秀传统的看法，它们是：

（一）爱国主义；

（二）人道主义；

（三）乡土气息；

（四）具有个性解放性质的真挚爱情表现；

（五）揭露压迫者的民主思想；

（六）孝、悌、尊师等等高尚的个人情操。

最后，我讲了朝鲜文学发展过程中的汉文文学与朝鲜国语文学的特征比较，以及朝鲜文学研究在中国的外国文学研究中的地位。

在讲述过程中，我力求结合文学作品与作家的实例，但由于时间仅限定为一个多小时，我不能详加叙述。另外，听众是第一次听一个中国人用朝鲜语讲学，因所用术语的不同，可能有不大明白处，我一再询问听众有否听不懂处。

听众都反应听懂了我所讲的。会场的秩序很好，听众凝神静气听讲。在讲完后的提问阶段，气氛活跃起来，两位女学生和一位中年教师提了问题。他们提的问题主要可归纳为：

一、中国出版的《朝鲜文学史》依据的是什么思想?

二、如果都以同一种思想为依据，那么是否千篇一律，是否还有可能有各种不同类型的文学史著作出现?

三、今后朝鲜如果实现了统一，那么你认为目前半岛南北两边所出版的文学史中的不同观点，以后应如何加以统一？

他们的问题提得如此认真，使我感到十分高兴，因为我感到这表示他们对我所讲的是有兴趣的，前两个问题是不难回答的。用"百花齐放，百家争鸣"的思想，说明了一些现象。就是说，即便有一种应当为大家共同遵守的思想规范，在各个学者评价古代的具体文学作品时，也可以对这种统一的思想规范有不同的理解和应用方法，并可以从不同的角度去评断这部作品。

各类文学史对于《九云梦》的差异程度很大的不同评价，也说明了这点。

对于第三个问题，我的回答是在学术上是没有法庭来作"最终判决"的，学术是靠不同意见的争论来发展的，也是靠充分的学术讨论，才能辨明是非的。因此，我感到，在对各个古代各个文学作品与作家的分析评论上，不需要，也不可能作出人人都必须遵守不违的统一结论。

我看到，提问者注意地用赞许的态度听了我的回答。通过这种无拘束地问答讨论，我深深感到我也深受启发。他们提的问题，使我的思考更深入一层。我感谢他们来听讲，也感谢他们的提问。

成均馆大学校的部分校舍是处于较为陡峭的山坡上。因为时间仓促，我仅能利用在各楼之间走动的时间，浏览一下校舍。山坡上的一座白色塑像，给这个校园增添了生气，各大楼外型一般，内部构造则很富于实用性。从上下坡上来往不停的卡车来看，该校似乎还在扩建之中。

讲学结束后，应成均馆大学校人文科学研究所的邀请，乘车同赴大学路后面一个小街的餐馆吃晚饭。好客的主人特地选择了一个做中国菜的馆子，叫"含春园"，招牌上注明"中华料理"。("料理"是菜馔之意，这种汉字的用法来自日本。)我们下到一间半地下室的包间。大学的七位教授加我共八人，围坐在一大圆桌周围。这种摆设使我有身在故国之感，觉得亲切。但菜盘摆法上不像国内，而是每人一份，同样的一道菜分盛在八个小碟子上，由服务人员端上分别搁置在各人面前。但给我的那一份，总是明显地多于别人的。这分明是因为我是被邀请者，而且是个中国人，所以才这么优待的，表现出主人的殷勤和周到。

菜味和北京的不一样，淡而有时带有甜味。菜料好，有不少海产，但可惜我讲学疲劳，食欲不强，加之我较为喜欢略咸的食物而很少吃甜的，因此吃的不多。众教授频频相劝，我努力进食，但面前的菜还是剩了不少。主人半开玩笑地说："尊敬主人的办法就是把菜都吃个精光啊！"我却表示无能为力，笑着说："餐馆看我是中国人吃中华料理，给得太多了！"大家哈哈大笑。

在座的教授以所长李在浩为首，有崔博光先生等人。席间谈笑风生，谈的都是些韩中两国习俗、天气之类，间也涉及学界情形，但也一带而过，轻松自在，使我如坐春风，心情畅快。大家在微有醉意中结束晚餐，出门告别，他们的一句话："以后再来！"我的一句话："欢迎去北京！"

传统民俗宝库 —— 民俗村

10月19日，尹光凤、李秀雄、金泰俊诸先生先后来电话，问询身体及讲学等等近况，关心备至。尹光凤先生问我，还有什么要求。我告诉他，我十分想去看民俗村，但今尚未能去，他热心地表示愿意在明天(星期六)陪我去民俗村，提供一切交通方便。

今天一整天没有到其他任何地方去，闭门准备学术讲演，内容是关于《玉楼梦》的思想内容。这是和林基中、金泰俊两先生约好的10月21日在东国大学校的讲学。

10月20日，是星期六，上午9点左右，李相宝先生来到我房间，告诉我尹光凤、崔康贤两先生已来到楼下等候我，这三位先生一同陪我去民俗村，盛意可感，更使我高兴的是，我们四人，形成了一个很欢快的流动聚会。崔康贤先生是弘益大学校教授，白发苍苍，戴一细边眼睛，面部的皱纹表现出这位学者多年治学的辛劳，平稳的谈吐体现出他纯厚质朴的性格。他也是前次同去敦煌从事访古活动的一位韩国敦煌学会会员。当时我和他交谈的不多，这次能在汉城同车共游民俗村，使得我和他有了进一步接触的机会。

我没有想到民俗村如此远，车子是尹光凤先生提供的，由他开车，李相宝先生坐在他左边，崔康贤先生坐在后面。汽车大概开了有一个多小时，在车上我们有较多的时间聊天。他们告诉我，前总统朴正熙当政时，大力推行"新村运动"。农村的迅速现代化必然破坏朝鲜原有的传统的农村面貌。为了让民族的传统与历史悠久的旧日农村面貌不至于丧失殆尽，便另辟地盘，建立了专供展览的，具有博物馆性质的民俗村。民俗村不止一个，也有企业家个人建造的，因为可利用它来从旅游者或参观者那里赚钱。而我们所要参观的是则一个最大的民俗村。

到达民俗村时已是10点40分了，三位韩国学者中不知哪位购了票。一进大门，只见以往每个村口都立着的鬼脸神，再往前走，看见路边立着一排朝鲜式的彩色馆阁厅堂式的单层建筑，仔细一看，是营业性的餐馆。参观者有不少，陆陆续续而来，但未到拥挤的程度，可以从容不迫地参观。参观者中间，常可以看到白种人 —— 大多是美国人，其中有两三个人，看得很仔细认真，用英语讲着这里的古老的生活习俗，看来他们是"内行"，是专门研究朝鲜文化或历史的学者们。

我对李、崔、尹三位先生说："这是我最感兴趣的地方。在汉城市内的大街上，我所能看到的，大多是现代化的高楼大厦，朝鲜本民族风格的建筑太少了。只有到了这里，我才感到自己真正是接触到了朝鲜习俗。作为从事朝鲜文学研究的中国人，我倍感亲切可喜。"

我仔细地看了村民的一家家住户的情形。有经济小康的农民住户，也有富农、地主的住户，还有贫苦农民的住家。从房屋的大小多寡，及占地宽窄，都可以看出各种经济状况的农民的各种不同的生活水平。李、崔、尹三位边看边向我作津津有味的说明。例如对一些农家庭院中的树，他们说：女儿出生时就种下它，等到女儿出嫁时，这树已亭亭如盖，就采摘树上的果子来装饰结婚仪式的场面。用意深远，多么富有浪漫气息和人情味啊！

所有的建筑和陈设、布置、环境，都有极强的真实感，完全和真实的村子一模一样！院落内外的菜地和稻田中是正在成长或等待收割的真的菜蔬和稻子。据说它的收获数量不小，也是民俗村的一种实际收入。家畜、家禽也都安置在恰当的地方。女子屋内的梳妆台、老头老太屋内的旱烟袋、牛圈的饲草、厨房里面的锅盆碗罐和外面的劈柴，屋檐下挂的干辣椒……无一不是实物，使人有身临其境的实感，忘却它们是博物馆的展览用物。

不仅是农家，就连造纸、冶炼、陶瓷……等农村副业，也以真人与实物而如实再现。一个占地面积较宽广的陶瓷作坊中，展示出了制作、彩绘、烧窑等全部工艺流程。窑旁边木柴堆积近一层楼房之高，瓷窑虽未冒烟燃烧，但也给人以一种完全的实感。造纸作坊也较宽阔，展示了原料、制浆、成纸的全部过程。以前我久已知高丽纸蜚声我国，但今天才看到了它的制作技术，从中也想像出我国宣纸一类用于毛笔写字与绘画的纸类的生产过程。徐居正(1420－1488)曾满怀同情和敬意描述过墨生产的艰苦过程，今日得以亲眼目睹了。

看来纸的生产也同样的艰苦。对于我们这些文人(知识分子)来说，懂得劳动者生产纸墨的艰苦性，可以引起对他们的尊敬，和培养爱惜文具的良好习惯。

纺织、刺绣劳动的展示中有身穿朝鲜女装(短衫长裙)的女工；铁匠铺中炉火方熄，有位铁匠正在休息，还有已打制好的、以现代工艺水品来看是比较粗糙的家用铁器钳、刀……等等出卖。

我们经过了长方形的木头本色、没有彩绘的简朴草亭，面积大约有七、八十平方米。李相宝先生告诉我：以前农村村头都有这种建筑，专供人们休息、纳凉、聊天、下棋、和小孩游乐，特别是老人，爱在这里聚会，昼眠。

走到一个周围有回廊的广场，此时正有农乐队在场中央演出，演员都是男性青年，身穿白衫长裤，头戴的黑色圆斗笠，擂鼓敲锣，舞姿翩翩。这种农乐舞我很熟悉，在舞台、电影、画报上多次看到它。但是在一个纯朝鲜式的古老农村的环境中，看到这种欢畅的舞蹈，这还是第一次。

跳舞者很为起劲、卖力，虽是凉爽的秋季，但可以看到他们映照在阳光下的脸上的津津汗水。李相宝与尹光凤两先生给我说：他们跳得好，完全和原有的风俗一样，但面部表情呆板、缺乏兴高采烈的那副庆丰收的欢乐情绪。原因是他们乃是以此种舞蹈演出而挣工资的职业演出者，每天都这般跳，自然不会有原先农民们作为表达丰收的喜悦而尽情娱乐的情绪。可不是吗？我仔细注意了一下，他们已颇有困乏之态了。我想，这种职业，也是很辛苦的。

不一会儿，"农者天下之本"的大旗高高亮了出来，广场周围的，观众们一阵掌声，是对他们辛苦劳动的报答，也是对朝鲜农村的这种良好的歌舞传统与文娱生活的赞赏与喜悦。

官衙门、可怜的春香、乐队

接着我们去看了县官衙门。一堵建造得类似城墙的围墙，围绕着一个方方正正的大院子。县官审理案件、处理公事的公堂，就在这院子里。院墙大门上有一个小门楼高高地悬挂着匾额，公堂席上坐着县官，此外还有衙吏和跪在地下的告状者与罪人等等模型，大小和真人一般，表情也较真实，使得这公堂真的也弥漫着一种肃穆的气氛。

然后我们随着参观人群去看牢房。它紧贴在院子的另一个角落，走出角门，就是牢房的小院子了。牢房全是木造建筑，中国成语中的所谓"铁窗风味"在这里变成了"木栅风味"。直径约有30公分左右的木柱，组成一个从地面到屋顶的栅栏，囚犯就关在这里面。牢房一排约有三、五间，里面有不同衣着、不同年龄的囚犯模型，一样的愁苦表情。另有一间牢房关着的是不畏强暴、坚守贞节的春香。她像一朵惨遭攀折的鲜花，引起了人们的注意。熟知春香经历的参观者们，一个个伫立在那里，投以同情与怜惜的目光，不忍遽离。

杂技走钢索是朝鲜民间艺人擅长的一大项目。从县衙门出来走到一个没有任何修饰与建筑的草地广场上，我们看到的是正在表演着的这个项目。和中国不同的是，走钢索者嘴里不停地在说着唱着。身穿白衣，大沿小黑斗笠，手里挥舞着摺扇，得意扬扬地在钢索上边来回走动，喃喃自语，时而坐下，时而单腿站立在高约三米左右的钢索之上，"自由自在"，神态自若，嘻笑交谈，轻松自如。周围的观众在大草地上或坐或站，相互依偎的青年情侣、被搀扶着的老人、手擎阳伞的妇女、手搀孩子的中年人……全都津津有味地观看这些从逐渐消失的民间传统戏乐中保留下来的演出，时而在精采处报以掌声。

　　乡村中也有比较高级的演出场所，那就是戏台，在一处花草茂盛、池水映衬的地方，有一座彩绘装饰的戏台，据说那主要是富贵人家欣赏艺术演出的场所。在有较大的庆典时，也许村民也能到台下一饱眼福。

　　我早已注意到朝鲜古典名著《玉楼梦》中的音乐作用，作者南永鲁生存时代的音乐到底是什么样子呢？我久想一见。这次民俗村的音乐似乎给我提供了一个机会。我们走到了一个较大的亭子边。这里一个古典乐队刚演罢，正休息之中。大约有十多、二十个演奏者，有弦、管两种乐器，都是朝鲜民族传统乐器。演奏者身穿红色古式服装，坐于席位上，多为男性，夹杂三、四位女性。从这种乐队的服装、乐器、文雅风格、悠缓风度与队伍结构来看，它很类似宫廷乐队，即使它的人数和乐器配备还到不了王宫乐队的水平，它也是属于贵族乐队之列而不是粗放、跃动的通俗民间音乐乐队。

　　等了一会儿，他们又在一位领头人的指挥下，悠然演奏起来。演奏者带着职业音乐家特有的严肃认真态度，乐声纤细、柔和、和缓。也许是因为此地空旷，又没有聚音设备，加之周围有人声，不大安静，这些乐曲之声，听起来很微弱，显示不出感人的效果来，其中旋律也低沉不清，并不象《玉楼梦》中频频描绘的那样一种动人的音乐。我伫立亭边，静听了一阵子，三位先生告诉我，前面要参观的还有很多，催我继续前进，我也就向这支古典乐队投以了告别的眼光，从亭边挪开了脚步。

民间饮料之一 —— "咚咚酒"

　　是午饭的时候了。我们走到了一处吃食店集中的地方。这里有好几家饭铺或酒铺，有圆矮桌可盘腿而坐食者，也有长方桌加有条凳的，都是半露天状态，即在大遮阳伞(朝语叫"遮日")或帐幕复盖的荫凉下就食，而卖主则在一篷子中供酒饭，可任意去选购取食。三位先生问我爱吃什么，李相宝尤其推崇"浊酒"。我也颇欣赏在这种乡村风味的店铺中品尝朝鲜民间风味的酒，当然同意来些"咚咚酒"。这是浊酒的一种，因为有米粒飘浮在酒面上，故尔得此名。以前，在这里赶集的小商贩、走亲戚串门的老人、干罢庄稼活的农民、回娘家的媳妇……等等旅途征人远客，一在此歇聊，二在此疗饥，花钱不多，都可以酒饱饭足，解除疲劳。今天我也因参观而有些疲劳，白发长者崔康贤先生似乎也如此。坐在帐幕下享受这一中古式的乡村饮食风味，也是一大乐事。李、尹、崔诸先生建议吃当时乡村最流行的"汤泡饭"。

"咚咚酒"略带甜味，度数不大，酒味却甚浓，似乎散发着农村淳厚的民风。在他们频频相劝下，我也端起大碗，连饮数口，不觉微有醉意。

吃罢，我们停步走到附近的市场观看。这种市场也完全是以往集镇市场的再现。有小店铺，也有带有摊贩性的小集货点，陈设的物品差不多都是民间工艺品，有炕桌、篮子、布兜、扇子、小梳妆台、炊具等等，多系日用杂货，件件都包含乡土气息、朝鲜民间风光。尹光凤先生买了一本民俗村的画册给我作为纪念。

由市场起，开始从另一边折向归途。这边看的是济州岛一带的农家，也有北方的农村民居。随着气候冷热的差异、各地区经济条件的不同，各地住屋也都有不同的结构。南方较热地区有较广阔宽敞的三面不设窗的亭子式木板建筑，以便歇凉。北方较寒地区的防寒保暖设备较好。

整个三千里江山的由北至南，农家面貌，在这民俗村里都一一再现眼前。

公子小姐的"家庭学堂"

　　再往前走，就是乡村中的"两班"、豪绅、大地主等上层人物的住宅了。房屋建筑考究，砖瓦窗门精致，院落花坛整齐，屋内陈设富丽。这些房屋的共同特点是没有犁、锄等用于农活或副业的生产工具和牲口棚等等，却有宽敞的起居室、光洁的炕面、会见宾客的厅堂，而且一般都有书斋或读书室。有的读书室建筑在离地两米左右的台上。有木阶梯可登上，台下的立柱之间，有足够的空间可以存放物品或铺席小卧。据说，这是为了使公子哥人们两耳不闻窗外事，一心只读圣贤书，以便取得功名，光耀门楣。有的人家，在后院或主宅侧面还设有祠堂，供奉其祖先的神位，表现出韩国人重视敬祖的传统习俗。

　　韩国人极为重视家谱，有些人家的家谱几百年乃至上千年不断，上述祠堂的设置，也是这种精神的反映之一。

　　当然，这也只能是富贵悠闲人家才能办得到的，整日汗滴禾下土，勉强生活的贫苦的农民，是很难有此条件的。

　　给我印象最深的是一个学堂式的建筑群，它是一个富贵人家的富丽堂皇住宅的附设建筑。学堂中有和真人一般大小的老师和学生的模型，临近大门者为青少年男子受业之处，而临近内室者则为小姐受业之处，衣着服装都是李朝时期的样式。老师或正在谆谆教导，或正讲解课文，或听学生背诵经典……如此等等，反映出对孔孟之道，知识学问的重视。中国历史上虽出现过一些"才女"，但像这样地再现富贵人家女子受教读书的模型，则尚未曾见过。朝鲜历史重视教育的传统在这里又一次"偶然地"表现出来了。

　　学堂前面有位管理人员，白衣白长裤，绿色坎肩，衣着打扮完全和旧时的一样，也算是一个活标本。当李相宝先生向他介绍我是由中国大陆北京大学来的客人时，他感到意外，非常高兴，问我：
"是侨胞吗？"我说不是。告诉他我的专业。他说："北京大学也研究
我们韩国的历史文化？我们可早就读了很多中国书了！"

他越加兴奋，本来他是负责守大门的，于是也随着我们与李、
崔、尹三先生，到了院内，并热心热意地向我们一一解释各个房间
的用途和人物模型所显示的场面、人物身份。我邀请他一同拍照，
他很乐意的答应了。这些照片早已冲洗好，但可惜的是我没能记得
他姓名，至今仍未寄给他。

乡村"咖啡馆"中的"双和汤"

以前，船舶是中国与朝鲜之间的主要运输工具，商船来往频
繁。在这民俗村里，可以看到一艘这样的巨舶停泊在河岸码头边。
我在开城时到礼成江边去看过，那正是高丽与宋朝来往、使臣进出
的一个主要通道。眼前这艘巨舶，使我仿佛看到了礼成江上中朝之
间的船舶熙来攘往的情形。

路边上出现了一个茶水铺子，其实它不卖茶水，而卖"药汤"。
一间简陋的茅草篷子，前面放两三张未加油漆的旧木桌子，几条凳
子。铺子里有锅炉，里面煮着汤药，铺子的招牌上写着三个大字：
"双和汤"。

我们还走得疲惫不堪，舌干口渴，在铺主(一个中年妇女)和她
的一位伙计——年轻的姑娘的热情招呼下，李、崔、尹三先生同
意坐下来歇歇，我更是愿意。铺子墙上贴着"双和汤"的成分：

"熟地黄，白芍药，当归，川芎，

甘草，黄芪，桂皮。"

下面注明了此汤的效能：

"食欲不进，疲劳感气，万疾预防治疗，补材。"

所谓"感气"在朝文中指"感冒"；"补材"者，"补药"也。如此一来，这"双和汤"可赛过灵丹妙药。大概是看我对此颇感兴趣吧，三位先生决定尝尝。于是，棕黑色的滚烫药汁盛在粗糙的碗中，放在了我们面前。我怀着好奇与解渴的双重动机一咕噜喝了下去，只觉得苦涩而略带甜味。心想，朝鲜毕竟是产生过东方医药宝典之一《东医宝鉴》(16-17世纪许俊作)的国家，在这深村野地里，也能喝到和我国中药一样的热汤药。这大概可以说是一种最原始的"乡村咖啡馆"吧?在当时，对那些为酷暑严寒、饥渴辛劳所苦的旅人提供这样一个饮水(药)站，却也是泽及大众的一件好事，虽然不一定"万病通治，"但总会在人身上起点好效果，也许在药用价值上比咖啡还要高明得多哩！

和铺主、伙计聊聊，她们说，这个营生，在这里赢利不多，除去本钱、税钱及上交给民俗村的租地钱以外，每天可挣得韩币一万元(约相当于人民币72元左右)。一个人一天伙食费，大约是它的五、六分之一吧？这不如小学教师，她们告诉我，乡村小学教师的工资大约平均韩币两万元一天(约相当于人民币144元左右)比她们要强一倍。但这种卖汤生涯也足以维持个人温饱，还可养活一两口人，也就算过得去的了。铺主还指着她的伙计说，她年轻，有文化，有学历，又没有家庭负担，其实际收入要更好些。

从"茶舍"中走出来，看到几位台湾人。尹光凤先生特地指给我看看，在此时此地，见到中国人，倒也感到亲切，我上去和他们寒暄一番，才知他们是一大家人，出来到各地旅游的。

古色古香的婚礼

朝鲜传统的婚礼，也是值得一看的。我们等到了下午四点，"婚礼"终于开始了，在一个不很大的院落中举行，我们进入的时候，院落中已挤满人，我们不得不坐到屋檐下去看。这里稍高一些，可以看得清楚。仪式所必需的案桌、跪垫……等等都已准备好，布置得相当隆重。不一会儿，身穿传统婚礼服装的新郎新娘由人搀扶着来了。一位中老年的男子汉担任司仪，他念了一通吉祥祝福的话。接着，新郎新娘就按照司仪的呼声，向香案磕头跪拜，然后又相互对拜。如此等等，直到婚礼结束，新娘被搀扶了进去。仪式结束，我们随着散开的人群走出院门外，只见一匹高头骏马还在等待着，这是新郎所乘的马。时间已不早，我们来不及等待那姗姗来迟的新婚夫妇，看他们怎样走回家去了，就向民俗村的出口走去。

离开民俗村时，已是4时20分了。由上午10时40分到此时，经过了将近六个小时参观，我深感收获极多。

这个民俗村内容如此丰富多彩，出乎我意料之外。据说，它的面积很大，我们所看的，只不过是其中的一部分而已，还有好些我们尚未看到。然而光就我们今天以六个小时走马看花般地所见到的来说，就一览无遗地看到了农业生产、农民衣食住的生活、乡间副业、文具生产、农具制造、文化娱乐、民间服务行业、教育事业、水上交通、商业贸易、地方行政司法机关、路边"茶"舍、婚礼习俗和贫穷富裕各类阶层的状况、南北西东各个地区的生活状况等等，可见其展览内容的丰富程度。

我对崔康贤等先生说："在汉城街道上，我只能看到现代化的大街和汽车、高楼，这是哪个国家都差不多的。而在这里我却看到了真正的、充分具有民族特色的传统的朝鲜农村。这才是我真正想看的。"诸先生听说此语，都有"心同此理"的想法。他们会不会认为我有些片面呢？难道现代化了的城市，就不包含民族的东西？现代化不如旧时代？我想他们不会这么想的，作为朝鲜传统文化 —— 古典文学的研究者，我的诸先当然是旧有的、民族特色更鲜明强烈的文化遗产。作为中国人，我更多地想了解和中国不同，或者是同中有异的东西。中国、朝鲜在近代史以前的几千年片面都是"国以民为本，民以食为天"的、以农业为经济核心的社会，然而又各有不同的习俗。广阔无垠的乡村，众多的农村人口，则是保留这种习俗的天然"仓库"。我在今天的六个小时片面充分呼吸了朝鲜的乡土气息，这使我验证了书本里的所看到的大量有关的朝鲜的资料、叙述与图像。这六个小时的参观是三位韩国送我的宝贵礼品，不虚此行，深深感谢他们。感谢他们为文化交流做了很有意义的事情。

4点20汽车离村，驶向归途。有一大段高速公路，极为宽阔平坦，路当中又有分开左右线路的水泥墩子之类。他们告诉我：这是准备在战时作为飞机跑道用的。南北分裂的局面是现实，还不能完全排除战争的可能性，这段高速公路上也反映出了这种现实。

在车中眺望沿途田野农舍等景物。青山绿水，林木田野，农舍瓦屋，多姿多彩，好一幅秋景！民俗村中旧时的那种简陋的茅屋土舍已踪迹难寻了。但愿这种和平景象长存，不再发生战争。

京城中原汁原味的农民歌舞

5点50分，途经国立剧场，三位先生提议停车参观。"国立剧场"大厦巍然耸立在山丘之上，宏伟雄大，西洋式的剧院建筑风格。这一带离繁华市区尚有一段距离，周围青山绿树，颇有郊外山野的情趣。剧院大厦一边的广场有一露天剧场，正在演出农乐舞。李相宝与尹光凤先生告诉我：目前正在举行各地的农乐舞比赛。

一年一度秋收季节，各地农民都要跳这种农乐舞。各地选出本地区的代表，到汉城来进行农乐舞竞赛。我们在观众台找到了席位坐下观看时，场上是庆尚南道的农民在演出。和专业演员不同，他们是亲手耕耘、亲手收获的地道的农民，一个个面带发自内心的喜悦，载歌载舞，酣享丰收之乐，这兴高采烈的情绪仿佛带着真正的泥土气息和稻谷香气，深刻而强烈地感动了我。我看过多少次农乐舞的演出啊！有的演员也曾带着笑容竭力舞出喜悦之情，但总是离不开"职业演员"的味道。然而眼前的这些庄稼汉、农妇与村姑，都跳得那样天真可喜，那样活泼欢快，纯朴自然，一心一念。看着这种歌舞，我似乎感到这不是一种艺术享受，而是一种生活享受；这不是一种歌舞欣赏，而是丰收之喜乐的实际共享。

就这样，一个地区的农民跳完，另一个地区的继续。队伍服饰和旗帜的颜色不同，风格和舞姿也有差异，但丰收的欣喜与欢乐，则是一样的。我注意到，某个地区的舞者中，有一位长袍黑发老者，头戴两班的多角冠，手执拐杖，在歌舞者的旁边转来转去，来往走动，又像是欣赏者，又像是指点者。人们说，这表示村中的"两班"也来与民同乐，共庆丰年。这样的一种人物设置，在以前我所看过的农乐舞中，也是从来未见到过的。

李相宝先生告诉我：这样的演出，年年都进行。都是免费观看的，节目单印得很精美，也是赠送的。这种业余的群众性的文化娱乐活动，对活跃精神生活、弘扬民族文化，振奋劳动生产情绪，乃至促进城乡交流都是很有益的。

我国是个农业大国，农村人口那么多，城市里为什么就没有这样一种完全由农民自己进行的、出自真情的、满含泥土芬芳的演出活动呢？—— 至少我们在北京生活的半个世纪之中未曾见到过。

离开露天剧场，我又仰头仔细观看了这座巍峨巨大的"国立剧场"的建筑。从它的外形上可以推断剧场内部的结构和设备，一定也是相当精致完善的。我在平壤先后去过万寿台艺术剧场、二·八剧场等处观看演出。前者的华丽灿烂，后者的广阔豪迈，都给我很深的印象。朝鲜自古就以爱好歌舞为其民族特色之一，现时代的歌舞当然比以往千百年前的歌舞发达得多了。这次在汉城虽说历时一个月，但仍感来去匆匆，没有到"国立剧场"这样的大型现代化剧院去欣赏演出，是一个美中不足之处，但愿他年能有机会。

Lotte大楼和实惠的便餐

汽车开离剧场，到了市内，已经是万家灯火的时候了。大家希望共进晚餐，尹先生于是把车开到Lotte大楼。这个大楼地处最为繁华的商业区 —— 明洞。由于正值周末，人群特别显得拥挤，Lotte大楼前的停车场塞满了车辆，我们的车停在何处，成了问题。进进退退，好不容易找到了空当停了车。

Lotte大楼高耸入云，在灯光下灯像一个巨型的披纱女神、仪态万方，巍然矗立在闹市中，旁边附设的豪华餐馆，与此相连。我们进了大楼，参观了琳琅满目的橱窗、货架，吃、穿、住、用等方面所需的东西，可以说是应有尽有。站在活动楼梯上缓缓上升时，我忽然想起了在美国旧金山的一个百货大楼中所见的情景，那是1987年的事，此时的所见与感觉，和那时多么相似，所不同者，惟有语言，这里不是英语，而是朝鲜语。这繁荣的百货商店，反映出了韩国在近二三十年内经济上的进步。据说这是一个大企业主为他女儿修建造的大楼。"Lotte"就是他的爱女的名字。

我对花花世界的兴趣，远不如对民俗村。但大楼中的某个楼层里装饰的巨大的人工瀑布，却引起了我的兴趣。身在闹市，而能在楼中见到如此逼真的人工自然景观，使我耳目一新，觉得设计者颇有新意，也借此联想到这座大楼之巨大。

我们上到了密布着饭馆餐厅的某一层。李、崔、尹一再问我爱吃什么，我又抛出了我的"传统"爱好——"刀切面"。它不但便于消化，也经济实惠。于是我们进入了一家专卖此面的餐馆。四个人，一人一碗面，与这餐厅的豪华陈设相比，我们要的饮食，未免显得太"寒酸"了些。但侍者毫无此感，他依然以他职业性的礼貌，欣然为我们送来了四碗面。

其实我也不愿再吃其他的什么了。三位先生大概也与我同感，一碗热面，既饱且暖，十分满足。吃罢，我正想着我身上所带韩币大概是够支付这费用的，一位先生(好像是崔先生)早已经一个箭步，抢上前去，在柜台上付了款，这使我这一整天成了个在交通、游览、用餐等方面的完全接受他们招待的人。虽然是我来到韩国的异国宾客，心中也着实有些不安。

芳草地上说≪梦≫书

10月21日是向东国大学师生讲学的日子。昨日参观疲乏，今晨睡意正浓，林基中先生就已来了。

今天是星期日，讲学地点定在一个公园——贞陵中，和林先生一起乘车去到贞陵。经过大街小街，穿过曲曲折折坡度较大的胡同，到了贞陵。金泰俊先生已在门口等着了，还有一些年轻人，估计是助教讲师，或者是研究生。

贞陵是李朝的一个古迹，如今辟为公园。芳草绿树，也还幽静。学术报告就在定在这里举行。据说，这是研究生会出面主持的。会上一些研究生们将宣讲自己的论文。我的学术演讲作为学术活动的一项，安排在他们之中。这次学术活动的名称是"东国大学校大学院国语国文学科秋季发表会"。这里的"大学院"即我国大学的研究生院，"科"相当于系，"发表"也者，指学术论文发表，或学术报告，讲演等。

在等候开会时，林基中、金泰俊两先生陪我参观了贞陵。此处地处汉城城北区，陵墓中埋着李朝太祖妃神德王后。贞陵外形是一个很大的土丘，整齐的青草覆盖着它，除牌坊以外，别无其他建筑，略有荒凉单调之感。金、林两先生与我在陵前稍作徘徊，之后步入陵侧面的小山丘林间，这里已经来到了一批学者与研究生，和慎根宰等先生见了面。皆席地而坐，围成一个半圆圈。主持会议和参加发言的人，都立在半圆中心而谈。研究生等人发表了两篇论文之后，接着就是我发表了。

我所讲的"≪玉楼梦≫的思想内容"，主要根据的是我为≪玉楼梦≫一书在中国出版所写的一篇论文<≪玉楼梦≫ —— 朝鲜古典文学部中的≪战争与和平≫>。基本上从五个方面来阐述此书的思想，即：

一，民族意识；

二，慕明恶清；

三，忠奸之别；

四，党争余悸；

五，实学思想。

　　所有这些思想内容都是我结合时代背景，对整部≪玉楼梦≫的故事情节、人物言行所做分析的结果。在演讲中，我首先提出在朝鲜各种古典小说中≪玉楼梦≫是一部巨著，在反映时代的广度与深度上，它可以和托尔斯泰的巨著≪战争与和平≫媲美。上述的五个方面，既包含了当时的朝鲜盛行的对外态度，即国际关系上的问题，也包含了当时朝鲜内政中的各种斗争和保守与改革的思想的关系。

　　我觉得我能够讲的东西是很多的，然而在讲述时，我却深感到力不从心，不很理想。原因有两点：一是我写的论文是书面语形成的，里面有一些文学性的修辞，它不适合于演讲；二是露天之下，草地围坐讲学的等方式，使我极感不适应。这是我平生第一次在无讲台、无教室、群众散漫杂坐的环境中讲学。这两种因素，使我心理上有一种别扭感，感到讲得不顺畅，语言重复，叙述不精当，不像我在崇实、成均馆等大学那样讲得轻松自如，明白畅达。

　　但它仍然引起了听众的兴趣，在提问时，两位年轻的学者，一位年长者(好像很是慎根宰先生)提出了问题。他们提的问题大体上是：

　　一、朝鲜的民族意识，是否唯一地反映在壬辰战争中？除此而外还表现在哪些战争中？

　　二、≪壬辰彔≫以外还有哪些爱国小说？它是否也反映了仇清友明的思想?

　　三、明朝援军的作用与朝鲜本国军队作用的关系是什么？

　　应当说，这三个问题是一般的专攻文史的韩国大学生和学者们所必然了解的。他们之所以提问，我想，主要是想了解一下中国学者怎样看待这些问题的，比之于求知欲，更多的是好奇心。

　　在事前毫无准备的情况下，即席回答问题，有时会感到困难，但我本来对此问题早已有明确看法，反倒乐意面对这些问题，而且不受事前准备的提纲拘束，边思考边回答，更有逻辑性和针对性。

对第一个问题，我首先指出朝鲜在历史上，历来是受侵略的，从未当过侵略者，它有悠久的反侵略传统和反侵略战争经历，为此我举出了一些例证加以具体说明。

对第二个问题，我作了肯定的回答，并举出了一些18、19世纪大量涌现的、被朝鲜称之为的"军谈小说"的作品来说明：它们正是与壬辰反日之战，丙子反清之战密切相关的充满爱国思想的作品，这些作品借亲近中国的汉族政权、厌恶异民族的战争故事，来表达慕明恶清的思想。

对第三问题，我强调了壬辰战争中朝鲜军民反日斗争的作用，列举了李舜臣、义兵将领对郭再佑等等爱国人物的名字，充分肯定了他们英勇斗争的业绩，但也根据历史千真万确的大量记载，对于应朝鲜恳求而到朝鲜的中国明朝援军的作用作了必要的肯定，认为尽管明援军有若干缺点，但它在战争中的根本作用是好的。

此外，他们还问及我从事朝鲜语言文学的教学工作的情况。我如实回答：最初我以教语言为主，后搞文学，文化大革命时放弃了文学，后又在形势鼓舞下全力搞起古典文学来，我还谈到了我为什么舍现化文学而专搞古典文学的原因。

我是和其他学者们一起盘腿坐在草地上，面对着提问者和一般听众答夏这些问题的，比之于刚才孤零零地站在圈子中间发言，感到轻松自然。

会议结束，大家在草地上、山坡前摄影留念。之后，东国大学校人文科学研究所举行招待宴会，地点是在贞陵附近小街上的一家名叫"陵屋"的餐馆中。在一间大约有18平方米左右的房间中，我们盘腿围坐在矮脚长方桌周围，进食，聊天。参加者为慎根宰、林基中、金泰俊诸先生及研究生，连我共五、六人。交谈中稍稍涉及中国研究朝鲜文学的情形。

后来，我向金泰俊先生谈到了此次讲学场所的环境问题和我语言表达上的缺点，他深表谦意，反倒使我有点不好意思。

别墅中的韩国古画展

宴罢，林基中与金泰俊两先生和我同车回会馆。时值中午，秋光甚浓，他们在中途停车，陪我去参观了朝鲜古画的展览，这是涧松全荣弼之子——服务于普成高等校的全圣雨先生个人举办的，都是他收藏的珍贵画幅。这是一个小型的展览，设在个人的别墅内。一楼两层的小洋楼，楼下有间会客厅，琳琅满目的画幅就挂在四壁和陈列在厅中的玻璃展柜中。展览会虽不大，但布置得很好，组织得也很完善，厅门口走廊上有管理人员，设有签名簿和展品复印件出售处。

展品中有一些山水画幅，冲淡高雅，意境深远，既使我有闹市中得一幽趣的愉快之感，又令我如见故人，体会到朝中这东北亚两大古国之间文化关系渊源之深。参观过程中，金泰俊先生偶遇一友人，是搞外交工作的艺术爱好者，金为我们介绍，稍作寒暄即离去，姓名我也忘了。在展品复印件出售处，林基中先生要我选择一件我所喜爱者，盛情难却，我选了一幅图。林先生立即购赠给我。

参观完，林、金和我三人信步到小洋楼后面。这里，丘坡起伏，林木葱郁，花草井然，有路蜿蜒而上，犹如一幽静的公园。他们说这后面还有主人住宅、别墅，问我愿否参观。我觉得这恐怕有些冒失，乃作罢，上车回会馆。林先告辞，走前又赠我包装好的衣服及书籍，礼仪周到。

金泰俊随我回到房间，小坐聊天。他又关切地问我生活近况。我向他大大称赞了电 热水壶带给我的方便，向他赠送了一些印有北大标志的小礼品、纪念章和汗衫，但他坚持只要一件，要我留下另赠他人，小事也表现出了他想得周到。

晚饭前不久，突然接薛义雄先生电话。薛义雄先生于90年秋季到过北京，住于国际饭店，和我见过面。他和苏在英先生同属一个教区，彼此常常见面，很熟悉，此次他从苏在英先生那里知道我到了汉城，因此特地打电话，约我一同见面，吃晚饭。

一对爽朗风趣的夫妻

薛先生50多岁，为人极为开朗 、直爽，嗓音嘹亮，喜欢说笑话，纵声大笑，诙谐愉快，妙趣横生。他此次和我约会，也体现了他的风格。电话中问我今晚已有约会没有，一听说没有，就立即爽快地请我共进晚餐，不一会儿，汽车就开来了。

汽车上坐着他夫人，还有一位年约30岁左右的神情愉悦大方、风度翩翩的女子，身材修长，性格沉静而彬彬有礼。薛先生介绍：这是一位牧师，姓金。我问名字怎么称呼，她告诉了我。我礼貌地把她名字重复了一下，薛立即大笑说："她还未结婚，你知道名字就行了，可别牢记住搁在心里啊！"薛夫人大笑，金牧师亦微微一笑，自自然然，既无羞涩尴尬之态，也无不快之感。我们稍作寒暄，谈及了她教会工作的一点情况。薛夫人和她丈夫性格完完全全一个样，也是笑口常开，热情洋溢，嬉笑言谈，毫不拘谨，也和我作了寒暄，说非常高兴能和我在一起吃饭。

我们去的是落山花园，即日前我与洪思明先生、史在东先生吃饭之处。那次是中午，从后门进入，在园子中花架下，这次是由前门进入，在楼上。这里顾客不少，很热闹，薛先生挑选了一个较为僻静的角落，脱下外衣，盘腿坐下。

席间谈笑风生。朝鲜一般妇女在丈夫和他的客人席间谈话时，常是默默而坐，不大讲话的，可是薛太太却谈笑自若，不逊于她丈夫夫。金女士则较少说话，只是沉静地坐在一旁，时而略插数语，时而随着薛氏夫妇精采的发言而点头微笑。

薛先生以他那特有的干脆利索的风格，一放下筷子就敏捷地站起身来付了款，走出餐馆。在华灯辉煌，行人拥挤的大学路上，薛先生与金牧师走前面，欢快交谈，时而爆发出阵阵笑声。薛太太和我在后，看她丈夫和金女士那样有说有笑，笑嘻嘻对我说："你看人家(指金)还未结婚，他年五十岁了，还那么风流！"

余兴犹存，薛先生又领我们走进了街对面的一家窄门面的地下室咖啡馆。经过一条不宽、稍陡的胡同般的阶梯，拐一个弯就是房间了，桌子七、八，顾客三、五，倒也僻静，灯光昏暗，似乎更助宁静舒适之感。这里可不是矮桌炕席盘坐的地方。四人围坐在桌边椅上，饮咖啡聊天。我们谈到了朝鲜和中国历史上的相似之处，谈到了过去两国经济上的落后状态，谈到了此次亚运会上中国的作用，和目前韩国经济发展的情况。薛先生坦率地说："中国有很广博的资源与人口，有雄厚的发展条件，但我的感觉是中国人没有'梦想'，没有幻想及由此而产生的热情与动力。"又说："我在中国期间，看到人们干活不大带劲，懒洋洋的，深有这种缺乏'梦'的感觉。"

在聊天闲谈中即兴说出的看法，往往不可能是完整的道理和全面的分析。但我很欣赏他的这种直爽坦率的谈话方式和态度。作为中国人，我深感到我们需要多听听别人的看法，集思广益，"三人行必有我师"，深思和分析异域人的意见，用作参考，总是会有好处的。如今想来，在韩国一整个月的期间内，我所听到的为数不多的对中国的看法中，薛先生此种见解，算是最为坦诚的了。

谈及资助我在韩学术活动的韩国学术振兴财团时，薛说:他深知其该财团理事长朴日在先生。说他的任期即满，此次不会再连任了。薛先生是文化部出版课长，是很了解文化界内情的人。

我向金女士稍稍问了点韩国教会的情形，她略略作答，不作长谈，若有所思的样子。薛太太则仍然以她爽朗的声音，聊了一点轻松的事。大约坐了三、四十分钟，我们离座走出。金女士抢上前去，在柜台付了款。这次咖啡馆小坐略饮，是她做东。走上地面匆匆告别时，我忘了向她致谢。

薛先生开车，把我送到会馆。薛氏夫妇和金女士一起下车，和我握手告别。薛太太说，还愿再见面，最好到他们家去。我说恐怕排不出时间了，深深地谢了他们。

事前未约好的，突然"闯"进来的这一仓促短暂的会见，使我这个星期日的夜晚过得很愉快。薛先生夫妇的快人快语，频频笑声，金女士的沉静文雅，都给我留下了一个深深的印象。

幸州山城拜英雄 —— 权栗

10月22日，按照既定的安排，许兴植教授和我同去幸州山城。许先生是庆北大学历史系的教授，两年多以前，他在美国加州大学(洛杉矶)时，曾因李鹤洙(Peter H. Lee)教授的介绍，和我通过信。那时他准备到北京来作一些古迹考察和历史资料收集的工作，希望我能接待他。我回信表示愿意，但当时他有事，未能来，回了汉城。此后又通过一两封信。在北大学习的美国籍韩人尹荣寅君与许先生认识，1990年夏天尹君去汉城时，曾为我带信致意，回北京时也曾将许先生的赠书《高丽佛教史》及《韩英辞典》带给我。

许先生家住汉城，每逢周末由大邱回家。此次我到汉城后，与他通过电话，约好了见面时间。我以往在研究《壬辰彔》的过程中，深感权栗所领导的幸州山城保卫战在朝鲜民族英勇抗击外敌历史上的意义重大，早想亲眼目睹此一战绩辉煌的遗迹。许先生是学术成就甚高的历史学家，能与他同往，更有意义。前数日我电话中谈出此想法后，他欣然同意，当即约好今天星期一趁他有空，同往幸州山城。

上午8时半左右，许先生来到会馆，在我的房间小坐寒暄。与他直接见面，这还是第一次。他身材中等。略略偏瘦的身躯，微黑的脸上，闪烁着一对明亮的眼睛，表现出是一位精明的、精力充沛、勤于治学的学者，约莫四十七、八岁的年纪。他嗓音清楚，热情洋溢，稍稍回忆了在美国与我通信和有关李鹤洙教授的事之后，我们下楼出会馆，他乘来的车中，走出了一位三十四、五岁的中年妇女。这是许太太。我这才知道，是她开车来的。许太太身穿花衣，笑容可掬，恭敬多礼。许先生说她在汉城医务界工作，善于开车。今天由她驱车同往。我表示了谢意，问及他们的儿女情形，他们略略回答数语，我这才想起，尹荣寅君告诉过我：他们目前尚无子女。

天气极好，真是黄金般的秋日晴天。车子经过许多大街小道，还未开出汉城市区。几度斟酌的打听，才知道走错了道，绕了一个大弯子，终于开到了。在幸州山城的公园大门前停车。

游人不多，周围没有什么商店与人家，山野宁静，尤其使我的思绪能沉浸在壮烈的历史事件之中，增添我的壬辰怀古之情。园门入口处，匾额上写着"幸州山城"四个朝鲜字。这是我首次在韩国看到古典建筑的匾额上的朝鲜字 —— 一般匾额常用汉字。进入园门，是修筑得又宽又平整的山坡大道，有几段路坡度较大。

我们先参拜了权栗将军的祠堂。这是彩绘的寺庙风格的古典式建筑，是日本投降后建立的。殿上供奉着权栗的塑像。

1592年四月，日本侵略军突然发动大规模侵朝战争。在釜山登陆后的日军，在不长的时间一直推进到了这里。当时负有守土重任的权栗将军，率领全城军民，英勇抵抗。其时围城的敌人多达三万，而权栗将军在幸州的军队才万余人。战斗打得十分激烈。幸州山城的妇女也参加了这场战斗，她们同仇敌忾，用裙子搬运石头，猛砸由山下攻上来的敌人。战斗以守城军民的胜利而告终，被称为壬辰战争中的"三大捷"之一。这一战斗，展示了处于劣势的爱国人民英勇不屈，坚决奋斗，打退敌人的英雄精神，鼓舞了全国军民。

这场威震敌胆的战斗，是当时的政府官军将领权栗领导指挥的。当时他已56岁，不辞辛苦，不怕牺牲，身先士卒，打退了强敌。面对着他的塑像，我想起了史书上的有关记载，以肃然起敬的心情，向塑像深深地鞠躬致敬。

作为在壬辰正义之战中与朝鲜军民共同浴血奋斗的中国（明朝）人的子孙，我向权栗将军献上我这异邦人的尊敬和钦佩之心。

参拜完以后，我们走到了建筑在半山上的展览厅。这里有碑文拓本、武器模型、战斗图画和权栗事迹的说明。有一群小学或初中学生，由老师率领着到这来参观，受教育。他们的来到使这展览厅增添了活气。等他们一走，这里就沉寂下来，使我能安心定意地观看展品和文字说明了。一般是不让在这里照相的，历史学家的许兴植先生，深深地体会到我这个来自异国、从事壬辰战争文学研究的外邦人的心情，让我悄悄拍了一两张。

我仔细地看了展品，走出厅外，又回头凝视了这白色的典雅的小型建筑，对它所象征的朝鲜民族纯洁的爱国感情，和其中所叙述的英雄业绩，默默地表示了我的敬意。

昔日山城今何在？

我们继续向上，爬到了最高的纪念塔。白色的塔身高高地巍然耸立着，上面写着"幸州山城大捷纪念"几个大字，塔基和层层台阶，把塔身衬托得更为威武雄伟，有一种顶天立地刚强不屈的精神。

我原有的想象中，这里是一座炊烟四起，街道纵横的小城，周围护以城墙。我甚至在来向这里的途中，还担心汉城市的现代化抵消了古代人家街市面貌的那种命运，会落在幸州山城的身上：五彩缤纷，广告林立的商店已冲刷掉英雄山城的原貌。却未想到，直到走上这最高峰，也未见到一户人家，一垛城墙。我问许兴植先生，曾经战斗得十分凄烈悲壮的城墙在哪里？许先生把我带到了一个陡峭的山崖处，说，这里就是你所想看的地方。我向前看：田野寂寂，汉江如带，白云悠悠，远山起伏；向下看，峭壁陡立，草木摇曳。许先生指着下面说："敌人就是由这里仰面攻上来的，而我方军民，就是在这上头以箭、石、滚木、粪便向下砸去，拦截和攻打敌人的。"我问"城呢？"许先生说："所谓城墙，当时不过是不大高的、依山造形，断断续续的土城而已。原有的住户人家，因用水不易，生活不便，也已逐渐迁徙他去，移居平地或生活条件较好的村落里去了。年代久远，原有房屋已荡然无存，而土城也就大多倒塌，难见原貌了。"

屈指算来，壬辰之役迄今，近四百年矣。沧海桑田，时过境迁，这种弃难就易，舍穷趋富的发展，也是必然的，眼前的这种变化，也就不足奇了。我完全信服许先生的讲述，满意地又环视了"当年鏖战急"的这英雄的山地，请许先生拍了些纪念照片。下坡时，我看看这山势和地形，推想：当时生活在这里的村民们，一定是别无良田可耕，别无他处可去的极度贫困的百姓。这贫苦的处境和艰难的劳动岁月，磨练了他们的意志，他们别无更多的贪恋，他们以自我牺牲精神走在爱国战斗的最前列，也是可以充分理解的吧！

我们又回到展览厅所在地的厅旁的"忠义亭"中，桌椅陈设洁净无尘，静谧无人。选择了一处坐下，许太太将早已准备好的点心、水果、罐头饮料由包袱中取出。边休息，边食用，很为舒服。但这一路由山下到山上携带如此沉重的东西，也够她累的了。

饮食闲聊中，我抬眼看到了一幅宽阔、巨大的条幅。笔迹龙飞凤舞，饱满豪迈，仔细一看，是李相宝先生手迹。我顿时想起了李先生的性格与体形，字如其人，丰硕的身躯、豪放的性格，恰如这字的风格。我告诉许氏夫妇，李相宝先生和我是同途去敦煌的学者。许先生说，他是位知名学者，书法、文章、学术造诣都高。

歇罢下山。在坡下，见到了权栗的高大铜雕塑像。我瞻仰了一番，摄影留念。

归程车子开得很顺利。注目车窗外，田野、公路、工厂、工地以及越往市区走越为增多的高楼，接连不断在目前闪过。从这一切景象中，我隐约地感受到一种活力，一颗拼命向世界先进工业国看齐、奋进的跃动着的心。——这早已不是16世纪末壬辰年遭受外敌任意蹂躏时的那个朝鲜与汉城了。

教保文库的图书

　　车子开到市内，许先生的意思是想劝我到"教保文库"去看看。这是一个很大图书贩卖企业，一个的著名的书店。我在国内早已闻名，韩国友人赠我的书中，有些是买自这个书店的。来汉城后，我也早就想一见其面貌，搜寻其书籍了，许先生今天此意正中下怀。——但也记不清楚了，是不是在许先生问我时，我先向许先生表达了这个愿望的呢？反正，看来许先生也是一位乐于埋头书堆，经常访问书店的书籍爱好者，把同去书店看成是件快事。对丈夫温顺体贴的许太太，当然没有任何异议。

　　先得吃午饭。许氏夫妇为照顾我的习惯，提议到中国菜馆去。车子开进了一条繁华的小街，我们下车步入一家门面装饰得很吸引顾客的中国餐馆，选择了一个靠里面的桌子坐下。尽管是午饭时间，这里也比较安静，顾客若干，不是很多，没有国内闹市餐馆中客人拥挤、人声嘈杂的那种情形。这种环境本身，就使人感到一种可以休息体力、振作精神的舒适感。

　　许氏夫妇征求我的意思，我建议吃三鲜炒饭。不一会儿，饭做好端来，许先生又要了不少菜(海产)，一顿丰富的午餐。我打听了一下这个中国餐馆的历史，它原先是中国人开设的，现在是韩国人经管了。侍者似乎懂得一点中国话。

　　许先生和我步行到"教保文库"，许太太开车到附近的停车场等候。这小街看来已有多年历史，并未拓宽，但商铺已是"现代化"了，——从广告、招牌到商品。道旁矗立着多层大厦，身处如此狭窄拥挤的街道，我有一种挤压感。

　　"教保文库"的书籍相当丰富，五颜六色、琳琅满目，摆满了书架。顾客与读者较多，可随意翻看陈列的书。有助于我专业研究的书是不少的，令我目不暇接，恨不得大量买为己有。其中，我慕名已久，本以为因篇幅极长而还未正式出版的18世纪长篇小说≪玩月会盟宴≫已赫然陈列在眼前了。在≪中国文学在朝鲜≫(花城出版社1990年3月出版)中，对于这类长达五、六百万字的"大河小说"我曾有这样的话："可惜的是，由于这些小说太长……有一些还只是以手抄本的形式，珍藏在一些图书馆中，还未能与广大的读者群众见面。"(见该书第303页)当时我的心目中，这"一些"作品是包括≪玩月会盟宴≫在内的，看来这已不是完全事实了，—— 这是可喜的事。

许兴植先生一再问我需要什么书，他可以给我买。但我不能过于使他破费，犹豫不定。最后在他的一再催问下，我指定了几本书，即：

≪韩国古典小说研究≫(金起东著)

≪韩国史年表≫(李万然著)

另外，我又想买一本≪国语小辞典≫，许先生抢着为我买了。这是我为己毕业的硕士生关华兵买的。他在工作上非常需要此类辞典，我曾许诺给他一本的。

"教保文库"面积和规模都不小，但屋内顶棚(天花板)太低，通风不良，读者顾客较多，就显得憋闷，身上冒汗。出了"文库"，顿时感到心旷神怡，许氏夫妇一直开车送我到会馆。我请他们到我屋内坐了一会儿。赠许先生以条幅，赠夫人以丝绸围巾。区区小物，不能作为答谢，只聊以留作纪念而已。送他们到会馆门前，说了声"谢谢"，看他们开车远去。

丁府中的"群英会"

稍事休息后，丁奎福先生驱车来，接我去他家吃晚饭。这也是事前约好的。丁先生的司机为一年约60左右的男子，颀长身材，勤劳诚恳切的外貌，为丁先生开车多年。车开到檀国大学校去接车柱环先生。车先生上车后，见我有晕车的样子，略问数语。车走了一阵子，他对司机说他有些感冒，要在药房附近停一下。司机停车后，他下车，一会儿上车时，手中拿了一个小瓶子，放到我手中。我一看，是液体的晕车药。这位身躯丰腴，行动不便的忠厚长者就这样默默的急人之难，深深感动了我。

后来，在一个多月后的11月份，当他在南京大学开完"唐诗学术会议"以后来到北京时，在和中国敦煌吐鲁番学会季羡林会长等人宴罢以后和我一同到我家小坐时，我带着谢意重提此旧事，他粲然一笑。

在车中，车柱环先生告诉我，他11月份去中国开两个会议，一个在台湾，是中国诗歌的外文翻译学术会议；另一个在南京，是南京大学中文系莫砺锋先生等于11月21日办的"唐诗学术会议"。会期5天，之后到北京逗留5天。我表示欢迎，请他到北京后一定和我联系。(后来，我们按期在北京见了面，有一段欢聚的时间。)

丁奎福先生家宅很好。一个宽宽的院落尽头，是一座两层楼的小洋房。楼下的客厅上头，有一圈走廊，二层上大概就是一些内室了。丁夫人、女儿、孙儿，都来见了面。在客厅中的有苏在英、禹快济、李炳汉先生，此外，还有三位学者 —— 两男一女，是延世大学校的全寅初先生等，有位女士 —— 记得是梨花女子大学的，姓名未能记清楚。连同我与车柱环先生，总共宾客八人，坐满客厅中的沙发。有的是老相识，有的是初见面，彼此谈笑风生，甚为欢快。加上贤妻良母式的丁夫人、她的温柔多礼的女儿和活泼可爱的小孙子，更显得热热闹闹，十分融洽。

大家聊了一阵子。全寅初等三位是与我初次见面，对我这个专攻朝鲜古典文学的中国人，具有一种特殊的热情和好奇感，问了我中国的朝鲜文学教学和研究情况。我简短而客观地作了些答夏。不久，餐酒备齐，我们由主人让到在客厅一侧的饭厅内。这是一个约有近30米大小的一间房屋,长方形的矮腿餐桌上，放满了菜肴。大家都盘腿席"地"而坐。主人丁奎福先生坐在一端，我坐在靠他一边的侧边，左边是全寅初先生。

菜肴相当丰富，有做法特殊的海味。主人频频劝酒，客人谈笑风生。谈的无非是两国学校中的情形，全先生挨着我坐，谈起他的学历。他去台湾留过学，能说中文。但我们之间主要说朝文。席间有位先生谈起我写≪朝鲜文学史≫的事。全先生说："那也无非是朝鲜北半部的那种样子吧？"丁奎福先生紧接着说："不，他可有自己的体系，是不一样的！"后来不知哪位要求我用中文讲话，我讲了几句，那位性格活泼、对人热情的男士，不禁脱口而出："原来中国话也讲得那么好！"引起了一场哄笑。

有人又问起我去朝鲜的情况，我谈到我是83年9月第一次去平壤，并告诉他们我在平壤从事研究的九个月期间，一切食宿等，是由朝鲜方面免费供应的。后来又提起朝鲜与中国交换留学生与学者的事，有人问起中国赴朝鲜的学生学者多否。我告诉他们几乎每年都有，但比起朝鲜来华的人，我们去他们那里的人要少些。

一次直通北京的电话

饭后回到客厅里，主客都很客气地让我坐在长沙发的正中央。我感到有点局促不安，但主客们的热情和欢快的气氛，驱除了我这种感觉。丁奎福指着墙壁上挂的条幅让我看。我一看，是1989年春天，丁奎福应邀来北京时，我请我校的越南历史教授陈玉龙先生写的。大家目光集中在这条幅上，赞赏了一番。

丁奎福先生突然想起什么，问我来韩国以后，给家中打过电话没有。我说没有，他建议我立即利用客厅的电话打一下。我虽不愿使对方破费，但主人的盛情难却，就拿起话筒打了起来。这是可以直拨到北京的，但我住处的北大中关园总机难通。丁先生接过电话，通过电话局要接线员接北大中关园的号码，不一会接通了。接电话的是我妻刘凤珍，看来她有点感到意外。我简短地告诉她我在韩国一切平安顺利，现在是在丁奎福先生家打电话。几位懂中国话的先生一听此话都笑了。

打完电话，大家一致鼓掌，开玩笑似地祝贺"通话成功"。丁先生尤其高兴。我回到沙发上，问丁先生此次通话要多少费用。大家一算，约3900元韩币，加上税，约4500元，折合美金大约六元多，都算在丁宅的电话总账上了。

接着还随便聊起著书稿酬问题。我把中国的稿酬办法如实地告诉他们。他们告诉我：韩国是作者按书的定价提成10%，版权属于作者。据说，台湾也实行这个办法。

听说丁先生的女公子学习钢琴。这是位圆面庞、美丽而又充分具有着韩国女性的温柔多礼特点的姑娘。作为钢琴音乐的爱好者，我很想听听她的演奏。但话题又转到了别的上头，我也不好意思勉强要求。

大约到了九点钟的样子，我和其他客人都起身告辞，在丁宅大门边，穿上鞋子，主人全家，一直送到院门外，热情挥手，看着我们的汽车离去 —— 我坐的仍是丁先生的车，他陪着我，一直送我到国际会馆门口。

我怀着谢意看丁教授重新上车而去。对于朴实年迈的司机，我本应有些礼品作为我感谢的表示，但准备不足，竟未能掏出一件东西，有所不安。丁奎福曾告诉我，这位司机为他开车多年。一位名教授，一位司机，他们的身份与社会地位差别很大，但平易近人的学者丁先生对与他之间，平等融洽，反映出丁先生的人品与修养。

无意祝寿的"生日宴"

我在国外，曾经过了一次生日，那是在平壤。我于1983年9月去平壤，次年6月回国，在那里住了9个月。≪壬辰录≫研究就是在这9个月中进行的，外加翻译了≪壬辰录≫的全文，1989年出版的≪抗倭演义(壬辰录)及其研究≫，就是在朝鲜的这段日子里工作的结果。到平壤才一个来月就迎来了我的55岁生日(10月23日)。当时接待我的单位是金日成综合大学。这天晚上，该校外事处长张官凤先生出面设祝寿宴招待我，事出意外，我分外高兴。

没有想到，7年后，我的62岁生日，也是在朝鲜半岛过的，这次在汉城。

韩国的学者没有注意到我的生日。我自己默默地迎接这一天，整个下午独坐房间内为去建国大学校、高丽大学校讲学而写提纲，作准备。中午和晚上，却两次应邀赴宴，过了一个人所不知的而己知的生日。午宴的邀请者是旅行社的徐廷圭先生，而晚宴的邀请者则是仁川大学校的总长(校长)朴在奎先生。邀请者无心，而我却有意，把它权且当作为我在异国他乡欢度生日的一个方式。

徐廷圭先生非常谦恭有礼，江原大学校的姜东烨教授是他的老师，由于姜先生的介绍，他认识了我。9月份的亚运会，他组织了一批韩国旅游者约60多人到北京来，请我去国际饭店为他们讲一讲以往中国与朝鲜半岛经济文化交流史。事隔一个多月，他念念不忘与我的这段交情，事前约好，10月23日来和我一起去吃午饭。

为了避免远路疲劳，他领我到了附近的"牡丹之家"餐厅去用餐。郑汉模先生曾经在这里设宴招待过我。

中午，这里显得更为安静。我们在一间屋子里的矮脚餐桌边席地坐下。徐先生不顾我"人少，少来菜"的劝告，叫了许多菜。碗碗碟碟，摆满了一桌。我们边吃边谈。他谈到他和姜东烨先生的关系，谈到自己准备发展中韩旅游事业的意愿，希望我能为他提供一些方便和帮助。我自感能力有限，但还是表示当尽力而为。

徐先生谦虚求实。他谈到韩国人对中国的态度，问我对韩国人印象如何，发现什么问题没有。我答以印象极好，韩国学者谦虚热情，乐于助人，别无其他印象。徐先生说，目前有些人自以为比中国富有，傲视中国，这是不对的。中国有自己的长处，是会发展得很快的。

徐先生说话比较实在。他这话使我想起，在9月份我在国际饭店向韩国旅游者讲完以后，曾有一位新闻界人士，要我给他一份个人履历或小结一类的材料，以便他写文章向韩国介绍我。徐先生当时赶紧告诉我：目前由于中韩间未建交，关系比较复杂，如提供这些，并发表在报上，可能招来麻烦。他对我的这种提醒出于善意，很为实际。

这顿丰盛的饭菜，完全可以够四、五个人吃的，饭后结帐，他付出38,000韩币，大约相当于人民币两百七十多元。如此盛情，使我席间和饭后，多次想告诉他，异国他乡生辰之际，受此一热情的款待，颇感愉快。但考虑到他得知后，反而会更加破费钱财，另加礼仪以祝贺，欲言又止，终于未说。

饭后，赠以由北京带来的红盒茶叶一盒，他一再表示感谢。然后，陪我漫步走回国际会馆，便告辞而去。

仁川大学校图书馆长禹快济先生，曾向我表示，该校总长(校长)朴在奎先生愿和我一见。就约在10月23日晚上。下午五点半钟，禹先生来了，为避免我晕车，他和我先乘地铁，然后转乘他的汽车到了"巴黎宫"(Paris Palace)。朴在奎先生已在楼下等着了。这是一位中等身材，性格敦厚，作风朴素的老学者。我在禹先生的介绍下，和他愉快地见了面。然后乘电梯上楼，进入了餐厅。

这餐厅极为华彩，宽阔高敞的大厅中，金光闪闪根根粗大的柱子林立。侍者们恭敬地伫立着，对来客行礼，表示欢迎。这大概是我来韩国以后的到过的最贵族化的餐厅了。它使我联想到法国和俄国小说中所描写的贵族举行宴会和舞会的地方，感到这里仿佛就是雍容华贵的安娜·卡列尼娜曾经与众贵宾客周旋、交谈、共舞之处。

我们只有三人，选定了一张周围有四个坐椅的不大的圆桌。朴总长年在七十左右，曾担任过多年的教育行政领导工作，是位毕生从事于培养人才的老教育家。退休后转受仁川大学校之聘，在此校任职。这位教育界的老前辈，面容虽稍显苍老却精神矍铄，使我觉得他的脸上的条条皱纹，仿佛就是许多韩国建设人才在教育培养下成长的过程中所留下的轨迹。

朴总长的情况多半是由禹先生介绍，他自己也有所言及，但寥寥数语，保持着持重沉稳的风度，对我的事业、研究和北京大学情况，略问数语。

此餐厅是自助餐。在侍者恭敬地送上了饮料之后，我们就走到取餐处取菜馔和主食。为表示对这位老学者的礼貌，我跟在他后面，参照他的动作和取的食物，取盘取菜。菜馔丰富，有西式菜肴，但以朝鲜菜馔为主，做法上则似乎也参照了中国与西方烹调技术。

取好了菜馔，进餐前，朴在奎先生低下头作起祷告，他是基督教徒，禹先生也是，我入乡随俗，和他们低头静默，结束祷告，才开始用餐。

席间，谈起了两国教育与文化交流的事，朴总长关心中国教育，很愿意到中国去考察一番，特别到北京大学。我表示，回去后，当尽自己可能，力求促成其事。我于此并无万全的把握，但也觉得多少有些可能。此时中韩关系正处于微妙阶段，带有过渡性质。国交未建，但双边贸易已有所开展，文化教育方面，也可以采取"民间"形式进行交流。这位老教育家到中国去，也可以使我国对韩国培养人才的经验有所了解，对双方经验的交流，是会有好处的。

餐毕，我们下楼，在楼前分手。相互表示了今后多来往的愿望。他乘了自己的车走后，禹快济先生也把自己的车开到了楼前，把我带到了他的家。

公寓中一位教授的居室

禹先生说，由于我在这里日程太紧，连本来说定了要去仁川大学校参观的事，也安排不下了。至于到他家吃饭，也难以安排，表示出了一些歉意和遗憾。此次带我去他家小坐，以补此遗憾。

禹家在公寓内。这种公寓外观上比北京的公寓只不过显得精致一些，但一进入内部，却得到一个和北京的大学教职员公寓完全不同的印象。房间宽敞，光是接待我的客厅，就有60平方米左右，客厅边的书斋，看来也是很大的。给我的印象，仿佛是进入了一座平房的住宅。禹先生的年龄也就五十左右一些，在大学教师中，待遇不算很高，住房却如此精致，使我感到意外。

客厅的书橱中放了一套韩国古典小说丛书，这是禹先生搜集编印的。他取下一本给我看。古书影印、印刷、质量相当好。我想：也许是我国的古小说原本太多了罢，顾不上，或缺乏必要的经济条件，还没有编印这样的古典小说影印集来。

我谈起他名字中的"快"一字，我说，是鲁迅的"迅"字，也是"快"的意思，在中国很少用"快"作人名，在朝鲜亦不多见。禹先生说，本来是"快哉"之意，朝语中"哉"、"济"发音很近，因而改为"快济"。

禹先生提议看看敦煌之行的彔像。我这才想起，两个月以前的敦煌之行中，20几位韩国学者中，只见有一人提着摄像机，每到一处忙着摄相，这就是禹快济先生。我参加了敦煌之行的全过程，当然有兴趣看看他彔的怎么样，于是欣然同意。

当电视机中放出一幅幅画面的时候，我仿佛又回到了8月份的那次愉快的旅程。西安宾馆大厅中，我与诸学者的初次会面。华清池的古建筑，大雁塔下兴致勃勃的参观，赴阳关途中的沙漠……一一再现于眼前。禹先生不愧为图书馆长，这样重视资料工作。这部彔像，把韩国敦煌学会会员首次丝路访古的情形保留了下来，它将会成为两国文化交流史上的一项有用的资料。

彔相很长，虽未放完全部，也算是尽兴了。告别了禹夫人，我与禹先生走出大门，禹先生开车将我送到铜雀。此时我本可自行乘地铁回国际会馆，但禹先生执意要陪我坐地铁，直到惠化下车。在惠化站，他看我离去，才放心地重返车厢，按原路线返回去了。

回到会馆，躺在床上，想着今天这个难忘的日子。迄今共三度来到海东，有两次正逢我生日，都受到北南两边人士的盛情招待。一次是有意识的，带有一定的官方外事工作性质；另一次是无意识的，主要是个人的友谊交往或社交。殊途同归，于我，则愉悦之感有所类似，事情就是这样地奇妙。

倒也不坏的"海贼版"

10月24日是星期三，大概是我来韩的最忙碌的一天了，我要去两所大学作题目不同的讲学，一是建国大学校，一是高丽大学校。

早晨，建国大学校中文科(中文系)的讲师李宰硕先生比预定时间提前45分来接我去该校。为避免晕车，按我的要求，乘地铁去。到"建国大"站下车，走出地铁，步行到建大。这里不是商业繁华区，似乎有一种近郊区的安静之感，这很适合于我。进入校门，更有一种心旷神怡之感，校园内道路宽阔，树荫处处，池水微波，建筑也排得较为稀疏。李宰硕告诉我，在汉城各大学中，这个校园是属于上乘的。我也感到，比我目前为止所到过的几个大学校园要风景宜人，宽广雅致。

还未等我充分欣赏校园的湖边亭廊，就走到了中文科所在的大楼前了。通过宽阔的长廊，找到了挂着"李秀雄"牌子的他个人的研究室，李先生已在等候着了，相见甚欢。

李先生的研究室为长形，比我迄今为止所见过的几个研究室宽敞、明亮些，一进门口是沙发，靠窗是书桌，墙壁都是书架，琳琅满目。刚一坐下，中文科成元庆教授、林东锡副教授都来了，李先生为我一一介绍，学韩国文学的中国人和学中国文学的韩国人见面，分外愉快。他们谈到了我的《朝鲜文学史》在韩国流传的情况，给我看了一本在韩国印刷的该书的"해적판"(汉字是"海贼版"，意为盗版)。我早就听说此书已在韩国印刷发行，但这却是我第一次见到。它比原书略大些，因此天地头也宽些，纸张较国内的为优。因此看起来厚些。封面没有把原书的图画印上，而把"朝鲜文学史"五个字印在了封面的正中央，浅淡的绿色底子，白色的字。我本来还想再问一下何人及如何影印的，以及发行范围，如何购买等等，

但怕他们以为我会对于悄悄影印成"海贼版"的做法不满而加以追
究，就未加多问了。

其实，当年我们的知识产权观念还很薄弱，作为作者，我倒是
乐于见到此书为韩国人所读、所用，对影印一事也颇没有什么恶
感。在这里已受到韩国人士的多方照顾，因此关于此书影印的经济
报酬问题，也不想一提，倒是自己也想得到一本此种版本作为纪
念。但有些顾虑，也就未说出口。

面对建国大学校师生的一席话

大家彼此闲谈了一些双方大学朝文和中文学习的情况，一位年
轻人进来了。李秀雄先生告诉我，这是学生组织的负责人，大概有
如我国大学的学生会主席之类吧？这次讲学是由学生会举办的，因
此他出面了。韩国学生对师长很恭敬，在长辈面前不多言多语，与
我之间，没有说多少话。

讲学是在教室中进行的，我随着诸先生及学生会负责人走入教
室。这是一间很朴素的教室，讲台、黑板、桌凳等和我国的普通大、
中学的教室没有区别。我们进入的时候，教室中已坐满了学生，男女
总共约四十人左右，前排空着，留给了中文系的几位教师。

讲学由学生会负责人主持。他简短地说了几句开场白，然后由
李秀雄先生介绍了我的身份，研究工作、成果等情况。学生们流露
出愉快友好而又好奇的表情。接着我开始讲，题目是："以中国为
背景的朝鲜古典文学"。

这个题目，是我的《中国文学在朝鲜》中所涉及的问题之
一，即其中的第二章第九节《背景的假借与依托》。但这里我另作

提纲，以概括介绍写中国的朝鲜作品为始，以分析此种文学现象的原因为结束。

我分三类列举了以中国为背景的(或题材为中国的)朝鲜古典文学作品：

第一，记实类，其中包括诗歌，如崔致远泊舟大珠山下所写十首诗、李穑的≪读汉史≫，以及时调≪周文王≫、歌辞≪漂海歌≫等等,散文方面如朴趾源≪热河日记≫等等；

第二，虚构类：此类作品数量较多，如≪仙女红袋≫、≪孔方传≫、成虚的≪金华寺梦游录≫、林梯的≪花史≫、金万重的≪九云梦≫，还有许多"军谈小说"与"家门小说"等等，这一类的作品字数最多；

第三类，评论类，如李仁老的≪破闲集≫、崔滋的≪补闲集≫等诗话集，其中常有对中国文学的评论。

在本国以他国为题材而写成的文学作品中，其数量之多在世界各国文学中大概要以朝鲜为第一了。这是世界各国文化交流史上的一种十分特殊的现象。我讲到了产生这种现象的原因，即：

一，朝鲜文人为了留学、宦游或出使，来华的人数极多；

二，小说作者为避免写本国所引起的政治麻烦，而假托中国，以保安全；

三，中国幅员辽阔，王朝更迭频繁，战争多，历史事件复杂，历史人物众多，从而使小说作者有驰骋想象的余地，使诗文作者有可描写、叙述和大发感慨的材料与对象。

四，中国历代文学作品为朝鲜文人提供了启发、灵感、题材、手法，如张文成≪游仙窟≫对≪仙女红袋≫，≪三国演义≫对≪壬辰录≫。李白诗歌对李奎报的≪读李白诗≫及≪破闲集≫中的诗歌评论等等。

五，政治形势对朝鲜文人的刺激：元朝对高丽的压抑，刺激了李穑≪读汉史≫一类诗的产生；满人对朝鲜的欺凌，促使了"军谈小说"的产生和金锡胄≪盛京感怀≫、张维≪闻沈阳不守≫等诗的写作。

在结论中，我主要强调了：这些作品虽以中国为题材，但反映出了朝鲜本身的政治、文化需要，表现的是朝鲜民族本身的思考、感情和时代精神。

我用朝鲜语讲述时，随时注意听众的表情，感到他们充分理解了我讲的内容。由于种种历史和地理的原因，朝鲜民族具有很强的自尊心。作为中国学者，我讲的这个主题及其所涉及的内容，对他们应当是很敏感的，因此特别注意我的问题的提法和观点的阐述方式。从教室气氛中，我感到，听众与讲述者是精神融成一气，感情彼此和谐相通的。讲完后，听众热情地鼓掌致意。

接着李秀雄先生让大家提问题，大家提了一些只须补充几句就可说明白的小问题。成文庆教授则提了一个自己的看法，说：所分析的原因中还应加上一条，即朝鲜文人长时期对汉文的使用，也是朝鲜文人爱写中国题材的原因。这一原因，我未曾总结在内，我略加思考，随即欣然同意，加以接受。成教授莞尔而笑，宾主都很愉快。

讲学结束，学生们都走散了，几位教师和我在大楼前照了几张合影。然后就乘车去聚餐。

优雅宁静的"明月馆"

车子行驶在蜿蜒曲折、高低起伏的路上。车窗外是一片片林树葱郁的山坡，可以看出，开山劈岭而修成这条路还不太久，似乎是城市的边缘地带，近于郊区。车开了约十多分钟，停在山半腰的一个场地上，下车一看：色彩斑斓的古典的朝鲜式建筑，大门匾上写上了"明月馆"三个字。主人们领我走进大门，好一个清雅的地方！

穿过院落，到了一间长形的配有七、八张餐桌的餐厅。餐桌大多空着，我们找了个临窗的餐桌，主人们在我右边靠窗坐下。居高临下，向窗外望去，一片田野，道路和小河流，远远呈现在下面，这又一次提醒我，我们是在身在高处，在山上。秋高气爽，至此更觉心旷神怡，俯瞰道路上奔驰穿梭的车辆，仿佛听到这个邻国经济上前进脉搏。

陪我一道来此的有教授、副教授及讲师，即李秀雄、成元庆、林东锡、李宰硕，还一位学生会的负责人。吃的是烤牛肉一类韩国式的饮食。席间主人殷勤，客人愉快，彼此轻松随意交谈。宾主频频举杯互表感谢之意。

餐后，由李秀雄、李宰硕两位先生陪我乘车离明月馆。车子开到街上，这里虽不很繁华，但小商店鳞次栉比，高楼大厦不多，从街道和中小商店的楼梯看来，这里保留了经济大发展以前的旧日面貌。李秀雄中途下车，我下车相送时，不小心被车上的松散下来的安全带绊倒，幸未受伤，引起了主人的虚惊。

高丽大学里畅所欲言话交流

李宰硕独自陪我到国际会馆门口，未想到，丁奎福先生已在等候着了。已没有休息的时间了。我送走了李宰硕，匆匆上楼稍事洗漱，立即到门口上车与丁奎福先生同往高丽大学校。下午，约好了要去高丽大学校讲学的，这是丁教授介绍的。

　　高丽大学校给我一个和建国大学校完全不同的印象，这里的校园中建筑林立，没有宽敞的风景区，地形起伏，楼与楼之间较紧凑。从建筑的样式和新旧程度上看来，这个学校已颇有年头了。大约至少有六、七十年的历史了。建筑的风格样式，似乎暗示人们这历史较长久的大学是一个学术上根底深厚、人才造就上卓有成效的庄严学府。

　　丁奎福先生把我带到他的研究室。这间屋子方形，较暗，比我在建国大学见到的略小些，但图书满屋，有很浓的学者气息。丁先生的几位研究生包括其中的一位女士，都在室内，丁先生为我一一介绍，相见甚欢。

　　使我感到有兴趣的，是苏在英先生的公子，他是丁奎福先生的研究生。中等身材，载眼镜，面型酷似其父，我好像见到了年轻时代的苏在英先生。我详细地问了他的情况，他微笑作答，话语不多，而沉静温良，令人喜爱。

　　丁奎福和苏在英两先生一是《壬辰彔》的专家，一是《九云梦》的学者，都和我的研究有关。因此在1989年春天，成了我首次一同邀请赴北京大学两位韩国学者，我和他们两人的私人缘分，再加上他们两人共同培养下一代的学术之缘，可谓缘分深厚矣！这也是我在此研究室中很感愉快的原因之一。

　　丁先生还给我提起了他的另一位研究《玉楼梦》的研究生——张孝铉，并且把一位台湾在韩留学的研究生的论文拿给我看。这间小屋内的初次欢聚和言谈，消除了我上午在建国大学校讲学和赴宴后的疲劳感和面临另一讲学任务的紧张感。喝了些那位女士送上来的热咖啡，就离室去讲学了。

　　丁先生领我步行到了朝鲜民族文化研究所。途中，丁先生指着一座座古意盎然的洋楼，告诉我它们的用处。进入一座同样是旧样式的大楼，进入了楼上的研究所。

研究所长郑在皓先生正在等候着。这是一位沉稳平易而又语言简练的学者，年龄似乎与我仿佛。我们坐在所长办公室沙发上寒暄，他谈到了曾有北京朝鲜族教师赵福顺及其丈夫李贵培(北大教师)来此处参加编纂《中朝辞典》的事。他的话使我想起了赵先生来此处参加辞典工作的缘由。

赵于1986年曾到汉城探亲，我托她带了我的《壬辰录》研究打印稿给苏在英先生，并介绍她与苏先生认识。那时，我与苏先生还未见过面，不过是书信文字之交。但苏先生非常热情，看到赵没有工作收入，就把她介绍给了高丽大学校参加《中朝辞典》的编纂。赵因此得以在汉城停留较长时间，直到她丈夫也去汉城参加同一工作。

我向郑所长谈到我曾经和该所的李东乡、李再薰两先生见过面，并得到过李东乡所赠辞典的事。

讲学是在附近的另一座大楼的大教室中进行的。这是一间大约有400—500平方米左右的长方形教室，位于高处，明亮净洁。丁、郑两先生领我走进去的时候，听众已整整齐齐地坐在席位上了。大体上坐满了，大约有七十人左右。大多数是男女学生，也有一些教师坐在前面几排。

除去学术会议上的发言以外，这是我在汉城讲学中的最大一间教室了。但我情绪很为轻松，因为有丁奎福先生这样一位老友的陪同。他沉稳安详、敦厚亲切的态度，使我预感到一切都会很顺利的。

主人让我在讲台前就坐，讲台上放着话筒，看样子是要录音的。所长郑在皓教授把我介绍了一下，又讲了几句开场白。接着是丁奎福先生介绍我的情况。他谈到他和我是怎样认识的，说我与他通信，书面语比口语能力更强。他说我是在中国教学与研究韩国文学史的，说这对于韩国学界来说，很值得注意。又介绍了我写的几部专著≪朝鲜文学史≫、≪壬辰录研究≫及≪中国文学在朝鲜≫。这种介绍表现出了这位学者平素对我的关注，使我顿时有宾至如归的感觉。其中一些称道的话，使我自惭愧而又深受鼓舞。

我讲的题目是≪中国文学在朝鲜文学中所起的作用≫。大体上分三大部分讲，即：

一、对文化交流的看法；

二、朝鲜对中国文学的吸收；

三、中国文学在朝鲜文学发展上的功与过。

第一部分中，我讲到各国文化交流的不可避免性，和它在推动各民族文化发展中的重要作用。我主要从中国对两个"西方"文化的接受为例，来说明外来文化在中国文化发展中的作用。一个"西方"指古代所说的"西方"，即印度，说的是印度佛教对魏晋以后中国文化的巨大影响；另一个"西方"指目前所说的西方世界，说的是明末以后，特别是19、20世纪以迄于今的欧美文化对我国的巨大影响。由此而说明朝鲜吸收中国文化是一种必然的合理的历史进程，证明朝鲜民族为发展本国文化而作出了巨大的努力。

我之所以在讲正题之前，花了不少于15分钟的时间讲这个有"题外话"嫌疑的问题，主要是从我的具体处境出发。作为中国学者，我在别人的国土上，对该国听众大谈其中国文化对该国文化所产生的影响，会不会有炫耀自国文化的嫌疑？是否含有大国主义的意识？是否会招来听众的反感？朝鲜由于地理上、历史上的种种原因，特别是近代史上受日本长期统治的原因，而具有一种强烈的、敏感的民族自尊心(这是一种合理的自尊心)，因此，这就使我感到要特别顾及到上述问题发生的可能性。一位法籍的华人学者曾经在三年前劝说过我不要提中国文化对朝鲜的影响，也是出于对这种状况的顾虑。但我从大量的韩国学术论著中知道，这里的学者们是毫不回避中国文化之影响的，因为这种影响是事实。对此，他们总是在他们的论著如实反映这种情况。这不仅证明他们具有十分实事求是的态度和尊重历史的科学精神，而且也说明：他们是有足够的民族自尊心和自信心的。正因为他们明确：历史上所有这种对于中国文化的吸收，其最终的深深扎根于民族意识土壤之中的根本目的，是为了发展其本民族的文化，而不是为了将自己的民族文化消溶于邻国文化之中。这种民族自尊和自信，正是他们科学勇气的源泉。因此，我应当尊重这种勇气，并从中国自身的文化发展历史过程，来表示同情、赞赏的这种民族自尊心。因此，我感到，不仅要谈中国文化的影响，而且要谈中国之吸收外国文化的必要。带着这个想法，我在韩国的这一著名的、一流大学的讲坛上，在具体论及中国文学对朝鲜影响的以前，谈了这么一段。

言归正传说影响

第二部分正是本题，这是全部讲学的重点。其实，要展开论述这些问题，是一整天也讲不完的。我大约归纳成三个方面，来谈这个问题。即：

（一）中国文学对于朝鲜文学表达工具的提供。即汉文、汉字、五七言诗及散文等体裁为朝鲜文人所全盘接受与利用。

（二）朝鲜古典文学作品对中国文学表现手法的利用与吸收。这方面，我重点指出的是：时调与五、七言绝句的关系、咏物诗、假传体、以诗入小说、辞藻、以诗论诗等等；

（三）中国文学中的基本思想对朝鲜文学的影响，儒家的忠君思想、民本主义等；道家的隐遁思想、源自印度经过中国消化和加工的佛教思想等等。

第三部分谈的是中国古典文学在朝鲜古典文学发展中的"功"与"过"的问题，大体言之，"功"即促进使朝鲜文学早趋成熟，使之迅速发展，多出成果；"过"即对朝鲜本民族语言文学的限制。我把中国文学的这种"功"归之于朝鲜历代文人的爱国思想，把"过"主要归之于朝鲜历史上长期存在过的科学制度所造成的以汉文正统的思想。

最后的结论中，我着重指出：在两国的古典文学阶段上，两国的文学关系是一种垂直关系，即主要是授与接的关系，而进入近现代阶段以后，则变成为了平行关系。我强调：垂直关系，表现出朝鲜为建设本国文学而吸收他国文学中的爱国热情、勇气与才智，而在平行关系中，则强调两国的在文化方面相互学习，并以经济发展为例，着重指出中国应注意学习朝鲜的成功经验。

我讲完以后，丁奎福把我讲的主要内容，简明扼要一一加以概括夏述，对我第一部分中所讲的对文化交流之必要性的看法，很有同感。对"垂直"与"平行"两种关系的提法，亦颇同意。接着他让听众提问题。

热烈、坦率、有趣的学术对话

坐在稍后面的一位女学生提了问题：中国古典文学在朝鲜文人文学中固然有影响，但在说唱(판소리)文学中也有影响吗？我的答夏是肯定的，我以《春香传》中所引用的大量中国诗歌典故为例，说明了这点。当然我也肯定了《春香传》是民间和民族色彩很浓的一部作品。

又有一位听众问：你作为中国人，是否感到朝鲜文人所写的汉文与中国文人的汉文有所不同？对此问题，我的答复是否定的。我高度赞扬了朝鲜文人的汉文写作能力之强，他们的所有汉文五七言诗和散文，置之于中国文人的作品中，是无法被认出是外国人(朝鲜人)所写的。但我也指出，在一些小说作品中，如金万重所著、金春泽译为汉文的《谢氏南征记》一类，尽管其汉文辞藻丰富，文章优美动人，其文言式的语言风采为当前的一般中国作家所难以企及，但是在一些虚词如"矣"、"耶"、"乎"的用法上，似仍有欠妥之处。这是无足为奇的。因为一国语言中的虚词往往是最难为他国人所掌握的。就如我们中国人自己，对于朝鲜语中的虚词(토)也是难以用得天衣无缝的。小说富于生活气息，触及种种复杂的生活现象，要表达各种人物的细腻感情，其语言上的难度是很大的。金春泽的汉文能到这种程度，已经是令人敬佩之至的了。

但我还提到朝鲜古典汉文小说语言的变化，谈到"汉文悬吐"本《玉楼梦》的汉文比《谢氏南征记》具有更多的不自然之处，有一些是中国人不完全懂的或感到生硬的朝鲜式汉文。这种朝鲜式汉文的用法，在现代朝鲜语的汉字词中，是时有所见的，这是语言发展的一种现象。

有位教师，好像是金兴圭先生，针对我所讲的时调的起承转结的结构和五、七言绝句中的结构的关系，谈到了一般文章的起承转合的作法。我对他的意思表示赞同。同时也提出：毕生熟读大量五、七言汉文诗，而又以五、七言绝句为最主要的写作体裁的朝鲜古代人，在他们试图探索求朝鲜国语诗歌的新体裁时，无意识地受到五、七言绝句的影响，也是很自然的，不可避免的。

在交谈中涉及时调的特点时，我补充谈了时调与中国"词"文学地位的类似点，提到时调与词一样缺乏汉文诗(主要指五、七言诗)

中大量出现的民本主义思想。对此，郑在皓先生不同意，认为也有包含着民本主义思想时调作品。我想他的意见很值得重视。身在中国，我对时调资料涉猎不够全面，也许是我还没有发现这类作品，而不是全然没有这类作品，我应当継读研究这一问题。但无论如何，我想，朝鲜封建时代多次大量出现过的民本主义五、七言诗作品是十分突出的。时调中虽间或有一些此类作品，但其成就和数量，是难以和五、七言诗并驾齐驱的。

朝鲜封建时代的科举，把汉文作为写作的惟一工具。朝鲜文于此无插足的余地。我认为这是朝鲜文人长期以汉文为正统写作手段的主要原因。在讨论发言中，有的学者对此很表同意。

提问与讨论，进行得较为热烈，同时也引起了我的兴趣。由于时间关系，丁奎福先生提议结束这次活动。对于我的答复，他表示满意，举例说，关于说唱文学有无中国影响的问题，如果是他自已答复，也只能如此答复。

当他宣布讲学结束时，听众中响起了掌声。我在掌声中说了一句话："这真无愧是第一流大学，问题提出都十分深刻！"与其说这是一种礼貌，还不如说这正是我内心的真实感受 —— 我很喜欢这里在学术探讨上的认真态度和气氛。

会后的友谊和谈心

散会时，突然发现李东乡先生进来了。他我和热烈握手。我们在一年前的冬天北京奥林匹克饭店曾经见过面。他后来还给我寄过一部《中韩辞典》。他说此次我的日程安排太紧，而且已快要回去了，未能招待我与我深入叙谈，很为遗憾。我也表示了同样的感觉，深深地谢了他。

照理，讲学结束后总要和主办单位的学者共同就餐的。但我因为另有约会，只好作罢。未能和高丽大学校的学者们多聚一些时间，也是我的一个小小遗憾。

会后，在送我返回会馆的汽车中，我和丁奎福先生谈心，我问他，作为中国人我来到韩国，大讲其中国文化对朝鲜的影响，是否不合适？丁先生坚决地说："那没关系，照历史事实讲，就应如此讲！"

这位老学者的回答给了我很大安慰和鼓舞。学术上的诚实就是实事求是。我从来无意于夸张中国文化的外延影响，反而经常更愿意多多发掘对方民族本身的积极有为的因素在其文化发展中所起的作用。在我不得不涉及中国文化的影响时，我总不忘这种文化影响的接受者自身的民族目的，以及他们本身的努力与成就。这是我视之为必须具备的严肃的学术态度，这也许就是我的讲话没有遭到听众不愉快的一个原因吧？

企业家兼业余的敦煌学者府第

刚刚在会馆宿舍中坐下来休息，几位学者就来了，他们是苏在英、金文经、李秀雄。本来就约好，今晚同赴金凤完先生的宴请的。金凤完先生是位颇有才干、有成就的企业家，但对学术研究也抱有很浓厚的兴趣。他参加了8月份赴敦煌的考察参观，到过好些国家，能讲一口流利的英语。我们在由敦煌直奔阳关的沙漠古道上，半用英文、半用韩语交谈，相处甚欢。此次，他在家招待我们也是重叙敦煌之行的友情吧？敦煌参观团中，金文经先生是团长，李秀雄先生是敦煌学会的秘书长，苏是我的好友，因此请了我们几个人。

　　汽车开往金宅的途中，经过了一些道路起伏坡度较大的住宅区，停在一条较为繁华的街道上，由李秀雄先生下去，买了些东西，大概是礼品之类吧，作为对金宅的一种答礼。我有些后悔，没有准备这些，这也是近来各种讲学与交际活动太忙而无暇顾及的缘故。方才临走时匆忙，身上分文未带，此时也不好说这礼品中我参加一份。只好作为远方的"特殊客人"，失礼这一次了。如今，回忆起金宅的盛情宴请，仍为此感到一些遗憾。

　　金凤完宅坐落在一个比较僻静的胡同中，进入大门，穿过一个古色古香的鹅卵石小路，就是一个院落，院落既不在宅房的前面也不在其后边，而是在它旁边，四方形，估摸约有一百几十平方米。然而院边有小山，山上有树，枝杈错落，古意盎然，清幽宜人。这使我想起苏州的园林 —— 在一片小面积的土地上，表现出山环水绕的情趣。这里虽没有苏州园林那么多装饰，但亭亭如盖的枝叶倒也使人有"一洗俗尘"的感觉。

　　院落中有小石几、石凳子，客人们在院中或立或坐，间或徘徊走动着倾听主人介绍他购置的院宅的过程。—— 我未注意他们的交谈，只感到这是颇已有些年头的院落了。金先生购置它，是因为他事业上有成就的结果吧？

　　不久来了一位女士，是陆完贞教授，是用电话把她请来的。她的来到，使气氛更为活跃了。

　　金宅的饭厅在房屋的后部分。饭厅没有炕，也没有朝鲜传统的矮饭桌，而是摆着长桌和椅子，完全是西洋式的餐厅与摆设。大家在长桌两旁就座，我被安排在长桌的中间座位上。金太太以她的女儿为助手烹调出了一盘又一盘精美可喜的菜肴，带有西餐风味，却也多少有些韩国式的菜。从饭厅与餐桌布置、餐具的整齐清洁和多样化上可以看出这一家是经济富裕、生活考究的。宾客们谈笑风生，互劝酒菜，每当金太太由厨房中出来在餐厅中露面的时候，大家就赞扬她的手艺。她的女儿也分享到了这种真心的赞扬。

饭后，大家聚集到会客厅中去。客厅大约有50平方米，周围陈设甚多，都是美术品、艺品和书籍，说明主人的趣味与爱好。

宾主喝着冷饮，轻松地闲聊。大家谈到了敦煌之行中的趣味，回顾在敦煌等候飞机的困难和夜飞嘉峪关，以及原订日程以外的河西走廊的深夜行车。金文经先生作为中国历史学的专家，对河西走廊很熟悉，也很有兴趣。当时意外碰到困难，反而造成了一次亲身经历河西走廊行程的机会。过去的"遭罪"的事，如今反倒成为了有助于回忆往事的美谈。

由敦煌谈起，说到了访问古迹和游历的事。金凤完先生对于中国西部疆域及其西边邻国很有兴趣，这是在历史上充满宗教、商业、政治、外交活动的地方，民族的多样和风土人情的相异及关于这里的种种神话传说，对于古迹寻访的热中者，是很具有吸引力的。在座的学者都了解中国的历史文化，金凤完先生对此也兴致勃勃，谈兴甚浓，他表示明后年想沿着印度、缅甸、云南、西藏一带游历一番，还希望再由苏联入新疆，再至玉门关，敦煌一带考察。他还拿出图册与国外史书著作，谈到这一带的战争等等。谈起战争，苏在英向金先生开玩笑地说："这里的韦先生，对壬辰战争和军事可有研究，你别班门弄斧。"逗得大家笑起来。

金太太和女儿收拾了餐具和厨房之后，也到客厅露面。金凤完先生指着他的女儿说，我们希望她和你的女儿来往。你女儿如来汉城，欢迎她住在我们这里。两个女孩子可以用英语交谈。我微笑，表示了赞赏与谢意。

闲谈中，还提及"≪三国演义≫在海外"的学术会议问题。金先生表示他一定参加此会议，现在正着手准备论文。

至今事隔一年，此会议却仍未能定下日期来。这是我和海南大学文学院院长周伟民教授共同倡议的，得到了中国比较文学研究会会长乐黛云先生的支持，会议通知也被她拿去登在了《比较文学通讯》上，但后来因种种原因，流产了。

在最高学府 —— 国立汉城大学校

10月25日是去国立汉城大学讲学的日子。上午该校研究生崔日义来，陪同我乘地铁去。这是汉城大学的李炳汉教授联系的，他是教中国文学史的，能讲汉语，但我们之间则用朝语。他告诉我此次讲学的对象是中文系的师生，希望我用汉语讲，这样，学生可以有一次直接从中国人那里听到汉语讲课的机会。这是我在汉城多次讲学和学术会议上发言中使用我本国语的唯一的一次，当然欣然应命。讲学的内容是李炳汉先生指定的：讲我出版的《中国文学在朝鲜》一书的基本内容介绍。

当然，这是我很熟悉，了如指掌的。因此，对这次的讲学，我有一种特别的轻松之感，就像在国内面对本校学生的一次学术漫谈一样。惟一的难处是，一本二十多万字的著述内容，怎么能在一两个小时内全面讲完，因此事前还是稍稍作了些准备，拟了个提纲，以便严格掌握每项具体内容的时间，不至于仓促匆忙之中，顾此失彼，基本内容讲不全面。

国立汉城大学原本就在大学路，据说，因为学生当年常闹事，学潮迭起，游行示威不断，影响市内秩序，于是把它迁到一个离市中心较远的偏僻之处，地处山边，无市街的喧嚣，环境安静，空气清新，倒也确实是一个安心读书研究之处。

　　我顾不得仔细欣赏这座全国一流的国立大学所处环境与校园建筑，就随李炳汉先生到了中文系。其时已有数位教授等候了。虽多为初次见面，但全都热情相迎，如见故人。如今想来，印象最深的是知名度较高的该校中文系主任金学主教授。他把我请到了他的研究室。他作为在韩国出版的韩文《中国文学史》的作者，和我这个在中国出版的中文的《朝鲜文学史》作者，是一种跨行业的同行，彼此很谈得来。他告诉我他已读过我的这本书并谈了他表示肯定的看法。我则因尚未能拜读他的大著，说不出什么看法。

　　讲课安排在下午一时半，有足够的午饭时间。我随着诸位教师步入大学的食堂，吃了一顿便饭。我很欣赏这种家常的、平易的做法。它没有宴会场面上的那么些礼节，在带有随意性的进食交谈中，有一种轻松自如之感，也由此了解了大学食堂的伙食状况。

　　讲学是在一间教室中进行的。为了使学生能充分听清楚我的汉语，我注意了讲话的速度，有时还增加了一些对黑板的利用，把一些书名人名等，清楚地写在黑板上。听众主要是中文系学生，一些教师除本校教师外，还有外地大学来的。教师都坐在前排。由于都是中文系的，对中国文学史都已有所知，或相当熟悉，也就理解得比较快，使我感到讲堂上下充满了理解、兴趣，有一种水乳交融的气氛。

　　讲完后照例由听众提问或谈感想，也都很轻松，带有随意交谈的性质。

　　讲课完以后，外校来的教师中，京畿大学校中文系主任李玲子及顺天乡大学中文系主任朴现圭都热诚邀请我去他们的大学讲学。因为已临近归期，又极疲倦，就婉言谢绝了他们。

　　已经是下午三四点钟了。金学主、李炳汉等先生陪我在校园中转了转，把这个似乎是地处山谷中的校园各种建筑物，大致介绍了一下。下了课的年轻学生三三五五，更增添了身在学府之感。依然是崔日义陪我回住所。走出校门时，我环顾校园道边一切，情绪愉快，有一种向老友道别之感。

文化比金钱更重要的老出版家

这天晚上，我已约好和李昌世先生见面共进晚餐。李昌世先生是汉城一家以出版古籍而闻名的出版社——亚细亚文化社的董事长，由于苏在英先生的介绍，他将我的《<抗倭演义>(壬辰录)研究》加以影印，以精装本形式在汉城出版，这是我此次到达汉城的5个月以前(1990年5月)的事。苏在英先生趁我来汉城之便，约我和他见面，正好他也很愿意和我一叙。

见面的地点是在一家韩式餐馆中，和韩国人因出版韩国古籍研究书籍见面叙谈，选择这韩式餐厅中见面，是很有意义的。我们三人席地(炕面)而坐，围着矮腿餐桌交谈，其乐融融。

李昌世先生谈到了他的事业。他虽为企业家，但并不单纯从赢利来考虑问题。年代悠远的古代韩国文献，读者并不很多，销售量不大，常常亏本或勉强够成本，但他认为这对弘扬民族精神遗产非常有利，自愿以此为其出版社的专业，而不出那些销路虽广，赢利甚大但内容不佳、无益于社会文化发展的闲杂或俗流书籍。苏在英则说李先生影印出版我的《壬辰录研究》，就是本着这个观点。此书内容为数百年前的事件，作品论述又较深，加之是简体汉字，读者范围不会很宽，明知要为此亏本，李董事长仍然毫无犹豫地出版发行了此书。

对于李昌世先生的这一努力，和他对待出版事业的思想境界，我表示了敬意，对亏本出我的书，表示了谢意。李先生还谈起他为此书而向我支付的稿费太低。这使我很不好意思。我并无意于由此书的韩国版而取得稿费，想起在国内出版此书，不但无稿费，而且还要作者去"化缘"，请求资助交给出版社作为"出版经费"。虽然说国内出版行业有自己的情况，但相形之下，总不是一件很可以"昂首阔步"、"理直气壮"的事吧？

我们又谈及把《中国文学在朝鲜》译成韩文出版的事。李昌世先生慨然允诺，欣然接受。(此书后来由延边大学李海山译成韩文，由亚细亚文化社于1994年1月出版。)李先生又热情满怀地说，他此次能和一位研究韩国典籍的中国学者相见、畅谈，非常高兴，还说了些感叹和赞扬之词。可是这却使我想到：千百年来，韩国学习、介绍、研究、论述中国典籍、人物的成果可谓多如丛林之木。中国对韩国的研究迄今也只不过略有开展，便得到如此欢迎、重视和评价。李先生此种态度，在我与其他一些韩国接触中，也时有所见。这决不是他个人的想法，而是有代表性的。这促使和提醒我们：要更广泛开展对一衣带水的邻国文化的关心和研究。

此外，我们三人还闲聊了一些两国的风土人情等等，在友情盎然的气氛中，结束了这次的相聚。苏在英先生和我漫步走回国际会馆。由于近日活动频繁，甚感疲困。在汉城大学讲学快结束时，头部有酒醉时的那种恍惚感和晕感，只是一阵子。但也是一个警告，回到住处，我就早些躺下休息了。

联袂去大田

次晨(10月26日)，去同和银行办了点手续，顺道去昌庆宫、宗庙正殿、永宁殿看了看。中午回来，感到血压稍高。休息了一阵子，禹快济先生就来了，按约定的，同去汉城火车站，赴大田参加忠南大学的学术会议。韩国的国立大学在全部大学中占少数，大多数大学都是私立大学，但每个"道"(行政区域级别相当于我国的"省")都设有一个国立大学。忠清南道的大学叫忠南大学，设在大田市。

忠南大学国语国文学系的资深教授赵钟业先生正值六十诞辰，学校为此举行庆贺，并表彰他在学校多年所建的业绩，与此同时举行学术会议，邀请校内外学者同行，相聚一堂交流学术成果。我适逢其时，被邀请参加了这一会议。前些日子该校的史在东教授特地由大田来到汉城找我，就是为了这事。我欣然同意，为此准备了学术报告的材料。

在汉城火车站，我们与苏在英先生、朴涌植先生(建国大学校教授)及他的一位日本女学生会面，同上火车，直奔大田。黄昏时分，到达大田。

在大田火车站附近，见到一个招牌，上写"기아미아　보호소"我看不明白是什么意思。苏在英先生告诉我这是汉字"弃儿迷儿保护所"，我这才明白。苏先生说如此写法，是文理不通的一大典型。

大田市看起来比汉城小许多，人口的稠密度、市街的繁华程度和建筑物规模，都比不上汉城，更显得小些，但也安静些。我所入住的宾馆叫"경하　호텔"似乎地处偏僻，周围显得空旷，还多少带有点乡野气味。其实，此之于大都市豪华建筑，我倒更喜爱这种有宁静之感的地方。入住的房间是炕式的，大家席"地"而坐。不一会儿赵钟业先生来了，表示热烈欢迎。见到了台湾师范大学的董、沈两教授。香港中文大学也有人来参加此次学术会议，姓黄。同为中国人，相识于异国，颇有都有"幸会"之感。

到了晚餐时间，随着主人的安排，去餐厅吃饭，在这里又高兴地见到了一些朋友。金泰俊、姜东烨都来了。

为了表示优待和重视，苏、朴、禹三位同住一层，而让我独居一室，我一个人在炕上过了一夜。

国立忠南大学校的所见所感

次日(10月27日)的学术会议是在大学内举行的。校园甚美，不亚于汉城大学，但学生似乎略少些，显得校园更宁静幽雅。会场是一间大约可容纳七、八十人的长方形教室，坐席基本占满了，与会者中有不少是忠南大学本校的师生。会议名称是"第一回语文国际学术会议"，校长(总长)亲临会场参加。会上散发了为赵钟业先生花甲而编印的论文集，我的文章也收入其中。会议报告和讨论发言的时间掌握得都比较严格。台湾学者用中文发言。

下午轮到我报告的时候，是苏在英先生主持。他向与会者简略地介绍了我，接着就由我来讲了。我的讲题是"《玉楼梦》的结构和西洋音乐奏鸣曲形式"。这是我到韩国以来学术会议报告和讲学中第三次讲《玉楼梦》了。但每次的具体内容和侧重点都不相同。之所以这样乐于谈此名著，是因为它从思想内容和艺术技巧来看都比更负盛名的说唱体小说《春香传》要高许多。但后者却在各文学史书籍中得到更高的评价和占有更多的篇幅，并有更多的作品研究专著，为更多的读者所重视。我多讲《玉楼梦》是多少带有些"挖掘宝藏"和"论辩"的性质。

在报告中，我初而简略地谈了我对《玉楼梦》文学地位与价值的基本看法，而后提及此古典名著内容中的音乐要素，然后进入本题，谈此作品在其情节进展的整体结构上和奏鸣曲的十分相似之处。讲到了它的引子、呈示部，展开部和再现部、尾声的安排，以及出现在其中的爱情生活和政治生涯两个主题的相互交替、纠缠、穿插，各个部分都可和奏鸣曲中各部分对应上。最后还提出了一个自己也还没有充分解释清楚的问题 —— 这种相似现象产生的原因究竟是什么?深望学术界能继续探索。

由于以前尚无人注意和涉及《玉楼梦》结构上的此种现象，在座学者对此，或沉吟，或略言数语，也没有发表什么明确的见解。禹快济教授则对与奏鸣曲式的对比和原因问题的提出表示了肯定和赞赏态度。会议所规定的讨论时间很有限，也就未展开讨论了。而我则在主持人的提醒下，感到我占用的时间已超过所限了，不禁感到歉意。

此后还有另外一些学术报告和讨论发言，会议开得较为热闹、生动。

老教授的花甲宴

会后，在晚餐宴上，举行了赵钟业教授的花甲庆贺仪式。校长先讲话，是表彰和庆祝之词。赵钟业夫人则与赵并肩而立于台上，面带微笑、喜悦而又谦虚和感激之情，讲了几句话，引起一片掌声。此外还有同行、受业学生等人的简短祝词。

根据惯例，教授花甲，行将退休之时，常举行这样的仪式，有的甚至在校园草地植树命名，以纪念该学者于教书育人、学术研究方面长期对学校所作的贡献，同时还为此出刊载有学术文章的纪念集。

我身居学校多年，除却对教授中的极其个别的特殊人物以外，没有看到过这样一种做法。韩国学术与教育界的这种做法，使我感触至深！这就是他们重视教育、看重学术的一种具体表现，比之于使接受庆贺的教师本人感到欣慰，更重要的是它鼓励了教育与学术的发展，加强了为人师表、学术研究的责任感，教育了学生懂得尊师重道的意义，并也能鼓舞他们的成长。

我国今后教授会越来越多，全都礼仪周到如此，也许日久生厌，不堪其烦，但似乎也可以参照人家采取点实际可行而又有益的办法吧？培育人才，寒窗笔耕，服务一生，临了，"阒无人声"，寂然一走了之，总不一定是最佳的做法吧？

补充一点零星感受：夫人随之同登台上并肩接受祝贺，不仅是合理的——每个成功男人的后面总有一个女人，而且也是很富人情味的，此虽为枝节之事，也令人感到合情合理。

通过和韩国旧识与新交的朋友交往接触，我感到，韩国学者之间只要是同行(同专业)或相近专业的，几乎都互相认识，谈起来都知道对方。我认识的学者中，专业有"国语国文学"的，有"中国语言文学"的，也有历史学、语言学等方面的，他们之间，似乎都相互熟悉，在同一个城市的如此，相处异地的，也不很生疏，提起姓名，都有所知。

造成这一现象的原因，我想，大概是他们之间接触的机会多，学术会议经常举行，过生日、儿女婚嫁，也互有庆贺性的集会。以上关于忠南大学赵钟业先生的庆花甲集会和与此有关的学术会议，就是眼前的一例。地处大田，但汉城有学者来参加，其他地方如大邱也不乏来人。相聚一堂，自由谈学术，随意问寒暖，其乐融融，都是朋友。一人有成果，大家也都知道，很利于交流。由于活动(带有一定的学术交流和社交性质的)较为频繁，有的学者常常是晚不归家用餐，白天工作，很晚才回家，忙碌又热闹，颇不寂寞。

在我看来，这种交往是很好的，但是不是亲身参与者由于在外的频繁活动，也感到有碍于潜心研究或家庭生活，甚或产生某种疲劳之感呢?只有当局者才知道了。但不管怎样，在我们国内，由于活动不多，学者即便同行之间，也少有往来，或互不熟悉，或孤陋寡闻。韩国学界的这种情形，也许有值得我们参照之处吧?

在忠南大学会议休息时，由李炳汉教授的介绍，认识了来自全州的国立全北大学的教师魏幸夏，年约40岁上下，是中文系教师，他主动表示要请我去他大学作为"交换教授"进行中文教学。我谢了他，但未就此事落实具体步骤。

赵教授花甲庆祝仪式隆重盛大，也较长，宴会结束得很晚。到十时，与丁奎福、禹快济、朴涌植三位乘火车到汉城。

教堂－王宫－敦化门

10月28日是星期日，按事前约定，金泰俊上午来国际会馆，陪同我一起去教堂参观。这教堂地处草洞，坐落在一胡同中，是金、苏两位常去的"定点"教堂。他们两位都是虔诚的基督教徒。

我于日本占领南京时，小学的四、五年级和中学的初一上学期都曾在教会学校上过学，学过"圣经"这门课，也多次上学校参加过做礼拜，对基督教有所了解，其所倡导的爱心、乐于助人和诚实作人、工作努力、孝敬父母等等道理是我少年时期品德修养的来源之一。我也很喜爱做礼拜时唱的颂歌，一本少年时代买的《圣经》长期是我书架上的珍贵藏书之一。此次来韩，学者朋友中不少是基督教的信奉者，韩国教堂怎么做礼拜呢? 也很想一见，于是同意和他们去。

草洞教堂在楼上。出了电梯，是比较狭窄的走廊，但一入礼拜堂大厅，就觉得宽阔，高敞明亮。苏在英夫人早已经到了。我去苏宅赴宴接受过她的招待，一眼就看出她来，她也热情高兴地迎上前来和我打招呼。

唱颂歌，祷告，牧师讲道，一切都和国内的一样。参加礼拜者很多，一个偌大的厅堂，基本上是满座了。带着幼儿而来的母亲们，和孩子一起坐在最后面带有玻璃隔窗的区域，免得孩子闹声的干扰。因此，人虽多，堂内却鸦雀无声，大家静静地听讲道。

在韩国，教徒往往固定在一个教堂中做礼拜，和该教堂很熟悉。大概是听金先生说起了我，牧师于讲道结束后，与我见面，表示了欢迎和谢意。

11时半左右，金泰俊领我进入附近的咖啡馆休息，把一位白发苍苍的诗人("海滨诗校"校长)和圣经出版社的金镇南先生介绍给我，一起喝咖啡聊天。之后，同去一餐馆用餐。吃的是牛排、米饭、丰富可口，金镇南先生赠我一本精装的朝鲜文版的《新旧约全书》。

金泰俊先生愿意陪同我去参观王宫、秘苑、敦化门，小说《壬辰录》中提及敦化门，这是我乐意一去而迄今为止因太忙而未能去之处，于是欣然同往。

我们看了仁政殿，地面为木地板，甚宽阔。又看了昔日王宫的"图书馆"——乐善斋旧址，看到了宫内的"农舍"。我曾在历史资料中看到，李朝国王肃宗为了纪念壬辰倭乱时派兵援助朝鲜的明朝皇帝神宗而设立了"大报坛"(肃宗三十年，公元1704年)，地点就在昌德宫后苑内。今日到此，甚愿一见此象征朝中友谊的遗迹。金泰俊先生也很愿一见，但多番打听，说是多已残缺，所存仅仅一碑石而已，且在后面还要走较远的一大段路，时已疲倦，乃作罢。

金泰俊先生热情满怀，意犹未尽，提出再陪我去看最著名的景福宫，然后再陪我去购物，此时我心有余而力不足了，加上金先生已上下午陪我一整天，不宜再麻烦他了，于是婉言谢绝，在道边卖茶水(蜜水)处略饮数杯，而后告别。

途径汉城火车站，在一名为"万物"的小店中，又看到了一个比较精致结实的行李小拖车，以15,000元买了它，比前次所见价格三万元的便宜了一半。我已打算着手准备归途行装了。

记不得是在准备行装时还是在金泰俊先生来我住处时，我把论述柳得恭《燕台再游彔》的原始手稿送给了他，作为纪念，或作为致谢。他接到此手稿时的话我记得很清楚："这是作者亲笔手稿，很宝贵。"此稿是在汉城参加"18世纪东亚文化交流学术会议"的报告，而金先生又是为我创造参加此会之机会与来韩作"海东三游"的主要促成者，将此手稿赠他，是很合适的。只是作为答谢之礼，与他的热诚尽力相比，显得菲薄了一些。但我们的实际经济状况如此，又能拿得出什么使他们感到是一种厚赠的礼品呢？

晚上北大本校一位年轻教师之妻来电话，说她就住此会馆的241号室，于是与她在休息室见了面，谈谈在韩情形，约50分钟。

在电话中和李京镐之妹李京姬约好31日晚在"落山花园"见面，又和国民大学校历史学教授许善道约好后天(10月30日)下午6时见面。离归期越来越近了，本打算早就见面的韩国朋友，也必须挤出时间来见见，也就只能把日程安排得紧一些了。

次日(10月29日)晨李相宝先生就打来电话，还希望明天(30日)上午再见面叙谈，热诚可感，但似乎已难以找出时间了，深深地谢了他，说以后再找个时间。

宁静恬适的一天 —— 在南汉山城

和丁奎福先生的约好，在今天(10月29日)去南汉山城。这是我主动提出的？还是丁奎福先生主动倡议，为我安排的？已记不清了。但此处是我久已从史料中知道的，正是我颇乐意一游的地方。下午丁先生来了，还带来了女式服装、化妆品、瓷瓶、书籍，作为赠别之物。他在室内稍作休息，便一同驱车同往南汉山城开去。

南汉山城坐落于京畿道广州郡中部面，古为百济都城所在地。山城为朝鲜王朝宣祖二十八年(1595年)所建。在满人入侵的"丙子胡乱"(仁祖十四年，公元1636年)期间，国王仁祖曾避乱于此山城，长达45日之久，随后终因无法挽回败局而屈服，因而此山城就以抗战而最终受辱之地而载入史书，含有一种悲壮色彩。

如今的山城已是不见人家，仅余纪念性古建筑的僻静去处了。丹枫正盛，秋风寂寂，山城稳固依然，当年人物却唯余传闻了。令人发思古之幽情，作凭吊之叹息。丁先生向我一一说明山城与建筑的意义，周围静悄悄，和至友至此漫话古今，一消我连日来忙于交往、与会、讲学的疲乏，有一种"一洗尘累"，怡然安适之感。

丁奎福先生早在他1989年3月应邀赴北京前一年，即1988年，就为我的书写书评，以《对'韩国文化及中国亚流与下位论'的反证》为题，热情评价了《朝鲜文学史》(书评载于韩国《民族新闻》1988年7月5日版)。见面相识以后我们一直相处融洽愉快，虽对我们共同关心的古典小说《九云梦》持有截然不同的观点，但个人接触十分友好。他老成持重，敦厚朴质，平易近人，加之年龄略长于我，是一位忠厚长者，我对之带有"兄长"之感。

此日南汉山城的环境宁静的含意深远之游，给我留下了很美好深刻的印象。这是在入韩以来身心最舒泰安定的一天。丁奎福让司机把我们拉到国际会馆附近的"落山花园"吃饭，吃冷面、烤牛肉。

丁奎福先生很关心中国保存的韩国典籍，我告诉他，在北大图书馆有两种≪东文选≫，而在北京图书馆，则有≪谢氏南征记≫的异本，是手抄本，和北京大学东语系图书室所藏的铅印本，文句上大有出入，题为≪南征记≫。有人曾误以为它是未被发现的中国古小说。

晚上整理书籍，将一时用不着的书归在一边，以免走时携带困难。边整理边接电话，来了不少电话，友情洋溢，但似乎已没有多少时间可以会面晤谈了。

苏在英先生曾建议我和居处不远的"文艺振兴院"取得联系，并事前为我作了交涉。10月30日上午我就抽空去了一趟，和院长吕石基先生谈了25分钟左右。他表示对于韩国现代文学的翻译有兴趣，而理论性的学术研究则不属于他们关心的范围。

回会馆后，大约在10时45分左右，有位来韩的苏联学者名为鲁金的来访问，他计划在韩逗留三个月，作点研究和交流。在平壤期间(1983－1984，九个月)，我曾和一位到朝鲜学习、研究和年轻苏联学者认识，他叫"简尼亚"，彼此有所交谈，但因专业不同，谈得也不多。这位鲁金先生，则是和我个人接触的第二位苏联学者，与我各有所专。因为我中午还有约会，也没有能谈得很深。

这天(10月30日)中午，在崔日义先生陪同下，到附近的"放送通信大学"(广播函授大学)和该校中国语文科科长朴星柱副教授见面。朴先生十分热情，彼此是类似的"同行"，都在本国从事对方国家语文教学，很谈得来。午餐是他作东，在"박석고개"吃了面条，泡菜，还有以绿豆为原料而制成的绿豆煎饼。

日月匆匆，别情依依

前不久，振兴财团的许元范先生就嘱咐我，在走前留下一篇类似"小结"的"所感"(소감)给他们，以便他们为这次对我学术交流工作的赞助与接待工作留下一个材料。

10月30日这天下午，我就做这项工作。我认真地回顾了这近一个月受他们接待期间所从事的种种活动：参加学术会议、学府讲学、参观、与韩国学者的接触……等，一一写下。没有打字设备，全靠手写，字体不工，但内容如实。许元范先生对此是满意的。事隔多年，这份记录还留在该财团的档案中否？

写完"所感"，许善道教授如约到了。他是国民大学校历史系教授，比我约年长两、三岁。和他相识是在美国加州大学(伯克利)东亚研究所召开的"壬辰战争学术会议"上。此会议于1987年4月日在加州伯克利召开，除美国学者John C. Jamieson和Gari K. Ledyanrd教授等以外，韩国学者有他和李载浩(釜山大学校，精神文化研究院)参加，我是唯一与会的中国人。许教授的专业是历史学。虽系初识，但很谈得来。这次来韩，是在那次会议的三年多以后了，和他取得了联系，相约见于国际会馆。

许善道先生性格开朗，热情、健谈，拉我上街吃晚饭，找到了一家日本式餐厅，由他点菜。一人一钵子煮鱼块、一盘甜味长鱼、泡菜、啤酒，吃了个酒足饭饱，花去他21,000元。饭后，他陪同我漫步街头，谈了些壬辰战争研究的情形、双方大学和我来韩感受等等。

许先生专攻历史学，他曾经在汉城的大学和一位在华读完了韩语本科，毕业后去汉城深造的中国留学人员同过学，也是学历史的，这是朝鲜战争爆发以前的事了。此人在韩攻读了几个学期以后回到中国大陆，在某大学任职。前不久，曾到过汉城，与许先生见了面。旧日同窗相逢，总是快事，可是许先生告诉我，此老同学韩语却说得不怎么的了，意思沟通不畅不深，没有能尽情多谈什么，实为憾事。他很健谈。在谈话中我表示欢迎他有朝一日到北大来看看。

许先生还想再聊点什么，但我住处可能已有人如约来到，等着我了，只好互道珍重，握手告别了。

可不是吗？ 李相宝、李秀雄、朴圣实三位朋友已经接踵而来，都是带有送别、惜别的意思。身材厚重，有长者之风的李相宝先生送了我一些书，他虽比我只年长一岁，却常以关切态度对待我的韩国学研究事业，赠我不少书籍，使我颇感温暖。

朴圣实女士则以女性特有的温良多礼和细腻心肠，特赠我22岁的女儿一身衣装，还特嘱咐我，要让我女儿穿上此装拍一照片等寄她，也好让她从照片上认识她。礼尚往来，我也回赠她印有北京大学标志的T恤衫以作纪念。

李秀雄先生除了送别以外还有事要办：一是让我填表加入他任秘书长的韩国敦煌学会，立即填表，立时成为会员。我于敦煌学没有研究成果，但却之不恭，受之而有益于双方友谊与文化交流，于是欣然提笔填好奉交。

另一件事是为李先生交涉在北京出版其学术专著之事。于此我已与北京大学出版社作了交涉，了解了必要条件并得到了承诺，此次李先生来，是"具体执行"。书名《朱熹和李退溪诗比较研究》，事关文化交流，且属于比较文学范围，是大好事。李先生把他用于他书上的照片和托我转交的必要经费交给了我。我妥善放好，并主动开收据给他，以示必不负所托，力促其事。

10月31日高丽大学校的李东乡教授如约于上午8时30分来到，送了我人参精一瓶，以表示送别之意。他曾为我交涉，使该校民族文化研究所赠送我≪中韩辞典≫一部，至今仍为我案头必备的工具书。我们在话别中，顺便聊起了聘请中国教师到韩国大学任客座教授等事。

李东乡教授一走，成均馆的崔博光教授就来了，我向他赠以≪中国文学在朝鲜≫一书及有北大标志的T恤衫，聊表纪念与感谢之意而已，比起他为我所做的，渺乎小矣。

理事长的饯行宴

韩国学术振兴财团理事长朴日在先生，要为我饯行。许元范课长陪我同入理事长办公室。朴日在先生早在我来韩国以前，在该财团通过美国夏威夷大学教授Peter H. Lee 向我资助≪抗倭演义(壬辰泉)研究≫出版以后，向我发出过正式邀请，要我赴韩从事一个时期的学术活动。但限于当时的客观形势，我虽甚愿意来却无法办成手续，他为此甚至表示过一些不解，说："你就那么难请啊 ?! "此次借来韩参加有日本参与举办的学术会议，得以延长逗留时间，接受他财团的邀请，他是很愉快满意的。通过他下级的汇报，他也知道我在此期间的丰富多彩的活动。此次宴请我，我想他是早有安排的。和他在办公室的谈话中，我谈到了在这里所做的和所感受到的，表示了对振兴财团的感谢。他问及了我在韩国学研究方面的情形，希望我多多培养一些后继者。谈了大约十多分钟，就同上车赴餐厅。

在车上，我又有些晕车，此时，我看到许先生有些着慌的表情。看来，我们所到达的这个餐厅，是朴日在先生常来之处，服务员和朴很熟悉，热情地招呼，领我们到预定的餐室。炕面上搁着矮餐桌。菜饭很丰富，考究。这和朋友、学者个人之间的共同进餐不同，是带有外交礼节性的宴请，我虽晕车感尚未全消，但言谈举止，礼节周旋，都保持正常，然而进食较少，食欲远逊主人。此时我又见到许课长神情略显紧张，细看之下，发觉他有微汗浸出于额前。在这里，下级在上级前面相当恭谨拘束，对他来说，参加此一宴请属于一种工作，接待我的各事由他具体安排，我此时的不适之色，会不会使他在上级面前被视为接待不周、失职所造成？于是我又有意识地谈了不少在此期间受到的许多周到的照顾和关心，特别赞扬了财团办公人员的工作和他们的热情态度。

饭后，我表示愿散步而回会馆，以观赏街景，许元范先生乐意陪我散步。我答谢和告别了朴理事长后，和许一同步行而归。途中经过我初来时更换手表电池的小街，想起刚刚到达这里时的种种情景，顿生依依别情。许先生对我是否还有晕感，备加关注，我告诉他，我已无不适了。请他放心，并请他回办公室后将此转告朴理事长。

图书馆长的办法与热心

≪朝鲜文学史≫(1986年，北京大学出版社)在韩国出现过一些盗版本，我早在国内时就曾听说过，在建国大学校李秀雄的研究室中，也曾经有人拿给我看过。是影印本，书中每一页，都和原书一模一样，只是纸张质量更好，开本也明显地大一些(韩国的大32开比我国的大)。我看了，别无不快，反而感到这也是一种文化交流，也就视之为益事而无追究之意。但是韩国学者在这方面比较明确，认为此为非法，属于侵犯作者权益之举。禹快济先生兼任仁川大学校图书馆长，我本想请他帮助我搞一两本这种开本大纸张优的韩国版≪朝鲜文学史≫作为纪念。一向办事热心的他，很快找到了盗版本的"出版发行"者，想帮我向他追究责任。通过我近年来的亲身体验，我对韩国已产生了很大好感和友谊，而且对此书的盗版本已有了上述的态度，从而不想深追，跟禹先生商谈的结果，想出了一个两全俱美的做法：由该"出版发行"者，替我在韩国销售我的专著《中国文学在朝鲜》(1990年，花城出版社)。原因是出版此书的出版社曾以作者必须买下一批足够数量的该书以弥补出版社的"亏损"为条件，让我购买了大约有两三百本的该书。我自己从不经营书籍发行，这批书就颇使我为难。禹先生知此情况，提出了这一双方互利的解决办法，这是件好事，而且从两国文化关系角度看，也算是一种文化交流吧？于是我同意，在此次赴韩以前的8月份，即韩国敦煌学会赴华参观考察活动以后，办成了此事，以海运方式，把书邮寄到了韩国。

禹先生最近向盗版本《朝鲜文学史》的"出版发行"者结清了货款，在10月31日，赶在我离韩以前，把书钱送了过来。这天下午，我由朴理事长的宴请处归来，禹先生就到我住处，完成了这一手续，可见他办事干练，责任心很强。

前几天去大田的往返火车票是由禹先生代购的，我把车票钱如数给了他。我向他借用后来又遗忘在崇实大学校的辞典，未听说找着，我向他付赔偿金，他坚持不要。

情谊真诚的美籍韩人之妹

31日晚饭已约好和李京姬一起吃，我和她如约在落山花园见面。

李京姬之兄李京镐是美国籍，1986年作为美国加州大学的学生，与该校其他美国学生一同到北京大学留学。李虽为美国籍，但是出生在韩国，随他父母一同住于洛杉矶，生活习惯、语言谈吐、思维方式，依然是纯韩国式的，给我的感觉他除了国籍以外，就完全是位韩国人。80年代当时，韩国人是不可能到北京大学留学的，他也就成了一位最早来北大留学的韩人了，只不过所持的是美国护照而已。

我专攻韩国语言文学，由于加州大学在北大办事处主任Jamieson教授的介绍，和他认识。他常来我家，我成了他在北京唯一可以用韩语交谈的中国人，他倍感亲切。我也以他为学生和侄辈，热情对待这个身居异国、性格忠厚的年轻韩人。我的女儿、妻子，也都很欢迎他来我家。在当时缺乏韩国书籍的情况下，他曾设法弄到韩国的一些词典、书籍给我，如大词典及英文的《韩国历史》等，诚挚地从资料和工具书方面帮助我的研究工作。

1987年4月我应邀赴美国加州大学(伯克利)参加"壬辰战争学术会议"，会后应他家庭的邀请，去洛杉矶。当时他父亲出差在中东，家中只有他母亲和三个妹妹，李京姬就是其中之一。在他们全家热情周到的接待下，我住了三天，随她们一同去迪斯尼乐园参观。我出入洛杉矶机场，都是由李京姬开车接送。她后来和韩人郑先生结了婚，小家庭就在汉城。

京镐在我此次离京前，将她的住址电话号码告诉了我，欢迎我在汉城见见她。听说我来了，她也很想见我。其时她已怀孕数月，行动不很方便，但她还是坚持要请我吃饭。我们约好在今天见面。

我们在我已数度来过的"落山花园"见面，愉快晤谈。我为她建立了幸福的小家庭而高兴，她则以韩国女性特有的温柔多礼、沉静含蓄的态度感谢我对她哥哥京镐的关心，还一再抱歉，说如果不是身体不便，就应多多接待我，陪我到汉城各处看看的。我为她即将出世的孩子赠送了一套婴儿服装，她送了我人参茶。然后相互亲切告别。

送走了京姬，我顺便漫步到了"进雅春"，向这位韩语说得比华语流利得多的、一半韩人血统的华侨老板道别。我为了不好意思多受他的特殊待遇，已经有好些日子未来这里了。他一见我，很高兴。相互寒暄、话别，彼此祝愿，之后，我回到了国际会馆。

重礼、惜别的韩国朋友们

这天，来会馆表示惜别之情的韩国朋友较多，其中有尹光凤、崔康贤。本约好与尹光凤先生上午见面，因头绪多，一时忘了，他和崔康贤先生空跑了一趟，晚上又来了，我表示了歉意。崔先生所在的弘益大学校以美术见长，他表示了该校希望与中国美术界人士联系的意向。

苏在英先生还把刚来汉城的权哲先生(延边大学教授，我在延大时的老同学)带来见面。权哲是朝鲜族，就住在我楼下211号，异地相逢，分别高兴。

此外，李宰硕与李充阳先生先后也来了。李充阳先生说，我来到汉城的这一段日子中，在汉城学术界"刮起了一阵旋风"，都在谈说我。李宰硕和我谈他希望到北大学习的事。我说我无权决定此事，但答应他尽力而为。

崔博光先生下午来了，却未能见到我，留下咖啡两大瓶作为送别之礼。

韩人重礼节，来此送别者和我之间，大多互有赠礼。我送的多为印有北大字样的T恤衫，我也只有这种东西可送了。

三个星期前送我来到国际会馆的金泰俊先生也来了。他大概认为我背到韩国来使用的黑色挎包不大合适，特地买了个比较考究、容量大的纯皮挎包赠送我，他真心希望我今后就使用它。"来而不往，非礼也"，于是我把别人送我的高级化妆品、工艺瓷瓶也都赠送给了他。他坚决婉言谢绝，我央求地说请减轻我的行李负担，他这才收下，我这才有如释重负之感。

回到北京，妻子看到这个全新的挎包嘲笑我说，她早就认为我的挎包太寒酸，应该买一个像样的挎包出国的，我不听，结果，"你看，人家给你买了一个高级的!"我倒是由此更感到这位老朋友——金先生的心意实在。

金先生还交给我三百美元，希望我转交给国内有关教会专用以周济贫困户。我回国后照办，后来还把收据给了金先生。

这天(11月1日)来我房间送别的还有金明壕。金明壕先生赠我以女毛衣，我也回赠以北大T恤衫。

而后，打电话向各位韩国朋友告别，其中有：车柱环、金文经、许兴植、李相宝、林基中、金凤完、芮庸海、苏在英、丁奎福、李龙男、郑汉模、崔博光、尹光凤、陆完贞、薛义雄等等先生，彼此互道珍重，互嘱今后多加联系。

后会有期，半岛！

离开汉城应该是在11月2日，中午12时20分的大韩航空航班，上午还有些时间。李炳汉先生赶来送行，托我给北大比较文学研究所所长乐黛云带礼品，并赠我工艺筷子两双，他对我说："这里的人都说你很好，你很光荣！"我则表示了我对韩国朋友们的谢意。

我由许元范课长陪同，到财团理事长办公室向朴日在理事长告别。之后赠许课长一些纪念品。姜东烨、李宰硕、崔日义三位也赶来送行。姜、李两位和许课长一同上车送我到金浦机场。

车经过汉江大桥，远望江水悠悠，心间涌起在韩一个月的种种感受，不禁想起了朝鲜爱国诗人金尚宪(1570－1652)的时调：

가노라 삼각산아 다시 보자 한강수야

고국산천을 떠나고쟈 하랴마는

시절이 하 수상하니 올동말동하여라.

我不禁低吟起这时调中的头两句：
"别了，三角山！
再见吧，汉江水！"

金尚宪思明恶清，不愿屈服于击明朝、伐朝鲜的满人，被执而押送到沈阳。此时调是他在离开祖国朝鲜时有感而作，凄切悲凉。几百年的风风雨雨过去了，时代也曲曲折折地变了过来。我今离开汉城，和昔日古人所处的环境也是判然不同的了。如今我是带着友谊，愉快地辞别此异国都城，回归祖国，有感慨和惜别之意，更多的则是瞻望两国关系前程阳光的欢快感情。

三百多年前这位朝鲜文人的诗句，就在这样交织着怀古、惜别与展望的心情中，自然地流露而出。

在机场厅里，我们四人喝了点咖啡，轻松闲聊了约一个来小时，登机时间已到，我请许、姜、李三位回去，登上了大韩航空客机。

来时我和严安先生一同，回去我是单身一人，前后不过一个月，却像是经过了一段漫长悠久、丰富多彩、"曲径通幽"的难忘岁月。

飞机准时起飞，眼看这洋溢着活力的半岛大地在下面逐渐远去，心中祝愿两国之间和平的、充满友谊的关系发展、长存。

在日本大阪转乘中国航空，到达北京机场时，已是万家灯火时分了。

妻子凤珍、女儿晓蓉来接，像是久别重逢，心情愉快。她们母女两人多次在我们家中接待过韩国朋友、美籍韩人。我韩国友人中的一些学者她们是熟悉的。现在我带着这些友人的情谊归来，她们当然是特具亲切之感的。在机场照了相，到达中关园家中的时候，已经是九点多了。

附带一提：在机场取托运的行李时，一位年约50余岁的妇女，将我的黑皮箱子误认为是她自己的而取走。幸亏被我发现，才未丢失。我在韩一个月经历的简要记录就在这箱子里。要不是我发觉得快，追索及时，这篇《海东三游录》怕也写不出多少东西来了。

(1991年3月5日开始写，中断后于同年9月20日续写，再度中断15年后，于2006年4月2日再次开始续写，直至续写完毕。同年5月整理。)

跋

　　此书稿完成后，经韩国仁川大学校禹快济教授热情协助交涉，韩国的出版机构 — 国学资料院表示愿意出版。对此，我谨表深深的谢意。

　　与此同时，也对此书中所涉及的一切好心的韩国友人，以及此后多次赴韩又结识了的、但不在本文涉及的时间范围之内的各位韩国友人，表示深挚的怀念之情。

　　愿中韩两国友谊和文化交流更趋发展。

韦旭升 2006年11月3日

作者简历

韦旭升，北京大学外国语学院东语系教授，1928年10月出生于南京，1947年高中毕业，考入"国立东方语言专科学校"韩国语科。1949年随校并入北京大学东语系朝鲜语言专业，1953年毕业留校任教。曾兼任东语系东方文学研究室副主任、北京大学中文系比较文学与比较文化研究所兼任教授、中国朝鲜文学研究会副会长、中韩文化关系研究会会长等，政府特殊津贴享受者。初期以语言教学为主兼教文学课，改革开放后，以文学为主攻方向。先后出版了≪韩国语实用语法≫(合著)、≪朝鲜文学史≫、≪抗倭演义研究≫、≪中国文学在朝鲜≫(该书有中文、韩文、日本文版)等论著和多篇论文。多次赴国外参加国际学术会议。2000年出版了≪韦旭升文集≫(六卷本，中央编译出版社)，次年应邀赴韩国参加首尔学界举办的"≪韦旭升文集≫出版纪念会"，2005年10月9日应邀赴韩国接受韩国总统颁发的"宝冠文化勋章"。

A-1　作者像(摄于1983年10月6日)

A-2　大韩民国总统卢武铉为韦旭升 颁发的宝冠文化勋章(2005年
　　　10月9日)

A-3　大韩民国总统卢武铉颁发的 宝冠文化勋章证书

译文内容：阁下对我国国民文化的提高与国家的发展作出了重大
贡献，特根据大韩民国宪法的规定，授予以下勋章： 宝冠文化勋
章

　　　2005年10月9日
　　　总统 卢武铉
　　　国务总理 李海瓒
　　　此证书已载入文化勋章册
　　　行政自治部长官(内政部长) 吴盈教

H-1-2-3-4 ：

　　　1. "18世纪东亚文化交流"国际学术会议 (10月4日)

　　　2. "东方四贤"之一 —— 李彦迪的遗迹 (10月5日)

　　　3. 欢快的苏宅之宴 (10月9日)

　　　4. 进入崇实大学会场 (10月12日)

H-5-6-7-8：

5. 在姜府作客 (10月17日)

6. 传统民俗宝库 —— 民俗村 (10月20日)

7. 芳草地上说≪梦≫书 (10月21日)

8. 在最高学府 —— 国立汉城大学校 (10月25日)

H-9-10-11：

9. 国立忠南大学校的所见所感 (10月27日)

10. 老教授的花甲宴 (10月27日)

11. 宁静恬适的一天 —— 在南汉山城 (10月29日)

역자 후기

내가 웨이쉬성 선생님을 처음 만난 것은 1990년 10월 서울 수유리에 있는 아카데미하우스에서였다. 이 책이 쓰여진 계기가 된 '18세기 동아시아 문화교류 국제학술회의'가 열렸던 바로 그날 그곳에서였다. 당시 중문과 3학년에 재학 중이던 나는 영문도 모른 채 아버지(동국대 국문과 김태준 교수)에게 이끌려 그곳에서 난생 처음으로 '진짜' 중국인인 웨이 선생님과 인사를 나누게 되었다. 명색이 중문학도라지만, 한중수교 이전이었던 당시 나는 대륙에서 온 중국인 노학자 앞에서 그저 신기하고 얼떨떨하기만 했다. 그때만 해도 나는 그 짧은 만남이 이후 그분과 각별한 인연이 될 줄은 전혀 알지 못했다. 물론 그것은 웨이 선생님과 아버지의 오랜 사귐에서 세교로 이어진 인연이었다.

그 후 다시 몇년 세월이 흐른 1998년에 나는 숭실대 명예교수 소재영 선생님의 소개로 웨이 선생님이 계신 베이징대 동방어문학부의 초청을 받아 1년간 한국어를 가르치게 되었고, 인연은 베이징대 중문과 박사과정에서 수년간 유학생활을 하는 귀한 만남으로 이어졌다. 웨이 선생님은 내가 베이징대 박사과정에 들어갈 때 흔쾌히 추천서를 써 주신 추천인이시기도 했다. 베이징에서 혹 가르치고 공부한 오랜 유학기간 동안 웨이 선생님은 여러 방면에서 나의 훌륭한 멘토가 되어주셨고, 선생님 댁을 찾아갈 때마다 늘 반갑게 맞아주며 세심한 조언과 도움을 아끼지 않으셨다. 지금은 다른 곳으로 이사하셨지만, 당시 선생님과 담소를 나누던 중관위안中關園의 소박한 서재는 아직도 눈에 선하다. 이처럼 선생님은 내가 알게 된 첫 번째 중국인이자 은사이시기도 한 분이다. 돌이켜보면 한족 출신의 한국문학 대가인 웨이 선생님과 이렇게 특별한 인연을 맺을 수 있었던 것은 내게는 참으로 큰 인연이고 행운이었다.

웨이 선생님은 원래 이 책이 한국과 중국에서 동시에 출판되기를 원하셨을 것이다. 그러나 책의 성격상 더 중요했던 한국어 번역이 크게 지체되어 출판이 너무 늦어지고 말았다. 아버지와 인천대 명예교수 우쾌제 선생님으로부터 이 책의 번역을 진작에 권유받았고, 웨이 선생님도 내가 번역해주면 좋겠다고 생각하신 것으로 알았지만, 나는 당시 여러 가지 개인 사정에 쫓기면서 즉시 도와드릴 수가 없었다. 그 때문에 선생님의 원고는 안타깝게도 마땅한 역자를 찾지 못하고 묻혀 있다가 수년이 흐른 지금에 와서 결국 다시 내게로 오게 되었다. 선생님의 진정어린 원고를 번역하는 동안 나는 제때 도와드리지 못한 것을 내내 후회하며 반성하였다. 당연히 내가 했어야 할 일을 방기하여 선생님과 여러 한국학자들에게 큰 누를 끼치게 된 송구한 마음을 금할 수 없다. 웨이 선생님께 사죄의 말씀을 드리며, 다행히 이제라도 책을 낼 수 있게 된 것을 위안으로 삼으시기를 빌어 마지 않는다.

이 책은 한중수교 직전 한중 양국의 학술교류 상황을 생생하게 담은 산 기록이다. 또 당시 중국의 한국문학 대가의 눈에 비친 한국인과 한국 사회 문화의 면면들이 고스란히 담겨있다는 점에서 초기 한중 문화교류의 살아있는 증언이기도 하다. 무엇보다도 이 책은 중국인 학자가 한국 학자들의 진실한 우정에 보답하고자 연행록의 뜻을 이어 썼다는 점에서 매우 소중한 의미를 지닌다. 한중수교 20주년을 목전에 둔 지금, 양국 간의 교류는 그 규모와 다양성 면에서 과거에는 상상조차 할 수 없을 만큼 비약적인 발전을 이루었다. 하지만 그만큼 이제는 상호 간의 교류에 대해 너무나 쉽고 당연한 것으로 받아들이는 경향이 없지 않은 듯하다. 이런 점에서 한중 수교 이전 두 나라 사람들이 가졌던 설레임과 신선함, 심지어 애틋하기까지 한 교류의 기억들은 한중교류의 의미와 가치를 새삼 되돌아보게 해준다. 또 책에 담긴 한중 양국 학자들 간의 상호 존중과 진정한 우정은 양국 간의 교류관계에 소중한 메시지로 남을 것이다. 저자가 '노래와도 같은 세월'이라고 비유한 그 시절의 아름다운 기억과 양국 학자들의 초심이 두 나라 사이에 길이 이어지기를 소망한다.

번역과 관련하여 기술적인 측면에서 몇 가지를 덧붙인다. 먼저 중국인 독자들을 위하여 원저 전문을 번역문 뒤에 간체자로 수록하였다. 중국어 원문 가운데 몇몇 명백한 오탈자는 역자가 수정하였음을 밝힌다. '해동삼유록'이라는 원제의 생소함을 고려하여 일반 독자들이 쉽게 접근할 수 있도록 '중국의 한국문학연구 대가 위욱승의 한국 견문록'이라는 부제를 달았다. 본문 가운데 현대 중국의 인명과 지명은 한글맞춤법규정의 중국어 표기법에 따라 표기하였다.

이 책이 나오기까지 많은 분들의 고마운 도움이 있었다. 우선 웨이 선생님의 중국어 원고를 번역하기 쉽게 정리하고 초벌 번역에 힘을 보태준 동국대 국문과 박사과정의 곽미라 선생께 감사를 표한다. 또 후반부를 번역하고 번역문 전반에 대한 귀한 의견들을 제시해준 김명숙 목사님께 감사드린다. 번거로움을 마다않고 번역문 전체를 꼼꼼히 읽고 기워주신 일은 아버지(김태준 선생)가 맡으셨다. 끝으로 이 책의 출판을 위해 다방면에서 애써주신 숭실대학교 명예교수 소재영 교수님, 그리고 국학자료원의 정찬용 사장님과 박지연 편집장님, 김현경, 이하나 선생께 사의를 표한다.

2011년 여름
역자를 대표하여 김효민 씀

역자 소개

김효민(金曉民)

고려대학교 중어중문학과와 동대학원을 졸업하고, 중국 베이징대학 중문과에서 박사학위를 취득하였다. 베이징대학 동방어문학부 초빙교수를 지냈고, 현재 고려대학교 세종캠퍼스 중국학부 부교수로 재직 중이다. 옮긴 책으로『중국과거문화사』,『의산문답』(공역) 등이 있고, 논저로는『연행노정, 그 고난과 깨달음의 길』(공저),「과거제도의 관점에서 본 한중소설 시론」등이 있다.

김명숙(金明淑)

중국 치치하얼齊齊哈爾 대학교 중국어문학과를 졸업하고 침례신학대학원에서 목회학 석사학위를 취득하였다. 2001년부터 대전중화교회大田中華敎會의 담임목사로 활동하고 있으며, 현재 고려대학교 인문정보대학원 중국어번역학과에 재학중이다.

곽미라(郭美羅)

동국대학교 국어국문학과를 졸업하고 동대학원 박사과정에 재학중이다. 한문학을 전공하고 있으며, 일찍이 중국 칭화淸華대학교에서 1년간 수학한 바 있다. 논저로「『역옹패설』의 서술양상 연구」등이 있다.

해동삼유록

초판 1쇄 인쇄일 | 2011년 10월 11일
초판 1쇄 발행일 | 2011년 10월 13일

지은이	웨이쉬성 지음, 김효민 · 김명숙 · 곽미라 옮김
펴낸이	정구형
총괄	박지연
편집디자인	김현경 이하나 정유진 정문희
마케팅	정찬용
관리	한미애 김정훈 안성민
인쇄처	월드문화사
펴낸곳	**국학자료원**

등록일 2006 11 02 제2007-12호
서울시 강동구 성내동 447-11 현영빌딩 2층
Tel 442-4623 Fax 442-4625
www.kookhak.co.kr
kookhak2001@hanmail.net

ISBN	978-89-279-0138-9 *03800
가격	32,000원